바람이 불어오는 곳

이어령 전집

10

# 바람이 불어오는 곳

**베스트셀러 컬렉션 10**
여행에세이_1960년대 최초의 유럽체험 기행문집

이어령 지음

21세기북스

# 상상력과 흥의 근원에 관한 깊은 탐구

박보균 | 문화체육관광부 장관

이어령 초대 문화부 장관이 작고하신 지 1년이 지났습니다. 그러나 그의 언어는 여전히 우리 곁에 남아 새로운 것을 볼 수 있는 창조적 통찰과 지혜를 주고 있습니다. 이 스물네 권의 전집은 그가 평생을 걸쳐 집대성한 언어의 힘을 보여줍니다. 특히 '한국문화론' 컬렉션에는 지금 전 세계가 갈채를 보내는 K컬처의 바탕인 한국인의 핏속에 흐르는 상상력과 흥의 근원에 관한 깊은 탐구가 담겨 있습니다.

선생은 우리 시대를 대표하는 지성이자 언어의 승부사셨습니다. 그는 "국가 간 경쟁에서 군사력, 정치력 그리고 문화력 중에서 언어의 힘, 언력言力이 중요한 시대"라며 문화의 힘, 언어의 힘을 강조했습니다. 제가 기자 시절 리더십의 언어를 주목하고 추적하는 데도 선생의 말씀이 주효하게 작용했습니다. 문체부 장관 지명을 받고 처음 떠올린 것도 이어령 선생의 말씀이었습니다. 그 개념을 발전시키고 제 방식의 언어로 다듬어 새 정부의 문화정책 방향을 '문화매력국가'로 설정했습니다. 문화의 힘은 경제력이나 군사력같이 상대방을 압도하고 누르는 것이 아닙니다. 문화는 스며들고 상대방의 마음을 잡고 훔치는 것입니다. 그래야 문화의 힘이 오래갑니다. 선생께서 말씀하신 "매력으로 스며들어야만 상대방의 마음을 잡을 수 있다"라는 말에서도 힌트를 얻었습니다. 그 가치를 윤석열 정부의 문화정책에 주입해 펼쳐나가고 있습니다.

선생께서는 뛰어난 문인이자 논객이었고, 교육자, 행정가였습니다. 선생은 인식과 사고思考의 기성질서를 대담한 파격으로 재구성했습니다. 그는 "현실에서 눈뜨고 꾸는 꿈은 오직 문학적 상상력, 미지를 향한 호기심"뿐이었다고 말했습니다. 그는 마지막까지 왕성한 호기심으로 지知를 탐구하고 실천하는 삶을 사셨으며 진정한 학문적 통섭을 이룬 지식인이었습니다. 인문학 전반을 아우르는 방대한 지적 스펙트럼과 탁월한 필력은 그가 남긴 160여 권의 저작물로 남아 있습니다. 이 전집은 비교적 초기작인 1960~1980년대 글들을 많이 품고 있습니다. 선생께서 젊은 시절 걸어오신 왕성한 탐구와 언어의 발자취를 따라가다 보면 지적 풍요와 함께 삶에 대한 진지한 고찰을 마주할 것입니다. 이 전집이 독자들, 특히 대한민국 젊은 세대에게 문화 전반을 아우르는 교과서이자 삶의 지표가 되어줄 것으로 확신합니다.

# 100년 한국을 깨운 '이어령학'의 대전大全

이근배 | 시인, 대한민국예술원 회원

여기 빛의 붓 한 자루의 대역사大役事가 있습니다. 저 나라 잃고 말과 글도 빼앗기던 항일기抗日期 한복판에서 하늘이 내린 붓을 쥐고 태어난 한국의 아들이 있습니다. 어려서부터 책 읽기와 글쓰기로 한국은 어떤 나라이며 한국인은 누구인가에 대한 깊고 먼 천착穿鑿을 하였습니다. 「우상의 파괴」로 한국 문단 미망迷妄의 껍데기를 깨고 『흙 속에 저 바람 속에』로 이어령의 붓 길은 옛날과 오늘, 동양과 서양을 넘나들며 한국을 넘어 인류를 향한 거침없는 지성의 새 문법을 만들기 시작했습니다.

서울올림픽의 마당을 가로지르던 굴렁쇠는 아직도 세계인의 눈 속에 분단 한국의 자유, 평화의 글자로 새겨지고 있으며 디지로그, 지성에서 영성으로, 생명 자본주의…… 등은 세계의 지성들에 앞장서 한국의 미래, 인류의 미래를 위한 문명의 먹거리를 경작해냈습니다.

빛의 붓 한 자루가 수확한 '이어령학'을 집대성한 이 대전大全은 오늘과 내일을 사는 모든 이들이 한번은 기어코 넘어야 할 높은 산이며 건너야 할 깊은 강입니다. 옷깃을 여미며 추천의 글을 올립니다.

# 시대의 언어를 창조한 위대한 상상력

'이어령 전집' 발간에 부쳐

권영민 | 문학평론가, 서울대학교 명예교수

이어령 선생은 언제나 시대를 앞서가는 예지의 힘을 모두에게 보여주었다. 선생은 한국전쟁이 끝난 뒤 불모의 문단에 서서 이념적 잣대에 휘둘리던 문학을 위해 저항의 정신을 내세웠다. 어떤 경우에라도 문학의 언어는 자유가 되어야 한다는 신념으로 문단의 고정된 가치와 우상을 파괴하는 일에도 주저함 없이 앞장섰다.

선생은 한국의 역사와 한국인의 삶의 현장을 섬세하게 살피고 그 속에서 슬기로움과 아름다움을 찾아내어 문화의 이름으로 그 가치를 빛내는 일을 선도했다. '디지로그'와 '생명자본주의' 같은 새로운 말을 만들어 다가오는 시대의 변화를 내다보는 통찰력을 보여준 것도 선생이었다. 선생은 문화의 개념과 가치의 중요성을 일깨우고 그 새로운 방향을 제시하면서 삶의 현실을 따스하게 보살펴야 하는 지성의 역할을 가르쳤다.

이어령 선생이 자랑해온 우리 언어와 창조의 힘, 우리 문화와 자유의 가치 그리고 우리 모두의 상생과 생명의 의미는 이제 한국문화사의 빛나는 기록이 되었다. 새롭게 엮어낸 '이어령 전집'은 시대의 언어를 창조한 위대한 상상력의 보고다.

일러두기

- '이어령 전집'은 문학사상사에서 2002년부터 2006년 사이에 출간한 '이어령 라이브러리' 시리즈를 정본으로 삼았다.
- 『시 다시 읽기』는 문학사상사에서 1995년에 출간한 단행본을 정본으로 삼았다.
- 『공간의 기호학』은 민음사에서 2000년에 출간한 단행본을 정본으로 삼았다.
- 『문화 코드』는 문학사상사에서 2006년에 출간한 단행본을 정본으로 삼았다.
- '이어령 라이브러리' 및 단행본에서 한자로 표기했던 것은 가능한 한 한글로 옮겨 적었다.
- '이어령 라이브러리'에서 오자로 표기했던 것은 바로잡았고, 옛 말투는 현대 문법에 맞지 않더라도 가능한 한 그대로 살렸다.
- 원어 병기는 첨자로 달았다.
- 인물의 영문 풀네임은 가독성을 위해 되도록 생략했고, 의미가 통하지 않을 경우 선별적으로 달았다.
- 인용문은 크기만 줄이고 서체는 그대로 두었다.
- 전집을 통틀어 괄호와 따옴표의 사용은 아래와 같다.
  『    』: 장편소설, 단행본, 단편소설이지만 같은 제목의 단편소설집이 출간된 경우
  「    」: 단편소설, 단행본에 포함된 장, 논문
  《    》: 신문, 잡지 등의 매체명
  〈    〉: 신문 기사, 잡지 기사, 영화, 연극, 그림, 음악, 기타 글, 작품 등
  '    ': 시리즈명, 강조
- 표제지 일러스트는 소설가 김승옥이 그린 이어령 캐리커처.

# 차례

## III 위대한 모순 / 이탈리아

# 세계의 바람을 타고

보잉 747도 없었다. 복수여권이라는 것도 없었다. 그러니 그때는 관광 여행이라는 것도 없었다. 군사혁명이 일어나고 막 근대화 구호가 일어나던 60년대 초의 일이다. 『흙 속에 저 바람 속에』의 연재로 신문 부수가 오른 보너스로 3개월간의 세계일주 여행의 티켓이 주어진 것이다. 올림포스 동산의 신화로만 상상한 그리스, 보들레르와 랭보의 시집으로 내 젊음을 열었던 프랑스, 아직도 납 인형 같은 근위병들이 궁전을 지키고 있는 영국, 그리고 바이킹의 나라 북유럽, 무엇보다도 지프를 타고 온 GI로부터 얻은 리글리껌의 향기처럼 입안에서 뱅뱅 도는 미국. 내 최초의 세계일주 여행을 글로 담은 『바람이 불어오는 곳』은 관광 여행의 기행문도 아니고 신문의 르포도 아니며, 그렇다고 무슨 괴테의 『이탈리아 기행』 같은 거창한 문명론도 아니었다.

지금 읽어보면 시대착오적인 대목들도 많고 각주구검같이 황당한 기록들도 많지만 여전히 이 글들에는 다시 읽을 만한 것들이 그대로 남아 있다고 자부한다.

표제 그대로, 좋든 궂든 우리를 향해 불어오는 바람……. 속된 말로 개화기 이래 우리 생활을 압도하고 압도하는 바람, 늘 우리의 마음이나 모습을 변하게 하는 그 서양 바람의 현장에 대한 내 인상기인 것이다. 그러니까 40년 전에 사용한 그때의 내 여권은 아직도 유효기간을 넘기지 않고 있다는 것이다. 바람이 서쪽에서 불어오고 있는 한 모든 것이 변한 서양이요 한국이지만, 그것은 쉼표가 없는 글들로 남아 있을 수가 있다는 이야기다.

내용을 수정하지 않고 신문 연재 당시 그대로 기념사진처럼 남겨둔 채, 이어령 라이브러리의 한 권으로 추가하고자 하는 것이다.

2003년 6월
이어령

# I
# 아시아의 하늘

# 서序 / 두 삽화

누님의 방 안에는 프랑스 인형이 있었다. 나는 그 이방異邦의 여인이 무슨 머리 빛깔을 하고 있었는지 잘 기억해낼 수가 없다. 블론드인지 브루넷인지……. 그리고 가슴에 꽂혀 있던 꽃 모양도, 화려한 드레스의 색깔도 이미 까마득하게 잊어버렸다.

그것은 너무나도 먼 어린 시절의 잔상殘像이었다. 그저 천사처럼 아름다워 보였다는 것, 유리 상자까지 수정처럼 영롱하게 보였다는 것, 그리고 숨을 죽인 채 몇 시간이고 몇 시간이고 그 인형 앞에 서 있기를 좋아했다는 것, 다만 그것뿐이었다.

유리 상자는 나에게 있어 최초의 이국異國이었다. 더 정확하게 말하자면 우리와는 분명히 무엇인가 다른 서양에 대한 최초의 이미지였다.[1]

바다를 건너고, 많은 숲과 많은 강을 건너면 거기 서양이 있다.

---

1) 어린 시절의 서양은 동화 속의 그림같이 환상적인 것이었다.

그 멀고 먼 나라에서는 그렇게 아름답고, 찬란한 사람들이 살고 있는 것이라 생각하였다.

이 프랑스 인형은 단편적이고 애매한 것이었지만 연령과 더불어 늘어가는 서양의 여러 가지 소문 가운데서 자라나고 있었다. 백조가 떠 있는 호수, 빨간 양옥집, 풍차, 빙하에 뒤덮인 산맥…… 간판장이가 멋대로 그려놓은 시골 이발소의 그 서양 풍경화처럼 내 상상의 채색은 유치한 대로 짙어가기만 했다.

그러나 얼마 안 있어 나는 또 다른 하나의 경험을 갖게 되었다. 전쟁이 일어나자 시골 교회로 서양 선교사들이 쫓겨 온 것이다. 그들은 일본 관헌들에 의해서 연금당하게 된 것이었다. 서양 사람들을 구경하고 싶은 호기심이 생겼다.

가을이었다. 가시 철망으로 둘러쳐진 교회에서는 이따금 바람을 타고 풍금 소리가 들려왔다. 그 소리를 따라 나는 누구도 접근하지 못하는 산언덕의 골짜기로 갔다. 샐비어의 꽃이었던가, 붉은 꽃들이 피어 있는 뒤뜰로 가서 몰래 교회당 안을 기웃거렸다. 그때 나는 참으로 놀라운 광경을 보게 되었던 것이다.

마흔 살 가까운 뚱뚱한 서양 부인 하나가 뒤뜰에 나와 체조를 하고 있었다. 몹시 갑갑했거나, 운동 부족이었거나, 고혈압 증상 때문이었거나, 어쨌든 그 부인은 아마 매일같이 그와 같은 행동을 되풀이하고 있었던 모양이다. 손을 흔들 때마다 하얀 비곗살이 먹을 것을 찾는 가축의 그것처럼 뒤룩거린다. 가쁘게 내쉬는 숨은 꼭 땜장이들의 풀무 소리 같이만 들린다. 금시 옷 주름이 터질 것 같다. 상자 속에 든 인형이 아니라 이 땅에서 정말 숨을 쉬며 살아가고 있는 서양 사람을 본 것은 그것이 처음이었다.

그것은 내가 마음속에서 키워오던 프랑스 인형과는 얼마나 다른 것이었던가. 무엇이 무너지는 소리가 들려오는 것 같았다.

아득한 어린 시절의 이야기다. 하지만 그때부터 프랑스 인형과 선교사 부인은 두 개의 다른 싹처럼 내 가슴속에서 성장되어 왔던 것이다. 한 뿌리에서 자란 두 개의 나뭇가지였다. 우리 내면을 지배해 온 서양의 예술가와 사상가, 그리고 젊은 마음을 매혹했던 그들의 시와 음악들은 밀봉密封한 유리 상자의 인형처럼 먼지조차 묻지 않은 가운데서 아름답다.

그러나 한옆에서는 많은 식민지를 거느리고 많은 상품과 많은 무기와 많은 돈을 뿌리고 있는 비대한[2] 서양이 비곗살을 뒤룩거리면서 내 눈앞을 떠나지 않는다. 이 신화의 현실은 서로 모순되는 논리를 가지고 있다. 그리고 바로 그 불행한 모순의 논리가 우리를 키워준 바람이기도 하다.

책 속에서 읽은 관념 속의 그 서양은 우리 속의 인형처럼 핏기가 없고, 체온이 없고, 움직이지는 않으나 순수하고 아름답다. 초콜릿과, 원조 물자와, 신문지 조각과, GI 천막에서 브로큰잉글리

---

2)  실상 아시아와 아프리카의 빈곤 앞에서 유럽과 아메리카는 너무도 비대한 것이었다.

시broken English로 잠깐 접촉해본 서양의 현실적 체험은 가시 철망의 선교사 부인처럼 살아서 꿈틀거리되 잡티만 있다. 모두가 다 부정확하고 피상적이다. 너무 물렁하거나 너무 딱딱하다.[3]

나는 그러한 이미지를 깨뜨리고 새로운 그리고 통일된 제3의 영상을 찾고 싶었다. 말하자면 김포공항을 떠나 유럽으로 가던 그날은 오랫동안 나를 따라다니던 두 개의 환상을 부수는 조그만 선전포고이기도 했다. 그리하여 환상은 부서졌던가? 부서졌다면 새로운 제3의 상[像]은 나타났던가? 나타났다면 그 상은 어떠한 모습이었던가? 초라한 오버나이트백을 메고 바람이 불어오는 그 현장을 향해서 간다.

[3] 전쟁을 치른 우리들의 기억 속의 서양에는 구호품 옷의 이상스러운 빛깔과 초콜릿의 냄새가 묻어 있다.

# 제트 여객기 속에서

서양은 그렇게 먼 데에 있지 않았다. 김포공항의 문턱을 나서기만 해도 벌써 우리는 서양에서 부는 바람을 피부로 느낀다.

똑같은 서양 문명의 산물이지만 기차와 기선은 그래도 자기 나라의 고유한 풍정風情을 지니고 있게 마련이다. 저속한 유행가일망정 〈비 내리는 호남선〉이나 〈목포의 눈물〉은 모두가 한국적인 역이나 한국적인 항구를 노래 부른 것이다.

그러나 공항에는 그런 맛이 없다. 한국의 냄새는 이미 반도 호텔의 에어 터미널air terminal에만 와도 사라지고 만다. 낯설고 매정하고 싱거운 것이 공항의 분위기다. 떠나는 사람과 보내는 사람은 모두 싸늘하게 차단되어 있다.

비행기의 트랩과 2층 라운지 사이에는 아무리 손을 흔들어도 메울 수 없는 텅 빈 거리가 있는 것이다. 환송객이 있어도 거기에서는 모두가 혼자 떠나는 느낌이다. 비행기는 관제탑하고만 인사한다. 그리고 그것은 기적도 없이 떠나버리고 마는 것이다. '출발이다' 하면 벌써 하늘 속의 운해雲海……. 천천히 테이프를 끊으며 파도처럼 밀려가는 기선의 율동이나 창밖으로 내민 얼굴이 차륜 소리와 더불어 사라져가는 기차의 여운 같은 것을 도저히 발견할 수가 없다.

아무리 싫고 낭만적인 이별이라 해도 4륜 제트기4)의 그 깨지는 폭음 앞에선 시정詩情이 우러나오려야 우러나올 수 없다. 울던 손이라도 귀를 틀어막아야 할 판이다. 옛날 '노예선'이라 해도 그렇게 살풍경하지는 않았을 것이다.

떠날 때만이 아니다. 여행의 도중에 있어서도 평범하고 무미건조하기만 하다. 이중으로 밀봉된 창구에는 무한대로 시야가 전개되기는 하나 오직 보이는 것은 구름과 푸른 하늘뿐이다. 스튜어디스의 얼굴을 쳐다보는 것(미녀였을 경우에만 해당되는 사항이지만), 공짜로 주는 식사를 먹는 것, 3만 피트 상공에서 소변을 보는 스릴……이 세 가지 것이 기체機體 내에서 벌어지는 유일한 재미(?)다.

그 외로는

"벨트를 매시오."

---

4)  현대를 제트 시대jet age라고도 부른다. 가장 발달한 여객기인 '707'은 샴페인 한 잔 마시는 동안 100마일을 난다. 유럽에서 신대륙으로 건너간 최초의 이민선移民船 메이플라워호는 1620년 8월 14일 영국을 떠나 12월 11일, 즉 4개월 만에 미국 매사추세츠의 플리머스에 상륙하였다. 백 년이 지난 오늘날엔 대서양을 횡단하는 데 제트기로 불과 8시간밖에는 안 걸린다. 속도의 발전만으로 따질 때, 17세기의 1년은 20세기의 하루에 해당한다.

"담배를 피우지 마시오."

"산소 호흡기는 이런 방식으로, 그리고 구명대는 이와 같이 사용하는 것입니다."

등등 불길한 사고를 생각하게 하는 아나운스만이 있을 따름이다.

비행기의 메커니즘5)은 그 속도와 소음, 그 불안, 그리고 그 평범한 능률주의 일변도로 하여 단연코 현대를 상징하는 존재라고 할 수 있다. 뿐만 아니라 비행기가 인간의 경험을 간접화하고 비약적으로 직선화한다는 면에 있어서는 어쩌면 현대사회와 그렇게 똑같은 것일까!

나는 현해탄을 알지 못한 채 동경에 도착하였다. 태평양의 파도를 모른 채로 홍콩을 보았으며, 아라비아의 사막이 어떠한지를 경험하지 않고 이스탄불의 모스크mosque를 감상했다. 그 사이는 흰 구름과 푸른 하늘의 백지로 생략된 셈이다(사실 나는 좌석이 2백 석이나 되는 육중한 여객기를 탈 때마다 '이것이 정말 뜰 수 있을까?' 하는 회의를 가졌었다. 그것은 현대 문명에 대한 회의와도 맞먹는 것이다).

그러나 불과 서울에서 부산을 갈 만한 시간으로 태평양을 건넜던 것만은 사실이다. 그것이 나는 60년 전 미국의 용감한 시민인

---

5) 기구機構, 기계장치를 의미하지만 현대 문명의 복잡성을, 작품에서는 기교, 심리학에서는 무의식적 방호 수단을 뜻한다.

라이트 형제에게 과연 감사해야 할 일인지 욕을 해야만 될 것인지 확실히 결정지을 수가 없다.

무엇 때문에 라이트 형제는 비행기를 만들었던 것일까? 그리고 무엇 때문에 서양 사람들은 불과 비행시간 12초에 100피트밖에 날 수 없었던 라이트 형제의 장난감 비행기를 짧은 반세기 동안에 음향보다도 빠른 제트기로 발전시켜야만 했던 것일까? 어느 현대 도시고 슬럼가街에 가면 60년 전과 조금도 다름없는 생활을 되풀이하고 있는 사람들이 우글거리는데, 어째서 비행기만은 그처럼 단시일 내에 면목을 일신하게 되었던가?

나는 초등학교 학생처럼 여객기의 지루한 여로 속에서 이 숙제를 풀기 위해 고심하였다. 릴리엔탈이나 라이트 형제가 비행기를 발명하려 든 것은 새처럼 날고 싶다는 순전한 호기심 때문이었을 것이다. 불가능에 대한 도전이었을 것이다. 인간에게 날개를 달아주지 않았던 신에의 복수였던 것이다.[6] 그것은 공리적인 것이 아니라 순수한 무상無償의 모험 속에서 이루어진 발명이다. 그러나 연鳶 같은 라이트 형제의 비행기가 이 여객기로 발전하기까지엔 전연 다른 이유가 있었을 것이다.

비행기가 전쟁의 무기가 아니었던들 나는 결코 지금 서울과 동

---

6) 그리스 신화에 나오는 이카로스는 백랍으로 만든 날개를 달아 태양에 접근하였다가 날개가 녹아 이카리아 바다에 떨어져 죽었다 함.

경 사이를 단 두 시간 만에 날지는 못했을 것이다. 관광객을 편히 모시기 위해서가 아니라 사람을 빨리 죽이기 위한 폭탄을 운반하기 위하여 그들은 이렇게도 크고 빠른 엔진을 만들었다. 워싱턴의 미국 박물관에 전시되어 있는 비행기의 발달 과정을 보면 누구나 그렇게 생각할 것이다. 다만 우리가 그것을 덤으로 이용하고 있을 따름이다.

기도와 같은 순수한 원망願望 속에서 탄생한 비행기가 악마와 같은 사악한 간계에 의해서 양육된 것, 그것이 오늘의 비행기다. '천사가 낳아서 악마가 기른 것', 여기에 혹시 서양 문명의 단서가 있는 것이 아닐까?

# 13A석과 고추장

'산속에 있을 때는 산을 볼 수가 없다. 산을 보려면 산 밖으로 나와야 한다.' 여행자에게는 이 역설이 다시없는 진리로 통한다. 나와 봐야 비로소 내가 한국인이라는 사실을 뼈저리게 느낀다. 하네다[羽田] 비행장에서 홍콩을 향해 떠날 때 벌써 나는 내가 어디에 속해 있는지를 행동으로 증명하기 시작했다.

모든 출국 수속을 마치고 비행장을 나간다. 기러기가 날아가는 루프트한자사社의 표지를 단 육중한 비행기가 바로 눈앞에서 대기하고 있다. 보딩패스만 받으면 이제 기상機上의 몸이 된다.

그런데 승객들은 출구에서 좌석 번호를 자신이 선택하도록 되어 있었다. 마치 극장 좌석표처럼 기체의 내부가 그려져 있고 그 시트마다 숫자가 찍힌 노란 딱지가 붙어 있는 판이 있다. 이것을 어린애들이 '또뽑기'를 뽑는 것처럼 떼어낸다. 재빠르게 식민지를 발견하던 그 솜씨로 서양 신사들은 벌써 이 번호표를 대부분 점령하고 난 후였다.

변명이 아니라 비행장을 빠져나가는 내 행동이 결코 서양 신사들에 뒤진다고는 할 수 없다. 출퇴근 시간마다 합승을 하느라고 산전수전 다 겪은 백전노장百戰老將의 한국 신사는 만만찮다. 그런데 어째서 나는 항상 약삭빠른 서양 친구들에게 좋은 자리를 빼앗겨야만 했던가. 여기엔 참으로 눈물겨운 이유가 있다. 한국인들은 오랫동안 신분증 노이로제에 걸린 채로 살아왔다. 제2국민병 수첩, 시민증, 신분증 등…… 이러한 종잇조각을 자기 생명처럼 소중하게 지니고 다녀야만 했던 백성이다.

그리고 항상 소매치기에 시달려왔다. 그러기에 국제공항에서 한국인을 찾아내기란 불을 보는 것처럼 쉬운 일이다. 그들(한국인)은 언제나 불안한 표정을 하고 서서 안주머니를 열심히 뒤지고 있다. 당황한 손으로 여권을 더듬어보고 나서야 비로소 안심한다. 무의식중에 이러한 거동을 수없이 되풀이하느라고 외국 손님들에게 뒤지게 마련이다.

나도 예외일 수는 없다. 세관이나 출입국 관리소를 지날 때마다 재삼재사 호주머니의 여권을 확인하고 간수하다가 백인들, 자유민에게 앞을 빼앗긴다. 그런데 다행히도 사이드 윈도의 좌석이 비어 있는 열이 있었다. 자랑스럽게 그것을 떼어달라고 손가락질했다. 그러나 루프트한자사 직원은 의아한 표정을 하며 재차 묻는다.

"13A석입니까?"

"예, 그렇습니다……."

"바로 이것 말입니까?"

"슈어……."

나는 좀 성을 냈다. 그리고 그 보딩패스를 받아들자 서울 거리의 개봉 극장을 들어가듯 유유히 기체로 들어가 정해진 좌석에 앉았다.

전망이 좋다. 날개가 방해하지 않는 안성맞춤의 자리다. 그런데 웬일까? 13열 A석뿐만 아니라 B, C, D, E 다섯 자리가 다 텅텅 비었다. 다른 좌석은 모두 차 있는데 내 주위만이 그냥 벌판이다.

그때 나는 갑자기 13A석의 노란 표를 떼 주면서 의아한 표정을 짓던 그 백인의 얼굴이 떠올랐다.

순간 내가 앉은 좌석 번호가 서양 사람들이 죽도록 싫어하는 13번이었다는 사실을 알게 된 것이다.[7] 문명의 극치를 달리는 최신형 여객기를 타고 있으면서도 그들은 현대의 항공술보다 예수의 최후 만찬에 있었던 미신을 더 잘 믿고 있는 것이다. 서양의 호텔 방이나 층계에도 13이라는 수가 없는 것이다. 그래 가지고도 인공위성을 만들어낸 그들이 대견스럽기만 하다. 13 하고도 A석에 안락하게 앉아서 서양인들의 미신을 비웃기 시작했다.

'너희들도 별수 없는 놈들이다. 물론 여기가 4호석이었다면 나

---

[7]  우리나라의 터부는 4이지만 서양의 터부는 13과 금요일이다.

도 이 좌석표를 택하지는 않았을 것이지만, 그것은 당연하다. 걸 핏하면 너희들은 코리아의 국명國名 앞에 언더디벨로프트underde-veloped(저개발)[8]란 고맙지 않은 관어冠語를 붙이고 있지 않는가. 그러나 너희들은 이른바 선진국이 아니냐. 2천 년 전 가룻 유다와 끼어서 열세 명이 밥을 먹은 것이 재수가 없기로서니, 지금까지 13 숫자를 피해 다닌다는 것은 얼마나 옹졸한 고집이냐.'

나는 리프레 씨의 증언을 더듬으며 뼈겨보았다. 오늘날 세계를 지배하고 있는 미합중국은 원래가 13주로부터 시작하지 않았던가. 또 미국 대통령 가운데 그 이름이 꼭 13자인 사람만 해도 우드로 윌슨을 위시해서 7명이나 되며, 또 그들이 위인이라 일컫는 토머스 제퍼슨이나 퍼싱 장군은 다 같이 13일생이 아니냐. 불멸의 작곡가 바그너는 이름도 13자요, 태어난 것도 1813년. 13세에 학교를 졸업하여 13개의 오페라를 썼고 13명의 부인을 사랑했다. 비록 13일에 죽기는 했지만 말이다.

아니, 기억하지 않는가. 대서양을 횡단하던 칼스호號가 침몰하였을 때 13호의 선실에 탄 샤알 마르카르란 남자만이 혼자 살아났다는 사실을. 아니, 기억하지 않는가. 제트기의 사고가 어떤 것인가를. 대체 이 비행기가 추락을 하면 13열에 탄 승객만 죽고 그나머지의 승객들은 응접실로 가는 줄로 아는가.

8)  그들은 언더디벨로프트란 말로 후진국을 가리킨다.

'13 미신'만이 아니다. 여객기에서 엔진 고장이 일어나니까 모든 승객은 일제히 무엇인가를 호주머니에서 꺼내 들더라는 이야기가 있다. 고양이, 토끼 다리, 독수리 발톱[9]…… 별의별 마스코트가 다 튀어나오는데, 도리어 태연히 앉아 있는 것은 미신주의자의 정찰이 붙은 동양인이었다는 것이다. 마스코트라고 하면 말이 점잖지 실은 서양의 부적이다. 매사에 과학이라는 서양 친구들도 생사의 문제만은 수학을 풀듯이는 되지 않는 모양이다.

어리석은 서양의 미신에 대해서 나는 메모를 해두지 않으면 안 된다. 그래서 곁에 있던 오버나이트백을 열었다. 아! 그러나 천만뜻밖에 백 속에는 비락우유 통에 넣어 가지고 간 고추장이 빨갛게 폭발해 있었다. 3만 피트의 상공. 그 기압의 물리적 변화는 한국의 고추장 그릇이라고 동정해줄 리 만무다. 고추장을 들고 서구행을 했다는 것부터가 수치다. 평소에 물리학에 대한, 아니 기압 연구에 대한 관심이 없었음이 수치다. 도대체 세관은 어떻게 통과해야 하는가?

서양인의 13 숫자를 비웃는 동안 고추장이 나를 망신시켰다. 백의 지퍼를 몰래 잠그면서, 오늘의 대결은 피장파장의 일대일로 끝났다고 생각했다. 고추장과 버터의 대결은 우선 희극으로 그

---

9)  고양이, 독수리, 토끼는 높은 데서 뛰어내릴 수 있다는 데서 파일럿들의 마스코트로 쓰인다.

초반전을 끝냈던 것이다.

# 흘겨본 홍콩

"홍콩은 대영 제국의 왕관에 박힌 보석의 하나다"[10]라고 말한 사람이 있다. 또 누군가는 그것을 '동양의 진주'라고 했고 '세계의 반딧불 초롱'이라고 부르기도 한다. 그래서 세계 3대 미항美港을 손꼽을 때는 나폴리, 그리고 리우데자네이루와 함께 반드시 홍콩이란 이름이 끼이게 된다. 여기에 대해서 아무도 이의를 말할 사람은 없다. 참으로 홍콩은 그렇게 아름다운 것이다.

빅토리아 피크를 넘어서면서 기상에서 굽어본 해안선이나, 혹

---

[10]  홍콩은 화강암의 암벽으로 된 섬이라, 물은 물론 풀조차 나지 않는 땅이었다. 1841년 제1차 아편전쟁 때 영국은 중국으로부터 이 섬을 할양해 받았는데, 당시 그것은 현지縣誌에도 기재되지 않았던 쓸모없는 어촌이었다. 그러나 영국은 이미 그 섬의 가치를 알았고 결국 오늘과 같은 아름답고 생산적인 항구 도시를 만들었다. 이 섬 하나를 보는 데도 벌써 중국과 영국의 안목은 달랐다. 인구 3백만 가운데 99퍼센트가 중국인이며 그중 약 10만 명은 수상(船) 생활을 하고 있다. 홍콩은 영국의 식민 정치가 얼마나 노숙한가를 상징하는 곳이기도 하다. 면 서기까지도 일본인이 와서 차지했던 왕년의 일본 식민정책을 겪은 우리의 안목으로 볼 때 모든 것을 자치제로 내맡긴 영국의 그 통치력에 놀라지 않을 수 없다.

은 주룽[九龍] 반도半島에서 스타페리를 타고 올려다본 언덕 위의 스카이라인이나, 혹은 공항으로 달리는 하이웨이에서 본 해상의 불빛이나…… 그것은 자연과 인공이 결합되어 빚어진 가장 이상적인 조화다.

사실 홍콩의 밤은 유난히도 아름답다. 해안에 연한 마천루에는 전부 네온사인으로 윤곽이 그려져 있어서 마치 동화 속의 궁전 같다.

그러나 홍콩의 참된 인상은 그런 겉모양에만 있는 것은 아닌 것 같다. 후에 얻은 결론이기는 하지만 홍콩(카이타크 공항)의 세관 검사는 유난히 까다로웠다. 모두 카키색 제복을 입은 중국인 관리들뿐인데 넬슨 제독이나 된 것처럼 뻐긴다.

"피스톨을 가졌습니까?"

세관원이 무뚝뚝한 표정으로 질문하였을 때, 나는 금시 대답이 나오지 않았다(홍콩에서는 정말 영화 장면처럼 국제 갱단이 총격전이라도 벌이는 것일까?). 나는 이 식민지 관리의 마음을 부드럽게 하기 위해서 영국식 유머로 대답했다.

"나에겐 펜이 있을 뿐입니다."

그러나 통하지 않는다. 건방지다는 듯이 아래위를 훑어보는 세관원의 얼굴엔 웃음이 없었다. 묻는 말에나 대답하라는 투다.

"이건 뭐요?"

행커치프로 소중하게 싸놓은 물건을 끌러보라고 명령한다. 그것은 기상에서 폭발한 내 조국 코리아의 소중한 고추장 통이었다. 아마 아편으로 오인했던 모양이다.

"이것은 핫페퍼(고추)로 만든 음식물인데…… 말하자면 일종의 코리안 잼입니다."

그래도 자꾸 통을 열어보라고 한다.

모든 중국의 관리들이 옛날부터 이렇게 자기 임무를 충실히 수행하였더라면 아마 그들은 아편전쟁에 패배하지는 않았을 것이며, 홍콩은 영국의 직할 식민지가 되지 않아도 좋았을 뻔했다. 그러나 지금은 너무 늦은 것이다. 우리나 그들이나 늘 행차 뒤에 나팔을 분 역사의 지각생들이다. 고추장 통을 열어 보일 때 나는 자꾸 동양인에 대한 측은한 동정이 복받쳐 올랐다.

"한번 맛보시렵니까?"

의심 많은 그 대영 제국의 식민지 관리에게 그 통을 들이밀었다. 그제야 질겁하고 트렁크에 초크로 사인을 해준다. 오케이라는 뜻이다.

공항 밖으로 나왔을 때도 모두가 눈에 띄는 것은 그러한 중국인들뿐이다. 포마드를 칠한 청년 하나가 재빨리 다가서면서 친절하게, 그것도 유창한 킹스잉글리시 아니 퀸스잉글리시로 말을 걸어왔다.

"쇼핑 안내를 해드릴까요?"

손짓으로 거부해도 여전히 따라온다.

"쇼핑 안내를 해드릴까요?"

이제는 또 동경 발음의 일본 말이다. 또 손짓으로 거부하다가는 무슨 말이 튀어나올지 모른다. 그래서 내가 필요로 하고 있는 것은 상품이 아니라 사건(뉴스)이라고 대답해주었더니,

"아, 기자이신 모양이군!"

의미 있는 웃음을 웃으며 슬며시 도망쳐버린다.

그 청년만이 아니었다. 카메라를 들고 거리를 걸어가면 이 골목 저 골목에서 명함을 내놓고 인사를 청하러 오는 동양 군자들이 많다. 공짜로 상점을 안내해주겠다는 봉사자들이었다.

홍콩은 아름답다. 그러나 그 아름다움을 찾아온 관광객이 아니라 물건을 사러 온 관상객(?)들만이 우글거리는 도시다. 로마인들은 콜로세움으로 가자고 외치지만 홍콩의 중국인들은 '상가商街'로 가자고 외치고 있다. 홍콩에서 신사라고 하면 그것은 보석상 쇼윈도의 앞에서 서성거리는 사람을 의미한다. 세계의 상품이 모여들어 전쟁판을 벌이고 있는, 그리고 오늘날 유일하게 남아 있는 이 자유 무역항의 거리를 걷고 있으면 모든 사람들이 밀수꾼으로 보인다. 예수님도 아마 이곳에 오시면 설교보다 먼저 물건을 사려고 기웃거릴 것 같다.

녹용, 카메라, 비단, 보석의 그 허영의 행렬. 말하자면 홍콩은 겉과 속이 완전히 다른 도시다. 겉은 아름답고 속은 추악하다. 겉은 희고(서양) 속은 노랗다(동양). 런던의 거리처럼 빨간 2층 버스가

달리고 있다. 고층 건물이 즐비한 퀸스로드를 걷고 있으면 아무도 여기가 동양이라고는 생각지 않을 것이다. 과연 백여 년 전에 여기가 암산岩山의 황지荒地였다고는 믿지 않을 것이다. 완벽할 정도로 그 겉모양은 서구화되어 있다. 그러나 속은 런던이 아니다. 내면은 아직도 수박씨나 까먹고 아편이나 빨고 있는 중국의 정체停滯가 깊이 잠들어 있는 곳이다.

불결한 배 위에서 누더기 빨래를 널며 살아가고 있는 벼룩 시민들, 무책임하게 번식만 해놓은 빈민가의 중국 어린이들, 아직도 인력거를 끌고 있는 황색인들, 그 황색 인종들은 예나 다름없이 침체한 생활을 되풀이하고 있다.

홍콩 섬을 코앞에 두고서도 아직 주룽 반도와 연결되는 다리는 가설되어 있지 않다. 스타페리 회사가 도항 이권渡航利權을 독점하고 있는 것 같다. 90퍼센트가 중국인이지만 그들은 눈에 띄지도 않는 영국인의 그늘 속에서 살고 있다. "재주는 곰이 부리고 돈은 되놈이 받는다"라는 말은 적어도 홍콩에서는 통하지 않는다. '재주는 되놈이 부리고 돈은 영국인이 받는다.'

홍콩은 아름다운 베일을 쓴 추녀醜女였다. 홍콩은 서양 옷을 입힌 동양이었다.

홍콩은 아편처럼 거대한 쾌락 속에 숨은 하나의 타락이었다.

# 어글리 인디아

"옛날 신이 흙을 이겨서 인간을 만들 때의 이야깁니다." 멀고 먼 밤의 여로 홍콩을 떠나 이스탄불을 향하던 팬아메리카 기상機上에서 너무도 고독한 나는 곁에 앉은 아르헨티나 신사를 붙잡고 이야기를 나누었다.

"그런데 제일 처음에 만든 인간은 신이 한눈을 팔다가 너무 구웠기 때문에 새까맣게 타버렸답니다. 그것이 오늘날의 흑인들입니다. 두 번째는 지나치게 조심한 탓으로 채 익지도 않은 인간을 그냥 꺼내버렸던 것입니다. 그것이 바로 백인들입니다. 그래서 신은 단단히 정신을 차려 이번에는 태우지도 않고 설지도 않게 정성껏 구웠다는 것입니다. 그래서 이윽고 세 번째는 아주 알맞게 익은 노란 인간이 탄생했습니다. 즉 황색 인종은 그렇게 해서 태어난 것입니다."[11]

---

11)  이 말이 사실이라면 황색 인종이야말로 가장 선택받은 인종이다.

뚱뚱한 그 남자 신사는 쾌활하게 웃으면서 그럴듯한 이야기라고 맞장구를 쳤다. 비프스테이크도 미디엄(반쯤 구운 것)이 제일 맛있다는 이야기였다. 자기는 동양인을 좋아한다는 것이다. 그리고 한국 사람들은 일본 문자를 쓰느냐, 혹은 중국 글자를 쓰느냐고 물었다.

나는 신바람이 나서 세종대왕의 위대성으로부터 시작하여 한글의 고유성과 '가, 갸, 거, 겨……'의 그 알파벳이 'A, B, C, D……'보다 얼마나 과학적인 것인가를 설명해주었다. 메모장을 찢어서 실습까지 시켜주었다. 그 남미 신사는 동양인의 순정에 감화된 바 있었던지 자기 이름을 한글로 써달라 해서는 참을성 있게 몇 번이고 되풀이해서 쓰고 있었다.

그때 갑자기 무뚝뚝하게 앉아 있던 인도인이 이 화제에 용약 출전하여 인도의 자랑을 한바탕 늘어놓기 시작했다. 말끝마다 "아우어 그레이트 인디아"란 말을 섞어가면서 인도의 '언어 통일 운동'[12]이며, 반차트 위원들의 눈부신 농촌 개발이며, 세계 제일의 인도의 정신문명에 대해서 거만하게 떠들어댔다. 나는 아무 대꾸도 하지 않았다. 메스꺼운 생각이 들었기 때문이다.

"너희 나란 보지 않아도 잘 안다. 1년에 수만의 아사자가 있어 국가 문서에 '아사자란餓死者欄'이란 항목까지 따로 설치하고 있는

---

12) 인도는 주마다 지방어가 있어 심하면 이국어처럼 서로 통하지 않는다.

주제에 무슨 놈의 정신문명이 세계 제일이냐? 집 없는 사람들이 길거리에 쓰러져 자고 아직도 쇠똥을 말려 연료 대신 쓰고 있는 놈들이 인도가 없으면 세계가 멸망할 것처럼 안하무인으로 호언하는 건 대체 어디서 꿔 온 과대망상이냐. 하기야 얼굴 생긴 것부터가 희지도 않고 노랗지도 않고 검지도 않으니 인도가 세계 제3의 길이란 말도 거짓말은 아닐 것 같구나."

나는 이렇게 속으로 비웃고 있었지만 남미 신사는 인도의 네루를 칭찬하고 그들의 종교에 대해서 질문을 하기도 했다. 인도의 피아르PR가 풍차처럼 돌아가고 있을 때 그는 인내성 있게 "원더풀wonderful", "리얼리really" 하면서 감탄사를 보내길 잊지 않는다.

인도의 피아르가 끝나면 이번엔 내가 용감한 브로큰잉글리시로 한국 피아르를 또 늘어놓는다. 그러면 또 아르헨티나의 죄 없는 그 신사는 나를 향해서 맞장구를 친다.

비행기가 뉴델리에 도착하자 인도인은 인사도 없이 내려가버렸다. 그런데 이상스럽게도 거기에서는 비행기에서 내리지도 않는 승객들에게 일일이 입국할 때와 마찬가지로 신상카드를 써내라고 했다. '황열병黃熱病 예방주사를 맞았느냐?' 등등의 사항에 O, ×를 치라고 했고, 허위 사실이 있을 경우에는 법에 의하여 제재를 받아도 좋다는 서약에 사인까지 하라고 되어 있다.

도대체 이게 무슨 짓일까? 오히려 인도 비행장에서 병을 묻혀

갔으면 묻혀 갔지 무엇이 그리 위생적인 나라라고 통과 승객에게
까지 그토록 까다롭게 구는가? 후진국일수록 매사가 까다롭다.
그리고 그 열등의식을 감추기 위해서 꾸며낸 자기 존대!

　비행기가 뉴델리 공항에서 떠났을 때 나는 겨우 안도의 숨을
쉴 수 있었다. 실상 나는 황열병 주사를 맞지 않았던 것이다. 목
적지가 구미 각국으로 되어 있었으므로 동남아 체류 시에만 필요
한 황열병 예방주사를 맞을 필요가 없었던 까닭이다. 더구나 침
구를 챙기고 소제를 하러 올라온 공항의 용인傭人들을 인도의 방
역 관리들인 줄 알고 나는 숨도 크게 내쉬지 못했던 것이다. 아!
코리아여, 눌려 지내만 오던 한국인은 어디에 가나 관리라면 무
서운 것이다. 피해 의식이 앞선다.

　그리고 안도감 다음에는 부끄러운 생각이 들었다. 옆에서 벌써
평화롭게 잠들어 있는 아르헨티나 신사의 얼굴을 보면서 나는 후
회하기 시작했다. 이 신사는 제 나라에 대해서 한마디도 자랑하
려고 들지 않았다. 그런데 어째서 나는, 그리고 그 인도인은 백인
을 한가운데 두고 황인의 우월성을 논하고 자국의 문명을 자랑해
야만 했던가? 그는 듣고만 있었다. 그리고 그는 동양에 대해서 무
엇인가 배우려고 애썼다.

　그런데 대체 나와 그 인도인은 달팽이처럼 자기 껍질에 파묻혀
서 변변히 자랑도 할 것 없는 제 나라 이야기만 떠들지 않았던가?
인도보다 몇 배나 위생적인 프랑스나 영국에서는 옐로카드(예방주

사 증명서)를 보려고도 하지 않는다.

그런데 저희들은 세균이 우글거리는 갠지스 강의 흙탕물을 성수<sub>聖水</sub>라고 퍼먹으면서 내리지도 않는 승객에게까지 황열병 예방 주사를 맞았는가 하고 조사를 해야 되는가. 왜 그렇게 까다롭고, 왜 그렇게 실속 없는 형식만을 걸머지고 다니는가.

동양의 하늘을 날면서 나는 자학의 깊은 상처를 달래야만 했다. 잠든 그 백인의 얼굴과 내 피붓빛을 비교하면서 나는 속으로 외치고 싶었다. '황인종은, 정말 황인종은 신이 가장 잘 구워낸 인간이냐?' 하고.

# 아시아여, 안녕

이스탄불[13]의 공항에 내렸을 때 나는 내가 한국인이라는 사실을 다시 한 번 뼈저리게 느꼈다. 떠날 때는 그렇게도 멋있고 견고해 보이던 신품 트렁크가 유럽에 도착하기 전에 벌써 형편없이 파손되어 있었기 때문이다. 외국인 승객들 틈에 끼어 나(한국인)만이 창피한 짓을 한 것은 아니었다. 한국제 트렁크도 외국의 짐짝들과 비행을 하고 있는 동안 별수 없이 자신의 그 허약성을 드러내놓고 만 것이다. 튼튼하고 자신만만한 외국제 트렁크에 짓눌려

---

13)  이스탄불은 현재 터키 최대의 도시이지만 옛날엔 비잔티움이라 하여 희랍 식민지의 하나였다. 그리고 로마 콘스탄티누스 대제 때에는 콘스탄티노플이라 불렀으며, 그리스 정교의 총본산(현재에도 희랍 정교의 대주교가 이곳에 있다)이었다. 1458년에 터키 등에 점령되고부터 교회는 점차 무너지고 회교가 지배하게 되었다. 기독교 문명과 회교 문명이 맞닿는 경계선. 오늘날 이스탄불의 소피아 사원에서 우리는 그 동서의 혼합을 직접 눈으로 볼 수가 있다. 노래를 통해 잘 알려진 위스퀴다르는 이스탄불에서 한 시간이면 갈 수가 있는 거리에 있다.

더 이상 견디지 못했던 것 같다.

포터는 철사가 꿰져 나온 인조가죽 트렁크를 공항 밖으로 들고 나오면서 줄곧 무엇인가 커다란 소리로 외치고 있었다. 짐작하건 대 '조심하시오', '위험합니다'라고 주위 사람들에게 경고를 발하 는 소리인 것 같았다. 사실 꿰져 나온 그 트렁크의 철사는 여러 번 곁의 사람들의 옆구리나 잔등을 찌를 뻔했던 것이다.

등에서는 식은땀이 흐르면서도 나는 포터 곁에 바싹 붙어서 따 라갔다. 물론 멀찍이 떨어져 갔던들 사람들의 시선을 피할 수는 있었을 것이다. 그러나 하도 속기만 하고 살아온 한국인의 생리 는 짐과 조금만 떨어져도 불안감을 참을 수가 없다.

나는 그 트렁크를 만든 한국의 메이커를 원망하지는 않았다. 그것은 차라리 체념에 가까운 것이었다. 언제 적부터 우리가 슈 트 케이스를 들고 여행을 하였던가. 수십 년 전만 해도 망태를 메 지 않으면 무명 보따리나 들고 나그넷길을 떠났던 사람들이 아닌 가. 겉만 겨우 치장해놓고 현대 문명의 대열에 끼어든 그 트렁크 에서 나는 나 자신의 모습을 보는 것 같았다. 그것이 더욱 가슴 아픈 일이었다.

한국만이 아니다. 모스크의 탑 위에 올라가서 "알라! 알라!"라 고 소리치는 이슬람교도의 소리를 취재하기 위해서 휴대용 녹음 기의 스위치를 눌렀을 때, 나는 그 기계가 벌써 고장 나 있다는 사실을 알고 얼마나 실망했는지 모른다. 그 녹음기는 홍콩에서

60달러를 주고 산 일제 도코다 PT 4H형이었던 것이다.

이스탄불의 인상도 또한 그러하였다. 비잔티움 문명을 적은 역사책이나 소피아 박물관에 직접 가보지 않더라도 사람들은 이스탄불이 어떤 도시인지를 상상할 수 있다. '추억의 이스탄불' 운운하는 유행가 하나로도 그 기분을 알 수 있을 것이다. 그것은 예이츠가 그토록 심취하여 노래 부른 '영원한 예술의 성도聖都'이기도 하다. 종교 생활과 미적 생활이 혼연일치된 시인의 이상향 비잔티움이 바로 여기다. 그러나 내가 만난 이스탄불의 터키인들은 그러한 전설, 그러한 문화와는 너무나 동떨어져 있는 데서 생활하고 있는 것 같았다. 그러한 문화는 생활 위에 덮어씌운 아름다운 가면에 불과한 것처럼 보였다. 이스탄불에서 첫 번째로 손꼽히는 파크 호텔인데도 나는 포터가 방 안에까지 들어와 미국 달러가 있으면 유리한 레이트rate, 소위 암시세暗時勢로 바꿔주겠다고 몇 번이나 간청해 오는 것을 보았다.

지저분한 거리에는 한국처럼 가난한 구두닦이와 신문팔이 아이들이 늘어서 있었다. 우리나라처럼 할 일 없는 사람들이 많은 탓인가? 길에서 싸움이 벌어지거나 자동차가 펑크 하나만 나면 금시 새까맣게 사람들이 모여든다.

을지로 로터리에서와 같이 차가 멈추면 물건을 사라고 기웃거리는 장사치들과 양담배가 있으면 달라고 쫓아오는 부랑아들도 많았다. 터키는 담배가 귀하다. 담배를 피우지 않는 사람들도 담배를 권하면 으레 한 개비를 받아서 소중하게 안주머니에 싸 넣는다. 미국 담뱃갑에는 대개 터키식 조제법調製法(터키식 브랜드)이라는 선전문이 있었기에 나는 터키에서는 정말 값싸고 멋진 담배를 사 피울 수 있으리라고 믿었다.

그러나 아이로니컬하게도 이스탄불에서는 돈 대신 담배를 달라고 청해 오는 사람이 많은 것이다(어느 나라에서도 없는 일이다). 세계적으로 유명한 터키 목욕탕이 막상 터키의 본고장에서 찾아볼 수 없는 것과 같은 현상이다. 그러면서도 그들은 자기 분수를 모르고 있는 것 같았다. 그들은 코리아라고 하니까 6·25 때 참전했다는 관록 때문인지, 우월감을 가지고 제법 선진국 행세를 하려고 덤벼드는 것이었다.

서비스를 하던 '건방진 터키인' 하나는 나에게 선풍기 켜는 법을 아느냐고 하면서 시범까지 해 보였다. 선풍기가 돌아가는 것을 신기한 눈초리로 바라보는 체해주었더니 안하무인격으로 뻐기는 것이다. 그래서 나는 시치미를 떼고 이렇게 말해주었다.

"그것 참 신기하군요. 직접 바람이 나오다니……. 우리나라에는 이런 것은 없고 버튼을 누르면 방 안 공기 전체가 싸늘하게 되는 에어컨디셔너란 것이 있는데……."

그제야 혼자 문명인인 것처럼 행세하던 그 친구는 풀이 죽어서 비굴한 웃음을 웃고 도망쳐버리는 것이다.

한마디로 말하자면 문화와 현실이 유리되어 있는 것이 바로 이스탄불의 비극이라고 나는 생각했다. 과거와 현재가, 개인과 사회가, 그리고 내용과 표면이 따로따로 해체되어 있는 곳, 그것은 동시에 한국과 일본까지를 포함한 아시아의 어느 곳에서도 볼 수 있는 비극이었다.

아시아와 유럽을 사이에 끼고 파도치는 보스포루스 해안의 장엄한 낙조를 바라보면서 나는 고별인사를 하였다.

아시아여 안녕! 동양과 서양이 마주치는, 이스탄불이라는 그 상징적인 도시에서 나는 다시 한 번 여장을 꾸렸다. 이제부터 정말 유럽의 여행이 시작되는 것이다.

# II

# 태양과 돌의 신화 / 그리스

# 빛이 있는 유럽의 입구

그리스[14]는 거기 있었다. 눈부신 일광 속에, 새파란 에게 해海의 빛깔 속에 아테네는 거기 그렇게 있었다. 역사가 오랜 고도古都에는 고본상古本商의 냄새 같은 것이 있다. 혹은 볕이 안 드는 박물관의 회랑回廊처럼 침울하고 슬픈 그늘이 있다. 로마가 그렇고 런던이 그렇고 파리까지가 그런 것이다.

그러나 아테네는 기원전 15세기의 미케네 문명에까지 거슬러 올라가는 서구 문명의 요람이지만 여전히 밝고 건강한 색채가 있다. 리카베토스의 암산岩山을 온통 대리석처럼 비추고 있는 저 태양은 분명히 신화 그대로 아폴로의 금마차인 것이다.

14) 그리스 그리고 아테네라고 하면 역사책에나 나오는 나라요, 도시인 것 같은 착각이 든다. 서양 문명의 발상지이지만 그 문화는 기원전의 일. 그 후에는 로마에 정복되고 노르만인의 침략을 받았으며 터키의 지배하에서 4백 년이나 살아왔다. 2차 대전 중에는 이탈리아와 독일군에 점령되기도 했다. 수도 아테네에는 그리스 전 인구의 5분의 1에 해당하는 150만이 거주하며, 산업이라고는 올리브와 포도주 정도다.

"태양이란 단지 타오르는 바윗덩어리에 불과한 것이다"라고 말했던 이오니아의 한 과학자는 그 때문에 아테네 사람들로부터 추방되고 말았다는 이야기가 있다. 뭇사람들이 태양에 엎드려 제사를 지내던 시절, 홀로 태양을 '암괴岩塊'라고 갈파했던 그 선각자(아낙사고라스)의 천재와 용기를 나는 존경한다. 그러나 지금 누가 나보고 저 아테네의 태양을 가리켜 그와 똑같은 이야기를 하는 사람이 있다면 단연코 나도 페리클레스처럼 그를 추방하고 말 것이다.

태양은 어디에서나 빛난다. 다만 아테네의 창공에서 빛나는 저 5월의 태양만큼 신화적일 수는 없다. 1년을 두고 비가 내리는 날은 겨우 20일도 되지 않는다는 그리스, 그 속에서 자란 도시에 어둠이 있을 리가 없다. 대리석 건축물이 많은 아테네의 시가는 햇빛 그대로 백색이었다.

그러나 알파니 시그마니 하는 그리스 문자는 옛날의 그 기하학 교과서를 연상케 한다. 내가 아는 그리스어의 가난한 전 재산 속에는 불길하게도 '바바로이'란 것이 있다. 아테네 사람들이 이방인들을 경멸해서 부른 말이다. 그러니까 우리나라 말로 하면 '오랑캐'란 뜻과 통한다. 더구나 그 '바바로이'의 원뜻은 '더러운 말로 지껄이는 놈들'이란 것으로 영어의 '바바리언barbarian(야만인)'의 선조 격인 단어다.

바바로이가 되어야 한다고 생각하니 신화적인 기분이 술에서 깨어나는 것 같다. 더구나 나는 그리스인과 국제결혼한 최 여사의 집을 찾아가야 된다. 어차피 영어나 프랑스어를 말해도 여기에서는 '바바로이', 더러운 말로 지껄이는 오랑캐다. 그것보다는 차라리 우편물이 되는 것이 낫다고 결심한다. 말은 못해도 편지는 세계의 어느 곳이든 정확히 찾아가는 것이다.

그래서 봉투에 주소를 쓰듯, 그분의 주소를 흰 종이 위에 깨끗이 옮겨 썼다. 우체통에 들어가듯 그 종이를 보이고 택시에 올라탔다. 그러나 뜻밖에도 택시 운전사는 모두 손을 흔들며 승차를 거부한다. 나중에 안 일이지만 최 여사가 살고 있는 니콜롱은 서울의 문화촌처럼 교외의 신주택지였기 때문에 택시가 가지 않았던 것이다. 우편물식으로 길을 찾는 방법도 효과가 없다. 한참을 기다리다가 아리스토텔레스처럼 점잖게 걸어가는 영감 하나를 붙잡고 영어로 말했다.

그런데 웬일일까! 순식간에 한둘, 청하지도 않은 사람들이 떼를 지어 몰려든다. 물론 그것은 시실리 섬을 정벌하기 위해서 모여든 알키비아데스의 군사들은 아니었다. 길 잃은 이방인에게 친절을 베풀기 위해서 모여든 착한 아테네의 시민들이다.

그중에서 한 학생이 영어의 알파벳으로 적은 그 주소를 그리스 문자로 옮겨 적었다(정말로 이들은 영자를 쓰지 않는다. 관광객을 상대로 한 TAXI 도 꼭 'TA王I'라고 X를 임금 王 자처럼 쓴다). 그러자 그중에서 지망자 하나가 나와서 직접 나를 안내해주겠다고 한다. 자기 호주머니에서 버스

요금까지 내면서 장장 수십 킬로미터의 길잡이가 되어준 것이다.

버스 종점에까지 왔을 때 그는 버스 운전사와 합동으로 어디선지 모터사이클을 탄 소년 하나를 데리고 왔다. 손짓으로 올라타라는 것이다. 찻길이 없는 시골길로 한참 들어가야 했기 때문이다. 귀여운 그리스 소년은 바바로이를 태우고 시골길을 달린다.

이윽고 흰 석회 칠을 한 아름다운 주택가에 이르렀을 때, 그리고 최 여사 집의 초인종을 누르고 잠시 기다리고 있을 때, 그 소년은 모터사이클을 세운 채 머뭇거리고 있었다. 사례가 필요한가 보다. 나는 그에게 돈을 집어주었지만 끝내 사양하고 받지 않았다. 최 여사와 만나 내가 그 집으로 들어가는 것을 보자 비로소 손을 흔들며 그 소년은 오던 길로 되돌아갔다. 혹시 내가 만나지 못하면 다시 태워주려고 기다렸던 것 같다.

요란한 폭음을 울리고 소년이 사라진 길을 나는 묵묵히 더듬는다. 한국의 가을 하늘보다도 한층 더 푸른 벽공碧空과 맞닿은 그 고갯길엔 붉고 붉은 부겐빌레아의 야생화들이 피어 있었다. 그리스 비극을 감상하고 난 것처럼 가슴이 찡해 왔다. 이방인은 조금만 친절을 받아도 으레 콧날이 시큰해지기 마련이다.

그리스는 한국처럼 가난한 나라다. 유럽의 여러 나라 가운데 국민소득이 제일 낮은 나라다. 또 우리의 경우와 마찬가지로 역사는 깊지만 오랫동안 이민족인 터키의 압제를 받아오다가 겨우 독립을 얻은 나라다. 공산 게릴라에 시달렸고 정치적인 불안이 가시지 않았다. 그런데 어째서 그들은 우리와 달리 그렇게 이지러진 데가 없고 어두운 구석이 없는가! 비록 가난할망정 한국에도 인정은 있다. 그러나 그 인정은 어딘가 병적인 데가 있고 어둡다.

페르시아 대왕이 그리스 정벌을 하려고 할 때 그 부하 데라파라토스가 한 말이 기억난다.

"과연 그리스와 가난은 언제나 변화 없는 동거인이다. 그러나 그리스인들은 그 속에서도 지혜와 강력한 법률에 의해서 얻어진 능력을 가진 민족인 것이다."

나는 알고 싶었다. 빈곤 속에서도 그들은 어떻게 빛을 가지고 살며, 고난 속에서도 그들은 어떻게 한숨을 모르고 살 수 있으며, 오랜 역사 속에서도 그들은 어떻게 마음의 주름살 없이 그처럼 젊을 수 있는가? 가난하고 의로운 내 조국을 생각할 때 나는 더욱 그것이 알고 싶었다. 오늘도 아직 서 있는 아크로폴리스의 신전과, 폐허 속에서도 살아 있는 아고라와 디오니소스의 노천극장, 그리고 저 일광과 저 에게 해의 푸른 바다 속에 혹시 그 비밀이 있는 것은 아닐까 나는 생각했다.

# 아크로폴리스의 명상

홍망이 유수하니 만월대로 추초秋草로다

오백 년 왕업이 목적木笛에 부쳐시니

석양에 지나는 객이 눈물겨워 하노라


이 센티멘털한 시조는 고려 유신 원천석元天錫이 읊은 것이다. 비단 눈물 많은 옛 선비뿐만 아니라 왕조의 유적을 더듬는 오늘날의 우리 마음도 대체로 그와 다를 것이 없다. 주춧돌과 잡초와 허물어져가는 낡은 목조 건물은 그저 허망한 생각만 불러일으켜 줄 뿐이다.

그러나 아테네의 아크로폴리스[15]는 눈물이 아니라 경탄이, 허

---

15) 아크로폴리스란 '높은 지대의 도시'란 뜻으로 아테네의 중심에 있는 언덕. 높이가 156미터니까 남산의 중턱밖에 안 된다. 파르테논은 이 언덕 정상에 세운 신전으로 아테네의 전성기인 기원전 448년에 착수하여 15년에 걸쳐 세워진 건물이다. 균형의 조화는 인간

무보다는 어떤 승리감이 앞서게 되는 곳이다. 가을이 아니라서, 석양이 아니라서, 그리고 목동의 슬픈 피리 소리가 들려오지 아니해서 그랬던 것은 결코 아니다. 무엇보다도 그것은 '나무'와 '돌'의 차이에서 오는 인상 때문이라고 생각한다. 예외는 있을망정 우리 조상들이 남긴 유산은 나무와 흙이었다. 흙 위에 집을 세웠고 나무로 대들보와 기둥을 만들었다. 시간이 흐르면 썩고 무너지고 이지러지고 만다. 거기에는 세월과 더불어 사라져가는 슬픈 인간의 운명이 있다. 그야말로 남아 있는 것은 주춧돌과 추초秋草뿐이다.

그러나 아크로폴리스는 150미터의 높이로 솟은 암산이다. 그리고 삼면이 낭떠러지로 되어 있는 석회암의 견고한 대석 위에 그들은 대리석의 신전을 세웠다. 돌 위에 돌집을 짓고 다시 그 돌집에 돌로 된 조각을 만들어 붙였다. 톱으로 썰어 온 나무가 아니라 끌로 캐낸 펜테리콘 대리석이다. 그것은 인간 일체를 파괴하는 시간에의 위대한 도전이었던 것이다. 형체(공간)에 의한 시간의 정벌, 그것이 그리스인의 영원이다.

흙의 문명과 돌의 문명, 그것이 바로 우리와 그들의 생활을 나누는 상징적인 척도가 아니었던가. 백년지계란 말이 의미하듯이

의 착시錯視까지 고려하여 완벽에 가깝다. 한때 신전이 터키의 지배하에서 이슬람 사원으로 사용된 일도 있다.

우리가 기껏 생각한 것은 겨우 백 년의 미래였지만, 그들은 천 년 뒤의 일을 생각하며 역사를 창조했던 것이다. 어느 무식한 일본의 한 정치가는 아크로폴리스의 파르테논Parthenon을 보고 일본의 부흥을 자랑했다고 한다. 즉 그리스는 전쟁이 끝나고 10년이 넘었어도 아직 폭격 맞은 건물들을 저렇게 방치하고 있지 않느냐는 고견이었다. 사람들은 그 불쌍한 일본 정치가를 조소하였지만, 나는 진실로 그의 눈이 얼마나 정확한가에 대해서 변명하고 싶다.

정말 그렇다. 아무런 선입견도 없이 아크로폴리스의 신전들을 바라보면 꼭 폭격을 맞아 부서진 건물처럼 보인다. 아무리 생각해도 2천여 년 전의 건물이라고는 생각되지 않는다. 풍상우수風霜雨水에 의해서 훌쩍거리며 하나하나 사그라져가는 유물의 인상은 아무 데서도 찾아볼 수가 없다. 백白 대리석의 도리아식 석주石柱는 아직도 처녀의 살결처럼 싱싱하다.

빈틈없는 조화와 균형 잡힌 파르테논의 건축미는 현대 감각에 어긋나지 않는 참신성이 있다. 심미주의자 테오필 고티에가 아테네를 여행할 때 이 파르테논의 완벽한 미를 보고 넋을 잃었던 것도 무리는 아니었다.

그것은 미래에도 여전히 새롭게 느껴질 힘과 미였다. 이 신전 속에 저장해두었던 화약이 폭발되지 않았더라면 우리는 더욱 완전한, 엊그제 지은 듯한 신전을 볼 수 있었으리라.

아크로폴리스에는 시간이 정지되어 있다. 오직 거기 남아 있는 것은 46본本의 거대한 석주로 지탱되고 있던 아름다운 인간의 힘이, 그 공간[形體]이 있을 따름이다.

분명 그것은 '기둥의 아름다움'이다. 기둥이란 무엇인가? 그것은 떠받치는 힘, 혼자가 아니라 한 개, 한 개가 모여서 하늘을 떠받치는 공간의 힘이다.

한국인이 발견한 것은 기둥이 아니라 '지붕의 미'였다. 지붕은 떠받치는 것이 아니라 내리누르는 것이며, 시민의 힘이 아니라 왕과 같이 군림하는 절대자의 영상이다.

그리고 아크로폴리스를 보고 내가 원천석[16]처럼 눈물을 흘리지 않았던 이유는, 미의 구조뿐만이 아니라 그 건축 자체가 또한 왕궁의 유적이 아니었다는 점 때문이다. 그렇다. 그것은 왕궁이 아니다. 한 개인의 허영과 혹은 영화를 위해서 세워진 유물이 아니다. 고려 왕실의 빈 터뿐만 아니라 비록 웅장하고 위대한 이집트의 피라미드라 하더라도 우리는 그 앞에 서면 인간에 대한 허무에 옷깃을 적신다.

대체 그 제왕의 꿈은 어디에 묻혀 있는가? 노예에 채찍을 대던 권세 높은 관리들의 허욕은 어디로 갔는가? "당시시금여當時侍金輿는 고물독석마故物獨石馬"라던 두보杜甫의 시 「옥화궁玉華宮」 생각이 난다.

---

16) 호는 운곡耘谷. 고려 말의 수절 충신.

그러나 파르테논은 어느 한 개인의 부와 영화를 위해서 세워진 것은 아니었다. 그것은 아테네 시민 정신의 상징인 지혜와 예술의 여신 아테네를 위해 만들어진 것이다. 통치자 페리클레스에게 바친 것도 아니며 조각가 피디어스의 이름을 위해서 세워진 것도 아니다. 그야말로 '아테네 시민을 위한, 아테네 시민에 의한, 아테네 시민들의 전당'이었다. 물론 피디어스가 아테네 여신상을 세울 때 금괴를 속였다 하여 재판 소동이 벌어진 일은 있었다. 하지만 시민도 노예도 다 같이 합심해서 평화 가운데 지은 집이다.

그것은 아테네 시민의 정신과 땀이 합쳐진 결정물이다. 그것이 지금 저렇게 2천 년의 시간을 훌쩍 뛰어넘어서 우리 눈앞에 전개되고 있지 않는가. 혼자 세운 경주慶州의 석굴암과는 전연 다른 인상이다. 또 당백전當百錢의 엽전을 만들어내면서 왕권의 위세를 보이기 위해 세웠던 대원군의 경복궁을 볼 때 느끼는 그 마음도 아니다.

간접 조명을 받고 아테네의 밤하늘에 아름답게 부각되는 파르테논…… 그것을 바라보는 오늘의 아테네 시민들의 마음은 어떤 것일까? 독재자의 꿈인가. 권세에 대한 허욕인가. 황금에 대한 동경인가.

아니다. 2천 년이 지난 오늘에 다시 새로워지는 아테네 여신의 슬기와 그 아름다움일 것이다. 시간을 뛰어넘는 돌의 승리, 미의 승리, 시민 정신의 승리일 것이다.

# 광장의 문명

"여기가 바로 아고라[17]입니다."

한국 유학생 J씨가 차를 세우면서 손가락질을 한다. 그것은 그냥 잡초와 관목이 드문드문 우거져 있는 빈 터였다. 아크로폴리스와는 달리 깨어진 돌 조각도 대리석 기둥도 없는 폐허의 광장이었다. 스토아Stoa[列柱廊]와 일광밖에는 아무것도 없었다. 외로운 여정旅情 때문이었을까. 옛날엔 민주주의의 숲이며 수사학修辭學의 화원이었던 곳…… 짭짤한 감상이 울컥 목을 메게 한다.

"아고라! 아시죠? 거, 뭐라고 할까요. 시민 광장, 장터, 아니 민중들의 틀이라고 할까요. 좌우간 2천 년 전 아테네 시민들이 모여

---

17)  아고라Agora. 고대 도시 국가의 시민들이 모여 정치와 상거래를 하던 생활의 광장이다. 그래서 시민들이 아고라에 모여드는 아침 녘과 헤어지는 저녁 녘의 한 시간을 나타내는 용어로까지 쓰였다. 즉 '아고라에 모인다'는 것은 정오, '아고라에서 돌아간다'는 말은 오후의 뜻이었다. 오늘날엔 아고라라고 하면 상업적인 마켓을 뜻한다.

서 정치를 토의하고 상거래를 하던 마당이니까, 아크로폴리스가 정신의 광장이었다면 여기는 바로 생활의 광장이었던 셈이죠. 그러나 별로 볼 것이 없습니다. 사진이나 한 장 찍고 갑시다."

과연 J씨의 말대로 아고라엔 볼 것이 없었다. 그 흔한 관광객의 모습도 여기에서는 별로 찾아볼 수가 없다. 그리고 고적 발굴이 아직 끝나지 않은 탓인지 사람들이 들어가지 못하도록 철망을 쳐 놓았다.

하지만 무슨 핑계를 삼아서라도 나는 이곳을 그저 지나쳐서는 안 된다고 생각했다. "여기가 바로 아고라다." 순간, 시간은 2천 5백 년 전으로 역류逆流하면서 그 빈 터는 갖가지 환상들로 넘쳐 나고 있었다. 낭랑한 목소리로, 그리고 마치 음악처럼 다듬어진 아름답고 힘찬 웅변으로, 하나하나가 왕과도 같은 아테네의 시민들 앞에서 정치가들은 자기의 뜻을 전하고 나라의 살림을 상의하였다.

왕의 뜰이 아니라 이 민중의 마당에서 모든 것은 결정되었던 것이다. 거기엔 독재자도 없고 감시의 눈을 번득이는 정보원도 없다. 통치자 페리클레스가 사랑하던 연인 아스파샤와의 관계를 시민들에게 눈물로 변명하던 자리가 바로 여기였으며, 집권자 클레온의 주장에 대항하여 디오도토스가 한 시민의 자격으로서 승리의 연설을 거둔 자리가 바로 여기였다.

아고라에서 필요한 것은 권력과 칼이 아니다. 시민이 6천 명 이상 모여야 성회成會가 된다는 이 노천 광장에서는 모든 사람들이 들을 수 있는 우렁찬 목소리와 그리고 모든 사람이 마음속으로 감동할 수 있는 참된 수사학이 있었던 것이다. 심지어 소크라테스가 정치를 하지 않고 평론가가 된 것은 목청이 작았기 때문이라는 설까지 있다.

국가의 최고 결정 기관은 관리가 아니라 민중이었으며, 그 관리란 것도 실은 재수만 좋으면 누구나 할 수 있는 자리였다. 서른 살 이상의 희망자들은 심지를 뽑아서 공평하게 결정되었기 때문이다.

지금도 대리석제의 커다란 추첨함이 남아 있는데, 거기에서 장관 자리인 아르콘으로부터 아래로는 광대까지가 나온 셈이다. 이러한 민주주의의 전통 때문에 유럽에서는 어떤 독재자도 우리와는 달리 대중 앞에서 연설을 한다. 대중의 마음을 끌지 않고서는 독재조차 할 수 없었다.

이 아고라(광장)야말로 서양의 역사를 움직여온 시민의 고향이었던 것이다. 아고라는 분명히 폐허가 아니다. 지금은 저 광장이 침묵하고 있지만 거기에서 움튼 무수한 아고라들이 유럽으로, 아니 전 세계로 뻗어나가고 있지 않는가.

나는 아테네 시가를 달리는 버스 속에서도 그것을 보았었다. 버스의 승객 가운데 한두 사람이 무엇인가 커다란 소리로 다투고 있었다. 그러자 여기저기서 그 싸움에 합세하여 전 승객들이 두

패로 갈라져 고함을 쳤다. 나는 속으로 생각했다. '가난한 나라의 사람들은 어디를 가나 싸움이 잦을 날이 없구나.' 그러나 옆에 앉았던 최 여사가 나에게 설명을 한다.

"놀라지 마세요. 저것은 싸움을 하는 것이 아니고 정치 문제를 토론하는 것이랍니다. 버스 안에서만 있는 일이 아니죠. 여기에서는 아무 데서고 한 사람이 정치 이야기를 꺼내면 모든 사람이 그에 참여하여 열변을 토한답니다."

더욱 놀란 것은 드디어 운전을 하던 운전사까지 버스를 세워놓고 객석을 향해 고함을 치는 것이었다. 조용히 해달라는 경고가 아니라 자기도 이 토론에 참가하기 위해서 잠깐 운전대를 놓은 것이다.

그 데모스테네스[18]의 후예들의 웅변이 어떤 것이었는지 그리스어를 모르는 나로서는 알 도리가 없다. 그러나 목청만은 옛날 아고라의 웅변가들처럼 몹시 크고 우렁찬 것이었다. 이제 아고라의 웅변을 버스 속에서나 듣게 되었다고 서러워할 것은 없다. 왜냐하면 오늘날 아테네의 도처엔 현대화된 광장이 있고, 거기엔 수천 명이 앉을 수 있는 오픈카페의 벤치가 놓여 있다. 여기에서 그들은 매일 밤 만담과 노래를 들으며 서늘한 남구南歐의 밤을 즐

18)  데모스테네스는 고대 아테네의 웅변가로, 마케도니아의 왕 필립 2세의 야심을 간파해 반反필립 연설을 하다가 사형을 선고받아 자살하였다.(B.C. 384~B.C. 322)

기고 있다.

그리스뿐이 아니다. 어느 도시를 가나 서양에는 시민들이 모여 놀 수 있는 광장들이 많다. 피아차, 플라스, 스퀘어, 서클, 서커스…… 이러한 이름들이 붙은 거리에 가면 으레 시민과 함께 비둘기, 분수, 조각, 벤치, 그리고 꽃과 나무들을 볼 수 있는 광장이 있다.

한국, 아니 동양의 도시와 구미歐美의 도시가 근본적으로 다른 것이 있다면 바로 그것이다. 우리에겐 광장이 없었다. 광장을 중심으로 도시가 발달해 간 것이 아니라 어느 몇몇 사람의 권력을 중심으로 그것은 존재하고 있었다. 서울을 보라. 왕들이 놀다 간 뜰이 아니면 철책을 두른 관공서 앞마당이 있을 뿐이다.

아고라의 문명은 시민의 문명이며 말(토론)의 문명이다. 폭력자들에 쫓기어 벙어리처럼 살아온 우리에겐 역사상 광장이란 것을 가져본 일이 없었다. 대체 누구의 도시이기에 우리에겐 광장이 없었느냐. 그래서 나는 뜨거운 햇볕 속에서도 못 박힌 듯 아고라의 풍경을 바라다보고 있었다. 광장 없는 도시의 비극을 생각하면서……

# 피레우스 항구의 창녀

〈일요일은 참으세요Never on Sunday〉로 유명한 피레우스[19] 항구는 아테네 시에서 얼마 멀지 않다. 자동차로 10여 분쯤 달리니까 벌써 새파란 바다가 나타나기 시작했다. 영화 장면 그대로였다. 5월인데도 수영을 하고 있는 사람들이 보인다. 그리고 커다란 선박들이 닻을 내리고 조는 듯이 정박하고 있었다. 항구라고 하면 으레 지저분한 것을 연상하게 되지만, 바다 빛깔이 너무도 푸른 탓인지 매우 깔끔한 인상이다. "라라라……"로 시작되는 망측한 그 영화 주제가가 격에 잘 맞는 곳이다.

나중에 알았지만, 그 주제가는 원래가 이 피레우스 항구의 옛날 민요였던 것이다. 그것을 편곡하여 거기에 엉뚱한 가사를 붙인 데에 불과한 것이었다.

---

19)  피레우스Piraeus 항구는 기원전부터 아테네의 중요한 외항으로서 지중해 제일의 상항商港이었으며 해군의 요새지였다.

피레우스엔 낡은 건물들이 꽤 많다. 하지만 조금도 음침하지는 않다. 운전을 하던 J씨가 웃으면서 설명을 한다.

"자, 이제부터 영화에 나오는 그 창녀의 거리가 나타날 겁니다. 길거리를 조심해서 보십시오." 차가 좁은 길로 꺾어 들자 나는 참으로 신기한 장면을 목도하고 놀랐다.

원색의 옷을 차려입은 여인들이 모두 문 앞에 나와서 죽 늘어서 있었다. 그리고 느릿느릿 지나가는 우리의 차를 향해서 밝은 미소를 보내기도 하고 손짓을 하기도 한다.

대낮인 것이다. 그것도 쏟아지는 햇볕 아래 부끄러움도 그늘도 없이 마치 멜리나 메르쿠리처럼 큰 눈을 뜨고 쾌활한 태도였다. 조금도 구김살 없고 이지러진 데가 없는 것 같았다. 창녀들은 흔히 밤의 여인이라고 하지만 적어도 여기에서만은 대낮의 여인이었다. 어느 나라의 어느 도시나 그러한 여인들은 대체로 어두운 밤 그리고 으슥한 골목길을 택하여 나타나게 마련이다. 따라서 창녀의 거리는 음침하고 추잡한 것이 공식으로 되어 있다. 그런데 그리스의 창녀들은 이렇게 대낮 속에서 꽃처럼 활짝 피어나 있다. 타락도 그쯤 되면 순수하다.

더욱 나를 놀라게 한 것은 곁에 동승同乘하고 있던 그리스 여대생의 태도였다. 그녀는 영문학을 전공하는 교양 있는 여인, 그 점잖은 여인에게 보여서는 안 될 장면이다. 숙녀를 태우고 차를 이런 데로 몰고 온 J씨가 잘못이다. 그렇게 생각한 나는 얼른 딴청을 피웠다.

"페리클레스가…… 스파르타군과 싸우다 페스트에 걸려 죽었다는 그 자리가 어디쯤 되는지요? 이 언저린가요?" 관심을 다른 데로 돌리자는 것이었다. 그런데 그 여대생은 그 질문에 대답도 하지 않고 창가로 손가락질을 하면서 이렇게 말하는 것이었다.

"저기, 저 거리가 〈일요일은 참으세요〉[20]를 로케location한 뎁니다. 저 집이 멜리나 메르쿠리가 몰려온 해군들에게 물을 퍼부은 데고요……. 내려서 한번 걸어보시겠어요?"

창녀나 여대생이나 너무도 밝고 너무도 자연스러웠다. 그들에게 있어 성性은, 그리고 쾌락은 죄가 아니었다. 그것은 태양과 바다와 함께 하나의 자연이었다. 생명과 같은 희열이었다. 적어도 나에게는 그렇게 보였다. '건강한 에로티시즘', 이러한 인간주의의 구김살 없는 성을 통해서 줄스 다싱은 아직도 현존하는 그리스 문명의 일면을 보여준 것이다. 그 영화가 조금도 과장이 아니었다는 것을 나는 새삼스럽게 느낄 수 있었다. 위대한 헬레니즘이 이제는 겨우 창녀의 표정에서나 엿볼 수 있게 되었다는 것은

20) 줄스 다싱 감독의 〈일요일은 참으세요〉란 영화는 그리스에서 인기가 없었다고 한다. 내가 그곳 학생들에게 그 영화의 감상을 물었을 때 그들은 한결같이 분격한 어조로 다싱은 그리스를 잘못 보고 있다고 비난했다. 우리가 알기에는 다싱이 좋아한 것은 그리스가 아니라 미국인이었는데도, 그들은 그 영화가 그리스를 모독한 것이라는 의견이었다.

좀 서글픈 일이기는 하지만, 그러나 그 '밝은 성'이야말로 서양의 문명을 움직여온 하나의 원동력이었음을 눈으로 보는 것 같았다. 추악한 현실, 고통스러운 생활도 그리스인들에게 있어선 아름답고 영원한 하나의 조각으로 화해버리고 마는 것일까.

솔직히 고백하건대, 대낮과 함께 있는 창녀들의 그 밝음은 그리스를 제외하고는 어느 나라에서도 구경할 수 없었다. 그녀들을 보고 추잡하게 생각한 내가 도리어 추잡하게 느껴질 정도다.

2만 명이나 수용했었다는 디오니소스 노천극장을 구경했을 때 들은 말이지만, 옛날 그 자리에서 희극 배우들은 전신 나체로 연극을 했었다는 것이다. 그리고 외설(?)을 거침없이 지껄이면서…….

디오니소스는 술의 신이다. 거칠고 쾌활하고 명랑한 신이다. 이 디오니소스를 사랑하는 그리스인들은 디오니소스처럼 생의 건강성을 지니고 살았다. 이것이 또한 우리와 다른 점이 아닐까 생각한다.

우리에게 있었던 것은 '대낮의 성'이 아니라 '한밤의 성'이었다. 죄의식 속에서 자란 '성'은 언제나 파리하게 시들어 있지 않으면 병들어 있다. 여기에서 육체를 상실한 문명이 생겨난 것은 아니었던가? 동양인의 예술 품목엔 나체화란 없었다. 옷 속에 숨겨진 살결이 있을 뿐이다. 그러나 서양의 박물관에는 나체화를 빼면 별로 남는 것이 없을 지경이다. 그 나체의 여인상에서 그들은 생명의 근원적인 아름다움을 발견했던 것이다.

피레우스 항구의 바람은 간지러울 정도로 삽상하다. 길가에는 유도화처럼 생긴 꽃들이 남구의 건강성을 발산하고 있다. 웃음 짓던 창녀의 얼굴을 새삼스럽게 다시 한 번 쳐다보았다. 그리스 조각처럼은 아름답지 않다. 그러나 생의 희열이 무엇인지를 알고 있는 순진한 표정이었다.

대체로 한국의 여인들이 웃을 때는 꼭 가면이 구겨지는 것 같은 부자연성이 있다. 화장품 가루가 떨어질 것 같아 불안하다. 우리의 여인들은 그늘 뒤에서 웃어왔다. 수줍음이란 말은 여인의 미덕으로 통하고 있지만 그것을 뒤집어 보면, 그만큼 성애性愛가 이지러져 있음을 의미한다. 순진하지 않다는 것을 의미한다. 서너 살 먹은 천진난만한 계집아이에게서나 겨우 찾아볼 수 있는 그런 웃음을 나는 그리스에서, 그것도 윤락한 여성의 표정에서 발견했던 것이다. 병들지 않은 성, 그것은 피레우스 항구의 인상처럼 밝기만 했다.

# 그리스 여성과 여신

　그리스에는 여성의 날이란 것이 있다. 이날이 되면 남자들은 아침부터 밤까지 집을 지켜야 한다. 부엌일에서 애 보는 일까지 전부를 도맡아 하게 되는 것이다. 물론 여성들은 남자를 가둬놓고 그동안 거리로 진출한다. 마음껏 놀고 즐기면서 여인 천하의 기분을 만끽하려는 것이다.

　만약에 이날 남성들이 거리로 잘못 나와 돌아다녔다가는 억센 여인들에게 물벼락을 맞게 된다. 왜 집을 지키지 않고 나와 돌아다니느냐는 의미에서다. 그런데 이러한 풍속을 뒤집어 보면 그리스의 여성이 평소에 그만큼 억눌려 살아왔다는 사실을 알게 된다. 그들이 언제나 자유스럽고 해방된 여권을 누리며 살아간다면 굳이 '여성의 날'을 설정할 필요가 없을 것이다. 교통사고가 많기 때문에 '교통의 날'이 있게 되는 것이며 인권이 짓밟히기 때문에 '인권의 날'이 생기게 된 것과 마찬가지다.

　내가 보기에도 그리스의 여성들은 아직도 그 사회적 지위가 퍽 낮은 것 같다. 파리의 오픈카페에서는 젊은 여인들을 많이 볼 수 있었지만 아테네에서는 대개가 노인이 아니면 젊은 남성들뿐이었다. 지금도 여성들이 결혼을 하려면 막대한 지참금이 필요하다는 이야기였다.

다만 대학 졸업자인 경우는 교육을 일종의 지참금 조로 간주하여 관대히 봐준다는 그 정도가 옛날과 좀 다른 점이라는 것이다.

콘스탄틴 왕이 덴마크의 공주와 결혼하게 되었을 때에도 이 지참금 문제가 적잖은 물의를 일으켰다. 그리스인의 안목으로 보면 시집오는 색시[公主]가 지참금 한 푼 없이 홀몸으로 들어온다는 것은 정말 이해할 수 없는 일이었을 것이다.

한국 여성보다도 더 인습적인 것이 그리스 여성들이 아닌가 싶다. 그리스 여대생들과 만났을 때 나는 제법 서양식으로 한답시고 영화에서 본 대로 자동차 문을 열어주기도 하고 식당에 들어갈 때는 보이처럼 부동자세로 문을 열어주기도 했었다. 그러나 영문학을 전공한다는 여대생이었지만 레이디 퍼스트lady first를 잘 모르고 있는 눈치였다. 오히려 그 여대생은 "한국 남자는 모두 여자들에게 그렇게 친절한가" 하고 반문하는 것이었다.

소크라테스의 아내를 어떻게 생각하느냐고 농담을 걸었을 때에도 마찬가지였다. 크산티페는 철학자와 결혼한 것이 아니라 한 남편과 결혼한 것인데, 소크라테스는 가계를 돌보지 않고 밤낮 사람들만 데려다 연설만 하고 앉아 있었으니 그녀만 악처라고 나무랄 수는 없지 않느냐고 은근히 나는 아부 겸 선동을 했던 것이다. 그러나 그 여대생은 의외로 크산티페가 나빴다는 것이다. 여인은 남편이 하는 일을 돌볼 의무가 있는 것이라는 보수적인 이론이었다.

그리고 보면 확실히 옛날부터 아테네에서는 남존여비의 전통이 있었던 것 같다. 아리스토텔레스와 같은 박식한 학자도 남녀평등이라는 것은 미처 생각지 못했던 것이다. 그는 여성을 인간의 범주 안에 넣지 않았고, 그의 선배인 소크라테스나 플라톤만 하더라도 여자를 노예와 동일시했다. 플라톤이 신에게 드린 세 가지 감사 가운데 두 가지는 자기가 노예로 태어나지 않은 것과 여자로 태어나지 않았다는 사실이다.[21] 여러 가지 기록을 보더라도 아테네의 여성은 노예나 다름이 없었다. '자유 시민의 여인을 길거리에 내보내서는 안 된다'라는 사고방식은 비단 메난더의 희곡 속에 나오는 대사에 그치지 않았다. 당시의 남자들은 "아내는 아이

---

21) 물론 그리스의 사상가들이 모두 현실적인 여인을 천대한 것은 아니었다. 아리스토파네스의 희극 〈리시스트라테〉를 보면 그리스가 내란 상태에 처했을 때 부인들이 일치단결하여 평화를 회복할 때까지 일절 남편들과 잠자리를 같이하지 않을 것을 결의한다. 아리스토파네스는 이렇게 남성의 무력을 풍자하고 은근히 여성의 평화주의를 높이 샀던 것이다. 이 밖에도 아리스토파네스는 기원전 4세기에 이미 「에클레시아」란 작품을 통해 부인 의회의 문제를 내세워 여인의 주권과 참을성에 대한 것을 말한 바 있다. 플라톤은 여인으로 태어나지 않게 된 것을 신에게 감사드렸다지만 그의 『공화국』에서는 남녀동권을 말했던 것을 잊어서는 안 된다.

들을 낳기 위해서 있는 것이고, 첩은 몸을 보살펴주기 위해서 있는 것이고, 창녀는 즐겁게 해주기 위해서 있는 것"이라고 생각하면서 그에 대한 아무런 회의도 모순도 느끼지 않았던 것 같다.

참으로 이상스러운 현상이다. 현실의 여인들은 그렇게 경멸하면서도 어째서 한 옆으로는 또 그들은 여신들을 그토록 존경하였던가? 그들의 수호신인 예술과 지혜의 아테네 여신만 해도 그것은 분명히 여성이 아니었던가? 그 밖에도 얼마나 많은 여신들이 그들의 존경과 사랑을 받아왔던가? 저 아름다운 아프로디테가 그렇고 아폴로와 맞서는 아르테미스가 그런 것이다.

조각 속의 여인상이 살아 있는 여성보다도 더 대우를 받았던 아테네의 모순. 거기에서 우리는 그리스의 한 맹점과 동시에 아테네의 정신문명을 키운 위대한 장점을 볼 수 있다. 아테네의 자유 시민(남성)들은 육체노동을 싫어했고, 집안일을 경시했다. 그러므로 육체노동은 노예에게, 가사는 여성에게 맡기고 그들은 오직 예술과 철학과 정치를 생각해 왔던 것이다. 노예와 여성의 희생이 아니었던들 아마 우리는 인류가 가질 수 있었던 가장 이상적인 그리스의 정신문명을 보지 못했을 것이다.

오늘의 그리스는 물론 고대의 그것과는 엄청나게 다르다. 그러나 "사막에서 자취를 감춘 물줄기도 남김없이 잃은 것은 아니라"라는 타고르의 시대로 이러한 그리스의 모순은 어디선가 잠재되어 있는 느낌이었다.

어디를 가나 꽃밭이 있는 아테네의 아름다운 주택들, 책과 신문으로 장식된 길가의 키오스크[露店], 보통 마흔 가까워서야 장가를 드는 신랑들, 그리고 가난하지만 친절한 그들, 정년퇴직자들만 나와서 놀고 있는 한가로운 오픈카페⋯⋯. 그 그리스의 멋은 다분히 현실에서 소외된 것들이라고 느껴졌다. 그리스는 위대했지만 그 위대성 속에는 이미 멸망의 요인이 내포되어 있었는지도 모른다. 나는 소크라테스의 감옥을 보면서 한층 더 그것을 구체적으로 느꼈다.

# 대낮 속의 어둠

아테네의 눈부신 햇빛 속에는 두 개의 밤이 있다. 하나는 시에스타 타임Siesta time, 즉 낮잠 자는 시간이고 또 하나는 소크라테스를 가두었다는 그 동굴의 어둠이다.

1시부터 4시까지 장장 3시간 동안이나 계속되는 시에스타 타임의 아테네 거리는 마치 영화 〈하이눈High noon〉의 라스트신처럼 정적하다. 상점은 물론 은행과 관청까지도 문을 닫아건다. 언어의 유희가 아니라 정말 그것은 '대낮의 밤'임에 틀림없다. 대낮에 낮잠 자는 이 풍습은 기원전 6세기부터 내려오는 전통이라고 했다.

옛날 쫓겨난 통치자 피시트라스가 군대를 몰아 아테네에 복귀하려고 했을 때, 바로 공격을 개시한 때도 그 시에스타 타임이었다는 것이다. 모든 사람이 죽은 듯이 잠자고 있는 아테네의 거리는 쉽게 그의 손에 떨어졌다. 백주의 공격은 심야의 내습과도 같은 것이었기 때문이다.

2천 년 전 추방된 통치자의 복귀를 위해서는, 그리고 더운 날씨

속에서 살아야 하는 시민들을 위해서는 시에스타 타임이 다시없이 고마운 습관일지 모르나 여행자에게는 반가운 편이 아니다. 나도 J씨를 따라서 낮잠 자는 연습을 해봤다. 그러나 도무지 불안해서 잠이 오지 않는다. 덧문을 걸고 낮잠을 자는 체하면서 나는 생각했다. 그리스인들은 이렇게 긴 낮잠을 자다가 오늘날 남의 나라에 뒤떨어진 것이나 아닐까? 물론 건강이나 정신 위생에도 그것은 다 같이 필요한 것일는지 모른다. 처칠 경이 인도에서 병사로 근무하고 있을 때 얻은 가장 큰 수확 가운데의 하나가 이 낮잠 자는 버릇이었다. 그것이 후일에도 많은 도움을 주었다고 그는 술회述懷하고 있다.

그러나 대낮에도 밤거리 같은 시에스타 타임의 광경을 보고 있으면, 아무래도 그것이 그리스 문명의 낙조落照를 상징하는 열쇠가 아닌가 하는 생각이 든다. 몸을 아끼고 무리를 하지 않는 것. 그 환락과 휴식과 소비를 좋아했던 아테네 시민의 기질이야말로 '대낮의 어둠'이었는지 모를 일이다. 다운타운의 한적한 거리에는 카메라를 멘 이방인들만이 유난스럽게 눈에 띈다. 폭양 속에서 도시는 부재不在하고 있는 것이다.

이와 같은 광채 속의 어둠은 소크라테스의 옥사獄舍[22] 속에서도

---

[22] 소크라테스의 옥사獄舍가 있는 언덕 앞에는 카페가 하나 있다. 많은 관광객들이 모여 술을 마시고 식사를 하기도 한다. 참으로 아이로니컬한 대조다.

발견할 수 있다. 전설처럼 전해 내려오는 이야기이기는 하나 기상대로 가는 필로파프스의 언덕 길가에 그것은 있었다. 석굴은 하나가 아니라 서너 개쯤 되었는데 내부는 한결같이 어둡고 침울했다. 밖에는 눈부신 일광이 있었다. 아크로폴리스의 백 대리석이 찬란하다. 그러나 소크라테스의 감옥은 옛날처럼 어둡기만 하다.

녹슨 철문 안을 들여다보면서 나는 그 속에 쪼그리고 앉아 있었을 노철인老哲人의 모습을 상상해보았다. 그리스인치고는 유난히 코가 낮고 못생겼던 추인醜人, 집에서는 항상 크산티페(그의 아내)에게 구박을 당하고 거리에 나와서는 이단자라 하여 눈총을 받던 외로운 늙은이, 그러나 그가 분명히 보았던 것은 대낮 속의 깜깜한 어둠이었다. 아테네의 화려한 아름다움 속에 동굴처럼 입을 벌리고 서 있는 그 나락奈落의 어둠이었다. 기울어가는 폴리스의 운명과 잘못 접어든 역사의 물결을 막기 위해서 이 늙은 철인은 두 팔을 벌리어 버티고 있었다. 그러다가 끝내는 독배를 마시고 쓰러진 것이다.

고대 아테네 시민들은 (플라톤의 말을 빌려 표현하자면) 점차로 화장술과 요리술과 같은 겉차림만 화려한 수사학과 궤변詭辯 속에서 타락해 갔다. 진실로 건강을 돕는 것은 체육과 의학이었지만 그들은 그러한 진리보다 식욕을 돋우기만 하는 요리술, 피부만을 위장하는 화장술 같은 궤변과 수사학에만 귀를 기울이려고 했다. 여기에서 가짜 지도자인 데마고그demagogue들이 등장한다. 진眞

이냐 선善이냐 하는 물음보다 멋지냐 아름다우냐 하는 것이 그들에겐 더욱 중요한 것이었을는지 모른다.

　소크라테스는 그러한 타락과 싸우다 쓰러졌던 것이다. 그 어두운 소크라테스의 감옥은 무엇을 의미하는 것일까? 그것은 소크라테스가 아니라 바로 진실보다 수식을 좋아한 아테네 시민의 타락을 상징하는 것이다. 위대한 아크로폴리스 옆에는 저 어둡고 답답한 소크라테스의 석굴이 있었음을 잊어서는 안 된다. 이것이 바로 그리스의 한 맹점, 위대한 그 '이슬'의 운명이었는지 모른다.

　아테네의 일광을 이방인인 내가 혼자 듬뿍 받으면서 소크라테스의 감옥을 감상하자니 어쩐지 미안한 생각까지 들었다. 그래서 나는 이렇게 속으로 독백했다.

　"소크라테스여, 당신은 아직도 외상 닭값을 걱정하고 계십니까? 악처인 크산티페의 구박을 섭섭하게 생각하고 계십니까? 당신이 좀 더 미남으로 태어나셨다면 아마 데마고그들 앞에서 박수를 치고 있던 저 아테네의 사치스럽던 청년들의 하나였을 것입니다. 겉멋에만 열중했던 그 청년의 하나였을는지 모릅니다. 그러나 그런 것들은 모두 중요한 것은 아닙니다. 지나간 일들입니다. 모든 것은 다 대낮의 광명 속에서 눈이 부신데 당신의 감옥만은 볕이 들지 않는 어둠이 있습니다. 지금 당신이 부재하는 감옥 앞에는 2천 년 전과 마찬가지의 일광이 흐르고 있습니다. 카메라를 들고 당신의 감옥을 기웃거리는 저 많은 관광객의 모습에서 당신은 무엇을 보고 계십니까? 그것 역시 당신이 보았던 바로 저 '대낮 속의 어둠'입니다.

유럽은 밝을 때 언제나 그 어둠을 간직하고 있습니다. 데마고 그 앞에서처럼 자동차와 TV와 요트와 경마장 카지노에 시민들은 열광적인 박수를 보내고 있지만, 그 대낮 속에 전쟁의 위기와 인간의 타락이 심연深淵을 이루고 있습니다. 아테네의 시민들에게만 묻지 마십시오. 당신은 또 한 번 독배를 들어야 하겠습니다."

지금도 2천 년 전의 그때와 같다. 서양의 문명은 바로 이 '대낮 속의 어둠'에 자리해 있는 것 같았다. 표면을 보면 서양은 아름답고 환하고 즐겁고 행복해 보인다. 그러나 그 이면에는 소크라테스가 독배를 기울여야만 했던 그 어둠이 깔려 있는 것이다.

# 디마라 씨와의 회견

의외로 그리스에서는 한국이 널리 알려져 있다. 직접 우리 외교관들이 상주常駐하고 있는 이탈리아에서보다도 한국에 대한 관심이 많은 것 같다.

"우리들의 우정은 핏줄로 맺어져 있습니다. 이것은 성스럽고도 영원한 것입니다."

그리스 대학생들과 만난 자리에서 나는 여러 번 이런 이야기를 들었다. 처음엔 그것이 무슨 뜻인지 몰랐다. 알고 보니 그것은 그리스인들이 한국전에 참전하여 피를 흘렸다는 의미인 것이다.[23]

---

23) 추억을 가진 사람들끼리는 곧잘 통할 수 있는 친화력이 있는 것 같다. 문명이 그 거리만큼 다른 한국과 그리스이지만, 그 정만은 상통되는 점이 없지 않다. 사실 그리스에 와서 들은 이야기이지만 그곳 고고학자의 하나는 한국이 옛날 그리스의 한 식민지였다는 설을 발표하여 물의를 일으킨 일이 있었다고 한다. 아직도 남아 있지만 고대 그리스의 가옥을 보면 한국의 기와집 지붕과 놀랄 정도로 같다. 다만 용마루에 덮은 기와가 없을 뿐이다. 그리고 라디오에서 흘러나오는 그리스 민요의 가락을 들어보면 한국 〈수심가愁心歌〉와 같다.

별로 과장된 표현은 아니다. 아테네의 키오스크는 대개가 한국전에 참전했던 상이군인들이 경영하고 있었다. 상이군인의 보장책으로 정부가 키오스크의 이권을 그들에게 넘겨준 까닭이다. 거리에서도 영어를 말할 줄 아는 사람을 만나 우연히 이야기를 해보면 십중팔구 한국전에서 싸운 무명의 용사들이다. 한희협회韓希協會란 것도 있다. 그 역시 한국전에서 활약한 군인 출신을 중심으로 만들어진 단체다. 한국전에 참전했던 국가에 들러보면 대개 그 반응은 두 가지다. 하나는 우호적인 것이고 또 하나는 도리어 경멸적인 태도다.

나는 여기에 대해서 많은 설명을 하지 않겠다. 다만 내가 지금 말하고 싶은 것은 그리스인의 한국관이 다행히도 전자에 속해 있다는 눈물겨운 고마움이다. 진실로 그들은 한국의 비극을 이해하려고 드는 것 같았다. 내가 만난 디마라 씨도 그런 그리스인의 한 사람이었다.

우리나라에서는 별로 들은 적이 없는 비평가이지만 현지에선 상당한 영향력을 가지고 있는 지성인이다.

"아테네에 와서 나는 헬레니즘의 전통이 어떻게 잔존殘存해 있

물론 우연의 일치다. 우리가 그들의 식민지였다는 학설은 고맙지 않은 일이지만 문화의 공통성을 인정한 것만은 귀담아들을 만하다. 직접적인 교섭은 없었다 하더라도 역사가 오랜 슬기로운 민족에게는 서로 암합暗合되는 정신의 맥락을 찾아볼 수가 있다.

는가를, 그리고 어떻게 부활되고 있는가를 보려고 했습니다. 그러나 아무것도 발견하지 못한 채로 그냥 돌아가게 되는 것입니다. 초조한 마음 때문에 직접 그것을 묻고 싶습니다."

내가 이렇게 말했을 때 디마라 씨는 웃으면서 대답했다.

"강의 줄기를 거슬러 올라가 보십시오. 막상 수원지水源池에 가 보면 손가락 하나 채우기도 힘든 물이 있을 뿐입니다. 그리스는 그리스에서 찾을 것이 아닙니다. 그리스의 문명은 지금 다른 나라에서 꽃피어가고 있습니다."

나는 다시 물었다.

"아테네에 와 보니 내가 읽을 수 있는 문자는 오직 올림픽이라는 항공회사의 간판뿐이었습니다. 식당도 상점도 영자를 쓰지 않고 있습니다. 또 학생들의 영어 공부도 다른 것에 비해 열의가 없는 것처럼 보였습니다. 이러한 보수적 현상이 오늘의 그리스 문화를 고립시키지는 않겠습니까?"

"염려 없습니다. 우리가 영어를 배우지 않아도 그들은 그리스어를 열심히 배우고 있으니까요. 결국 마찬가지가 아닙니까?" 역시 그리스인다운 생각이었다.

외국어를 배우다가 청춘을 다 보내버리고 마는 한국인으로서는 얄미울 정도로 여유 있게 보이는 대답이었던 것이다. "알프스산은 움직이지 않아도 고독하지 않다. 알프스가 사람들을 쫓아다니는 것이 아니라 사람들이 알프스를 찾아오기 때문이다"라는 논법이다. 그러나 나는 무엇인가 그들이 잠자고 있는 것 같은 아쉬움을 느꼈다.

"세상은 변하고 있습니다. 나는 아테네에 머무르고 있는 동안 유네스코 주최로 열린 '비잔티움 예술전'에 가본 일이 있습니다. 그런데 익살맞게도 그 바로 옆방에서는 이탈리아의 전기회사에서 전기구전시회를 열고 있었습니다. 관객들은 어느 쪽으로 몰려갔던가요? 나는 같은 건물에서 열린 이 두 개의 전시장 안에서 세상이 어떻게 변해가고 있는지를 보았습니다. 역시 비통한 예수의 초상이나 모자이크 그림을 보기 위해서 모여든 군중보다는 전기냉장고나 전기세탁기, 그리고 텔레비전 앞에 더 많은 사람들이 우글거리고 있었습니다."

"잠깐!"

디마라 씨는 손을 내저었다.

"메커니즘을 두려워하지 마십시오. 천업을 노예에 맡기고 사색을 했던 옛날 아테네 시민들을 생각해보십시오. 소제나 빨래나 이것들을 기계에 맡기고 그동안 인간은 인간다운 일을 하는 것이 더 보람 있는 일이 아닐까요? 노예를 사용하는 것보다 기계를 사용하는 것이 훨씬 더 휴머니스틱humanistic한 일입니다. 기계에 노동을 시키고 그 한가로운 시간을 어디에 쓰느냐가 문제이지, 기계 자체의 일이야 아무 잘못도 없습니다."

이러한 사고가 바로 그리스적인 것이라고 하면 지나친 속단일까? 어쨌든 디마라 씨와의 대화 속에서 그리스인의 한 기질을 발견한 것 같아 즐거웠다. 나는 쓰디쓰고 짙은 그리스의 고유한 차를 억지로 참고 한 잔 다 마셨다. 그것이 여기에서는 예의라는 것이다. 아테네를 떠나는 날 비로소 나는 언제나 실패했던 그 차를 깨끗이 다 마셔버린 것이다. 내가 그들에게 줄 수 있는 성의는 오직 그것뿐이기 때문이다.

# 키프로스의 비가悲歌

요란한 대포 소리에 잠을 깼다. 새벽녘 아침 햇살이 비껴 흐르는 호텔 유리창 문이 진동하고 있다. 한 발, 두 발 포성이 계속 터져 나오고 있었다.

"이크! 드디어 터진 게로구나……."

나는 떨리는 손으로 얼떨결에 침대 옆에 놓인 전화 수화기를 들었다. 키프로스[24] 문제로 전운戰雲이 감돌고 있더니 드디어 터키와 선전포고를 한 것이 틀림없다.

솔직히 고백하건대 이스탄불에서 그리스 비자를 얻을 때부터 나는 키프로스가 마음에 걸렸다. 항공회사의 직원으로부터 사태가 악화되면 외교 관계가 단절될 것이므로 터키에서 그리스로 가는 비자를 얻을 수 없을 것이라는 주의를 받은 일이 있었기 때문

24) 영 연방 속에 있는 인구 50만의 지중해에 있는 섬. 주민인 그리스인과 터키인의 반목으로 무력 충돌이 자주 일어나고 있다.

이다.

불행히도 나는 열혈 시인熱血詩人 바이런이 아니다. 그 로맨티시스트처럼 물론 나도 그리스 문명을 동경한다. 아름다운 아프로디테를 창조한 그 민족의 영원한 자유를 진심으로 원한다. 그러나 고백하건대 결코 터키의 압제에 맞서는 전쟁에 자진 출국하여 열병에 걸려 죽은 바이런처럼은 되고 싶지 않다. 우선 그런 용기와 낭만적인 열정이 나에게는 없는 것이다. 비자에 허용된 체류 일자 안으로 이 나라를 떠나기만 하면 된다. 문자 그대로 과객에 지나지 않는다. '위험한 곳을 가까이 하지 말라'는 것이 군자의 나라 내 조국의 교훈이다.

"캔 아이 헬프 유?"

졸린 듯한 그러나 태평무사한 교환양의 목소리가 수화기에서 흘러나온다. 침착한 그녀의 목소리에 나는 또 한 번 놀라지 않을 수 없었다. 전쟁이 터졌는데도 여유 만만한 것을 보니 그 교환양은 스파르타계의 혈족임이 분명하다.

"무슨 일이오? 전쟁이오? 저 대포 소리 말이오……."

스파르타 양은 이번엔 약간 웃음까지 섞어서 대답한다.

"놀라지 마십시오. 오늘은 우리 국왕 콘스탄틴 왕의 네임스데이(생일날)입니다. 축포祝砲를 쏘는 거니까요."

나는 혼자서 얼굴을 붉혔다. 일종의 망신이었다. 그러나 나는 변명하고 싶다. 파리에서였다면, 런던이나 뉴욕에서였다면 결코 카워드코리안Coward Korean의 추태를 보이지 않았을 것이다. 말하자면 축포 소리에도 놀랄 만큼 그리스는 키프로스 분규로 불안했다.

내가 만났던 그리스 청년들과의 대화도 대개 그 결론은 키프로스 문제를 어떻게 보느냐로 끝이 났다. 소크라테스를 이야기하다가도, 비잔티움 문명 이야기를 하다가도 그들은 터키와 한판 싸움을 벌여야겠다는 꼬리표를 달지 않으면 속이 풀리지 않는 것 같다. 심지어 "한국은 희토希土 분규에 있어 어느 쪽이 옳다고 생각하는가?"라고 묻는 데에는 식은땀이 흘렀다.

"미안합니다. 나는 키프로스 섬에 대해서 별로 아는 것이 없어요. 셰익스피어의 명작 「오셀로」…… 그래요, 그 오셀로 장군이 싸움하던 그 전쟁터, 불쌍한 데스데모나가 죽은 장소가 바로 그 키프로스 섬이었다는 것밖에는……."

내 대답은 늘 그 모양이었다. 하지만 한번은 이 외교 문제를 교묘히 이용하여 톡톡히 이익을 본 일이 있었다. 고장이 난 녹음기를 고치기 위해서 내셔널가든 근처에 있는 전기상에 들렀다. 그런데 전기수리공은 고치는 값이 사는 값과 맞먹으니 단념하라는 것이었다. 나는 그때 계산하고 한 소리는 물론 아니었지만,

"이스탄불에서는 이것을 고쳐달라고 했는데 수리는커녕 분해만 해놓고 이 지경을 만들어놓았으니 부속품이라도 잃지 않게 대충 조립이라도 해주시오"라고 부탁했다. 이스탄불이라는 말이 나오자 그 수리공의 눈은 갑자기 빛났다.

"좋습니다. 내가 고쳐드리지요. 우리들의 우정을 위해서 말입니다."(터키 놈들이 이것을 고쳐? 어림도 없지……. 자, 당신은 그리스 편을 들어주셔야 합니다…….) 그렇게 말은 하지 않았지만 그의 태도는 꼭 그런 투였다. 그 덕택에 사는 값보다 비싸다는 녹음기의 수리비는 뜻밖에도 무료! 그의 친절도 고마웠지만 의미심장한 '우리들의 우정'에 나는 적잖이 부담을 느꼈다. 그것이 그리스인의 애국심이기도 했다. 다음부터는 키프로스 문제에 관한 한 나는 언제나 그리스 편의 대변인이 될 것을 잊지 않았다.

터키에 대한 그리스인의 감정은 일본에 대한 한국의 그것보다도 한층 더 깊고 가열苛烈하다. 그들 문명인은 보잘것없는 유목민 터키족에게 우리의 꼭 10배인 4백 년이나 긴 통치를 받았다. 문화적 전통이 없었더라면 그들은 완전히 모스크 회교 사원에서 알라신의 발목이나 어루만지며 지냈을 것이다.

그러나 누가 부정할 수 있을 것인가. 현실을 지배하는 것은 문화의 순수성이 아니라 바로 정치이며, 경제이며, 군사력이라는 것을. 그렇기에 그리스는 일찍이 호메로스를 가진 바 없는 터키인에게 4세기의 긴 모멸을 겪어야 했고 오늘날엔 미국의 원조를 받아 겨우 공장과 먹을 것을 얻고 있지 않은가. 순수하다는 것은 그만큼 슬픈 것이다. 적어도 현실의 왕은 펜과 책이 아니라 칼과 돈이라는 엄연한 그 사실 앞에서, 뻔하기 짝이 없는 공식 앞에서 어떻게 우리는 신화만을 믿을 것인가.

나는 그리스를 떠날 때 1달러짜리 수브니르souvenir를 샀다. 그
것은 대리석 가루로 만든 플라톤의 초라한 좌상坐像이었다. 아크
로폴리스로 올라가는 언덕길 옆에는 이런 수브니르를 파는 상점
들이 많았다. 소크라테스를 위시하여 아리스토텔레스에 이르는
그 철학 교과서 제1장의 주인공들이, 그리고 등불을 켜 들고 꾸부
정하게 서 있는 디오게네스의 그 시니컬한 모습이 관광객들의 호
주머니를 노리고 있는 것이었다. 가난한 그들 후손들을 위해서
위대했던 그 철인들은 지금 1달러짜리 상품이 되어 그들의 조국
에 봉사하고 있는 셈이다. 값어치 있는 문화적 유산들은 거의 약
탈당하고, 이제는 이렇게 장난감 석고상을 팔고 있는 것이다. 국
력이 약하면 정신적인 문화의 유산마저도 지킬 수 없게 된다는
현실, 과연 인간은 정치적인 동물임이 분명하다.

한국의 금관金冠은 어디로 갔던가? 고려자기의 대부분은 지금
어디에 가서 구경해야 되는가?

그리스25)도 마찬가지였다. 아테네의 박물관보다 로마나, 파리
나, 런던의 그 박물관에서 그리스의 예술품을 찾아보는 편이 더

---

25) 우리나라 사람들은 꽤 보수적인 것 같지만 그리스에 비길 바 아니다. 한국에서는 어
떤 시골에 가도 노새를 타고 다니는 사람이 없지만 그리스에서는 자동차 시대에 아직도
나귀를 타고 다니는 사람들이 많다. 터키의 압제하에서 수세기를 지낸 그들이지만 터키
문명의 영향 같은 것은 거의 찾아볼 수가 없다.

편리할 지경으로 되어 있다. '국파산하재 성춘초목심國破山河在 城春草木深'은 만세의 진리다.

지금 그리스에서는 고전의 외국 반출을 금하고 있으나 그것은 사후약방 격이다. 값진 것은 터키의 식민 시기에 거의 다 잃고 말았다. 누가 그 문화인들 지킬 수 있었겠는가? 파르테논 신전 입구의 에레크 옹의 여인상만 해도 기적적으로 보존되어 있는 것이라 했다. 현관의 지붕을 버티고 있는 그 아름다운 몸매의 6인의 여인상 기둥은 옛날에 터키 정부가 영국에게 팔아먹은 것이었다. 그런데도 그것이 오늘날 그 자리에 서 있는 것은 그것을 운반하기 위해 석공들이 끌질을 할 때 대리석의 여인 입상이 비명을 질렀기 때문이라는 것이다. 놀란 석공들은 하나만을 영국으로 운반하고 다시는 손을 대지 못했다는 전설과 함께 그것은 지금 거기에 남아 있다.

설마하니 피가 흐르지 않는 대리석 여인상이 비명을 지르고 울었을 리야 있겠는가? 그래도 우리는 그 전설을 믿어야 한다. 3천 년 유구한 문화의 넋을 간직한 대리석 여인상도 하나둘 조국을 떠나 흩어져 가는 그 문화의 파산 앞에서 소리 내어 울지 않고는 견딜 수 없었으리라.

1달러짜리 플라톤 영감의 그 석고상이 부서지지 않도록 조심스럽게 포장한 트렁크를 들고 나는 그리스를 떠났다. 이젠 대포 소리를 들어도 놀라지 않으리라.

사포여! 그대는 오늘도 리라를 뜯으며 높은 가지에 홀로 남아 있는 사과의 사랑을 읊는가? 에게 해의 푸른 물결처럼 맑고 그 태양처럼 순수했던 사포여! 호메로스여! 그러나 우리의 역사를 지배하는 것은 남루하고 추악한 정치와 지폐. 어디에 가서 아테네 여신의 공화국을 세울까?

# III

## 위대한 모순 / 이탈리아

# 관광 왕국

모든 길은 로마로 통한다는 말이 있다. 그러나 세계를 제패했던 로마 제국이 멸망한 후에도 이 말은 여전히 시효를 잃지 않고 있다. 왜냐하면 오늘날 세계의 모든 관광객들이 모여드는 곳이 바로 이 로마이기 때문이다. 1년에 찾아오는 관광객 수는 서울특별시의 전 인구보다 많은 5백만 명. 여기에서 벌어들이는 달러만 해도 7억 5천만 달러가 넘는다는 이야기다. 1년의 수출 총액이 불과 2억 달러를 넘지 못하는 우리 안목으로는 그냥 기가 질려버리는 액수다. 로마 제국은 이제 레저 붐을 타고 세계의 관광 제국으로 군림하고 있는 것이다.

로마의 비행장 이름만 해도 레오나르도 다빈치[26], 이름만이 아

---

[26]  레오나르도 다빈치 비행장은 로마 올림픽을 목표로 건축한 것인데, 예정보다 늦어 올림픽이 끝난 다음에야 완공된 것이라고 한다. 이 비행장에서 로마 시내까지 오는 동안에도 그 연변에서 새로운 고적들을 발굴해내고 있는 풍경을 볼 수 있었다.

니라 공항의 광장에는 어마어마하게 큰 그의 입상이 버티고 서 있다. 그들이 온종일 앉아서 생각하는 것은 어떻게 하면 조상들을 팔아먹을까 하는 궁리인 것 같았다. 이탈리아나 프랑스나 그들이 조상을 팔아먹고 산다는 점에선 별로 다를 것이 없다. 그러나 프랑스가 그들의 위대한 조상들을 소매小賣로 팔아먹고 있는데에 비해서 이탈리아는 그것을 도매로 팔고 있는 점에서 스케일이 크다. 판다고 하지만 실은 파는 것도 아니다. 관광을 '보이지 않는 수출'이라고 하듯이 콜로세움이나, 애천愛泉이나, 수십만의 관광객이 와서 보고 간다 하더라도 그것은 여전히 로마 땅에 남아 있다. 아무리 팔고 또 팔아도 역사란 없어지지 않는 것, 장사치고는 참으로 묘한 장사다.

로마가 하루아침에 이루어진 것이 아닌 것처럼 이 관광 왕국도 일조일석에 된 것은 아니었다. 에프엔아이티FNIT(이탈리아 전국 관광협회)가 탄생한 것은 벌써 반세기 전인 1919년의 일이며, 그동안 로마 올림픽을 위시하여 많은 연공을 쌓아 올린 혁혁한 경력이 있다. 그러나 이탈리아를 관광 왕국이 되게 한 것은 조상들의 유산과 그 국민의 힘만이 아니다.

관광을 '제5의 자유'라고 생각하게 한 현대 문명, 바로 그것이 이탈리아로 하여금 7억이 넘는 외화를 벌어들이게 한 힘인 것이다. 서양 사람들은 거의 미친 듯이 여행을 하고 있다. 시간은 남고 돈은 있다. 생활은 권태롭고 세월은 단조하다. 무엇인가 변화가 있어야 한다. 옛날 같으면 이럴 때 으레 소리치는 구호가 있었다. "전쟁을 하자, 전쟁……." 평화는 전쟁보다 더 견디기 어려운 형벌이라고 생각하는 것이 바로 인간의 생리다. 그러나 원수폭原水爆이 생기고부터 섣불리 불장난을 할 수 없게 되었다. 20년이라는 기나긴 태평연월 속에서 그들이 생활의 자극을 구하기 위해서 발견한 것이 이 관광 여행이다.

전쟁을 하느라고 잘 닦아진 길이 있다. 넓은 비행장이 있다. 승용물乘用物이 발달했다. 폐물 이용치고는 안성맞춤이 아닌가. 사람들은 개구리를 닮아서 한 연못에 가만히 갇혀 있기를 싫어한다. 못 밖으로 뛰어나왔다가는 다시 들어가고, 못 속으로 들어갔다가는 다시 뛰어나온다.

불쌍한 것은 한국인들이다. 우리는 원래 점잖아서 그런지 여행과는 인연이 멀다. 멀고 먼 옛날 마르코 폴로가 중국에까지 여행할 때, 그리고 하멜이 제주도에까지 흘러 들어올 때, 우리 누님들은 가마 타고 이웃 마을의 고개를 넘었다. 이렇게 시집가는 것이 아마 일생일대의 여행이 되고 만 일이 많았으리라. 꽃나무처럼 제자리에서 살아왔다. 오늘날에도 별로 달라진 것은 없다. 해외여행을 한다는 것은 오복 중의 하나에 낄 만하다.

후조候鳥 떼처럼 밀려다니는 서양의 관광객들을 볼 때마다, 나의 눈앞에 어리는 것은 나폴리니 뉴욕이니 본드 스트리트니 하는 서울 거리의 케이크 집 간판과 다방 이름이었다. 그리고 '와이키

키 해변'으로부터 시작하여 '아라비아 공주'와 '워싱턴 광장' 운운하는 한국의 그 유행가가 측은하게 들려왔다.

관광에의 욕망을, 넓은 세상에의 동경을 거리의 간판이나 유행가 가사로 달래며 살아가는 사람들…… 조롱에 갇힌 새들이 파닥거리고 있는 듯한 모습이다. 우리에겐 날개가 없다. 왜 우리는 저들처럼 날개를 가진 생활을 할 수 없는가? 관광의 왕국 로마에 닿자마자 한숨이 나온다.

로마의 첫인상은 하나의 살아 있는 박물관이나 고대 도시라기보다도 무수한 관광객들의 올림픽 회장같이 보였다. 더구나 이탈리아에 대한 선입견이 좋지 않아 정신이 긴장된다. 로마에 들어가면 우선 호주머니와 아내를 잘 간수하라는 말이 있는 것이다. 로마에는 사기꾼이 많고 호색가가 그만큼 많다는 이야기다.[27] 호색가가 많다는 것은 이해가 감 직하다. 미켈란젤로의 조각 〈다윗〉을 보더라도 로마인들은 남성으로서의 매력을 지니고 있다. 여자를 보면 맥을 못 추는 그들의 기질은 옛 로마 때부터의 전통이 아닌가? 시저가, 안토니우스가 클레오파트라와 놀던 그 솜씨

---

27) Roma를 거꾸로 읽으면 amor, 즉 사랑이 된다. 〈서머타임〉이란 영화도 있듯이 정말 관광객들은 로마에 와서 사랑을 맺는 일이 많은 모양이다. 갱년기에 들어선 미망인 관광객들이 그렇게 생각해서 그런지 많이 눈에 띈다. 로마로 신혼여행을 왔다가 홀아비가 되어서 돌아가는 친구가 많다는 유머도 있다.

를 어디에 버렸겠는가? 그러나 사기꾼과 도둑이 많다는 풍문은, 단테를 낳고 레오나르도 다빈치를 키운 이탈리아로서는 어울리지 않는 이야기다.

다행히 나에게는 여성 동반자가 없으니 "아내를 간수하라"라는 경구는 필요 없다. 다만 '호주머니'만 조심하면 되는 것이다. 전 신경에 계엄령을 내렸다.

비행장에 내렸을 때 나는 찌그러진 트렁크일망정 덤벼드는 포터에게 맡기지 않고 손수 운반하였다. '너희들한테 속을 줄 아는가? 절대로, 절대로 바가지를 쓰지는 않겠다.' 이렇게 생각하며 혼자서 짐을 날랐다. 그리고 자랑스럽게 땀을 씻었다. 아무리 바가지를 잘 씌우는 사기꾼이라도 직접 짐을 나르는 데에야 어떻게 하겠는가?

그런데 우연히도 땀을 씻고 있는 내 눈앞에는 영어로 쓴 이런 고시문이 붙어 있었다. "짐을 운반하는 데에 요금은 150리라입니다." 나는 나의 노파심을 스스로 비웃지 않을 수 없었다. 관광 왕국의 첫인사는 어쨌든 어리둥절했다.

# 스파게티와 위胃의 문화

영원한 도시 로마의 관광은 식당으로부터 시작한다. 2천 년의 황홀한 유적遺跡도 배가 고프면 보이지 않는다.

"금강산도 식후경"이라는 금언 밑에서 수천 년을 살아온 한국인이다. 로마 구경인들 예외일 수는 없다. 로마에 도착하자마자 제일 먼저 노크한 곳은 콜로세움도 캐피털의 주피터 신전도, 더더구나 입맛 떨어지는 카타콤catacomb의 철문도 아니었다. 레스토랑과 음音이 비슷한 '리스토란테'라고 써 붙인 도어를 무작정 열고 들어선 것이다.

그러나 막상 들어서긴 들어섰지만 그다음부터 어떻게 해야 할지 자신이 없다. 이탈리아 말이라고는 톡톡 털어봐야 보신책으로 배워둔 '그라체(감사하다)'라는 단어와 한국의 국수처럼 생겼다고 일찍이 소개받은 스파게티[28]란 음식 이름밖에는 없다. 그렇지만

---

[28] 우리가 흔히 말하는 스파게티는 파스타의 일종인데 소스나 모양에 따라 약 200종류

덮어놓고 커다란 소리로 "그라체! 스파게티!"라고 외칠 수는 없는 노릇이다.

기도를 드리듯이 얌전한 자세로 그냥 기다리는 것이 상수다. 그러나 웨이터는 좀처럼 나타나지 않았다. 앉기가 무섭게 쫓아와서 주문을 재촉하는 서울의 곰탕집 색시들을 그립게 생각해본 적은 그때가 처음이다.

과장 없이 10분쯤 지났을까, 점잖게 생긴 신사가 그제야 결혼사진첩처럼 거창하게 생긴 메뉴를 들고 나타난다. 문제가 더욱 복잡해진 것이다. 순 이탈리아 말로 장장 수백 행을 써 내려간 음식명 앞에서 나는 문맹자였다. 물론 한옆에는 영어와 프랑스어로 써놓았지만, 이탈리아식 철자를 영자로 바꿔놓은 데에 불과하다. 마치 '보나파르토'를 '보나파르트'라고 하듯 음식명의 어미語尾 'O'가 'E'로 되고 'I'가 'E'로 바뀐 그 차이밖에 없다.

'스카르피네 아르 말사라베티디 포토 알라 카르디날레'. 음식명인지 〈가방을 든 여인〉에 나오는 영화배우 이름인지 도시 분간할 수 없다. 기껏 친절하게 영어로 알 수 있게 번역해놓았다는 것

나 된다. 각 고장마다 그 특색이 다르다. 한국 사람의 구미에 맞는 것으로는 스파게티 외에 베네치안 라이스(베니스식 밥)란 것이 있는데 막상 시켜놓고 먹어보면 꼭 흰 죽에 강낭콩을 둔 것 같다. 멀리 이국에까지 와서 이 죽을 먹고 있자면 좀 한숨이 나오기는 하지만 그래도 한국 음식의 향수를 덜 수 있다.

이 '추기경풍樞機卿風의 닭 앞가슴 요리'다. 대체 닭 요리와 법황法
皇이 될지도 모르는 그 추기경의 성직聖職이 무슨 상관이냐. 이름
으로 짐작하건대 우리나라 같으면 '신선'이란 말을 딴 '신선로'
정도가 되는 모양이다.

더욱 놀란 것은 태산같이 믿었던 스파게티가 수프난에 있다는
것. 그러므로 만약 스파게티만 달라고 하면 국만 청하는 결과가
된다. 뿐만 아니라 스파게티 종류만 해도 무려 10여 종이 넘는다.
결국은 O×문제를 풀듯 모든 것을 운에 맡기고 동그라미를 쳐갔
다. 이렇게 가까스로 일품요리를 시켜놓고 과연 음식이 나오나
대기 태세로 들어섰다.

그런데 이번에는 30분이 지나도 영 소식이 없다. 그렇다고 손
님이 많은 것도 아니다. 중국 요리점에서 당하던 것보다도 더 무
사태평이다. 참다못해 손짓으로 재촉하기도 하고 영어로 애걸해
봐도 "피아노, 피아노"라고만 한다. 뒤에 안 일이지만 '피아노'는
악기의 그 '피아노'가 아니라 '슬슬 하자'란 뜻이었다. 로마인이
이집트를 칠 때에도 이렇게 '피아노'식으로 했을까? 로마인이 스
파게티 하나 만드는 시간을 가지면, 아마 이 세상을 엿새 동안에
만들었다는 그 신神은 우주를 두어 개나 더 만들었을 것이다.

이윽고 스파게티가 나왔다. 그러나 참된 고통은 그때부터 시작
되었던 것이다. 그것은 놀라운 양이었다. 분명히 마르코 폴로가
중국에서 수입해 들여간 음식이라는데 손가락만 한 킹사이즈다.

그래도 재수가 좋은 편이다. 잘못 걸리면 지렁이란 뜻인 베드미추리가 나오는데, 그것은 꼭 수도의 고무호스만 하다는 이야기다.

맛만은 천하 진미였지만 계속해서 들어오는 음식들을 먹어낼 재간이 없다. 스파게티 하나로도 위가 터질 지경이었던 것이다. 그런데 옆에 앉은 토박이 손님들은 남은 국물까지 빵으로 씻어 깨끗이 먹어치운다. 그렇다. 나는 로마에 와 있는 것이다. 식당에서부터 로마는 시작되었던 것이다.

'많이 먹는다는 것' 이것이 로마인의 첫째 특징이다. 단지 대식한大食漢이라는 특징 하나로 농민 막시미누스Maximinus는 황제의 자리에까지 올랐었다. 심지어 고대의 로마인들은 '토하는 곳'이란 게 있어 음식을 삼키지 않고 맛만 보고는 뱉었다는 이야기가 있다.

그들은 전통적으로 식도락가들이다. 네로의 식탁은 꼭 청과점의 쇼윈도 같지 않았던가! 그들이 한 번 연회를 벌이면 첫닭이 울어야 파장인 것이다.

독재자 무솔리니도 이탈리아 국민의 대식을 통탄한 일이 있었다. 즉 "이탈리아의 식량은 30퍼센트를 해외에서 수입해 오지 않으면 안 되는데, 전 국민이 식욕을 3할쯤 줄여 다른 나라 사람만큼 먹는다면 자급자족이 가능하다"라는 것이었다. 하지만 국민들은 "3할의 대식大食이란 이탈리아인의 위가 커서 그런 것이 아니라, 이탈리아 요리가 맛이 있기 때문이다"라고 변명했다는 이야기다.

　로마의 문화는 위胃의 문화이며, 위의 문화는 실제적인 문화를 의미한다. 또한 음식점 웨이터들이 능장을 부린 것도 역시 식사는 천천히 여유 있게 먹어야 한다는 식도락의 전통 때문이었던 것 같았다. 보통 그들의 점심시간은 3시간으로 되어 있다.

　레스토랑이란 말 자체가 원래는 성서에 쓰인 대로 휴식처란 뜻이다. 그리고 "피아노, 피아노"란 말은 이탈리아의 국민적 기질이기도 하다. 그들은 남구의 다혈질을 가지고 있으면서도 일을 하는 데에 있어서는 아주 낙천적이라 서두르지 않는다.

　아니, 중요한 것은 스파게티와 같이 모든 것을 외국에서 모방해 와서는 그것을 자기 것으로 만들어낸 데에 바로 로마의 위대성이 있었다. 로마인들은 그리스에서 배웠다. 그러면서도 그들은 그것을 조금도 수치로 알지 않았다. 로마의 시학자詩學者들은 "그대들 시인은 밤낮으로 그리스의 시를 본받아 읽으라"라고 했다.

　로마 신화는 그리스 신화의 복사판이고 로마 전법戰法은 알렉산더의 '밀집 사형 창법密集斜形槍法'을 그대로 꾸어 온 것이며, 그들이 자랑하는 캐피털 언덕과 포로 로마노(시민광장)은 그리스의 아크로폴리스와 아고라를 그대로 옮겨 온 것이다. 그들은 그 대식의 위로써 음식을 소화하듯 거대한 외래 문화를 섭취했다.

로마의 위대성[29]은 독창성이 아니라 바로 그러한 소화력에 있었던 것이다. 그렇게 박해하던 기독교까지 종국엔 로마에서 개화되지 않았던가? 식당에서 포식한 배를 움켜쥐고 나오면서 나는 로마가 어떤 곳인지를 몸소 깨닫기 시작했다.

'로마를 보기 전에 스파게티를 먹어라!'

---

29)  위대성偉大性은 위대성胃大性과 통하는 것일까?

# 종착역과 성벽

로마에서 제일 먼저 눈에 띄는 것은 역시 그 종착역이다.[30] 몽고메리 클리프트와 제니퍼 존스가 애틋한 사랑의 신을 벌인 영화 〈종착역〉 때문만은 아니다. 시내버스와 전차가, 그리고 비행장과 시내를 연결하는 공항버스가 모두 이 종착역을 기점으로 삼고 있다. 또 유명한 에세토라의 광장이 바로 그 역전에 있고, 국립 박물관인 디오클레티아누스의 목욕장과 노점 책방이 그 곁에 있다. 그러므로 기차를 타지 않는 사람이라도 누구나 한 번쯤은 그 종

---

30) 로마역을 흔히 종착역으로 부르지만 우리 식으로 말하면 시발역인 셈이다. 모든 기차가 로마에 와서 멎으니까 그런 이름이 붙게 된 것이다. 그러나 우리는 서울역을 종착역이라고는 생각하지 않는다. 거기서부터 떠나 여러 역으로 가기 때문에 시발역이라고 생각한다. 우리와는 그렇게 정반대다. 여기에서도 서양인의 귀납법과 동양인의 연역법의 차이를 느낀다. 개개 지방에서 출발하여 중앙으로 오는 것이 그들이라면, 우리는 하나의 중앙에서 개개의 지방으로 내려간다. 사고방식도 그렇다. 그리고 이탈리아는 석탄이 없는 나라이므로 구주歐洲에서는 그 철도가 가장 빨리 전철화電鐵化했다. 그래서 역은 모두가 깨끗하고 연기 하나 볼 수가 없다.

착역을 보게 마련이다.

무솔리니가 착공했던 것을 전후에 완성한 것이라, 그 건축의 규모나 모양은 유럽의 역 가운데 가장 모던한 것인 모양이다. 과연 매연煤煙으로 새까맣게 그은, 그리고 가마 꼭지처럼 둥근 돔으로 장식된 종래의 역과는 인상이 아주 딴판이다. 네모반듯한 회색 빌딩은 마치 기차의 선로와 같이 심플한, 그리고 현대적인 직선미를 나타내고 있다. 정면은 모두가 유리문으로 된 입구라 아무리 많은 승객들이 한꺼번에 출입해도 혼잡하지가 않다. 구내는 벌판처럼 기둥 하나 없는 홀이다. 그리고 기차가 직접 이 홀 앞에까지 와 닿도록 되어 있다. 계단을 오르내릴 필요가 없는 것이다. 그러니까 홀과 폼이 맞붙어 있는 셈이다. 이렇게 최신식으로 설계되어 있는 종착역을 보면 기능주의를 자랑하는 미국 관광객들도 입을 벌리고 감탄한다.

그러나 그보다도 더욱 놀라운 것은 그토록 모던한 종착역 바로 왼편에는 기원전 4세기의 허물어진 셀비스 왕의 성벽이 그대로 남아 있다는 사실이다. 그것도 그냥 외롭게 남아 있는 것이 아니라 현대식 건축인 종착역과 잘 어울려서 멋진 풍경을 자아내고 있는 것이다. 콘크리트의 비정적인 그 색채와 성벽의 돌 틈바구니에서 자라난 잡초는 묘한 대조를 이루면서 하나의 향취를 풍기고 있었다. 애초에 이 역을 설계할 때 그들은 이미 그러한 신구新舊의 조화를 염두에 두었던 것 같다.

종착역과 성벽만이 아니었다. 기원전 4세기의 유적과 20세기의 새로운 건축들이 정답게 악수를 하고 있는 모습을 도처에서 발견할 수가 있었다. 낡은 것은 낡은 것대로, 새것은 새것들대로 각기 자기의 개성을 지닌 채 혼연일치의 조화를 이루고 있다. 과거와 현재가 함께 호흡하고 있는 것, 그것이 바로 로마의 아름다움이었던 것이다.

허물어진 석주石柱나 깨어진 석벽, 그리고 바람에 시달린 대리석의 그 퇴색한 빛깔은 갈색으로 칠해진 현대식 건물들에 의해서 도리어 싱싱하게 보였다. 낡은 것은 새롭게 보였고 새로운 것은 육중하게 보였다.

고성과 시가가 서로 외면하고 있는 서울 거리의 풍경이 유난히 비참하게 생각되었다. 시청 앞 광장에서 덕수궁과 시청과 그리고 뉴코리아 호텔을 바라다보는 기분은 거의 고문拷問에 가까운 것이다.

건축뿐일까? 로마에서는 네온사인과 형광등이 극히 제한되어 있다. 가로등은 모두가 옛날 각등과 같은 모양을 하고 있다. 캐피털의 언덕길은 시저 시대의 돌길 그대로였지만 새로운 석루石壘를 깐 길과 인상이 다르지 않았다.

또 어느 유적에 가봐도 우리처럼 국보 몇 호라고 하는 말뚝은 찾아볼 수가 없었다. 아니, 우리는 고적을 보존하기만 하면 그만이라는 태도이지만, 그들은 고적을 생활화하려고 노력한다. 남대문에는 쇠사슬이 쳐져 있어서 얼씬도 하지 못한다. 덕수궁이나 경복궁이나 그 내부를 구경하려면 밖에서 기웃거려야 한다. 귀중한 고적은 으레 출입 금지로 되어 있는 것이 상식이다.

그러나 로마에는 모든 것이 개방되어 있다. 개방되어 있는 것이 아니라 그대로 사용되고 있다. 스페인 광장의 계단은 시민들이 나와서 일광욕을 하는 데이며 꽃 전시를 하는 데다. 카라칼라 목욕장은 체육 경기장이며 야외 오페라장이다. 콘스탄틴의 개선문이나 성聖 세바스티아누스의 문은 사람이 드나드는 곳이며 자동차가 지나다니는 그냥 문이다. 역사는 정지된 것이나 박물관의 품목이 아니라, 사치품이 아니라 바로 살아서 호흡하는 생활 그 자체다. 캐피털 언덕은 주피터[31] 신전을 모신 로마 문명의 발상지이지만 오늘엔 시청 청사다.

관광객이 들끓는 그 언덕의 광장은 동시에 배급을 타러 온 빈민들이 모여드는 마당이기도 하다. 역사를 눈으로 볼 수 있게 하는 것, 말하자면 재판에서만 증거물을 필요로 하는 것이 아니다. 역사도 또한 증거물 위에서 성립된다. 그러기에 고대의 유적만이 아니라 거대한 임마누엘 2세 기념관처럼, 혹은 무솔리니의 에우르EUR 도시 건설처럼 그들은 현대의 역사도 하나의 사물로 화하게 한다. 그러기에 로마의 음악학교 앞에는 무솔리니의 동상이

---

31)  로마의 최고 신 유피테르의 영어명, 그리스 신화의 제우스 신에 해당함.

지금도 그대로 서 있는 것이다.

그 이유를 물었더니 안내원의 대답은 간단했다. "악인이면 악인인 대로 선인이면 선인인 대로 우리는 그 증거물을 남겨두려는 것이지요. 하나의 역사니까요." 남산의 이승만 동상을 때려 부쉈던 우리가 옳은 것인지, 독재자의 동상을 그냥 보존하는 그들이 옳은 것인지…….

어쨌든 역사는 돈 주고 살 수 없다는 것이 유럽인들의 프라이드다. 금력金力을 자랑하는 달러의 나라 미국인 앞에서 내세울 수 있는 유일한 자랑거리다. 우리 역시 반만년의 역사를 자랑한다. 그러나 역사를 자랑하긴 쉬운 일이지만 그 역사를 살리고 생활화하는 것은 참으로 어려운 일이다.

로마는 옛날의 로마이면서 또한 오늘의 로마이기도 했다.

# 평야와 언덕과 계단

아테네의 문화가 아크로폴리스에서 시작된 것처럼 로마의 문화도 또한 언덕으로부터 시작되었다고들 한다. 팔라티노나 캐피털을 비롯한 일곱 개의 그 언덕이야말로 대로마를 키워낸 영원의 유방이었다. 무슨 이유로 그들은 넓은 들판의 한복판을 택하지 않고 협착한 언덕의 정상에 도시의 주춧돌을 박았던 것일까? 따지고 보면 별로 심각한 일은 아니다.

예나 오늘이나 싸우는 데에는 고지高地가 필요하다. 개싸움과 마찬가지로 인간도 위에 기어오르는 자가 언제나 승리하게 마련이다. 유럽의 역사는 전쟁사다.

그러나 전략戰略을 위한 것보다도 더 근원적인 의미가 숨겨져 있는 것 같다.

아크로폴리스에도 캐피털 언덕에도, 거기에는 반드시 아름다운 신전들이 서 있다. 성채城砦라기보다는 하나의 제단祭壇이라는 느낌이 앞서는 곳이다. 로마에서는 아직도 그 일곱 언덕을 성스러운 장소로 대우하고 있다.

우리가 기억하고 있는 에덴동산의 이야기만 해도 그렇다. 인류의 낙원이었던 에덴도 실은 하나의 언덕이었던 것이다. 언덕에서 평야로 쫓겨 내려온 인간, 그것이 곧 낙원에서의 추방이다. 카인이 아벨을 죽인 살인 현장이 들판인 데에 비해서, 소돔의 불붙는 성을 피해서 구제의 땅을 발견해낸 곳은 언덕이었다. 신은 그에게 평지로 가지 말고 언덕으로 가라고 손짓했던 것이다.

언덕과 평야…… 그들은 여기에서 두 개의 다른 세계를 보았던 것이다. 높은 것과 낮은 것, 정신과 육체, 하늘을 그리는 영원의 마음과 땅에 사로잡힌 현세의 의지…… 이 두 개의 경계가 바로 언덕과 평야로 상징된 것이었는지 모른다. 그리고 이러한 두 개의 터전 속에서 서양의 문화는 성장해간 것 같다.

캐피털 언덕을 보면서 나는 그러한 생각을 해보았다. 언덕은 그렇게 높지도 않고 넓지도 않았다. 2천여 년의 역사를 더듬기엔 너무나도 많은 것이 변해 있었지만, 그러나 로마에서는 하늘을 가장 가깝게 느낄 수 있는 조용한 자리였다.

이신異神들이 살다 간 문화와 종교의 중심지, 지금 남아 있는 것은 로마 군병軍兵을 승리로 이끌었다는 쌍자신雙子神의 조각과 때묻은 주피터의 신전과 말을 타고 달리는 마르쿠스 아우렐리우스의 황제 상뿐이다.

이 황제 상도 우연한 행동으로 남아 있게 된 것이라 한다. 콘스탄티누스[32] 대제 이전의 로마 황제들은 모두가 기독교도들을 박해한 사람들이었다. 그래서 후일에 로마 황제의 조각들은 모두 파괴되고 말았던 것이다. 다만 저 〈마르쿠스 아우렐리우스 상〉만이 기독교를 공인한 콘스탄티누스 대제인 줄로 오인하여 파괴를 면하게 되었다는 이야기다.

그러나 마르쿠스 아우렐리우스의 조상彫像은 캐피털 광장에 잘 어울리는 존재라고 생각되었다. 황제이면서 그는 부질없는 탐욕과 허영에서 벗어나려고 애쓴 스토아의 철인이었다. 그는 언덕의 마음, 평야에서 높은 곳으로 향하는 그 언덕의 마음을 가진 사람이었다.

캐피털 언덕 뒷길로 가면 가파른 단애斷崖가 나타나고 그 밑에는 옛날 시민들의 광장이었던 포로 로마노의 유적이 깔려 있다. 장사를 하고, 정치를 하고, 싸우며 아우성친 평지의 생활(현실적인 시민 생활)이 지금 몇 개의 석주와 한 줌의 흙 속에 잠들어 있다.

하늘을 향한 캐피털 언덕과 지중해의 대해로 향한 포로 로마노의 평지…… 이 모순 속에서, 이 갈등 속에서, 로마가, 아니 오늘의 서양이 자라왔다. 그러나 나의 시선을 끄는 것은 이 언덕도 아

---

32) 3세기 전반에 일어난 내란을 평정하고 후기 로마 제국을 재통일하여 306년 그는 독재 군주가 되었다. 더욱 기독교를 인정하고 종교 회의를 열어 정통 교리를 정한 것은 유명하다.

니며 저 광장도 아니었다. 그 높고 낮은 사이를 연결해주고 있는 하나의 계단이었다.

계단! 캐피털의 계단, 우수憂愁의 천재 미켈란젤로가 설계했다는 캐피털의 그 계단을 나는 보았다.

지상으로부터 언덕의 정상에까지 한 층 한 층 계단을 쌓아 올라간 미켈란젤로의 마음을 나는 알 수 있을 것 같았다. 완만하게 턱을 이루며 한 발짝 높은 공간을 향해 올라가는 층계의 고심, 어쩌면 그것은 영원으로 향한 단절된 시간과 시간의 턱인지도 모른다.

따라서 계단은 오르기만 위해서 있는 것도 아니다. 올라가는 계단은 동시에 내려가는 계단이기도 하다. 같은 계단이면서도 위에서 내려다보는 계단과 아래에서 올려다보는 계단은 어쩌면 그렇게 다른 것일까? 땅을 향해 조금씩 하강해 가는 계단은 신을 떠나서 제 스스로의 길을 찾아 내려가는 인간의 뒷모습 같은 것이었다. 비장하면서도 오만한⋯⋯.

미켈란젤로의 계단만이 아니다. 로마에는 도처에 언덕이 있고 계단이 있다. 영화 〈로마의 휴일〉에서 우리를 매혹한 스페인 광장33)의 그 계단은 또 어떻던가? 나는 로마에 와서 비로소 계단의

---

33)  핀초 언덕에 스페인 대사관이 있어 그런 명칭이 붙었다고 한다. 여기에는 아름다운 137층의 돌계단이 있다. 영화 〈로마의 휴일〉에서 오드리 헵번이 아이스크림을 먹으며 내려오는 바로 그 계단이다. 그 계단 밑에는 조각가 베르니니가 구상했다는 배 모양의 예쁜

아름다움을 알았다. 계단으로 상징되는 종교와 그 인간의 고뇌를 알았다. 어째서 서양 사람들이 그토록 많이 계단을 이용하고 있는지를 알 것 같다. 아니, 어째서 고행승苦行僧이 무릎을 꿇은 채 계단을 올라가는 의식을 가져야 하며, 어째서 사형수가 열세 계단을 올라가 처형을 받아야 하는지, 그리고 그 마음이 어떠한지를……

　로마에는 계단이 많다. 참으로 많은 계단이 있다.

분수가 물을 뿜고 있다. 바르카치아라는 분수다. 그리고 바로 옆에 3층 건물이 있는데 그 것이 바로 영국 시인 키츠와 셸리의 기념관이다. 키츠가 죽은 집이다.

# 개선문[34]만 남은 광장

"친구여! 로마 시민이여, 국민이여! 그들의 귀를 기울여다오.
나는 시저를 찬미하러 온 것이 아니라 그의 시체를 묻으러 왔다."

안토니우스는 연설대 위에 올라 시저를 끌어안고 외치기 시작
한다.

스물세 군데에 상처를 입고 쓰러진 시저의 피 묻은 외투가, 그
리고 갈가리 찢긴 그 외투가 분노의 깃발처럼 펄럭거린다.

"가난한 자가 울부짖을 때 시저는 그것을 보고 눈물지었다. 그

---

34) 로마 시에는 개선문이 많다. 포로 로마노(고대 로마의 중심지로 그리스의 아고라와 같은 시 집회소. 매
몰된 것을 18세기 말경에 발굴한 로마 최고의 유정)에는 세베루스의 개선문 이외에도 티투스의 개선문이
있고 원형극장(콜로세움) 바로 옆에는 콘스탄티누스의 개선문이 있다. 그중에서 콘스탄티누
스의 개선문은 유태인들은 절대로 그 밑을 지나가지 않는 문으로 유명하다. 왜냐하면 콘
스탄티누스가 유태를 정복하고 세운 개선문이었기 때문이다. 이렇게 개선문이란 자국自國
에서 볼 때는 영광의 문이요, 타국에서 볼 때는 침략의 문인 것이다. 나폴레옹이 파리 한복
판에 개선문을 세운 것을 보아도 알 수 있다. 그 전통은 로마에서 온 것이다.

러나 브루투스는 그를 보고 야심가라 했다…….

그대들은 모두 보지 않았었던가, 루페르칼리아 제일祭日에. 나는 그에게 왕권을 바쳤지만 그것을 거절한 것은 누구냐? 바로 시저였다. 이것이 야심인가? 그러나 브루투스는 말했다. 그는 야심가라고…….'

군중들은 흥분하기 시작한다. 훌쩍거리고 우는 사람도 있다. 이윽고 안토니우스는 호주머니에서 시저의 유서를 꺼내어 읽기 시작한다.

"…… 나의 유산 중에서 로마 시민에게 각각 2백, 3백 분량의 금액을 분여分與할 것…….'

군중들의 노성 속에서 안토니우스의 말은 이제 들리지도 않는다.

"암살자를 죽여라! 카시우스를 쳐라!"

시저를 화장했던 장작불을 들고 군중들은 홍수처럼 거리로 밀려 나간다.

"미안하지만 셔터를 좀 눌러주실 수 없으십니까?"

누군가 이렇게 말을 걸어오는 바람에 나는 갑자기 2천 년 전의 백일몽 속에서 깨어났다. 캐피틀 언덕 난간에 기대어서 나는 포로 로마노의 공상을 쫓고 있었던 것이다.

아우성치는 군중도, 시저의 시체도, 안토니우스의 모습도 사라지고 말았다. 돌덩이만 남은 연설대와 인적 없는 사크라 도로, 그리고 바실리카의 돌기둥만 정오의 햇빛 속에서 정적하기만 했다. 폐허! 시저만이 아니라 모든 것을 무無로 돌아가게 한 저 폐허!

시저의 추모 연설이 아니라 지금 폐허에서 들려오는 것은 그림엽서와 슬라이드를 사라고 외치는 상인들의 고함 소리뿐이다.

"내 카메라도 일본제입니다. 캐논 자동식, 훌륭한 제품이죠."

미국 신사는 내가 일본 사람인 줄 알았던 모양이다.

"저 개선문을 배경으로 해서 한 장 부탁합니다. 로마 광장의 건물들은 다 부서지고 완전한 형체로 남아 있는 것은 오직 저 세베루스 황제의 개선문뿐이니까요."

파인더글라스로 들여다본 포로 로마노는 그 미국인 관광객의 말처럼 정말 개선문밖에 찍을 것이 없었다. 어디가 원로원의 자리인지, 시민 회의장인지, 또 어느 곳이 베스타 신전인지 찾을 길이 없다. 사투르누스 신전은 석벽뿐이다. '로마의 배꼽'이라고 불리던 그 고대 로마의 중심점은 잡초에 묻혀 분간할 수가 없다.

에네르기슈하게 생긴 미국의 그 중년 신사는 카메라를 들이대자 개선장군처럼 호탕하게 웃는 표정을 짓는다. 사진을 찍어준 인연으로 해서 나는 그와 함께 난간에 걸터앉아 켄트를 태웠다.

"로마인이 무엇인가 독창적인 것을 만든 것이 있다면 아마 그것은 개선문 같은 것이 아닌가 생각됩니다. 개선문만 남아 있는 폐허의 광장 그것이 바로 로마라고 생각합니다."

알아듣든 모르든, 회화 연습 겸 나는 내 인상담을 늘어놓기 시작한다.

"알고 보니 파리의 개선문은 로마의 이것을 그냥 복사한 것입니다."

미국 신사는 동문서답을 한다.

"개선문은 군대의 문화를 상징하는 것이 아닙니까? 오늘날 우연히도 그리스의 아고라 광장에는 스토아 철학을 낳은 그 스토아(열주랑)가 남아 있고, 로마의 광장엔 전쟁을 기념하는 개선문이 남아 있습니다. 그런데 오늘날의 서양 사람들은 개선문이 있는 광장을 원하고 있는 것 같습니다."

껌이나 씹고 있던 그 미국 관광객에게는 어느 쪽 광장이든 상관이 없다는 눈치였다.

로마 문명은 최후로 남아 있는 이 광장의 개선문처럼 '전쟁과 군대'였다. 비록 냉담한 군중들의 반응을 보고 거절하긴 했지만 시저가 루페르칼리아 제일의 심복인 안토니우스로 하여금 왕관을 바치게 하였을 때 광장은 무너지기 시작했던 것이다.

누구는 그것을 클레오파트라의 야심 때문이라고 한다. 그러나 개선문에서 통하는 길은 오직 제국의 길밖에는 없었던 것이다. 시민의 힘에 의해서 번영하고 또한 시민의 힘에 의해서 망한 것이 그리스라고 한다면, 군대에 의해서 번영하고 군대에 의해서 망한 것이 바로 로마라고 생각되었다. "평복은 무장보다 강하다"라는 말이 제정 로마 때에 와서는 완전히 물구나무를 서게 된 것이다. 그들의 광장은 무장한 자들에 의해 점령되었다.

미국인 관광객은 호주머니에서 포로 로마노의 복원도를 꺼내어 보여준다. 폐허 그대로의 광장 풍경을 원색 사진으로 찍은 파노라마가 펼쳐진다.

그런데 옆에 붙은 투명한 종이를 그 위에 씌우면 고대의 완전한 광장이 나타나도록 고안된 것이다. 한쪽 투명지 위에 이어진 부분을 그려놓았기 때문에 두 장을 합치면 완전한 그림이 되는 것이다. 나는 복원도를 보면서 속으로 생각하였다. 서양 사람들은 이 그림처럼 잃어버린 광장을 회복할 수 있는 투명지를 가지고 있다. 르네상스나, 오늘날 로마에서 거행하고 있는 '반독재反獨裁 20주년 기념식'이나, 그것은 모두 인간과 자유와 시민 정신이라는 투명지가 뒷받침을 하고 있다.

폐허 위에 그것을 갖다 대면 광장은 다시 살아난다. 그것이 그들의 전통이다. 시저나 히틀러나 무솔리니나, 그들은 그 투명지 위에 그려진 광장의 잔상을 지울 수는 없었다.

그러나 우리에겐 투명지가 없다. 아니 깨어진 광장도 없다. 그들이 광장의 복원도를 만들 때 우리는 광장의 청사진을 빌려 와야 되는 것이다.

# 콜로세움의 모순

서양 사람들은 잔인한 면에 있어서도 단연 우리 동양인보다 앞서 있는 것 같다. 그들을 표범이나 늑대와 같은 육식동물에 비긴다면 우리는 유순하기만 한 양이나 혹은 노루와 같은 초식동물이다. 단순한 비유가 아니라 정말 그들은 육식을 하고 우리는 채식을 한다.

어쨌든 누구나 로마 국보 제1호쯤에 해당하는 콜로세움[35]을 보면 새삼스럽게 서양 사람의 잔인성이란 것을 느끼게 될 것이다.

콜로세움의 정식 명칭은 '플라비우스의 원형극장'이라고 한다. 그러나 오늘날의 극장과는 달리 실제로 투검사(鬪劍士)들이 나와 결

---

35) 콜로세움은 기원 75년에 기공하여 82년에 완성한 대투기장이다. 정식 명칭은 '플라비우스의 원형극장'이지만 속칭 거대하다는 뜻인 콜로세움이란 이름으로 불렸다. 폭군 네로가 기독교인들을 사자 밥으로 학살한 곳도 바로 이곳이다.

투를 하고 맹수들이 울부짖는 유혈극의 연출장이었다. 누구나 한 번 아레나(무대인 그라운드)에 서면 피를 흘려야만 된다. 죽든지 죽이든지……. 연극이 아니라 그것은 엄연한 생사의 현실극이었다.

그런데도 그 인간 사냥의 투기를 보는 것이 바로 로마 시민들에겐 하나의 보배로운 특권처럼 되어 있었다. 피투성이가 되어 쓰러진 투검사의 죽음 앞에서, 그리고 야수의 이빨에 갈가리 찢긴 인간의 시체를 보면서 그들은 자기가 로마 시민으로 태어나게 된 영광을 다시 한 번 신에게 감사드렸을지도 모른다. 그들은 콜로세움의 그 잔인한 투기의 최대 즐거움을 최대의 오락으로 생각했기 때문이다.

신분도 교양도 없다. 누구나 콜로세움의 관객석에 앉으면 피를 보고야 마음을 풀었다. 기진맥진한 투검사가 아레나의 모래 위에 쓰러진다. 상처에선 피가 흐르고 있다. 절망적인 눈을 뜨고 마지막으로 관객석을 쳐다본다. 그러나 흥분한 관객석에선 즐거운 함성이 터져 나오는 것이다. 승자는 패자의 몸을 밟고 목에다 칼을 댄다.

관객들은 일제히 손가락을 아래로 내린다. 찔러 죽이란 뜻이다. "죽여라! 죽여라!" 그 고함 속에는 부인들의 목소리도 섞여 있다.

관객들은 투검사에 대한 생사여탈권을 쥐고 있는 것이다. 만약 엄지손가락을 위로 올리면 살려주라는 뜻이고, 아래로 내리면 찌르라는 것이다. 하지만 대부분의 경우는 모두 손가락이 땅으로 향했다. 그리하여 콜로세움의 아레나는 언제나 피로 물들었고, 수많은 사람들은 하나의 오락을 위해서 목숨을 잃어갔다. 디온 카시우스의 말에 의하면 백 일 동안에 학살된 짐승이 무려 9천 마리나 되었다니 그야말로 온종일 콜로세움은 피바다에 떠 있었을 것이다.

옛날 데레마코라는 불쌍한 수도사 하나는 너무나 잔혹한 그 투기를 보고 아레나에 내려가 그 싸움을 제지하려 했다. 그러다가 그는 분노한 관중들이 던지는 돌에 맞아 죽고 말았다는 이야기도 있다.

콜로세움을 보고 나는 식인종의 이야기를 다시 한 번 생각해 보았다. "사람 고기를 먹다니, 얼마나 야만적인 짓이냐." 서양 사람들이 식인종을 보고 그렇게 꾸짖자 그들은 이렇게 반문하더라는 것이다. "우리는 그래도 먹기 위해서나 사람을 죽이지만 너희들은 먹지도 않을 테면서 무엇 때문에 사람을 죽이고 있는가?" 전쟁터에서만이 아니라 정말 그들은 콜로세움에서 이렇게 먹지도 못할 인간들의 생명을 빼앗았던 것이다.

그러나 한층 더 놀라운 것은 콜로세움이라는 그 건물이었다. 콜로세움에서 벌어지는 투기는 야만하고 잔인한 것이었지만 콜로세움 그 자체는 얼마나 아름답고 훌륭한 것이었던가? 콜로세움 앞에 섰을 때, 나는 로마인들의 잔인성보다도 그 건축 기술에 입을 벌리지 않을 수 없었다. 거대하고 웅장하고 아름답다. 현대의 어느 극장인들 그것을 따를 수 있겠는가? 우리나라에서 가장 큰 극장의 수용 인원은 3천 명을 넘지 못한다.

그러나 흡사 하나의 산과도 같은 이 원형극장은 한꺼번에 7만 명을 수용할 수 있는 규모였다. 어떻게 집채만 한 석재로 벽돌을 쌓듯, 그렇게 교묘히 쌓아 올릴 수 있었을까? 도리아식, 이오니아식, 코린트식의 변화 있는 기둥으로 칸막이를 한 3층의 아치…… 지금은 잔존殘存하지 않지만 옛날엔 그 아치마다 아름다운 조각상들이 열 지어 서 있었다고 한다.

"아치 중의 아치…… 자연의 봉화처럼 달빛의 흐름 속에 콜로세움은 서 있다……."

이렇게 노래 부른 바이런의 감격은 과장이 아니었다. 건축 기술이라기보다도 위대한 인간 문명의 힘을 느끼게 된다. 지금은 그 벽이 반파半破되어 있지만, 그것은 비바람에 허물어진 것이 아니라 바티칸 궁전을 세울 때 그 돌을 허물어다 썼기 때문이었다.

이것이 바로 콜로세움의 모순이며 서양 문명의 특질이기도 한 것이다. 콜로세움은 가장 문명적이고 가장 아름다운 것이지만 그 내부에서는 가장 야만적이고 가장 잔인한 일들이 벌어지고 있었다. 한 손으로는 그토록 아름다운 비너스의 여신상을 만들고 한 손으로는 그토록 잔인한 투검사의 투기를 창안해낸 것이다.

네로 황제야말로 서양의 전형적인 인물인지도 모른다. 그는 인간 송진을 만든 야만인이었다. 기독교인들을 잡아다가 온몸에 기름칠을 해서 불을 질렀다. 그러나 문제는 인간 봉화烽火의 그 불빛 밑에서 네로가 토인들처럼 터부 춤을 춘 것이 아니라 하프를 뜯었다는 데에 있다. 네로는 그냥 야만적인 것이 아니라 시를 사랑할 줄 아는 문화인이었던 것이다. 히틀러가 〈죽음의 탱고〉라는 아름다운 음악에 맞추어 유태인들을 학살한 것과 같다. 그것이 바로 콜로세움으로 상징되는 서양 문명이다.

이 야만성이 없어지면 서양의 문명도 시들어버린다. "콜로세움이 있는 한 로마는 존립存立할 것이며, 콜로세움이 허물어질 때 세계 또한 허물어지리라"라고 읊었던 옛 시인의 말은 비단 천축의 견고성만이 아니라 그 상징적인 본질까지도 예언을 한 셈이다. 오늘날 서구 문화의 사양斜陽을 지탱하고 있는 것이 다름 아닌 '미국 문화의 야만성'이 아닌가. 잔인한 서부 활극이 없어지면 미국의 '프런티어십frontier ship'도 소멸하고 만다. 그것이 서구 문명의 비극인 것 같았다. 현대의 콜로세움은 텔레비전이며, 이 현대 과학의 극치 속에서 영상映像되는 것 가운데는 저 잔인무도한 '프로 레슬링'이 끼어 있다. 야만성을 필요로 하는 문명……

폐허가 된 콜로세움의 아치를 이용한 바에서 나는 문명한 야만인들 틈에 끼어 아이스크림 하나를 사 먹었다. 땅에 꽂힌 십자가가 사그라져가고 있는 아레나……. 동물의 포효도 관중들의 아우성도 없다. 안내원의 말에 탄성을 올리는 관광객들의 왁자지껄한 소리밖엔 아무것도 들려오지 않는다. 참으로 묘한 기분이었다.

# 테베레 강을 보며

바티칸 궁전에 가려면 테베레 강을 건너야 한다. 파리에 센 강이 흐르듯이 그리고 런던에 템스 강이 흐르듯이 로마의 고도古都에는 테베레 강이 흐른다.

강은 도시의 마음이다. 강은 도시의 표정이다. 묵묵히 흐르는 물결을 들여다보고 있으면, 이상스럽게 그 도시와 그 인간들의 마음을 알 수가 있다. 라인 강처럼 독일적인 것은 없고, 센 강처럼 파리다운 것은 없다. 테베레 강에는 로마가 있었다.

이름 높은 강이지만 그것은 청계천보다 두 배 정도의 넓이에 불과하다. 그들이 '본드(황갈색) 테베레'라고 부르듯, 물도 흙탕물이었다. 황갈색의 그 강물은 로마 도시의 벽 색깔처럼 탁하고 누렇고 녹슬었다. 속까지 환히 들여다보이는 물은 경망스러운 데가 있지만, 테베레 강의 둔중한 물결엔 로마사史를 넘기는 것 같은 무게가 있다. 물빛부터가 벌써 로마적이라고 할까.

확실히 밀비우스 다리에서 굽어본 테베레 강은 샹송 같은 센의 인상과는 아주 다르다. 우선 그런 낭만과 시정詩情이 없는 것이다. 귀를 기울이고 있으면 음악이 아니라 인간의 절규가 들려오는 것 같다. 현실의 각박한 숨결이, 인간사의 참혹한 소용돌이가 보일 것 같다. 그것은 죽음의 강, 피의 강, 그리고 권력을 다투는 욕망의 강이었다.

우선 사람들은 테베레 강을 지날 때 산탄젤로36)의 높은 성벽을 볼 것이다. 한때 숱한 죄인들이 갇혀 있던 감옥, "별은 빛나건만……"의 아리아로 유명한 '토스카'의 전설이 바로 거기에서 생겼다. 저 두꺼운 성벽의 한구석에서 카바라도시는 별을 보며 울었다. 그가 사형을 당한 마당이 바로 거기에 있고 비극의 여인 토스카가 테베레 강으로 몸을 던진 높은 석벽이 바로 거기에 있다.

그리하여 관광객들은 숫제 그것을 '토스카의 성'이라고 부르고 있다. 토스카뿐이겠는가 오페라로 불려지지도 못한 비극의 인간들이 이 밀비우스의 다리를 건너 성벽으로 향할 때 얼마나 많은 눈물을 흘렸을 것인가. 그러나 그것보다 더 많은 비극이 이 강물

---

36) 산탄젤로는 2세기경 로마의 하드리아누스 황제가 세운 그 자신의 묘였지만 후에는 성채로, 그리고 또 19세기에는 감옥으로 사용된 건물이다. 현재는 병기 박물관. 이 성 자체가 그대로 로마에서 이탈리아로 이르는 그 역사이기도 하다. 산탄젤로의 옥상에는 브론즈의 천사 상天使像이 있다. 그것은 로마에 페스트가 만연되었을 때, 법왕 그레고리우스가 이 묘 위에 천사들이 나타나 "이제 재화災禍는 끝나고 평화가 오도다"라고 말하는 환상을 보았던 전설을 기념하기 위하여 세운 것이다.

에 흐르고 있다.

로마에 정변이 있을 때마다 테베레 강에 시체가 떴다. 로마를 건국한 로물루스와 레무스 형제만 해도 어렸을 때 이미 이 강물에 던져졌었던 몸이다. 스키피오 파派가 반대자인 티베리우스를 곤봉으로 치고 그 시체를 던진 곳도 바로 이 테베레 강이며, 예수를 재판한 빌라도가 사형 선고를 받고 목에 돌을 단 채 수장水葬된 곳이 또 이 테베레 강이다.

나이 어린 황제, 그리고 상승 태양신常勝太陽神의 대신궁大神宮을 자처하던 엘라가발루스가 그 어머니와 함께 반란군에 참살되었을 때에도 역시 그 시체는 테베레 강에 던져졌다.

로마사에 알맞은 묘비명墓碑銘을 초草하려면 '그는 요람 위에서 태어나 궁전에서 살다가 테베레 강에서 죽었다'라고 쓰는 것이 가장 실감 있는 일인지 모르겠다.

원래 테베레 강이란 이름부터가 이 강물 속에 빠져 죽은 테베레 왕에서 연유된 것이라 한다. 테베레 강에는 흡사 배처럼 생긴 낭만적인 섬 하나가 있다. 그것 역시 연유를 캐어보면 끔찍한 전설을 가지고 있는 것이다. 로마 최후의 왕 타르키니우스를 내쫓은 시민들은 그를 큰 바구니에 넣어 그 강물에 던졌다는 것이다. 그런데 거기에 흙이 쌓여 오늘날과 같은 섬 하나가 생겼다는 이야기다.

로마가 자랑하는 인류 최초의 성문법成文法에는 또 이런 말이 씌어 있다. "빚을 못 갚는 자는 테베레 강의 저편에 매각賣却한다"
라고…….

물이 흐르고 있다. 꿈의 강이 아니라 피의 강이, 사랑의 강이
아니라 투쟁의 강이…… 수천 년 동안 이 도시를 키운 테베레에
흙탕물이 흐르고 있다.

그러나 지금은 무심히 낚시를 드리우고 있는 시민들이 초여름
의 햇살 밑에서 평화롭다. 우리는 낚시꾼을 강태공이라고 하지만
그들은 '테베레 강 인종人種'이라고 부른다. 흙탕물일망정 이 강
을 사랑하는 것이 또한 로마의 시민들이었다. 강에는 배들이 떠
있다. 밤이면 오색등을 달고 춤을 추기도 하고 차를 마시기도 하
는 유람선들이 뜬다. 시체 처리장이었던 옛날만 해도 이 강변에
는 많은 신전과 저택과 공원이 있었다고 한다.

강의 범람을 두려워하지 않고 그들은 이 강을 생활화했다. 비
만 조금 내려도 위험 수위를 재기 위해 전전긍긍하는 방치된 한
강이 아니다. 한강 물은 맑지만 그것은 위험 지구로서 피해야만
될 공포의 존재다.

테베레 강처럼 그 역사는 피의 흐름이었지만, 동시에 그들은
그 역사가 범람하지 않도록 제방을 쌓고 집을 지었다. 그것이 곧
테베레 강이며 로마가 아니었을까? 그리고 이 피의 강은 곧 종교
의 강이기도 하다. 로마에 최초로 기독교가 세력을 박기 시작한
계기도 실은 콘스탄티누스 대제가 이 강 위에서 반란군을 쳐부수

고부터다. 이 강에서 결전決戰을 할 때 그는 기독교의 계시를 받았다는 것이다. 지금도 이 강을 건너야 비로소 가톨릭의 대본산인 바티칸으로 갈 수 있다. 생각할수록 상징적인 강이다.

# 바티칸의 인상

세상에서 가장 큰 성당은 세상에서 가장 작은 나라에 있다. 이 것이 바티칸[37] 시국市國을 보는 재미다. 총면적이 0.4평방킬로미

---

[37] 바티칸의 숭고하고 웅대한 그 사원에서 볼 수 있는 것은 종교의 위대성보다도 한없이 약한 인간의 모습이다. 원래 바티칸의 성聖 베드로 사원은 콘스탄티누스 대제에 의해서 베드로의 무덤 위에 세워진 초라한 건물이었지만, 기독교의 세력이 팽대해지자 15세기에 오늘의 그 사원으로 개축된 것이다. 결국 사원의 크기는 인간 오뇌의 크기와 같은 것이다. 그 오뇌가 크면 클수록 그들은 그 구제를 위해 돈을 갖다 바쳤던 것이다. 솔직히 고백하건대 사원은 고독의 크기와 비례한다. 나는 성당 안에 있는 베드로의 묘에 서서 기도문을 외고 있었던 고아들의 형편을 보았었다. 그리고 성聖 베드로 상像의 다리가 수많은 신도들의 손과 입맞춤으로 움푹 패어 있음을 보았다. 그것은 바로 인간 고뇌의 한 흔적이었다. 법왕도 약점 많은 인간의 하나다. 그 증거로 법왕 선거의 투표 제도를 보면 알 수 있다. 유명한 미켈란젤로의 천장화가 그려져 있는 시스티나 성당 속에 감금된 채 추기경들은 법왕을 선거하도록 되어 있다. 법왕이 결정된 후 투표용지를 불사른 흰 연기가 올라와야 비로소 밖으로부터 철문이 열려 그들은 외부로 나올 수 있다. 이러한 제도가 생겨난 것은 역사적으로 법왕 선거에 불미한 일들이 많아 1년 이상까지 걸린 일이 있었기 때문이다. 그것을 방지하기 위해 생각해낸 것이 이 감금 투표다. 이렇게 가둬놓으면 시간을 끌려고 해야 끌 수도 없

터밖에 되지 않으니까 서울의 비원보다 좀 큰 정도다. 이 종교국의 시민은 천 명, 그것도 모두가 승복 차림의 성직 관계자들이다. 그러나 세계 각국에서 외교관들이 파견되어 있고 화폐와 우표까지 발행하고 있는 당당한 주권 국가다.

비록 땅은 좁지만 세계 각국에 퍼져 있는 가톨릭교의 총본산이고 보면 좁고도 가장 넓은 나라가 바로 바티칸 시국이라고 할 수 있다. 사실상 바티칸은 전 이탈리아의 4분의 1에 해당하는 부富를 소유하고 있는 것이다.

일요일. 청명한 날씨였다. 지구에 씌운 왕관처럼 높이 솟은 베드로 대성당인 큐폴라(돔)가 벽공碧空을 배경으로 찬연하게 빛나고 있었다. 우리 중앙청 높이의 네 배가 넘는다. 광장에는 관광객과 일요 미사를 드리러 온 교도들로 뒤범벅이 되어 있다.

이 세계 최대의 대사원에 접했을 때 솔직히 말해서 나는 종교의 힘보다도 권력과 영화의 힘을 느꼈다. 법왕의 권력이 얼마나 강했으면 법왕의 재력財力이 얼마나 컸었으면 저토록 웅대하고 화미華美한 사원을, 궁전을, 광장을, 그리고 그 회랑回廊을 지을 수 있었을까? 어쨌든 소박한 어부, 욕심 없는 베드로가 살기에는 너무나도 큰 집인 것만 같다.

고 해방되기 위해서도 속히 법왕을 선출해낼 수 있겠기 때문이다. 성자들의 투표는 속인들의 국회의원 선거보다 더 복잡했던 까닭이다.

높이 132미터의 베드로 대사원을 정면으로 하여 마치 두 팔로 끌어안듯이 타원형 대회랑에 안긴 베드로 광장, 그 한복판에 솟은 오벨리스크 밑에 서 있으면 인간이 참으로 미미하게 보인다. 무엇인지 압도하기 위해서 그것은 거기 있는 것 같다. 기둥이 4열로 늘어선 타원형 대주랑大柱廊의 지붕에는 140명의 성인 조각들이 사열을 받듯이 서 있다. 천재적 조각가 벨리니가 설계한 것이라는 안내서의 주석을 보지 않더라도 정교한 균형을 이룬 그 회랑을 대하면 위대한 영혼의 질서를 느끼게 한다.

성 베드로 광장의 타원 중심점(희게 표식을 해놓았다)에 서서 이 회랑을 바라보면 네 겹의 원주들이 모두 하나로 보인다. 치밀한 기하학이다. 그러나 이 기하학적 질서야말로 '바티카니즘'을 상징하는 열쇠인 것 같다. 가톨릭의 그 일사불란의 조직력, 엄정성, 그리고 법왕을 초점으로 하여 햇살처럼 퍼져 나간 합리적인 힘, 그것이야말로 신앙도 하나, 구원도 하나, 법왕도 하나라던 종교의 기하학적 메커니즘이다.

그런데 별안간 베드로 광장에서 우글대던 관광객과 가톨릭교도(?)들이 좌측 회랑 가로 우르르 몰려간다. 무슨 구경거리가 생긴 모양이다. 서투른 종교 연구를 집어치우고 나도 그곳으로 달려갔다. 군중을 헤치고 기웃거리고 있자니까 갑자기 검은 제복을 입은 경호원들이 모터사이클을 타고 들이닥친 것이다 "포프[法皇]……." 누군가가 소리친다. 한 모서리에서 박수가 터져 나온다. 무개차를 탄 바오로 6세가 에스코트를 받으며 두 손을 높이 쳐들고 들어오고 있다. 바티칸 궁으로 향하고 있는 것이다.

관광객들은 사진을 찍기에 바쁘다. 환성과 박수, 그리고 손짓…… 법왕은 군중 사이를 누비며 순식간에 자취를 감춰버린다. 그 짧은 순간에 사진을 찍어야 한다. 법왕의 얼굴도 보아야겠다. 이렇게 허둥거리고 있는 내 어깨를 치면서 그곳 유학생 미스터 송이 말했다.

"재수가 좋으십니다. 로마에 수년간 살았어도 법왕의 행차를 본 것은 나도 이번이 처음입니다. 조금 더 기다려보십시오. 법왕의 기구祈求가 있을 것입니다."

과연 성 베드로 사원의 종소리가 울리고 얼마 있자 바티칸 궁의 창문(회랑에서 올려다보이는 우측에서 두 번째 창)에 법왕이 나타났다. 그리고 스피커를 통해 전 광장에 울리는 기구가 시작되었다. 베드로 광장에 서 있는 군중은 박수를 쳤다. '아베 마리아'란 말밖에는 알아듣지 못했지만 라틴어인 듯한 기구는 마치 음악처럼 리드미컬한 것이었다. 기구가 끝나자 또 광장은 박수 소리로 묻힌다. 서부 활극의 팬이었는지 휘파람을 부는 사람까지 있었다.

그러나 동양의 어느 조그만 반도에서 온 이 죄인은 도무지 축복을 받는 실감이 나지 않았다. 도리어 나는 들키지 않게 속으로 이렇게 외치고 있었다.

무엇 때문에, 대체 무엇 때문에 바티칸 궁전과 저 성당은 그토록 커야만 하느냐? 아니, 무엇 때문에 바티칸에 있는 베드로 대성당보다 더 큰 성당을 짓는 것이 금지되어야 하느냐? 예수님은 남루한 옷을 입고 초라한 돌무더기에 올라 맨발로 설교를 하셨다. 그분은 경호차도 그리고 황색과 청색 줄무늬 옷을 입은 스위스 위병衛兵도 없이 군중 사이를 다녔다. 더구나 저렇게 큰 집도, 저렇게 요란한 광장도 요구하신 일이 없으셨다. 태어나기를 마구간에서 태어난 것이다. 예수가 매달렸던 십자가도 거친 나무였다. 그러나 지금 성당에 장식된 십자가는 보석을 박고 금빛을 칠한 십자가가 아닌가?

옛날 이 바티칸 언덕은 네로에게 박해를 당한 기독교도의 처형장. 그들이 이곳에서 숨지며 세상을 떠날 때, 마지막 마음속에 그린 그 환상이 이 37본의 기둥이 서 있는 대회랑이었을까? 금빛 찬란한 저 성당의 장식물이었을까? 피 흘린 그 자국에 새로운 우상이 돋아난 것이 바티칸이라고 한다면 지나친 혹평이 될 것인가? 예수님이 재림再臨한다면 경호차를 앞세우고 제일 먼저 이 바티칸 궁을 찾아오지는 않을 것이다. 아마 한국의 어느 초가집에 들를망정 번쩍이는 저 바티칸에는 발을 들여놓지 않을 것 같다.

인간이란 그러한 궁전과 그러한 성당을 짓지 않고서는 신을 믿을 수 없는 한없이 연약하기만 한 존재인지도 모른다. 못 자국을 만져보지 않고서는 예수의 부활을 믿지 못했던 로마의 후예다.

지상에서 천국의 권세를 보지 않고서는 못 견디었기 때문에 아마도 이 바티칸 왕국을 세웠는지도 모를 일이다. 그 호화로운 사원보다도 나는 계단을 오르내리던 초성례初聖禮의 소녀들에게서 도리어 평화로운 인상을 받았다. 눈처럼 하얀 베일과 신부 옷 같은 드레스를 입고 처음으로 성체聖體를 배령拜領하려고 나온 그 깨끗한 아이들의 얼굴에서 옛날 그 예수의 마음을 느낄 수 있을 것 같았다.

라스베이거스에 가도 똑같이 카메라를 메고 저렇게 서성댈 베드로 광장의 관광객을 보면서 어쩐지 신도도 아닌 내가 예수님이 자꾸 외롭게만 생각되어 눈시울이 뜨거웠다.

# 육체의 승리

로마에서는 살아 있는 것보다 오히려 죽어 있는 것들이 더 생기가 있다. 먼지 낀 가로수보다는 분수가, 그리고 온종일 앉아 있는 늙은이들보다는 동상들이 더욱 아름답고 힘차 보인다.

보름 가까이 로마에 머물러 있는 동안 내가 친한 것은 사람들이 아니라 박물관의 조각들이었다. 물론 거기엔 다른 이유도 있었다. 우선 나는 이탈리아 말을 모르기 때문에 길에서 사람이 말을 걸어오면 나는 언제나 한숨으로 대답했다. 단둘이 있을 때는 염치 무릅쓰고 무언극이라도 할 수 있었지만, 장루이 바로 Jean-Louis Barrault[38] 이상의 연기력이 있다 할지라도 백주의 대로상에선 손짓 발짓을 할 수가 없었다. 사람들은 흔히 패스포트에 비자의 스탬프만 찍히면 그 나라에 입국할 수 있는 것으로 알고 있다. 그러나 사실은 언어라는 또 하나의 국경이 있는 것이다. 언

38) 프랑스 배우.

어! 그것이야말로 이방인의 마음속을 여행하는 참된 비자다.

어느 날 나는 나일론 셔츠가 필요해서 길 가는 여성 하나를 붙잡고 손짓으로 백화점을 물었던 일이 있다. 점잖지 못한 짓이었지만 속에 입은 와이셔츠를 가리키니까 눈치 빠른 여성은 고개를 끄덕이면서 자신 있게 나를 안내해주었다. 그러나 그곳은 슬프게도 백화점이 아니라 세탁소였다. 내 와이셔츠에 때가 좀 묻어 있었던 탓인 것 같다. 이렇게 이심전심以心傳心이란 말도 믿을 수 없는 경우가 많다. 어쨌든 겉모양만 훑어본 로마의 시민들은 나에게 있어서 하나의 영원한 미결서류未決書類였다.

그러나 박물관이나 길거리에서 만난 그 조각들은 결코 이탈리아 말로는 말하지 않는다. 하나의 포즈, 하나의 볼륨, 그리고 하나의 음영陰影을 가지고 그것들은 이야기한다. 침묵하는 그 대리석의 언어로써 나는 무한한 영혼의 대화를 가질 수 있다.

디오클레티아누스 제帝의 욕탕(국립 박물관)에 들어섰을 때 나는 수많은 석관石棺을 보았다. 사자는 이제 뼈마저 찾을 수가 없지만 대리석 석관들은 거기 그렇게 남아 많은 사연을 이야기하고 있었다. 석관에 아로새긴 부각浮刻들은 전쟁의 역사와 극적인 인간의 신화를 속삭이고 있었다. 죽음보다도 강한 인간의 욕망과 인간의 꿈과 그리고 생의 영광들을 고집하고 있었다.

돌 속에 깊이 파고든 생명의 화석들. 석관만이 아니다. 내실에 진열된 모든 조각들도 죽음과 싸우고 있었다. 육체의 고뇌와 생명의 갈등이 연출하는 인간들의 드라마였다. 지옥의 명왕冥王이 미녀를 약탈해 가고 있다.

부드러운 여인의 육체를 파고드는 명왕의 힘찬 손가락과 절망 속에서 허공을 움켜쥘 프로셀비나 여인의 가냘픈 손, 그것은 단순한 남성과 여성의 손이 아니다. 다름 아닌 죽음, 생명이 뒤얽혀 빚어내는 인간 부조리의 미였다. 적에게 능욕되기 전에 아내를 죽여버리고 그 칼로 다시 자기 목을 찌르려 하는 패전한 골Gaul인 (지금의 프랑스 등지에 살던 사람)의 조각, 그것 역시 절망과 분노와 오만이 뒤얽힌 인간다운 패배의 결정물이었다. 도전하고 부서지고 타오르고 약동한다.

지친 듯이 휴식하고 있는 청동의 투사와 창을 들고 버티고 선 청년 상의 모습은 완벽의 경지를 향해 꿈틀거리는 인간 육체의 힘을 느끼게 한다. 죽음인들 저 힘을 **빼앗아** 갈 수 있을까? 나는 어느 젊은 여성이 황홀한 듯 남자의 나신상 하체를 어루만지는 것을 보았다. 그러나 그 얼굴에는 조금도 음란한 빛이 보이지 않았다. 땅을 디디고 하늘을 떠받치는 남성의 사지와 그 근육은 벌써 영원한 육체였던 것이다.

이렇게 힘 속에 응결한 남성의 육체가 있는가 하면 한옆에는 키레네의 비너스[39]처럼 미 속에 승화된 여성의 육신이 있다.

---

39) 미켈란젤로는 파괴된 부분을 수리하라는 명을 받았으나 그 걸작품에 감히 손을 댈 수

머리는 떨어져 나가고 양팔은 꺾여버렸지만 바닷속에서 막 올라온 그 싱싱한 육체의 곡선과 부풀어 오른 유방은 이미 죽음 저편에서 존재하고 있었다. 이 비너스 앞에서 몇십 분 동안 넋 잃고 쳐다보고 있는 내 곁에서 여학교 사감처럼 생긴 아카데믹한 미국 숙녀 하나가 들으라는 듯 감탄조로 독백을 했다.

"참 아름답구나. 육체는 부끄러운 것이지만, 이것은 얼마나 자랑스러운가!"

나는 순간 얼굴이 화끈해졌다(혹시 얼굴색이 누런 이 야만인은 지금 에로틱하고 도색적인 꿈에 잠겨 희대의 미술품을 모독하고 있는 것이나 아닌가). 그녀가 혹시 이렇게 오해한 것이나 아닌지? 설마? 그래도 역시 부끄러움은 남는다.

유교의 선비님들은 육체를 창피한 것으로만 생각해 왔다. 자랑스러운 육체를 모르고 지냈다. 따라서 죽음과 생의 갈등 속에서 번민하는 육체의 드라마도 또한 모르고 지내왔다. 육체가 부재하는 역사였다. 뱀에 감기어 단말마斷末魔의 표정으로 죽어가는 바티칸 박물관의 그 〈라오콘 상〉[40]이나 머리를 숙이고 숨겨가는 캐

없다 하여 손질을 거부했다는 일화가 남아 있다. 캐피털 박물관은 캐피털 언덕에 있는 기원 15세기 때의 박물관. 세계에서 가장 오래된 박물관으로 조각들이 많다.
40) 라오콘 초상은 16세기 초 네로의 황금 궁전 터에서 발견된 것으로 그리스 로도스 파派의 원작이다. 신의 벌로서 두 마리의 뱀에게 감겨 두 아들과 더불어 죽어가는 신관神官 라오콘의 최후를 조각한 상.

피털 박물관의 〈빈사瀕死의 골인〉의 조상彫像을 보았을 때 내가 새삼스럽게 느낀 것은 내 얼굴이 너무나도 평면적이라는 사실이었다.

입체立體의 비극은 육신의 비극, 육신의 비극은 죽음에의 비극……. 그들은 이 비극에 도전했다. 죽음에 순응하려 할 때는 부서지지 않는 평면을 택한다. 순응의 평화, 잠자는 망각, 조각도 드라마도 생기지 않는 정체停滯의 세계다.

그렇다. 죽음에 순응한 우리의 조상들은 분명히 이런 조각들을 남기지 않았다. 천편일률적으로 육체를 거세한 불상밖에는 깎을 줄을 몰랐다. 그러나 여기 이 조각들은 육체의 승리자, 죽음에의 영웅들이다. 대리석에 불어넣은 생사의 갈등은 영원과 손잡으려는 인간의 음모였다. 죽음에의 도전은 불가능한 연금술처럼 패배하지만 그 좌절은 언제나 위대한 부산물을 남겨주었다. 그들은 어리석게도 운명의 벽을 뛰어넘으려 했기에 도리어 발랄한 육체의 문화를 만들어낸 것이다.

# 순진한 사기꾼들

이탈리아를 여행한 사람들은 으레 두 개의 화제를 가지고 돌아오기 마련이다. 하나는 로마의 유적에 대한 견문이요, 또 하나는 관광객을 상대로 한 사기꾼들에게 속은 이야기다. 로마에 가서 소매치기나 바가지를 쓰지 않으면 도리어 섭섭하게 생각할 사람도 있을 것 같다. 화젯거리 하나가 줄어들기 때문이다.

이탈리아에서 보석을 사 오면 사랑을 잃는다는 유머도 있다. 이탈리아에는 가짜 보석상이 많아 만약 멋모르고 그것을 사다 아내나 여인에게 선물하면 뜻하지 않은 화를 입는 것이다. 그러니까 상대방으로부터 가짜 보석을 진짜인 체 생색을 내려 했다고 엉뚱한 오해를 받는다는 이야기다. 사실 지금도 이탈리아에는 '보석 감식법 강의' 같은 것이 열리고 있는 모양이다.

그런가 하면 또 신혼부부가 로마로 밀월여행을 왔다가 아내를 빼앗겼다는 소문도 있다. 이탈리아의 치한들은 솜씨가 보통이 아니라 한번 점을 찍으면 오디세우스의 아내라 하더라도 파계破戒

를 하고 만다는 것이다. 호텔 옆방에 머무르고 있던 점잖은 고고학자가 알고 보니 1달러도 되지 않는 사기그릇을 수백 달러에 팔아먹고 도망친 야바위꾼이라거나, 혹은 길거리에서 어엿한 신사가 실은 술집에서 바가지를 씌우려고 파견된 특공대일 경우가 부지기수인 모양이다. 이탈리아 영화 그대로 비토리오 데시카Vittorio De Sica(영화감독)풍의 점잖은 사기꾼들이 판을 치고 다닌다.

그러나 거지와 치한과 야바위꾼들의 견문록이 적어도 한국인의 경우엔 빛이 나지 않는다. 눈을 뜨기만 하면 그보다도 더한 이야기들을 매일같이 듣고 겪은 우리들에게 있어선 조금도 신기할 것이 없다. 뿐만 아니라 자위도 되지 않는 이야깃거리다. 왜냐하면 그러한 이야기들은 이미 전쟁 직후에 있었던 일이고 이제는 거의 과거 완료형으로 이야기되고 있기 때문이다. 생활이 안정된 것이다. 물론 아직도 야바위꾼이 있기는 있지만 한국 것에 비하면 어린애 장난처럼 순진하다. 우리 안목으로 보면 차라리 애교가 있어 귀엽다.

어느 날 리퍼블릭 광장의 오픈카페에 앉아 웅장한 나이아디의 분수를 감상하고 있었을 때다. 그때 갱년기에 들어온 점잖은 중년 신사 하나가 다가서면서 수작을 걸어왔다.

"아! 멋진 풍경이지요."

귀족 칭호를 내세워도 조금도 어색하지 않을 풍채였다. 오랜 여수旅愁 때문인지 말벗이 그리워진다. 영어가 통하는 점잖은 그 백작의 후예께서 이 무명의 여행자에게 친절을 베풀 때 자칫하면 감격하기 쉽다. 그것이 바로 위험선인 것이다.

나는 속으로 웃었다(이 친구! 내가 어디서 온 줄 알고 이러느냐? 한국에서 왔다. 한국이 어떤 나란 줄 아는가? 자네 솜씨로는 어림도 없네). 그 백작의 말에 의하면 혼자 심심하게 앉아 있을 것이 아니라 같이 구경을 가자는 것이다. 안내는 자기가 할 터이니 비용은 반반으로 똑같이 부담하자는 그럴듯한 제안이었다. 속고 속은, 그러다가 이제 눈치만 남은 한국인이 그런 꾀에 넘어갈 리가 만무다.

"돈이 떨어져서 곤란하군요."

"당신 나라의 대사관에 가서 꿔보십시오."

"허탕입니다. 어디 돈 좀 꿀 데 없을까요? 힘을 좀 빌려주십시오."

말이 떨어지기가 무섭게 사업이 바쁘시다는 백작 씨는 꽁무니를 빼고 도망쳐버린다.

기껏해야 이 정도인 것이다. 초상화를 그려준다거나 술집을 안내하겠다는 정도의 복선伏線인 것이다. 그들은 모두 뒤가 없이 명랑하였고 순진하였다. 우리처럼 그렇게 복잡하지 않다. 음흉스럽지도 않다.

가끔 음식점에서 잔돈을 속이는 수도 있다. 원래 화폐 단위가 크기 때문에 여간 정신을 차리지 않고서는 속아 넘어가기가 일쑤다. 그래서 무조건 잔돈을 가져오면 속으로 계산을 하는 체하면서 천천히 세고 이상스럽다는 듯이 머리를 기우뚱거리면 틀림없이 지폐를 두어 장 더 들고 온다. '계산 착오'라는 표정으로…….

그들은 들켰다 싶으면 솔직히 허허거리고 웃어버린다. 대체로 악의 없는 사기꾼(?)들이다. 교활한 듯하면서도 순진한 것이 이탈리아 사람이다. 깍쟁이[41]란 말은 이들에겐 어울리지 않는 말이다. 반드시 속이기 위해서만 그러는 것도 아니다. 길을 묻기 위해서 이탈리아 청년들에게 "두 유 스피크 잉글리시?"라고 물으면 "노"라고 말한 끝에 이렇게 반문하는 수가 많다. "빠를레 프랑세?(프랑스어 할 줄 아십니까?)" 즉 영어는 몰라도 프랑스어는 할 줄 안다는 태도다. 그런데 이쪽에서 "위 엉쁘(예, 조금 합니다)"라고 반갑게 대들면 어색하게 손을 흔들며 자기는 프랑스어도 모른다는 것이다. 그러고는 허허거리고 웃는다. 귀여운 허세다. 으레 이쪽에서 모른다고 대답할 줄 알고 계산에 넣고 한 짓이다.

이렇게 음흉스럽지만 결코 얄밉지가 않다. 명랑하고 뒤가 없다. 짓궂으면서 낙천적이다. 유럽에서 사람 대하기가 제일 만만한 곳이 바로 이탈리아라고 알면 별로 잘못이 없다. 이탈리아 사

---

41)   La terra solle e lieta e dilettosa(태양의 나라, 이탈리아)란 말도 있듯이, 모든 것이 밝다. 잠시 여행을 해보아도 이탈리아인의 성질이 어떻다는 것을 금시 직감할 수 있다. 안데르센이 로마를 여행할 때 "모두들 따스한 인정을 가진 명랑한 사람들이었다"라고 평한 것도 수긍할 만하다.

람들이 가끔 욕을 먹는 것도 그들의 순진성에 있다. 남들처럼 감쪽같이 표 안 나게 남의 등을 칠 줄 모르기 때문이리라.

나는 자니콜로의 언덕에 서 있는 가리발디의 애처 아니타의 말 탄 동상을 보았을 때도 그러한 이탈리아의 국민성을 느꼈다. 가리발디는 이탈리아를 통일하려고 의용군을 모집하였을 때 "나는 그대들에게 아무것도 줄 것이 없다. 그저 잠자기 위한 푸른 하늘과 배고픈 굶주림과 그리고 조국에의 정열뿐이다"라고 말했다. 그 말을 듣고 감격한 청년들은 그의 휘하에 모여들었다.

우리 같으면 어떨까? 저 국회의원 제공諸公의 달콤한 정견 발표나 정치가들의 감언이설…… 푸른 하늘과 굶주림밖에 줄 것이 없다는 솔직한 약속을 할 수 있을까? 그런 약속을 한다 해도 우리는 또 감격도 않으리라. 이탈리아에는 도둑이 많다고 하지만 우리에 비하면 그지없이 천진하고 단순, 솔직하다.

# 고양이와 룸펜


　로마의 삼다三多<sup>42)</sup>는 분수와 조상彫像과 고양이다. 길을 걷다 보면 어디서나 물을 뿜는 분수와 만나게 된다. 그리고 도처에 조상들이 서 있다. 공원이나 광장에만 있는 것이 아니라 건물의 지붕

---

42) 로마에는 대소 수백의 분수가 있다. 웬만큼 큰 건물이나 광장에 가면 반드시 시원한 분수의 물줄기를 볼 수 있다. 그중에서도 특히 유명한 것은 트레비 분수, 속칭 애천愛泉이라고 알려져 있는 분수다. 생동하는 말과 거대한 패각貝殼 위에 서 있는 해신 넵튠의 조각을 적시며 폭포처럼 푸른 물이 쏟아져 내려온다. 역사도 깊은 5백 년……. 이 분수의 물속에 돈을 던지면 다시 로마로 돌아오게 된다는 낭만적인 전설도 있다. 그래서 분수의 바닥을 보면 수많은 동전들이 떨어져 있다. 이 밖에도 로마의 종착역 앞에 있는 나이아디의 분수나 바르베리니 광장의 트리토네 분수 같은 것들도 인상적이다.
　재미있는 것은 로마엔 본시 물이 귀하다는 것이다. 이미 기원전에 교외에서 물을 끌어들여온 수도 시설을 보아도 알 수 있다. 그렇게 귀한데도 분수가 이처럼 사철 물을 분출한다는 것은 자연 조건에 도전하여 결핍을 풍요로 바꾸고 있는 유럽인의 한 투쟁적 기질을 엿보이게 하는 상징이기도 하다.
　트레비 분수는 하루에 8천만 리터의 물을 분출하고 있는데 그 물은 교외에서 끌어 들여온 것으로 처녀수處女水라고 불리고 있다.

위, 심지어는 공중변소의 빈 터에도 조상들이 서 있는 경우가 많다. 비교적 가로수가 적은 로마에서는 분수와 조상이 도시의 분위기를 부드럽게 하는 조미료다.

그런데 문제는 고양이다. 폐허의 유적에 가면 들고양이들이 어슬렁어슬렁 걸어 다닌다. 사람을 보아도 도망칠 생각을 하지 않는다. 사람이 고양이를 구경하고 있는 것인지 고양이가 사람을 구경하고 있는 것인지 도무지 분간할 수가 없다. 나는 이스탄불 시에서도 그렇게 여유만만한 고양이들이 포도를 산책하고 있는 광경을 본 일이 있다. 마호메트가 고양이를 사랑했기 때문에 무슬림교가 성행하고 있는 나라에선 고양이를 건드리지 못한다는 것이다. 그리고 만약 고양이를 학대하면 일주일 이내로 죽게 된다는 미신을 철석같이 믿고 있는 사람들이 많기 때문에 묘권猫權은 인권보다도 더 잘 보장되어 있는 셈이다.

그러나 로마의 고양이는 이스탄불과는 달리 종교가 아니라 고적과 밀접한 관련이 있는 것 같다. 고양이를 내다 버려도 로마엔 폐허가 많기 때문에 그곳에서 안락하게 서식棲息할 수 있는 까닭이다. 그리고 할 일 없는 노파들은 집에서 남은 음식들을 모아두었다가 주인 없는 고양이들에게 식사 대접을 해주는 것으로 소일한다. 로마의 들고양이들은 이렇게 아무 일도 하지 않고 그때그때 구호를 받아가면서 살아가고 있다. 게으르고 태평한 놈들이다.

그런데 로마에는 바로 그와 비슷한 인간 '들고양이족'들이 삼다의 하나를 차지할 만큼 많다. 보르게세 공원이나 광장 부근엘 가면 할 일 없이 온종일 일광욕이나 하고 있는 친구들이 꽤 눈에 띈다. 더욱 놀라운 것은 이 들고양이족들을 붙잡고 이야기를 시켜보면 대개가 다 사회주의자라는 점이다. 그러나 무서워할 것은 없다. 이들이 말하는 공산주의란 마르크스, 레닌의 붉은 책에 신세를 지고 있는 것이 아니다. 모두 즉흥 환상곡 같은 것이라는 이야기다. 즉 '놀고도 먹을 수 있는 것' 그것이 바로 공산주의라고 생각하고 있는 친구들이다. 이 덕분(?)에 이탈리아는 유럽에서 공산주의자가 제일 많은 나라로 되어 있다. 그러나 사실상 그 숫자가 의미하는 것은 놀고먹기를 좋아하는 이탈리아(남부)인의 한 기질을 상징해주는 것이 아닌가 싶다.

이 룸펜들은 가톨릭 신자이면서도 동시에 공산주의자다. 그러면서도 모순을 느끼지 않는 것은 그것이 지상에서나 천국에서나 다 같이 편히 놀고먹는 방편이라 생각하고 있기 때문이다.

공원과 광장을 서성대는 들고양이족들의 족보를 캐보면 까마득한 고대 로마 제정 시대에까지 거슬러 올라갈 수 있다. 귀족과 군벌軍閥과 군인들을 제외한 로마 시민의 대부분은 국가에서 나누어주는 빵이나 얻어먹고 또 공짜로 제공되는 구경거리나 즐기면서 한평생을 무위도식한 낙천가들이었다. 구호 대상자가 20만을 넘었다는 기록이다.

카라칼라 욕장의 유물을 보면 정말 그것을 실감할 수 있다. 그것은 냉탕, 온탕, 열욕실熱浴室 같은 공중 목욕실을 위시해서 경기장과 점포와 커다란 홀이 있어 한꺼번에 천육백 명을 수용할 수 있는 대공중 사교장이다. 안내원의 말을 들어보면 카라칼라가 아우 게타를 죽이고 왕위에 오르자 민심을 얻기 위해서 이 욕탕을 지은 것이라 했다. 무위도식하는 시민들이었지만 이렇게 훌륭한 시설 속에서 편안히 놀 수 있는 습속을 누릴 수가 있었다. 로마의 독재자들은 폭정暴政을 하더라도 이렇게 시민들에게 최소한 숨 쉴 구멍만은 만들어놓았던 것 같다.

그에 비하여 한국 사람들은 부지런한 편이다. 일찍이 우리는 20만 가까운 빈민들에게 빵을 나누어주고 소일할 수 있는 목욕탕을 지어주었다는 임금의 이름을 기억할 수가 없다. 어느 누구의 보호도 받지 않고 이렇게 오늘날까지 살아온 백성이 있다면 아마 그것은 우리 국민밖에는 없을 것이다. 나는 로마에서 머무르고 있는 동안 물가가 2퍼센트가량 올랐다고 연일 텔레비전으로 관계 장관들이 시민들에게 공박을 당하고 있는 딱한 광경을 본 일이 있다.

그리고 이탈리아에서는 공무원도 노조勞組에 가입되어 있기 때문에 정부 마음대로 인사권을 뒤흔들지 못한다는 이야기다. 그러므로 놀고먹는 공무원이 있어도 섣불리 정리할 수 없기 때문에 공무원 수는 날로 팽창해 간다는 고민이다. 내가 보기엔 공산주의자로 자처하는 들고양이족의 룸펜들은 천성이 낙천적이고 게

으른 탓이라고 본다. 그러면서도 정부는, 그리고 사회는 자기 생활을 보장해야만 된다고 믿고 있으니 얼마나 사치한 인생관일까.

로마에는 들고양이들이 많다. 그러나 그 고양이들은 살이 쪄 있고 기름이 흐르고 태평하다. 같은 룸펜이라 하더라도 파고다 공원의 그들과는 다르다. 그들은 우리의 룸펜처럼 초췌해 보이지도 않고 풀이 죽어 보이지도 않는다. 그들의 가난은 성격에서 온 것인지 모른다.

# 나폴리의 하늘은

하늘이 푸르면 배가 고프다. 하늘이 푸른 곳일수록 생활이 가난하다. 한국이 그렇고, 그리스가 그렇고, 이탈리아의 남부가 그런 것이다. 웬일일까. 신은 두 개의 행복을 한꺼번에 주시지 않는가 보다. 북구로 갈수록 태양은 폐결핵 환자처럼 빛을 잃는다. 그러나 파란 하늘이 잿빛으로 변해 가면 그 대신 생활수준이 높아져 간다. 독일, 덴마크, 그리고 스웨덴……. 푸른 하늘은 볼 수 없어도 모두가 잘사는 나라들이다. 같은 이탈리아라 하더라도 하늘빛에 따라서 생활이 달라진다. 북이탈리아와 남이탈리아는 하늘빛의 차이만큼 경제력이 다르다.

이탈리아에서도 가장 푸른 것이 나폴리[43]의 하늘. 허풍이 심한

---

43) 나폴리는 예부터 그 풍경이 아름다웠기 때문에 역대의 로마 제왕들은 이 땅에 반드시 별장을 두었다고 한다. 그중에서도 서기 27년 로마의 티베리우스 황제는 나폴리의 카프리 섬에 꼭 한 다스의 별장을 지어 조용히 여생을 마쳤다고 한다. 원주민은 나가고 타향 사람

어느 문학자가 "내 얼굴이 하늘에 비칠 것 같다"라고 찬탄한 바로 그 하늘이다. 그러나 막상 나폴리 역에 내렸을 때 나는 그 하늘을 감상하기보다는 몰려드는 안내원(?)을 쫓느라고 진땀을 빼야 했다.

"소렌토로 갑시다."

"폼페이로 갑시다."

천혜天惠의 자연미와 몇 개의 영어 단어를 밑천 삼아 살아가는 뜨내기들이다.

마중 나온 한국인 유학생이 만나자마자 하는 소리도 역시 조심하라는 이야기였다. 이탈리아에서 제일 아름답고 제일 가난한 곳이 바로 이 나폴리라는 것이다. 그래서 아름다운 자연에 넋을 잃다가 봉변당하는 수가 많다고 귀띔을 해준다.

"그러고 보면 '나폴리를 보고 죽어라'라는 말이 어쩐지 다른 뜻으로 해석되는군요. 그만큼 아름답다는 말이 아니라 어쩐지 죽을 각오를 하고 나폴리로 오라는 뜻으로 들립니다."

그런 주의를 받고 이렇게 농담을 했더니 유학생은 웃으면서 뭐 그 정도는 아니니 안심해도 좋다고 한다.

우선 나폴리의 명물 푸니쿨라를 타고 나폴리 시의 언덕길을 올랐다. 푸니쿨라는 언덕을 오르내릴 수 있게 만든 등산 철도. 나

은 들어오는 곳, 그 역설의 도시가 바로 나폴리다.

폴리 시는 홍콩처럼 산등성이를 타고 발전된 도시이기 때문에 그런 승용물乘用物이 생긴 것이다. 덜컹거리는 차륜 소리가 나에게는 〈푸니쿨리푸니쿨라〉라는 명랑한 그 민요처럼 들렸다. 로마에서는 내가 천 년 전에 살던 노인처럼 느껴졌었다. 그러나 시간은 소멸하고 공간만이 남는다. 여기에 오니까 꼭 애들이 된 것 같은 착각이 든다.

언덕 위에서 바라다본 나폴리 만은 바다라기보다 잔잔한 호수와 같았다. 스톤파인의 나뭇잎이 산들바람에 흔들리는 것보다 더 구김살이 없는 물결을 보고 어떻게 그것을 바다라고 부를 수 있을까. 나폴리에서는 호수 같은 바다를 보았고 시카고에서는 거꾸로 바다 같은 호수를 보았다. 새삼스럽게 말의 개념이 부정확하다는 것을 알았다.

그렇다. 새파란 하늘, 카프리 섬이 떠 있는 아름다운 나폴리 만, 산타 루치아에 정박한 배, 사람들은 그 풍경을 보면서 언어의 비력非力을 느꼈을 것이다. 노래가 아니고서는 도저히 그 푸른빛의 감정을 묘사할 수 없다고 생각했을 것이다.

그래서 그들은 노래를 불렀다. 그것이 바로 '나폴리타나(민요)'가 아닌가. 지금도 매년 9월이 되면 '마돈나제祭'가 열린다고 했다. 산타 루치아 해안의 밤이다. 이탈리아 각지에서 모여든 목청 좋은 남녀들이 야외에서 벌이는 민요의 경연대회인 것이다. 여기에서 당선된 노래가 그해의 유행가가 되는 것은 말할 것도 없다.

이렇게 나폴리는 민요의 수도이기도 하다.

아름다운 하늘이 있고 바다가 있고 노래가 있다. 그러고 보면, 나폴리가 가난한 이유를 알 만하다. 하늘이 푸른 나라가 어째서 배고픈가를 알 법하다. 다윈의 생존경쟁의 이론을 잠시 망각하게 하는 곳. 그렇기에 티베리우스 황제도 세속의 먼지를 털고 카프리 섬에서 여생을 보냈다고 하지 않던가. 눈부신 일광이 비치는 여름날, 녹음 속에 묻혀 노래 부르는 매미는 원래가 개미에게 양식을 꾸어야 하는 가난뱅이다. 하늘과 바다를 보고 산타 루치아의 노래나 부르며 세상을 살아가려던 나폴리 주민들은 매미를 닮아서 가난뱅이다.

그러나 이제 시대는 겨울이다. 노래만 부르고 살 수는 없다. 언덕의 고급 별장 지대는 대개가 미국인의 소유라고 했다. 거꾸로 원주민들은 푸른 하늘과 바다를 버리고 개미들이 사는 밀라노의 북쪽 도시를 향해 구걸을 나간다. 실향민들의 계절이 오고 있는 것이다.

나는 나폴리 민요를 녹음하기 위해서 호텔 포터에게 한 곡조 부탁했다. 손을 두 번 폈다 쥐었다 한다. 20년 동안 나폴리에서 살았다는 이야기인 것 같다. 노래는 〈돌아오라, 소렌토로〉였다. 박자나 곡조는 좀 수상쩍었지만 목소리만은 명랑하고 우렁찬 테너다. 가사도 노래도 우리 귀에 익은 민요.

"이 바다 아름다운 잔물결은 그대 입술과도 같은데 어째서 이 땅을 버리고 떠나는가? 돌아오라, 소렌토로······."

　그러나 지금 이렇게 노래 부르고 있는 가난뱅이 청년도 어느 날 황금의 꿈을 안고 문득 이 나폴리를 떠나고 말겠지······. 밀라노의 공장 지대나, 금광 지대를 배회하겠지······. 하나씩 둘씩 저 태양과 또 그렇게 빛나는 소렌토의 오렌지 밭을 작별하고 마천루摩天樓가 서 있는 매연 속으로 사라지겠지······. "돌아오라, 소렌토로"라고 신나게 노래 부르고 있는 나폴리 청년의 얼굴은 명랑했지만 나는 거기에서 한 가닥 애수의 빛을 놓치지 않았다. 팁을 집어주니까 "그라체"를 연발한다.

　어느덧 어둠에 싸이기 시작한다. 드뷔시의 피아노곡 〈안나 카프리의 언덕〉처럼 감미로운 리듬을 타고 어둠이 깔려온다. 불이 켜지기 시작한다. 인공의 불빛도 여기에서는 하나의 자연이다. 차라리 나폴리의 푸른 하늘과 푸른 물굽이가 보이지 않는 편이 좋다. 사람의 마음을 마비시키는 마력의 그 하늘이 두렵기만 하다.

# 북행 열차의 농민들

어디서나 농부는 슬프다. 적갈색으로 탄 얼굴, 마디가 불거진 손, 땀방울 속에 맺힌 흙냄새, 어쩐지 과거에서 살고 있는 사람들 같다. 나폴리의 센트럴 역 부근에서도 나는 이러한 농부들의 가족을 많이 보았다. 그들은 관광의 길을 떠나는 것이 아니라 일터를 찾아가는 영세 농민들이라는 것이다. 밀라노나 토리노의 북부 공장 도시가 아니면 국경을 넘어 아주 이국異國의 노동 시장으로까지 떠나는 사람들이다.

돌자갈밭에서 시금치를 기르거나 진흙 속에서 벼농사를 짓는다는 것은 아무래도 시류時流에 맞지 않는 일인 것만 같다. 나는 그 농민들을 보면서 나폴리행 열차 칸에서 동행했던 이세르니아 교수의 말이 생각났다. 차창가로 스쳐 가는 남부의 농촌은 평화로웠다. 붉고 푸른 잡초의 꽃들이 철도 연변의 논둑을 덮고 있었다. 돌산 올리브원, 포장이 되어 있지 않은 황톳길, 흰 빨래를 널어놓은 농가……. 한국의 농촌 풍경과 비슷한 데가 있었지만 별로 궁색해 보이지는 않았다.

그래서 나는 이세르니아 교수에게, "평화로운 풍경이군요. 과연 차이콥스키가 〈이탈리아 기상곡〉을 작곡한 것도 우연한 일은 아니었습니다"라고 약간 아첨에 가까운 찬사를 보냈었다. 그러나 교수는 고개를 흔들었다.

"안에 고통을 간직한 평화입니다. 최근 10년 동안 남부의 농민들이 북부 도시로 이주한 숫자는 백만을 넘는답니다. 보시다시피 이렇게 남부로 가는 열차는 관광객이 들끓고 있지만 북행 열차는 이농민들의 것입니다. 정부[44]에서 보조하여 농촌 주택을 신축해 놓아도 입주하는 사람이 없어 그냥 텅텅 비어 있는 형편이지요. 북부가 중화학공업의 발전으로 갑자기 부흥했지만, 농사에 의존하고 있는 남부는 더욱더 쓸쓸해져 갑니다. 물은 높은 데서 낮은 데로 흐른다는데, 사람은 낮은 데서 높은 데로 흐르고 있어요. 북부로 가면 임금이 높답니다. 3배나 더 받아요. 밀라노의 소득률은 전 이탈리아의 30퍼센트를 차지하고 있으니까, 작가도 노동자도 그곳으로만 모입니다."

---

44) 이탈리아 남부는 빈곤으로 유명하지만 최근엔 북부 공업화로 경제 성장률이 높아서, 이농 현상離農現象이 생기게 되고 인간 기근이라는 또 다른 문제가 대두되고 있다. 가난한 남부의 농민들이 돈벌이가 잘되는 독일과 같은 공업 지대로 유출되어 전후 총노동력의 40퍼센트를 차지했던 농업 인구가 28퍼센트로 저하되었다고 한다. 그래서 해외로 나간 이탈리아인을 역수입해 오는 일까지 생겼다는 이야기도 있다.

나는 교수의 말을 슬쩍 비꼬아주었다.

"그러니까 현대의 파랑새는 농가의 처마 밑이 아니라 공장 굴뚝 위에서 산다는 말이군요."

교수는 굴뚝 위에서 사는 파랑새 이야기에 폭소했지만, 곧 얼굴이 굳어지며 한층 더 진지하게 이야기했다.

"모든 사람이 떠나고 있습니다. 사람들은 옛날과 다름없이 양곡을 원합니다만 농업의 시대는 이미 지난 것 같습니다. 유럽의 한 고민입니다."

그러나 나는 그것이 비단 오늘의 고민만은 아닌 것처럼 생각되었다. 서양 문명은 노예의 희생 위에서 세워진 것이다. 그리고 다음엔 농민의 희생 속에서 그 문명이 자라게 됐다. 소위 도시 문명이란 것이다. 그래서 헤세의 소설에서는 농촌을 떠나 도시로 간 청년이 실의를 품고 다시 흙으로 돌아왔다. 그러나 이제는 귀거래사歸去來辭를 읊는 사람은 없다. '한번 농촌을 떠나면 도시의 아스팔트 위에서 굶어 죽을지언정 아무도 다시는 돌아가려고 하지 않는다.' 이러한 농촌 비극은 그중에서도 이탈리아가 제일 심한 것 같았다.

나폴리로 가면서 나는 돌산 위에 서 있는 폐허의 고성들을 많이 보았다. 옛날 농민들을 지배하던 봉건 영주들이 살다 간 집들이다. 그러나 저 성의 영주는 갔지만 눈에 보이지 않는 새로운 또 하나의 영주(현대 문명)가 그들을 헐벗게 하고 있다. 하지만 '농자천

하지대본農者天下之大本'이라는 한국 농촌의 역설과는 비길 바가 아니다. 그들은 흙을 떠난다는 가능성이라도 있다. 노동력이 부족한 유럽에선 모든 것이 기계화되었어도 도리어 인력을 필요로 하고 있다.

로마의 종착역을 떠날 때 무엇보다도 먼저 놀란 것은 개찰원이 없다는 점이었다. 사람들은 멋대로 들락날락한다. 기차를 탈 때나 내려서 나올 때나 검표하는 사람은 볼 수가 없다. 기차 속에서만 표를 체크한다. 임금이 비싸기 때문에, 즉 사람 값이 비싸기 때문에 우리처럼 많은 종업원을 두지 않고 일을 해나갈 수 있게 제도를 만든 것이다. 기차만이 아니다. 전차표든, 버스표든, 모두가 안에서 팔고 동시에 체크하도록 되어 있다. 미국 같은 데는 숫제 손님들이 동전을 통 속에 넣고 타도록 되어 있기 때문에 운전사 하나만의 왕국이다. 모두가 사람이 귀한 탓이다.

뿐만 아니라 유럽의 농촌은 기계 문명에 희생되었다고는 하나 그래도 기계 문명(트랙터)의 혜택이라는 보상을 받고 있는 셈이다. 차창가로 스쳐 지나가는 전원에는 가끔 분수처럼 하늘로 용출하는 물줄기가 있었다.

'무엇 때문에 저 벌판에까지 분수를 만들어놓았을까?'

퍽 괴이한 일이라고 생각했으나 그게 바로 인공 관개라는 것이다. 물이 귀한 돌땅에서도 그들은 하늘의 눈치를 보지 않고 저렇게 전천후의 농사를 짓고 있다. 대야에 물을 퍼다 갈라진 논바닥에 붓는 측은한 이 땅의 농부들, 그들은 도시 문명의 피해를 받고서도 그 문명으로부터 아무런 보상도 받지 않는 것이다.

어쨌든 농민의 시대는 지났다. 상인과 엔지니어와 정치가가 세상을 움직이고 있는 서양의 사회에서 농민은 망각의 초상이다. 심고, 기다리고, 거두는 정직한 농부의 소멸과 함께 순박한 '기다림'의 풍속도 갔다.

# 베니스와 팁과

글을 쓸 때 '오!'니 '아!'니 하는 감탄사를 쓰지 말라던 중학교 작문 선생의 말이 기억난다.

그러나 누구든 베니스[45]의 입구인 리베르타 다리로 들어설 때의 그 감흥을 적게 된다면 별수 없이 '아! 베니스', '아! 베니스'라고 감탄사만 나열하게 될 것이다. 그렇게밖에는 표현할 길이 없다.

녹청색 바다 위에 조용히 떠 있는 돌의 도시. 그것은 분명 사람들이 살려고 지어놓은 도시가 아니라, 감상용으로 만들어놓은 환상의 전시품 같다. 단순한 낭만이나 미감美感만이 아니다. 물속에 파묻힌 돌섬 위에다 저런 도시를 세울 생각을 한 그들은 분명히

---

45) 베니스 도시는 S자로 흐르는 대운하를 중심으로 두 쪽이 나 있는데, 그것은 다시 510개의 작은 운하로 나누어진다. 그렇기에 자연히 다리도 많다. 다리의 총수는 380개나 되는데 나무로 된 것도 있고 돌로 된 것도 있으며 생긴 모양도 각양각색이다.

평범한 인간들은 아닐 것 같다. '도시는 평지의 땅에다 세우는 것이다.' 우리가 이러한 사고의 울타리 안에서만 살고 있을 때 그들은 그것을 뛰어넘어 새로운 공간들을 정복해 갔던 것이다.

이탈리아를 여행하는 동안 나는 또 베니스와는 정반대인 산상도시山上都市들을 많이 보았다. 바로 앞에 평화를 두고도 그들은 산언덕의 정상에다 성과 같은 도시를 세워놓은 것이다. 베르자의 도시가 그렇고 오르비에토 시가 그렇다. 수상水上 도시나 산상 도시나 그것은 다 같이 인간 생활의 다양한 에너지를 느끼게 하는 풍경임이 틀림없다.

그러나 나의 이러한 감탄은 순식간에 새로운 시련에 부딪히고 말았다. 다른 도시와 달라서 베니스 시내로 들어가자면 우선 물을 건너야 한다. 그러자면 타고 온 자동차를 개라지garage(차고)에 맡겨야 된다. 그것이 무슨 대수로운 일이냐고 반문할 사람이 있겠지만 그렇게 간단히 되지 않는다. 아주 솔직히 고백해버리자면 호텔 방까지 들어가는 데에 팁을 꼭 일곱 번 주게 된다는 고민이다.

자동차를 맡기고 한 번, 운하까지 짐을 들어다주는 포터에게 또 한 번, 배를 탈 때 공연히 손을 잡아주며 허풍을 떠는 영감에게 또 한 번, 그리고 뱃사공에게도 물론 또 팁을 집어주어야 한다.

운하를 지나 호텔 문 앞에 가도 역시 이러한 순서로 팁을 주게 마련이다. 위험하다고 손목을 잡아주는 개평꾼 영감이 벌써 출영出迎을 나와 있는 것이다. 한 손으로는 내 손목을 붙잡고 다른 한 손으로는 또 내 호주머니를 향해서 손을 벌린다. 정말 도망갈 수도 없는 형편이다. 그러고서도 또 짐꾼과 그리고 다시 호텔 포터에게도 각각 팁을 주어야 한다. 베니스 입구는 이렇게 팁이라는 일곱 개의 성문을 지나야 한다. 주고 싶어서 주는 것이 아니다. 이곳에서 팁은 베니스의 굳은 수문을 여는 알리바바의 주문과 같은 것이었기 때문이다. 여행자에 있어서, 특히 동양의 여행자에게 있어서 가장 괴롭고도 성가신 것이 이 팁이라는 제도다. 음식 값에다 팁이 붙고, 차 값에도 팁이 붙고, 아무 데를 가나 사람과 관계를 맺는 곳이면 팁을 빼앗길 각오를 해야 한다.

차라리 정찰제이면 속이라도 편하다. 값의 1할에서 1할 5부까지는 공식이라, 평소에 수학 실력이 부족한 나로서는 우물쭈물하다 언제나 터무니없이 많은 돈을 주고 마는 것이다.

'그라체(감사하다)'라는 말의 횟수를 보면 그것을 곧 짐작할 수 있다. 팁의 액수가 적으면 '그라체'란 말 대신에 머리를 흔든다. 보통이면 '그라체'가 한 번, 좀 많다 싶으면 '그라체, 그라체', 상상 외로 많으면 '그라체'가 서너 번 연발된다. 거의 자동 장치에 가까운 반응이다.

그라체를 연발해서 좀 수상쩍다 싶어 계산을 해보면 영락없이 터무니없는 액수가 나온다. 겨우 화폐의 단위를 익히게 될 때면 이미 국경을 넘어 다른 나라를 여행하게 된다. 작은 동전을 골라 준다는 것이 도리어 액수가 많은 은전일 경우도 있고 주화鑄貨가 없어 큰돈을 그냥 주게 될 경우도 많다.

나는 비로소 도시를 물 위에다 세운 그들의 의도를 알았다. 옛날에는 적의 내습을 방비하기 위해서, 그리고 오늘날에는 관광객의 호주머니를 털기 위해서……. 적군이 길 대신 무수한 운하로 되어 있는 이 베니스로 쳐들어가자면 얼마나 고통스러웠겠는가.

역사를 훑어봐도 알 수 있다. 대로마라 해도 캐피털 언덕에까지 적이 내습하여 유혈극을 벌인 일이 여러 번 있었다. 그런데 베니스만은 무사했다. 단 한 번 나폴레옹군이 쳐들어온 일밖에 없는 것이다. 애초부터 그랬다는 이야기다. 베니스인들은 이탈리아의 북방에 살고 있는 이레아족에 속해 있었지만, 흉노에 쫓겨 이 소도小島에 비로소 정착했다는 것이다. 오늘날의 관광객 역시 그곳에 들어가자면 난공불락難攻不落의 그 운하의 성벽을 지나야 한다. 걸어서는 다닐 수 없는 이 수도水都에서 곤돌라(배)라고 하는 비싼 신발을 이용해야 된다. 셰익스피어는 아무래도 『베니스의 상인』을 개작하지 않으면 안 될 것 같았다. 오늘날 샤일록은 유대인이 아니라 바로 저 선량한 기독교인인 베니스인이기 때문이다.

팁이라고 하는 고약한 풍습을 만들어낸 것은 다름 아닌 신사의 나라 영국인 모양이다. 수백 년 전 영국 선술집에서는 '재빠른 서비스를 받기 위해 지불을 충분히to insure promptness'라고 써 붙였는데, 그 후 노골적인 표현 대신 그 의미의 두음자만 따서 'TIP'이라 했다는 이야기다.

사실 따지고 보면 물건을 사고 물건 값을 치르는 것과 마찬가지로 사람의 노력(서비스)을 빌렸으면 그 노력의 대가를 따로 치르는 것이 원칙일 것도 같다. 서양에서는 '서비스'란 말이 '팁'을 의미하는 것인데, 우리는 거꾸로 그것을 '공짜'란 뜻으로 사용하고 있다. "이건 서비스입니다"라고 하면, 즉 '이건 공짜로 그냥 준다'는 뜻이다. 사람의 노력을 공짜로 생각한 우리가 오히려 잘못일지도 모른다.

그러나 사람은 발동기가 아니다. 남을 위해서 자기 노력을 무상無償으로 제공한다는 것은 따스한 마음이다. 손 하나 더 움직였다 해서 일일이 돈으로 계산하는 그들의 사회는 도시 공장과 같은 기분이다.

어찌 되었든 베니스의 밤만은 아름다웠다. 때마침 보름달이 떴다. 운하에 어리는 달빛 아래 곤돌라의 그늘이 수묵화를 그린다.

"오! 베니스."

"아! 베니스."

아름다운 풍경이든, 팁을 빼내는 베니스인에 대한 원망이든, 감탄사로 시작하는 것이 베니스인 것만은 분명하다.

# 순수한 유럽의 추억

관광객 때문에 속화되기는 하였지만 베니스[46] 도시는 순수한 유럽의 추억을 지니고 있다. 고대의 유적을 그대로 보존하고 있는 로마라 하더라도 거기에는 많은 잡티가 섞여 있다. 현대식 빌딩, 직선화되어 가는 길, 자동차의 혼잡……. 비록 옛날의 그것과 아무리 조화를 이루고 있다 하더라도 그것은 이미 옛날의 로마가 아니었다. 유행과 더불어 변해 가는 쇼윈도의 풍경처럼 도시의 표정은 시대와 함께 변모해 간다.

그러나 베니스는 모두가 옛날 그대로다. 셰익스피어가 만약 부

---

46) 베니스는 유리 제품의 생산지로 이름이 높다. 그러나 호텔에서 유리 공장까지 가는 곤돌라가 공짜라고 하기에 한번 견학을 갔다가 톡톡히 바가지를 쓴 일이 있다. 공장을 비롯하여 아름다운 유리 제품을 진열해놓은 전시장까지 점원들이 일일이 안내해주고는 필요한 것이 있으시면 들르라는 것이다. 물론 공짓으로 알았다가는 큰일이다. 울며 겨자 먹기로 나는 그 바람에 10달러나 되는 유리 재떨이를 사지 않으면 안 되었다. 베니스는 예술적이긴 하나 알맹이는 역시 상업 도시다.

활한다면 아마 베니스밖에는 낯익은 도시를 찾아내지 못할 것이다. 『베니스의 상인』을 쓰던 그때의 도시 풍경과 달라진 것이 있다면 카메라를 목에 걸치고 이상한 복장으로 돌아다니고 있는 관광객의 모습 정도일 것이다. 베니스는 현대식으로 개조하려 해도 개조할 수가 없는 도시다. 우선 공지空地가 없다. 118개의 작은 섬 위에 세워진 이 도시는 애초부터 완성되어진 것이었다. 그리고 길은 모두가 운하로 되어 있기 때문에 미국의 이름난 도시계획 기사를 데려와도 거리를 넓힐 수 없고 또 새롭게 뜯어고칠 수도 없다.

그것만이 아니다. 현대의 문명을 바퀴의 문명이라고 하지만, 베니스만은 자동차가 침입할 수가 없다. 중앙역 입구에서 차는 모두 맡겨버려야 한다. 자동차 없는 도시, 그것이야말로 베니스가 누리고 있는 최대의 특권인 것 같다. 시대의 변화와 함께 대운하에도 모터보트(그것을 그들은 택시라고 한다)가 생겼고, 버스 구실을 하고 있는 트라게토가 조용한 수면을 덮고 다닌다.

그러나 여전히 아리비아의 신발처럼 생긴 곤돌라는 세력이 대단한 이 운하의 주인이다. 그것은 관광객 상대로 아직도 로마 거리에 남아 있는 승용 마차와는 다른 느낌이다. 그러나 값이 보통이 아니다. 여행 안내서를 보아도 베니스에 가면 곤돌라는 조심하라는 충고가 쓰여 있다.

그러므로 베니스의 풍경은 50년 전에 찍은 사진에 비해 별로 달라진 것이 없다. 『베니스의 상인』에 나오는 그 유명한 리알토 다리는 현세에도 역시 베니스에서 가장 크고 아름다운 다리다. 한번 건너가면 다시 돌아올 수 없다던 '탄식의 다리'는 이제 죄수의 발걸음이 끊기기는 했어도 옛날 그 골목길[運河] 위에 조용히 누워 있다.

저것은 틴토레토의 집, 저것은 티티안의 집, 저것은 마르코 폴로의 집, 저것은 바이런이 살던 라 미나의 별장……. 망인들이 최후 심판을 받고 돌아오게 된다면 마치 바캉스를 갔다 온 사람들처럼 조금도 당황하지 않고 자기 집으로 찾아 들어올 것 같다. 그러나 인심은 물처럼 흘러가는 것. 괴테는 베니스를 여행하였을 때 곤돌라의 사공 노래를 들으며 눈물을 흘렸다고 하는데, 지금은 팁이나 집어주고 간청을 해야 겨우 한 목청 뽑아준다.

러스킨이 '유럽에서 가장 아름다운 장소'라고 극찬한 산마르코 광장은 예나 오늘이나 베니스의 중심지다. 포르티치回廊에 집을 짓고 사는 비둘기 떼, 높이가 100미터나 되는 종루鐘樓, 회랑에 둘러싸인 석루石壘의 광장으로 불어오는 대운하의 축축한 바람, 이탈리아에서 역사가 제일 깊다는 카페 플로리안……. 이 모든 분위기는 순수한 유럽의 추억 그대로 남아 있었다. 자동차의 폭음을 들을 수 없다는 단 하나의 그 이유만으로서도 우리는 마지막 남은 옛날의 도시 풍정風情을 맛볼 수 있는 것이다. 비둘기 모이를 파는 여인이 생철 그릇에 콩을 넣고 흔드는 소리까지 이곳에서는 과거의 음향처럼 들린다. 평화롭다. 무엇인가 사랑하고 싶다.

　나는 비둘기 모이를 사서 온 광장을 덮은 비둘기 떼를 향해 뿌려줬다. 어깨, 손, 머리 위에까지 비둘기들이 날아와 앉는다. 이 광장의 넓이만큼 남아 있는 그 평화와 낭만! 별안간 종탑에서 종소리가 울려왔다. 어느 영화 회사의 상표에서 본 일이 있는 바로 그 시계탑이다. 자동적으로 움직이는 두 사나이의 조상이 망치로 종을 치는 것이다. 바이런도 "동양적인 눈을 가진 사슴이며, 굽이치는 물결 같은 머리를 하고, 비둘기 소리 같은 목소리를 갖고, 바커스 신과도 같은 마음을 가진 여자 마리나 세커티"와 더불어 저 종소리를 들었을 것이다.

　베니스는 사랑하는 이들의 도피처. 옛날에는 상인들이 들끓었던 곳이었고 19세기 때는 안나 카레니나같이 상처 입은 사람들이 은둔하던 곳. 지금은 순수한 유럽의 추억을 찾기 위해 모여든 관광객들의 놀이터다.

　낡은 것과 새로운 것이 경합하여 무너져가는 그런 낙조가 아니라 조용히 옛 모습 그대로를 간직한 채 가라앉은 순수한 사양의 마음을 간직한 도시다.

　5년에 1센티미터씩 가라앉는다는 베니스, 어느 집인가는 입구의 석계石階가 반 넘어 물에 잠겼고, 옛날의 정원이 수족관처럼 가라앉은 것도 있다. 자취 없이 사라진 섬들도 많다고 한다. 그러나 변하지 않은 채 그 모습 그대로 침몰해 가는 베니스가 도리어 정에 겹다. 운하에 괸 물처럼 언제나 그러한 표정으로, 그러한 구도로, 그러한 음향으로, 저녁이면 켜지는 곤돌라의 각등 같은 희미한 그 빛깔로 침몰하거라, 베니스여!

　산마르코 광장의 비둘기도 종탑의 녹슨 종소리도, '포페', '부르아'…… 안개 낀 운하를 건너며 외치는 사공들의 그 목소리도 마지막 도시가 물에 잠길 때까지 그대로 있어라. 산마르코 사원의 정면에서 뛰노는 네 필의 청동마(유럽에 전쟁의 풍운이 감돌 때면 으레 이 청동의 말을 내려놓았었다)가 다시 땅 위에 내려져도 베니스는 곤돌라처럼 물 위에 떠서 추억의 운하 속에 잔잔하거라.

# '라 스트라다'와 '오토 스트라다'

이탈리아어를 모르는 사람도 '라 스트라다La Strada(길)'라는 말은 기억하고 있을 것이다. 〈길〉이라는 영화가 너무나도 유명했기 때문이다. 그렇기에 '라 스트라다'라고 하면 금시 천사와 거지를 합쳐서 만들어놓은 것 같은 젤소미나[47]의 표정을 생각할 것이다. 우악스러운 잠파노의 몸집을, 그리고 북소리와 오토바이의 폭음을 생각할 것이다.

그러나 그보다도 더욱 인상적인 것은 하얗게 뻗친 이탈리아의 잡초 우거진 시골길이다. 잠파노의 오토바이가 지나가면 먼지 속에서 포플러의 가로수가 흐느적거리던 그 길, 해안선을 따라서 혹은 푸른 초원의 구릉을 따라 좁고 꼬불꼬불하게 한없이 서린 그 길의 곡선…… 젤소미나의 순수한 그 애상의 길이다.

---

47)  페데리코 펠리니 감독의 영화 〈길〉의 여주인공 줄리에타 마시나가 분한 젤소미나는 백치 소녀로서 슬프디슬픈 여자의 일생을 산다.

자동차로 이탈리아를 여행하려 할 때 내 머리에 처음 떠오른 것도 바로 그 길, '라 스트라다'였다. 젤소미나처럼 그런 길을 그렇게 유랑하고 싶었다. 아무 데나 해가 지면 여장을 풀고 시골의 일박 여인숙에서 밤을 지새우려고 했다. 그러나 실제 자동차를 타고 길을 떠났을 때 영화에서 본 이탈리아의 그 길은 좀처럼 찾아보기 힘든 것임을 곧 깨닫고 만 것이다.

베니스에서 플로렌스로 가는 길[48]을 달릴 때 더욱 그러했다. 터덜거리며 달리는 잠파노의 오토바이 같은 것이 달릴 길은 아니었던 것이다. '오토 스트라다(고속도로)', 시속 100마일로 달려야 하는 비행장의 활주로 같은 아스팔트 길이다. 고, 스톱 하나 없는 그리고 유리 쪽같이 평탄한 노면路面에 네 대의 차가 나란히 왕복할 수 있게 된 최신식 도로다.

이 길을 풀 스피드로 달리면 자동차 차창에 곤충이 와 부딪쳐도 붉은 피가 터져서 시야를 가린다. 비가 오지 않는데도 클리너를 돌려야 한다. 그리고 핸들만 붙잡고 가만히 있어도 절로 기하학적으로 계산된 탄도彈道를 따라 커브를 돌아갈 수가 있다. 왕복선 한가운데는 넓고 푸른 녹지가 있어서 나무와 꽃이 흡사 정원

---

48) 무솔리니가 로마 재흥再興을 외치고 EUR이라는 새 도시를 만들 때 제일 먼저 손을 댄 것도 그 길이었다. 거대한 환상 도로環狀道路나 지중해로 뻗는 그 길은 로마인의 전통을 이어받은 것이라 할 수 있다.

처럼 가꾸어져 있다. 세종로에서 중앙청에 이르는 가로처럼 폭이 100미터나 되는 대로가 장장 파도바와 밀라노, 그리고 플로렌스 등지로 꼿꼿이 뻗쳐 있는 것이다.

길이 교차되는 곳엔 고가도로를 놓는다. 산이 나오면 굴을 뚫고 냇물이 가로막으면 교량을 놓는다. 그렇게 해서 꼿꼿이 마음 놓고 달리게 한 '오토 스트라다'를 만드는 데에는 적어도 1리에 백만 달러 가까운 돈이 든다는 것이다.

전후의 황폐 속에서 이탈리아가 부흥하게 되자 제일 먼저 달라진 것이 바로 이 길…….젤소미나의 '라 스트라다'는 이제 왕녀가 다님 직한 궁전의 길로 바뀌게 되었다.

지금도 남아 있는 아피아 가도 같은 그 길은 로마인의 자랑이었다. 로마인이 있는 곳에 그 길은 있었고, 그 길이 있는 곳에 정복이 있었다. 로마 제국의 군대들은 길의 의미를 잘 알고 있었기 때문에 세계를 제패했다고 해도 과언이 아니다. 길은 국력의 상징이다. 히틀러가 그의 전성기에 감히 누구도 생각할 수 없었던 '오토 반(고속도로)'을 만든 것을 보아도 알 수 있다. 길은 그 나라의 혈맥, 길이 황폐해지면 동맥경화증에 걸린 노인처럼 쇠약해져버린다.

수삼 년 동안 유럽의 어느 나라나 그와 같은 고속도로를 만드느라고 야단들이다. 다만 옛날엔 군대를 수송하기 위한 수단으로 길을 넓혔지만 지금은 3차 산업의 붐 때문이라는 점만이 다르다.

유럽의 인생은 바로 이 길 위에 있다.

베니스에서 플로렌스까지의 '오토 스트라다'를 달리면서 나는 로마의 길이 부흥되고 있다는 사실에 가벼운 질투를 느꼈다. 상이군인과 거지로 들끓던 전후의 그 이탈리아가 지금 어떻게 변하고 있는가를 직접 눈으로 볼 수 있기 때문이다. 이런 때 눈물의 열차가 달리는 한국의 초라한 길을 생각해낸다는 것은 자학적인 일이다.

그러나('그러나'란 말을 자꾸 쓰지 않으면 안 되는 내 심정을 이해해 달라) 그러나, 나는 왕성을 수십 개 짓고도 남을 돈으로 이렇게 으리으리하게 닦아놓은 '오토 스트라다'에 전적으로 백기를 들고 싶은 생각은 없었다. 무엇 때문에 인간은 이리도 빨리 달려야 하느냐? 도대체가 '오토 스트라다'는 가도가도 길뿐이어서 주위의 아름다운 풍광風光을 감상할 수 없다. 또 그럴 여유도 없는 것이다. 도대체 우리는 살인이라도 하고 패트롤카patrol car에 쫓기고 있다는 말인가. 아니면 분초分秒에 생명을 건 앰뷸런스에라도 실려 가는가. 어느 차든 쫓기는 살인범이나 환자를 실은 앰뷸런스처럼 달려야 하는 '오토 스트라다'에선 도시 나그네 운치를 찾아볼 수 없다.

'로미오와 줄리엣'의 묘지가 있다는 베로나 지방도 윙크 한 번 하는 동안에 스쳐 지나가고 만다(아! 베로나, 일찍이 여기에 이런 '오토 스트라다'가 있었다면 목사는 편지를 속히 전해 로미오와 줄리엣은 죽지 않았을 것을). 이러는 게 아니다, 사람이 산다는 것은……. 길은 좀 막힌 듯하다가 뚫리고, 험한 듯하다가 트이는 데에 매력이 있다. 이와 같이 빤빤하고 자로 그어놓은 듯이 곧기만 해서야 말이 길이지 어디 하늘의 공로空路와 다를 게 없지 않은가. 이 고속도로로 갈 때에는 자동적으로 생명보험에 들게 된다. 이 길 위에선 자동차의 핸들 하나 삐끗해도 마지막이다.

'산중수복의무로 유암화명우일촌山重水復疑無路 柳暗花明又一村'이란 한시의 경지를 이런 길 위에서는 도저히 맛볼 수가 없다. '산이 겹치고 물이 거듭하매 앞으로 길이 있을까 의심하였더니, 버드나무 우거져 검푸르고 사이사이에 꽃송이가 환한 또 하나의 마을이 나타난다'는 동양의 그 산수화 같은 맛을 '오토 스트라다'는 모른다.

온종일 가야 '유암화명우일촌'이 아니라 '파도바 50K', '베로나 100K', '밀라노 200K' 따위의 사인보드밖에는 나타나지 않는다. 물론 원시적일지는 모른다. 그러나 우리의 길엔 아직도 시가 있다.

> 길은 외줄기 남도 삼백 리
> 술 익은 마을마다 타는 저녁놀
> 구름에 달 가듯이 가는 나그네······.[49]

---

49) 청록파 시인 박목월의 시 「나그네」의 시구.

구름에 달 가듯이 가는 나그네가 아니라, 아스팔트에 소나기 지나가듯 달려가는 이 나그네는 아무래도 '오토 스트라다'가 아니라 젤소미나가 눈물로 유랑하던 '라 스트라다'가 좋았다.

그래서 일부러 시골길로 잠시 차를 몬 일이 있었다. 정말 노란 밀밭 사이를 가는 흙바닥 길이었다. 밀밭은 노랗게 파도치고 있는데 좁은 시골 길목은 벤진 냄새가 아니라 감미로운 흙의 향훈에 젖어 있다. 정말 오랜만에 맡는 흙냄새다.

인적 없는 노변엔 야화野花가 듬성듬성 피어 있고, 뜻하지 않은 길목에선 문득 흙으로 아무렇게나 지어놓은 토벽의 마리아 상과 만나기도 한다. 우리는 잠시 차를 세우고 대낮의 햇살 밑에 홀로 서 있는 그 마리아 상 앞으로 가보았다. 어느 마을 소녀가 갖다 놓았는지 아직도 싱싱한 들장미가 마리아의 발밑에서 은은히 향기로웠다. 정적, 그리고 평화, 그리고 목마른 기도, 자동차를 내던지고 밀밭 길을 그대로 걷고 싶은 마음이었다. 길 저편에 양관洋館의 빨간 지붕과 건초를 말리는 마당과 빈 마차가 놓여 있다.

'오토 스트라다'엔 지나가는 자동차에 도로 사용료를 받아내기 위해 버티고 서 있는 경찰밖엔 볼 것이 없다. 그런데 이 '스트라다'엔 마리아가 환상처럼 서 있고 건초 냄새와 윙윙거리는 꿀벌의 음향 같은 것이 있다.

하지만 가야 한다. 우리들의 길은 '라 스트라다'가 아니라 '오토 스트라다', 벤진 냄새가 풍기는 시속 100마일의 검은 아스팔트 길로 가자. 낭만은 낭만으로 묻어두어야 하는 여정旅程. 가난한 호주머니는 빨리 플로렌스로 가야 한다고 재촉한다.

'피렌체 노스(플로렌스 북쪽)', 거대한 사인보드에 목적지의 지명이 나타난다. 베니스에서 불과 한나절밖에는 걸리지 않았던 것이다. 뒤에서 오토바이를 탄 신사 하나가 우리 차를 가로막는다. 손에는 호텔 안내서를 들고…….

"안내할까요, 저의 호텔로!"

'오토 스트라다'의 출구에서 손님을 끌고 커미션을 받아먹는 안내원이었다. 정말 눈 깜짝할 사이에 나는 플로렌스에 와 있었던 것이다.

# 플로렌스의 꽃불

산천만 의구한 것이 아니다. 플로렌스(피렌체)[50]에 와서 나는 도시도 또한 의구한 것임을 알았다. 수많은 내란과 전쟁을 겪고 호수처럼 변해 가는 문명의 물결 속에서도 플로렌스는 중세의 모습 그대로 서 있었다. 중앙역이나 방송국 정도를 제외하면 거의 모두가 중세의 성곽을 느끼게 하는 건물들이다. 이끼라도 서린 것 같은 육중한 그 회색 성벽엔 횃불과 깃발을 꽂는 데에 사용했다던 옛날의 둥근 쇠고리가 지금도 그대로 남아 녹슬어 가고 있다. 돌로 포장된 길들은 유난히도 좁고 어둑하다. 단테가 베아트리체의 환상을 안고 소요하던 바로 그 길인 것이다.

페이브먼트란 말보다는 차라리 '도시의 숲에 싸인 오솔길'이라고 하는 편이 좋을 것 같다. 이런 길엔 형광의 가등이 어울리지 않

---

50) 로마 북서쪽 230킬로미터 지점에 있는 역사적인 관광 도시로 이탈리아 르네상스의 요람으로 불린다. 단테의 석상, 미켈란젤로, 마키아벨리의 기념비 등이 유명하다.

는다. 그래서인가, 아르노 강을 끼고 도는 하반河畔의 길엔 등잔불이 껌벅이는 각등이 켜 있다. 창녀의 목걸이 같은 네온사인도 이곳에선 좀처럼 보기 힘들다. 좁은 창구에서 별빛처럼 새어 나오는 불빛으로 어렴풋하게 떠오르는 밤의 가로를 걸으면 자기 구두 소리도 중세 기사들의 말발굽 소리처럼 들린다. 이곳에서는 식료품을 파는 가게도 술집도 겉만 보면 무슨 사원이나 성곽 같다. 그러나 일단 안으로 들어가 실내장치를 보면 아주 현대적인 감각을 살리고 있다. 추상화처럼 보이는 모던한 카페에서 차를 마실 때 나는 "플로렌스란 겉은 12세기, 내부는 20세기"라고 농담을 했다. 그때 플로렌스의 신사 하나는 그 말을 보카치오풍風으로 받아넘겼다. "과거는 플로렌스의 아버지, 미래를 플로렌스의 어머니"라고.

유럽의 어느 지역에서도 통할 수 있는 말이지만 사실 플로렌스에서 여장을 풀 때 나는 내가 지금 여행을 하고 있는 것은 공간이아니라 시간 속을 왕래하고 있는 것이라고 느꼈다. 분명히 그것은 킬로미터 수나 경도와 위도만으로 따질 수 있는 장소는 아니었다. '세기'를 단위로 측정해야만 하는 시간의 자리…… H. G. 웰스의 공상 소설에 나오는 타임머신을 타고 현대에서 수세기 전의 과거로 돌아간 듯한 세계다.

같은 중세 도시이지만 플로렌스와 베니스의 그 인상은 아주 다르다. '베네치안 레드'란 물감 이름이 있듯, 베니스엔 붉은 칠을 한 집이 많아서 경쾌하고 화려해 보인다. 비록 자동차는 없어도 그랑카날레(대운하)엔 선박과 무수한 배들이 동맥처럼 맥박 친다. 그런데 플로렌스는 회색, 침울하게 가라앉은 도시다. 늪처럼 괴어 졸고 있는 아르노 강물엔 떠다니는 배조차 없다. 베니스를 상인 도시라고 한다면 플로렌스는 문화의 도시. 그 이름부터가 '꽃의 도시'란 뜻이다.

그것은 위대한 르네상스의 천재를 낳은 자궁, 단테를, 보카치오를, 페트라르카를, 그리고 미켈란젤로와 레오나르도 다빈치를 낳은 땅이었다. 근대 문화의 인덱스 같은 도시다. 예술의 용광로 같은 도시다. 중세의 어둠에서 인간 정신이 동튼 아침의 도시다. 차라리 그것은 플로렌스 시민의 고향이라기보다는 미를 사랑하는 사람, 창조의 위대함을 아는 그 모든 사람들의 고향인 것이다.

과장이 아니다. 인생에 대해서 아는 것이라곤 '돈'과 '여인'밖에 없는 속물 신사들도 플로렌스 시민과 함께 하루만 생활하면 예술적인 상상력이 피를 뜨겁게 할 것이다.

여름날 해가 지면 시민들은 어디로 가는가. 지금은 시청이요, 옛날엔 궁전이었던 시뇨리아의 광장으로 그들은 모여든다. 한가롭게 담소를 나누며 서성거리는 그들의 광장은 비록 넓지는 않으나 르네상스의 마당, 거대한 넵튠의 분수가 물을 뿜고 거장의 조각품들이 그들의 이웃 사람과 다름없이 노천의 일각에 늘어서 있는 곳이다. 왼손엔 메두사의 목을 들고 오른손엔 칼을 든 첼리니의 걸작 '페르세우스'의 청동상, 괴물 산터를 누르고 일격을 가하는 '헤라클레스'의 상—미녀를 낚아 가는 기사의 모습…….. 그것들은 잔인하기는 하나 투쟁하는 인간 정신의 아름다운 결정체다. 높이 100미터나 되는 벤키오관館(지금은 시청)의 시계탑은 역사의 분초를 새겨가고 있지만, 그 밑을 오고 가는 사람들은 단테와 함께 걷고 미켈란젤로와 함께 이야기한다. 인문주의의 성쇠와 함께 운명을 같이하고 있는 시뇨리아 광장이다.

르네상스의 꽃이 만개하던 때 레오나르도 다빈치와 미켈란젤로의 두 천재가, 이 두 적수가 이곳 정청 회의실政廳會議室 장식을 맡게 되어 서로 있는 기技와 힘을 겨루던 곳도 바로 여기. 이곳 광장에 모인 플로렌스의 팬들도 양파로 갈려 자기편을 성원하고들 있었다. 전차戰車 경기나 검투사의 싸움을 구경하며 박수를 보냈던 콜로세움의 시민들과는 얼마나 대조적인 일이었을까! 다시는 그런 행복한 시절이 돌아오지 않아도 그 추억만은 이곳에 살아 있다.

광장뿐이겠는가. 플로렌스 시민이 드나드는 발길을 쫓아가면 어디에서나 르네상스의 입김이 서려 있다. '하늘에 걸린 등'과 같은 원천장圓天障을 자랑하는 두오모[51], 곧 꽃의 성모 마리아 사원

---

51) 두오모Duomo는 거의 2백 년이나 걸려(1296~1471) 완성된 플로렌스의 대표적인 대사원으로 백白, 적赤, 청靑의 대리석을 사용한 아름다운 건물이다. 정식 이름은 성聖 마리아 피오

에서는 시민들이 세례를 받고 있지만, 옛날엔 시성 단테가 바로 그 자리에서 그들처럼 세례를 받았다.

우피치 미술관과 피티 궁宮의 화랑은 말할 것도 없다. 어찌 보 티첼리의 〈비너스의 탄생〉과 미켈란젤로의 그림뿐이겠는가. 플 로렌스에 산재해 있는 그림을 보고 다니자 해도 일주일이 걸린 다. 이 두 미술관을 연결하고 있는 아르노 강의 베키오 다리 역시 그대로가 살아 있는 박물관이다. 부끄러운 말이지만 베키오 다리 를 처음 보았을 때 나는 옛날 청계천 변에 늘어섰던 판잣집을 연 상했었다. 다리 위에 너덕너덕 집을 지었다. 그리고 거기에선 기 념품들을 벌여놓고 팔고 있었다.

그러나 그것을 청계천 변의 판잣집 가게 같은 것이라고 생각한 것은 판잣집 도시 서울의 오해! 그것은 6백 년의 역사를 가진 유

---

레 사원.

시 중앙에 있고, 더구나 그 원천장이 거대하고 높아서 어디에서나 그 모습이 눈에 띈다. 이 원천장은 난공사였으나 브루넬레스코가 이중으로 설계하여 드디어 완성한 것이다. 더 욱 재미있는 것은 이 돔에는 조그만 구멍이 하나 뚫려 있어서 하지가 되면 그 구멍을 통해 광선이 흘러 들어와 성당 바닥에 표적을 해둔 동판을 비춘다.

만약 하지가 되어도 그 광선이 이 동판에 흘러오지 않으면, 건물의 중심이 다른 곳으로 이동한 것을 의미하게 되는 것이다. 이 건물의 기초는 원래 바닥이 무른 소택지이기 때문 에 위험 방지책으로 그런 장치를 한 것이다. 지금도 사원 근처에는 차가 다니지 못하도록 되어 있다.

내가 갔을 때에도 이 사원은 내부의 일부를 수리하고 있었다.

서 깊은 다리인 것이다. 믿을 만한 근거는 없지만 단테가 베아트리체를 처음 만났던 곳이 바로 이 다리였다고 한다. 그리고 가난했던 청년 갈릴레이가 세상에 절망하고 투신자살하려 흐르는 강물에서 인스피레이션inspiration을 얻어 비중기比重器를 발명해냈던 기적의 장소가 바로 이 베키오 다리다.

2차 대전, 이탈리아군이 패주할 때 전략상 이 다리를 폭파하려 했었지만 독일군이 알고 그것을 만류하여 오늘 그대로 남아 있게 된 것이라는 일화도 있다. 나치스도 살아 있는 그 역사 앞에선 자진하여 무릎을 꿇었던 것이다.

하루만 돌아다니면 바닥이 드러나는 경주慶州, 남아 있는 것이라고는 그나마 평제탑平濟塔 하나밖에 없는 백제의 고도古都 부여, 다방과 바와 변소처럼 타일을 바른 건물로 점령되어 겨우 남대문과 창덕궁이 포로처럼 남아 있는 조선조 5백 년의 한양, 그 역사가 4천 년이나 된다면서 우리에겐 어째서 이름뿐인 고도밖엔 없는 것일까. 우리의 도시는 매춘부처럼 지조 없이 변해 가고 있다. 그나마 얼마 남지 않은 사찰까지.

마침 "가던 날이 장날"이라고 더구나 내가 플로렌스에 들른 날은 6월 26일 성聖 조반니의 축제일이었다. 여름밤, 고도의 하늘엔 불꽃이 터지고 있었던 것이다. 도시 한복판을 흐르는 서늘한 아르노 하반엔 수만 시민들이 이 불꽃을 구경하러 모여 오고 있었고, 미켈란젤로 언덕에서 터져 나오는 불꽃은 장장 한 시간이나 계속되었다.

생각해보라! 그 광경이 어떠했나를. 수백 발의 불꽃은 때로는 분수처럼 흩어지기도 하고, 번개처럼 직선으로 뻗어 나가기도 하고, 국화 송이처럼 퍼지기도 하면서 미처 광망光芒이 사라지기도 전에 노랗고 빨갛고 파란 광채들이 엇갈려 하늘을 수놓고 있었다. 폭죽이 터지는 소리와 함께, 환히 밝았다 꺼져가는 플로렌스의 얼굴, 종루와 두오모의 그 아름다운 윤곽……. 독재자 이승만 박사의 생신이나 돌아와야 겨우 선심으로 몇 발의 불꽃을 감상할 수 있었던 이 서울의 시민은 어쩐지 죄스러운 생각이 들었다. 아니, 슬픈 생각이 들었다. 아니 분한 생각이 들었다.

# 천재들은 돌 속에 있었다

비알 데이 콜리의 언덕에 있는 미켈란젤로 광장에 올라, 나는 플로렌스 시를 굽어보며 생각해보았다. 대체 이 손바닥만 한 도시에서 어쩌면 그렇게도 많은 인재가 배출되었을까. 모든 것을 풍수지리학으로 따지기 좋아하는 한국인인지라 우선 플로렌스의 청룡백호의 좌향坐向부터 살펴보기로 했다. 하기는 대문호 괴테도 도시를 깊이 관찰하고 이해하기 위해서 곧잘 높은 언덕에 올라 산수를 훑어보았다는 것이다. 계룡산에서 위인이 나온다는 정감록 파鄭鑑錄派를 너무 비웃어서는 안 된다. 위대한 자연은 위대한 인물을 낳게 하는 요인일 수도 있는 법이다.

그러나 아마추어의 눈으로 보아도 플로렌스란 고장은 가히 인재가 나올 법한 명당은 못 된다. 평범한 토스카나 지방의 평원, 창검처럼 사이프러스 나무가 하늘을 찌르고는 있으나 한국 같으면 판잣집 짓기에 꼭 알맞은 편편한 피오레의 산언덕, 그리고 고요하기는 하나 한강처럼 유유하지 못한 아르노 강, 아무리 따져도 도시가 자리 잡은 자연 형세는 너무 평범하다. 도선道詵님이 와 보시면 도시 이런 데에 도읍을 정하는 법이 아니라고 혀를 찰 것이다.

그렇다면 정치를 잘해서일까. 알다시피 플로렌스는 조선사朝鮮史의 한 토막처럼 꽤 어수선한 정쟁을 되풀이한 나라였다. 4색까지는 가지 않았다 하더라도 흑당 백당黑黨白黨의 2색 정쟁이 치열하여 결국 시성 단테는 추방까지 당했던 몸이다. 그는 끝내 붓 한 자루에 시름을 풀고 플로렌스를 원망하며 외로운 객지에서 숨을 거두었던 사람이다. 레오나르도 다빈치와 미켈란젤로 역시 불안한 전쟁을 피하여 고향을 등지지 않으면 아니 되었다. 메디치가家와 사보나롤라 승僧의 싸움, 또한 외세의 침입으로 전쟁이 끊일 날이 없었다. 실권을 잡아 공화국을 세우려 했던 사보나롤라 승은 법왕과 스페인의 외세에 눌려 시뇨리아 광장에서 명성황후처럼 분형焚刑을 당하기도 했다. 살아서는 하는 수 없지만 그나마 죽어서나 고국으로 돌아오고 싶다고 미켈란젤로는 한탄하였고, 다빈치는 숫제 자진하여 그 고국을 등지고 말았다.

물론 권세 있고 돈 많은 메디치가의 인물 정책이 르네상스의 꽃을 피우게 한 것은 사실이지만, 재재다사才才多士한 그들의 재능을 끝내 감싸주지는 못하였다. 권력을 가진 자들은 예나 지금이나, 동에서나 서에서나 항상 슬기보다는 오만을 무기로 삼고 있는, 상상력이 좀 모자라는 친구들이다.

지금 이 광장의 중앙에 서 있는 미켈란젤로의 조각 다비드의 거상[52]과, 그 발밑 네 귀퉁이에 밤, 낮, 아침, 저녁을 나타낸 네 개의 대리석 상도 그것을 잘 알고 있을 것이다.

그들은 그 걸작을 제대로 이해하지 못했을 뿐만 아니라 멋대로 헐뜯기에만 바빴다. 사정 장관司政長官 피에로 소데리니는 미켈란젤로에게 의뢰한 그 〈다비드 상〉의 조각을 보려고 방문하였을 적에 코가 너무 두텁다고 불만을 표시했다. 그 말을 들은 미켈란젤로는 끌과 대리석 가루를 쥐고 올라가 건성으로 끌로 코를 깎는 체 제스처를 쓰면서 대리석 가루를 아래로 떨어뜨렸다는 것이다. "자, 어떻습니까?" 하고 묻는 미켈란젤로에게 장관 소데리니는 아주 흡족해서 "아, 썩 잘되었네. 이제는 아주 산 사람 같아"라고 뽐낸다. 그때 미켈란젤로의 심정은 어떠하였을까?

그리고 저 밤, 낮, 아침, 저녁을 상징하는 네 인물의 조각도 실은 집권자 메디치가의 분묘墳墓 의뢰를 받고 새긴 조각이다. 메디치가에선 그것들이 조금도 고인들의 얼굴과 닮지 않았다고 해서 항의를 했다. 미켈란젤로는 "1세기만 지나면 그 얼굴이 닮았는지 안 닮았는지 아무도 알아보는 사람이 없을 것"을 가지고 떠들어대는 그 권력자에게 한숨을 쉬었다. 그에게는 메디치가의 가문이

---

52)  다비드(다윗)는 고대 이스라엘의 제2대 왕, 예언자, 솔로몬의 아버지. 처음에 목동이었으나 소년 시절에 거인 골리앗을 죽인 후 초대 왕 사울의 신임을 얻어 왕위에 올랐다.

중요했던 것이 아니라 예술이 문제였다. 때로는 비난에 그치지도 않았다. 종교 재판까지 받아야 했던 몸이다.

그렇다면 플로렌스 시민들은 어떠하였는가. 시민들의 힘이 그 위대한 예술가를 만들어냈는가. 르네상스 때의 플로렌스 시에선 마차꾼들도 단테의 시구를 외고 다녔다고 한다. 예술을 사랑하는 모범적인 시민임에 틀림없다. 그러나 대중은 언제나 바람처럼 변하는 것, 그들도 천재들의 벗은 아니었다. 시기, 질투, 모함, 마키아벨리를 낳은 플로렌스임을 잊어서는 안 된다

그것 역시 이 〈다비드 상〉이 증언하고 있다. 세계에서 가장 완벽한 남성미를 갖추었다는 〈다비드 상〉—외적의 침략으로부터 플로렌스를 지키고 있는 이 도시의 영원한 자유를 약속하는 상징인 그 〈다비드상〉—그 거대한 대리석 상이 그의 작업장으로부터 나흘이나 걸려 베키오 궁으로 운반되었을 때, 플로렌스의 시민들은 어둠을 틈타 이 예술품에 돌을 던졌던 것이다. 무슨 까닭으로 그들은 그런 짓을 했을까?

대중은 천재의 마음을 몰라주었다. 어디에서나 대중은 마찬가지다. 피티 미술관에서 명화 라파엘로의 그 〈세디마의 마돈나〉를 보았을 때에도 그런 기분이었다. 어스름한 저녁, 한 어머니가 무릎 위에 아이를 잠재우고 있을 때 라파엘로는 그 광경을 보고 그림을 그리고 싶은 충동을 받았다고 했다. 그러나 캔버스가 없었던 라파엘로는 주위에 버려진 포도주 통의 뚜껑을 주워 그림을

그렸다고 했다. 그렇게 완성된 그림은 25센트의 식사 값으로 여관집 주인의 손에 넘어갔다는 것이다. 그것이 바로 오늘 백만 달러를 주고도 살 수 없는 바로 그 〈세디마의 마돈나〉인 것이다. 이렇게 돼지에게 진주를 안겨주며 그들은 생활했다.

그러면 예술가끼리 단합해서 위대한 창조를 음모한 것이었을까? 단연코 그렇지 않다. 지금은 전화위복으로 길이 찬양받고 있는 시스티나 사원(바티칸 시에 있는)의 천장화를 보면 알 것이다. 원래 미켈란젤로는 천장화의 문외한이었다. 그것은 특수한 기술을 필요로 한다. 그런데 법왕의 총애를 받고 있는 미켈란젤로를 골탕 먹이기 위해 브라만테를 위시한 시기심 많은 동료 화가들은 법왕을 꾀어 그에게 그 궁중 천장 그림을 그리라고 명령토록 했다. 그는 고역 속에서 본기本技가 아닌 천장화를 몇 번이나 그리다 실패했었다. 그래서 천장만 올려다보며 작업을 한 탓으로 그는 목이 아주 굳어버린 일까지 있었다고 전한다.

그러면 대체 어떤 힘이 그 위대한 플로렌스의 거장들을 만들어 냈는가. 정치도, 환경도 우리와 조금도 다를 것이 없이 불행했던 그 조건 속에서 어찌하며 그 많은 창조의 영혼들을 창조케 했는가.

그것은 오로지 현실에 투쟁하는 의지였었다. 광기와도 같이 현실을, 모순을, 송두리째 끌어안았던 비극에의 의지였었다. 우리는 생각하지 않는가. 오두미五斗米에 머리를 숙이지 않겠노라고 한 오류 선생五柳先生의 기개를……. 우리가 그런 기개밖에 몰랐을 때 그들은 오두미에 머리를 숙이면서도 해야 할 일이 있다는 것을! 아니, 머리를 숙이지 않고도 오두미를 받을 수 있는 세상을 만들려고 한 그 적극적인 행동이 있었다. 그것이 우리와 달랐다. 메디치가의 일을 맡은 미켈란젤로가, 혹은 변덕 많은 법왕을 섬기며 예술을 창조했던 미켈란젤로가 만약 오두미 논법으로 모욕을 청산한 채 홀연히 산속으로 들어갔더라면 영원히 우리는 그의 위대한 창작품을 이렇게 대면할 수는 없었을 것이다. 우리들에게도 천재는 많았다. 다만 불행히도 그 싸움의 의지, 비극과 모순을 받아들임으로써 그것을 뛰어넘는 치열한 현실 의지가 없었다.

힘에 부치는 시스티나 사원의 벽화를 포기하기는커녕 도리어 그는 나머지 벽화까지도 손대어 훌륭히 완성해냈던 것이다. 한국의 미켈란젤로는 모두가 숲으로 도망가서 죽림칠현竹林七賢처럼 바둑을 두느라고 그런 예술을 남기지 못했다. 법왕의 세력과 타협하면서 돌을 깎았던 미켈란젤로를 변절자라고만 여겼을 것이다.

플로렌스의 천재들은 바로 비극을 감수한 천재였다. 오두미의 쓰라림이 그들을 키웠다. 가로막는 벽이 그들을 키웠다. 하늘이 주신 역경을 도리어 위대한 창조로 바꿨다. 이것이 서양을 꿰뚫는 현실감각이요, 생의 의지였음을 미켈란젤로의 그 돌덩어리들은 알 것이다.

돌은 그대로가 절망과 허무였다. 끌을 내리치는 것은 곧 그 절망과 허무를 향해 내리치는 것이었다. 우리의 불상은 돌을 도리어 돌답지 않게 만드는 것이었지만 그들은 돌의 본질을 캐내어 그것을 폭로했다.

나는 감상적으로 말하고 싶다. 아카데미아 박물관에 미완성인 채 남아 있는 미켈란젤로의 그 노예 상들을 보았을 때, 비로소 나는 돌의 그 싸늘한 허무를, 그리고 그 두꺼운 허무를 헐어버리고 뛰어나오려고 하는 생명의 고뇌를…… 아! 그 생명의 힘 앞에 서면 눈물이 나올 것 같다. 돌덩어리, 끌 자국이 그대로 선연한 저 돌덩어리, 무엇이 그것을 그냥 거기 있게 가만히 두어두려 하지 않는가?

"나야말로 잠을 좋아하네. 더욱 돌이기를 좋아하네."

미켈란젤로는 그렇게 적었다.

플로렌스의 천재는 돌 속에 있었다. 비정의 돌을 깎아내는 그 의지 속에 있었다. 우리에게나, 그들에게나 공평한 신은 그 아무에게도 더 주신 것이 없다. 다만 그들이 스스로 더 많은 것을 얻으려고 애쓴 것뿐이다. 그렇게 원하고 싸운 것뿐이다. 그래서 그들은 그것을 얻은 것이다.

# 피사의 사탑이 의미하는 것

역사는 길어도 피사[53]는 보잘것없는 도시다. 인구는 겨우 8만. 아르노 하항에 유사流砂가 밀려 이제는 항구로서도 쓸모가 없어 졌다. 다만 비스듬히 넘어질 듯 기울어진 사탑 하나가 있기 때문에 관광객들은 이 도시를 잊지 않고 찾아온다.

높이 60미터나 되는 이 대리석의 사탑은 수직선으로부터 5미터가량 기울어져 있는데 기적처럼 서 있다. 그 밑에서 사진 찍기가 불안할 정도다. 평범한 탑이지만 불과 5미터의 경사 때문에 숱한 사람들의 발걸음을 멈추게 했다. 만약 그것이 똑바로 서 있었다면 누구도 그렇게 눈여겨보려 하지는 않았을 것이다. 미국의 건축 기사 하나가 이 탑을 똑바로 세우겠다고 나섰을 때 피사 시민들이 기절초풍하여 반대하고 나선 이유를 알 만도 하다.

53)  피사의 사탑(鐘樓)은 1173년에 착공하여 건축 중에 기울어져 그냥 버려둔 채로 있었는데 1350년 조반니 디시몬에 의해 완성되었다.

탑은 물론 모든 건물은 본디 똑바로 서 있는 것이 원칙이다. 그러나 피사는 이 원칙을 무시했기 때문에 도리어 명물이 되었고 세계 7대 불가사의의 하나로 손꼽히게 되었다. 생각할수록 이해할 수 없는 것은 인간의 정신이다. 가리센다(이탈리아)에도 높이 90미터의 사탑이 있고 영국의 브리스틀에도 또한 1.5미터의 경사를 이룬 사탑이 있다. 유독 피사만이 그 영광을 독점할 것은 아니다. 그러나 사탑 하면 누구나 피사를 생각한다. 피사와 사탑은 이명동인(?)이 된 것이다.

더욱 고마운 것은 특색 있는 그 모습 때문에 서투른 외국어로 시민에게 폐를 끼칠 필요도 없이 한눈으로 그것을 알아낼 수 있다는 점이다. 플로렌스에서 자동차를 몰고 한 시간쯤 달려 피사의 성문에 이르렀을 때 사탑은 졸도하기 1분 전의 그 아슬아슬한 자세로 마중을 나왔다. 그것은 바로 시가의 문턱, 모나고 넓은 잔디밭 귀퉁이에 자리 잡고 있었던 것이다. 스포츠와는 별로 인연이 없는 약체지만 럭비공이라도 안고 그냥 달리고 싶은 푸른 잔디밭, 출입 금지의 말뚝도 없다. 사람들은 자유로이 드나들면서 녹색의 공지를 거닐고 있었다.

사탑 밑에 있는 백색 대리석의 두오모와 캄포산토(납골당)도 만만치 않게 생겼다. 건물 하나는 아라비아의 모스크 사원의 지붕만 갖다 세워놓은 것 같고, 또 한 건물은 꼭 무슨 성곽처럼 생겼다. 이 그로테스크한 곡선과 직선, 그리고 사탑의 사선이 합쳐 빚

어내는 불균형의 광경은 동화 속의 요술 나라에 온 듯한 느낌을
준다.

사탑의 입구에는 입장료를 받느라고 두리번거리는 문지기가
서 있었다. 사람의 호기심이란 묘한 법이어서 자진해서 돈을 치
르고 294개의 계단을 오르는 고역을 감수하고들 있는 것이다. 나
역시 예외일 수는 없다. 평소에는 2, 3층짜리 계단을 오르내리면
서도 사상 최초로 고층 건물을 발명한 미지의 건축 기사를 저주
했던 나 자신이지만, 나 역시 돈을 내고 감히 그 비뚤어진 8층 계
단을 오르기로 결심한 것이다. 사탑이 나를 은근히 유혹하고 있
었던 까닭이다.

이건 정말 성서에 나오는 좁은 문이다. 혼자밖에는 들어갈 수
없는 좁은 나선형 계단이다. 치기만만한 유럽의 신사 숙녀들이
어찌나 많이 오르락내리락했던지 대리석 석계石階는 형편없이 닳
아 낡은 목조건물의 계단처럼 움푹 파여 있었다. 무리도 아닌 것
이 그것은 6백 년 동안의 발자국이 스쳐 간 흔적인 것이다.

뿐만 아니라 백색 대리석 탑 벽에는 기울어져 가는 사탑과 운
명을 같이할 작정이었던가, 수천 수백의 사인들이 적혀 있었다.
개중에는 어글리 재퍼니즈의 한자 이름도 있었다. 유명한 스타에
게 사인 공세를 취하는 순진한 팬들의 심리와 같은 이치다. 다만
이쪽에서 사인을 받을 수 없으니까 사탑에게 사인을 해주어 거꾸
로 기념하고 있는 것이 다를 뿐이다. 시인 셸리는 흐르는 물에 자

기 이름을 썼다고 고백했지만, 이들은 삐뚤어져 가는 돌 위에 자기 이름을 새겨놓고 갔다. 무명 인사들의 사인을 동정 삼아 감상하면서 나는 드디어 8층 꼭대기 종탑이 걸려 있는 탑두塔頭까지 올랐다. 거기엔 녹슨 커다란 종이 있었다. 아치형으로 된 문마다 종이 걸려 있는데, 친절하게도 'Please don't you ring(종을 울리지 마시오)'이라는 경고문이 붙어 있었다.

사인족族들이 기념 삼아 종을 때려 피사 시민을 놀라게 하는 일이 종종 있었던 모양이다. 묘한 것은 이 이름 높은 사탑은 종을 울리기 위한 종탑으로 세워진 것이지만 지금은 4중의 역할을 하고 있다는 점이다. 종탑으로서, 관광객들의 완상품玩賞品으로, 전망 탑으로, 그리고 한때는 갈릴레이가 낙체落體의 실험을 한 물리적 실험 탑으로……

그러나 더욱 중요한 것이 있다. 나는 피사의 사탑을 단순히 신기하게만 바라볼 수 없었다. 참으로 거기엔 유럽인의 기질을 엿볼 수 있는 상징적인 의미가 깃들어 있었다.

피사의 사탑이 기울었는데도 쓰러지지 않았다 해서 세계 7대 불가사의의 한 기적이 된 것은 아니다. 불가사의한 것은 그 기반이 가라앉아 뻔히 탑이 기울어질 것을 알면서도 끝내 경사진 채로 그것을 한 층, 한 층 쌓아 올려간 조반니 디시몬의 행위다. 어째서 그는 기울어버린 이 탑을 포기해버리고 새 탑을 쌓으려 들지 않았던가? 바보가 아니면 광인이었는가?

어째서 그는 평탄한 길을 택하지 않고 그 어렵고 불가능한, 기운 탑을 고집했는가? 나는 그것이 바로 피사의 사탑이 암시하는 위대성이라고 생각한다. 불가능한 줄 알면서도 한번 도전해보려는 의지가, 탑은 오직 직립으로 세우는 것이라는 고정관념을 부수고 새로운 가능성의 이미지를 시험해본 그 모험이, 바로 저 사탑을 저 자리에 있게 한 정신이었다. 비단 그 사탑뿐이겠는가. 바로 그 의지, 모험, 그 자유의 이미지 속에서 유럽의 문명은 싹튼 것이라 해도 과언이 아니다. 불가능하다는 알프스를 넘은 나폴레옹과 피사의 사탑은 서로 핏줄기가 통한다.

우리 같았으면 어떻게 했을까? 첨성대를 짓다가 도중에 기반이 무너져 갔다면 어찌했을까? 첨성대는 과연 '경주의 사탑'이 되었을 것인가. 나는 다른 외국인들이 알아차리지 않게 몰래 회의해보았다. 더구나 저 사탑은 갈릴레이가 누구나 믿어오던 아리스토텔레스의 고전물리학에 도전하여 낙체落體를 시험해 보임으로써 새로운 우주의 비밀을 캐낸 자리가 아니었던가. 피사의 사탑은 '낙체의 원리'를 시험하기에 적당한 자리였을 뿐만 아니라, 바로 그 시험 정신과 그대로 일치하는 상징적 장소였다. 젊은 강사 갈릴레이[54]는 노교수들의 압력에도 불구하고 새로운 자연의 질

54)  이탈리아의 물리학자, 천문학자, 철학자. 흔들이의 등시성을 발견하고 낙체의 실험을 하였으며 망원경을 발명하여 천체 관측을 하였고 코페르니쿠스의 우주론에 증명을 해주

서를 찾아냈다. 마치 조반니 디시몬이 새롭게 설 수 있는 그 탑을 만들어낸 것처럼…….

갑자기 울려오는 종소리 때문에 갈릴레이 선생의 환상이 사라진다. 심각하게 비약을 거듭하던 내 생각을 멈추게 하였다. 실험 기구를 든 갈릴레이가 아니라 한쪽 눈이 먼 늙은 종지기가 종을 치고 있다. 브리지디니(감자를 튀겨 만든 과자)를 씹어가면서, 묵묵히 그는 종만을 울리고 있었다. 어쨌든 이 사탑은 엄연한 하나의 종탑으로 제 구실을 하고 있는 것이다. 귀를 틀어막고 나는 그림처럼 아름다운 피사 시를 굽어보았다. 종소리가 울려 퍼져가는 푸른 지평地平에는 올리브와 사이프러스의 숲이 어렴풋이 떠오른다. 나는 카메라로 그것을 찍었다. 그러나 사탑이 삐뚤어져 있어서 카메라의 시계가, 건물과 그 풍경이 모두 삐뚜름하다.

4시 반에서 5시까지 30분 동안 종은 울렸다. 더욱 재미난 것은 두오모에서 먼저 몇 번 종을 울려주면 그 신호를 받아 이 피사의 대종大鐘을 치는 것이었다.

귀머거리처럼, 벙어리처럼, 무표정하게 종대만을 잡아당기고 있는 이 늙은 종지기에게서 나는 사탑의 운명을 느꼈다. 미구에 이 종을 없앤다는 것이었다. 기울어져 가는 이 사탑에 진동을 주지 않기 위해서 전기종 장치를 하리라는 것이었다. 어쩐지 피사

었다. 1633년 지동설을 주장하다가 종교 재판을 받아 유폐되었다.

의 사탑에서 나는 유럽의 시작과 끝을 보는 것 같기만 했다. 저 늙은 종지기도 이 탑에서 떠날 거다! 그리고 1년에 1밀리미터씩 기울어가는 이 탑도 언젠가는 쓰러지고 말 거다. 불가능을 향해 도전하던, 그리고 새로운 이미지를 찾아 모험하던 젊은 유럽도 이 사탑과 함께 지금도 기울어간다. 역시 인간은 한계를 가진 한 낱 피조물에 지나지 않는가.

　황혼이 깃드는 지평으로 피사(사탑)의 종소리는 울려 퍼지고 있었다.

# 콜럼버스의 집을 찾아서

리구리아 지방의 아름다운 지중해 해안을 달리는 것으로 내 이탈리아 관광은 끝난다. 제노바[55]에서 사보나, 산레모, 그리고 프랑스 국경인 멘톤에 이르는 그 해안선에는 멋있는 드라이브웨이가 있다. 오른편에는 알프스 산맥, 왼편에는 사파이어 빛 지중해가 호수처럼 펼쳐진다. 좌우 모두가 절경이다. 먼지 묻은 침침한 고적지만 찾아다니다가 신선한 바다, 아름다운 자연을 대하니까 역시 사람이 만든 것보다는 신이 만든 것이 한결 위대하고 한결 새롭다는 사실을 실감하게 된다.

그러나 제노바 항구 도시만은 그냥 지나칠 수가 없었다. 차를 잠시 멈추고 버릇처럼 된 고적 헌팅을 하기로 했다. 제노바는 콜럼버스의 탄생지. 안내서에 그의 집이 옛날 그대로 보존되어 있

---

55)  제노바는 '슈페르바'라고도 한다. '몽화蒙華'란 뜻이다. 시가는 좀 지저분한 편이지만 언덕 위에 늘어선 고풍적인 건물이나 육교, 그리고 중세의 좁은 골목길들이 아름답다.

다고 쓰여 있었기 때문이다. 그러나 일은 그렇게 간단하지 않았다. 제노바의 중앙 광장에서 우리는 아이스크림 장수 하나를 붙잡고 콜럼버스의 집이 어디 있느냐고 물어보았다. 솔직히 말하자면 말이 통하지 않았기 때문에 그냥 "콜럼버스, 콜럼버스"라고만 되풀이했던 것이다. 얼굴이 노라니 틀림없는 관광객으로 보였을 것이고 "콜럼버스"라고만 해도 우리가 무엇을 원하는지 짐작할 수 있었으리라고 믿은 것이다. 그런데도 그 친구는 좀 센스가 무디었던지 눈만 껌벅껌벅하고 우리의 얼굴만을 감상하고 있었다. 나는 끈기 있게 염불하는 기분으로 콜럼버스란 이름을 자꾸 지껄여댔다. 한참을 그런 자세로 대결한 끝에 이윽고 그는 손뼉을 치며 알았다는 표정이었다.

"시…… 시…… 콜롬보! 콜롬보!"

미국 대륙이라도 발견한 듯이 자랑스러운 몸짓으로 손가락질을 한다. 콜럼버스의 이탈리아 발음은 '콜롬보'였던 모양이다. 우리는 손가락질한 길을 따라 차를 몰았다. 그리고 이번엔 경찰을 붙잡고 "콜롬보!", "콜롬보!"라고 정확한 발음(?)으로 복창했다. 그런데 이 친구는 "시! 시! 콜럼버스! 콜럼버스!"라고 말하면서 우리가 떠난 그 광장 쪽으로 가라는 것이었다. 이렇게 되면 방향이 정반대다. 아무래도 아이스크림 장수보다는 관리의 말을 믿어야 될 것 같았기에 다시 오던 길로 돌아갔다.

이번엔 영어를 암 직한 학생 차림의 청년을 붙잡고 길을 물었다. '콜럼버스'와 '하우스'란 두 단어를 사용해보았다. '아이 엠 어 보이' 정도의 영어 상식은 있었던지 "아이 노 콜롬보!"라고 대답하면서 약도 비슷한 것을 그려주기까지 한다. 그곳은 바로 아이스크림 장수가 먼저 가르쳐주었던 그 방향이다. 다시 되돌아가야 하는 것이다. 약도까지 그려주었으니 이번엔 틀림없을 것이라고 믿었다. 하지만 또 실패였다.

거의 그 약도의 장소에 이르렀을 때 마침 예쁜 두 미녀가 지나가기에 자못 애교까지 섞어 "콜롬보!", "콜럼버스!"라고 양수겸장으로 질문을 했다. '제노바의 미녀'는 항구의 여성. 결코 남자에게 관심이 없는 것 같지 않은 눈치다. 친절하게 그리고 세밀하게 약도를 그려주는데 놀랍게도 이것은 경찰 아저씨가 가르쳐준 광장 부근이다. 비록 기사는 아니나 어찌 미녀의 친절을 거역할 수 있으랴. 다시 후퇴! 원점으로 돌아갔다. 이렇게 '아이스크림파'와 '경찰파'의 대립으로 시계추처럼 왔다 갔다 하는 사이에 하루해가 기울었다. 조금도 과장이 아니다. 차가 많고 일방통행 구역이 많은 유럽 도시에선 방향을 바꾸어 차를 한번 돌리자면 적지 않은 시간과 품이 든다.

결국 진땀을 뺀 끝에 콜럼버스의 집을 찾고야 말았다. '아이스크림파'가 옳았었다. 제노바에서 콜럼버스의 집을 찾는다는 것은 콜럼버스가 신대륙을 발견하는 것보다도 힘이 든다는 아이러니에 웃지 않을 수 없었다. 어째서 그런 일이 벌어졌는가? 불행히도 제노바엔 콜럼버스의 이름이 붙은 지역이 두 개가 있었던 까닭이었다. 하나는 '스트라다 델 크리스토프 콜롬보', 또 하나는 '피아사 콜롬보'. 뻔하기 짝이 없는 도시에서 콜럼버스의 집을 찾기에도 이렇게 힘이 드는데 이름도 지도에도 없는 그 대륙을 찾아 끝없는 항해를 했던 콜럼버스의 의지! 새삼 경의를 표하지 않을 수 없었다.

"이곳을 지나는 자는 죽으리라"라는 지브롤터 해협의 그 석벽 문자를 넘어서 미지의 바다를 향해 돛을 올렸던 콜럼버스! 공간의 한계를 넘어서 새로운 대륙을 찾은 그 콜럼버스야말로 유럽 문명의 챔피언이다. 오늘날은 우주인이 새로운 공간을 정복하려고 하는데, 그들의 핏줄에는 바로 이 콜럼버스의 핏방울이 흐르고 있는 것이다.

그러나 너무 감탄하지 말자. 새로운 천지를 열망한 콜럼버스의 순수한 모험은 스페인 왕조의 힘 없이는 이루어질 수 없었다. 출발의 순수한 모험은 잡티 섞인 식민지의 꿈과 접목되어 있었다는 것이 문제다. 그것이 바로 서양의 본질인지도 모른다. 순수한 모험 정신이 하나의 신개지를 열면 다음엔 군대의 정복자들이 그 새로운 땅을 길들이고 마지막엔 상인들이 황금을 긁어 온다. 서양은 이런 공식으로 세계 앞에 군림해 왔다. 신대륙 발견이란 어디까지나 서양 사람 중심으로 생각한 말이지 미 대륙에서 살고 있던 아메리칸인디언들에겐 '발견'이 아니라 '침입'이었다. 결코 물속에 파묻혀 있던 대륙을 끌어내 온 것은 아니었으니 말이다.

아마 콜럼버스가 한국인이었더라면 미국 대륙에서는 지금도 아메리칸인디언들이 숲에서 노래 부르고 춤이나 추며 살아갔을 것이다. 미국 신대륙으로 건너간 우리의 착한 조상들은 틀림없이 식민지를 개척할 생각보다는 아마 웅대한 그 자연의 선경仙境을 바라보고 거문고에 시조 한 수를 읊조렸을 것이기 때문이다. "아이야, 무릉도원武陵桃源이 나는 옌가 하노라", "도화야 떨어지지 말라. 어주자漁舟子 알까 하노라" 하는 식으로 석유와 같은 지하자원을 남에게 들킬까 두려워하는 것이 아니라 선경이 남에게 침해당할 것을 염려했을 것이다.

현관밖에 남아 있지 않은 콜럼버스의 폐옥廢屋 앞에서 나는 잠시 상상에 젖는다. 철망이 쳐진 폐허의 뜰엔 잡초만이 무성하다. 미국엔 새집이 들어서고 있고 그를 발견한 '콜럼버스'의 집은 지금은 거꾸로 사그라져 가고 있다. 등나무의 일종인가, 에데라라고 하는 풀만이 허물어진 지붕에 싱싱하게 뻗어 오르고 있다. 남아 있는 돌기둥도 빈약하기 짝이 없다. 100평 남짓한 '콜럼버스의 집' 바로 뒤에는 이탈리아 뱅크의 높은 빌딩이 도사리고 있다. 그 옆의 광장은 유료 주차장으로 변해 자동차들만이 즐비하게 늘어서 있다. 콜럼버스가 푸른 바다의 먼 수평을 바라다보며 미지의 대륙을 꿈꾸었을 그 창구窓口는 윤곽조차 뚜렷하지 않다.

제노바 항구는 출발의 항구, 옛날엔 콜럼버스가 미지의 대륙을 향해 돛을 달고 떠난 자리! 중세의 십자군이 창끝을 세우고 성지를 향해 떠난 곳도 이 항구였다. 12세기 때의 유적이라는 언덕진 좁은 돌길을 거닐면서 나도 '어디론가 지도에도 없는 곳을 찾아 떠나가야겠다'고 생각한다. 신대륙은 이제 없는 것일까? 놀라운 야생화들이 피어나고 인종 사전에 등록되어 있지 않는 새로운 인간들이 사는 마을! 세계의 공지를 찾아가고 싶다. 출발을 알리는 뱃고동의 환청幻聽을 들으면서 나는 초라한 콜럼버스가 되어 잠시 방황해본다.

# IV

# 자유와 질서 / 프랑스

# 파리의 우울

스위스에서 에어프랑스로 오를리[56] 비행장에 내렸을 때 나는 처음으로 내가 혼자라는 고독을 느꼈다. 어차피 어디를 가나 이국이다. 그런 것쯤은 한국을 떠날 때 이미 각오를 했던 터다. 그런데 새삼스럽게 파리 비행장에 내리자마자 유독 고독을 느낀 이유는 무엇이었을까? 무엇보다도 공항의 구조 때문에 그러했었다. 로마에서만 하더라도 승객들은 스튜어디스의 뒤를 따라 안내를 받았었다. 멀쩡하게 큰 어른들이 스튜어디스의 뒤를 졸졸 따라다녀야 한다는 것은 물론 명예스러운 일은 아니다. 꼭 수학여행을 온 초등학교 학생들이 여선생 뒤꽁무니를 따라다니는 것 같

---

56) 파리의 오를리Orly 공항은 시市의 남방 18킬로미터 떨어진 곳에 있다. 1960년에 완공된 현대 건축으로서 방음 장치를 비롯하여 모든 시설이 완벽하게 되어 있다. 그리고 해외여행을 유치하기 위해서 출입국 관리를 되도록 간편하게 하는 데에 세심한 노력을 기울이고 있는 것이다. 이 점 한국의 김포공항과는 대조적이다. EEC가 생기고부터 유럽만을 연결하는 항공선은 거의 국내선과 마찬가지다.

아서 웃음이 나온다. 그러나 외로운 이방인들에겐 체면 불구하고 의지할 사람이 필요한 것이다.

그런데 오를리 비행장은 그것이 없다. 사르트르식 설계라고나 할까. 공항은 자유의 벌판이다. 타자他者에 의지하지 않고 혼자서 행동하고 혼자서 선택하면서 각자가 자기 문제를 처리하도록 되어 있다. 더 직절적直截的으로 이야기하자면 비행기에서 내린 여객들이 목자 없는 양 떼처럼 접객자 없이 혼자 공항을 빠져나갈 수 있도록 만들어져 있었던 것이다. 안내자도 없이 에스컬레이터로 2층을 올라가고…… 'SORTIRE'라는 화살표를 따라 출구로 나가고…… 셀프서비스로 혼자 짐을 찾아 나르고…… 공항 밖으로 밀려 나오고…….

그때의 그 의지할 길 없던 막막한 심경은 흡사 무인도에 표류한 로빈슨 크루소와 다름이 없었다. 더구나 많은 인간들 틈에서 무인도의 고독감을 맛본다는 것은 한층 더 외롭다. 합리주의의 궁극에는 늘 그런 인간의 고독이 있는 법이다.

그러나 그 정도로 눈물을 흘렸던 것은 아니다. 어느 공항이든지 정도의 차이는 있어도 비슷한 분위기인 것 같다. 나를 정말 놀라게 한 것은 어쩌다 보니 여권도 트렁크도 책도 받지 않은 채 공항 밖으로 나오게 되었다는 사실이다. 말하자면 밀입국자가 된 셈이다. 웬일인지 여권과 휴대품을 보자는 사람이 없었던 것이다. 공항이란 국경이다. 절차 없이 마음대로 나갈 수도 들어올 수도 없는 곳이다.

공항버스를 타고 앵발리드의 에어터미널에 내렸을 때에도 여권 검사와 트렁크를 조사하는 사람은 보이지 않았다. 아니 원래가 터미널에서는 안 하는 것이 원칙이다. 나는 정복 경관에게 자수를 할 수밖에 없다고 생각했다.

"무엇이 잘못되었는지 모르겠어요. 저는 여권이나 세관 검사를 받지 않고 이곳에까지 왔습니다."

그러나 경찰 아저씨는 뉘 집 개가 짖느냐는 식이다. 누벨바그 영화의 주인공처럼 어깨를 한번 으쓱하고는 냉랭한 표정이다. "스 네 파 몬아페르." 자기와는 상관없는 일이라는 것이었다. 안내계를 찾아가서 사유를 말했다. 그들은 한결같이 그럴 리가 없다는 것이다. 그러면 나는 어떻게 될 것이냐고 물으니까 재판을 받을지도 모른다고 한다. 재판이라고 하면서도 도무지 날 동정해 주는 기색조차 없다. 믿을 데라곤 내 동포밖에 없다. 대사관으로 전화를 걸어볼까 했지만 그날은 공교롭게도 일요일이었다. 그렇게 수십 분 동안이나 허둥대고 다니는데도 누구 하나 나를 도와주려는 사람은 없었다. 타인의 일에 대해서는 무관심한 것. 물구나무를 서든 옷을 거꾸로 입고 다니든 '나는 나, 너는 너'라는 것이 바로 파리의 생리였다.[57] 그래도 다른 나라에서는 얼굴이 노

---

57) 카뮈의 『이방인』이 아니라도 파리는 이방인의 도시다. 모두가 타인끼리의 인간 고도
人間孤島다.

란 이방인들이, 관광객의 신분증 같은 그 카메라를 메고 다니면 제 나라를 찾아온 손님이랍시고 관심을 가져주는 일이 많다. 그러나 파리에서만은 도대체 노랗든 검든 희든 붉든 관심 밖의 일이다.

이방인만이 아니다. 저희들끼리도 마찬가지다. 공원에서 길가에서 버스 칸에서 때나 장소를 가리지 않고 자기 집 안방에서처럼 연인들끼리 노골적인 키스를 퍼붓는 것도 파리가 아니면 도저히 구경할 수 없는 광경이다. 남이 보는 앞에서 키스를 하는 것보다도 더욱 이상한 것은 그런 것을 쳐다보려고도 하지 않는 파리 사람들 자신이다. 얼굴을 붉히고 외면하는 척하면서도 흘끔흘끔 열심히 곁눈질로 그 키스 신을 훔쳐보는 사람이 있다면 그것은 틀림없이 '나'와 같은 비파리인이다.

타인에의 무관심이나 자기 일은 자기가 알아서 처리하려는 철저한 개인주의는 파리의 도처에서 경험할 수 있다. 파리에서 지하철을 타본 사람이면 알 것이다. 탈 때는 자기가 문을 열고 타지만 닫히는 것은 자동식. 육중한 문이 굉장한 속도로 닫힌다. 물론 옆에서 주의를 주는 차장은 없다. 다만 살벌한 경고문이 하나 붙어 있을 뿐이다.

'조심하라! 죽을 우려가 있다.'

죽고 사는 문제가 이렇게 완전히 개인의 행동에 맡겨져 있는 것이다. 그 경고문을 보았을 때 나는 일찍이 나에게 초급 프랑스어를 가르쳐주신 고국의 교수님에게 얼마나 감사드렸는지 모른다.

물론 내리고 타는 것도 자기가 알아서 해야 한다. 버스를 타도 우리나라에서처럼 목이 터져라고 "신촌 가요, 왕십리 가요, 다음에 내리실 분 없어요⋯⋯" 하고 고래고래 소리 지르는 차장은 꿈에도 찾을 길이 없다. 친절이고 불친절이고 도시 차장이란 게 없다.

그리스의 아테네만 하더라도 운전사가 마이크로 정류장 이름을 일일이 승객에게 알려준다. 그러나 파리뿐만 아니라 선진국이라는 이름이 붙은 나라에서는 가르쳐주기는커녕 거꾸로 승객이 자기가 내릴 장소를 벨로써 운전사에게 알려주어야 한다. 그렇지 않으면 그냥 통과해버리고 마는 것이다. 그 대신 차내에는 편리한 노선 지도가 붙어 있다.

우리나라에선 기차가 지나가는 도시의 건널목엔 으레 차단기와 감시원이 있지만 프랑스에선 그렇지가 않다. 그것도 지하철과 마찬가지로 '죽을 염려가 있다'는 경고문이 붙어 있을 뿐, 각자가 알아서 그 차단기를 돌려 통과하도록 되어 있는 것이다.

실존주의 문학이 프랑스에서 성행했던 이유를 알 만하다. 그 자유의 고독을, 타자에서 고립된 개인의 그 독자적 생의 냉정함을 나는 공항 터미널에서부터 체험했던 것이다. 남과 얽혀서 살아 버릇한 내가 울면서 파리에 입성入城한 것은 극히 당연한 일이었을지 모른다.

그뿐만이 아니다. 터미널에서 정신없이 허둥대다가 나는 여행자의 무기인 카메라를 잃었다. 호텔에 와서 짐을 풀고 난 뒤에 그것을 안 것이다. 호텔을 알선받은 접대소에 놓고 온 것 같았다. 용기를 내어 겨우 전화를 걸어보았지만 역시 간담을 서늘케 하는 반응이었다.

"왜 그런 것을 나에게 물어요. 그것은 경찰 소관입니다."

호텔의 콩시에르주의 말을 들어도, 현찰은 찾을 수 있어도 카메라는 어렵다는 것이다. 그만큼 사람들이 카메라를 탐낸다는 말인 것 같다.

모든 것을 단념하기로 했다. 나폴레옹은 그의 사전엔 '불가능'이란 말이 없다고 큰소리쳤지만, 프랑스인의 사전엔 '친절'이란 말도 역시 없을 것이다.

천국에 갈 자신이 없는 나는 앞으로 열심히 프랑스어 공부를 해두리라고 몇 번이나 속으로 다짐하였다. 왜냐하면 지옥에는 단연코 프랑스인들이 제일 많을 것이고, 그래서 당연히 지옥의 국제 통용어는 프랑스어일 것이기 때문이다.

그러나 짧은 기일이었지만 파리를 호흡하고 그들의 생활을 이해함에 따라서 점점 정이 들기 시작한 것이다. 나중에야 겨우 안 일이지만 프랑스의 공항 관리의 부주의로 내가 본의 아닌 밀입국자의 고통을 받았던 것은 아니었다. 나도 모르는 사이에 정당한 절차를 다 밟고 있었던 것이다.

제네바(스위스)에서 출국할 때 자동적으로 프랑스의 입국 수속(여권 및 세관 통과)이 완료되어 있었던 것이다. 그래서 손님은 이중으로 검사를 받지 않아도 되고, 공항에선 공항대로 번잡하지 않아서 좋다.

프랑스 관리들의 그 합리적이고 기지 있는 일 처리가 도리어 한국의 나그네를 놀라게 한 것뿐이다. 관리란 덮어놓고 까다롭고 귀찮게만 구는 존재라는 내 편견이 잘못이었다(내가 입국하기 직전에 생긴 새로운 제도라 공항에서도 잘 몰랐던 것이다). 불친절하다는 것도 실은 친절의 개념이 다른 것뿐이다.

'타인의 일에 간섭하지 않는 것'이 바로 그들의 친절이다.

# 향수와 땀

"파리에 가시면 향수를 부탁해요."

한국을 떠날 때 나는 여성들로부터 이런 농반진반의 인사를 받았다. 그럴 때마다 나는 은근히 겁이 났다. 나처럼 코감기에 자주 걸리는 후각의 둔재들은, 그리고 두메산골에서 농부들의 땀내를 맡으며 자란 시골뜨기는 아무래도 파리를 감상하는 데에는 낙제생이라는 생각이 들었기 때문이다.

프랑스 사람들은 예나 지금이나 향수를 애용하고 있다. 루이 15세는, 황후 자신은 물론 궁정을 출입하는 사람들에게까지 매일 다른 종류의 향수를 뿌리라고 명령하였고, 평생에 싸움질만 하던 유럽의 남아 나폴레옹까지도 족보에 남아 있는 향수광이었다.

포병 출신이었던 나폴레옹의 몸에서 피나 화약 냄새가 아니라 여성적인 오드콜로뉴 향유 냄새가 풍겼다는 것은 격에 맞지 않는 일이지만 그것이 바로 프랑스적인 것인지도 모른다.

그는 보통 한 달에 향수 60병을 썼고 거기에 또 그가 애용한 브라운윈저는 10종의 향료를 내포한 비누였다는 것이다. 그러나 이러한 향수광도 황후 조세핀의 사향 냄새에는 두 손을 들고 말았다니 프랑스 여성들의 향수 취미가 어떠했는지 짐작이 간다. 그 중에는 1년에 향수 백만 병을 소비하여 세계의 기록을 장식한 퐁파두르 부인 같은 사람도 있었던 것이다.

몸에나 거실에만 향수를 칠했던 것이 아니라 프랑스의 숙녀들은 편지지에까지도 여러 종류의 향수를 뿌렸고, 그 향수 냄새로 마음의 밀어를 고백했다고 전한다.[58] 보리수 향기는 '안심하십시오', 월하향月下香의 향기는 '사랑합니다', 사향의 향수는 '영구한 사랑', 그리고 백장미의 향수 같으면 '이별'이다.

이러한 향수의 후예들은 오늘날 지하철에 뿌린 향수가 너무 값싼 것이라 불쾌감을 준다고 당국에 항의하는 소동까지 벌이고 있다. 코의 감각이 그렇게 예민하고 사치스럽다. 8백 종 이상의 향내를 자유자재로 식별하여 가지각색의 향수를 만들어내는 그 '청향사聽香師' 같은 예민한 후각의 소유자라야 파리지앵의 구실을 하게 된다.

세계의 유행을 지배하는 파리 의상점에서는 각기 자기 상점을

---

58) 아스포델-나는 죽을 때까지 충실하렵니다. / 딸기 잎-존경과 사랑. / 진홍 카네이션-아, 나의 약한 마음이여. / 붉은 국화-사랑합니다. / 재스민-애교 / 노랑 수건-애정의 반환을 희망한다. / 붉은 장미-당신이 나를 사랑한다면 당신은 곧 알게 될 것입니다.

자랑하는 특유한 향수를 팔고 있다. 소위 '세일 바이 스멜sale by smell(냄새로써 상품을 파는 짓)'. 단골손님의 의상에 그 향수가 떠도는 한 그 상점의 인상은 추억처럼 잊혀지지 않을 것이기 때문이다.

"일본 사람은 목욕을 자주 해도 옷은 잘 갈아입지 않고, 한국 사람은 거꾸로 목욕은 잘 하지 않아도 옷은 잘 갈아입고, 또 중국 사람은 목욕도 하지 않고 옷도 갈아입지 않는다"라고 말하는 사람들이 있다. 이런 식으로 그 국민성을 평한다면 프랑스 사람들은 '목욕은 안 해도 향수는 칠하고 사는' 민족인 것이다.

1파운드의 로즈 향수를 만들려면 1억의 장미꽃을 필요로 하니까 그 값이 얼마나 고가高價이겠는가는 쉽사리 추산할 수 있다.

"향수 한 병만……"이라는 달콤한 여성의 부탁 때문에 정말 백화점을 기웃거려보았지만 천연 향수 가운데 쓸 만한 것은 모두가 중역급의 한 달 봉급에 해당하는 것들이었다. 로즈 유油 1온스가 보통 3만 원가량이나 되는 것이다. 이쯤 되면 우리에겐 그것이 아름다운 장미나 바이올렛 향내보다도 먼저 새콤한 지폐 냄새로 느껴질 것이다.

그러나 우리가 향수 프랑스론에 대해서 오해해선 안 될 것이다. 파리가 향수의 도시라는 신화 때문에 한때 사람들은 파리 교외의 10리 밖에서도 향수 냄새를 맡을 수 있다는 거짓말이 퍼진 일이 있다. 10리는커녕 실은 직접 프랑스 색시 곁에서 심호흡을 해도 별로 향수 냄새를 느낄 수가 없다. 도리어 향수병이 걸어오듯 10미터 전방에서부터 강한 냄새를 발산하며 나타나는 여성은 한국에 오히려 더 많은 편이다.

향수를 짙게 뿌리고 다닌다는 것은 "나, 향수 뿌렸어요"라고 고함치고 다니는 것과도 같은 일이다.

마치 속삭임처럼, 추억처럼 은은하게 향수를 뿌릴 줄 아는 것이 정말 향수를 잘 쓸 줄 아는 사람이다. 그렇기에 향수를 사려고 들어갔다가 망신을 당하는 수가 많다. 덮어놓고 그냥 향수 한 병만 달라는 것은 구두 가게에 가서 신발 한 켤레 달라는 경우와 비슷하다는 거다. 왜냐하면 신발에는 사이즈가 있듯이 이 눈에 보이지 않는 향수에도 그것을 뿌릴 사람의 규격이 정해져 있기 때문이다.

"누가 쓸 거예요? 부인의 체취는?"

"선사하실 분의 눈빛은? 브라운? 다크?"

한국 신사에게는 간담을 서늘케 하는 질문일 것이다. 체취와 눈빛에 맞추어서 그들은 향수를 선택한다. 체취까지는 짐작이 가는 이야기지만, 소리를 색채로 나타내는 랭보의 상징주의 시와도 같이 코로 맡는 향수를 시각에까지 맞춘다는 것은 참으로 유난스러운 짓들이다. 향수 하나 바르는 데에도 고도한 미적인 감각이 있어야 하는 것이다. 어쩌다 애인이나 만나러 갈 때 벼락치기로 바르는 우리의 향수 사용법과는 거리가 멀다.

어쨌든 프랑스 여성들에게 있어 향수는 사치가 아니라 체취를 향수로 바꾸는 생활필수품이라고 할 수 있다. 향수는 '풍기게 하는 것'이 아니라 '배게 하는 것'이다. 그러니까 프랑스의 버스 칸을 장미의 화원으로 생각하고 있는 사람이 있다면 큰 오해다.

둘째는 향수가 사치의 대명사이기 때문에 향수의 파리족들은 굉장한 낭비가로 알기 쉽지만 사실은 유럽에서 제일 인색한 것이 바로 파리지앵이라고 하면 실수가 없다. 발자크나 모파상 같은 프랑스 작가의 소설을 보아도 유난히 구두쇠의 이야기가 많이 나온다.

우리는 가난을 죄로 생각하지 않고 오히려 구두쇠야말로 악덕이라고 믿어온 사람들이다. 그렇게 가난하게 살았으면서도 절약가에 대해서는 곰살맞다거나 노랑이의 옹고집이라고 흰 눈을 흘긴다. 이런 안목으로 볼 때 그 향수의 시민들은 보기와는 달리 예외 없는 천하의 구두쇠다.

파리의 화장실은 대개가 지하실에 있다. 나는 처음 이 지하실의 화장실에서 얼마나 고심했는지 모른다. 화장실 문을 여니까 지척을 분간할 수 없게 어두웠다. 아무리 사방 벽을 훑어보아도 전기 스위치는 보이지 않는다. 장소가 장소라 누구에게 물어볼 수도 없다. 결국 단념하고 더듬더듬 화장실 안에 기어 들어간 후 변소 문을 닫으니까 비로소 전깃불이 켜진다.

사용 중에만 불이 켜지도록 특수 자동 장치가 되어 있었던 것이다. 만약 스위치 장치를 해놓으면 사용 후에도 전깃불이 켜진

채로 있을 경우가 없지 않을 것이다. 그것을 방지하기 위해서 아예 문에 자동식 스위치를 달아 철저하게 전력 낭비를 방지하고 있었던 것이다. 화장실 휴지도 두루마리가 아니라 한 장 한 장씩 빼도록 되어 있다.

화장실뿐만 아니라 아파트의 계단 전등 역시 그렇다. 우리나라처럼 복도에 월광처럼 늘 전기가 켜져 있는 법이 없다. 사람이 들어올 때 입구에서 전기 스위치를 눌러야 비로소 계단에 불이 켜지는데 그것도 2, 3분이 지나면 자동적으로 꺼져버리게 되어 있다. 촉수도 낮아서 겨우 계단을 분간할 정도다.

나는 파리에서 한밤중에 아파트에 있는 친구를 찾아갔다가 인색한 전기 장치 때문에 팔자에 없는 심야의 마라톤을 한 일이 있었다. 그 친구의 방 번호를 몰라서 아래층부터 차례차례 문어귀에 쓰인 이름들을 조사할 수밖에 없었다.

그러나 얼마 안 가서 불이 꺼져버리고 마는 것이다. 그러면 다시 입구로 가서 스위치를 누르고는 급히 달려와 나머지 방을 헤맨다. 1층, 2층, 3층 이런 식으로 뒤져 올라갈수록 점점 걸음은 급해진다. 이렇게 인색한 전등 때문에 나는 밤새도록 유령처럼 계단을 오르락내리락했다. 불이 꺼질 때마다 '망할 놈들!'이란 욕이 절로 나온다. 그러나 '망할 놈들'이 아니라 이런 절약으로 그들은 지금 흥해 가고 있다.

카페의 설탕 항아리도 꼭 샤일록의 발명품 같다. 쏟으면 설탕이 줄줄 나오지 않고 한 스푼쯤 나오다가는 금시 자동적으로 막혀버린다. 설탕이 더 필요하면 다시 세웠다가 쏟아야 한다. 나처럼 단것을 좋아하는 사람은 기계체조를 하듯이 손목을 아래위로 한참 동안 활발히 움직여야 한다.

파리 여성의 이면을 보더라도 우리가 생각하고 있는 저 화사한 프랑스 인형의 이미지와는 아주 거리가 멀다. 동전 한 푼을 위해서 기를 쓰는 레스피나스 부인(모파상의 「우산」에 나오는 구두쇠 부인) 같은 사람들이다.

그리고 프랑스 여인들이 엘레강테한 장갑을 끼고 다니는 것은 멋을 부리기보다는 일에 거칠어진 손을 감추기 위한 것이라는 이야기도 있다. 그들은 그만큼 일을 많이 한다. 직장을 가진 여성의 수는 단연 세계 제1위로서 전 직장 인구의 3분의 1을 차지하고 있다. 파리의 택시 운전사를 보면 열 명 가운데 두 명은 여성이 차지하고 있다.

직장을 갖지 않은 가정주부만 하더라도 미국 여성보다 4배나 일을 더 많이 한다. 일주일에 바느질을 하는 시간은 평균 12시간, 부엌일은 14시간, 잡일까지 합치면 41시간을 노동으로 보내고 있다.

폐물 이용하는 데에 있어서도 프랑스 여성은 거의 천재에 가깝다. 할머니가 입던 구식 외투의 깃을 뜯어다가 멋진 모자를 만들어 쓰는가 하면, 또 해진 옷의 레이스를 뜯어서는 신식 액세서리

를 창조해낸다. 호박으로 금마차를 만들어내는 신데렐라, 전설의
요술 노파처럼 그녀들은 넝마를 가지고 최신식 모드를 만들어내
는 요술사다.

향수의 뒤에는 이렇게 땀이 있다는 것을 우리는 잘 모르고 있
는 것 같다. 우리의 여성들은 파리 여성의 향수 쪽만을 보고 그것
을 모방하려고 든다. 아니, 더욱 욕심을 내자면 향수와 땀을 동시
에 조화해 가는 그 슬기를 배워야 될 것 같다.

우리의 여성에겐 '향수'와 '땀'이 분열되어 있다. 땀을 아는 여
성은 향수를 잘 모르고 향수 속에 사는 여성은 땀을 모른다. 이것
은 다 같이 불행한 일이다. 프랑스 여성은 절약과 노동 속에서도
여성으로서의 취미, 그 '생활의 멋'을 잊지 않는다. 적어도 그들
은 노래하는 매미의 즐거움과 일하는 개미의 노동을 동시에 소유
하려고 든다. 우리는 절약을 하려고 하면 허리띠를 졸라매고 생
활의 즐거움을 희생하는, 말하자면 인간이 아니라 개미와 같은
동물로 타락해버린다. 거꾸로 인간의 멋을 찾으려고 하면 인형처
럼 곱게 단장하고 하품만 하고 있다. 극단과 극단밖에 모른다.

그러나 그들의 절약은 다만 쓸데없는 낭비를 없애자는 것, 생
활의 화원이 짓밟히지 않는 범위 내에서의 노력이다.[59] 그 증거

---

59) 프랑스인들의 절약은 대단하다. 우리가 구두쇠를 욕하는 만큼 그들은 낭비가를 비웃
는다. 초등학교 아이들의 필통을 열어봐도 대부분이 토막 난 연필 하나가 없다는 것이다.

로 프랑스 특유의 치즈인 카망베르를 두 개로 쪼개어 한 쪽엔 값을 높이 매기고 다른 한 쪽에 값을 싸게 매겨 진열해놓으면 고가의 치즈 쪽이 더 많이 그리고 빨리 팔린다는 것이다. 음식은 맛이 있으라고 먹는 것이다. 싸구려를 찾는 그런 인색과 절약은 하지 않는다.

그래서 프랑스의 주부들은 소비자 동맹을 만들어 국내 상품을 제3국인 네덜란드의 테스트 기관에 맡겨 검사하고 있다. 그 결과를 쇼핑 가이드의 기관지에 발표하여 그것에 따라 상품 하나라도 자기 주관을 가지고 선택하고 있는 것이다.

역사적으로 프랑스라는 나라는 독일처럼 국민 개개인의 생활을 희생시킨 국가 같은 생산 향상은 꾀하지 않는다는 이야기다. 매미와 개미, 향수와 땀을 조화하는 데에서 그들은 진정한 생활의 미학을 발견할 수 있었던 것이라 할 수 있다. 우리는 프랑스 유부녀의 70퍼센트가 간통의 경험자라는 퇴폐한 숫자를 알고 있으면서도, 여성들이 전 직장 인구의 3할을 점유하고 있다는 숫자는 모르고 있다.

생토노레의 패션모드에는 관심이 있어도 일주일에 12시간의 바느질을 하는 파리 방 안의 풍속은 모르고 있다. 어째서 이 땅에

가정에서부터 철저하게 절약의 훈련을 받고 있고 사회에 나와서도 그대로 그것이 적용된다. 프랑스의 식료품 가게에는 빈 병을 갖다 주고 병 값을 제해 받는 것이 일상화되어 있다.

는 향수의 바람만이 불어오고 땀의 바람은 불어오지 않았는가?

# 일렬로 서는 개인주의

만약 수학적으로 국민성을 평할 수 있다면, 영국은 '보태기'의 나라. 독일은 '곱하기'의 나라. 프랑스는 '나누기'의 나라.

영국 사람들은 이미 있는 역사적인 전통이나 그 사회를 그냥 두어둔 채로 하나하나를 착실히 보태어 나간다. 런던이란 도시가 그런 식으로 발전되었다. 또 왕을 그대로 둔 채 민주주의를 보탠 나라인 것이다. 개인과 국가의 관계도 바로 '보태기'의 계산법에 의해서 맺어져 있다. 이런 안전한 보태기 수식에서 얻어진 해답이 그들의 전통주의요 보수주의인 셈이다.

독일은 열정과 환상과 이상에 치우쳐서 과대망상적인 데가 많다. 언제나 현실을 현실 이상의 '곱쟁이'로 본다. 여기에 또 비상한 조직력과 집단성이 있어서 세 사람이 모여 집단을 이루게 되면 여섯 사람이 되는 것이 아니라 언제나 아홉 사람의 힘을 발휘하게 된다. 히틀러의 나치즘은 이런 곱하기의 국민성을 이용한 독재주의였으며, 성격은 다르지만 라인 강의 기적이 우리에게 보여준 것도 '곱하기'식으로 비약한 경제 발전이다. 그렇기 때문에 개인주의보다는 전체주의적인 성격이, 그리고 현상 유지보다는 비약형의 민족이라 할 수 있다.

그런데 프랑스는 어떤가? 그들의 천성이 개인주의라[60] 모든 것이 한 사람 한 사람으로 나누어진다.

"프랑스의 인구는 4천5백만이 아니라 4천5백만의 개인"이라는 말이 있다. 열 사람이 모이면 그 의견이 열 개로 나누어지고, 백 벌의 옷이 있으면 백 벌의 옷이 다 다른 나라다. 독일 사람들에게 시국담을 시켜보면 대개가 그날 아침의 조간신문 사설을 녹음한 것 같지만, 프랑스 사람은 농부라 할지라도 자기 자신의 의견을 피력한다는 것이다. 이런 국민은 보태기나 곱하기가 아니라 '나누기'로 쪼개서 생각해야 한다.

지나가는 나그네의 눈에도 이런 개인주의 생리는 쉽사리 이해할 수 있다. 1인 1당 식의 정당, 1인 1착의 패션모드에 이르기까지 모두가 다 그렇다. 그러고 보면 학교에서 천재 교육을 표방하고 있는 것도 당연한 일이다.

---

60)  개인주의와 이기주의는 구별되어야 한다. 또 개성과 아집도 혼돈되어서는 안 된다. 그러나 개성이 강한 프랑스인의 기질은 경망한 데가 있다. 하이네도 시에서 그렇게 읊은 일이 있고, 프랑스를 평한 영국인들의 앙케트에서도 제일 많이 지적되어 있는 결점이 경박한 행동이다.

"주의해 보십시오……. 다른 것은 그만두고라도, 파리에는 수 백만의 여성이 살고 있지만 그들이 쓰고 다니는 모자와 단추는 하나도 같은 것이 없어요. 다 다르거든요. 만약 길에서 자기와 똑 같은 모자를 쓴 여인을 발견하면 다시는 그 모자를 쓰지 않는답 니다. 결국 상대편도 그럴 테니 두 개의 모자가 한꺼번에 없어지 는 셈이지요."

프랑스의 한 친구는 이렇게 농담을 했다. 별로 과장된 이야기 는 아니다. 사실 나는 짧은 시간이긴 했어도 같은 차림새를 한 여 성들을 한 번도 본 일이 없다.

그 때문에 유럽에서는 모든 상품이 대량 생산제로 바뀌어가고 있지만 프랑스의 단추 공장은 여전히 수공업 시대에 머무르고 있 다는 것이다. 파리의 디자이너가 판을 치고 있는 것도 그와 무관 하지 않다. 고급 손님은 옷만 맞추는 것이 아니라 그 디자인까지 도 사버리기 때문에 재봉료 외로 그 디자인 독점료까지도 포함되 어 한 벌의 옷이 백만 원에 달하는 것까지 있다.

센 강을 산책하다가 나는 패션모델을 놓고 사진을 찍는 것을 구경한 일이 있다. 여름인데 벌써 그것은 겨울옷, 닥쳐올 시즌의 패션모드를 위해서 센 강을 배경으로 하여 촬영을 하고 있는 중 이었다. 이때다 싶어서 나는 카메라를 들이댔더니 관계자는 얼굴 이 새파래져서 말리는 것이었다. 디자인 도둑놈이 있어서 발표 전에는 사진은 물론 스케치도 금지되어 있다는 것이다. 찍고 싶으면 100미터 떨어진 다리 위에서 찍으라는 것이었다.

　이야기가 패션모드로 샜지만 프랑스가 패션계의 왕국이 된 데에도 따지고 보면 개인주의라는 그 국민성이 뒷받침하고 있다는 것을 알 수 있다. 무엇보다도 신기한 것은 개성이 강한 그들은 유행을 만들어내는 사람이지 그 유행을 따르는 사람은 아니라는 점이다. 그렇기 때문에 프랑스에 가서 지금 무엇이 유행되고 있는지를 알려고 한다는 것은 어리석은 일이다. 도리어 다른 나라에 가보아야 프랑스의 유행이 무엇인지를 알 수 있다. 패션모드뿐만 아니라 예술도 마찬가지다.

　프랑스의 실존주의 문학이 전 세계를 떠들썩하게 했지만 막상 프랑스에서는 여전히 빅토르 위고 선생이 서점 쇼윈도의 한복판에서 큰기침을 하고 계시다. 파리에 머무는 동안 화랑을 구경했을 때도 그랬다. 작품 경향은 다양다색……. 한옆에서는 철 늦은 쉬르레알리슴surrealism이 건재해 있는가 하면 또 한구석에는 세잔풍의 풍경화가 전시되어 있다. 국내에서 상상한 것처럼 앵포르멜Informel 일색은 아니었던 것이다.

　깜찍한 것은 프랑스 10대 청소년들에게 장차 커서 누구와 같은 인물이 되고 싶으냐는 희망 인물 조사를 한 결과, 남자나 여자 다 같이 '나 자신이 되고 싶다는 것'이 30퍼센트로 단연 톱이었다. 케네디 대통령이 되고 싶다는 사람은 불과 7퍼센트, 유행 선풍을 일으킨 우주인도 고작 23퍼센트에 지나지 않는다.

과연 하나하나가 싸우는 게릴라(레지스탕스)는 강해도 한 장군의 독재하에 있는 정규군은 약한 나라. 바로 그것이 프랑스의 장점이며 또한 단점이다. 국내의 레지스탕스의 투쟁이 한창 혁혁할 때 국외에서 망명군을 조직하려던 드골 장군 밑에 모인 프랑스 군인은 수만 가운데 불과 3백, 4백 명밖에는 안 되었었다.

나 자신이 되고 싶은 사람들…….

"우리의 적은 우리의 주인"이라고 말하는 프랑스 사람들은 쇠꼬리보다는 닭 대가리를 택한다. 앙드레 모루아의 말대로 기계공은 큰 기계공장의 간부가 되기보다는 작은 '가라주garage'의 소유자가 되고 싶어 하고 상사商社의 점원은 모두 우유 판매점의 주인이나 구멍가게의 주인이 되기를 희망하는 것이다.

사실상 프랑스에서 택시를 타고 운전사와 얘기해보면 고용된 운전사가 아니라 대부분이 자기 차를 모는 차주들이었다(1만2천 대의 택시 가운데 반수 이상인 6천5백 대가 운전사 개인 소유의 택시라는 이야기다). 그러면서도 이 나라가 어떻게 유지될 수 있는가? 사실 '무정부적 개인주의'로 인한 혼란과 2차 대전 후의 위기를 보고 프랑스는 몇 년 안 가서 파산할 것이라고 예언한 사람들이 많았다. 역사적으로도 사실상 개인주의 때문에 망해버린 나라들도 많았던 것이다.

그러나 그들의 개인주의는 무질서와는 다른 격조를 지니고 있다는 것을 알아야 한다. 나는 프랑스에서 한국식 개인주의를 발휘하다가 봉변을 많이 당했다. 무엇보다도 우리는 사람이 여럿

모이는 자리에서 열을 서는 법이 없다. 모두가 개인플레이로 앞을 다툰다. 파리에서도 한국에서처럼 택시 잡기가 어렵다. '테트 드 탁시'라고 쓴 일정한 주차장에서 잡아야 하는데 거기엔 으레 사람들이 많이 기다리고 서 있다.

나는 평소에 서울에서 훈련된 솜씨로 남에게 가로채이기 이전에 빈 차가 오는 것을 재빨리 쫓아가 야구식으로 슬라이딩하며 도어를 잡았다. 파리 한복판에서 관록을 보인 셈이다. 그런데 운전사가 손짓으로 나가라고 하면서 당신이 탈 차례가 아니라는 것이다. 주차장엔 사람들이 선착순으로 일렬로 늘어서 있음을 그제야 발견했다.

개인주의자들이지만 어디를 가나 그들은 줄을 선다. 줄 서는 습관이 되어 있지 않은 나는 사람을 떠밀고 앞으로 가다가 늘 망신을 당했다. 공항에서, 은행 창구에서, 심지어 물건을 사는 백화점에서 누가 어깨를 두드려서 돌아다보면 으레 줄을 짓고 늘어선 사람들이 성난 얼굴을 하고 쳐다보는 것이었다.

그들은 상점에서, 커피점에서도 남이 물건을 거래하는 동안 자기 차례를 지긋하게 기다린다. 우리처럼 남이 사고파는 사이를 아랑곳없이 용감히 파고들어가, 이거 얼마요, 저거 얼마요 하고 새치기를 하는 법이 없다. 아니, 한국에서 점원이 되려면 한꺼번에 수십 명을 동시에 상대하여 물건을 팔 수 있는 천재적 소질이 없어서는 안 된다. 프랑스의 아이들은 어렸을 때부터 줄 서기와 자기 차례를 기다리는 인내심이 철저하게 훈련되어 있다는 이야기였다. 일일이 열을 설 수가 없는 복잡한 버스 정류장에는 자동식 번호기가 있어 오는 순서대로 종이를 뽑는다. 거기엔 번호가 찍혀 있어서 "욍…… 되…… 트루아, 카트르" 하고 부르는 차례대로 타도록 되어 있는 것이다.

러시아워rush hour라 하더라도 우리처럼 앞을 다투고 떠미는 일이 없다. 우리는 '나누기'의 개인주의가 아니라 '빼기'의 개인주의다. 전자를 '전체 속에서의 나'를 찾는 분할적 개성이라고 한다면 후자는 '전체에서 나를 예외'로 하는 도피의 개인인 것이다. 남이야 어찌 되었든…… 혹은 나라야 어찌 되었든…… 나를 앞세우는 우리의 개인주의에 대해서 새삼스럽게 부끄러움을 느꼈던 것이다.

프랑스의 개인주의는 서로 남을 침해하지 않는 데에서 그 개인주의의 완벽을 이루고 있다. 일단 국가의 위기가 있을 때 그들이 취한 태도를 보면 알 수 있었다. 그들이 잘 쓰는 말 가운데 '드부아르'라는 동사가 있는데 그것은 다름 아닌 '의무'란 뜻이다. 심지어 값을 물을 때에도 직역을 하면 '나는 당신에게 얼마만큼의 의무를 지고 있느냐'이다.

프랑스의 개인주의는 그들의 장점인 의무와 질서와 분별 의식을 가지고 있기에, 그 개인주의는 참된 문화 창조의 원천이 되었던 것이다. 그것이 곧 일렬로 늘어설 줄 아는 개인주의다. '무정부적 개인주의' 속에서도 혼란을 일으키지 않고 합리적으로 살아가는 프랑스의 한 비밀이 거기에 있는 것이 아닌가.

# 랑데부와 앙카

파리에서 프랑수아 모리아크를 만나려 했을 때의 이야기다. 인터뷰의 주선을 맡았던 대사관의 R씨가 언제쯤 만났으면 좋겠느냐고 묻기에 나는 거침없이 내일 중에 만났으면 좋겠다고 대답했다. 그때 그는 어처구니없다는 듯이 내 얼굴을 물끄러미 쳐다보더니 쓴웃음을 지었다.

"이 선생도 예외는 아니군요. 그렇죠, 한국에서 오신 분들은 누구나가 다 그렇습니다. 습관이 다르니까……. 그런데 곤란한 것은 아무리 랑데부[61]에 대한 풍습을 설명해주어도 대개는 이해를

---

61) 랑데부rendez-vous는 rendre란 동사의 명령형으로 직역하면 '오십시오'란 뜻이다. 그것이 그냥 명사가 되어 영어의 '어포인트먼트appiontment'와 같은 뜻으로 변한 것이다. 사람만이 아니라 군사 용어로서 해상에서 군함들이 집합하는 것도 랑데부라고 하고, 요즈음엔 우주 과학의 용어가 되어 두 인공위성이 서로 우주 공간에서 합치는 것을 의미하는 말이기도 하다. 어쨌든 두 사람 이상이 같은 장소에서 같은 시간에 만나는 약속이면 모두가 랑데부라 할 수 있다.

잘 하지 않고 화를 내거든요." 처음엔 R씨가 무슨 말을 하려는 것인지 전연 납득이 가지 않았지만 랑데부란 말을 듣고서야 비로소 그가 왜 내 얼굴을 그렇게 쳐다보았는지를 알았다.

"여기에선 적어도 사람을 만나려면 일주일 전쯤 랑데부의 약속을 해야 됩니다. 우리처럼 그때그때 기분에 따라 생활하는 게 아니니까요. 저명인사는 말할 것도 없고 이웃에 사는 친구들끼리 만나려고 해도 미리 랑데부를 정해야 합니다. 심지어 수금원들도 불쑥 집을 찾아가는 것이 아니라 전화로 랑데부(약속)를 하거든요. 같은 아파트에 살아도 그래요. 아이들이 이웃 방으로 놀러 가는 데에도 부모끼리 사전에 알려줍니다. 아주 철저해요. 병원[62]은 말할 것도 없고 미장원이나 사무적인 용건으로 회사를 찾아갈 때에도 미리 회견 약속을 하거든요. 그래서 예고 없이 남의 집 대문을 두드리고 들이닥치는 사람은 '전보 배달부와 거지'밖에는 없다는 거지요."

만나는 시간과 장소는 물론 랑데부의 소요 시간까지도 미리 정해야 된다는 것이었다. 10분 동안이라거나 한 시간이라거

---

[62] 병원에 가는 데 랑데부를 해야 된다는 것은 매우 골치 아픈 일인 모양이다. 구급 환자가 의사와 랑데부를 하는 것보다 차라리 처음부터 장의사에다 랑데부를 신청해두는 것이 좋을지 모른다. 그래서 대개 환자는 개인 병원이 아니라 공공 병원에 앰뷸런스로 직접 입원한다는 이야기.

나……. 두 시간 이상의 랑데부는 연인끼리나 하는 것. 아무리 길어야 한두 시간 이내라는 묵계가 되어 있는 모양이다. 한국인의 생리로서는 이해가 잘 가지 않는 일이다.

모리아크 씨는 워낙 바쁜 분이니 그렇다 친대도 친구끼리도 일일이 까다롭게 랑데부를 한다는 것은 우리 안목으로 볼 때 너무 뻑뻑한 감이 든다. 동양인들은 예고 없이 벗을 찾아주는 것이 옛부터 반가운 일로 되어 있다.

有朋自遠方來 不亦樂乎.

(먼 데서 벗이 찾아오니 어찌 반갑지 않으랴.)


공자님도 그렇게 가르쳐주셨다. 우연한 만남, 그리고 예고 없이 찾아온 벗을 위하여 읽던 책장을 덮어두고 혹은 하던 일을 멈추고 무릎을 맞대는 것이 우리의 인정이기도 하다.

순박한 시골 농부들은 숫제 "돌아오는 장날에 만나세……" 하는 식으로 시간도 올 것이라고 은근히 기대한다. 바쁜 도시의 생활이라 하더라도 이러한 습관이 그대로 보존되어 있어 지나치다가 기약 없이 친구의 사무실을, 집을 찾는다.

"지나다가 들렀네, 차나 한잔하세."

이것이 한국인들의 은근한 랑데부다. 그렇기에 랑데부란 말 자체가 한국에 와서는 '연인과의 밀회'란 한정된 뜻으로 사용되고 있다.

결국 프랑스의 그 랑데부는 사생활을 침해당하지 않는다는 것과 시간을 능률적으로 쓰고자 하는 합리적 생활 방식의 소산이다.

매사에 합리적이고 계획성이 있는 프랑스 사람(서양 사람)들은 그런 우연한 회견에 의해서 시간이 낭비되고 생활이 뒤범벅이 되는 것을 원치 않는다. 우리와는 근본적으로 생활 태도가 다르다. 어떻게 하면 60년 남짓한 생애를 유효적절하게 나누어 쓰느냐로 그들은 분초를 재며 산다. 우리처럼 그때그때 닥쳐서 해결하는 무계획한 생활과는 아주 대조적이다.

랑데부뿐만 아니라 그들은 가정에 있어서도 부부간에 생활 계획을 미리미리 짜둔다. 물건을 하나 사는 데에도 수주일 전에 계획을 세워두고, 휴가 여행 같은 것은 1년 전에 이미 스케줄과 예산을 마련해두는 것이 보통인 모양이다. 극장이나 호텔은 모두 예약 제도에 의해서 움직인다. 사회 전체가 계획성 없이는 잠시도 살 수 없게 되어 있다.

흔히 여행을 행운유수行雲流水에 비하고 있지만 천만의 말씀이다. 바람 부는 식으로 그렇게 한가로운 기분을 갖고 여행을 하다가는 곧 국제 미아가 되어버릴 것이다. 어디를 가나 '레저베이션 reservatin'을 하고 '컨펌confirm'을 하고 그것도 미덥지 않아 '리컨펌reconfirm'까지 해서 빈틈없는 스케줄을 짜놓고 움직여야 된다.

나는 여행하는 동안 점심시간을 놓쳐 밥을 굶은 일이 여러 번 있었다. 2시쯤이면 음식점 문을 모두 닫아버린다. 일반 상점도 관청과 마찬가지다. 시간이 넘으면 담배조차 사기 힘들다. 더구나 토요일에 미리 쇼핑을 하지 않으면 모든 가게가 문을 닫기 때문에 일요일은 면도날 하나 제대로 구하지 못한다. 한국처럼 아침부터 밤 12시까지 계속 문을 열어놓는 상점의 고마움은 유럽에 가야 비로소 알 수 있다.

이러한 유럽인의 생활을 가만히 관찰해보면 꼭 정밀한 톱니바퀴[齒車]가 돌아가는 것 같다. 국내에 있을 때는 코리안 타임에 짜증을 내야 했지만 거꾸로 유럽에 오니 시간의 정밀성에 짜증을 내야 했다. 보들레르의 영탄을 정말 실감케 하는 시간의 노예들…….

물어보아라. 바람에게, 파도에게, 별에게, 벽시계에게, 달아나버리는 모든 것들에게, 흐느끼는 모든 것들에게, 유전流轉하는 모든 것들에게, 노래하는 모든 것들에게, 말할 수 있는 모든 것들에게

지금이 몇 시인가를 물어보아라.

그러면 바람도, 파도도, 별도, 새도, 벽시계도 바로 그대에게 말해주리라.

지금이야말로 취해야 할 시간이라고!

'시간'에게 혹사되는 노예가 되지 않으려면 끊임없이 취해 있어야 한다고!

그러나 그들은 취해 있기엔 너무도 이성적이고 타산적이다. 취할 수 있는 술병이 아니라 그들은 그렇게 철봉 같은 계획을 세워놓고도 그것이 무너졌을 만일의 사태에 대비하기 위해 '앙카'를 지니고 다닌다.

'앙카'란 불시의 사고를 위해서 예비해두는 비상용품이다. 특히 요즈음 프랑스 여성들은 보통 핸드백과 달리 좀 규격이 큰 손가방을 들고 다니는데 그것도 그들은 '앙카'라고 부른다. 만약 남성과 랑데부를 했다가 바람을 맞았을 경우, 또는 불의의 일이 닥쳤을 경우를 위한 비상용 백이다.

남의 처녀 핸드백을 직접 뒤져본 것은 아니지만 신문에서 조사한 그녀들의 앙카에 들어 있는 품목을 소개해보면 그들이 얼마나 치밀한 계획성을 지니고 빈틈없이 세상을 살아가고 있는지 짐작이 갈 것이다.


• 센 강변의 산책을 권유받았을 경우에 대비한 한 켤레의 비상용 평화平靴.
• 만약에 빈털터리를 만나 그녀가 데이트 비용을 지불해야 할 경우를 위한 비상용 돈지갑.
• 상대방이 약속을 어겨 자신이 기다리게 될 경우를 대비한, 시간 때우기에 알맞은 포켓북 혹은 편물 도구.
• 혼자서 집으로 돌아올 때 쓸 전차표 한 장.

- 비 올 때 쓸 조립식 우산.
- 영화 관람용 캔디.
- 나이트클럽 변장용 색안경.
- 3등석 오페라 관람용 망원경.
- 올나이트 파티를 위한 스웨터.
- 정식 이브닝 파티를 위한 목걸이와 귀걸이.
- 싸움하여 옷이 찢어졌을 때를 대비한 바늘과 실.
- 애인이 담배를 가져오지 않았을 경우를 위해 내놓을 미국 고급 담배와 자기 혼자서만 피울 싸구려 국산 담배.

이 밖에 풍기 문제에 관계된 것이라 구체적으로 공개할 수 없는 도색 물품들.

이런 앙카를 들고 다니는 프랑스 여성들은 적어도 '누구들'처럼 다방에 혼자 멍청히 시곗바늘 돌아가는 것이나 보고 앉아 있다든지, 하이힐을 신고 기분을 내다가 다음 날 절룩거리고 다닌다든지, 감기에 걸려 쿨룩댄다든지 하지는 않는 것이다.

그러나 이렇게 빈틈없이 세상을 살아간다는 것은 멋쩍은 일이기도 하다. 좀 어수룩한 데가 있어, 때로는 불의의 사고로 허둥대기도 하고, 때로는 망신도 당하며 살아가는 것이 인생의 재미가 아니겠는가? 살다 보면 필연보다도 뜻하지 않은 우연에 더 감사해야 할 경우가 많을 것이다.

다만 치밀하게 계산된 그들의 생활을 볼 때 발등에 불이 떨어져야 비로소 허둥대는 우리의 무계획한 생활을—미리 계획을 세우기는커녕 '궁하고 급하면 어떻게든 통한다'는 그 생활을—막다른 데서 쥐가 고양이를 무는 그 마음을—한탄하지 않을 수 없었다. 그들은 너무 치밀해서 탈이고 우리는 너무 무계획해서 걱정이다.

# 냉수와 포도주

밤 1시쯤이었을까. 한국에서라면 분명히 통금 시간 후의 일이다. 타는 듯한 갈증 때문에 나는 잠자리에서 일어났다. 그날 P대사 댁의 저녁 초대연에서 김치를 너무 욕심껏 먹어댄 것이 잘못이었다. 모처럼 김치를 보니 아깝고 황송해서 짠 줄도 모르고 한 그릇을 혼자서 다 치워버렸던 것이다. 라틴쿼터의 별 하나짜리 하급 호텔이라 밤이 늦으면 식당이고 뭐고 다 문을 닫아버린다. 별수 없이 밖에 나가 물을 사 마셔야 한다.

"아무리 싸구려 호텔이라도 수돗물이야 있지 않겠느냐?"라고 반문할 사람이 있을는지 모른다. 그런데 문제는 바로 거기에 있다. 수돗물이나 천연수를 그냥 마실 수 있는 것은 금수강산 한국에서나 통하는 이야기다. 프랑스뿐만 아니라 유럽 어떤 나라의 생수든 그것은 말이나 돼지는 몰라도 인간이 마실 만한 것은 못된다. 수돗물을 컵에 받아놓고 10분가량 있으면 하얀 석회가 가라앉는다. 용기를 내어 마시다가는 배탈이 난다. 파리의 상수도 역시 서울의 한강 물처럼 센 강의 물을 끌어온 것이지만 좋지 않은 지질地質을 씻어 장장 700킬로미터를 흘러온 물이라 수질이 한강수 같지가 않다. 연합군이 파리에 진주했을 때 아이젠하워 장군은 음료수를 미국에서 비행기 편으로 실어다 마셨다는 에피소드까지 있다. 그렇기에 유럽에서는 공기를 호흡하는 것 외에는 공짜가 없다.

한국식으로 말하자면 약수라고나 할까. 요양지의 샘터에서 나오는 미네랄[鑛水]을 사이다 병만 한 것에 넣어 팔고 있는데 값이 콜라와 거의 맞먹는다. 그리고 그 냉수 병에는 '에비앙'이니 '비시'니 '비텔'이니 하는 지방명을 딴 어엿한 상표가 붙어 있다. 비시는 탄산수지만 나머지 것은 문자 그대로 맹물. 그러나 냉수라고 깔볼 수 없는 것은, 이게 무역 품목의 한자리를 차지하고 있기 때문이다. 대동강 물을 팔아먹은 봉이 김선달도 유럽에 가면 떳떳한 것이다.

이야기가 딴 길로 샜는데 그 덕분(?)에 나는 그날 밤 형편없는 망신을 당하고 말았다. 심야에 냉수를 사 마시려고 나간 것만 해도 쑥스러운 일인데 그보다 더한 실수를 저질렀다. 잠결에 불빛만 보고 찾아가다가 상점 유리문을 들이받고 만 것이다. 프랑스의 상점은 문 전체를 통유리로 낀 데가 많다. 그래서 동양에서 온 시골 친구들이 곧잘 열어놓은 입구인 줄 알고 유유히 군자 걸음으로 들어가다가 머리를 부딪치는 일이 많다는 이야기를 나도 들은 적이 있다. 하지만 내가 바로 그 꼴을 당하리라고는 미처 생각 지도 못했던 일이다.

상점 안에서는 폭소가 터져 나왔다. 마치 등불을 보고 날아 들 어온 불나비처럼 유리창에 와 부딪친 이 심야의 낯선 방문객을 보고 술을 마시고 있던 주정꾼들은 농까지 걸었다. 분하고 창피 하여 죽고 싶은 기분이었다.

정신없이 냉수 한 병을 사가지고 호텔에 돌아왔을 때는 이미 갈증의 문제가 아니었다. 그나마 너무 당황했던 탓으로 마개를 따 올 것도 잊고 말았다. 그처럼 고집해서 사 온 냉수였지만 한 모금 목을 적셔보지도 못했다. 밤의 전리품은 이마의 혹뿐이었던 것이다.

그날 밤 나는 처음으로 신에게 감사를 드렸다. 한국에 태어난 것을 진심으로 신에게 감사드렸다. 수도꼭지만 틀면, 그리고 아 무 데나 흙을 판 우물터에 가면 언제나 시원하고 맛있는 냉수를 마실 수 있는 코리아에 대한 것을……

물 한 모금 달래기에 샘물 떠주고
평양성에 해 안 뜬대도 나는 모르오.
웃는 죄밖에…….[63]

[63] 파인巴人 김동환金東煥의 시.

버드나무가 우거지고 조롱박이 떠 있는 맑은 샘터, 나그네에게 냉수 한 모금으로 사랑을 띄워주는 내 조국의 아름다운 샘터의 전경을 마음속에 그려보았다.

아! 그 나그네들은 냉수를 사 먹지 않아도 되고 이마에 혹이 날 걱정을 하지 않아도 되는 것이다. 분풀이로 하는 소리는 아니다. 프랑스의 값비싼 포도주 앞에서 우리가 냉수만 마시고 있다고 조금도 열등의식을 가질 필요가 없다는 것을 나는 역설하고 싶다.

파리의 신사들은 우유나 냉수를 마시는 미국인들을 경멸한다. 그리고 포도주[64]의 소비량으로 그 나라의 문명 지수를 재려고 한다. 물론 프랑스가 포도주의 나라라는 점엔 이의가 없다. 한때 망데스 프랑스 대통령이 내핍 생활로 우유를 마시자고 제의했다가 포도주 애음광愛飮狂들로부터 봉변을 당해 끝내 항복하고 만 것을 보아도 알 수 있는 노릇이다.

1인당 포도주 소비량은 연年 153리터로 세계 제1위이며 해마다 2천만 석을 생산하고 있으면서도 알제리로부터 4백만 석을 더

---

64) 프랑스의 술 가운데 포도주와 함께 유명한 것은 샴페인이다. 이 술은 이름 그대로 샹파뉴 지방에서 만든 술인데 지금으로부터 250년 전 루이 14세 때 돔 베리니용이라는 승려가 발견한 것이라고 한다. 승려가 발견한 술이라고 하니까 어쩐지 격이 좀 맞지 않는다. 그러나 그것도 알고 보면 '포도주'에서 나온 술임을 알 수 있다. 즉 밀폐한 포도주가 재발효되어 거품을 뿜는 것에서 힌트를 얻어 만든 것이다. 특히 재미있는 것은 포도주 이름은 모두 지방명을 따라 붙인 것이라 그 라벨만 외워도 프랑스 일주를 한 셈이라는 것이다.

들여오고 있다는 통계 숫자도 거짓이 아니다. 프랑스 소설을 읽으면 밤낮 포도주 마시는 이야기이고, 심지어 프랑스가 세계적인 생화학자生化學者 파스퇴르를 배출하게 된 것도 따지고 보면 포도주의 부패 방지를 연구한 데에서 비롯된 것이다. 과연 '포도주 문화'란 말도 나올 만하다.

포도주에 대한 미각도 까다롭다. 프랑스 사람들은 보르도 지방의 포도주를 '엘(그녀)'이라 부르고 부르고뉴산産은 '뤼(그)'라고 한다. 전자의 포도주 맛은 섬세하고 우아하여 여성적이고, 후자의 것은 야성미에 걸쭉한 맛이 있어 남성적이기 때문이다.

어느 신하가 "폐하는 두 여성을 동시에 사랑할 수 있습니까?"라고, 루이 15세에게 물었을 때 "아무렴, 그대는 부르고뉴와 보르도의 두 포도주를 동시에 사랑할 수 있을 텐데……"라고 말했다는 일화도 있다.

프랑스의 신사도 역시 포도주를 마시는 매너로부터 시작된다.

"포도주를 마실 줄 알아야 비로소 훌륭한 사교의 축에 낍니다. 포도주를 마시는 것이 맛보는 것이라는 원칙대로 조금씩 한약 마시듯 입에 넣고 목을 축여가는 거랍니다. 그리고 포도주마다 어느 지방의 몇 연도 산産이라는 것이 있고 음식의 종류에 따라서 그와 맞추어서 마시는데 말입니다…… 생선 요리에는 보르도, 부르고뉴, 루아르, 그리고 생선에 마요네즈 같은 것을 쳤을 때는 소테른, 아니면 발자크…… 앙드레 같으면 그라브, 메도크와 같은 적포도주, 비프 요리에는 생테밀리옹, 포메로주…… 돼지고기 에는 또……."

R씨의 포도주 강의를 듣다가 나는 머리가 핑핑 돌았다. 나처럼 청주와 탁주도 제대로 구별 못하는 사람들에겐 차라리 콩고에서 흑인들과 함께 살지언정 까다로운 포도주를 마시며 프랑스인과 파리에서 살고 싶은 생각은 들지 않았다. 음식에만 그치지 않는 다. 프랑스 담배 맛이 싱겁다고 말한 나에게 그곳 신사는 이렇게 변명하는 것이었다.

"누구나 다 그렇게 말하고 있지요. 그러나 포도주를 마시고 난 뒤에 담배를 피워보십시오. 비로소 담배 맛이 어떤지 알 수 있을 것입니다."

결국 그들이 포도주 중심으로 생활하고 있다는 풍속은 별게 아 니다. 그만큼 수질이 나빴다는 것을 의미한다.

조세핀이 거처했다는 말메종의 방 안에 들어가면 백여 년이 지 난 오늘날에도 그녀가 사용했던 사향(향수) 냄새가 풍긴다. 그 냄 새를 맡을 때 우리는 조세핀의 사치를 부러워하기보다는 향수로 목욕을 하지 않으면 안 될 만큼 남달리 체취가 심했던 그녀에게 동정이 간다.

마찬가지 논법이다. 향수를 칠하지 않아도 체취가 없는 편이, 포도주를 안 마셔도 그냥 냉수를 마실 수 있는 편이 행복할는지 모른다. 이마에 난 혹을 만져가면서 포도주가 아니라 냉수만 마시고 살 수 있는 한국을 자랑해보았다.

　그러나 인간의 문화는 결핍에서 생겨나는 것……. 프랑스의 포
도주는 자연환경을 문화적 환경으로 바꿔나가는 '인간 창조력의
수원水源'이라고 볼 수 있다. 주어진 그대로인 천혜天惠의 한국 냉
수를 예찬할까? 제일 맛없는 물을 가지고 세계 제1의 감미한 물,
즉 인간의 힘에 의해서 만들어낸 그들의 포도주를 예찬할까? 그
러다가 나는 갈증의 밤을 새웠다.

# 프랑스 요리의 쌍곡선

생의 즐거움은 감각의 창을 통해서 얻어진다. '프랑스식 생활법'이란 것도 따지고 보면 이 감각적인 생의 즐거움을 추구하는 기교다.

시각적인 즐거움을 위해서 그들은 미술과 패션모드를 발전시켰고, 청각적인 생활을 위해서 그들은 아름다운 회화술(언어)과 샹송을 애호한다. 후각의 즐거움을 얻기 위해서 그들은 세계 제1의 겔랑이나 샤넬 향수를 만들었고, 촉감의 쾌락으로는 소위 프렌치키스란 좀 망측한 구애법을 창안한 민족이다. 유흥에 있어서도 천재적인 기질을 가지고 있다. 유급 휴가제(바캉스)를 법으로 제정한 것도 프랑스가 맨 처음이다.

어찌 미각인들 예외일 수 있겠는가. 혓바닥을 즐겁게 하는 요리술에 있어서도 단연 그들은 세계의 챔피언십을 차지하고 있다. 그러니까 프랑스를 이해하려면 무엇보다 먼저 눈과 코와 입과 귀를 활발히 움직여야 한다. 이 '감각의 여권旅券'이 없으면 프랑스의 생활 속으로 들어갈 수 없다. 그런데 내가 프랑스 관광에서 가장 실패한 것은 바로 그 미각의 여행 때문이었다.

유감스럽게도 나는 프랑스 요리에 관한 한 그 맛을 논평할 자격을 가지고 있지 않다. 프랑스에서 그야말로 토박이 프랑스 요리를 먹은 경험이라고는 노르망디의 캉이라는 곳에서 조개 삶은 것과 또 디종이라는 도시에서의 쇠족 삶은 것밖에는 없었기 때문이다. 그나마 이 두 요리를 먹을 수 있었던 것도, 그것이 한국 음식 맛과 똑같다는 주위 사람의 선동에 의해서였다.

정말 디종에서 먹은 쇠족을 가지고 프랑스 요리 맛을 운운하기에는 곤란할 것 같다. 그 맛은 서울의 무교동 뒷골목에서 파는 족탕과 너무나도 흡사했다. 그 맛을 가지고 이러고저러고 한다는 것은 결국 한국 요리를 논하는 것과 다름이 없을 것이다.

프랑스에 가서도 굴이라든가 달팽이라든가 식용 개구리 같은 그 진기한 명물을 시식하지 못한 이유는 간단하다. 프랑스 특히 파리에서는 중국 음식점이 많았기 때문이다. 소르본 대학이 있는 라틴쿼터에 가면 쌀밥에 만둣국 같은 왕탕 수프, 혹은 뜨끈한 우동이 얼마든지 있다. 똑같은 중국 요리이지만 다른 나라에서 먹던 것과는 비교가 안 될 만큼 구미에 맞는다.

비록 가루는 아니지만 고추로 된 소스도 있다. 다만 그걸 너무 깔보면 안 된다. 서양 사람이 먹는 고추가 오죽하랴 싶어 무턱대고 쳤다가는 땀깨나 흘려야 한다. 월남에서 온 고추라는데 한국

것보다도 한결 맵다. 오랫동안 음식이 맞지 않아 젓가락만 봐도 살 것 같은 판에 중국 요리점을 만났으니 제아무리 솜씨가 있다 해도 프랑스 요리쯤 안중에 있을 턱이 없다.

그러고 보면 모든 것이 국제화되어 세계가 하나로 된다 하더라도 아마 그 식성이라는 국경만은 최후까지 남아 있을 것이다. 집도 옷도 남의 나라 것으로 만족할 수 있다. 그러나 먹는 것만은 간단치 않다. 인간 생활 가운데 식생활만큼 핏줄기와 직접 연결된 것도 드물 것 같다.

비록 그 음식 맛은 제대로 감상하지 못했지만, 식생활을 즐겁게 하는 프랑스인들의 풍습만은 손에 잡히듯이 파악할 수가 있었다. 관광객들을 위한 파리의 안내서를 보면 유난히도 레스토랑에 대한 소개가 많은 분량을 차지하고 있다. 유명한 요리점의 이름들이 노트르담이나, 에펠탑이나 고궁들의 이름처럼 위풍당당하게 어깨동무를 하고 있다. 더욱 놀라운 것은 보통 잡지에도 광고가 아니라 어엿한 기사로서 식당 특집이 게재되어 있다. 《리알리테》 같은 잡지를 펴보면, 파리에서 리옹에 이르는 도정 가운데 요리의 명문인 식당 44개를 추려 그 레스토랑 하나하나의 역사와 요리의 특징과 그리고 쿡들의 이름까지 소상히 실려 있다.[65] 미

---

65) 프랑스의 레스토랑은 호텔과 마찬가지로 번호의 수에 의해서 등급이 매겨져 있다. 즉 '레스토랑 드 투리슴'이란 문자와 쿡의 실루엣이 그려진 공규公規의 원판 위에 별이 달려

식가들의 식도 순례食道巡禮가 독자의 만만찮은 비중을 차지하고 있기 때문이다.

세계 공통인 레스토랑이란 말부터가 프랑스어다. 어원적으로만 그런 것이 아니라 실제로 유럽에서 레스토랑이 제일 먼저 생긴 곳도 프랑스, 1766년의 일이라고 한다. 프랑스 불랑제란 쿡장長이 파리에 처음으로 공중식당을 개업하고 그 점두店頭의 간판에 신약성서의 마태복음 11장 28을 따서 "수고하고 무거운 짐 진 자들아, 다 내게로 오라. 내가 너희를 쉬게 하리라"라고 적었다. 사람들은 그 건물을 간편히 부르기 위해 마지막의 그 '레스토레'란 말만을 불러 오늘의 그 '레스토랑'이란 말이 생겨났다는 거다.

지금도 그 레스토랑의 찬란한 전통을 이어가고 있는데, 가령 족보에 있는 식당에서 음식을 시키면, 귀하가 먹는 이 요리는 몇만 몇천 몇백 몇십 번째라는 번호가 찍힌 그림엽서를 주기도 하고, 그렇지 않으면 방명록을 가지고 와서 사인을 하라고도 한다. 그래서 '오델 뒤 샤롱팽'이라는 트와시의 식당 방명록에서는 교통사고로 죽기 서너 시간 전에 식사를 하고 사인을 한 카뮈의 이름을 읽을 수가 있다고 한다.

있는데 ☆☆☆☆―최상급(딜럭스), ☆☆☆―일급, ☆☆―중급, ☆―대중급(패밀리얼). 그리고 무등병無等兵 격으로는 별이 없고, S자를 써놓은 것은 '스낵'이다. 별의 수에 따라 요리 가격이 다르다.

식탁도 수백 년의 역사를 가진 것들이다. 의자에는 수백 년 전 정석定席으로 사용한 명사들 이름이 금문자金文字로 새겨져 있다. 파리 시에는 대소 3천 개의 식당이 있다고 하는데, 그게 다 무시 못 할 특기를 한 가지씩 가지고 있다는 것이다. 이쯤 되면 단순한 식당이라고 하기보다 '밥 먹는 박물관'이라고 하는 편이 어울릴 것 같다.

쿡의 세력도 대단하다. 매년 쿡 콘테스트가 열려 상을 주는 것도 프랑스다운 풍습의 하나다. 여기에 뽑힌 쿡에겐 배우 못지않게 팬레터가 쏟아져 들어오고 만약 그가 미혼이라면 청혼장이 날아 들어온다. 그들 자신도 예술가로 자처한다.

그렇다고 프랑스 사람들을 레스토랑의 신세를 지는 매식주의자買食主義者로 알아서는 안 된다. 나가서나 들어와서나 먹는 즐거움을 최대한으로 즐긴다. 주부들은 일류 요리사들이다. 가정에서도 제일 중요시하는 것은 부엌……. 귀한 손님이 오면 자기 집 부엌으로 안내해주는 일이 많은 모양이다.

그리고 회사 사원이든 공무원이든 점심시간에는 반드시 집에 들어와 식사를 하는 것이 파리의 한 풍속이다. 은행도 오피스도 가게도 점심시간 때만 되면 두 시간 동안 전부 문을 닫아건다. 그러므로 파리엔 하루 네 번의 러시아워가 있다.

프랑스의 틴에이저들이 이상적인 신부의 조건이 무어냐는 앙케트의 대부분이 '음식 솜씨'를 첫손으로 꼽는 것도 우연한 일이 아니다.

결혼 준비로 10대 소녀들에게 요리 강습을 시킨다는 것은 흔히 듣는 이야기이지만, 마르세유 대학 같은 데에서 남학생들에게까지 요리학, 가사 강습을 실시한다는 것은 좀 지나칠 정도다. 프랑스가 요리왕국이라는 것은 그만큼 그들이 감각적인 생의 즐거움을 추구하고 있는 증거다.

그리고 또 한 가지 요리술이 발달한 나라는 역사적으로 전제주의 압박이 그만큼 심했다는 증거이기도 하다는 것이다. 횡포한 왕을 둔 신하들은 그 비위를 받들기 위해 주야로 요리법을 연구하지 않으면 안 되었기 때문이다. 보통 가정을 보더라도 엄한 호주나 웃어른이 많은 집안일수록 음식 맛이 좋다. '짐이 곧 국가'라던 절대 군주와 그 권세 밑에서 버섯처럼 자란 귀족들이 판을 쳤던 프랑스의 역사를 보면 그들의 요리 솜씨의 출처가 아무래도 좀 수상쩍다.

역사상 왕이란 것이 없었던 스위스, 그리고 요즈음엔 대통령도 장관이 1년씩 교대로 하는 평민의 나라 스위스에선 음식 솜씨가 도시 볼품없다. 자기네들은 특품 요리라고 자랑하지만 악취와 구더기가 득실거리는 '링번카 치즈' 하나를 보아도 짐작할 수 있다.

아름다운 신전을 짓고 세계 최초의 서정 시인을 낳은 그리스의 재사才士도 요리에 관한 한 3등 국민이다. 그들이 자랑하는 '돌마다키아'나 '무사카' 같은 요리도 막상 먹어보면 꼭 '올리브유로 적신 솜'을 먹는 기분이다. 우리는 그리스가 민주주의 발상국이 었던 것을 잊어서는 안 된다.

의회 정치의 나라인 영국은 또 어떠한가? 나폴레옹 군대를 무찌른 용감한 시민들이지만 음식에 대해선 일찍이 프랑스에 백기를 들었던 것이다. 영국의 요리 용어는 모두가 프랑스어에서 온 것들이다. 목장에서 풀을 뜯던 가축들이 일단 고기가 되어 요리상에 오를 때에는 프랑스어로 둔갑을 한다. '옥스[牛]'와 '카우[牛]'는 '비프'가 되고, '피그[豚]'에 '포크', 그리고 '시프[羊]'는 '무통'으로 프랑스식 창씨개명을 한다.

미국은 두말할 것도 없다. 미국이란 바로 민주주의의 천국이요, 요리의 지옥인 것이다. 정말 그런 것 같다. 권력 만능의 로마 제국 밑에서 살아온 이탈리아, 진시황이 호령하던 중국, 그리고 가렴주구苛斂誅求의 표본인 루이 왕조를 가졌던 프랑스, 모두가 다 요리의 왕국이다. 어쨌든 요리 솜씨란 너무 자랑할 것이 못 되는 것 같다. 더구나 식성이 다른 이민족에게⋯⋯. 식성이야말로 가장 순수한 민족성일 것 같다.

# 루브르 박물관과 춘화도

　박물관은 역사의 유물만을 보존, 전시하고 있는 곳이 아니다. 그것 자체가 이미 역사의 한 상징이라고 할 수 있다. 로마의 바티칸 박물관은 '종교의 시대'가 만들어낸 기념비다. 중세기의 그 종교 만능의 시대가 아니었던들 저 많은 예술품과 유물들을 긁어모으지 못했을 것이다. 바티칸 박물관은 종교의 힘이다. 세계를 지배하던 그 역사의 한 토막을 그대로 기록하고 있는 증인이다.

　그와 마찬가지로 영국 런던에 있는 브리티시 뮤지엄을 구경한 사람은 화려했던 식민주의의 위력이 아니었다면 어떻게 저 많은 문화의 보물들을 수집할 수 있었겠는가 하고 반문한다. 세계 각국의 값진 문화재가 총망라된 브리티시 뮤지엄은 유니언잭에 해가 질 날이 없다는 영국의 판도版圖를, 그리고 식민주의의 영향력을 단적으로 암시하고 있다.

　이와 같은 논평으로 미국의 메트로폴리탄(뉴욕) 박물관을 볼 때는 어떤 해답이 나오는가? 두말할 필요 없이 '돈의 힘'이다. 역사가 짧은 미국이 세계의 문화재를 골고루 진열해놓았다는 것 또한 세계를 지배할 만한 자본이 아니고는 상상도 못 할 일이다. 하나 하나를 돈을 주고 사들인 그것은 자본주의 시대의 소산이다.

그렇다면 그것들과 함께 세계 4대 박물관의 하나로 손꼽히는 루브르[66] 박물관은 어떤 시대를 상징하는가? 그것은 종교의 힘도 아니며 식민주의의 힘도 아니며 더더구나 자본주의의 힘도 아니 다. 오로지 예술의 천재들, 말하자면 인간의 창조력이 가장 분출 했던 인문주의 시대라는 창조의 시기를 대변해주는 그 힘이라 할 수 있다.

물론 루브르 박물관에 소장된 문화재 가운데는 나폴레옹이 유 럽을 제패할 때 약탈해 온 것도 있고 식민지에서 반입해 온 유품 들도 많다. 그러나 대개는 프랑스의 예술가들이 스스로의 힘으로 산출해낸 문화의 결정물들이다. 프랑스의 순수한 문화주의를 뒷 받침하여 이루어진 것이 바로 그 루브르 박물관인 것이다.

인간의 문명사는 이 네 개의 박물관으로 점철點綴된다고 할 수

---

66) 루브르 박물관 이외에도 파리에는 대소 미술관이 80개, 한국의 다방만큼 흔하다. 그 중에서도 루브르 박물관은 주인 격이다. 행정적으로도 프랑스 전국의 미술관 조직은 모두 루브르의 관할권 밑에 있다. 루브르 박물관의 건물은 원래 프랑스의 왕궁이었으며 그 수 집품도 프랑수아 1세가 시작한 것이라 한다. 19세기에 들어서서 정부의 독려로 작품이 광 범위하게 수집되었다. 현재와 같은 본격적인 미술관으로 위치를 굳게 한 것은 1932년의 일이다.

있다. 바티칸 박물관의 종교주의 시대(중세), 루브르 박물관의 인문주의 시대(르네상스 이후), 브리티시 뮤지엄의 식민주의 시대, 그리고 매트로폴리탄 뮤지엄의 자본주의 시대…… 이렇게 서양의 문명은 흘러온 것이다.

그러기에 누가 나보고 가장 순수한 박물관, 우리가 사랑해야 할 박물관 하나를 들라 한다면 인문주의가 승리를 고했던 기념비적 존재인 루브르 박물관을 서슴지 않고 내세울 것이다. 우리는 거기에서 인문주의의 찬란한 창조력이 세상을 지배하던 시절을 볼 것이다. 그리고 19세기와 더불어 종막을 내렸던 정신주의에 향수를 느낄 것이다.

그런 의미에서 루브르 박물관만은 여유 있게, 차분하고 세밀하게 보고 싶었다. 그러나 이렇게 아껴서 보려고 후일로 자꾸 미루다가 나는 갑자기 파리를 떠나게 되어, 오히려 허둥지둥 루브르 박물관을 찾아가게 되었던 것이다. 말하자면 시간이 없어 구보로 구경했다는 이야기다.

안내자도 없이 혼자, 숨 가쁘게 루브르 박물관 문턱을 두드렸다. 어디서 입장권을 파는지조차 몰랐다. 금쪽같은 시간은 자꾸 흐르는데, 입구에서 한 10분 헤매어 다니다가 간신히 찾아낸 것이 자동판매기였다. 사람이 아니라 기계가 표를 팔고 있었던 것이다. 술에서 깨듯 흥분이 가셔버리는 느낌이었다.

그래도 프랑스만은 안가安價한 기계주의에 휩쓸리지 않고 옛날의 문화적 분위기에 휩쓸려 있는 나라라고 나는 믿고 있었다. 세계의 어떤 나라보다 국가 예산 가운데 '문화비'가 많은 비중을 차지하고 있는 나라…… 남들이 펜타곤을 지을 때 파리 좌안左岸에 국제 예술가센터를 세웠던 예술의 나라…… 더구나 다른 곳도 아닌 루브르 박물관……. 거기에서 매표 자동판매기에 동전을 던지고 먼저 인사를 나누었을 때, 어쩐지 배신감 같은 것을 맛보았다.

그러나 실내로 들어서기도 전에 나는 금시 압도당하고 말았다. '날개 있는 니케 상像'(그리스 것이지만)이 계단을 오르는 내 걸음에 못을 박는다. 이대로 가다가는 일주일을 구경해도 시간이 모자랄 지경이다.

그것은 광막한 예술의 벌판이었다. 인간 정신의 결정체가 이슬진 오솔길이었다. 아니, 쏟아지는 창공의 무궁한 별들이었다. 저쪽에서는 티티안이, 이쪽에서는 틴토레토가, 그리고 앞에서는 고야의 여인들이, 뒤에서는 코로가 자석처럼 몸을 끌어당긴다.

나는 그만 길을 잃어버렸다. 이 방 저 방을 돌아다녀도 아무리 출구라고 쓴 화살표를 따라다녀도 오리무중, 완전히 미아가 된 나는 바깥세상으로 영영 나가지 못할 것 같은 불안감에 눈앞의 그림들도 이제는 잘 보이지 않았다.

넓이가 꼭 열다섯 발짝이나 되는 무시무시한 들라크루아[67]의

---

67) 프랑스 사람으로 19세기 낭만주의 예술의 대표적 화가다. 처녀작 〈단테의 배〉로 데

〈키오스 섬의 학살虐殺〉(그림 속의 인물이나 사물은 모두가 등신대等身大다)에 혹은 마술적인 우수에 젖은 와트의 화필畵筆에 그만 얼이 빠지다시피 된 것이다.

석판 인쇄물로만 보아오던 그 명화를 원화로 직접 대하고 맨 처음에 느낀 감상은 무엇보다도 그 색채가 이렇게도 아름답고 생생했는가 하는 점이었다.

총계 20만 점을 헤아리는 수장품收藏品. 한 작품을 1초씩 보고 지나간다 하더라도 거의 사흘이 걸릴 것이다.

구보식 감상도 집어치우고 워낙 유명한 밀레의 〈만종〉과 레오나르도 다빈치의 〈모나리자〉만을 찾아 구경하고 출구를 찾아 나가기로 결심했다.

전자의 것은 웬일인지 별로 그 앞에 늘어선 사람이 없었지만 〈모나리자〉 앞에는 인산인해를 이루고 있었다. 〈모나리자〉가 어디 있느냐고 물으니까 돌아다니다 사람이 제일 많이 모여 있는 곳을 가보면 그 작품이 있을 거라던 관리원의 말은 정말 거짓이 아니었다.

〈모나리자〉! 만고불후萬古不朽의 명화 앞에 다가설 때 가슴이 두근거렸다. 그러나 막상 원화를 대하니(원래 소품인 줄은 알았지만) 이렇

뷔해서 명작으로 꼽히는 〈시오의 학살〉 등 주로 극적인 사건에서 취재한 구도에 자유로운 생명의 율동과 풍부한 색채감이 일치된 걸작을 내었다.

게 작은 줄은 몰랐다는 허탈감이 앞섰다.

그저 유명하다니까 입을 벌리고 제가끔 떠들어대는 관광객(그렇다. 그들은 감상객이 아니라 에누리 없는 관광객들이다) 앞에서 세로 77, 가로 55센티미터의 사진틀만 한 빈약한 액자 속의 모나리자는 그 신비한 미소를 던지고 있었다. 어쩐지 나에게는 모나리자의 그 미소가 꼭 까마귀 떼처럼 뜻 없이 짖어대는 관광객들을 비웃는 것같이 보였다.

'당신들은 내가 아니라 내 소문을 보러 온 것이지요. 만약 여기 간판장이가 가짜 그림을 붙여놓았다 하더라도 사람들은 입을 헤헤 벌리고 감탄들을 했을 겁니다'라고…….

이 소품을 그리기 위해서 다빈치는 4년이란 세월을 보냈다. 그러고서도 끝내 미완성이었던 〈모나리자〉! 다빈치의 예술 정신은 덮어두고라도 모델도 꽤 혼이 났겠다는 생각이 든다. 사실 다빈치는 이 그림의 모델인 엘리자베타(피렌체의 부호 조콘다 부인)의 권태를 막기 위해서 그의 아틀리에에 악인樂人과 광대들을 불러들여 풍악을 벌였다는 일화도 있다.

'아르카이크 스마일'이라는 이 여인의 미소를 두고 그동안 많은 사람들이 제가끔 한마디씩 논평을 하였는데, 심지어는 이 미소가 웃으려고 하는 중이냐, 그렇지 않으면 웃고 난 끝이냐로 시비가 벌어진 일도 있다. 전해 오는 일화에 의하면 엘리자베타는 당시 아들을 여의고 난 뒤라 비탄에 젖어 있어 이런 묘한 웃음,

쓸쓸한 미소가 되었다고 한다. 그러나 4년 동안 그 여인이 그런 미소만 짓고 있었을 리 만무다. 역시 그것은 부조리한 인간의 내면을 깊이 통찰한 다빈치의 천재성 속에서 빚어진 다빈치 자신의 미소일 것이다.

그리고 내 첫인상은 이 여인의 뒤 배경에 있는 썰렁하고 푸른 하늘이 바로 그 여인의 미소에 설명 불가능의 싸늘한 웃음의 분위기를 만들어내고 있는 것이 아닌가 싶었다. 솔직히 말하자면 복잡한 그 미소는 조금도 나에게는 신기해 보이지 않았다. 한국인은 이런 '아르카이크 스마일'을 잘 짓는다. 우리는 웃었다. 불행과 모멸과 횡포와 그 분노 속에서도 우리는 웃었다. 그 웃음은 바로 모나리자의 그것보다도 한층 미묘하고 한층 절박하고 한층 신비할 것이다.

그리고 다빈치보다도, 모델이었던 엘리자베타보다도 더 훌륭한 존재는 바로 파란 많은 곡절을 겪으면서 이 명화를 오늘날까지 보존해온 프랑스 국민이다. 한때 나폴레옹이 이 그림을 약탈해 온 것으로 오해되어 이탈리아의 한 청년이 〈모나리자〉를 훔쳐 간 일도 있었다. 또 광기 있는 감상자가 화폭을 칼로 찌르고 돌을 던지고 한 사고가 번번이 일어났지만 용케 그 원화를 그들은 지켜왔다.

사고만 막은 것이 아니다. 때때로 그 그림을 씻어내고 광택 니스를 칠하면서 이 미소를 지워버리려는 시간과도 그들은 싸웠다. 지금은 그 원화에 유리를 씌워 보관하고 있다.

루브르 박물관의 감상은 이렇게 끝났다. 아쉬운 뒷맛이었다. 그러나 한층 더 내 입맛을 쓰게 한 것은 루브르 박물관을 나와서 막 거리로 나가려 할 때에 일어났다. 미끈한 파리지앵 하나가 막 아서면서 명화의 복사 카드를 사라고 한다. 마침 그림들을 제대로 구경하지 못했기에 몇 장 살까 싶어서 머뭇거리고 있자니까 얼른 내 눈앞에 카드를 들이대는 것이었다.

아! 그러나 그것은 다빈치의 그림도, 부장의 그림도 아닌 추악한 춘화도春畫圖……. 다른 장소였다면 호기심을 가졌을는지 모르지만 그게 루브르 박물관 바로 앞이 아니냐! 또 한 번 취한 술에서 깨는 것 같았다. 나는 엉터리 춘화도 상인에게서 예술의 성지를 해방시키기 위해 귀국하는 대로 십자군을 만들어야겠다고 말해주고 싶었다. 프랑스 국민이라고 다 문화를 사랑하고 존중하는 사람은 아니다.

아니…… 아니…… 루브르 박물관에 드나드는 외국인 관광객들이 춘화를 사주기에 이런 곳에서 그는 은밀한 장사판을 벌이고 있는 것이 아닌가. 그리고 보면 〈모나리자〉 앞에서 진을 치고 있던 관광객을 향해 정말 조콘다 부인은 비꼬인 미소를 보냈는지도 모른다.

일생의 순서는, 그리고 인간의 문명은 대체로 그런 순서로 끝난다. 아름답게 시작하여 추악하게 인문주의 시대는 19세기와 함께 영영 죽었는지 모른다.

# 묘지 관광

프랑스는 관광의 나라다. 살 수는 없지만 팔 수는 있는 것이 바로 역사라는 묘한 상품이다. 그것을 사람들은 관광자원이라고 부른다.

프랑스의 수출 산업의 차례를 보면 관광 사업은 철강 제품 다음인 제2위를 차지하고 있다. 해마다 6억 달러가 넘는 막대한 외화를 벌어들인다.

그런데 최근엔 관광객의 수가 자꾸 줄어간다고 고민들이다. 관광국 조사를 보면 관광객이 주는 요인 가운데 '상인과 시민의 불친절'이 한몫 끼어 있다.

정말 파리의 상점들은 장사를 하는 것인지, 낮잠을 자는 것인지 도시 알 수가 없다. 손님이 들어가도 눈 하나 까딱하지 않는다. 동냥 온 거지처럼 문전에서 "실부 플레! 실부 플레!"(영어의 플리즈와 같은 뜻)라고 소리쳐야 겨우 응접을 한다. 그것도 손님을 위해서 할 수 없이 팔아준다는 그런 투다. 거기에 또 걸핏하면 폐점閉店이다. '바캉스 갔음', '티를 마시는 중임' 등등의 한가로운 쪽지가 태평가를 부른다. 우리나라처럼 상인이 악착같이 덤벼드는 게 차라리 고마울 지경이다.

그렇다고 돈을 아쉬워하지 않는 선비들이냐 하면 그렇지도 않다. 이탈리아 친구들에게 팁을 주면 순진하게 그것을 세어보고 '그라체'라고 고개를 숙이지만, 파리의 접객자들은 받기가 무섭게 호주머니로 집어넣는다. 팁을 안 주면 노골적으로 대드는 때도 있다.

그 소행이 괘씸해서 언젠가는 못 쓰는 동전(그리스에서 남은 동전)을 집어주었더니, 역시 펴보지도 않고 호주머니에 집어넣는다. 1프랑짜리 은전인 줄만 알았던 모양이다. 속으로 나는 은근히 박수를 쳤다. '이놈들! 뛰는 놈 위에 나는 놈이 있는 건 몰라!' 가난하게 살아도 돈을 천시하는 한국의 군자들이 여유가 있어 좋다.

심지어는 프랑스의 황제 폐하 나폴레옹의 무덤(앵발리드)을 참배하는 데에도 1프랑의 입장료를 지불해야 되는 나라다. 말이 1프랑이지 우리나라 돈으로 치면 개봉 극장을 넉넉히 들어가고도 남는 돈이다. 그러고서도 그 무덤 주위에다가는 정숙히 해달라고 써 붙였다.

관광객들이라면 쓸개라도 내먹는 로마라 해도 무덤들이 있는 판테온을 구경하는 것만은 공짜다. 그러나 파리에선 나폴레옹 무덤이나, 판테온이나, 무덤 참배에도 돈을 달란다. 이러니 관광객이 줄어들 수밖에 없을 것이다.

몽파르나스 묘지에 갔을 때의 이야기다. 공동묘지지만 그것이 시내 한복판에 있고 모파상과 보들레르의 무덤들이 있어서 관광 코스의 하나로 되어 있다.

"설마 공동묘지에 들어가는 데에도 입장료를 받지는 않겠지요"라고 동행하던 S씨가 농담을 하기에, 나도

"그래도 조심하세요. 파리에 와서 어디 돈 안 드는 데에 가보신 적 있어요"라고 농조로 대답했다. 그런데 아니나 다를까, 몽파르나스 묘지 구경에도 적지 않은 돈을 지불했다.

물론 입장료는 없었다. 그러나 주위 사방으로 바둑판처럼 광대하게 늘어선 묘지 가운데 어느 것이 모파상 것이고, 어느 것이 보들레르의 무덤인지 그냥은 찾을 도리가 없었다. 수위에게 주소(그렇다. 무덤에도 주소가 있다)를 물었으나 험상궂은 얼굴로 노려볼 뿐 도시 반응이 없는 것이다.

눈치 빠른 S씨가 "지옥에 들어가는 데에도 돈이 필요한 세상이니 몇 닢 주고 물어봅시다"라고 귀띔을 해준다. 별수 없이 입장료 셈 치고 은전을 주니까 심 봉사가 눈을 뜨듯 눈알을 번쩍거리면서 약도까지 그려주고 묻지도 않은 프랑크[68], 푸앵카레 등등의 명사들 무덤 주소까지 가르쳐주는 것이었다.

68) 벨기에 출생의 독일계 프랑스의 오르간 연주가, 작곡가. 프랑스 음악의 경박성에 깊은 정신을 가져온 그의 작품은 모두 걸작이며 이외 우수한 많은 제자를 내었다(1822~ 1890).

매일같이 무덤과 함께 살면서도 그들이 찾고 있는 것은 '돈'이다. 무덤들도 그랬다. 공동묘지의 비석은 마치 도시의 건물처럼 늘어서 있는데 거기에도 부잣집 무덤들이 모여 있는 번화가와 메인스트리트가 있고, 가난한 사람들의 무덤이 모여 있는 슬럼가의 골목길이 있었다. 그리고 그 묘지는 신시가와 구시가의 두 지역으로 나누어져 있었다. 죽어서도 그들은 도시에서 사는 셈이다. 더욱 기괴한 것은 꼭 묘지에서 나온 것 같은 하얀 노파들이 미구에 자기들이 들어갈 묘지가의 벤치에 늘어앉아서 소일하고 있는 광경이다. 뜨개질을 하기도 하고, 담소를 하기도 한다. 화려한 거리의 카페에 앉아 있는 사람들과 묘지의 벤치에 앉아 있는 그들은 너무나도 대조적이다. 이것이 '두 개의 파리'다. 인생을 즐기려고 애쓰는 그들이기에 그 무덤은, 그리고 노파들의 그 묘지 산책은 한결 더 어둡고 쓸쓸해 보였다.

모파상의 무덤은 묘지 후문에서 얼마 떨어져 있지 않은 제25구(區)에 있었는데, 소문과는 달리 퇴색한 조화뿐 성묘객의 흔적조차 찾을 길이 없었다. 보들레르는 제6구, 그의 가족묘인데, 거기에도 또한 꽃 한 송이 없었다. 살기가 바쁜 세상이라 이 문호들의 묘지에 꽃을 던져주는 발길조차 이제는 끊기고 만 모양이다.

그러나 음산할망정 그 묘지 산책도 분명히 관광적 가치가 있다는 것을 알았다. 훌륭한 조상들을 두었기에 공동묘지까지 관광자원이 되는 나라……. 무작정 묘지 사이의 길을 거닐고 있으면 귀에 익은 사람들의 이름이 여기저기에서 나타난다. 묘석의 조각들도 모두가 훌륭한 예술품들이다. 꼭 박물관에 들어간 것 같다. 오선지 악보 위에 그 흉상을 부각한 작곡가 프랑크의 묘석은 로댕의 작품이다. 이 밖에도 유명한 여러 조각가들이 설계한 무덤들이 많다.

'여기 스물한 살에 세상을 떠난 안느가 누워 있다. 그녀는 아름답고 착한 아내였었다' 등등의 소설적 상상력을 자극하는 묘비명도 눈에 띈다.

몽파르나스 묘지를 거닐면서 나는 한국의 묘지에 대하여 생각해보았다. 우리들의 시인은 지금 어디에 묻혀 있는가? 왕릉을 제외하고는 정철의 무덤이 어디에 있고, 윤선도尹善道의 뼈가 어느 곳에 묻혀 있는지 알 길이 없다.

어느 나라보다도 무덤을 소중히 여긴 우리지만 한 백 년만 지나도 종적조차 찾을 수 없는 무덤들이 많다. 서울 근교의 공동묘지는 파헤쳐졌다. 어느 게 김 서방 무덤이고 어느 것이 박 서방 무덤인지 1년만 되어도 찾기 힘들다.

우리나라에선 근대화될 것이 있다면 바로 묘지에 관한 것이 아닌가 싶었다. 그런데 다른 것은 그래도 양풍이 불어와 겉만이라도 모두 달라졌는데 무덤만은 태곳적 그대로다. 근대화될 것은 안 되고 근대화되지 않아도 좋을 것이 먼저 근대화된 것이 우리 주변엔 너무나 많다. 어느 외국인은 한국을 여행하고 와서 '무덤과 학교'의 나라라고 했다. 즉 어디를 가나 무덤이 눈에 띄는 나라이며, 어느 마을에 가나 학교가 먼저 시선을 끌게 되는 것이 한국의 특징이라는 거다. 별로 욕될 것도 없다. 무덤은 과거요, 학교는 미래다. 과거와 미래를 존중하는 백성이면 단연 A클래스가 아닌가. 다만, 문제는 묘지를 쓰는 방식이다. 양지바르고 경치 좋은 곳에는 으레 명당자리라 해서 무덤들이 점령하고 있는 것이 한국의 풍경이다.

유럽 같으면 포도밭이 있고, 혹은 목장이 있고, 혹은 골프장이 있을 그런 터전에 우리는 묘지를 썼다. 가뜩이나 좁은 땅덩어리에 좋은 지대를 다 무덤으로 쓰고 남은 것이 무엇인가?

그것은 조상을 참되게 하는 것도 아니다. 자기가 번영한다 해서 먼 곳에 무덤을 정해놓고 돌보지 않는 것보다, 이렇게 도시 안에 혹은 교회 안에(서양의 묘지는 대개가 그렇다) 가족묘를 써 손쉽게 찾아다닐 수 있도록 하는 것이 더 의미 있는 일이 아닐까. 그래야만 무덤이 분산되지도 않고 해묘解墓가 되지도 않을 것이다.

수십 대가 한자리에 묻히는 가족묘지 제도는 면적을 많이 차지하지 않는다. 또 많은 세월이 흘러도 그 무덤을 찾을 수 있을 것이니 한결 오래 기억할 수가 있다. 서양에선 수백 년 전 사람이라 하더라도 거의 완벽하리만큼 그 고인들의 무덤이 보존되어 있는데, 무덤 제일주의를 내세우는 한국에 도리어 잃어버린 무덤이 많다는 것은 분명히 서글픈 아이러니다.

넓은 묘지[69]를 여기저기 산책하면서 자못 심각하게 한국 무덤의 근대화를 연구하고 있는데, 제복을 입은 묘지기 하나가 반색을 하고 달려온다. 명인名人들의 무덤을 안내해주겠다는 것이다. 보나마나 또 팁 생각이 난 모양이다. 바쁘다고 하는데도 이것은 누구의 무덤, 저것은 또 누구의 무덤, 이리저리 끌고 다니며 설명을 늘어놓기에 바쁘다.

별수 없이 또 그의 열정적인 '변사辯士'를 물어주었다. 무덤을 잘 써서 이들은 바로 그 무덤까지 관광자원으로 하여 돈을 벌고 있는 것일까…… 다른 것은 몰라도 분명히 묘지의 좌향坐向 때문에 자손이 덕을 보는 것은 아닌 것 같다. 묘지에 들어가서가 아니라, 바로 묘지에 들어가기 전에 그가 무엇을 했느냐가 그 후손에게 빛을 주는 요인이다.

청룡 백호青龍白虎를 가릴 만큼 가려서 우리는 조상의 무덤을 썼는데도, 그들처럼 관광의 밑천이 될 수 있는 조상이 없지 않은가. 묘지 관광은 이래저래 우울하다.

[69]   묘지에 들어갈 때는 카메라나 트랜지스터의 휴대를 금한다. 사진을 찍지 못하게 하는 것이다. 아무리 사정을 해도 통하지 않는다. 사자死者에 대한 예의 때문인가 보다. 또 묘지에만은 담을 쌓아놓았다. 파리에서 한국과 같은 담을 구경할 수 있는 곳은 몽파르나스 묘지 정도다.

미라보 다리 아래 센 강은 흐르고
그리고 우리들 사랑도 흘러간다.
아, 언제나 마음속에 아로새겨야 하는가?
즐거움은 언제나 고통 뒤에 온다는 것을

밤이 오고 종이 운다.
시간은 가는데 나는 서 있고

사랑은 사라진다.
여기 흐르는 물결처럼 사랑은 사라진다.
어째서 인생은 그렇게도 느리고
어째서 희망은 그렇게도 가열한 것이냐?

밤이 오고 종이 운다.
시간은 가는데 나는 서 있고

해가 가고 달이 가고
흘러간 세월도 지나간 사랑도
다시 오지 않지마는
미라보 다리 아래 센 강은 흐른다.

아폴리네르[70]의 시가 귀에 익은 탓일까.

센 강이라고 하면 꼭 언젠가 거닐었던 추억 속의 강 같다.

70)  프랑스의 시인, 작가. 1차 대전 전후 프랑스 쉬르레알리슴 및 모더니즘의 선구자이며
모험적인 분석과 구성으로 신선한 조형을 시도하였다.

# 센 강江의 아웃사이더

그러나 시가 아니라 현실의 센 강은, 더더구나 미라보의 다리
는 너무나도 평범했다. 바로 눈앞에 센 강을 보면서도 마음 한구
석에는 어디엔가 또 다른 곳에서 센 강이 흐르고 있을 거라는 착
각이 들었다.

어디까지나 강은 강, 다리는 다리, 먼 땅에서 시나 샹송만 듣고
마음속에 그리던 상상 속의 그 강하처럼 아름다울 수는 없다. 역
시 인간은 무엇을 사랑하기 위해선 먼 거리가 필요한가 보다. 우
리가 신을 완벽한 대상으로 갈구하는 것도 실은 인간의 손길이
닿지 않는 영원한 곳에 그가 머물러 있기 때문인지도 모른다. 차
라리 센 강을 보지 말 것을 그랬다고 후회했다. 한 생애에 있어서
하나의 아름다운 이미지를 잃었기 때문이다.

그러나 자연이란 언제나 뜻이 없는 것, 아름답지도 않고 추악
하지도 않고 그저 그대로 있는 것이다. 다만 그것을 아름답다거
나 추악하다고 느끼는 사람의 마음이 있을 따름이다

그리고 보면 관광객(솔직히 고백하건대 나 자신이 관광객의 하나였지만, 내가 유럽에 머무는 동안 제일 싫어하는 것이 있었다면 바로 그 관광객 족속들이다. 목에 카메라를 걸고 무엇을 잃어버린 사람처럼 눈을 두리번거리고 다니는 친구들은 메스껍기까지 하다), 그런 관광객의 눈에 비친 센 강이 무의미하게 보일 것이라는 점은 극히 당연한 일이다.

센 강은 추억 없이도 사랑할 수 있는 은막의 여배우 같은 것은 아닐 것이다. 센 강[71]은 그와 더불어 살아온 사람들, 그와 함께 오

---

71) 센 강의 경관을 아름답게 꾸미고 있는 것은 그 위에 걸쳐진 다리다. 사람이 건너기 위해 만든 다리라고 하기보다는 '센 강의 목걸이'라고 부르고 싶은 장식품 같다. 밤에 보면 다리의 난간에 정교하고 우아한 각등이 보석처럼 빛난다. 그 많은 다리 가운데서도 가장 유명한 것이 '퐁네프', 파리의 발상지인 시테 섬 노트르담 근처에 걸려 있는 다리다. 이름은 신교新橋란 뜻이지만, 실은 가장 오래된 다리로서, 앙리 4세 때(1604) 완성된 것이다. 그래서 파리 사람들은 노익장의 뜻으로 '콤므 르 퐁네프(퐁네프 다리같이)'란 말을 쓰고 있다. 앙리 4세 이전에는 중세기식으로 다리에 건물을 세워놓은 다리밖에 없어서 말만 다리지 도로와 다름이 없었다. 이 신교가 생김으로써 비로소 사람들은 다리 위를 지나다니며 툭 터진 난간으로 센 강을 바라볼 수 있었다. 그리고 이 다리를 주축으로 하여 파리 도시계획의 혁명이 일어나게 된 것이다. '과거와 미래를, 왕과 민중을 고귀하게 연결해놓은 다리'라고 사람들은 말하고 있다. 이 밖에 또 유명한 다리로는 콩코르드 다리가 있다. 문자 그대로 혁명 광장이었던 콩코르드 광장과 국민의회를 연결하는 다리인데, 우리의 주목을 끄는 것은 그 다리에 사용된 '돌'이다. 이 다리는 바스티유 감옥을 부순 석재石材로 만든 것이다. 전제주의의 횡포 밑에서 숱한 양민들이 옥고를 겪어야 했던 그 '어둠의 돌'을 해방된 민중들이 밟고 지나가도록 한 일종의 복수의 다리이며 자유의 증거가 되는 다리다. 가장 아름다운 다리는 1900년 파리 대박람회를 기념하기 위해 만들어진 알렉산더 3세 다리다. 다리 양측 입구에 세워놓은 금빛 조각이나 왕궁의 샹들리에 같은 가등街燈, 그리고 다리 그 자체의 직

---

랜 슬픔과 즐거움을 나누어본 사람에게만 정을 주는 그런 존재일 것이다.

만약 내가 파리에서 수년만이라도 살게 된다면, 그리고 브루넷이든 블론드이든 어느 한 여성과 만나게 된다면, 그리고 극히 산문적인 이야기라도 좋으니까 가스등이 켜질 무렵에 나뭇잎들이 떨어지는 가로수의 그 둑길을 몇 시간만이라도 걸었다고 한다면, 아마 센 강은 아폴리네르의 시구 그대로였을지 모른다.

그러나 남의 추억을 빌려 센 강을 상상만 하던 나에게는 그 강이 한낱 뿌연 흙탕물로밖에 보이지 않는다. 그야말로 흘러갈 사랑도 없고 애태울 희망도 없는 것이다.

구경하는 강이 아니라 같이 생활할 것을 요구한 강하, 분명히 센 강은 그런 강이다. 하고많은 강 가운데 유난히도 센 강이 사람의 입에 오르내리는 까닭은 그것이 파리의 한복판을, 시가의 한복판을, 말하자면 도시 속에서 생활하고 있는 그들 시간의 한복판을 흐르고 있기 때문이다. 한강처럼 교외에 동떨어져 흐르는 강은 아무래도 일상적인 도시 생활과는 거리가 있다.

자연이란 인공적인 것과 밀접한 관계를 맺을수록 한층 더 값어치가 있는 것이다. 인외경人外境의 자연은 아름다움보다도 공포심

선과 곡선의 우아한 조화는 그대로가 하나의 예술품이다. 강이 있기 때문에 다리가 있었던 것 같지 않고, 다리가 있었기에 강물이 흐르고 있는 것 같은 인상이다.

을 자아낼 것이다.

대도시의 생활 속을 흐르는 그 센 강은 인적 없는 산맥과 산맥 사이를 흐르는 강보다 훨씬 더 강다운 데가 있다. 그렇기에 아폴리네르는 강물이 흘러가는 그 평범한 사실까지도 감동적으로 바라보지 않았던가.

되풀이해서 말하자면 생활인으로서가 아니라 관광객으로서 센 강을 구경한다는 것은 아무래도 멋쩍은 일이었다. 센 강둑에 늘어선 유명한 고본상古本商이란 것도 나에게는 낭만적으로 보이지 않는다. 한국의 구멍가게를 보는 것 같아 고통스러웠다. 정말 센의 노점 고본상이란 꼭 소공동 거리의 노점 장사 같은 인상을 준다. 다방에 은단 등속을 팔러 다니는 고학생들이 들고 다니는 상자를 한층 더 크게 만들면, 바로 그 센의 고본 책함이 될 것이다. 큰 궤짝을 난간에 죽 늘어놓고 양쪽에다 책을 진열해놓은 초라한 행상이다. 장사를 다 끝내면 이 궤짝을 덮고 자물쇠로 잠가놓고 가버린다.

우리 같은 이방인에게도 좀 색다른 맛을 주는 것은 제방 계단을 내려가서 강물 바로 옆의 좁은 석포 보도石鋪步道를 걷는 기분이다. 다리 밑을, 좁은 돌계단을, 그리고 축축한 돌바닥을 걷고 있으면 서툰 샹송이나마 불러보고 싶은 충동을 받는다. 그래도 역시 아웃사이더의 센 강 산책은 쓸쓸하다.

남녀 한 쌍이 바짝 몸을 끌어안고 걸어온다. 서로 얼굴을 맞대고 입을 맞추고 귓속말로 속삭이고 그렇게 걸어오는 것을 볼 때 그 심정은 복잡하다. 걷다가 강물에 **빠지지** 않을까? 심술궂은 생각이 든다. 점잖지 않게 서서 구경할 수도 없고 그렇다고 그것을 못 본 체하고 그냥 지나칠 수도 없다.

"지금은 신나게 사랑하고 있지만 얼마 안 있으면 너희들도 또, 미라보 다리 밑을 센 강은 흐르고, 우리들 사랑도 흘러가고 종소리가 어떻고, 인생이 어떻고 할 것이다." 이렇게 좀 질투 섞인 독백을 하다가 보면 역시 내가 센 강의 아웃사이더임을 새삼 느끼게 된다.

노트르담이 있는 파리 시의 발상지…… 시테 섬 근처. 강 쪽으로 뻗은 조그만 녹지까지 걸어가 보았다. 거기엔 뮈세가 자기 묘지 위에 심어달라던 그런 버드나무가 우거져 있다. 그곳에는 10대의 젊은이들이 기타를 치기도 하고 책을 읽기고 하고 일광욕을 하느라고 누워 뒹굴기도 한다. 사람이 지나가도 벌렁 드러누운 채로 고개 하나 까딱하지 않는다. 거기에서도 나는 역시 구경꾼이었다. 마침 한문책을 읽고 있는 학생 하나가 있기에 은근히 이야기를 걸어보았다.

그 학생은 학교에서 배우는 중국어를 복습하고 있던 중이었다. 중공을 승인한 뒤로부터 중국어에 대한 관심이 높아지고 있다고 말한다. 그런데 한자는 어렵다고 불평을 한다. 아무래도 골치 아픈 정치 이야기가 나올 것 같아서 센 강에 대한 화제로 옮겼다.

영어 반 불어 반의 빈약한 대화였지만…….

"센 강엔 유람선밖에 다니지 않는군요."

관람객을 가득 태우고 지나가는 '바토 므슈'를 보고 말했다.

"보트 놀이는 금지되어 있답니다. 생각해보십시오. 만약 보트 놀이를 하게 그냥 둔다면 이 강은 어떻게 되겠어요. 수영복을 입는 것도 금년부터 금지예요. 여기는 리비에라의 해수욕장이 아니라는 거지요. 센 강에서 발가벗고 다닌다는 것은 꼭 해수욕복만 입고 샹젤리제로 쇼핑하러 다니는 것과 같은 거지요……."

길거리에서 키스를 하는 것으로 보아 센 강은 풍기가 꽤 어수선할 것 같았지만 내막을 알고 보면 그렇지도 않다. 나는 그 학생의 말을 듣고 말로와 패션계가 으르렁대던 며칠 전의 신문 기사가 떠올랐다.

센 강에 배를 띄우고 여름의 '누드 패션쇼'를 벌일 계획이었는데, 문화상文化相 말로 씨가 풍기를 해치는 일이라 하여 허락을 해주지 않았던 것이다. 그런데 패션계에서는 '단행'하겠다는 것이고, 정부에선 '실력'으로 저지하겠다는 것이었다. 꼭 한국에서 야당이 강연회를 하려고 한강 백사장을 빌리려 할 때의 신문 기사 같아 우스웠다. 더구나 우리 쪽은 정치 강연회, 그쪽은 패션쇼…… 아이로니컬한 대조다.

"오늘의 젊은이들도 센 강을 사랑하고 있소?"

라고 물으니까 그는 서슴지 않고 이렇게 대답하였다.

"센 강은 우리에게 많은 것을 줍니다. 사람들은 '라인 강의 기적'을 말합니다마는, '센 강의 기적'은 그것보다도 한층 더 즐겁고 아름다운 것이랍니다. 물질과 수자와 상품의 기적이 아니라 그것은 더 근원에 있는 것, 말하자면 바로 인생의 기적이지요. 센 강은 우리에게 뜻하지 않았던 사랑과 사색, 그리고 고통까지도 즐거운 그 시의 기적을 낳고 있는 것입니다. 센 강에는 유행도 세대도 없어요. 어느 시대나 마찬가지로 아름답지요. 그것이 바로 '센 강의 기적'입니다."

나는 '인터뷰료料'(?)로 그 학생에게 대한민국이라는 한자 몇 개를 가르쳐주고 그 자리를 떠났다. 몇 시간 안 되는 센 강의 산책이었지만, 벌써 그것은 내 추억의 강물이 되어 마음속을 흐르고 있었다. 그것이 바로 '센 강의 기적'이란 것인가.

# 에펠탑 비화秘話

파리의 시가를 훑어볼 때, 누구에게나 제일 먼저 눈에 띄는 것이 있다. 그것은 첫째, 거인처럼 서 있는 에펠탑[72], 둘째는 몽마르트르의 언덕에 높이 자리 잡은 백색의 사크레쾨르 사원, 그리고 셋째는 에투알 광장에 12개의 길을 거느리고 서 있는 개선문이다.

[72]  에펠탑은 엘리베이터를 타고 꼭대기에까지 올라갈 수 있다. 정상의 노대露臺는 바람이 강한 날이면 최고 10센티미터가량 흔들린다. 여름과 겨울에 따라 탑의 높이는 15센티미터 늘었다 줄었다 한다. 에펠은 1832년 12월 15일 디종 7토호의 집안에서 탄생했다. 처음엔 기술자 네프뵈의 밑에서 150프랑을 받으며 일했으나 네프뵈가 모종의 사건에 걸려 도주하는 중에 주인의 일을 착실히 보아준 덕택으로 네프뵈는 그에게 낙찰된 보르도 다리 공사를 맡겼다. 이것이 에펠이 만든 최초의 다리다. 그의 성품은 유머러스한 데가 있어서 다리 공사 중 한 노동자가 실수로 물속에 추락하였을 때 그는 옷을 입은 채 물속에 뛰어들어 노동자를 구해냈다. 그리고 노동자에게 일장 훈화를 하기를 "여러분 앞으로는 조심하십시오. 나는 수영하기를 좋아합니다마는 옷을 입은 채 물에 들어가는 것은 과히 좋아하지 않습니다" 했다. 62세 때 실무로부터 퇴역, 1926년 12월 27일에 영면하였다.

이 세 개의 건축물은 안내서나 지도를 펴보지 않아도 알 수 있다. 웬만한 시가에는 어디에서나 보이기 때문에, 파리 시를 찾는 랜드마크와 같은 구실을 한다. 그런데 흥미 있는 것은 이 세 개의 높은 건축물이 파리를 찾는 손님에게 주는 인상은 제각기 그 성격이 다르다는 점이다.

우선 에펠탑부터 이야기해보자. 센 하반河畔 상드마르에 높이 300미터로 솟구쳐 올라간 이 철탑은 "오오, 양 떼를 모는 목녀牧女 에펠탑이여!"라고 노래 부른 아폴리네르의 시구 그대로 모든 것을 양 떼처럼 몰면서, 하늘의 구름까지도 굽어보면서 홀로 서 있다.

파리의 온 시가가 에펠탑 위에서 내려다보면 한낱 펀펀한 초원에 불과하다. 불로뉴 숲은 조그만 구릉, 센 강은 오솔길 같다. 파리에서 에펠탑이 보이지 않는 곳은 오직 에펠탑 바로 밑뿐이라는 유머대로 '새롭고 우아한 이 현대의 우상'은 파리라는 이름이 붙은 곳이면 어디에고 군림한다. 에펠탑의 높이는 서울의 남산보다 더 높은 것이다.

그렇기 때문에 보는 시각에 따라 에펠탑은 하나가 아니라 수천, 수만일 수도 있다. 샤요 궁의 분수터에서 내다본 에펠은 바닷속에서 막 솟아오른 비너스의 육체 같고, 센 강 기슭 마로니에의 산책길에 나타나는 에펠탑은 우수의 철인 같다. 꽃이 필 때가 다르고 낙엽이 떨어질 때의 모습도 또한 다를 것이다.

아침 안개 속에서 어렴풋이 윤곽만 나타난 에펠탑과, 일루미네이션illumination이 빛나는 저녁 하늘에 떠오른 그 에펠탑을 어찌 똑같은 하나의 탑이라고 부를 수 있을까. 파리의 아름다움은 에펠탑의 앵글에 따라서 다양하게 펼쳐진다.

에펠탑은 단순히 높다는 데에 특징이 있는 것이 아니라, 이렇게 파리의 무대 위에 아름다운 갖가지 풍광風光을 펼쳐내는 위대한 연출가라는 점에 한층 더 의미가 있다.

이 탑은 본래 프랑스 혁명 100주년제祭를 기념하기 위해서 세워진 것이다. 그러니까 1889년의 일이다. 파리에는 전화가 들어온 지 10년밖에 안 되고 전기가 가설된 지는 겨우 3년, 자동차 같으면 아직도 10년을 더 기다려야 할 그런 시대에 철교鐵橋의 기사 에펠이 수천 년 내려온 바벨탑의 꿈을 현실로 만들었다. 과연 그 에펠을 '철의 마술사'요, '바람의 정복자'라고 부른 것은 지나친 허풍이 아니다.

에펠이 근대의 과학 기술을 동원하여 인간의 꿈을 천척의 상공 위에 띄워 세상을 놀라게 했을 때, 우리나라에선 대원군과 명성황후의 싸움이 백성들을 놀라게 했던 것을 생각하면 가슴이 쓰리다.

에펠탑이 서기 전, 세상에서 가장 높은 탑(석조)은 겨우 170미터에 불과했던 때라 300미터의 탑이 세워진다는 소문에 사람들은 모두 무모한 계획이라고 비웃었다.

탑의 건립지인 상드마르의 한 주민은, 이 거대한 탑이 붕괴될 것을 두려워하여 정부와 파리 시를 상대로 소송을 일으키기도 했고, 탑이 점점 높이 올라갈수록 시민들은 불안에 떨었다. 누구도 그것이 무사하게 완공되리라고는 믿지 않았던 것이다. 식견 있는 저명인사들까지도 그랬다. 한 수학 교수는 "탑이란 220미터를 초과하면 저절로 무너진다"라고 예언하였고, 소위 '세련된' 미학자美學者들은 이 탑이 세워진다 하더라도 도시 미관을 해칠 것이라고 성명서를 내기도 했다.

"우리들 작가, 화가, 조각가, 건축가, 그리고 순결한 파리 미美의 찬미자들은 우리들의 전력을 다하여, 우리들의 분노를 다하여, 오해받은 취미의 이름으로, 예술의 이름으로, 프랑스 역사의 이름으로 이 '어리석은 바벨탑'을 세우는 것을 반대한다. 상업주의적 아메리카도 원하지 않을 이 에펠탑은 분명히 파리의 불명예다."

이 순진한 파리 미의 찬미자들 속에는 〈자장가〉 등으로 널리 알려진 음악가 구노, 〈춘희椿姬〉의 작가 알렉상드르 뒤마 피스, 그리고 시인 프랑수아 코페 등이 끼어 있었다는 것은 재미난 현상이다. 그들은 '장차 다가올 내일의 예술, 역학力學의 미'를 채 이해하지 못했던 것이다.

도리어 이 탄원서를 접수한 관료들이 이 탑의 가치와 미를 잘 파악하고 있었다. 로크로 제상은 이 탄원서를 일축하고 부하에게 넘겨주면서 "이것을 훗날 이 탑의 전시회 때 유리창에 붙여두라.

이렇게 아름답고 전 세계에 이름 높은 사람들의 이름이 적힌 이 글은 공중들의 시선을 끌 것이며, 아마도 그들을 놀라게 할 것이다"라고 말했다는 것이다.

파이어니어는 언제나 고독하다. 그 고독을 이기고 에펠 씨는 5년 동안 철재 7천 톤을 사용한 대공사를 한 건의 사고도 없이 끝냈다. 냉랭한 대중들에게 새로운 세계의 기적을 보여준 것이다(그 공사에 든 총액도 애초에 계획한 8백만 프랑보다 오히려 적은 779만 9101프랑 31상팀이었다). 그리하여 그의 말대로 에펠탑의 테이프를 끊던 1889년 5월 15일 12시 10분, 전 세계에서 오직 프랑스 국기만이 200미터의 상공에서 휘날릴 수 있게 된 것이다.

반대자의 하나였던 구노도 에펠을 위하여 바로 그 에펠탑 1층에서 피아노를 쳐주었으며, 그 탑의 모습은 모든 예술가들, 큐비스트들의 화폭 속에서, 페이네의 그림 속에서, 쉬르레알리스트들의 시 속에서 춤추게 되었다. 불안에 떨던 시민들도 "탑을 보았어?"라는 것이 하나의 인사말처럼 되었다. 탑이 완성된 후 거꾸로 우울했던 사람은 단 하나 에펠 씨 자신이었다.

"나는 탑을 질투하게 될 거다. 탑은 나보다 더 유명해졌다"라고 그는 고백했다. 정말 '에펠'이라고 하면 몸이 뚱뚱하고 어깨가 구부정한, 그리고 앞가슴이 딱 벌어진 그 작은 체구의 한 인물을 생각하기보다는, 대지를 누르고 서 있는 거대한 탑을 상상하는 사람이 더 많아지게 된 것이다.

그러나 에펠탑의 근원에 있는 정신, 그것이 지금도 우리에게 깊은 매혹의 교훈을 주는 것은 대체 무엇일까? 우선 이 탑을 보면 누구나 한번 오르고 싶어진다. 마치 산이 거기 있기에 오른다는 등산가의 말대로, 높이 솟은 그 탑이 거기 있기에 우리는 오르고 싶어 한다. 높이 올라가려는 인간의 욕망, 에펠탑은 순수한 인간 본능을 결정시킨 것이라고 볼 수 있다.

처음 탑이 섰을 때 사람들은 겁을 집어먹으면서도 이 탑을 오르려는 유혹을 뿌리치지 못하였다. 페르시아 왕 에당이 거룩한 체면에도 불구하고 수행원에게 정찰 시험을 시킨 다음 이 탑의 엘리베이터로 달려갔고, 벨기에의 황태자 바두엥은 부모에게 전화를 걸어 상의한 끝에 끝내는 이 탑을 오르고야 말았다. 나는 엘리베이터를 타고 이 탑을 오르면서 생각해보았다.

아르망 라누의 말대로 분명히 이 에펠탑은 거대한 하나의 장난감이다. 올라가는 사람에게나 직접 그것을 세운 사람에게나 매우 상징적인 무용성無用性의 철학을 발견하게 된다.

오늘날 이 에펠탑은 라디오, TV의 안테나 구실을 하고, 기상탑의 구실을 하고, 또 관광객의 호기심을 이용하여 돈을 벌어들이는 달러박스의 구실을 한다. 그렇다. 에펠탑은 돈을 번다. 1층, 2층, 3층…… 층계를 오를 때마다 돈을 받아들이는 흥행사다. 맨 처음에 이 탑을 올라간 마담 소메이에 이후 많은 사람들, 왕, 과학자, 시인, 군인, 상인 그리고 수많은 국적을 가진 인물들이 해마다 160만 명가량 이 탑에 올랐다.

1953년에는 이미 2천5백만 명의 방문을 가진 축하식을 거행했고, 탑이 세워진 지 불과 10년도 안 가서 회사 측은 주주들에게 백만 프랑의 이익금을 배당해주었다. 돈 내고 타는 엘리베이터뿐만 아니라, 3층에는 에펠탑의 모형을 파는 기념품 가게와 돈을 넣어야 보이는 망원경이 있어 상혼商魂을 발휘하고 있다. 그리고 이 탑은 심지어 인생에 지친 사람들에겐 자살용으로 이용되기도 한다.

그러나 에펠탑을 세운 애초의 목적은 결코 그렇게 돈을 벌고 전파를 중계하려는 데에 있었던 것은 아니었다. 그냥 세워보기 위해서, 불가능한 것을 실현해보려는 순수한 모험에서, 하늘이 끝없이 높기에 에펠은 도전한 것이다. 공리적인 다리에 지친 에펠은 세상에서 가장 무용한 다리를 만듦으로써 순수한 창조의 시를 발견한 것이다. "그것은 직립해 있는 다리이며, 물질적인 목적을 위해서 만들어진 것도 아닌 무용의 다리이며, 그냥 하나의 다리, 무상無償의 다리, 하나의 완전한 다리이며 그저 하나의 다리, 간단히 말해서 사람들이 지나다닐 수 없는 다리다." (아르망 라누)

에펠은 기사가 아니라 미학의 극에 도달한 '수학적 시인'……그리고 그 탑은 발레리나 말라르메 같은 순수시다. 탑은 무엇을 위해서 있는 것이 아니라 마치 산이나 돌처럼 거기 그렇게 있다.

참으로 그 탑이 상징하고 있는 것은 프랑스의 문화주의, 곧 무상의 충동 속에서, 정신적 모험 속에서 인간의 절대를 만들어낸 그 예술의 혼을 상징하는 것이라고 할 수 있다. 다만 하나의 경이를 위해서, 다만 하나의 신화와 그 증명을 위해서…… 무상의 행위를 알았을 때 비로소 인간은 위대한 예술을 창조한 것이다. 에 펠탑이 우리에게 주는 감동은 바로 프랑스의 역사를 뚫고 흘러온 예술 창조의 원동력, 그 에센스인 것이다. 그런데 저 사크레쾨르 사원의 이미지는 에펠탑의 그것과 어떻게 다른가. 몽마르트르의 언덕으로 가보자.

# 순교자의 언덕과 빨간 풍차

몽마르트르[73]의 언덕은 파리 시의 북녘에 있다. 센 강의 수면

73)  몽마르트르는 파리 18구區에 있다. 그러나 옛날부터 내려오는 전통을 이어받아 주민
들이 자치제를 실시하고 있다. 요청이 없으면 경찰도 언덕 위의 마을에 올라가지 않는다
는 것이다.

언덕 밑의 피갈 광장엔 현대의 춘희椿姫들이 자가용차를 운전하고 다니며 밤손님을 낚는
다. 프랑스에서 매음 행위 금지법이 시행된 것은 1947년의 일이다.

그러나 용감한 여류 비행사로 이름을 떨쳤던 리샤르 여사는 "금지법이 생긴 후 그전보
다 더 창녀가 창궐하고 있다. 프랑스에선 춘희의 고민이 끝나지 않고 있는 것이다"라고 했
다. 리샤르 여사가 사창굴을 관리하고 있는 동안 그녀는 암흑가의 탕아들에게 테러를 당
해 양팔이 부러진 일도 있었고 레스토랑에서 식사를 할 때 독살을 당할 뻔한 일까지 있었
다. 그러나 매음 금지의 기수인 리샤르 여사를 한층 더 실망시키고 있는 것은 프랑스의 정
책들이었다. 그들은 그 법령을 폐지시키는 데에 은근한 찬의를 표시하고 있는 것이다. 국
회의원인 폴 미르케는 다음과 같이 말한 적이 있었다. "창녀들이 그들 자신의 협동조합을
조직할 것에 순응한다면 매음 문제와 더불어 그들의 생계는 해결될 수 있다. 나는 이 문제
를 의회에 제의할 생각이 있는데 찬반 투표가 비밀에 부쳐질 수만 있다면 80퍼센트는 찬
표를 던질 것이다."

에서 불과 102미터의 높이밖에 안 된다. 삼청동 언덕만 하다. 그러나 서울처럼 분지가 아니라 평원에 자리 잡은 파리의 시가이고 보면, 이 언덕은 유난히 높아 보인다. 안개라도 낀 날이면 몽마르트르 언덕의 정상에 솟아 있는 하얀 사크레쾨르 사원의 둥근 돔이 신기루처럼 둥실 떠 있다.

모스크 사원을 연상시키는 비잔티움풍의 이 사원은 한층 더 환상적으로 느껴진다. 자동차가 우글거리고 인파가 득실거리는 잡다한 거리에서 문득 아라비안나이트의 삽화 같은 사크레쾨르의 둥근 천장을 발견하게 되면 누구나 머나먼 하늘나라를 생각한다. 그곳에 가면 무엇인가 별천지의 인간들이 살고 있을 거라는 착각이 든다. 나는 마치 카프카의 『성城』에 나오는 주인공 'K'처럼 언덕 위의 이 사원을 보며 정말 그곳으로 갈 수 있을까 하는 생각을 해본다. 에펠탑은 우리에게 인간의 프라이드들, 신과도 겨룰 수 있을 만한 인간의 창조력을 암시하지만, 사크레쾨르의 사원을 보면 그지없이 인간이 불쌍해 보인다. 신 없이는 살 수 없는 애틋한 인간의 기도……. 고뇌의 지상으로부터 떠나려는 그 초월에의 마음이 우러나온다.

물론 노트르담 사원이나 마드리드 교회 같은 것은 역사가 깊다. 건축미도 그보다 훌륭하다. 사크레쾨르 사원은 1차 대전 때 완성된 것이라 불과 반세기의 역사밖에는 안 되며, 비평가들의 말대로 미관도 그리 훌륭한 편은 아니다.

그러나 사원과 속세(파리 시)를 한눈에 견주어볼 수 있다는 점에서, 아무 데서나 우러러볼 수 있는 하늘에 그 모습을 드러내놓고 있다는 점에서 이방인들은 누구나 이 사원을 보고 프랑스의 종교적 생활을 새삼스럽게 더듬어본다.

더구나 사크레쾨르 사원이 자리 잡은 몽마르트르의 언덕은 지명부터가 '순교자殉教者'의 산(mont des martyr → montmarte)이다. 프랑스에 처음 기독교가 들어왔을 때, 로마병의 박해로 생드니 같은 승려가 순교를 당한 언덕이다. 프랑스의 골고다라고도 부를 수 있을 만한 기독교의 성지다.

그러나 막상 몽마르트르에 가보면 아래서 올려다본 것 같은 그런 신비한 천국의 이미지는 온데간데없다. 생피에르 광장에서 그 언덕의 정상에까지 케이블카를 타고 올라갈 수 있지만 걸어서 가자면 수많은 계단을 올라가야 한다. 낡고 헌 집들의 우중충한 벽, 포석이 군데군데 깨어진 좁은 골목길…… 시골 냄새가 풍긴다. 우리가 발견할 수 있는 경건한 내세의 이미지가 아니라 바로 서민들이 사는 속세의 땀내가 펼쳐진다.

원래가 이곳은 포도밭이 있고 풍차가 있었던 한적한 한촌寒村이었다고 한다. 더 진상을 캐보면, 언덕 이름은 '순교자가 흘린 피의 언덕'인데, 현실적으로는 '술의 언덕'이다. 아직도 이 마을 소유의 포도밭이 남아 있어서, 포도 철이 되면 술주정하는 곳으로 유명하다. 이와 같은 술의 전통을 이어받은 탓일까. 몽마르트르 부근엔 술집과 탕아들이 뜨거운 관능의 밤을 지새우는 곳으로 푯말이 붙어 있다.

어느 외국의 신부神父는 한국의 속리산을 가보고, 이름은 속세를 떠난 산이란 뜻인데 실은 트위스트를 추는 잡배가 우글거리는 산이라고 한탄했다. 그러나 몽마르트르는 그 면에 있어서 단연 속리산보다 더 아이로니컬하다. 안내에서도 쓰여 있듯 '선'과 '악'이 극단적인 대립을 이룬 곳이다. 사크레쾨르 사원의 언덕 밑에는 스트립쇼와 술과 섹스가 난무하는 피갈 광장이 있다.

그리고 술 먹지 않는 아이들도 아는 '빨강 풍차(물랭루주)'의 술집이 바로 그곳에 있다. 퇴폐와 환락의 극치다. 버젓이 법령으론 금지되어 있지만 '벨르드뉘(밤의 천사)'가 공공연히 술주정꾼을 낚는 치외법권 지대로서도 으뜸가는 곳이다. 밤의 관광지가 되어버린 '순교자의 언덕'……. 나는 비록 사크레쾨르의 환상은 깨졌을망정 불구의 화백 로트레크의 낭만을 찾아보려고 '물랭루주'에 가보았다. 그러나 거기에도 우글대는 관광객들밖에는 아무것도 찾아볼 수가 없었다. 그것은 정말 슬픈 일이다. 명소에 들를 때마다 관광객을 관광하는 꼴이 되어버린다는 것은 정말 슬픈 일이다.

이 환락의 밤거리에서 불과 1킬로미터만 더 가면 에밀 졸라와 고티에를 비롯한 숱한 사람이 누워 있는 묘지가 있다는 것을 생각할 때, 한층 더 몽마르트르의 밤은 허무하기만 했다. 한 세기 전만 해도 가난한 화가들이 모여 살았던 이 몽마르트르엔 같은 퇴폐라 해도 낭만이 있었을 것이었다.

그러나 지금은 엉터리 화가들의 세상이다. 관광객의 구경거리와 그리고 그들의 호주머니를 발라내기 위해서 거리에 나와 그림을 그리고 있다. 그들은 춤추는 술집 계집애를 그리며, 생활의 오뇌와 우수를 달래던 절름발이 로트레크도 아니며, 가난 속에서도 예술의 광기에 싸여 젊은 날을 보내던 브라크와 위트릴로와 피카소도 아니다.

모든 것이 이렇게 타락하고 값싸지고 상업화되었다. 물론 옛날인들 그랬을 게다. 술 먹고 주정하기란 매일반이겠다. 그러나 종교만은 정말 변했다. 불과 백여 년 전 스탕달이 『적赤과 흑黑』을 썼을 그 시대에는, 승려의 '검은 옷'은 출세의 상징이었다. 그러나 지금은 어떠한가. 2백 년 전에는 7만 명이었던 것이 인구가 증가했다는데도 오늘날엔 겨우 4만 명의 승려가 있을 뿐이라는 것이다. '검은 옷'을 입기를 희망하는 사람들은 날이 갈수록 줄어간다. 승려의 결핍은 교회를 위협하고 있다. 승려를 필요로 하는 사람은 있어도 승려가 되고 싶은 사람은 없는 모양이다.

못 먹는 술이나마 몇 잔 들이켰다. "로마에 가면 로마의 풍속을 따르라"라는 말대로, 몽마르트르엘 가면 몽마르트르의 풍속을 따르는 것이 옳을 성싶어서다. 주기酒氣가 돌수록 몽마르트르는 신비해진다. 첫눈으로 본 사크레쾨르의 신기루 같은 인상이 술집 벽 위에서도 어른거린다. 아니…… 이 퇴폐, 이 육체의 번뇌, 이 세속의 환락이 있기에, 그런 몽마르트르가 있기에 그 언덕엔 환상과 같은 사원이 있어야 하는 것이 아닐까. 이 퇴폐는 종교와 종이 한 장의 차이로, 사크레쾨르의 사원부터가 옛날 타락했던 창녀가 개심하고 성녀가 된 데서 비롯된 것이라 하지 않던가.

어둠과 함께 있는 사원만이 살아 있는 사원이다. 같은 가톨릭이라 하더라도 프랑스의 그것은 언제나 악마와 천사의 투쟁이라는 '드라마'에서 전개된다. 자유 속에서도 애들의 예법이 엄한 것도, 그렇게 성생활이 방종한 것 같으면서도 부부 생활이 유지되는 것도, 역사적으로 많은 위기에 직면하면서도 그들이 의연히 살 수 있었던 것도 그 종교가 몽마르트르와 같은 부조리의 '드라마'를 갖고 있었기 때문이다.

패션쇼의 총본산인 생토노레 가로에서는 지금 주민의 35퍼센트가 미사를 드리러 간다는 것이다. 가톨릭의 세력이 큰 지방일수록 죽음보다는 생명의 숫자가…… 즉 자살률이 낮고 산아율은 높다.

많은 시련과 도전을 받고도 프랑스를 프랑스이게끔 그 밑뿌리를 잡고 있는 것은 몽마르트르의 순교자의 피가 술과 함께 있었기 때문이다.

무신론자이든, 신앙심 깊은 자이든, 2차 대전 때 그들이 보여주었던 아름다운 인간애의 그 저항 정신은, 어쨌든 그런 종교의 전통 위에서 꽃핀 것이다. 교회와 술집의 부조리를 동시에 소유한 데에서 프랑스 특유의 종교, 문화, 전통이 생긴 것인지 모른다.

프랑스를 움직여온 것은 에펠탑이 상징하고 있는 순수한 문화 정신, 그리고 순교자의 언덕이 상징하고 있는 종교적 전통이 서로 조화를 이룬 힘이었다.

# 개선문과 애국심

"위대한 프랑스!" 이것은 드골 대통령이 곧잘 애용하고 있는 말이다. 아무리 혼자 큰소리를 쳐도 오늘날엔 강대국 미소美蘇가 두 개의 세계를 갈라놓고 장기판을 벌이고 있는 세상이다. 그런 말이 아무래도 실감 있게 들리지 않는다. 그래서 드골을 돈키호테에 비기는 좀 무례한 친구들도 있는 것이다.

그러나 샹젤리제 거리의 비탈길을 오르다가 가로수 위로 솟아 오르는 개선문의 육중한 모습을 대하면 정말 "위대한 프랑스!"를 감각할 수 있다. 전 유럽을 군마와 대포로 명령하던 나폴레옹 시대가 아니고는 도저히 저런 웅장한 개선문[74]은 건립되지 않았을 것이다. 프랑스 사람이 그의 조국을 말할 때 영광(글루아르)이니, 위

---

74) 세계 최대의 개선문으로서 나폴레옹의 개선을 기념하여 샬그랭이 설계한 것이다. 높이 48미터로 1통로식의 엄격한 고전 형식을 채용하고, 우측 기둥에는 1791년 의용병의 출정을, 좌측에는 개선을 나타낸 부조가 있다.

대(그랑되르)니 하는 형용사를 즐겨 쓰는 습관도 이 개선문을 보면
이해가 간다.

1806년 세계를 제패한 나폴레옹은 프랑스의 영광과 그 위대성
을 기념하고 증명하기 위해서 개선문을 짓기로 했던 것이다. 옛
날 로마 군대가 지중해를 '로마의 호수'로 만들기 위해서 유럽을
휩쓸던 그때처럼, 나폴레옹도 이 개선문을 세웠다. 그리고 그것
은 크다. 로마의 어떤 개선문보다도 더 크고 웅장하다.

더욱 재미있는 것은 개선문의 좌향坐向이다. 그것은 영웅 나폴
레옹에게 향해 있다. 원래 이 개선문은 파리의 서쪽을 향해 있지
만, 에펠탑의 네 다리가 정확한 동서남북의 방향을 가리키고 있
는 것과는 달리 약간 비뚤어져 있다. 만약 그게 똑바른 서향이라
면 춘분春分과 추분秋分이면 개선문 한가운데로 태양이 져야 할 터
인데 그렇지가 않다는 것이다. 그 이유는 나폴레옹의 탄생일에
태양이 한복판으로 오도록 설계하였기 때문이다.

12월 15일 영하 15도의 눈보라가 치던 날이라 했다. 나폴레옹
이 이 개선문으로 개선한 날은……. 그러나 그것은 무언의 개선
이었다. 귀양살이하던 고도에서 시체로 개선을 한 것이다. 개선
문을 지을 때는 그의 권력이 유럽을 휩쓸었지만, 그것이 낙공되
었을 때는 이미 초라한 죄인이었다.

하지만 세계에서 제일 큰 개선문을 갖게 된 프랑스인은 세월이
변하고, 또한 국력과 역사가 쇠미衰微해져도 나폴레옹의 얼굴 같

은 이 개선문의 이미지를 갖고 살아가는 것 같다. 개선문의 벽에 유명한 조각가 뤼드가 손으로 부각浮刻한 〈출발〉이란 조각만 해도 승리의 여신을 앞세우고 창끝을 모은 조국의 투사들이 세계를 향해 전진하고 있다.

멀리 자동차의 창문에서 본 개선문은 그리 큰 것 같지는 않았다. 그러나 실제 엘리베이터를 타고 개선문 꼭대기에 올라가 보면 비로소 그것이 얼마나 웅대한 것인가를 알게 된다.

자동차나 사람이 바둑알만 하게 보이고, 발밑을 중심으로 방사선으로 뻗친 열두 갈래의 아브뉘(길)가 한눈에 들어온다. 안내서를 보면 높이 162피트, 넓이 147피트, 두께가 72피트……. 조그만 산이다. 프랑스인들은 이 위에 올라가 조국의 영광을 구가하겠지만, 우리 같은 제3국의 관광객들에게는 좀 현기증이 난다.

"보십시오. 이 개선문을 중심으로 열두 갈래로 길이 뻗쳐 있지 않아요? 그게 바로 나폴레옹이 유럽의 열두 수도를 정복한 것을 상징합니다. 그러니까 우리는 지금 유럽의 방석 위에 올라앉은 셈입니다."

안내를 해주던 R씨는 내가 놀란 표정을 하니까 한층 더 신바람이 나서 마치 나폴레옹 시대 때의 사람처럼 이야기한다.

"이 길들을 닦을 때 말입니다. 주민들은 돌팔매질을 하고 반대 시위를 했어요. 정말 그렇잖아요. 자동차가 다니지 않았던 백여 년 전에 닦은 길인데도 이렇게 넓잖아요. 그러니 당대의 사람들

이 그걸 이해할 리 있겠어요. 주택지만 빼앗기는 것이라고 불평
들이었죠. 어쨌든 반대를 무릅쓰고도 수백 년 앞을 내다본 이 도
시계획 하나만 보더라도, 이 백성은 결코 호락호락하게 망하지는
않을 겁니다."

　무심히 이야기한 소리겠지만 '호락호락하게 망할 백성이 아니
라'는 R씨의 말을 나는 내 나름 아주 의미심장한 것으로 들었다.
미식가이고 호색한들이며, 여자나 남자나 생을 즐겁게 보내는 것
이면 무엇에든 열광하는 자들, 팁을 받기에 혈안이 되어 있는 종
업원들, 명소엘 가면 관광객의 호주머니를 털기 위해서 교언영색
巧言令色을 늘어놓는 친구들, 제 의견이면 언제나 제일이고(그들은 그
것을 에스프리라고 한다) 무엇을 보든 까 내리지 않고서는 속이 시원하
지 않은 협심증狹心症 환자들, 고삐 없는 말 같은 자유인들…….
이러한 프랑스인들이 호락호락하게 망하지 않고 오늘날 다시 '위
대한 프랑스'를 공언公言하는 그 원동력은 대체 어디에서 오는 것
일까? 그것은 그들의 열렬한 애국심이다. 개선문이 상징하고 있
는 것 같은 그 조국의 영광을 위해서는 언제라도 다른 인간으로
탄생하여 목숨을 바칠 줄 아는 그 애국심이다.

　사실 평화스러운 시대의 프랑스인과 전쟁 때의 프랑스인은 아
주 정반대라고 사람들은 말한다. 그들은 두 번 탄생한다는 것이
다. 나이트클럽에서 샴페인을 터뜨리고, 미장원에서 머리를 빗
고, 가로수 밑에서는 사랑을 읊고 있던 감미한 그 청년들이 2차

대전 때는 모두 용감한 영웅이 되어 어느 나라보다도 치열한 레지스탕스 운동을 벌이지 않았던가.

나폴레옹의 승리를 위해 바쳐졌던 이 개선문은 1차 대전 이후에는 나라를 위해 숨진 어느 무명용사의 한 무덤으로, 그리고 2차 대전 때는 레지스탕스의 투사들에게 바쳐졌다.

그 아치 뒤에는 "조국을 위해서 숨진 프랑스의 한 병사의 죽음이 여기 쉬고 있다(Repose un soldat Français mort pour la patrie). 1914~1918"이라는 묘석이 깔린 무덤이 있고, 그 위에는 지금도 영원의 불이 그 생명처럼 타오르고 있다. 그리고 개선문 가까이에 있는 한 벽에는 최초의 레지스탕스를 하다가 죽은 학생들의 기념비가 있다.

개선문만 그런 것이 아니다. 나는 센 강을 산책하다가, 쓸쓸한 거리의 뒷골목을 지나가다가, 극장이나 공원을 들어가다가……뜻하지 않은 비문을 보고 발걸음을 멈춘 일이 많았다.

"1944년 8월 12일. 위대한 평화의 해방을 위하여 여기 전장에서 쓰러진 사람들이 누웠다."

"여기에서 독일군에게 사살되다. 1944년 7월 19일. 셀주 볼도리. 빨치산 부대 저격병. 향년 12세. 우리는 결코 그를 잊지 않으리라."

레지스탕스에서 숨진 젊은 넋들의 이러한 기념비들은 파리의 어디서도 발견할 수 있는 것이다.

라틴쿼터에 있는 판테온을 가보면, 잔 다르크와 혁명가 미라보를 위시하여 예술가, 과학자, 시인, 학자, 군인, 정치가들이 조국을 위한 애국자로서, 아니 하나의 신으로서 그 유체遺體가 안장安葬되어 있다.

나라를 사랑한다는 것은 당연한 일이다. 프랑스의 국민만이 아닐 것이다. 그러나 그들만큼 조국의 자유와 그 영광을 위한 애국심이 생활화된 나라는 드물다.

개선문을 볼 때 나는 한국의 독립문을 생각지 않으려고 애를 썼다. 개선문이 독립문보다 더 크다거나, 샹젤리제의 길에 비해서 서대문의 길이 슬럼가의 뒷골목처럼 초라하게 느껴졌다거나 하는 외형적인 문제만으로 그랬던 것은 아니었다.

영광 속에서 세워진 개선문과, 치욕 속에서 스스로의 독립을 다짐한 독립문은 그 이름부터가 정반대다. 그들의 애국심은 '영광스러운 조국'에 족보를 두고 있다면, 우리는 '치욕의 조국'이라는 분노 속에서 비롯된 것이라 할 수 있다.

우리나라의 애국심은 결코 프랑스인에게 못지않다. 프랑스에 잔 다르크가 있다면 우리나라엔 유관순柳寬順이 있고, 그쪽에 레지스탕스가 있다면 우리에겐 33인의 3·1운동 열사가 있다. 그러나 우리에겐 저 개선문이 없다. 지배당한 흔적은 많아도(비록 그게 악덕이라도 좋다) 제패의 기념탑은 없었다. 우리의 애국심은 '개선문'으로 떳떳이 개선하지 못하고 '망명의 문'을 통과했었다.

문화적 정신을 상징하는 에펠탑, 종교의 마음을 상징하는 몽마르트르의 사크레쾨르 사원, 그리고 영광과 애국심의 상징인 개선문……. 이 세 가지 건축물은 각기 다른 인상을 주지만, 이것들이 서로 분리되지 않고 조화의 리듬을 그림으로써 파리는 자라왔다. 그것들은 바로 프랑스 정신의 세 기둥이기도 하다.

거리의 이름을 보더라도 그렇다. 파리 시의 수많은 길 이름은 문예사전을 펴보는 것 같다. 볼테르가, 고티에가, 루소가, 빅토르 위고가, 그리고 한국 대사관이 있는 거리 이름인 모차르트가……. 수없는 문화의 창조자들이 거리의 이름 위에 스탬프되어 있는 것이다. 문화주의의 전통을 느낀다.

그런가 하면 또 '성聖'이란 이름으로 시작되는 거리들이 그에 못지않게 많다. 그것은 다 신앙심이 깊었던 성인들의 이름인 것이다. 생제르맹, 생드니, 생토노레, 생자크, 어디를 가나 '생, 생, 생, 생……'의 연속이다. 문예사전이 아니라 성서를 읽는 기분…… 생활 속에 젖어 있는 종교의 힘을 느끼게 한다.

그리고 애국자나 조국의 역사를 기념하는 거리의 이름도 또한 많다. '8월 25일 광장', '7월 14일가街', '9월 4일 도로' 같은 이름들은 하나의 역사책 목록 같다.

피상적으로 훑어보아도 파리의 지붕 밑에 어떠한 마음이 깃들고 있는가를 알 만하다. '예술적인 창조력', '종교적 이미지', '애국적인 열정', 이러한 세 개의 이질적 마음을 잘 빚어서 만든 것이 바로 파리요, 프랑스라면 과찬일까.

# 도시의 원예사들

파리가 아름답지 않다고 하면 곧이들을 사람이 없을 것이다. 그러나 결코 첫눈에 금시 아름답게 느껴지는 도시는 아니다. 누구나 파리를 처음 볼 때는 가벼운 실망을 느낀다. '이게 정말 그 소문으로 듣던 파리인가?' 하고…….

대체로 첫인상은 기대한 것과는 딴판이다. 홍콩이나 제네바 같은 곳은 들어서자마자 그 도시의 미관이 마음을 부시게 한다. 그러나 파리는 그렇게 두드러진 특징이 있어 보이지 않는다. 하지만 제네바나 홍콩은 일주일 이상 있으면 아름답다는 생각은 단조한 권태로 바뀐다. 파리는 이와 반대로 있을수록 비로소 맛이 우러난다.

모든 아름다움이 그렇다. 파리의 아름다움을 아는 데에도 시간이 필요하다. 파리의 여성과 마찬가지로 첫눈에는 띄지 않지만, 사귀어 갈수록 안에 간직한 참된 아름다움을 발견할 수 있는 것이 파리라는 도시다. 유행가는 자꾸 들을수록 싫증이 나고, 클래식은 거꾸로 오래 들을수록 맛이 난다. 처음에 들어올 때 본 파리와 나갈 때 보는 파리는 아주 그 인상이 다르다.

사람들은 로마를 박물관에 비기고, 파리를 미술관에 비유한다. 도시 전체가 곧 하나의 미술품이라고도 한다. 정말 파리란 관광을 하는 곳이 아니라 감상을 해야 하는 도시다. 우선 늘어선 건물부터가 그렇다. 꼭 어느 한 예술가가 설계하여 만든 것처럼 조화와 균형이 잡혀져 있다.

고층 건물과 단층집이, 그리고 구식 건물과 현대식 빌딩이 버섯처럼 함부로 번져간 서울이나 동경의 도시 풍경과는 대조적이다. 뛰어나게 높은 집도 낮은 집도 없다. 아주 낡은 집도 없으며 새집도 드물다. 대개가 5, 6층짜리의 똑같은 집이며, 그 양식도 18, 19세기 식으로 통일되어 있다. 그리고 현대식 건물이라 해도 그와 잘 어울린다. 연둣빛 하늘을 배경으로 하여 우아한 곡선으로 흐른 지붕들의 물결은 눈으로 보는 음악이다. 그리고 꽃이 있는 발코니와 창의 행렬은 생활의 시집詩集이다.

로마가 하루아침에 이루어진 것이 아니라고 한다면 파리의 아름다운 조화는 한 사람의 힘으로 이루어진 것이 아니라고 할 수 있다. 그것은 한 사람 한 사람이 호흡을 같이하여 손질한 결정체다. '도시의 미'야말로 집단 예술이다.

파리 시에서는 거의 새집을 짓지 못하도록 되어 있으며, 새 건물을 세운다 하더라도 그 높이와 양식이 엄격하게 규제되어 있는 것이다. 가령 룩셈부르크 공원 부근 일대에 세우는 신 주택은 룩셈부르크 궁과 같은 높이의 같은 양식이어야 하며, 오페라좌 부근에는 그 극장보다 더 높은 건물을 세워서는 안 된다는 규정이 있다.

전통[75]을 존중하는 영국인들도 버킹엄 궁전 바로 곁에 끝내는 초현대식 힐튼 호텔의 마천루를 세우고 말았다. 그러나 파리에서는 오페라좌 앞에 고층 건물을 세우려던 프랭탕 백화점의 계획이 반세기가 지난 오늘날 그 허가를 얻지 못하고 있다. 콩코르드 광장에 있는 미국 대사관도 비좁다는 이유로 새로운 고층 건물을 세우려다가 주위 건물의 조화를 깨뜨린다는 이유로 시 당국의 승낙을 얻지 못한 채로 있다.

파리 시 한복판에 현대식 건물이 들어선 게 있다면 퐁트누아 광장에 세운 유네스코 본부, 그리고 TV 방송국, 불로뉴 숲 근처에 있는 민속 예술관 정도에 지나지 않는다. 그것도 주위의 건축물

---

75)  옛 건축의 미관을 그대로 보존하려고 한다 해서 무턱대고 새로운 시대의 감각에 맞는 건축물을 거부하는 것은 아니다. 파리 제15구, 비교적 교외 부분인 몽파르나스 역 뒤에는 전 구건물을 파괴하고 신식 고층 주택을 짓고 있다. 시대의 조류인 고층화의 경향을 무시할 수는 없다. 땅은 좁고 사람은 많이 몰린다. 심각한 주택난 때문에 정부에서 직접 방세를 통제하고 있지만 그것도 실효가 없어 해체하고 말았다. 알제리에서 돌아온 프랑스인들 때문에 더욱더 파리의 주택 문제는 절박한 사회 문제가 되어 있다. 필연적으로 현대식 고층 아파트가 세워져야 할 단계에 놓여 있다.

과 균형을 맞추어 최대의 조화를 이루도록 설계되어 있다. 그것들이 모던한 건물이지만 언뜻 눈에 띄지 않는 것도 그 때문이다.

이런 도시미의 파리에 대해서 이따금 치열한 논쟁이 벌어지는데 그것 역시 파리다운 논쟁이다. 에펠탑을 세울 때에도 그러했고, 개선문의 길을 닦을 때에도 그러했고, 유네스코 본부를 세울 때도 그러했다.

요즈음 문화상文化相 앙드레 말로 씨의 정책으로 옛날 건축물의 벽에 묻은 때를 벗기는 대대적인 도시 목욕에 대해서 시비가 붙었다. 내가 파리에 갔을 때에는 루브르 박물관을 비롯하여 3분의 2에 가까운 건축물이 목욕을 끝내고 있었다.

그러나 그 도시 세탁에 대한 찬부 양론은 아직도 계속되고 있는 중이었으며, 소르본 대학은 끝내 건물 세탁을 거부하여 옛 모습 그대로 수백 년의 먼지를 자랑스럽게 묻힌 채로 고집 사나운 노옹처럼 서 있다.

한쪽에서는 우중충한 때를 벗겨 창건 당시의 색조를 부활케 하는 것이 한층 더 파리를 아름답게 하는 길이라고 역설하고, 또 한쪽에서는 건물은 역사와 함께 있는 것이라 낡은 건물에 묻은 때는 바로 그것이 연륜과도 같은 것이라고 반박한다. 즉 건물의 때를 벗기는 것은 늙은이가 젊은이처럼 보이려고 억지 화장을 하는 것과 같은 것이며, 그것은 오히려 도시의 운치를 해치는 것이라고 비난한다.

서울의 햄릿은 "판잣집을 철거해야 되느냐 마느냐, 그것이 문제로다"라고 외치는데, 파리의 햄릿은 '건물의 때를 벗기느냐 마느냐, 그것이 문제로다'로 고민하고 있다. 사치스러운 토론이기는 하나 어찌 되었든 파리를 아름답게 하자는 목적과 사랑에서 생긴 싸움인 것만은 분명하다. 비단 건축에 대해서 그런 것만은 아니다.

파리에서는 도시 미화를 위한 아이디어를 현상으로 모집하고 있다. 거리로 면한 발코니에 진열해놓은 꽃(제라늄이 제일 많다)에 대해서도 각자의 의견을 교환하고 있다. 서울의 도시미를 해치는 가장 큰 3대 요소는 커다랗고 몰취미한 간판이 건축을 누더기로 만들고 있다는 것과, 건물엔 으레 담이 있어서 집을 가로막고 있다는 것이다. 그나마 그 담은 꼭 마지노선의 토치카처럼 철조망으로 중무장을 하고 있다. 그리고 셋째는 색동저고리처럼 덮어놓고 울긋불긋한 네온사인을 함부로 쓰고 있다는 점이다.

그런데 파리에서는 그런 간판, 그런 담, 그런 네온사인을 찾아볼 수 없다. 간판은 기껏 커야 문패만 한데 그것도 아래층 입구에만 붙여져 있다. 광고를 붙이는 것도 도시미를 해친다 하여 따로 광고탑을 만들어놓았으며, 네온사인도 붉은 원색을 사용해서는 안 되는 구역이 있다. 잘 손질된 마로니에나 플라타너스의 가로수 사이로 부드러운 일루미네이션이 빛나는 파리의 밤거리를 걷는다는 것은 그대로 명화의 한 화폭 속을 지나는 기분이다.

한편 파리는 아름다워도 깨끗하지는 않다고 말하는 사람이 있다. 길에 휴지나 담배꽁초가 널려 있는 것은 사실이다. 그러나 파리의 시민과 당국은 청소 면에 있어서도 결코 무관심하지 않다. 아침에 일어나 거리를 보면 누워서 뒹굴어도 좋을 정도로 깨끗하다.

파리의 하수도는 사람이 들어가 서서 다닐 수 있을 만큼 크기 때문에 소제하는 데도 매우 편하다. 거리에 장치된 잡용 수도전雜用水道栓을 틀어놓기만 하면 수압이 센 물줄기가 노면을 휩쓸면서 오물을 모두 하수도로 흘려 보낸다.

이렇게 살수와 청소를 동시에 해도 하수도가 막힐 염려가 없다. 또 건물마다 부베르라고 불리는 쓰레기통이 마련되어 있다. 도시 청결을 위해서 부베르란 지사知事가 철제의 이 쓰레기통을 고안하여 의무적으로 비치케 한 데서 그런 별명이 붙었다는 것이다(당사자는 기분이 그리 좋지 않겠지만 우리에게도 쓰레기통에 시장 이름이 붙을 때가 왔으면 좋겠다). 새벽 7시쯤에 청소차가 다니면서 이 부베르의 통을 치워주기 때문에 우리처럼 대낮에 청소차가 먼지를 피우고 다니는 광경을 볼 수가 없다.

따지고 보면 파리 시민에겐 두 개의 집이 있는 셈이다. 하나는 자기가 침식을 하는 집, 또 하나는 파리라고 하는 그 도시의 집이다. 과장 없이 그들은 파리의 전 시가를 자기 자신의 뜰처럼 생각한다. 자기 집처럼 아름답게 가꾸려고 애쓴다. 도시는 곧 자기 생활의 장소이며 살롱인 것이다.

# 거리의 미학

프랑스의 유머에 이런 것이 있다.

'교도소의 탈옥수가 여자 옷을 입고 도망을 쳤다. 빈틈없는 변장이라 경관들은 그 귀부인을 조금도 의심하지 않았다.

그러나 한 가지 실수로 해서 그만 그는 잡히고 말았다. 한 가지 실수란 무엇인가? 다름 아니다. 그는 쇼윈도 앞을 지날 때 그 앞에 서서 기웃거리지 않고 그냥 무관심하게 지나치고 만 것이었다.' 물론 이 유머는 숙녀들을 비꼰 것이다. 참새가 방앗간을 그저 지나지 않듯이 여자들은 누구나 쇼윈도 앞을 그냥 지나치지 않는다는 이야기다. 만약 그 쇼윈도 앞을 그대로 지나는 숙녀가 있다면, 그 죄수와 마찬가지로 그녀는 진짜 여자가 아니라 변장한 남자일 것이라는 것.

그러나 파리의 쇼윈도는 허영심 많은 숙녀의 마음만을 사로잡는 것은 아니다. 남자들까지도 걸음을 멈추게 할 정도다. 죄는 상품의 소유욕에 있는 것이 아니라, 쇼윈도가 그만큼 아름답다는

데 있다.

파리의 거리는 걸어야 맛이 난다.[76] 그 걷는 맛 하나가 바로 쇼윈
도를 감상하는 그 즐거움이다. '생활 예술'의 극치라고나 할까.
세련되고 우아한 통유리의 진열장 장식은 어른들의 동화다. 쇼윈
도가 늘어선 파리의 거리는 하나의 화랑이라고 해도 손색이 없
다. 폐점을 해도 진열장만은 그냥 열려져 있다. 은은한 조명 때문
에 그것은 한결 돋보인다. 쇼윈도는 밤의 무드를 만들어내는 아
틀리에다.

우리 같은 이방인만이 아니라 시민들도 소위 윈도쇼핑을 한다.
밤에는 상가가 모두 문을 닫으므로 실제로 상품을 사려고 해도
살 수 없기 때문에, 직장에서 풀려나온 사람들은 밤거리의 쇼윈
도를 서성거리며 구경하고 다니는 일이 많은 것이다. 미국의 쇼윈
도엔(다 그런 것은 아니지만) 정가의 액수를 대문짝만 하게 써 붙인 포
스터가 먼저 눈에 띄도록 되어 있다. '워프라이스(가격 전쟁)', '스페
셜 셀링 온리 투데이(오늘까지 특별 판매)' 등의 극히 프래그머틱한 선
전이다. 그러나 파리의 쇼윈도는 물가가 아니라 미적인 감흥으로

---

76)  나라에 따라 거리의 풍정風情도 매우 다르다. 파리 사람들의 걸음걸이는 서울 사람들
의 걸음에 비해 그 속도가 절반쯤밖에 되지 않을 것이다. 어슬렁어슬렁 걷는다. 그러나 길
거리에 우두커니 서 있는 사람은 없다. 그럴 경우가 생기면 길가에 있는 카페나 벤치에 앉
아 쉰다. 이탈리아에서는 우두커니 서 있는 사람들이 유난히 눈에 띈다. 독일은 어떤가. 여
간해서 앉아 있는 사람을 볼 수 없다. 도대체 거리에는 오픈카페가 없다.

상품 구매 의욕을 돋우고 있는 것이다. 역시 미의 수도다운 관록이 있다. 쇼윈도를 만든 사람보다도 그것을 보는 시민의 미적 안목이 그만큼 높기 때문이다.

아름다운 곡선의 구김살로 늘어뜨린 벨벳 천을 배경으로 하여 장갑 몇 개와 향수 병, 그리고 선연히 드러나 있게 한 화장품의 그 균형 잡힌 윈도 디스플레이를 비롯하여, 현대적인 포스터 그림을 이용한 것, 혹은 색지와 테이프를 얽어서 늘어놓은 것, 시크한 마네킹이란 추상 조각을 세운 진열대, 웬만한 추상화를 보는 것보다 즐겁다.

다른 것은 그만두고라도 서점 쇼윈도까지도 화장품 가게처럼 멋을 부리고 있다. 브뤼셀 박람회 때 프랑스의 서적 진열품이 최고상을 획득하게 된 그 실적을 보여주고 있다.

미학적 가치만이 아니라 완벽에 가까운 쇼윈도는 파는 사람에게도 편하다. 우리나라의 상점엔 상품을 사는 사람보다도 건성드나드는 축이 더 많다. 점원들도 얼이 빠질 지경이다. 그러나 그곳에선 우선 그 쇼윈도에서 일단 상품을 선택한 다음 살 사람만이 점내店內로 들어오기 때문에 굳이 안에 들어가서 상품 구경을할 필요가 없는 것이다.

파리의 아름다운 쇼윈도는 대개 인적이 끊인 한밤중에 전시한다는 이야기다. 쇼윈도를 장식하는 전문가(그 기술학교까지 있다)들의 손에 의해서 새벽녘까지 꾸며지고 다음 날 먼동이 틀 때는 거리를 지나는 사람들에게 선을 보인다.

상점에서 돈을 들여 직접 만든 쇼윈도도 있고, 상품 회사 측에서 자사自社의 선전으로 만들어주는 일도 있는 모양이다. 일석 사조, 상점은 상점대로, 제조 회사는 또 그 회사대로, 손님은 손님들대로, 그리고 도시는 도시대로 아름답게 보이고 또한 덕을 본다. 어쨌든 몇 시간을 걸어 다니면서 윈도쇼핑을 해도 다리가 아프지 않다.

그 쇼윈도뿐만 아니다. 파리의 거리를 걷는 맛 중에는 또 오픈카페를 들르는 것을 빼놓을 수 없다. 보도가 유난히 넓고 가로수가 유난히도 많은 거리, 기후가 건조한 데다가 길은 완전히 포석으로 깔려서 길가에 탁자를 늘어놓고 차를 팔아도 실내와 같이 먼지 하나 날리지 않는다. 어두컴컴한 실내의 다방에서는 도저히 맛볼 수 없는 운치가 있다. 거리의 카페는 태양과 구름과 바람과 그리고 인간의 모든 생활이 하나의 벽화 구실을 한다.

파리의 거리는 단순히 사람이 걸어 다니라고 있는 것이 아니라, 그것 자체가 하나의 실내의 연장이요, 생활을 즐기는 놀이터인 것이다.

한참 걷다가 다리가 아프면 길가에 있는 오픈카페의 의자에 걸터앉는 맛! 그리고 담배와 신문과 커피 한 잔을 앞에 놓고 지나가는 행인들을 구경하는 맛! 패션모델과 같은 여성이 지나가는가 하면, 노신사가, 아이가, 복슬강아지가 제각기 다른 개성 있는 차림새로 눈앞을 스쳐 지나간다. 먼지 하나 묻지 않는 마로니에의 푸른 녹음 밑 생활의 실루엣이 비치는 것이다.

한국 다방처럼 귀 따갑게 틀어대는 전축 소리도 없고, 조금만 오래 앉았으면 엽차 그릇과 재떨이를 집어가며 눈을 흘기는 레지도 없다. 돈도 그냥 테이블에 놓고 가기만 하면 되는 것이다. 정말 노변의 벤치, 한가롭게 쉴 수 있는 것이 그 카페의 풍속이다.

집에서 나오면 벌써 거리는 내 것이 아닌 다른 존재…… 먼지와 웅덩이 때문에 위태롭기만 한 그 길…… 뒷골목 같으면 분뇨 냄새가 풍기는, 청소차가 늘어서 있는 그 길, 서울의 그 거리는 생활의 연장이 아니라 단절이다. 시내의 거리를 마치 자기 집 앞 뜰처럼 생각하고 있는 그들이 부럽다. 그런 것을 느끼게 되면 한동안 기분이 좋다가도 불쾌한 생각이 치밀어 오른다.

우리는 서양의 피해자였다. 서양의 좋은 것은 한결같이 들어오지 않고 몹쓸 바람만 불어온 것이다. 대체 한국의 다방은 어디에서 굴러들어온 사생아냐? 서양엔 일찍이 그렇게 폐쇄적이고 비생산적인 다방이 없다. 우리는 다방이 서양에서 온 것으로 알고 안심하고 있지만 그것은 적잖은 오해다. 한국의 다방처럼 생긴 것으로는 스낵바가 있는데 거기에서는 차와 음식을, 그리고 간단한 그림엽서의 일용품 같은 것을 팔고 있어 그 드나드는 목적이 이미 다르다.

온종일 차 한 잔 마시기 위해서 고가高價인 빌딩의 면적을 제공하고 있는 그 기형아의 족보는 서양에서 찾을 길이 없다. 변질된 서양 바람이다. 기계주의의 횡포라고 우리는 서양 문명의 영향을 두려워하고 있지만, 서울 거리처럼 그야말로 기계 문명의 피해를 입고 있는 데도 드물다.

파리에서도 자동차가 많아 골머리를 앓는다. 그러나 경적은 통제되어 있다. 또 자동차가 그렇게 많아도 인간 우선주의이며 그 거리엔 자동차의 가스에 필적할 만한 꽃과 가로수와 공원들이 자연의 분위기를 돋우고 있다.

그런데 서울의 길은 어떤가? 자동차만 들어왔지 그 소음을, 그 가스를, 그 산문적인 기계의 횡포를 상쇄할 만한 꽃 한 포기, 나무 한 그루, 공원 하나, 분수 하나 변변한 것이 없다.

길가에서 차를 마시며 거리를 구경할 수 있는 파리의 시가가 '자연을 사랑하는 군자'들이 사는 서울보다 한층 더 정원적인 맛이 난다는 이 아이러니를 우리는 어떻게 설명해야 되느냐? 우리는 서양에서 병만 들여왔지 그 약은 들여올 줄을 몰랐다.

아무리 가난하고 각박해도 꽃을 가꾸고 거리를 꾸미는 그것은 결국 정신의 문제다. 공원이라고 하는 것은 불하해서 팔아먹기 위해 있는 공지 정도라고 생각하는 사고방식이 바로 '사막의 서울'을 만든 원흉元兇이다.

세계에서 새소리를 들을 수 없는 시가가 있다면 그것은 바로 서울일 것이다. 서양은 물질주의이고 동양은 정신주의라는 공식을 액면대로 믿어서는 안 된다. 세상에서 제일 기계화되고 물질화된 뉴욕 시에서도 센트럴파크엘 가면 원시림 속에 들어온 것 같다. 다람쥐가 사람의 무릎으로 기어오르는 야생의 자연을 느낄 수 있는 것이다.

우리의 도시에는 거리가 없다. 거리가 없는 것이 아니라 거리를 잃어버렸다. 안방에서 직장으로 직접 점프를 해야 된다. 그 사이는 공백이다. 아니, 어서 피해야만 할 불안과 공포의 공간이 있을 뿐이다.

도시의 생활은 거리에서 시작되는 것. 아름다운 쇼윈도가 있는 거리…… 카페가 있는 거리…… 가로수가 울창한 거리…… 그리고 작대기 같은 그 형광들이 아니라 역사의 후광과도 같은 가로등이 켜지는 거리…… 포석들이 호수의 파문처럼 나선형 무늬를 그리며 끝없이 번져 있는 거리……. 세상엔 영화 장면이 아니라 그러한 현실의 도시에서 살고 있는 사람도 있다.

# 파리의 화첩

8백만이 넘는 사람들이 모여 사는 대도시의 한복판이지만, 잠시 눈을 감고 서 있으면 심산유곡 같은 물소리가 들린다. 자동차의 소음마저도 폭포의 물결 소리로 들리는 여기 콩코르드 광장. 76피트의 높이로 솟구친 룩소르의 오벨리스크(이집트 탑)를 끼고 한 쌍의 분수가 물을 뿜는다. 돌로 새겼지만 위스키 글라스같이 투명한 분수대. 시원한 물줄기가 샹송 같은 리듬으로 솟아질 시각에 사랑하라고, 사랑하라고…… 파리의 젊은이들은 사랑의 밀화를 듣는다.

옛날 콩코르드는 피의 광장, 혁명의 열풍이 불던 곳, 루이 16세가, 아름답던 마리 앙투아네트가 형틀에 영광의 꿈을 묻었던 비극의 마당이다. 단 두 해 동안 3천 명 가까운 사람들이 자유의 이름 밑에 학살된 형장이다. "사일라! 사일라!" 정말 자유의 나무는 피를 마시고야 자라는 것일까.

그러나 그것은 3백 년 전 이야기. 이제는 그 이름도 콩코르드[和

쉼]의 광장. 너와 내가 사랑으로 만나기 위해서 이 빈 터가 있고, 분수는 피를 씻기 위해서 저렇게 많은 물방울을 뿜는가 보다.

프랑스, 여덟 도시를 상징하는 여신들이 서로 마주 보고 선 이 광장에선 지나가는 차들도 서로 한 번씩 인사를 나누며 지나가는 로터리…… 참혹하고도 아름다운 파리의 앞마당 콩코르드! 신의 모습 같다. 어느 쪽에서 보아도 그 모습은 한 점 결한 데가 없는 완벽, 사원이 아니라 이것은 하나의 태곳적 수풀이다. 회랑回廊은 오솔길, 줄지어선 기둥은 천 년 묵은 울창한 수목, 파리의 보석이라는 장미창, 오색 스테인드글라스, 나뭇잎 사이에서 쏟아져 흐르는 신비한 햇살과 영롱한 하늘이다.

누가 썼던가? 종지기 꼽추의 영원한 오뇌와 그 사랑을……. 그 연모가 인두로 가슴을 지지는 것같이 아팠기에 남녁 탑 위에서 15톤 쇠종이 오늘도 운다. 어느 망명자였을까. 어느 가난한 예술가였을까. 라틴어를 외던 어느 다락방 속의 젊은이였을까. 노트르담77) 사원의 종소리를 들으며 홀로 밤을 새웠던 그 사람들은…… 노트르담 성모 마리아. 5백 년 나이테를 돌에 새기고 환희와도 같이, 오뇌와도 같이 오늘도 첨탑은 하늘을 본다. 성모 마

---

77) 노트르담은 '우리들의 귀부인'이라는 뜻으로 성모 마리아를 축복하기 위하여 파리, 아미앵 등에 세워진 구교 사원. 파리의 노트르담이 가장 유명한데 1163년에 기공하여 약 2백 년 후에 완성된 것으로 고딕 건축의 대표작이다.

리아, 노트르담, 이단자도 이곳에서는 기도를 한다.

　계절도 가고 인간도 가고 물도 구름도 모두들 떠나가는데, 천 년을 하루처럼 살고 있는 파리의 주인 노트르담, 나는 안다 고…… 파리의 인생을 나는 안다고, 뿔 돋친 테라스 위의 괴수는 턱을 괴고 파리를 굽어본다.

　프랑스 남자는 키가 작다. 프랑스 여인은 통계책 속에서 유럽 제2위의 키를 자랑하는데 파리지앵들은 우리 동양 사람처럼 키 가 작다. 그 이유를 물으면 옛날 나폴레옹이 건강한 남자는 모두 끌어다 전장에서 죽였기 때문에 불합격자만 살아남아 이렇게 그 후손들은 체구가 작다고 농담을 한다. 좋은 것이든 궂은 것이든 프랑스 사람들은 매사를 나폴레옹에게 갖다 붙이기를 좋아한다.

　앵발리드는 폐병원廢兵院. 전상戰傷을 입은 젊은이들이 영광과 상처를 저울질하는 곳. 넓은 뜰에는 나폴레옹의 전리품인 대포들 이 하품을 하듯 녹슨 포구砲口를 열고 누워 있다. 하늘을 찌를 듯 한 왕관 같은 돔, 105미터 바로 그 아래 나폴레옹은 역시 또 왕관 같이 붉은 관 속에 누워 고이 잠들고 있다.

　시끄러운 관광객들도 나폴레옹 석관 앞에서는 입을 다문다. 나 폴레옹은 전쟁의 예술가, 유럽의 가장 큰 수목, 둥근 석관은 지금 신화의 구근球根처럼 잠들어 있다. 그러나 바로 그 옆 군사박물관 입구에 진열된 나폴레옹 때의 수많은 군기는 사그라져 휘몰리는 낙엽 같다. 수백, 수천의 저 낙엽 같은 애잔한 군기를 위해서 얼마나 많은 사람이 피와 눈물을 바쳤었던가. 퐁텐블로 백마정白馬庭에서 유형지로 쫓겨 가던 나폴레옹이 고별할 때 신하들이 끌어안고 울었다던 그 군기가, "짐은 이 군기를 유품으로 포용하면서 운수천리雲樹千里의 바다 물결 저편에서 경들을 생각하겠다"라던 나폴레옹의 그 군기가, 이제는 그의 이니셜 N자의 수繡만 남기고, 정복한 도시의 이름자만 남기고 재처럼 사그라져가고 있다. 썩는 것은 군기만이 아니다. 대황제 폐하 나폴레옹의 군모와 망토는 지금 한낱 남루에 지나지 않는다. 시간과 바람은 나폴레옹이 멸한 것보다 더 많은 것을 멸하였다.

외로운 섬 세인트헬레나에서 마지막 숨을 거둘 때 누워 있던 쇠침대는 어쩌면 어린애의 요람처럼 그렇게 초라하고도 작기만 한가. 그 쇠침대 위에 지금은 주인 없는 베개만이 홀로 누웠다. 많은 대륙을 석권하였던 나폴레옹이 마지막 누운 그 침대는 겨우 열 뼘 남짓한 자리. 제행무상諸行無常! 목탁이라도 쳐주고 싶다. 영웅의 베개, 황제의 침대는 바다 같은 대륙으로도 모자라지만, 마지막 남는 자리는 저 침대 같은 공백, 영웅과 필부匹夫의 자리가 다를 것이 없다.

앵발리드, 나폴레옹 유품의 진열대를 보고, 나선형 계단을 내려오다 보면 루브르 박물관도 에투알의 개선문도, 샹젤리제의 호화로운 상품도 부럽지 않다. 영웅의 잠을 깨울 수 있는 것은 아무것도 없다. 살아 있는 동안, 살아 있는 동안 뜨겁게 살아야지. 결국은 모두들 그러한 차례로 조금씩 씨부렁거리다 돌아가는 것. 서양도 별로 부럽지가 않다.

앵발리드, 나폴레옹의 무덤을 보고 나오는 길에 그 가까이에 있는 바렌가街를 들러 로댕 박물관을 가보았다. 로댕[78]이 죽기 전에 수십 년 동안 살았던 집이라고 한다. 푸른 잔디가 깔려 있는 박물관 앞뜰에는 그의 유명한 〈생각하는 사람〉이 묵상에 잠겨 있다. 시간을 아끼느라고 점심을 굶고 돌아다녔던 탓인지 나에게는 그것이 사색에 잠긴 것이 아니라 꼭 배고픈 사람이 맥없이 쭈그리고 있는 모습으로 보였다.

그러나 관내로 한 발짝 들여놓은 순간부터 나는 이미 내 위장의 공허 같은 것을 근심하고 있지는 않았다. 그보다도 더 절실한 '생명의 공허'에 현기증을 느꼈다. 끌어안고 입 맞추고 몸부림치고 그래도 끝내 두 육체 사이를 가로막고 있는 크나큰 공허! 로댕의 조각은 그러한 생명의 공허와 투쟁하고 있었다. 거기에는 이미 청동도 없고 돌도 없다. 다만 응결한 정신의 덩어리가 물체로 화한 영혼이 있을 뿐이다.

그저 나는 기록해두고 싶다. 이 로댕 박물관에서 내가 처음으로 발견한 것은 인간의 손이었음을……. 신의 손, 무덤에서 나온

---

78)  프랑스의 조각가. 조각에 있어 인상주의印象主義를 창시하여 그 영향이 전 유럽에 미쳤으며 근대 사실파의 대표자이다.(1840~1917)

손, 로댕이 인간의 손을 주제로 많은 작품을 창조한 그 이유를, 그 마음을 알 수 있을 것 같다. 그것들은 무엇을 움켜잡으려고 하고 있다. 무엇인가를 잡기 위해서 내민 두 손은 차라리 영혼의 한 자세다. 형체는 저렇게 뚜렷한데 어째서 우리는 거기에 절벽 같은 텅 빈 공간을 느껴야만 하느냐? 아무것도 그 손에 잡히지 않은 그 무의 세계를 그는 한쪽의 돌 속에 가두어둔 것일까? 인간의 손이 이렇게 외롭고 쓸쓸한 것인 줄을 나는 로댕 박물관에서 비로소 알았다. 눈물이 흐를 것만 같은 감동이었다.

파리에서 반백 리 남쪽으로 내려가면 베르사유 궁전[79]이 나타난다. 파리의 응접실이라고나 할까. 휴일만 되면 파리의 시민들로 성시盛市를 이룬다. "짐이 곧 국가"라던 루이 14세가 세운 궁전답다. 정말 그 궁전 하나가 바로 한 '나라'와도 맞먹을 것 같다.

아니, 안내원의 말을 빌리면 베르사유는 하나의 소우주라고 한다. 물도 없고 흙도 없는 모래밭과 그 위에다 세운 궁궐이라 그렇다는 것이다. 저 정원과 저 조각과 저 건축과 저 호수는 자연미가 아니라 완벽한 인간의 설계에 의해서 빚어진 인공의 미……. 베르사유의 조물주는 인간이기에 또한 그렇다는 것이다.

---

79) 베르사유에 있는 궁전으로 루이 14세의 계획에 따라 1664년에 시작되어 1714년에 완성되었다. 커다란 정원을 가진 프랑스 바로크식의 대표적인 건축물인데 아메리카 독립 전쟁, 보불 전쟁, 제1차 세계 대전 등의 강화조약이 이곳에서 체결되었다.

'국민이나 문화나 시대의 성격은 건축에 반영된다'(브루크할트)는 이론은 베르사유를 두고 한 소리 같다. 프랑스 정원의 전형이라는 그 뜰을 바라보고 있으면 옛날 기하 시간이 생각난다. 컴퍼스와 자로 그어놓은 것 같은 대칭도……. 균형과 조화와 합리의 질서, 그리고 단정端正을 추구한 고전주의 정신의 산 교과서다. 한 바퀴 돌자면 10리가 넘는다는 그 인공 호수도 완전한 직선의 십자형. 자연에 도전한 인공미의 완벽이다. 일사불란, 태양계처럼 베르사유 궁을 중심으로 모든 풍경은 돌아가고 있다.

푸른 잔디와 가위질도 하지 않은 나무들이 멋대로 자란 잉글리시 가든에 영국인의 그 투박한 마음이 쉬고 있다면, 재단사가 옷감을 마르듯 가위질한 이 깔끔한 수목과 그 뜰엔 명징明澄을 좋아하는 프랑스인의 투명한 마음이 다리를 뻗고 있다.

궁전 속에 들어가면 꼭 마술에 걸린 신데렐라 공주가 된다. 한쪽 벽을 완전히 거울로 만들어놓은 갈리 드 미루아르Galerie de Miroir(거울의 방), 소문으로 듣던 것보다도 호화롭다. 실물과 거울 속 풍경이 요지경 같은 광경을 펼쳐놓는다. 옛날 이 궁전 사람들도 아마 이 '거울의 방'에서는 현실계와 환상계의 대칭 속에서 살았을 것 같다. 생김새만 그런 것이 아니라 이 방의 역사도 이중적인 것 같다. 프랑스가 보불 전쟁에서 졌을 때 프랑스는 이 방에서 굴복의 조인을 했으며, 얼마 후 1차 대전이 끝났을 때에는 승전국의 위치에서 독일과 강화조약을 맺었다. 그러기에 전쟁과 평화의 방이라고 한다.

궁전의 회랑은 걸어도 걸어도 무수한 방이 나타난다. 수천의 방마다 초상화들이 옛 추억을 거느리고 눈짓으로 이야기한다. 여기에서 그들은 화장하는 법을 익혔다. 여기에서 노름하는 법을 퍼뜨렸다. 여기에서 그들은 술 마시는 법과 노래를 듣고 연극을 보고 춤추고 사랑하는 풍습을 만들어냈다. 세계의 향락과 사치가 모두·여기에서 비롯되었다. 베르사유는 미의 바티칸, 사치의 올림피아다.

그러나 더 중요한 것이 있다. 더 기억해두어야 할 만한 일이 있다. 여기에서 그들은 프랑스 대혁명의 불꽃을 펼쳤다. 폭동은 가난한 슬럼가에서 시작된 것이 아니라 바로 이곳, 이 화미華美와 탕진과 쾌락의 방 속에서 피의 혁명을 낳은 것이다. 베르사유, 그것은 죄를 낳은 장미밭이다.

# 리비에라와 카지노

    지중해는 아름다웠다. 바다 밑의 해조海藻가 환히 들여다보일 정도로 물은 녹색 수정알처럼 투명하였고, 해면은 파도라기보다도 파문 같은 잔물결이 일고 있었다. 햇볕은 뜨거웠지만 바닷바람은 새벽의 미풍보다도 서늘했다. 지중해 중의 지중해! 해안선을 따라 감돌던 자동차는 드디어 프랑스의 리비에라로 들어선 것이다.

    이탈리아 국경으로부터 에스테레르의 산맥 지대로 뻗친 장장 40마일, 지중해 연안의 미관은 프랑스가 아니라 유럽의, 그리고 세계의 명승지다. 길은 매끈한 아스팔트이지만 굴곡이 심하고 또 좁아서 위태롭다.

    그러나 그보다도 더 위태로운 것은 선경仙境이다. 왼쪽 창으로는 바다, 오른쪽 창에는 절벽의 산, 돌 틈으로는 용설란과 선인장들이 잡초처럼 우거져 있는가 하면, 길가에서는 유도화와 푸른 야자수가 잎을 드리우고 섰다. 그리고 아름다운 로맨스가 살고 있는 것 같은 별장들, 깜짝깜짝 놀라게 하는 황홀하며 변화 많은 그 해안의 풍광風光이 자칫하면 운전대의 핸들을 놓치게 할 것만 같았다.

옛날 로렐라이를 지나던 라인 강의 뱃사공들은 사이렌의 노래에 매혹당해 빠져 죽었지만, 여기에서는 아름다운 경치에 홀려 자동차가 바닷속으로 추락해버리고 말 것 같다.

"눈을 조심하세요. 여기는 지중해의 로렐라이입니다."

나는 넋을 잃고 운전을 하는 S씨에게 농담을 했지만 실은 진의眞意의 충고였다.

망통, 그리고 모나코의 몬테카를로, 그리고 니스…… 칸[80]……속칭 코테다쥐르(벽색의 해안)라고 불리는 이 연안 일대는 모두가 해수욕장이며 유흥장으로서 바캉스를 맞이한 피서객들의 자동차가 부산하게 들이닥친다. 심지어는 남녀 한 쌍이 해수욕복 차림으로 스쿠터를 몰며 달리는 모습도 보인다. 이래저래 눈이 바빠져 운전하기가 힘든 지대다.

태양과 바다와 육체와…… 그러나 그 감동은 별로 오래가지는

---

80) 칸은 매년 영화제가 열리는 곳으로 우리의 귀에 익은 곳이다. 2차 대전까지 칸은 엘바 섬에서 탈출한 나폴레옹이 프랑스에 처음 상륙한 곳으로 유명했다. 리비에라 해안 가운데 그리 널리 알려져 있지 않았는데, 시장이 여기에서 영화제를 열어 일약 세계의 관광지로 각광을 받게 되었다. 베니스의 영화제와 마찬가지로 영화 자체에 목적이 있었던 것이 아니라 실은 관광 개발의 한 수단이었다.

않았다. 자연은 아름다우나 이곳의 인간 풍습은 칭찬해줄 만한 것이 못 된다. 사람들은 깊이 설명을 하지 않아도 알 것이다. 리비에라 해안의 입구, 이탈리아 국경에서 들어올 때에는 무엇이 있는가를……. 그것은 모나코의 몬테카를로, 그 유명한 도박장이 있는 곳이다. 우리가 모나코를 지날 때 제일 먼저 들른 곳도 바로 그 카지노 도박장이었다. 실상 카지노(도박장)에 들를 생각은 없었다. 돈이 없었고 룰렛에 대한 지식도 없었기 때문이다. 그것보다는 그레이스 켈리 왕비가 살고 있다는 궁전과 그 요트나 보고 갈 작정으로 잠시 차를 멈추었던 것이다.

해변으로 면한 시가 쪽으로 무작정 내려가자니까 길가에 큰 정원이 나타나고 웅장한 돔이 있는 궁전 하나가 나타난다. 생김새로 보아 의심할 바 없는 모나코 왕궁이다. 그레이스 켈리 왕비와 비록 인사는 나누지 못할 형편이지만 기념사진이나 한 장씩 찍기로 하고 차에서 내렸다.

그러나 사진을 다 찍고 막 떠나려고 하는데 길가에 세운 조그마한 푯말이 하나 눈에 띄었다. 그것은 놀랍게도 '카지노'라고 쓴 화살 표지였다. 왕궁인 줄 알았던 것이 사실은 그 유명한 몬테카를로의 도박장이었다. '과연 도박의 나라다.' S씨와 나는 고소를 금치 못했다.

왕궁은 몬테카를로의 대안對岸 끝 쪽의 높은 바위산 언덕 위에 있었던 것이다.

모나코는 세금이 없는 나라라고 한다. 도박장에서 나온 돈으로 나라 살림을 하기 때문이다. 카지노에는 외국인만 들여놓지, 모나코의 시민들은 출입이 금지되어 있다는 것이다. 그러니까 주인들은 점잖게 앉아서 손님들에게 노름을 시켜 그 판돈으로 생활하고 있는 나라다. 아름다운 자연을 구경 온 외국 길손들의 호주머니를 털어낸다는 것은 너무나도 야박한 인심이다.

세상에 도박을 '국시國是의 제일第一'로 삼고 있는 나라도 있다니……. 리비에라의 바다 경치를 보기 전에는 이 도박 왕국을 귀여운 하나의 애교라고 생각했었다. 그러나 그 지중해의 풍광을 직접 대해보면, 어째서 그처럼 아름다운 자연을 두고서도 그 마음은 룰렛의 금전에 쏠리는가 하는 의문이 생겨난다.

서양 친구들은 자연과 노는 풍류 방식을 모른다. 저 바다, 저 꽃, 저 바람, 저 언덕, 동양 사람 같으면 물욕이 일어나다가도 그런 자연을 대하면 깊은 침잠의 세계로 젖어 들어갈 것이다. 분명히 그렇다. 한국인은 적어도 이러한 자연을 대하면 신선이 된다. 자연의 꿈에 그냥 안겨버린다. 영원을 생각한다. 세속적인 쾌락이나 육체의 즐거움보다는 한없이 승화된 정신의 열반에 취한다. 우리 같으면 지나가는 나그네를 붙잡고 노름판을 벌이지는 않을 것이다. 이 좋은 자연을 서로 감상해 가면서 한잔 술을 나눌 것이다.

한잔 먹세그려 또 한잔 먹세그려

꽃 꺾어 산算 놓고 무진무진 먹세그려

이 몸 죽은 후면 지게 위에 거적 덮어…….


정철鄭澈 선생같이 「장진주사將進酒辭」를 읊으면서…….

그 증거로 우리는 관동팔경, 해당화가 피는 명사십리에 카지노
가 아니라 '정자'를 세웠던 것이다.

그런데 모나코뿐만 아니라 리비에라 해안 일대에는 니스든 칸
이든 카지노가 활개를 친다. 변태적으로밖에 자연을 사랑할 줄
모른다.

지중해의 자연은 육체의 쾌락을 좇는 해수욕장이며 황금의 꿈
을 좇는 도박장이다. 도시의 간판에도 'Rêve d'or(황금의 꿈)'이란
문자가 보인다. 대자연의 장관 앞에서도 그들은 룰렛 위에 펼쳐
지는 그 '황금의 꿈'을 본다. 우리가 존경해 마지않는 처칠 씨까
지도 그랬다.

"만약 일생을 다시 고쳐 산다면"이라는 기자 질문에 "프랑스
의 리비에라에 가서 도박판을 벌일 것이다. 옛날에 돈을 잃었던
분풀이를 할 것이며, 꼭 한 번 돈을 따고야 말겠다"라고 그는 대
답했던 것이다. 물론 유머로 돌려야겠지만 그게 서양 친구들의
본질인지도 모른다. 나는 처칠만큼 위대하지 못하다. 그러나 리
비에라의 태양과 바다의 그 절경을 못 잊어 다시 찾아올지언정
노름하기 위해서 그곳을 찾지는 않을 것이다.

옛 한국의 선비들이 자연을 감상하던 마음은 신선의 마음과 통했으나, 서양 친구들의 그것은 도박꾼의 마음과 통해 있다. 노름판에서 돈을 잃은 친구나 딴 친구나 그 시퍼런 눈에 어찌 이 자연의 아름다움이 비치겠는가. 단연 자연을 대하는 태도만은 우리가 선진국이다. 그래도 옛날 이 리비에라 해안의 도박장에는 하나의 불문율이 있어서 돈을 완전히 털린 나그네들에게는 고국에 돌아갈 여비만은 돌려주었다고 한다. 지금은 그나마 미덕도 다 사라지고 산레모 시市에만 겨우 그 전통이 남아 있다고 한다.

비록 세 끼 죽을 먹더라도 아름다운 고장을 찾아오는 나그네의 여비를 털어먹는 서양 친구의 풍속만은 제발 닮지 말자. 순박하게 사립문을 열어 과객을 접대하던 한국인의 마음, 가난 속에 시달린 백성이지만 우리는 그런 짓을 하고는 살지 않았다. 옛날 수로부인에게 벼랑에 핀 꽃을 꺾어 바친 소 치던 노인처럼, 지나는 길손과 꽃으로 화답했던 우리들이 자랑스럽지 않은가?

고독을 축하하는 최후의 잔치에
스스로 손님이 되어
사람들은 모여든다
불신의 의식에 참가한다
숫자가 사람들의 운명을 바꾸어놓는다
매혹의 노예, 세계, 슬픈 존재

나는 W. H. 오든의 「카지노」란 시구가 머리에 떠올랐다. 불신의 의식에 참가하는 매혹의 노예들.

　칸에서 일박一泊을 했다. 밤에는 기적처럼 달이 떴다. 화려한 비치파라솔도 원색의 나체들도 보이지 않는 해안, 달은 포로처럼 혼자 지중해에 은파를 이루는데 우리들 동양인만이 무상에 잠겨 해변을 거닐었다. 가등街燈이 있는 인공적인 해안 산책로까지 싫었다. 서양에도 달이 뜬다고 하면서 S씨와 나는 슬프게 웃었다.

　2차 대전 때, 독일군이 만들어놓고 간 토치카를 그대로 이용한 선술집이 하나 있었다. 뱃사공 상대의 이 주점이 룰렛판이 돌고 색동이 눈부신 카지노의 카바레보다 우리의 체취에 맞는 술집이었다.

　리비에라 해안은 아름답다. 그러나 인간은 추악하다. 에덴은 있어도 아담과 이브는 부재하는 곳. 그것이 니스요 칸이다.

# 프로방스의 여름 / 프랑스 종단기

웬만한 프랑스 소설치고 마르세유[81] 항구 이야기가 등장하지 않는 것은 없다. 그것은 바다로 면한 프랑스의 현관인 것이다.

모든 생활양식이 획일화된 오늘날에도 항구 도시엔 상상력을 자극하는 생의 드라마가 있다. 창녀가 있고 중국 요리점料理店이 있고 국적을 알 수 없는 험상궂은 선원이 있고……. 마르세유가 특히 그렇다. 산언덕을 타고 뻗어 내린 그 도시의 우중충한 뒷골목이나 돌계단을 걷고 있으면 꼭 무엇인가 소설적인 사건이 일어날 것 같은 예감이 든다. 기괴한 낭만이라고나 할까. 거리에서 만나는 사람들도 심상찮은 비밀을 간직하고 있는 듯이 보인다.

---

81) 프랑스의 지중해 북서 리옹 만에 있는 프랑스 최대의 항구 도시. 이 항구는 유럽에서 가장 오래된 항구로 이미 B.C. 6백 년에 그리스인에 의하여 발견되었고 마살리아라는 항구를 건설했었다. 한때 로마의 거점이 있었고, 프랑스 혁명 시에는 혈투가 행하여졌던 곳이기도 하다.

중국 음식점을 찾았으나, 그들이 가리켜준 것은 모두가 월남 식당……. 단념하고 부둣가를 산책했다. 기중기가 수풀을 밀고 있는데, 한구석에는 낚시를 드리우고 있는 한가로운 강태공도 있다. 선창가에서는 인부들이 깨진, 뻘건 수박을 먹고 있다. 동양에서 실어 온 것일까? 수박을 보자 갑작스레 향수에 젖는다.

선원풍船員風으로 보이는 마도로스 씨에게 몽테크리스토 백작이 갇혀 있던 감옥을 묻는다.

"아! 샤토 디프(디프 성城)."

적동색의 건강한 팔목을 들어 바다 건너의 수평선을 가리킨다. 자세히 보니 구름인가 싶었던 것이 실은 바위섬, 그 위에 선박 같은 성곽이 아련하게 떠 있다. 좀처럼 헤엄쳐서는 나올 수 없는 먼 거리다. '에드몽 당테스'의 활극이 지금 이 자리에서 다시 벌어진다 해도 조금도 부자연스러울 것이 없겠다. 마르세유 항구는 그렇게 시대착오적인 멋이 있다.

디프 성城까지 유람선이 다닌다고 한다. 하루에 두 차례씩. 가봐야 음산한 감옥일 것이다. 시간도 없고 해서 리옹을 향해 떠난다. S씨와 나는 지도를 펴놓고 리옹과 파리를 향한 종단 계획을 세운다. 엘바 섬에서 탈출한 나폴레옹이 파리에 입성하는 그런 기분으로……. 파리에까지 장장 3천5백 리, 아무래도 하루에 달리기는 어려운 코스다. 리옹에서 일박하기로 하고 차를 몬다.

론 강을 거슬러 따라 올라가는 국도 7번을 택하였다. 우선 목표는 아비뇽! 환한 햇살이 흐르는 프로방스의 시골길에선 자동차도 역마차처럼 춤을 추듯이 달린다. 에밀 졸라의 고향 엑상, 졸라가 이름도 모르는 소녀를 쫓아다니던 그 거리들…… 아를…… 다라스콩, 모두가 소설책에서 귀에 익은 지명들이며 화첩畫帖을 통해서 낯이 익은 풍경이다. 알퐁스 도데와 고흐의 고향, 프랑스를 '지리학적 인격'이라고 부른 진의를 알 것 같다. 미술도 문학도 프랑스만큼 지리적인 풍토와 밀접한 관련을 맺고 있는 나라도 드물다.

지도는 단순한 지형의 도본이 아니라 바로 프랑스의 문화를 적은 정신의 축도라고 할 수 있다. 고흐나 세잔의 그림을, 그리고 미스트랄과 도데의 문학을 키운 것이 바로 이 프랑스의 타오르는 태양이며, 불꽃 같은 전나무이며, 잠자는 듯한 론 강의 하반河畔이며, 바로 이 길목의 가로수들이다.

투명한 일광과 건조하면서도 경쾌한 주위 풍경은 고흐의 그림 때문에, 그리고 도데의 주인공들 때문에 한층 더 그 인상이 신화적인 것으로 느껴진다. 예술이 자연을 모방하는 것이 아니라 자연이 예술을 모방한다는 와일드의 말이 생각난다. 우리는 도데의 소설, 고흐의 그림을 통하여 이 자연들을 바라보고 있는 것이다.

어째서 우리는 문학과 예술을 통해서 지방 하나하나의 특성을, 생활을, 그 경관을 살리지 못하였는가? 참된 프랑스는 파리가 아니라 이런 시골에서 볼 수 있고, 그 다양한 영상의 창조에서 이루어진 것이다.

주유소에서 휘발유를 넣으며 잠시 쉬었다. 가로수에서, "찍—
찍—" 하는 벌레 울음소리가 들린다. 이것이 프로방스의 명물인
매미 울음소린가 보다.

"시갈(매미)?" 하고 물으니까, 주유소 영감이 그렇다고 한다. 그
러나 '매미' 소리만은, 아! 그 '매미' 소리만은 한국 것만 못했다.
나는 S씨를 보고 자랑스럽게 동의를 구했다.

"저게 매미 우는 소리라는군요. 저런 걸 가지고 프로방스 놈들
은 늘 소설책 같은 데다가 매미 자랑을 한답니다. 뭐, 저 따위로
울어요?"

"정말 그렇군요. 한국 매미가 훨씬 신나게 울지, 저런 것들하고
어디 비교나 됩니까?"

S씨와 나는 꼭 애들처럼 이렇게 말하면서 서로 마주 보고 웃었
다.

그러자 그 순간 나는 까닭 없이 가슴이 찡해지면서 눈시울이
뜨거워졌다. 오죽 자랑할 게 없으면 '매미' 소리를 내세워야 하느
냐. 아니! 아니! 매미 소리라도 자랑하지 않고서는 견딜 수 없는
허전한 마음. 평화로운 이 프로방스의 전원도시를 바라볼 때 자
꾸 나의 망막을 스쳐 가는 풍경은 절량농가와, 동굴 같은 초가집
과, 그리고 멍든 표정으로 살아가는 한국의 농촌이었다. 대체 그
게 인간의 생활이라 할 수 있느냐. 이심전심以心傳心이랄까, S씨도

매미 자랑을 하다가 고독한 표정을 짓고 있었다.

밤중에 차를 몰다가 개똥벌레를 보았을 때도 그러했다. 우리는 그게 아무래도 한국 것보다 그 불빛이 시원찮다는 둥, 낭만적이 아니라는 둥 하고 한참 동안 죄 없는 서양 개똥벌레를 헐뜯기에 바빴었다.

마르세유를 떠난 지 두어 시간 만에 우리는 론 강의 아비뇽에 이르렀다.

다리는 아비뇽
사람들이 춤추네
다리는 아비뇽, 다 같이 춤추네

18세기 때부터 내려오는 그 유명한 프랑스 민요의 고장…….
장마 진 것처럼 뿌듯하게 흐르는 론 하반에 포플러가 우거져 있고 정말 민요의 그 다리가 강 위에 서 있었다.

세월과 홍수 때문에 유서 깊은 다리의 아치는 허물어져 있었지만, 민요의 선율처럼 리드미컬한 물결 위에서 민속적인 정취를 풍기고 있다.

천안 삼거리도 그랬으면 좋겠는가. 척 늘어진 능수버들은 벌써 옛날에 쓰러지고 지금은 민요만이 남았다. 이 아비뇽의 다리처럼 민요와 함께 살고 있는 풍경이 있었으면 오죽 좋을까.

덧없이 변해만 가는, 그렇다고 건설되어 가는 것도 아닌 한국의 전원 풍경에 또 한 번 가슴이 쓰린다. 건너지도 못하는 다리, 그 부서진 다리를 허물지 않고 그대로 보존하고 있는 그들이 부러웠다. 역사와 향토를 사랑하는 손길 속에서 아비뇽의 다리는 기념비처럼 서 있는 것이다.

쉴 사이도 없이 리옹을 향해 스피드를 낸다. 화가 세잔이 심취했던 생빅투아르 산을 찾아보려고 지도를 뒤졌지만 끝내 알아내지 못한 것이 분했다. 바랑스…… 비엔…… 하반의 도시는 어디든 아름답다.

그러나 최근 프랑스는 급진적으로 공업화되어 농촌 도시는 점점 황폐해 간다는 이야기도 있다.[82]

시골의 처녀들은 도시와 공장 지대를 찾아 이농離農하고 있어, 시골 청년들은 장가들기에도 어렵게 되었다는 것이다. 총각 둘에 여자 하나의 꼴이 되어버렸는데 30년 내의 처음 있는 처녀 기근이라고 한다. 텔레비전과 냉장고가 있는 화려한 도시의 유혹 때문에 그녀들은 농부의 아내가 될 것을 거부하고, 시골 청년들은

82) 프랑스는 전 인구의 33퍼센트가 농업에 종사하고 있어, 농민이 5퍼센트밖에 안 되는 영국에 비할 때 프랑스는 유럽에서도 몇째 안 가는 농업국이다. 그러나 오늘날엔 여자와 도박과 농업은 파산의 원인이라고 할 정도로 농업은 인기가 없다. 그러나 EEC가 생기고, 농업을 근대화하고, 또 네덜란드 농민의 이민으로 그 농촌 위기를 극복하고 있다.

이대로 있을 수 없으니 파리로 쳐들어가겠다고 불평들인 모양이다.

사정을 알고 보면 농촌은 아비뇽의 다리처럼 그렇게 평화 속에 잠들어 있을 수만은 없는가 보다. "뽕을 따던 새악시는 서울로 가네"라는 유행가는 한국인만이 불러야 하는 특허 가요는 아닌 것 같다.

리옹에 도착했을 때에는 서녘 하늘이 벌겋게 물들어 있었다. 고도古都에 불이 켜지기 시작하는 쓸쓸한 시간, 뿌연 저녁 안개에 싸인 일루미네이션이 향수 속에 명멸한다. 오색 조명을 받고 공화국 여신상의 분수가 쏟아진다. 리옹 역 앞에 늘어선 나무들이 검은 그늘을 드리우고 있다. 리옹은 프랑스 은행의 총본산, 상업의 중심이라고 하는데, 저녁에 입성한 탓인지 파리보다도 무겁고 차분한 인상이다.

시내 구경도 하지 못하고 새벽에 리옹을 떠난다. 일요일이었다. 전날 트래블러스체크를 바꾸지 않았기 때문에 은행 문이 모두 닫혀 호주머니에 현찰이 없다. 도중에 휘발유를 넣을 것이 큰 걱정이다. 더구나 점심은 건너뛸 수밖에 없다.

리옹에서 파리로 가는 길은 밀밭이 많았다. 노랗게 파도치는 밀밭, 오베르 쉬르 우아즈 근처의 밀밭을 지날 때는 미친 화가 고흐가 생각났다. 그는 이 밀밭에 누워 권총 자살을 기도했다. 밀밭! 끝없이 퍼진 밀밭! 숨이 막힐 것 같은 황금빛이다. 그리고 바르비종 근처의 밀밭에선 밀레의 〈만종〉을 보았다. 그가 그렸던 바로 그 밭이다. 그러나 휘발유가 떨어질 것 같아 가슴이 죄는 바람에 주위의 경치를 제대로 감상하지도 못했다. S씨는 무리해서 몰면 파리까지 들어갈 수 있다고 한다. 휘발유 계기는 '0'을 가리킨다.

세모꼴 속에 사슴이 깡충 뛰는 모습을 그린 도로 표지가 나타나기 시작한다. 처음 자동차 여행을 할 때 나는 그 표지가 무엇을 뜻하는 것인지를 몰랐었다. 아마 사슴이 뛰듯 자동차를 빨리 몰라는 뜻인가 싶어 S씨에게 "자, 속력을 내시오, 사슴처럼 뛰어가랍니다"라고 아는 체를 했었다. 가다가 보면 세모꼴 속에 '소'를 그려놓은 것도 있었다. 나는 또 그 사슴식으로 이번엔 "소처럼 느릿느릿 차를 몰아야 합니다"라고 멋대로 해석을 내리곤 했었다.

그러나 나중에 알고 보니 그것은 이솝 우화 식으로 만든 표지가 아니라 짐승이 도로로 나올 염려가 있으니 조심해서 차를 몰라는 위험표지였다. 그러니까 숲이 우거진 곳과 목장 지대를 알리는 표지였던 것이다. 산에 올라가도 토끼 한 마리 구경 못 하는 한국 표준으로 볼 때 백주에 아스팔트 길 한복판에 노루가 뛰어나오리라고는 상상도 못 했던 일이다.

기계주의에 침식되었다는 서양이지만 실은 이런 원시림이 얼마든지 있다. 사슴 표지가 많이 나타나는 것으로 보아 우리는 퐁텐블로의 그 유명한 수풀지대로 들어선 모양이다. 프랑스의 왕들이 사냥을 하던 곳, 나폴레옹이 귀양살이 갈 때 신하와 이별한 그 퐁텐블로……. 수령柳齡 수백 년을 헤아리는 거목들이 울창하게 늘어서 있는 길을 초속으로 달렸다. 피크닉을 온 파리인들이 누워서 열렬한 사랑을 하는 것이 어지럽게 한다(왜 깊숙한 데로 들어가서 놀지 않고 바로 길가에 나와서 사랑을 전시하는지 이해할 수 없다). 짐승들이 놀라고 정적을 깨뜨린다 해서 퐁텐블로에선 트랜지스터 휴대도 금지되어 있다. 경적도 금물……. 유령처럼 이 숲을 빠져나간다.

아슬아슬하게 파리 근교에까지 드디어 입성하였다. 모르면 몰라도 휘발유는 두어 방울쯤 남았을 게다. 얼굴의 땀을 씻으면서 우리는 운이 좋았다고 글루아즈 담배를 피워 물며 기지개를 켰다. 그사이 정이 들었다고 파리에 돌아오니 옛집을 찾아온 듯한 느낌이다. 인간은 참으로 간사한 동물이다.

프랑스의 남북 종단. 그것은 프랑스의 예술사를 가로지른 것 같은 인상이었다.

# 빗속에서의 파리와의 고별

파리를 떠나던 날 밤 비가 왔다. 6월인데도 늦가을 날씨 같다. 대륙성 기후 탓일 게다. 그렇기에 비만 오면 언제나 만추晩秋의 그 썰렁한 비창감이 떠돈다. 더구나 낯선 이방의 도시라 해도 떠날 때가 되면 서운하다.

포석 위에, 가로등에, 발코니의 난간과 그리고 가로수의 이파리에 차가운 빗방울이 뿌리고 있다. 한국의 빗소리를 황진이가 뜯는 거문고 소리에 비한다면 파리의 빗소리는 춘희椿姬의 기침 소리 같다고 할까……. 기분만 그런 것이 아니다. 빗소리는 풍토의 악기와도 같아서 나라에 따라 그 톤과 정취가 다르다.

오동에 듣는 빗발 무심히 듣건마는
내 시름 많으니 잎잎이 수성愁聲이로다
이후야 잎 넓은 나무를 심을 줄이 있으랴

한국의 빗소리는 옛날 진이가 시름으로 듣던 그 소리처럼 서글 픈 데가 있다. 더 정확하게 말하자면 한국의 빗소리는 한 가지가 아니라 여러 갈래다. 마당에 떨어지는 빗소리와 장독대에 떨어지 는 빗발 소리가 다르고, 지붕에 떨어지는 빗소리와 낙숫물 소리 가 또한 다르다. 따끈한 온돌방에 앉아 밖에서 비 내리는 소리를 듣고 있으면 코러스처럼 여러 갈래로 울리는 우성雨聲이 폐부를 적신다.

그러나 파리의 빗소리는 단조하다. 한 곡조다. 우선 그 건물에 는 우리와 같이 처마란 것이 없으니 낙숫물 소리가 없다. 목조 건 물이 없고 모든 것이 콘크리트와 돌로 포장되어 있어서 빗방울이 떨어지는 소리도 획일적이다. 그것은 나무나 흙의 소리가 아니라 광석질鑛石質의 음향이다. 우리의 비가 탁하고 다양한 혼성 합창 이라고 한다면 그쪽 비는 투명한 독창 소프라노 소리로 온다.

거리에 비가 내리듯
내 마음에도 비가 내린다

베를렌의 시 그대로 파리의 비는 거리에, 돌바닥 위의 그 거리 와 지붕에 내린다. 생활이 다르면 자연의 우성마저도 다르다.

그렇기에 파리의 우경雨景은 귀로 듣는 것보다 눈으로 보는 것 이 좋다. 원래가 파리는 귀보다도 눈을 위한 도시다. 시각의 즐거

움을 주는 도시다. 프랑스인 역시 예술적인 천재라고들 하지만
음악보다는 미술적인 기질이 승하다.

미술을 비롯하여 문학, 무용 할 것 없이 프랑스는 세계 제1급의
천재들을 낳았다. 그러나 웬일인지 음악 분야에 있어선 별로 귀
가 번쩍 띄는 이름들이 없다. 독일의 악성樂聖들과 비교해볼 때 더
욱 그런 것이다.

샹송을 '음치音癡의 노래'라고 규정한 것도 일리 있는 말이다.
샹송은 샹송대로 맛이 있긴 있다. 그래도 그게 말인지 노래인지
실상 그 가락은 애매하기 짝이 없다. 프랑스 사람들이 음치이기
때문에 그런 노래가 생겨났다는 농담에는 어느 정도 진담이 섞여
있는 듯싶다.

나는 호텔 문 앞에 서서 잠시 비 오는 광경을 감상해보았다. '콜
레주 드 프랑스'가 안개와 빗발에 젖어 유난히 아름답게 보인다.
교정 앞에 세워놓은 대리석 동상들이 어렴풋하게 떠올라 비에 젖
어 있다. 그 앞에서 나폴레옹 시대의 헬멧을 쓰고 하얀 망토(비옷)
를 걸친 경찰들이 불을 흔들며 교통정리를 하고 있다.

그 모습이 아주 인상적이다. 유럽에서는 키가 작으면 경찰이
될 수 없기 때문에 모두들 7척 가까운 늘씬한 신장이다. 비 오는
날이면 그 망토 때문에 한결 더 멋지게 보인다. 망토 자락을 펄럭
거리며 세련된 제스처로 교통 신호를 보내는 모습은 꼭 팜플로나
의 투우사나 발레리나 같다.

사람들도 바삐 걷지 않는다. 비가 심하지 않은 까닭인지 코트만 입고 그냥 비를 맞으며 걷는 사람들이 많다. 거리는 돌을 깔았기에, 그리고 그 위로 가로등이 비치고 있기에 사람이 지나갈 때마다 살바도르 달리의 그림 같은 긴 그림자가 포도 위에 얼룩진다. 초현실주의의 화풍도 아마 이런 데서 생긴 것일까? 잘 다듬어진 가로수와 사람들의 정적靜寂한 실루엣은 꼭 쉬르레알리스트의 그림처럼 비현실적으로 보인다.

비닐우산이 범람하는 거리, 질퍽거리는 보도, 흙탕물을 튀기는 자동차의 행렬, 쫓기듯 앞을 다투며 걸어가는 사람들! 서울의 도시에서는 도저히 맛볼 수 없는 우경雨景이다.

마지막 보는 파리의 풍경은 비에 스며 한결 더 신비롭고 아름다웠다. 이렇게 넋을 잃고 한참 비 오는 거리를 감상하고 서 있는데 누가 옆에 와서 속삭인다.

"어디로 가십니까? 혼자세요?"

어둠 속에서도 주름살을 감출 수 없는 40대의 여인이었다. 싸구려 향수 냄새가 코를 찌른다. 많은 골목을 걸었나 보다. 코트자락이 축축하다. 나는 그녀가 무엇을 원하는지 직감으로 느낄 수 있었다. 너무나 뜻밖의 일이다. 나는 소년처럼 당황하지 않을 수 없었다.

"누굴 기다리고 있는 중입니다."

나는 공연히 팔목을 들어 시계를 들여다보는 체했다. 묵묵히 서서 그녀는 내 얼굴을 들여다보고 있었다.

"누구를 기다리고 있는 중입니다."

나는 똑같은 소리를 되풀이했다.

"제가 싫으신가요? 이 호텔에 머무르고 계신가요?"

"아닙니다. 나는 내 친구를 기다리고 있는 중입니다."

프랑스어도 시원찮았지만 나는 이렇게 똑같은 말만을 되풀이할 수밖에 없었다.

"봉수아르, 므슈."

"봉수아르, 마담."

비는 여전히 가두를 적시고 있었다. 여인은 그냥 돌아서서 쓸쓸히 빗속으로 사라진다. 축 늘어진 어깨와 축축이 젖은 그녀의 코트 자락에서 나는 말할 수 없는 우수를 느꼈다. 이것이 파리인 것이다. 이것이 우리의 삶이다.

비 오는 아름다운 밤에 나는 이름도 모를 늙은 창녀와, 가등과 그리고 파리와, 파리의 모든 빛과 음향과 마지막 고별의 인사를 나누었다. 극단적인 모순이 서로 악수를 하며 공생하는 도시, 천사와 악마가 합작한 도시. 뜨거운 인생의 혈관, 신경을 가진 도시, 모든 예술가와 창녀의 쾌락 같은 것을 키운 도시. 파리를 향해 나는 작별 인사를 한다.

비가 내리는 밤 속에서도 파리는 눈을 뜨고 춘희처럼 기침하고 있었다.

# 몽블랑에 올라 외쳐라 / 프랑스 횡단기

맑은 날씨였다. 그러나 감기에 걸렸는지 신열이 난다. 파리를 떠나 스위스, 오스트리아, 북이탈리아 그리고 다시 남불南佛로 한 바퀴 도는 2만 킬로미터 자동차 여행의 계획은 아무래도 무리일 것만 같다. 몸이 견딜 수 없을 것이다. 몇 번이나 망설였지만 빙하에 덮인 알프스의 환상과, 아름다운 호수의 풍경이 열병처럼 마음을 유혹한다. '반달리스트'…… 인생의 욕망 가운데에는 '여행의 욕망'이라는 또 하나의 본능이 있음을 몸으로 깨달았다.

계획대로 S씨가 자동차를 몰고 왔다. '피조 404형'이다. 말고삐를 잡듯이 보닛을 어루만지면서 S씨는 길을 떠나자고 독촉을 한다. 몸이 아프다고 하니까 인삼 뿌리를 씹으라고 몇 조각을 나누어주면서 위로를 해준다. 한국 사람에겐 한국 약이 제일이라는 것이다. 추잉껌 대신 인삼 뿌리를 씹어가며 센티멘털 저니Journey……, 유럽 횡단의 길을 떠난다.

직접 자동차를 몰고 낯선 고장을 여행한다는 것은 쉬운 일이 아니다. 운전은 S씨가 맡기로 했으나 지도를 보는 것, 도로 표지의 판독 그리고 조수(?)로서 해야 할 제반 준비는 내가 맡기로 한다. 그러자면 독도법讀圖法이나 교통 상식 정도는 미리 익혀두지 않으면 안 된다. 길을 떠나기 전 나는 책 몇 권을 사가지고 호텔에 들어앉아 '자동차 여행'을 독학했다. 그러나 그것은 꼭 해수욕장에 가는 사람이 그 전날 수영 책을 읽는 것과 별로 다를 게 없었다. 웬 놈의 규칙이 그렇게 많은지 모르겠다. 이런 너절한 규칙들을 지키다가 아까운 인생은 늙어간다.

더구나 미국 자동차협회에서 내놓은 '여행자를 위한 십계' 같은 것은 나에게 있어 모세의 십계명보다도 더 무가치했었다. 미국인을 상대로 쓴 것이라 우리의 입장에서 보면 거꾸로 지키는 것이 차라리 좋을 경우가 많다.

그 십계명 중에는 '돈 자랑을 하지 말라'는 것이 있었다. 당신들이 방문할 나라들은 미국보다도 급료가 싸다는 사실을 명심해두라는 것이다. 그렇기 때문에 돈을 마구 쓰면, 가난하게 사는 상대방의 기분을 상하게 할지 모른다는 충고였다. 쓰고 싶어도 쓸 돈이 없는 가난한 코리안에겐 충고가 아니라 약을 올리는 말이다. 한국의 여행자에겐 정반대로 이렇게 충고를 해야 할 판이다. '돈을 가지고 너무 바들바들 떨지 말라. 당신들이 방문할 나라들은 모두 급료가 한국보다 높다. 구차스럽고 옹색한 짓을 해서 한국이 가난하다는 인상을 갖게 하지 말라'라고……

그리고 또 이런 조목도 있었다. '겸손하라, 상대국의 문물을 깔보거나 우리나라(미국) 것이 그보다 더 좋다는 것을 내세우지 말라.' 이것도 우리 입장에서는 이렇게 수정되어야 한다.

'오만하거라! 그들의 문물을 보고 너무 입을 벌리고 감탄하지 말라. 우리나라에도 그보다 나은 것이 얼마든지 있다는 태도로 임하라.' 그 밖에도 물건 값을 깎지 말라거나, 제 나라 문제를 가지고 토론하지 말라는 등등의 것들이 있다. 알프스 꼭대기에 올라 '코리아'라고 외쳐도 시원찮은 것이 우리의 처지다. 되도록 한 사람이라도 더 많이 붙잡고 '코리아'를 소개해야 할 판인데 토론하지 말라는 것은 당치도 않은 이야기다. 어디서나 "코리아! 코리아!"라고 외쳐야 한다.

그런 것들보다는 한국 유학생이 귀띔해준 충고가 나에게 더 실속 있는 것이었다.

"도중에서 자동차 사고가 나거든 절대로 먼저 빌어서는 안 됩니다. 아무리 이쪽에서 실수를 했어도 한국식으로 덤벼들어야 합니다. 자동차는 서양 사람을 야만인으로 만들었답니다. 왜냐하면 이쪽에서 인사로라도 먼저 미안하다고 하면 자동차 부서진 것을 변상하라고 덤벼들거든요. 재판을 받을 때에도 사과를 한 쪽이 불리하답니다. 자기 잘못을 시인한 결과가 되니까…….

그리고 이건 우리끼리 이야긴데, 욕할 때는 '바카야로!'라고 일본 말을 쓰십시오. 하하……. 서양 놈들도 그게 일본 말인 줄 다

알거든요. 다소 무례한 짓을 해도 일본 놈들인 줄 알 테니까 국위 손상이 안 됩니다. 뭐, 상관없어요. 일본 놈들이 서양에 와서 못 된 짓 할 때는 으레 중국인이나 한국인이라고 속이니까 피장파장입니다.”

나는 자동차 여행이란 게 결코 낭만적인 것이 아니라는 것을 깨달았다. 이 밖에도 여자가 운전하는 차는 술주정꾼이 모는 차보다도 더 위험하니 쓸데없이 호기심을 갖고 접근하지 말라거나 (여성들은 대부분이 엉터리 운전을 한다는 것이다), 남의 차에 든 휘발유를 도둑질해 가면서 무전 자동차 여행을 하는 학생들이 있으니 조심하라거나, 교통 법규에 걸렸을 때의 비법으로는 경찰이 무어라고 물어도 영어고 뭐고 모르는 체하면 제가 답답해서 그냥 물러간다거나…… 어쨌든 자동차 여행을 하려면 이런 종류의 악덕 강의가 필요했다.

유료 도로의 입구에는 꼭 연보금을 걷는 망태 같은 것이 나와 있는데 감시원이 보지 않는다 해서 엉터리 동전을 집어넣거나 그냥 시늉만 하고 지나가다가는 망신을 당하게 된다는 이야기까지 해주었다. 자동 장치가 되어 있어 금시 들킨다는 것이었다. 한적한 시골길에 켜져 있는 고, 스톱의 신호등도 마찬가지라 했다. 붉은 불이 켜져 있을 때 보는 사람이 없다고 그냥 통과하다가는 자동카메라에 넘버가 찍히게 된다는 거다.

자동차 여행을 하려면 생명보험만 들어야 하는 것이 아니라,

이렇게 악마에게도 보험을 걸어두어야 한다. 모루아도 불평을 한 일이 있지만 자동차 여행의 붐 때문에 독서열까지 줄어들었다는 것이다. 옛날 기차 여행을 할 때 으레 사람들은 책을 읽었다는 것이다. 그러나 자동차 여행은 운전을 해야 하기 때문에 책을 읽을 수 없게 되었고, 그것이 문학에까지 커다란 영향을 주었다는 것이다.

어쨌든 여행만은 되도록 원시적으로 하는 편이 이상적이라는 생각이 들었다. 구름과 하늘밖에는 구경 못 하는 비행기보다는 기차 여행이 좋고, 아무리 마음에 드는 경치가 있어도 결코 역이 아니면 멈춰주지 않는 기차보다는 제 손으로 모는 자동차 여행이 흥겹다. 그리고 위험한 자동차보다는…… 지도나 도로 표지를 보느라고 마음 놓고 경치 구경을 할 수 없는 그 자동차보다는 죽장에 삿갓 쓰고 행운유수行雲流水라는 김삿갓식 도보 여행이 제일 좋다. 발과 시간이 그것을 허락해주기만 한다면 말이다.

국도 7번 선을 타고(서양에는 길이 많기 때문에 루트넘버가 붙어 있다) 동남쪽으로 차를 온종일 몰았다. 디종까지를 하루의 코스로 잡았다. 밀밭을 헤치며 시속 80마일……. 바캉스 철이 가까워서 그런가. 한적한 시골인데도 도로에는 파리 시가 못지않게 자동차가 밀린다. 이따금 길가에는 교통사고를 내고 전복된 차체가 보인다. 속력을 내기 때문에 펑크 하나만 나도 차는 뒤집히고 만다. 우리는 사신死神과 함께 여행을 하고 있는 셈이다. 한국의 시골길에서 곧잘 볼 수 있는 그 고장 난 버스의 태평스러운 모습은 구경할 수 없다.

해가 넘어갈 즈음 디종에 이르렀다. 도시 입구에는 '시테 드 라르(예술의 도시)'라고 쓴 큰 표지가 눈에 띈다. 안내서에도 이곳에는 유명한 그림들이 소장된 미술관과 박물관이 있다고 적혀 있다.

옛날 부르고뉴 공국公國의 수도⋯⋯. 조그만 도시지만 한눈에 역사가 깊은 곳임을 짐작할 수 있다. 한국으로 치면 전주쯤에 해당되는 지방 도시라고나 할까. 디종은 또 요리와 포도주의 도시다. 프랑스의 요리가 유명하다고 하지만 그중에서도 디종이 첫손에 꼽힌다. 프랑스라는 나라는 포도주와 요리가 쌍둥이처럼 붙어다니는 나라다. 술의 명산지는 곧 요리의 명산지로 통한다. 디종이 바로 그런 곳이다. 프랑스의 적포도주의 왕관은 부르고뉴 지방이 차지하고 있는데 디종은 그 부르고뉴의 중심지다. 디종 남쪽 일대에는 포도밭이 있고, 이 포도밭에서는 포도뿐만 아니라 그 포도 이파리로 사육한 달팽이들이 식탁을 장식하는 것이다. 그것이 바로 프랑스 요리의 명물 '에스카르고(달팽이)' 요리다.

디종에서는 저녁 식사를 했다. 물론 배가 고파서 먹는 저녁이기도 하지만 디종에서의 식사는 일종의 관광 코스의 하나다. 음식을 먹는 것도 관광의 하나라고 생각하니 웃음이 나온다. 그러나 감히 '달팽이'에겐 손을 댈 용기가 나지 않는다.

프랑스 사람들은 '메뚜기'를 먹는 한국 사람을 보고 눈이 휘둥그레지지만, 우리 입장에서 보면 달팽이를 잡수시는 그들이 오히려 이상스럽다. 부르고뉴의 적포도주에 한국의 쇠족과 흡사한 '프랑스 곰탕⑺'을 먹는 것으로 만족할 수밖에 없었다.

고색창연한 노트르담 교회를 비롯하여 고딕 건물이 많은 디종의 밤거리는 '중세의 밤'처럼 경건하고 고요했다. 아름다운 '그림'이 있고, 맛있는 '요리'가 있고, 맑은 '술'이 있는 도시…… 돈을 벌면 이런 도시에서 한번 조용히 살고 싶다는 생각이 들었다. 더구나 그 고도의 밤에 어떤 일이 벌어졌다고 생각하는가? 한국의 음악도 K양이 피아노 연주회를 하는 날이다. 물론 우리는 그 연주회를 알고 시간을 맞추어서 온 것이기는 하나, 이방에서 한국 사람의 아름다운 음악을 감상할 때 그 기분은 거의 기적과도 같은 것이었다. 많은 청중들은 K양의 피아노 독주에도 찬사를 보냈지만, 이 음악회에 참석한 한국 교포들, 특히 한국의 치마저고리를 입은 춘향이의 맵시에 경이의 눈초리를 보내고 있었다.

"아! 아름다운 옷입니다"라고 말하는 사람도 있었다. R의 교관 부인을 에워싸고 한국 의상을 감상하는 청중들 때문에 음악회가 그만 뜻밖의 '패션쇼'처럼 되어버렸으나 우리들의 기분은 나쁘지 않았다.

"한국 사람들은 양복 이외 중국 옷을 입느냐? 일본 옷을 입느냐?"의 질문을 받을 때마다 나는 얼마나 분노를 느꼈는지 모른다. 이날 밤 나는 그 화풀이를 실컷 한 셈이다.

이모저모로 디종의 밤은 유럽을 여행하는 동안 가장 행복한 일상으로 남게 되었다.

프랑스 여행은 다시 계속된다. 디종을 떠나 자동차는 소위 '포
도주의 길'이라고 불리는 부르고뉴의 남쪽 구릉 지대를 달렸다.
길 양편으로 푸른 포도밭이 바다처럼 파도친다. 가을이면 이 잎
들이 노랗게 단풍이 들어 황금의 언덕이 된다. 그래서 이름도 '코
트도르'. 차를 달릴수록 풍경이 더욱더 아름다워진다. 우리는 '프
랑스의 정원'이라고 하는 론 강 골짜기를 지나고 있는 것이다. 그
림엽서를 늘어놓은 것 같다. 연한 연둣빛의 나무숲, 푸른 목장의
초원, 띄엄띄엄 나타나는 아름다운 별장과도 같은 농가의 지붕
들……. 나는 카메라를 들이대고 찰칵찰칵 셔터를 눌렀다. "한
장만 더 찍자!", "이번만으로 그만두자!", "이 풍경만은 정말 안
찍을 수 없다"…… 그러다가 한 통에 3달러가 넘는 컬러필름을
한꺼번에 여러 통 다 써버렸다.

안시의 호수 지대로 이르면서 산은 점점 기암절벽으로 변하고,
부드럽던 구릉은 험한 골짜기로 바뀌었다. 그리고 이따금 눈부시
게 푸른 호수가 나타난다.

프랑스의 농부를 만난 것도 이 길목에서였다. 길가에서 트랙터
로 밭을 갈고 있는 농부를 보고 차를 세웠다. 그들은 한 가족이
모두 나와서 일을 하고 있었다. 꼬마도 있고 부인도 노파도 있었
다. 같이 사진을 찍자고 하니까 농부는 하늘을 향해 껄껄거리고
웃었다. 환영한다는 표시다. 흩어져서 일하고 있던 집안 식구들

모두 한자리에 불러놓고 초등학생들처럼 부동자세로 사진 찍을 준비를 한다. 소박한 모습, 소박한 웃음, 그리고 덥석 손을 잡던 그의 손은 마디가 거친 흙의 손이었다. 부인도 얼굴이 구릿빛으로 타 있었고 살결도 거칠었다. 트랙터로 농사를 지어도 그들의 마음은 여전히 흙의 것이었다. S씨에게 나는 말했다.

"저 웃음소리를 들어보세요! 저게 진짜 웃음입니다. 한국의 농부들에게는 저런 웃음이 없지요. 슬픈 웃음, 열없는 웃음이지요. 아니, 도시 사람들은 저런 웃음을 잃었어요. 참으로 오랜만에 우리는 진짜 웃음을 보는 것입니다."

S씨는 그들에게 양담배를 권했다. 그는 피우지 않고 작업복 호주머니에 넣어둔다.

"오르봐르…… 오르봐르……."

그 거친 음성을 들으며, 꼭 고향 사람을 작별하듯 우리는 손을 흔들었다.

안시 호수에 도착한 것은 어스름한 저녁녘이었다. 호수 도시답게 화사한 불이 켜져 있었다. 호숫가의 길엔 수천수만의 작은 동화의 테이프들이 진주 목걸이처럼 드리워져 있었다. 색색으로 조명이 바뀌는 분수가 밤 호면에 환각처럼 어린다. 호텔이 만원이라 호수 깊숙이 들어간 교외의 호반에 자리를 잡는다.

이탈리아 요리점에서 저녁을 먹는데, 사인첩을 내놓고 몇 마디 적으라고 한다. 자국어로 한마디씩 '안시' 경치를 칭찬하고 사인들을 한 것이 눈에 띈다. 이런 벽지까지도 국제성을 띠고 있다.

　나도 이렇게 한글로 적었다.

　"안시. 아름다운 호수. 그러나 나는 한국인이면서도 아직 내 나라의 아름다운 금강산을 구경하지 못했다. 훗날 금강산 구경을 하고 난 다음에 나는 안시의 경치를 논하리라!"

　호반의 밤. 잠이 오지 않는다. S씨도 잠이 오지 않는지 옆방에서 기침을 한다. 한국인은 이래저래 감정적이다. 발코니에 앉아 농담을 하다가…… 밤의 호수에 아련히 빛나는 일루미네이션을 바라보며 농담을 하다가, 우리는 기분이 울적해진 것이다.

　"내일이면 드디어 백두산 구경을 하게 됩니다."

　"몽블랑! 참 그렇군…… '몽'은 산, '블랑'은 백색이라는 뜻…… 정말 몽블랑을 직역하면 프랑스의 백두산이 되는군……."

　"프랑스의 백두산은 돈만 있으면 구경할 수 있어도 우리의 백두산은 달력장 사진 같은 데서나 감상할 수밖에 없습니다. 이 사람들은 이렇게 평화롭게 사는데……. 아름다운 풍경을 볼 때마다 거꾸로 가슴이 우울해집니다."

　유럽의 나라들은 대륙과 연이어 있어 국경들을 제 나라 드나들듯이 한다. 저희들끼리는 주민증 하나로 비자도 없이 지나다닐 수가 있다. EEC가 생기고부터 더욱 왕래가 자유롭다. 국경 지대에서 사는 사람들은 이웃 나라에 가서 반찬거리를 보아 오는 일도 있다. 남의 나라를 제 나라처럼 드나들 수 있는가 하면, 거꾸로 우리같이 제 나라도 갈 수 없는 경우도 있는 것이다.

거의 체념에 가까운 눈으로 나는 안시의 밤 호수를 내려다보았다. 밤이 깊었는데도 보트 젓는 소리가 들린다. 어느 젊은 연인들이 타고 있겠지…… 그들은 오직 사랑에 대해서만 이야기하고 있겠지…….

나는 라마르틴의 시 「호수」를 독백하면서 감상적인 마음을 달래보았다.

영원이여, 무無여, 과거여, 어두운 동굴이여
삼켜버린 모든 세월을 너는 어이할 테냐
말하라, 호수여, 네가 앗아간 지고한 도취의 순간들을
다시금 우리에게 돌려다오
시간이 갈수록 젊어지는 호수, 시간의 흐름에 주름지지 않는 호수여,
말 없는 동굴이여, 어두운 숲이여, 아름다운 자연이여
기억해 다오, 이 밤 우리들의 추억만이라도
아름다운 호수여, 너의 휴식 속에 너의 풍경 속에 너의 광활한 언덕
의 풍경과 검은 전나무 숲에 물굽이를 핥는 거친 바위에…….
살랑대며 불고 가는 미풍

다시 돌아와 기슭을 씻는 파도의 음향
너의 수면을 부드러운 광채로 물들이는 은빛 성군星群 속에 이 밤 우

리의 기억을 기록케 하라

흐느끼는 바람, 탄식하는 갈대
향기 어린 호수, 그 대기의 향훈
듣고 보고 숨 쉬는 대지의 모든 것들
모두 소리 높여 속삭여주기를
"그들을 사랑하였느니라"라고……

자동차는 드디어 알프스의 고원 지대를 달리고 있었다. 습곡 산맥의 그 특징 있는 산봉우리 아래에는 경사를 이룬 푸른 초원이 있고 관목과 들국화 같은 가을꽃이 환하게 피어 있다. 한여름인데 고원은 가을이었다. 알프스의 문턱…… 소설 같은 산막山幕이 있고 먼 전설처럼 방목을 한 양 떼와 소들이 풀을 뜯고 있다. 사진을 찍느라고 차를 멈추어 잠시 초원에 앉아 휴식한다.

혹시 '알프스호른'이라도 울려오지 않을까? 귀를 기울여본다. 그런데 바람결을 타고 이상한 음악 소리 같은 것이 들려왔다. 소리 나는 방향을 찾아보니 산등성이에서 소들이 풀을 뜯고 있다. 그것은 목에 매단 방울이, 풀을 뜯을 때마다 울려오는 소리였다. 수백수천의 방울이, 그것도 음정音程이 다 각각 다른 방울이 함께 울리어 이상한 음악 소리처럼 울리는 것이었다. 알프스 고원에 울리는 천연의 음악. 바람 소리를 타고 가깝게 혹은 멀리 사라지는 투명한 목가. 나는 휴대용 녹음기로 그 소리를 잡았다. 서울에 돌아와서 여러 사람에게 그 '방울 소리'를 들려주고 퀴즈를 하듯 질문을 했었다.

"이것이 무슨 소리 같습니까?"

"글쎄요, 무슨 민요 같은데…… 아랍의 농악인가요?"

"토인 음악입니까? 참 아름다운데…… 저게 무슨 타악기일까?"

누구나 제대로 맞히는 사람이 없었다. 그만큼 상상을 초월한 음향이었다. 알프스의 시! 아직도 이 지방에는 그런 낭만이 남아 있었던 것이다. 원수폭原水爆이 터지고 우주인이 하늘에서 산책을 하고 있는데 알프스의 초원에서 울리는 저 방울 소리는 여전히 오늘도 고원의 그 바람과 꽃과 구름과 어울려 놀고 있다.

알프스…… 유럽의 지붕……. 여기 울리는 태고의 목가…… 천국과 가장 가까운 곳에 있는 땅……. 바람도 순수하다. 동양의 신사들이 서양에 놀러 온다면 그들이 휴식할 곳은 아마 여기밖에 없으리라. 아직도 이 지상에는 우리들이 사랑할 만한 목가의 지대가 남아 있는 것이다.

이러한 흥분은 샤모니에 이르러 몽블랑을 볼 때까지 줄곧 계속되었다. 샤모니는 몽블랑 바로 밑에 자리한 산촌이다. 심심유곡深深幽谷이지만, 알피니스트와 관광객으로 붐빈다. 겨울이면 스키어들로 한층 더 부산하다는 것이다.

몽블랑이 넓다고 하지만 샤모니만큼 경치가 아름답고 등산하기가 좋은 곳도 없다고 한다. 알피니스트가, 즉 인간이 알프스 산봉을 처음으로 오르는 데에 성공한 곳도 바로 이 샤모니였다. 뒤마가 마왕의 사생아라고 불렀던 파카르가 이 샤모니를 떠나 몽블랑 산정을 정복하고부터 알피니스트의 역사는 시작된다. 등산가의 원적지原籍地라고 부를 수 있는 곳이 바로 이 샤모니다.

표고標高 3,832미터의 에귀유 드 미디('정오의 바늘'이란 뜻의 산봉우리다). 자동차를 내려 우러러보는 그 용자容姿는, 자연미의 카타스트로프catastrophe였다. 백색의 빙하가 눈부신 태양 아래 빛나는 그 부조리한 풍경. 톱니처럼 솟구친 적갈색 화강석의 산봉우리는 구름을 찢고 하늘을 향해 도전하는 것 같았다. 웅대하고 장엄하고 고고하고 비장하기까지 하다.

그러나 이 알프스 몽블랑의 자연보다도 한층 위대한 것이 있음을 우리는 잊어선 안 될 것이다. 그것은 바로 인간의 의지다. 인간은 이렇게 험하고 높은 산봉우리와 그 비경秘境의 빙하를 정복하여 골짜기마다, 준봉峻峯의 정상마다 케이블카를 놓고 산장을 지었다. 아니…… 아니…… 맨몸으로 이 몽블랑 상정을 기어오르는 숱한 그 알피니스트의 의지, 나는 케이블카를 타고 에귀유 드 미디의 산정에 오를 때 인간의 의지에 한층 더 고개가 수그러졌다.

샤모니에 있는 그 케이블 궤도는 높이 3,843미터에 그 길이가 2,900미터로서 세계 제1의 기록을 차지하고 있다. 케이블카를 타는 광장 역사驛舍 앞에는 커다란 간판으로 몽블랑의 연봉連峰이 그려져 있고 도중 역 (즉 산봉우리)들이 표시되어 있다.

손오공처럼 가만히 앉아 구름 나라를 소요하는 하늘의 열차다. 거기에 비하면 남산의 케이블카는 정말 어린이 놀이터의 장난감이다. 물론 생김새는 별로 다를 것이 없다. 스키어가 타고 다니는 리프트는 남산 것보다도 오히려 그 차체가 작다.

그러나 케이블 궤도는 빙하의 골짜기를 가로지르고 4,000미터의 연봉을 거미줄처럼 연결한 채 끝없이 뻗쳐 있다. 구름 위에 떠서 굴러가는 빨간 케이블카(정식으로는 텔레페리크라고 부른다)의 모습을 보면, 전신에 소름이 끼친다. 케이블 선도 굵게 보이지 않는다. 아니 특수 강철로 되어 있어서 겨우 엄지손가락 정도의 굵기밖에는 안 된다. 남산 것이 오히려 더 굵은 것이다. 삭도索道 관계자의 말을 들어보면 남산 케이블카의 그 삭도는 일부러 더 굵게 만들었다는 것이다. 왜냐하면 그것이 가늘게 보이면 손님들이 떨어질까 봐 불안해하기 때문에 심리적 요인을 생각해서 필요 이상으로 굵게 보이도록 했다는 것이다. 같은 케이블카인데도 그 규모뿐만이 아니라 알프스의 그것과 남산의 그것은 그렇게 다른 것이다.

심리적 요인……. 우리는 매사가 다 그런 식이다. 일국의 장관들이 경제 정책을 논하는 데에도 걸핏하면 심리적 요인이란 말을 쓴다. 케인스와 로스토의 경제이론도 한국에 오면 이 심리적 요인 때문에 맥을 못 춘다. 밥을 먹는 것도 그렇다. 어째서 우리는 밥이 양에 차지 않으면 "간에 기별도 가지 않는다"라고 하는 것일까? 밥을 먹으면 위에 기별이 가는 것인데 어째서 엉뚱하게 '간'이란 말이 튀어나오는가? 우리는 밥을 먹어도, 영양가가 문제가 아니라 위가 부풀어 간까지 눌러주지 않으면 먹은 것 같지 않은 것이다.

처음 서양에 온 한국인들은, 한국식으로 그야말로 '간까지 기별이 가도록' 음식을 먹다가 배탈이 난 사람들이 많다. 모두가 남산 케이블카식으로 질감質感보다는 양감量感으로 세상을 살아가고 있다.

이야기가 딴 길로 샜지만 4,000미터의 샤모니의 케이블카 줄보다 오히려 10분의 1밖에 안 되는 200미터의 케이블카 줄이 더 굵게 보인다는 것은 분명히 하나의 아이러니였다.

티켓을 끊고 케이블카에 탔다. 손님들은 모두 두꺼운 겨울옷을 입었다. 산정으로 식량을 나르는 인부들이 산사람다운 표정으로 커다란 소리로 외치듯 이야기들을 한다. 케이블카가 올라갈수록 비행기를 탔을 때처럼 고막이 삥삥 울리고 숨이 차다. 케이블카 밑으로는 빙하와 뻘건 화강암이 널려 있고, 전나무가 듬성듬성 우거져 있는 발레 블랑슈가 죽음의 수의처럼 펼쳐져 있다.

허연 입김이 서린다. 그리고 춥다. 도중에서 케이블카를 두어 번 바꿔 타고 에귀유 드 미디의 정상에까지 오른다. 케이블카에서 내려 깎아 세운 바위틈에 까치집처럼 아슬아슬하게 매달린 산장 바bar로 들어갔다. 완전히 겨울 기분이다. 산길엔 백설이 깔려 걸을 때마다 눈 소리가 울린다. 뜨끈한 난로가 타오른다. 산사람들과 등산객들은 술을 마시고 있다. 알프스의 빙하 곁에서 피는 '행운의 꽃'을 사 들고 골짜기의 빙하 터널을 구경했다. 빙벽氷壁을 뚫어 가교架橋를 놓은 위태로운 길이다. 그대로 두면 굴이 얼어붙어버리기 때문에 화염 방사기火焰放射器가 터널 입구를 24시간 녹이고 있다. 고드름이 내린 얼음 터널을 빠져 눈에 쌓인 산봉 위에 섰다.

아! 빙하에 덮인 표고 4,000미터의 몽블랑 준령峻嶺. 시야는 무한, 빙하의 하얀 절벽에 수만 년 태곳적 침묵이 흐른다. 바람이 불어온다. 백설이 날린다. 신선경. 그것은 시간을 초월한 영원…… 그것은 하나의 죽음. 그것은 하나의 얼어붙은 음악…… 그만 엉엉 울어버리고 싶은 감격이었다. 스쳐 간 그 많은 도시와 그 많은 인간들의 흔적이 어쩌면 그렇게도 작아 보이는가? 대체 이것은 무엇이기에 인간의 영혼까지도 태고의 백설같이 표백시키는가? 우주 창조의 바로 그다음 날 같은 풍경이다.

그러나 여기 이 정상 위에, 그 비경의 영봉靈峰 위에 인간은 서 있다. 그지없이 높은 곳을 향해 인간은 와 있다. 자일 하나에 몸을 매달고 하나…… 둘…… 구름 속에서 알피니스트들이 기어오르고 있었다.

그리고 나도 그 위에 서 있다. 누가 케이블카를 놓은 알프스를 이미 인공화된 자연이라고 조소했던가? 그것이 있었기에 이 자연을 모든 사람이 생활화하고 있지 않는가? 케이블카가 있기 때문에 그 자연은 한층 더 인간 생활과 가까워졌고 한층 더 인간에게 그 자연의 의미를 생동시켜주고 있지 않는가?

동양인은 자연을 사랑했고 서양 사람들은 자연을 정복했다고 흔히들 말한다. 그러나 정말 사랑한다면 그것을 정복할 수밖에 없는 것이 인간의 숙명이라 생각된다. 동양인은 자연에 대해서 플라토닉한 사랑으로 프러포즈했다. 그러나 그들은 자연을 그의 침실로, 그렇다, 침실로 끌고 들어가 능욕해버린 것이다. 처녀봉은 없다. 몽블랑의 봉우리들은 유럽의 침실 속으로 들어오고 만 것이다. 그래서 등산가 소쉬르가 이 샤모니에서 몽블랑 산정에 오르는 자에게 현상금을 걸고 8년이나 기다렸어도 성공하지 못했던 것을 우리는 지금 불과 수십 분 만에 편안히 앉아 오른 것이다.

빙하의 전설 속에서 샤모니의 하루를 보냈다. 알피니스트의 조난에 대한 이야기를 들었다. 그리고 신혼부부가 이 빙하를 관광하다가 그 틈바구니에 신랑이 떨어져 죽었다는 이야기. 그래서 그 신부는 빙하 밑 산촌에서 노파가 될 때까지 그의 남편을 그리면서 살았다고 했다. 그러던 어느 여름 40년 만에 그 옛날 젊음 그대로의 모습을 한 남편의 시체를 찾았다는 애화도 있었다. 빙하가 녹아 산두덩이까지 이동하자면 그렇게 많은 세월이 흘러야 된다는 것이다. 빙하에 얽힌 전설, 알프스의 춘향이 이야기는 그렇게 비정적이면서도 로맨틱한 것들이 많다.

　알프스 산맥을 따라 우리는 이제 프랑스의 국경을 넘지 않으면 안 된다. 스위스의 산과 호수를 찾아가는 나의 여행은 이제야 겨우 서장에 접어든 것이다. 눈을 감아도 백설에 덮인 알프스의 봉우리들이 어른거린다.

　역시 세상은 좀 넓고 변화가 있어야 하겠다는 생각이 들었다. 남쪽에 가면 열대수가 우거져 있는 지중해 해안의 칸, 니스의 낙원이 있고, 동쪽으로 가면 백설이 뒤덮인 고령 준봉高嶺峻峯의 몽블랑이 있는 프랑스, 그리고 서쪽에 있는 노르망디의 평원과 북쪽에는 검은 숲이 우거진 산림이 있는 땅……. 황토 흙의 중국 땅만 생각하니까 우리 땅이 삼천리금수강산이지 실상 따지고 보면 하늘이 우리에게 선심을 쓴 것도 별로 없는 것이다.

　　다른 나라에 가지 않아도 좋은 것은 모두 프랑스에 있다

　　보리가 있고 포도주가 있고 술이 있고 목장이 있다

　　이 나라에 해를 주는 것은 아무것도 없다

　　혹서酷暑도 없으며 엄한嚴寒도 없다

　　거친 바람도 없고 청룡의 비늘 흔적도 없다

　　불모의 암지岩地도 없고 쓸모없는 모래산도 없다

　　　　　　　　　　　　　　　　　　─롱사르

프랑스 사람들의 향토애가 깊은 까닭을, 그리고 문화가 다양한 까닭을 나는 그 국토를 순회하면서 조금씩 이해할 수 있었다.

# V

산에 피는 꽃은 / 스위스, 오스트리아

# 윌리엄 텔의 사과

바다가 없는 나라

민족이 없는 나라

국어가 없는 나라

전쟁이 없는 나라

역사상 한 번도 왕이 없었던 나라

그러나 행복이 사는 나라


이것이 스위스란 나라다.

'누가 스위스[83]에는 왕도 여왕도 없었다고 했습니까?'


---

83)  스위스는 1815년에 독립하여 1848년에 스위스 연방을 제정했다. 22개국의 캉통(州國)
은 제각기 다른 의회와 독자의 재판 기구를 갖고 있다. 외교, 국군, 철도, 전신, 전화, 관세
등만이 연방 정부 아래 관할되고 있다. 그러므로 스위스의 민주주의는 완전한 지방자치제
도에 의해서 유지되고 있는 것이다.

이것은 스위스 항공 본사가 내걸고 있는 선전문이다. 아닌 밤중에 홍두깨 내미는 식으로 불쑥 튀어나오는 이 선전문 앞에서 스위스의 여행자들은 잠시 당황한다. 스위스 역사를 강의할 작정인가? 그러면 정말 왕과 여왕이 있었다는 말인가? 나도 처음엔 의아심을 품고 그 선전문을 읽어 내려갔다.

"옛날부터 국민만이 이 나라의 주권자라고 굳게 믿어왔던 스위스인들은, 지금까지 한 번도 왕국 제도Legal Monarchs를 가져본 일이 없습니다. 그러나 스위스인들은 자기 나라를 방문하는 모든 손님들을 왕과 그리고 여왕으로 대접하고 있는 것입니다. 당신이 바로 스위스의 왕이며 여왕입니다."

역사 공부를 하듯 심각했던 관광객의 얼굴에는 웃음이 번진다. 참으로 기지 있는 선전문이다. 스위스가 '민주주의의 나라'요, '관광객에게 최대의 친절을 베푸는 나라'임을 동시에 알려주는 더블플레이의 명구名句다.

선전에서만 그치는 이야기가 아니라 실제로 스위스를 여행한 사람은 누구나 그들의 '민주주의 정신'과 왕처럼 외국 손님을 환대하는 '스위스 호스피탤러티hospitality'에 칭찬을 아끼지 않는다. 어느 유럽의 도시를 가든지 관광객들은 호화로운 옛날의 궁전으로 안내를 받는다. 그러나 '스위스'만은 예외다. 한 인간(왕)의 신화, 그 권력의 상징인 궁전 같은 것은 볼 수 없다. 그들이 세운 동상도 만인 앞에 군림하는 무슨 장군이나 통치자의 얼굴이 아닌 것이다. 도대체 스위스엔 일찍이 그런 사람이 없었다.

스위스 독립의 기념비인 '용감한 세 사람'의 동상도 특정한 인물이 아니다. 오스트리아의 압제에 항거해서 일어선 스위스 3주州의 전 주민을 대표한 상징적 상像에 지나지 않는다. 그러나 단한 사람의 영웅, 그들이 존경하는 단 한 사람의 지배자가 루체른의 호반 도시의 한 석벽에 부각되어 있다.

그것은 우리 귀에 익은 윌리엄 텔의 동상인 것이다. 윌리엄 텔은 총같이 생긴 화살 통을 메고 또 한 손으로는 귀여운 아들의 어깨를 끌어안고 어디론가 걷고 있다. 분노에 찬 그의 얼굴은 먼 하늘을 향해 있다. 빙하에 덮인 알프스의 연봉, 아니면 잔잔한 호수의 그 평화로운 풍경일 것이다. 그렇다, 윌리엄 텔 부자는 지극히 높고 아름다운 무엇을 향해서 지금 걸어가고 있다. 힘찬 모습. 그러나 이 부자를 서로 맺고 있는 것은 따스하며 유연한 애정이다.

루체른 호湖 알트도르프가街의 이 윌리엄 텔 동상이야말로 스위스 국민의 마음을 지배하고 이끌어가는 단 하나의 영웅이다. 지금 저 윌리엄 텔이 걸어가고 있는 곳은, 그리고 그의 눈이 머무르고 있는 곳은 무엇일까? 그것은 자기 자식의 생명을 걸지 않고는 도달할 수 없는 '자유의 마을'이다. 횡포한 지배자의 모자에 경례를 하고 지나가지 않아도 될 마을이며, 강압과 폭력과 오만의 상징인 게스라 같은 '대관代官'이 없는 고요한 마을이다.

윌리엄 텔이 도달하려고 애쓴 그 '고요한 마을'이야말로, 바로 우리가 추구하고 있는 민주주의의 화원이며, 오늘날 스위스가 우리에게 보여주고 있는 그 전설의 이상향 같은 민주주의의 방식이라고 할 수 있다.

나는 스위스에서 아름다운 호수, 아름답던 산맥, 아름다운 꽃들을 많이 보았었다. 그러나 루체른의 윌리엄 텔 전설, 스위스 국민이 빚어낸 그 비전만큼 아름답게 느껴진 것은 없었다. 지배자의 횡포와 싸우기 위해서 사랑하는 자식의 머리 위에 사과를 올려놓고 쏜 화살, 윌리엄 텔의 그 '사과'의 의미가 있었기에 정말 저 눈물의 광채와도 같은 호수의 빛과 태양 아래 빛나는 알프스 빙하의 준봉은 평화스럽게 보이는 것이다.

사람들은 흔히 유럽 문화를 낳은 '네 개의 사과'에 대해서 말한다. 아담과 이브가 따 먹었다는 '사과(선악과)', 거기에서 기독교 문명(헤브라이즘)이 탄생되었고, 세 여신의 불화를 일으켜 드디어는 트로이 전쟁을 일으켰다는 그리스 신화의 '파리스의 사과'(이 '사과'에는, 세상에서 제일 아름다운 사람에게 준다는 말이 쓰여 있었는데, 자기가 미인이라고 생각한 여신들이 그것을 자기 것이라고 빼앗다가 싸움이 벌어진 것이다)는 '헬레니즘(르네상스 문명)'을 낳았다. 그리고 우리가 잘 알고 있는 뉴턴의 사과, 즉 만유인력을 발견하게 한 그 '사과'는 유럽에 과학주의를 낳게 했다는 것이다.

그런데 윌리엄 텔의 '사과'는 무엇을 낳았는가? 그것은 압제와 폭군과 싸워 자유를 실현화하는 민주주의의 정치사상을 낳았다는 이야기다. 그럴듯하게 맞춘 하나의 유머이지만, 적어도 스위스인에게 있어 윌리엄 텔의 '사과' 전설만은 현실 속에서 직접적인 영향력을 갖고 숨 쉬고 있는 것이다. 압제자로부터 해방되려는 영원한 투쟁의 상像이다. 실러의 희곡이 혹은 로시니의 가극이 아니라 하더라도 윌리엄 텔이 자기 아들의 머리 위에 사과를 올려놓고 화살을 잡아당기는 그 극적인, 그리고 그 상징적인 장면을 우리는 스위스인의 생활 속에서 생생하게 엿볼 수가 있다. 스위스인들은 윌리엄 텔을 사랑한다. 매년 그 극이 상연되고 있다.

로잔에서 열린 박람회에서도 윌리엄 텔의 전설을 한눈으로 볼 수 있게 한 장소가 마련되어 있었다. 국민 하나하나의 마음속에 윌리엄 텔은 살아 있고 그것이 독재를 막는 기풍을 만들어냈다. 그들의 주권은 국민 하나하나가 가지고 있다. 그래서 스위스를 'Grass Roots Democracy'의 나라라고들 부른다. 직역하면 초근草根 민주주의…… 초근목피로 생명을 이어가는 배고픈 민주주의가 아니라 풀과도 같은 대중의 힘에 의해서 이끌어가는 민주주의란 뜻이다.

중요한 나라 살림은 국민 한 사람 한 사람의 투표에 의해서 결정되고 있다. 독재자가 나오려고 해야 나올 수가 없다. 입법 회의에서 정식으로 표결된 법률이라 하더라도 3개월 내에 3만 명의 시민이 혹은 8개의 캉통[州](우리의 '도'에 해당되지만 행정 단위가 아니라 완전히 독립된 하나의 정부다)이 요구하면 국민투표에 부치지 않으면 안 된다.

만약 국민이 인정하지 않으면 그 법률은 효력을 발생하지 못한다. 여자는 아직도 투표권이 없기 때문에 백만 명 가까운 투표자밖에 되지 않으므로 3만 명의 서명이란 아주 용이한 일이다. 그래서 대부분의 중요한 정책은 거의가 다 국민투표에 부쳐지는 셈이다. 물론 우리처럼 매수를 한다든지 부정투표를 한다는 것은 바다에서 코끼리 떼를 만나는 것보다도 더 상상하기 어려운 일이다. 그 증거로 국민투표를 해서 승인된 법률보다는 거부된 법률이 더 많다고 한다. 국제연맹에 가입하느냐 마느냐로 국민투표가 실시되었을 때에도 역시 중립주의가 깨질지도 모른다는 불안 때문에 국민은 그것을 거부하고 말았다.

투표만 그런 것이 아니다. 전 국토가 4만 천 평방킬로미터밖에 안 되지만 철저한 연방제로서, 스물두 개의 캉통이 완벽한 지방자치제를 실시하고 있다. 투표를 하는 데에도 국민투표와 주 투표의 이중 투표이고, 의회도 국민을 대표한 '국민의회'와 주를 대표하는 '전주의회全州議會'의 양원으로 갈라져 있다. 완전히 서로를 견제하면서 권력을 국민과 캉통으로 분배하여 한 연방체를 이끌어가고 있다.

대통령이란 것도 임기 1년, 그나마도 장관들이 계를 타듯이 정답게 돌려가며 하도록 되어 있고, 그 권한이란 어디까지나 외국에 대해 연방을 대표하는 상징적 존재에 불과하다. 우리 입장에서 보면 정말 꿈과 같은 이야기다. 누가 이제 감히 자기의 모자를 벗어 국민들에게 경례를 하라고 강요할 수 있을 것인가.

월리엄 텔의 기질은 민주주의의 낙원을 만들었다. 화살은 날아 사과를 떨어뜨렸다. 귀여운 자식들을 앞에 놓고 이제 그들은 모험을 하지 않아도 된다. 스위스에는 어제도 왕은 없었고 오늘에도 왕은 없고 내일에도 왕은 없을 것이다. 국민 하나하나가 이 나라를 다스리는 주인이다. 헌법에만 그렇게 쓰여 있는 것이 아니라 실제로 주인의 걸음걸이로 세상을 살고 있다.

나는 스위스인의 얼굴에서 비굴이라는 것을, 횡포한 통치자에게 눌려 사는 국민의 얼굴에서 볼 수 있는 그 비굴의 그늘을 보지 못했다. 스위스 사람들은 친절하다. 그러나 우리의 친절, 우리의 시골 사람들이 무엇인가 피해망상에 걸려 비굴에 가까운 몸짓으로 베푸는 그런 친절은 아니었다. 외국인을 대할 때 공연히 어색한 미소를 지으며 손을 비비는 그런 친절이 아니다. 언제부터였는지…… 우리는 친절이라고 하면 남에게 굽실거리는 것, 자기를 낮추는 것, 그리고 덮어놓고 공손한 것을 뜻하게 되었다. 불친절하다는 것은 오만하다는 말과 통하고, 불복종을 의미하는 것이 되었다. 일본 사람의 친절도 중국인들의 친절도 다 그런 것이다.

그러나 주인 의식을 갖고 살아가는 스위스인의 친절은 그런 친절이 아닌 것이다. 어른들이 아이를 돌보듯이, 주인이 손님을 맞이하듯이, 의젓하고 떳떳한, 어찌 보면 오만하기까지 한 친절이었다.

# 참여하는 호수

레만[84] 호수를 보았느냐고 묻거든 다만 눈짓으로 대답하라. 어설픈 감탄사보다는 잔잔한 침묵이 좋다.

알프스의 빙하가 녹아 흐른 탓일까, 저토록 새파랗고 싸늘한 빛깔은…….

저 호반에 서서 거짓말같이 아름다운 몽블랑의 빙설을 보고 있으면 당신은 평화가 무엇인지를 알 것이다. 사랑한다는 것이, 산다는 것이……. 애쓰다 보면 더러는 낙원 같은 생활도 있는 법이다. 폭력도 탐욕도 살육과 약탈도 아름다운 이 자연 속에서는 잠든다.

몽블랑 다리를 지나다가 레만 호수의 백조들을 보아라. 아니

---

84) 제네바 호 또는 주네브 호라고 불리는 스위스 남서단에 있는 호수. 동쪽의 대호大湖와 서쪽의 소호小湖로 나뉘는데 호저 동물湖底動物의 종류가 많으며 유람선의 항행航行이 잦고 경치가 아름답다.

높이 120미터로 용솟음쳐 올라오는 세계 제1의 저 분수를 보아라. 분출하는 평화의 샘, 평화의 물보라! 여기는 전쟁이 없는 나라 스위스의 제네바.

제네바[85)]에 도착하자마자 나는 곧 레만 호수를 찾았다. 레만 호수는 나와 좀 기괴한 인연이 있는 호수다. 사진에서도 이 호수 풍경을 제대로 감상해본 일은 없다. 그러면서도 나는 그 이름을 생생하게 기억하고 있었던 것이다.

작고하신 이양하李敭河 교수 담당의 T. S. 엘리엇 시詩의 시험 시간이었다. 나는 그때 대학 3학년이었지만 건방진 편이어서 강의 시간을 곧잘 빼먹곤 했다. 그리고 벼락치기로 희대의 명시 '웨이스트 랜드'를 한 10분 훑어 읽고는 시험장으로 뛰어든 것이다. 시험 문제의 첫 라인은 이렇게 시작되었다.


By the waters of Leman, I sat down and wept…….

(레만 호숫가에서 나는 울었노라…….)


---

85) 제네바는 루소의 생지生地다. 레만 호수에는 루소 섬이 있는데, 펜을 쥐고 사색에 잠긴 동상이 있다. 그리고 제네바 시에서 조금 떨어진 마을에는 시인 바이런이 시를 쓰며 살던 집이 있다. 제네바 시에서는 국제연합 유엔 사무국을 위시하여 여러 전문기관이 있어 매년 회의가 열리고 있다.

그런데 다음 구절부터 영 깜깜하다. 어쨌든 시험지는 메워야 한다. 한 시간 내내 하얀 시험지 위에 '레만 호숫가에서 나는 울었노라' 하는 말만 수없이, 수없이 써 내려갈 수밖에 다른 도리가 없었다. 나는 레만 호숫가가 아니라 시험지 앞에서 울었다. 그리고 시를 어렵게 쓰시는 엘리엇 선생님을 얼마나 원망했는지 모른다.

결과는 뻔한 일이었다. 덕택에 나는 재시험을 치렀고 이러한 연유로 하여 나는 레만 호수란 말을 잊을 수가 없었다. 그 뒤부터 무슨 일이고 곤란한 경지에 빠지기만 하면 '레만 호숫가에서 나는 울었노라'의 시구를 독백했다.

"아하! 이게 바로 그 레만 호수로구나……."

시가 한복판(더 정확히 말하자면 호수를 사이에 끼고 도시가 들어앉은 것이지만……)에 잔잔히 괴어 있는 그 호수는 꿈과 평화의 초대장이었다. 잔잔한 호면에는 백조들이 조용히 떠 있었다. 그리고 요트와 유람선이 번잡하지 않게 떠 있었다. 호반의 양 기슭에는 티끌 하나 없는 가로街路와 그리고 빨갛고 노랗고 한 원색의 깃발들이 나부끼고 있었다. 호수가 론 강으로 흐르는 그 입구에는 무지개 같은 몽블랑 다리가 걸쳐져 있다. 이름만 그런 것이 아니라 이 위에서 호수와 하늘을 쳐다보면 정말 빙하에 덮인 하얀 몽블랑 산봉이 어렴풋이 떠오른다.

레만 호수. 투명도는 2.15미터까지 들여다볼 수가 있다. 수색水色은 퍼레르, 수색 표준액水色標準液은 4호색(남색), 그 넓이와 호안선湖岸線은 스위스뿐만 아니라 유럽 최대의 것으로서 581.45평방 킬로미터에 주위를 한 바퀴 도는 데에 5백 리……. 호수의 깊이는 210미터, 그 밑바닥은 해발 0도. 수량은 지중해까지 그 물을 다 흘려보내는 데에 10년이 걸린다.

그러나 이러한 숫자로는 도저히 레만 호수의 넓고 푸르고 깊고…… 아니 그 호반에 떠도는 평온한 시정을 설명할 길이 없다. 꼭 미인 콘테스트에서 바스트는 얼마, 신장과 웨이스트는 얼마라고 적은 기록표와도 같다.

호수라고 하면 어쩐지 현실에서 소외된 느낌이 앞선다. 결핵 환자나 실연한 젊음들이 앓고 있는 곳처럼 느껴진다. 그러나 레만 호수는, 적어도 제네바 도시가의 그 호수는 인간의 사회와 그 역사에 직접 참여하고 있는 이미지를 준다. '참여하는 호수'다(그런 표현이 용서된다면). 전쟁과 기아飢餓와 질환의 혼탁한 현실 속에 뛰어들어 인간의 마음에 평화를 회복하게 하는 호수다.

이 '레만' 호반에 일찍이 국제연합이 생기고 적십자가 창설되고 또 국제회의가 열리고 있다는 선입감만 가지고 하는 소리는 아니다. 자동차가 다니는 길옆에 바로 백조가 떠 있다. 시장과 이웃하여 호수는 잠들고, 요양객이 아니라 생활인들의 발걸음 밑에서 호반은 눈을 뜬다.

몽블랑 다리를 지나 영국 공원이라고 부르는 레만 호 좌안左岸의 화원 산책로를 지나면서 나는 잠시 명상에 젖어본다. 잔디와 꽃으로 둥근 숫자판을 만들고 시곗바늘이 돌아가는 그 꽃시계가 신기했다. 120미터의 높이로 물을 뿜어 올리는 대분수의 장관이 신기했다. 호수를 바라보며 차를 마실 수 있는 노점 카페들이 신기했다. 그리고 또 장미 공원에 탐스럽게 가꾸어진 장미들이 신기했다.

그러나 더욱 신기한 것은 스위스라는 나라, 전쟁이 없다는 영세 중립永世中立이라는 그 스위스란 나라, 그리고 천재적인 평화의 감각을 지닌 스위스 국민이 나에게는 더 신기하게 생각되었던 것이다. '참여하는 호수'…… 레만 호가 암시하고 있는 그 정신이었다.

이 나라는 유럽의 심장이라고 한다. 유럽의 한복판, 강대국의 한복판에 있는 나라다. 길로 치면 로터리와 같은 나라다. 그런데 어떻게 해서 유럽의 화약고나 전쟁터가 되지 않고 거꾸로 평화로운 유럽의 공원이 되었는가. 한국은 강대국 사이에 낀 '다리'였기 때문에 즉 그 지형을 불리하게 타고났기에 늘 고래 싸움에 새우 등이 터지는 아픔을 겪었다. 나도 그렇게 생각해서 『흙 속에 저 바람 속에』라는 글 속에서 그 지리적 비극을 한탄했던 일이 있다. 그러나 스위스를 보고 나는 할 말을 잊었다.

그들은 그것을 역이용하여 평화의 완충 지대인 평화의 공원으로 만든 것이었다. 지형이 문제가 아니라 그것을 이용하는 국민의 태도에 비극과 행운의 갈림길이 있음을 나는 알았다.

스위스 사람이 고와서 영세 중립의 전쟁 없는 나라로 만들어준 것은 아니었다. 강대국이라는 그 힘에 휩쓸리지 않고 도리어 그 것을 교묘히 저울질하여 이利를 본 것이다.

그들은 현명했다. 그들은 어느 나라에도 치우치지 않는 대외 정책을 내세웠기에 분쟁의 화약고가 아니라 자타가 다 보증하는 영세 중립의 국가가 된 것이다. 그들은 1815년의 비엔나 회의에 서 전쟁의 비참을 체험한 그 열강 국가를 향해 스위스의 중립 및 불가침, 그리고 일체의 외세로부터의 독립은 유럽 전체의 참된 이익이라고 외쳤던 것이다. 그리고 그것은 그들의 주장 그대로 실현되었고, 스위스뿐만 아니라 유럽 전체가 덕을 보았다.

대포와 폭탄과 수많은 군대를 이끈 어느 강대국보다도 이 작은 소국이 인류를 위해 더 많은 공헌을 했다는 것을 우리는 안다. 양 차 대전으로 유럽이 불바다가 되었을 때, 그래도 유럽 사람들은 숨 쉴 구멍을 찾을 수 있었던 것이다.

돈을 안전하게 맡아주는 스위스 은행이 있었다. 2차 대전 때 독 일이 끝내 스위스를 침공 못 한 것도 그들 군벌의 돈이 스위스 은 행에 맡겨져 있었던 것이 그 원인의 하나였다. 스위스의 중립은 돈(물질)만이 아니라 정신까지도 보존해주는 은행 구실을 했다. 나 치즘으로부터 도망칠 수 있는 피난처가 그들에겐 있었다. 스위스 가 없었다면 토마스 만이나 헤르만 헤세의 말년의 문학도 없을 뻔했다.

자국에서 박해를 받았던 사상가들은 대개가 다 스위스라는 망명처가 있었기에 그 사상을 찬란히 개화시킬 수 있었다. 정치적으로 중립성을 선포하기 이전부터 스위스는 그러한 평화의 감각을, 즉 중립의 전통을 꾸준히 실현해 왔었다. 그래서 이 나라 저 나라로 쫓겨 다니던 볼테르는 20년 동안의 말년을 이 나라의 호숫가에서 지냈다. 바이런은 이곳에서 『차일드 해럴드의 편력』을 썼다.

볼테르만이 아니라 레만 호수는 프로테스탄트의 선구자인 칼뱅을 받아들여서 키워주었다. 칼뱅의 설교 의자가 지금도 이 제네바의 생피에르 사원에 남아 있다.

레만 호수는 윌슨의 국제연맹의 사상적 씨앗에 물을 주었다. 그래서 지금도 제네바를 찾는 손님들은 "국제연맹의 건설자 윌슨 대통령에게 바친다"라는 대리석 비석을 볼 수 있다. 지금 이 제네바의 레만 호수는 세계의 평화를 키우는 젖줄이며, 제네바는 모든 국제회의의 원탁 구실을 하는 도시다.

내가 갔을 때에도 제네바에서는 '유엔 통상 회의'가 열리고 있었고, 한국 대표들도 그 자리에 참석하고 있었다.

스위스 국민의 평화 감각은 이렇게 제 나라뿐만 아니라 전 세계에 참된 이익을 가져다주었다. 참으로 묘한 일이다. 스위스 출신치고 평화주의자가 아닌 사람이 없다. 페스탈로치가 그랬다. 루소가 그랬다. 적십자 회의를 만든 뒤낭이 또 스위스 사람이었다. 적십자 깃발이란 것도 스위스의 국기를 뒤집은 것이 아니었던가!

　우리는 양처럼 순하기만 한, 그리고 신선처럼 은둔하는 평화주의자였다. 그러나 그들은 평화를 적극적으로 실현시키는 '싸우는 평화주의자'였다.

　"당신들은 평화 속에서 잠들어 있습니다. 한국 사람이 역사의 추위를 겪고 있을 때 당신들은 온실 속에 있었습니다."

　나는 어느 스위스 사람에게 이렇게 말한 적이 있었다. 그때 그 사람이 말한 답변을 듣고 나는 얼마나 부끄러웠는지 모른다.

　"보통 중립주의라고 하면 이것도 저것도 귀찮으니 은둔해버리자는 이기주의로 착각합니다마는, 우리의 중립은 참여하는 중립, 그리고 싸우는 중립입니다. 2차 대전 때 우리는 전쟁 국가보다도 더 비참한 꼴을 당했습니다. 식량이 없었습니다. 4분의 3을 외국에서 수입해 와야 했는데, 전시라 모든 길은 봉쇄되어 있었습니다. 차라리 어느 나라에 가담해서 싸웠던들 오히려 우리 입장은 더 편했을 것입니다. '싸우지 않는 것'을 가지고 우리는 싸우고 있었던 것이지요."

　나는 레만 호수 영국 공원의 화원을 거닐면서 이 평화의 천재들을 부럽게 여겼다. 풀 한 포기, 꽃 한 송이에도 사람의 손길이 닿지 않은 것이 없다. 먼 데서 찾을 것이 아니다. 평화를 사랑하는 그들의 마음은 바로 그들이 가꾸는 이 초목 하나에서도 찾아볼 수가 있는 것이다.

그들은 꽃을 유난히도 사랑한다. 어디를 가나 꽃을 가꾸고 꽃을 전시해놓았다. 지폐에까지도 에델바이스의 꽃(국화)이 피어 있다. 순결과 사랑의 꽃, 이 꽃은 가파른 단애斷崖에 피기 때문에 이 꽃을 꺾다 소녀가 죽었다는 전설처럼 그들은 생명까지도 버리며 평화의 꽃을 따려고 한다.

전쟁이 없는 나라, 은둔의 호수가 아니라 참여하는 평화의 호수……. 제네바가 어째서 국제회의 도시가 되었으며, 유럽의 길목인 스위스가 화약고가 되지 않고 어째서 유럽의 공원이 되었는가? 어째서, 이들은 유수한 평화의 마음을 가지고서도 우리처럼 그냥 짓밟히지만은 않았느냐?

레만 호수의 매혹적인 산책을 끝내고 오픈카페에 앉아 피곤한 발을 쉬었다. 사람들을 가득 실은 유람선이 지나간다. 해가 저문 까닭인지 백조가 호반 기슭으로 모여든다. 나는 영자 석간신문을 사서 펴 들었다. 그때 나는 무엇을 보았던가? 참으로 뜻밖의 일이었다. 1면 톱에는 곤봉을 든 경찰과 돌을 던지며 돌진하는 학생들의 커다란 보도 사진이 있었다. 그리고 이러한 헤드라인이 눈에 띄었다.


Anti-Park demonstrations held in more Korean cities—Seoul Jun. 4

다른 곳도 아닌 레만 호숫가에 앉아 그 기사를 읽는 기분이 어떠했다고 생각하는가? 거기에서만 그치지 않는다. 똑같은 날짜, 똑같은 그 신문에는 또 하나의 '데모'(?)가 나란히 보도돼 있었다. 그것은 비틀스의 팬 2천 명이 경찰 저지선을 뚫고 비틀스가 투숙하고 있는 호텔로 난입해 들어갔다는 코펜하겐 4일발 기사였다. 너무나 시니컬하고 너무나도 억울한 대조였다. 남의 나라의 청년들은 비틀스를 보려고 경찰과 충돌하고 있는데 한국은, 한국은······?

호반에서 평화롭게 노는 그들 세계의 시민 속에서 나는 고아처럼 멍하니 앉아 있었다.


By the waters of Leman, I sat down and wept······.

(레만 호숫가에서 나는 울었노라······.)


시험 답안지 앞에서 이 시구만을 수없이 써 내려가던 그때와 마찬가지로, 나는 자꾸 파편처럼 떨어져 나간 엘리엇의 그 「황무지」의 1절을 되풀이했다.


레만 호숫가에서 나는 울었노라.

레만 호숫가에서 나는 울었노라.

# 애국심과 친절

제네바는 워낙 국제도시라 시민들은 외국 손님에 대해서 거의 불감증에 걸려 있는 것 같았다. 별로 '호스피탤리티 스위스'를 실감할 수 없었다. 그러나 베른이나 취리히 같은 다른 도시에서는 소문을 듣던 대로 따뜻한 환대를 받았다.

스위스의 수도 베른의 입구에서부터 그랬다. 주유소에서 자동차에 휘발유를 넣고 한국 대사관의 주소를 내보이며 물으니까, 그 주인은 좀 기다리라고 한다. 그리고 지나가던 스쿠터를 세우고 저희들끼리 말을 주고받는다. 그 주인은 우리보고 그 스쿠터를 따라가라고 한다. 다른 나라 같았으면 그냥 적당히 가르쳐주었을 것이다. 그러나 그들은 실질적인 도움을 주려고 했다. 스쿠터를 탄 사람과 주유소 주인은 사실 안면이 없는 것 같았다. 그런데도 외국 손님을 따뜻하게 안내한다는 것은 베른 시민의 의무요, 풍속처럼 되어 있었던 모양이다.

우리는 그 스쿠터를 따라 한국 대사관 문전까지 갈 수 있었다.

돈을 주려고 하니까 도리어 섭섭한 표정을 짓는 것이었다. '왜 우리의 친절을 그렇게 몰라주느냐'는 투다.

스위스를 여행하는 동안 많은 친절을 받은 가운데 특히 잊혀지지 않는 두 개의 사건이 있었다. 그것은 취리히의 조그만 이탈리아 식당에서 라비올리(꼭 만두같이 생긴 음식)를 시켜놓고 S씨와 식사를 했을 때다. 그리고 식사대로 20달러짜리 트래블러스체크(여행자수표)를 주었다. 스위스의 환율에 익숙지 않았지만 거스름돈을 가져온 것이 아무래도 좀 적어 보였다. 그래서 안내서의 환율표를 펴놓고 S씨와 이마를 맞대며 셈 문제를 푸는 초등학생처럼 한참 동안 곱하기, 나누기를 해본 결과 분명히 거스름돈이 부족했다.

"어쨌든 이탈리아 친구들은 거스름돈을 속이는 데에 천재적이군요. 그놈들이 음식은 제법 우리 입맛에 맞게 하는데, 꼭 그 음식을 먹고 나면 뒷맛이 이렇게 개운치 않습니다."

S씨와 한국말로 마음 놓고 욕지거리를 하고는 웨이터를 불러 세웠다. 그리고 어차피 알아듣지 못할 것…… 우리말로 걸쭉하게 욕을 퍼부어주었다(취리히에서는 독일 말, 그것도 스위스식으로 변한 독일 말밖에 통용되지 않는다). "이놈아! 잔돈을 왜 속여. 똑바로 계산해 와." 서투른 외국어보다 때로는 한국말이 더 잘 통할 때가 많다. 외국어로 말하려면 감정 전달이 잘되지 않는다. 그러나 제 나라 말을 할 때는 몸짓이나 음성에 그 감정이 그대로 반영되기 때문에 상대편이 눈치를 빨리 챌 수 있는 것이다.

객담이지만 외국을 여행할 때 가장 놀라운 발전을 한 것은 욕이었다. 국내에서는 남이 듣고 체면도 있고 해서 좀처럼 상욕을 하고 싶어도 하지 못하지만 외국에선 누가 알아들을 사람이 없으니 안심하고 상욕을 하게 된다. 일종의 해방감 같은 것을 느낀다. 그래서 쓸데없이 한국 사람끼리 만나기만 하면 외국인들을 욕하게 된다.

그 때문에 망신을 당한 일도 있었다. 파리에서 길을 걷다가 일본 사람인 줄 알고 상스러운 욕을 해준 일도 있었다.

"저 일본 시골뜨기들 좀 봐요. 무얼 저렇게 어리둥절하고 찾고 다니지……."

그랬더니 그 친구들이 반색을 하며 쫓아오는 것이었다.

"선생님. 저 사실은 우리들도 한국 사람인데……."

그들은 바로 우리 동포의 기술자였던 것이다.

이야기가 딴 길로 샜지만 그때도 우리는 장난삼아 그렇게 욕을 퍼부었다. 그런데 노신사 한 분이 우리 쪽으로 와서 정중히 영어로 사죄하는 것이었다. 고의로 잔돈을 속인 것이 아니라 환율에 착오를 느끼고 그런 실수를 저질렀을 것이라는 것이었다. 그 신사는 식당에 점심을 먹으러 온 스위스 사람이었다.

관계자도 아닌 그가 남의 싸움에 끼어드는 것이 처음엔 좀 괘씸했지만 그 태도가 너무나도 진지해서 이쪽이 도리어 미안한 생각이 들었다. 그는 웨이터에게 통역을 하면서 사죄를 하라고 한다. 그러고는 우리가 식당을 나오자 먹던 음식도 집어치우고 뒤따라 나오면서 그 노신사는 또 사죄를 하는 것이었다. 절대로 고의가 아니었을 게라는 것이었고, 불쾌하게 생각지 말라는 것이었다.

그리고 친구로서 취리히 시가를 안내해주고 싶다는 것이었다. 우리는 그 노신사의 태도에서 스위스의 명예를 염려하는 빛을 보았다. 외국인들이 스위스에 대하여 나쁜 인상을 갖고 돌아가게 될 것을 두려워하고 있는 눈치였다. 자기 일도 아닌 것을 그는 마치 자기의 잘못인 것처럼 사죄하고 있었다. 하찮은 사건이었지만 나는 거기에서 스위스 국민의 애국심이 어떤 것인지를 느꼈다.

또 하나의 사건은 베른의 담배 가게에서 벌어졌다. 담배 사는 것쯤은 말이 통하지 않아도 어떠랴 싶어 잘못 지껄인 것이 그만 화근이 되어 가겟집 노파는 영 나를 놓아주지 않고 손짓 발짓이다. 자기는 친절심을 발휘한다는 것인데 이쪽이 바쁘다. 담배란 담배는 전부 꺼내놓고 하나하나 ○×식으로 대답하란다. 한참 진땀을 빼고 있는데 초등학교 4학년쯤 되었을까, 멜빵 가방을 멘 귀여운 소녀가 내 앞으로 다가와서 영어로 말한다.

"두 유 스피크 잉글리시?" 그러고는 통역을 하기 시작했다. 초등학교 꼬마 통역관을 세워놓고 이야기를 하자니 영 어색하고 창피한 생각이 들었지만 내 마음은 흐뭇했다. 눈깔사탕이나 사 먹고 다니는 꼬마 애들까지도 외국 손님을 돕는 정신은 철저했던

것이다. 학교에서 영어를 배웠느냐고 하니까 엄마가 미국인이란
다. 그런데 나를 한층 거북하게 만든 것은 주위 사람들이었다.

어른들이 와르르 모여들어서 그 소녀의 뺨을 어루만지며 야단
들이다. 착한 일을 했다고 칭찬을 해주는 것 같다. 나는 군중들에
둘러싸여 한동안 그 소녀가 베푼 친절의 증거품으로 서 있지 않
으면 안 되었다.

기적 같은 일이다. 과장이 아니라 기적과 같은 일이다. 스위스에
는 국민은 있어도 민족은 없는 것이다. 독일계, 이탈리아계, 프랑
스계, 그리고 유태계, 핏줄뿐만 아니라 언어도 국어란 것이 없다.

4분의 3이 게르만계의 언어를 쓰고, 4분의 1이 프랑스어, 이탈
리아어, 로망슈어를 쓰고 있다. 그런데도 그들은 뜨거운 애국심
을 가지고 서로 굳은 협동력을 가지고 살아간다. 언어만 보더라
도 게르만계의 말을 쓰는 사람이 절대다수를 차지하고 있는데도
그것을 공용어로 강요하지 않는다. 4개 언어가 동등의 자격을 갖
고 행세한다. 거리나 문서에도 그것들이 병용되어 있다. 그들은
종교적 문제로 내분을 일으킨 일은 있으나 결코 언어나 종족의
이해 문제를 가지고 싸움을 일으킨 일들은 없다. 다수파가 소수
파의 의견을 존중하는 정치와 마찬가지다. 프랑스어나 이탈리아
어를 쓰는 스위스 사람이 독일어(게르만계)를 배우는 일은 없어도
거꾸로 다수를 점하고 있는 독일어 사용의 스위스인은 프랑스어
나 이탈리아어를 배우려고 애쓴다는 것이었다. 다수파가 소수파

를 따른다. 그러니 분쟁이 생길 까닭이 없다.

어느 나라보다도 스위스를 보면 우리 자신이 부끄럽다. 그들은 4만 평방킬로미터밖에 안 되는 우리보다도 한결 작은 나라에서 산다. 민족도 언어도 여러 갈래다. 그런데도 싸우지 않고 도란도란 잘 살고 있다. 애국심이 대단하다. 그런데 우리는 단일 민족이요, 단일 어족인데도 늘 내란과 동족상쟁으로 세월을 보냈다. 민족과 언어가 통일되지 않은 나라인데도 분열 없이 살고 있는 그들 앞에서…… 그러면서 스위스의 명예를 위해서 외국 손님에게 친절을 다하는 그들 앞에서…… 나는 수없이 얼굴을 붉히지 않으면 안 되었다.

스위스는 '유럽의 길'이다. 옛날부터 많은 바깥손님들이 드나든다. 그런데도 외세나 외국 풍속에 젖지 않고 그들은 스위스인의 긍지를 갖고 착실하게 살아간다. 그것은 오만과 편견과 배타에 빠지는 주체성도 아니다. 남을 돕고 존중하는 선린善隣 속의 주체성이다. 우리는 지금도 외국인들을 으레 '놈' 자를 붙여 부르면서 한옆으로 사대주의에 굴종해 온 두 개의 얼굴로 살아왔다. 남을 헐뜯지 않고서는 내 민족을 내세우지 못하였고 '나'를 버리지 않고는 남을 대접할 줄 몰랐다.

종족이 다르고 언어가 다른 그들의 어디에서 그런 국가 의식과 명예감이 우러나오는 것일까? 한마디로 말해서 그것은 자기가 자리한 '땅', 그 '땅'에의 애정이라고 할 것이다. 피는 물보다 짙다고 한다. 그러나 스위스인들은 흙(땅)은 피보다 짙다는 질서 속에서 살고 있다.

땅이 좁은데도 스위스는 연방국이다. 22주州라고 하는 것은 우리나라의 도道처럼 행정구역이 아니라 독립된 정부를 가진 하나의 나라다. 그들은 세 개의 국적을 가지고 산다고 한다. 스위스연방의 국민이기 전에 주민이며 주민이기 전에 한 마을의 사람이다. 이 말을 거꾸로 하면 마을이 되고, 마을이 주州가 되고, 주가 국가로 된다. 그러므로 '국가'는 추상적인 것이 아니라 그 자신의 한 신경인 셈이다. 내가 확대된 것이다.

이러한 '나'와 '국가'의 일체감은 그들의 병역 제도에도 잘 나타나 있다. 이른 아침에 스위스의 시골을 여행한 사람들은 마을 근처에서 울리는 총성을 들은 적이 많을 것이다. 그것은 사냥을 하는 소리가 아니라 민병대民兵隊들이 사격 훈련을 하고 있는 것이다.

전쟁이 없는 나라이지만 스위스는 국민개병주의國民皆兵主義다. 누구나 다 군인이다. 시민이 곧 군인이다. 말하자면 군軍이 따로 있고 병영이 따로 있는 것이 아니다. 마을 단위로 훈련을 하고 총기를 집에 가져가서 보관하는 민병들이다. 마을이 곧 병영이요, 자기 집이 곧 막사다.

민주주의의 낙원이라는 미국에도 군부가 국가에 대립하여 쿠데타를 일으킬 수 있다는 상상이 가능하다. 네벨의 『5월의 7일간』이란 소설이 그것이다. 그러나 스위스만은 쿠데타를 일으키려야 일으킬 수 없는 나라다. 시민이 곧 군대요, 군대가 곧 시민이기 때문이다. 상비군인常備軍人이라 해도 스위스에는 고급 장교와 직업군인(민병의 훈련을 맡은 하사관)을 합쳐 5백 명밖에 되지 않는다. 더구나 이 민병 제도는 징용 제도와는 달라, '특정한 자에게 무장을 시켜 일반 시민을 뽑아 군인으로 데리고 가는 것'이 아니다. 한마디로 말해서 국가와 나, 군대와 내가 동의어로 되어 있는 것이 스위스다.

우리의 애국심은 '나'와 '국가'가 서로 분리되어 있다. 국가에 봉사하려면 예부터 '나'를 버려야 하는 것이다. 국가는 나의 연장이 아니라 나 밖에 군림해 오고 있는 그 '무엇'으로만 느껴진다. 위정자는 국가가 '나' 아래 있는 것으로 알고, 국민들은 국가가 내 머리 위에 있는 것으로 착각하는 일이 많다.

민족이 없는 나라, 국어가 없는 나라, 그러면서도 단일 민족이라는 우리처럼 골육상쟁骨肉相爭을 하지 않는 스위스. 우리도 그들처럼 살고 싶다. 스위스의 명예를 자기 몸처럼 생각하고 있던 식당의 노신사와 본능처럼 바깥손님에게 도움을 주려는 그 어린 초등학교 학생의 두 얼굴, 곧 그것이 지금도 나에게는 스위스라는 한 국가의 얼굴처럼 연상된다.

# 하늘이 무너져도

제네바에서 로잔, 그리고 거기에서 베른과 취리히로…… 스위스를 횡단하는 자동차 여행은 즐거웠다. 맑은 호수와 많은 골짜기를 지났다. 푸른 슬로프에 점점이 흩어진 원색 지붕들은, 그리고 꽃들이 예쁘게 가꾸어진 마을들은 소박하다기보다 깔끔하다는 인상이었다. 또 옹색해 보이지 않고 기름이 잘잘 흐르는 윤택함이 있었다.

스위스인들은 공지 이용을 알뜰하게 잘하고 있다는 생각이 들었다. 정원이 넓어서 화단을 가꾸는 것은 아니었다. 벽이나 창틀이나 서너 뼘 남짓한 현관 앞의 공지나…… 그대로 버려두는 일이 없다. 으레 빈 공간이 있으면 그것을 이용하여 꽃을 가꾼다. 심지어 처마 끝에 마차 바퀴를 달아놓고 바퀴살마다 화분들을 진열해놓은 것도 있었다.

좁은 국토를 아껴서 선용하려는 노력들은 스위스인의 모든 생활 면에서 찾아볼 수 있다. 그렇다, 스위스는 바다가 없는 나라다. 따라서 넓은 평원이 없기에 탁 트인 지평선을 보지 못하고 사는 나라다. 사면은 산으로 병풍을 둘렀다. 알프스 산맥과 쥐라 산맥이 이 작은 국토를 차지하고 있으니 농사조차도 변변히 지을 땅이 없다. 좀 넓다 싶으면 으레 호수가 아니면 나무조차 자라지 못하는 불모의 고원 지대다. 면적이 10평방킬로미터가 넘는 호수만 해도 열두 개가 된다. 그러므로 경작지나 과수원은 겨우 국토의 10퍼센트밖에 되지 않는다. 그나마도 기후 관계로 수확이 좋지 않은 모양이다. 경치는 아름다울지 몰라도 사람들이 살아가기에는 결코 좋은 자연 조건이 못 된다.

국토의 약 6할을 차지하고 있는 알프스 산맥도 석탄이나 광물 자원이 없는 허울 좋은 장식품에 지나지 않는다. 그렇게 산이 많으면서도 대부분이 빙하에 덮인 바위산이라 목재조차도 흔하지 않다. 생활의 거점이 될 만한 자원은 아무것도 없는 땅이다. 쇳조각 하나, 석탄 한 덩어리, 그리고 모든 식량을 사들여 오지 않고서는 살 수가 없다. 하늘에서 받은 것이 있다면 '눈요기'를 할 수 있는 자연미밖에 없는 곳이다.

그런데도 스위스인들은 잘살고 있다. 거지를 볼 수 없는 나라다. 국민소득은 우리나라의 10배를 더 넘는 1,593달러, 미국과 스웨덴 다음인 세계 제3위를 차지하고 있다.

우리가 앞으로 본받아야 할 나라는 프랑스도 영국도 미국도 그리고 독일도 아닌 것 같다. 그러한 나라들은 너무 크지 않으면 역사나 자원이 벌써 우리와는 비교가 되지 않는다. 그러나 스위스는 우리에게 부지런하다면, 머리만 잘 쓴다면, 싸우지 않고 서로 도와간다면 잘살 수 있는 길이 있음을 증명해준다. 스위스의 유일한 자원은 스위스인의 근면이며 '실천적 예지'라는 말이 거짓이 아니다.

스위스를 보면 우리의 불행을 변명할 구실을 찾을 수가 없다. "하늘이 무너지면 종달새를 잡자"라는 서양 속담의 참뜻을 느끼게 한다. 우리는 '하늘이 무너져도 솟아날 구멍이 있다'고 생각하면서 세상을 살아왔다. 설마하니 죽으랴, 무슨 수가 생기겠지 하는 막연한 기대와 희망이다. 그런데 그들은 하늘이 무너지거든 거꾸로 종달새를 잡자고 한 것이다. 즉 불행한 조건 속에서도 그 불행을 이용하여 오히려 이익을, 행복을 찾아내자는 적극적인 생활 태도다.

스위스인이야말로 하늘이 무너질 때 그 역경을 이용하여 종달새를 잡은 사람들이다. 석탄과 쇳조각 하나 주지 않는 산을 향해서 그들은 원망만 하고 있었던가? 아니다. 그들은 그것을 이용하여 수력 발전소를 세웠다. 석탄 대신 석탄처럼 쓸 수 있는 전력을 얻었다. 그래서 그들은 스위스를 전력의 왕국으로 만든 것이다. 세계에서 가장 싸고 풍부한 전력을 생산하여 외국에 수출까지 하고 있다.

나는 처음에 스위스의 어느 도시에 가든지 시내버스가 없는 데에 놀랐다. 전차만이 다니고 있었다. 휘발유를 아끼느라고 공공 교통수단은 철도를 비롯하여 모두가 전력을 사용한 것들이다. 그것도 소형의 전차를 열차처럼 두 개를 연결해 가지고 다닌다. 확인은 안 해봤지만 전력을 아끼기 위한 수단인 것 같았다. 승객이 별로 없는 한가로운 시간에도 대형 전차를 모는 것은 확실히 전력의 낭비일 것이다. 생활양식도 석탄과 휘발유를 쓰지 않아도 되게끔 전화電化가 되어 있었다.

그들은 또 평원이 없다 해서 절망하지 않았다. 농사를 지을 수 없는 대신 부지런하게 양목養牧을 했다. 양목은 국가적인 산업이었다. 설선雪線에 이르기까지, 가축을 몰고 그들은 산맥을 올랐다. 소나 양 떼가 겨우 설 수 있을 만한 산맥의 급사면까지 목지로 삼았다. 그리하여 그들은 스위스를 '치즈의 왕국'으로 만들어 외화를 벌어들였던 것이다. 그러나 국제 균형상 목축업이 채산이 맞지 않게 되자 스위스는 대담하게 공업화 정책에 박차를 가했다.

나는 스위스를 여행하면서 알프스 산록에서 풀을 뜯고 있는 아름다운 양 떼의 목가적 풍경을 기대했지만 그런 것은 별로 눈에 띄지 않았다. 시대가 변한 것이다. 스위스는 이제 목가의 나라가 아니라 공업 국가로 변모해 있었던 까닭이다. 부단히 시대에 적응하면서 줄기찬 생활의 복지를 추구하고 있는 그들이었다.

벌써 내가 스위스에 갔을 때에는 공업화로 인한 부작용을 어떻게 극복하는가에 대해서 그들은 진지한 연구를 하고 있는 중이었다. 즉 공업 지대와 도시의 팽창으로 스위스는 매년 7천5백 에이커의 땅을 잃어가고 있다는 것이었다. 그래서 로잔 박람회에는 어떻게 하면 대지를 절약할 수 있는가 하는 연구물로서 주택, 공장, 시장, 도로 등의 새로운 건축설계와 도시계획이 전시되어 있었다.

과연 스위스의 도로만은 유럽에서 볼 수 있는 그 넓은 사치한 하이웨이가 아니었다. 그리고 베른 같은 도시도 골짜기 밑에 세운 건축물이(옛날부터 그러했다) 많이 눈에 띄었다.

그뿐만이 아니다. 목축을 하고 전력 개발을 하고서도 국토의 5분의 1에 달하는 쓸모없는 땅들이 있다. 산들, 빙하에 덮인 그 산들, 그리고 불모의 호수들…… 그러나 그들은 그냥 버려두지 않고 그것을 관광자원으로 개발했던 것이다. 즉 유럽의 공원으로 만든 것이다.

자연이 아름다우면 그야말로 자연히 관광객이 올 것이라고 그냥 주저앉아 있지만은 않았다. 그들은 우선 유럽에서 제일 완벽한 호텔을 만들었다. 나그네의 보금자리부터 마련했다. 그리하여 세계적으로 유명한 호텔 학교를 설립하여 많은 종업원들을 훈련해냈고, 스위스를 '호텔 왕국'으로 만든 것이다.

또 관광객을 유치하기 위하여 그들은 어떤 산봉이든 편안히 오를 수 있는 '케이블카'와 동산 철도를 놓았다. 세계에서 제일 먼저(1840) 케이블카를 만든 나라가 바로 이 스위스였음을 기억해

두어야 한다. 그렇게 해서 매년 5억 달러에 달하는 외화를 벌어들여 면적당 세계 제1위의 관광국이 된 것이다. 성급한 여행자를 하루라도 더 묶어두기 위해서 스키장 같은 시설은 말할 것도 없고 지금도 많은 오락 시설을 고안해내고 있었다.

골짜기에서 사는 스위스 사람들은 긴 밤과 긴 겨울을 지내지 않으면 안 된다. 다른 나라에 비해서 활동할 수 있는 시간이 적다. 해는 쉬이 지고, 겨울엔 눈이 덮여 산골짜기의 마을 길들은 두절되기도 한다. 그러나 그들은 밤과 겨울의 유폐된 칩거 생활까지를 역이용하여 뜨개질과 수를 놓았다. 그래서 유럽 제일의 '레이스 왕국'이 된 것이다. 그것들은 모두 수출되어 외화를 벌었다(지금은 목축업처럼 쇠퇴되어 전업을 하게 되었다). 오히려 그들에게 가해진 불행한 환경은 스위스를 '전기의 왕국', '목축의 왕국', '관광왕국', '수繡의 왕국'이 되게 했다. 다른 것은 다 덮어두자. 스위스가 '시계의 왕국'이 된 이유를 따져보는 것만으로 그들의 근면이, 그들의 슬기가, 의지가 어떻게 자연의 악조건을 극복하고 행복의 파랑새를 잡았는지를 알게 될 것이다.

나는 로잔에서 시계 공장을 견학하였다.[86] 공장이라기보다 호

86) 유명한 스위스의 시계 메이커를 간단히 소개해둔다. 고급 시계를 만드는 3대 메이커는 '인터내셔널', '나르당', '롤렉스' 3사社. 이들은 다 같이 생산량을 줄여 고급품 분야에서 정평을 얻고 있다. '인터내셔널'(1868년 창립)은 월 생산 3천5백 개 정도, '나르당'(1846년 창립)은

텔 같은 느낌이었다. 딸깍딸깍하는 시계의 검사기 소리를 제외하면 수도원처럼 조용했다. 사람들은 온종일 화초처럼 가만히 의자에 앉아서 일일이 손으로 시계를 조립하고 있었다. 티끌같이 정밀한 부속품들을 인내심 깊게 하나하나 다루어가는 그들의 모습을 보고 나는 비로소 그게 도저히 산사람들이 아니면 못 할 작업이라는 것을 깨달았다.

되풀이해서 말하자면 스위스엔 바다가 없다. 가도가도 산이다. 좁은 골짜기에서 사는 사람들은 양양한 바다나 평원을 바라보고 사는 사람처럼 마음이 넓지 못하다. 산사람들은 옹색하고 비행동적이고 곰살맞다. 그것은 풍토가 주는 기질이며 단점이 되기 쉬운 것이다. 그런데 스위스 사람들은 그러한 산골 사람의 마음을 장점으로 길러 정밀공업의 기술을 발전시킨 것이다.

다른 것과 달라서 정밀공업에는 인내심이 필요하다. 바다에 사

---

회중시계로 유명, 월 생산 백만 개. '롤렉스'(이 회사의 전신은 1905년에 세계에서 손목시계를 제일 먼저 만든 런던의 위스돌프 씨의 회사였다)는 완전 방수 시계를 만들어 특허를 얻었고 캘린더가 달린 자동 시계로써도 선단先端을 끊었다. 연간 15만 개밖에는 생산하지 않는다. 세계 100개국에 수출. '오메가'(1894년 창립)는 고급 시계이면서도 전사前社들과는 달리 다량 생산을 하는 스위스 최대의 메이커다.

'오메가'란 상표는 그리스 문자의 최후(영어의 Z와 같음)의 글자를 딴 것으로 최고의 시계임을 상징한다. 비에에 공장이 있는데 9층의 대건물이다. 세계에 103개의 지점을 갖고 있으며 연간 약 백만 개를 생산한다. 자동 손목시계는 롤렉스와 합쳐 전국 생산의 90퍼센트를 차지하고 있다. 전술한 수치는 이 책이 씌어진 1960년대의 생산량이다.

는 마도로스 기질처럼 거칠어서는 안 된다. 차분히 앉아, 감방에 갇힌 죄수들처럼 끈기 있게 작업해야 한다. 그러한 산골 사람의 기질을 그냥 묻어두지 않고 시계 산업으로 돌렸던 것은 참으로 슬기 있는 일이다.

시계 산업뿐만 아니라 정밀공업이면 무엇이든 스위스 국민을 따르지 못한다. 그들에겐 그러한 적성이 있었던 것이다. 우스개 이야기지만 독일 사람이 스위스인에게 편지를 보냈다. "편지지를 잘 보시오. 스위스인들이 정밀 기술에 능하다고 하지만 이 편지지 속에는 머리카락을 여섯 가닥으로 쪼갠 것이 들어 있습니다. 눈으로는 잘 보이지 않을 것입니다." 며칠 후에 스위스인에게서 답장이 왔는데, 다음과 같은 내용의 글이 적혀 있더라는 것이다. "귀하가 보낸 머리카락을 반환해 드립니다. 그러나 귀하가 보낸 그 머리카락에 어떤 변화가 생겼는지 조심해 보십시오. 당신네가 쪼갠 그 머리카락마다 파이프처럼 구멍이 뚫려져 있을 것입니다."

스위스에는 애초부터 시계 기술자가 많았던 것은 아니었다. 종교 박해를 받고 프랑스 등의 나라에서 쫓겨 온 신교도를 통해 그들은 그 기술을 배웠다. 이탈리아에 비해서 그들은 두어 세기가량이나 뒤져 있었다.

그런데 쥐라 산맥의 벽촌에 사는 부지런한 농부나 산사람들이 겨울철의 동면기에 부업으로 시계 산업에 손을 댄 것이다. 그들은 부지런하고 참을성 있는 기질을 살려 값싸고 정확한 시계를 다량으로 생산하기 시작했다.

19세기 중엽에는 벌써 영국을 누르고 세계 제1의 시계 생산국으로 군림하여 오늘에 이른 것이다. 따분한 산골 기질을 시계 산업으로 승화시킨 것이다.

스위스는 한때 미국 시장에 연간 26만 개 이상의 시계를 팔았다.

오늘날 미국의 자본과 과학 기술의 도전을 받으면서도 스위스는 여전히 시계 왕국의 토대를 굳게 쌓아 올리고 있다. 연 생산 4천만 개(워치) 이상으로서 세계의 톱을 끊고 있으며, 전 세계 시계 생산의 거의 반을 점하고 있다(이 중 97퍼센트가 수출되고 있다). 부단히 시계 생산의 방식을 개선하고 있기 때문이다. 다른 나라에서는 볼 수 없는 시계법時計法이란 것도 있고, 1962년에는 신시계법이란 것이 생겨 제조허가제를 폐지하여 새로운 비약을 다짐하고 있다. 시계 산업을 통제하는 조직체인 시계 회의소를 중심으로 7만 명의 종업원을 가진 2천8백 회사, 그리고 5천 가까운 가내 생산자가 일치단결해서 시계 왕국의 아성을 지키고 있다.

스위스 시계는 그대로 스위스의 상징이라고 볼 수 있다. 쇳조각 하나 나지 않는 스위스에서 세계에서 가장 정확하고 정밀한 쇳조각(시계)을 만들어내고 있다는 이 역설! 그것은 곧 궁핍의 땅에서 살면서도 세계 제3위의 높은 국민소득을 올리고 있는 스위스의 역설이기도 한 것이다.

정치도 그렇고 경제도 그렇다. 그들은 그들을 파멸시킬 수도 있는 그 환경을 가지고 최고의 복지를 누리고 있다. 하늘이 무너지면 종달새를 잡는 사람들! 스위스를 본 사람이면 한국 땅에 태어난 것을 그리 한탄만 하려고 들지 않을 것이다.

# 티롤의 나그네

옛날의 스위스는 귀족들의 휴양지였다. 그러나 유럽의 귀족들이 몰락되면서부터 이 나라를 찾아오는 손님들은 정반대로 바뀌어졌다. 그들은 노비와 백마를 거느리고 오지는 않는다. 자동차를 타고 들어와서는 차창 너머로 자연을 감상하다가 어느새 소리없이 도망쳐버린다. 국토가 작아서 자동차로 하루 이틀 달리면 고작이다. 말하자면 시대의 변화에 따라서 '휴양의 나라'는 '드라이브의 나라'로 바뀌게 된 것이다. 그것이 자연미를 팔아먹고 사는 스위스인에게는 적지 않은 두통거리다. 우리도 예외는 아니다. 번개족 관광객의 하나로서 베른을 떠나 오스트리아로 향했다.

R대사는 우리가 베른을 떠날 때 두 가지 권고를 했다. 스위스와 오스트리아의 국경에는 리히텐슈타인이라는 소국小國이 끼어 있는데, 거기에서 꼭 우표를 사라는 것이었다. 그리고 장크트안톤의 아를베르크 알프스 고개는 험로로 유명한 곳이니 운전을 조

심하라는 것이었다.

베른에서 취리히[87] 길은 그렇게 좋은 편은 아니었지만 우리는 줄곧 60, 70마일로 달렸다. 취리히에서 점심을 먹고 페스탈로치 기념관을 구경하고는 계속해서 강행군을 했다. 취리히 호반을 끼고 돌아가는 길은 멋진 드라이브 코스……. 우리는 피로를 모른다.

드디어 R대사가 말하던 리히텐슈타인 공국에 이르렀다. 스위스만 해도 소국인데, 그 소국 가운데 이런 또 소국이 있다는 것은 신기하다. 국토는 162평방킬로미터, 그러니까 우리나라의 한 군郡만 한 폭인데, 더구나 인구는 1만 4천 명 정도밖에 되지 않는다.

그래도 나라라고 국경 지대에는 망루처럼 생긴 토벽이 있었다. 물론 감시병 같은 것은 보이지 않는다. 경찰이 나와 있기는 하나 그것도 체면상 그냥 서 있는 것이지 입국 사증 같은 것을 조사하지 않는다. 세관 사무를 비롯하여 우편, 전신 같은 것을 모두 스위스에 맡기고 있기 때문이다.

원래 이 나라는 오스트리아의 한 공족公族이었던 리히텐슈타인 가家가 지배하고 있다가 한 세기 전에 입헌 왕국으로 독립한 것이

---

87)  스위스 북동부 취리히 주의 수도. 취리히 호의 북안에 위치한다. 스위스 최대의 도시로 대학, 성당 등의 역사적 건축물이 많고 방적, 전기 등의 공업이 성하다. 1519년 종교 개혁의 발생지로 유명하다.

라 했다. 아무리 소국이라 해도 왕이 있고 의회가 있다. 그것도 양당제인데 재미난 것은 서로 하루걸러 신문을 내고 있다는 것이다. 국민은 세금을 물지 않는다. 병역 의무 같은 것은 더더구나 없다. 한때 사도와 전쟁이 일어나자 84명의 병정을 인스브루크에 진격시켰었다는 동화 같은 귀여운 이야기가 전해지고 있을 뿐이다. R대사가 이야기한 대로 과연 이 나라에서는 우표를 파는 것이 유일한 수출(?)로 되어 있다. 진기한 이 나라의 우표는 수집가들에게 인기가 있다. 우표 수집이 붐을 일으키고 있어 경기도 꽤 좋은 모양이다. 어쨌든 우표를 팔아서 살림을 꾸려간다니 『걸리버 여행기』를 읽고 있는 기분이다.

유럽 자체가 조그만 대륙이다. 그런데 어째서 이렇게 많은 나라들이 있는가? 미국을 보고 느끼는 첫인상은 '이렇게 크고 이렇게 잡다한 종족이 모여 사는 이 땅덩어리가 한 나라이어야 하는가?'라는 회의가 든다. 그런데 유럽은 정반대로 이 작은 땅덩어리에 같은 종족, 밀접한 역사, 그리고 그 피와 문화가 부단히 섞여가고 있으면서도 어째서 다 각각 다른 나라이어야 하느냐는 생각이 든다.

리히텐슈타인[88]과 같은 소공국小公國을 보면 더욱 그러한 생각

---

88) 스위스와 오스트리아의 티롤 지방 사이에 있는 작은 공국. 라인 강 최상류에 있는 농목지로 곡물, 포도주, 과실, 도자기, 피혁 등을 산출한다.

이 든다. 또 용케 이런 작은 국가를 집어삼키지 않고 그대로 보호해두고 있는 유럽이 신기하게 느껴진다. 그것이 바로 유럽의 한 특징인지도 모른다. 나는 리히텐슈타인을 지나면서 손가락만 한 난쟁이들이 돌아다니고 성냥갑 같은 집이 늘어서 있는 도시가 나타날지도 모른다는 엉뚱한 상상을 해보았다. 그러나 작은 것은 나라일 뿐 도시도 사람도 마찬가지다. 극히 당연한 일이었지만, 소국이라고 해도 겉은 다른 나라와 하등의 차이가 없다는 데에 실망도 했다.

리히텐슈타인 소공국을 지나 오스트리아의 국경으로 들어서면서부터 길은 점점 험해지기 시작했다. 장크트안톤의 알프스 고개에 이르기 시작한 것이다. 갑자기 안개가 끼기 시작했다. 도로 밑의 천 길 골짜기에 안개가 일었다.

S씨는 알프스 고개를 넘기 전에 아무래도 휴식을 취하고 마음을 가다듬자고 한다. 우리는 잠시 차에서 내려 담배를 피웠다. 자동차 엔진 소리가 멎자 갑자기 주위에는 정적이 밀린다. 먼 데서 그리고 가까이에서 새소리가 들렸다. 티나(악기)같이 맑은 음색이다. 그리고 문자 그대로 심산유곡인 골짜기 밑에서 은은한 교회당의 종소리가 들려왔다.

'서양의 지붕 위'에서 우리는 뜻하지 않게 동양 산수화의 맛을 만끽했다.

유럽에도 이런 산골이 있다니…… 도연명陶淵明이 국화를 따며 한유자적閑遊自適함 직한 이런 벽지가 있었다니…… 그래…… 여기가 그 유명한 '티롤 지방', 도시의 서구 문명에 지쳐 자연을 동경했던 D. H. 로렌스가 연인 프리다와 은둔해 살았다는 티롤…… 우리는 그 티롤 지방의 입구에 서 있는 것이다.

안개, 종소리, 새소리…… 그리고 산수화 같은 바위.

우리는 '유럽의 지붕 위'에서 심호흡을 하고 가솔린과 폭연爆煙과 먼지를 내뿜고, 티롤의 골짜기를 향해 다시 자동차를 몰았다. '우리들의 말(자동차)'은 안개 속을 뚫고 네 발로 뛴다. 그렇다. 정말 이 알프스 계곡을 드라이브할 때 자동차는 신경을 가진 짐승처럼 여겨진다. 그런데 안개는 자꾸 짙어져서 시계視界가 불과 3, 4미터밖에 되지 않는다.

헤드라이트를 켰다. 빗방울이 뿌리고 바람이 분다. 길은 나선형으로 하늘을 향해 있다. 표고 2,000미터 가까운 아를베르크의 알프스 고개, 날씨 탓도 있었지만 으슬으슬 몸이 떨린다.

마침 우리들 앞에서 달리고 있는 자동차 하나를 발견했다. 빨간 테일라이트(미등)가 우윳빛 안개 속에서 등불처럼 어른거린다. "저 불빛을 쫓아갑시다." 나는 운전하던 S씨에게 말했다. "저놈을 우리들 정찰병으로 삼읍시다." 농담을 했지만 웃음이 나오지 않는다. 불안했다. 가뜩이나 낯선 길, 험한 고갯길, 거기에 짙은 안개……. 내 머릿속으로는 이 고갯길을 넘다 조난당했던 옛날의 그 나그네들 무덤이 어른거리고 지나갔다.

티롤 지방으로 넘어가는 그 외로운 알프스 고개에서 죽는다는 것은 적어도 시詩 속이라면 낭만적일지 모르나, 그게 바로 현실인 것이다. 속력을 늦추고 우리는 그 불쌍한 패트롤카를 앞세우며 따라갔다. '우리들의 말(자동차)'은 이제 운해雲海 속을 항해하는 편주扁舟와도 같았다.

고개의 중턱쯤에 이르자 산장 호텔이 나타났다. 그리고 그 앞에는 비교적 넓은 마당이 있어 차를 세울 수 있게 되어 있었다. 앞에서 달리던 자동차는 이 호텔 앞에 멎어버린다. 단독으로 운전하는 20대가량의 청년이었다. 그는 우리 차를 바라보면서 먼저 가라고 손짓을 한다. 그 청년의 얼굴은 겁에 질려 있었다.

"어떻게 해요? 산장 호텔 신세를 질까요?"

"아니, 그대로 갑시다. 저 녀석이 우리 뒤를 따라오려고 하는 모양인데, 이 기회에 화랑정신을 보여줘요."

결국 우리는 쓸데없는 한국적 협기俠氣를 발휘하여 알프스 고개를 정복하자고 비장(?)한 결의를 했다. 알프스 고개를 넘던 한니발[89] 장군의 그 기백으로 단애斷崖와 안개와 협로狹路에 도전하자고 했다.

---

[89] 고대 카르타고의 명장. 제2회 포에니 전쟁 때 알프스를 넘어 이탈리아로 쳐들어가 수차 이겼으나 로마의 스키피오가 본국을 침공함에 귀국하여 이와 대전하다 패하여 자살했다.

도중에서 우리는 어떤 차도 목격하지 못했다. 그런 날씨에 그런 고개를 넘으려고 덤벼든 모험가들은 우리밖에 없었다. R대사의 두 가지 권고를 둘 다 어긴 셈이다. 우리는 바빠서 리히텐슈타인에서는 우표를 사지 못했고, 아를베르크 고갯길에서는 공연한 협기를 부리느라고 무리한 드라이브를 했다.

하룻강아지 범 무서운 줄 모르는 만용이었든, 한니발 장군의 기백이었든, 우리는 무사히 아를베르크 고개를 넘어섰고 요행히 안개는 걷히기 시작했다. 한 꺼풀 한 꺼풀 베일을 벗어던지듯 티롤 지방의 그 골짜기 풍경들이 우리 눈앞에 전개되기 시작했다. 바람은 신선했다. 전나무…… 백엽…… 단풍…… 급류가 흐르는 산골짜기에는 울창한 숲이 우거져 있었고 에델바이스인가, 청초한 꽃들이 피어 있었다. 사람을 느끼게 하는 것이라고는 이따금 골짜기 밑으로 보이는 발전소와 그리고 산등성이에 세워놓은 십자가뿐이었다. 어느 길목에서나 볼 수 있는 ESSO—CALTAX—등등의 주유소 선전판조차 눈에 띄지 않았다.

고개를 넘어서자 길이 평탄해진다. 그러나 산악과 골짜기와 흰 거품을 뿜고 폭포처럼 쏟아지는 급류의 냇물은 여전하다. 산협의 평지는 기껏 넓어야 20, 30미터 이상 될 것 같지 않다. 산골 냄새가 물씬 난다. "흐라리레리리호로……." 팔세토의 기묘한 가락으로 알프스의 요들(민요)이 울려옴 직한 풍경……. 티롤 골짜기의 명물인 뇌조雷鳥들이 어느 숲에선가 기어 다니고 있을 것이다.

집이 나타나기 시작한다. 초라한 나무판자의 산막山幕이었다. 지붕은 헐고 판자벽은 누더기 같았다. 일찍이 유럽을 여행하면서 이렇게 초라한 집들은 처음이다. 한국의 산촌과 다를 게 없었다. 고개 너머…… 스위스, 크리스마스카드처럼 예쁜 산장들과 비교할 때 그것은 한층 더 비참하게 보였다.

"저 집들을 좀 보십시오. 한국보다 나을 것이 없군요. 산골이란 매일반입니다. 현대는 들판의 문명, 도시 문명을 만든 서양이 특히 그렇지 않아요? 들판이 산을 지배합니다. 산은 소박하기에 들판의 인간들에게 쫓기기 마련입니다. 그러고 보면 한자의 야심野心이니 야욕野慾이니 야성野性이니 하는 말들이 그럴듯하게 느껴집니다."

"그것도 그렇지만, 이민족의 지배를 받은 나라는 아무래도 다르군요. 마마처럼 그 병을 앓고 나도 흉터는 어딘가 남아 있어요. 저 집들도 그렇잖아요. 비참한 생활이군요."

우리는 산등성이에 세워진 판잣집을 보면서 '상상적인 일가견'을 피력하였다. 그런데 웬일인지 집은 있는데 사람은 한 명도 구경할 수 없었다. 아무래도 좀 이상한 느낌이었다.

솔직히 고백하건대 나중에 알고 보니 그것은 사람이 사는 집이 아니라 목초를 쌓아두는 헛간들이었던 것이다. 티롤 지방에 사는 산골 사람들은 여름 동안 목초를 베어다 이 헛간 속에 저장해둔다는 것이다. 목장이 눈에 덮이면 가축들은 먹을 것이 없기 때문이다. 우리의 무식보다도 헛간을 사람 사는 집으로 오해했던 우리의 안목이 새삼 부끄러웠다.

헛간이 아니라 진짜 티롤의 산촌 도시가 나타나기 시작한다. 티롤 지방 특유의 울긋불긋한 복장을 한 여인들이 눈에 띄기도 한다. 산골 사람은 어디를 가나 보수적이다. 문명을 외면하고 할아버지 때의 풍속을 고집하고 있는 그들의 딱딱한 표정이 오히려 구수하게 느껴진다.

해가 일찍 넘어가는 산촌의 황혼은 쓸쓸했지만 그만큼 또 평화로워 보였다. 그중에는 길가 광장에 환한 불을 켜놓고 마을의 브라스밴드가 야외 연주를 하고 있는 광경도 보였다. 오스트리아는 과연 '음악의 나라'다. 시골마다 이러한 악대가 있는 모양이다. 중학교 학생 정도의 밴드였지만 산촌의 맑은 밤공기를 울리는 밴드 소리는 푸성귀처럼 싱싱했다.

차를 세우고 나는 녹음을 하고, 그리고 S씨는 사진을 찍었다. 마을 사람들은 휴대용 테이프리코더를 처음 보았던지 신기한 표정을 하고 구경을 한다. 우리는 티롤의 산골에서 처음으로 문명인이 되어 잠시 빼겨본다.

산! 산! 산에서 사는 사람들에게 원시의 인간 냄새가 난다. 산양의 젖 냄새가 풍긴다.

# 잘츠부르크의 신연애론

모차르트의 탄생지인 잘츠부르크[90]에서 하룻밤을 보냈다. 전 도시가 모차르트를 위해서 존재하고 있는 듯한 인상이었다. 거리 이름은 말할 것도 없고 웬만한 상점이나 카페에도 모차르트란 이름이 붙어 있었다. 모차르트를 기념하기 위해서 이 고도古都에서 는 해마다 국제 음악회가 열린다. 그리고 시청이 어디 있는지 역이 어디에 붙었는지 모르는 나그네들도, 잘츠부르크를 지난 사람이라면 모차르트의 집은 기억하고 있을 것이다. 더 심한 경우에는 모차르트의 음악을 한 번도 듣지 못한 사람이라 하더라도 그의 생가生家만은 반드시 찾아가기 마련인 도시, 그것이 잘츠부르크의 신화였다.

당대에 하늘과 땅을 울리던 권력자는 망각 속에 묻혀 있다. 귀

---

90) 잘츠부르크는 인구 11만, 비엔나에서 스위스 쪽으로 250킬로미터 떨어져 있는 소도 시다.

족도 장군도 부호도 그것은 세월과 함께 사라졌다. 중세의 요새였던 호엔잘츠부르크의 그 고성들도 이제는 성주의 이름조차 기억하지 않고 파란 이끼 속에서 침묵한다.

다만 모차르트만이 그의 음악과 더불어 아직도 이 고도의 거리 속에서 숨 쉬고 있는 것이다. 인간 영혼을 흔들 수 있는 예술만이 참으로 영원할 수 있다는 것을 새삼스럽게 실감한다. 위胃나 근육을 지배하고 쾌감을 주는 힘은 당대에는 강할지 모르나 구름처럼 멸하고 마는 존재다.

모차르트의 생가는 평범했다. 그가 태어난 6층 건물의 그 일각 (4층)이 이제는 이 도시의 상징처럼 되어 지나는 행인들의 발걸음을 멈추게 한다.

모차르트 기념관의 내 티켓에는 54,357번의 일련번호가 찍혀 있었다. 그해 반년 만에 벌써 5만 명이 넘는 사람들이 그의 생가를 방문한 셈이다. 모차르트가 생활한 방에는 왕궁에서 볼 수 있는 그런 보석, 그런 고블랭 직물, 그런 왕좌와 의상, 그리고 수정 같은 샹들리에와 금은의 장신구도 물론 없었다.

우리의 마음을 사로잡는 것은 그의 오페라 극 속에서 탄생한 인물들, 그리고 그 음악의 리듬이었다. 방 안 가득히 진열된 오페라 무대의 수백 모형들……. 그것은 슬프고 즐겁고 외롭고 황홀한 인생의 증거품과도 같았다. 내가 만약 신이라면 그리고 인간을 재판하게 된다면 여기 이 오페라 무대의 이 미니어처를 증거물로 채택하리라.

모차르트는 25세 때까지 이 집에서 살았다. 3세 때 이미 작곡을 했다는 신동의 생가지만 이렇다 할 특징은 없다. 다만 닳아 없어진 문설주 하나, 부서진 층계의 발자취 하나에서 피아노의 건반을 두드리던 모차르트의 손길을 느낀다.

모차르트의 가곡과 함께 연상되는 것은 잘츠부르크의 염광鹽鑛을 예로 한 권의 연애론을 썼던 스탕달[91]이다. 잘츠부르크는 도시 이름부터가 소금(잘츠)에서 온 것이다. 지금도 이 알프스 지대의 산에서는 암염巖鹽이 나오고 있다. 이 잘츠부르크의 염광산에 겨울철 잎이 떨어진 나뭇가지를 묻어두었다가 2, 3개월 후에 캐내면, "산새의 다리처럼 가느다란 그 잔가지들에 무수한 다이아몬드가 반짝이는 것을 볼 수 있다"라고 스탕달은 말했다. 그리고 그 결정 작용이 바로 인간의 연애라는 것이다. 사랑하는 대상을 자기 마음속에, 자기 상상 속에 묻어두면 그 대상은 마치 잘츠부르크 염광에 묻어두었던 가지처럼 새로운 광채의 완전성이 결정된다는 이론이다.

---

91) 프랑스의 소설가, 문예비평가, 외교관. 나폴레옹의 원정군에 참가하였다가 그가 몰락 후 밀라노에 정주하며 자기의 정열적인 생활 원리를 실천하고, 3월 혁명 후 외교관을 역임했다. 이 사이에 현실적인 행동을 내포한, 정확하고 정밀한 심리 소설을 썼다. 이후 발자크와 더불어 근대 소설의 개조로 불리고 있다.

이 스탕달의 예화例話 때문에, 잘츠부르크라고 하면 소금의 도시인데도 환상적인 '사랑의 메카'처럼 느껴진다. 잘차흐 강의 푸른 물결, 첨탑과 언덕 위의 고성古城…… 이런 고도에서는 아직도 스탕달의 그 신비하고 낭만적인 연애론이 그대로 적용됨 직한 로맨스가 생겨날 듯싶다. 비록 보잘것없는 나뭇가지라 하더라도 잘츠부르크에 묻히면 아름다운 다이아몬드 가지가 된다. 비록 사랑을 '섹스'라고 부르고 있는 현대인이라 하더라도 잘츠부르크의 이 고도에서 사랑하면 '아베라르'와 '엘로이즈'의 순결한 사랑의 결정을 이룰 것도 같다.

그러나 모든 풍속은 바뀌어간다. 잘츠부르크를 찾아오는 나그네들도 모차르트보다는 재즈를 좋아하고, 스탕달의 연애론보다는, 잘츠부르크의 그 결정보다는 선정적인 '빨간 루비'를 더 좋아한다.

비엔나로 가던 하이웨이에서 우리는 그것을 직접 목격했던 것이다. 아직 길이 완공되지 않아 공사 중인 하이웨이가 나타나면 샛길로 돌아가야 했다. 나는 바로 그 하이웨이에서(시골길로 빠져나가려던 길목에서) 손을 든 아가씨 하나를 만났던 것이다. 별로 예쁜 편은 아니었지만 지루한 여정에 이런 아가씨 길벗을 만난다는 것은 반갑다. S씨도 싫지 않은 눈치였던지 차를 세웠다.

그런데 우리가 차를 세우니까 숲속에서 남자 하나가 어슬렁어슬렁 걸어 나왔다. 우리는 미인계에 속아 넘어간 것이었다. 더 정확히 말하자면 낚싯밥에 걸린 것이다. 아베크인 경우엔 손을 들어도 자동차를 세워주지 않는 것이 유럽의 길 풍속이었다. 그래서 남자는 은신하고 여자가 유혹의 낚싯밥 노릇을 한다. 이렇게 해서 가난한 연인들은 자동차를 낚는다.

우리 자동차도 바로 그 낚시에 걸리고 만 것이었다. 그렇다고 남자가 있으니 안 된다고 할 수도 없다. 소행은 괘씸했지만 뒷자리에 태우기로 했다(유럽에는 남의 자동차를 신세 져 가면서 바람처럼 쏘다니는 이런 무전 여행자가 꽤 많다). 나는 이 가난한 연인을 포로처럼 잡아놓고 취조(?)를 하기 시작했다. 소지품도 별것이 없었다. 칫솔 하나에 기타를 멘 것이 전 재산인 것 같다. 여자는 제대로 화장도 하지 않고 등산복 차림의 슬랙스다. 그러나 헉슬리의 소설책을 들고 있는 품으로 보아 몇 마디 떠들면 무엇인가 재료를 얻을 수 있을 것 같았다.

"친구들인가요?" (연인이냐고 물으려다가 완곡한 표현을 썼다.)

"우리는 길에서 서로 만났습니다."

"미국에서 왔나요?"

"나는 미국에서 학교를 다니다가 시시해서 이렇게 떠돌아다니고 있지요. 내 아내는 호주 멜버른 태생이구요."

나는 아내란 말에 놀랐다. 그들은 길에서 결혼했다는 것이다. 그리고 길에서 살 것이라고 했다. 같은 길을 그렇게 걷는 동안 그들은 부부라고 했다. 언젠가 서로 가고 싶은 길에서 갈라서게 되면 그때는 또 처음 만났을 때처럼 그렇게 헤어져야 한다는 것이었다. 그런 말을 여자 앞에서 거침없이 지껄인다.

케루악의 소설 『온 더 로드On the Road』 생각이 나서 그 소설을 읽었느냐고 물으니까 손을 흔들면서 '비트'처럼 너절한 친구들도 없다고 한다. 그러면서도 그가 주장하는 인생론은 전통과 '비트닉'의 복사판이었다. 자기는 심리학 그리고 여자는 문학을 좋아한다고 했다.

이야기를 들어보니 부모도 있고, 학식도 있고, 먹고살 돈도 있는 친구들이다. 어엿한 주례를 세워 교회에서 결혼하고, 직장을 갖고 보험을 들고 한평생 안전하게 살 수 있는 그런 젊은이였다. 그런데도 그들은 남의 자동차 뒤꽁무니에 묻어서 이렇게 세계의 길거리를 헤매고 있는 것이다.

"변화! 변화를 원합니다. 많은 것들을 보고 많은 슬픔을 겪고 많은 위험과 많은 인생을 겪고 싶습니다. 아무것에도 갇히고 싶지 않답니다. 우리의 살림 걱정은 다음에는 또 어디로 가야 하나 하는 목적지를 선택하는 것뿐입니다. 여비를 벌기 위해 일하는 것은, 전기냉장고나 집을 장만하기 위해 일하는 것하고는 다릅니다. 그 자리에 더 굳게 머물러 있기 위해서, 생활에 못질을 하기 위해서 돈을 버는 일은 자기가 갇히기 위해 철창을 박는 일과 같지요. 그러나 우리는 떠나기 위해서, 해방하기 위해서 날개를 얻기 위해서 노동을 하는 겁니다."

여자도 지지 않고 말했다.

"우리는 부자예요! 우리는 그렇게 재산을 탕진했는데도 아직 재산이 많이 남아 있어요. 겨우 태양의 나라들을 지나왔으니까요. 얼음에 덮인 유럽의 북쪽과 그리고 당신네 나라가 있는 신비한 아시아가 남아 있어요. 그것이 바로 우리 재산이거든요. 우리들의 재산은 죽을 때까지 써도 남아 있을 것입니다."

S씨가 갑자기 이야기를 중단시켰다.

"그것들! 갈수록 양양하군요. 남의 차에 버섯처럼 묻어 다니면서 자유가 다 뭐고 재산이 다 뭡니까! 저런 친구들에겐 공짜가 없다는 것을 가르쳐주어야 해요. 이 친구들이 한국에 태어났다면 어떻게 되었겠어요. 시시한 소리 지껄이지 말고 노래나 부르라고 합시다."

남자는 달리는 자동차 속에서 기타를 쳤고 여자는 노래를 불렀다. 비틀스풍의 괴상한 노래! 거리에서 거지들이 부르던 솜씨만도 못했지만 우리는 "잘한다"라고 칭찬을 해주었다. 모차르트가 들으면 저것도 음악인가고 분노를 터뜨릴 그런 가락들이 염치없이, 그리고 끝없이 흘러나온다. 짖는 것인지 노래하는 것인지 도시 분간할 수 없는 노래였지만 저희들은 신바람이 나는 모양이었다.

많은 고장을 떠돌아다녔던 탓으로 그 곡목들은 다채로웠다. 우리는 방랑 부부의 노래를 태우고 음악의 도시 비엔나로 다가서고 있었다. 그동안 우리는 잘츠부르크의 신연애론과 신음악을 새롭게 경험하고 있었던 것이다.

# 비엔나의 공기는

    오스트리아<sup>92)</sup>를 모르는 사람은 있어도 비엔나를 모르는 사람
은 없을 것이다. 수사적으로 하는 소리가 아니다. 프란체스카 여
사가 오스트리아 사람이었는데도 우리나라 사람들은 오스트레
일리아로 착각하고 '호주댁'이라고 불렀던 일이 있다. 그러나 초
등학교 학생이라도 '음악의 도시'가 어디냐고 물으면 정확하게
비엔나의 이름을 댈 것이다.

    오스트리아보다도 그 수도 비엔나 시는 그렇게 유명하다. 그래
서 '오스트리아의 비엔나'라고 하기보다는 '비엔나의 오스트리
아'라고 부르는 편이 격에 맞는다.

    인구로 봐도 그렇다. 7백만의 전 인구 가운데 거의 4분의 1에
달하는 163만이 살고 있는 비엔나. 엄격한 의미에서 오스트리아

---

92)  오스트리아의 국민은 약 6할이 로만 가톨릭의 신자들이다. 1938년에 히틀러에 병합
되었다가 1955년에 비로소 주권을 회복했다.

와 비엔나는 서로 분리해서 생각하는 편이 합리적일 것이다.

비엔나[93] 도시는 왈츠처럼 경쾌하지 않았다. 소小 파리라는 별명대로 건축과 가두街頭는 도리어 역사의 무게를 느끼게 한다. 묵직한 인상이다. 도시의 간판들은 파리의 그것보다도 중후하고 고전적이다. 흑색 간판이 많고 옛날 양식 그대로 장식을 두른 동판을 매단 간판이 눈에 띈다.

파리처럼 구시舊市를 에워싸고 있던 고대 성벽을 허물고 환상도로環狀道路를 만들어놓았다. 혼잡한 교통을 분산하는 데에도 편리하고 그 미관도 좋다. 성벽이 길로 변한 유럽의 도시들, 우리는 거기에서 폐쇄로부터 개방으로 옮겨 간 문명의 발자취를 직접 눈으로 볼 수 있다.

길만이 아니라 건축물도 그렇다. 5백 년이나 걸려서 지었다는 성 스테판 대사원의 장엄한 고딕 대사원과 국립 오페라 극장의 바로크 양식, 구왕성舊王城인 스위스 문門에서 볼 수 있는 르네상스 양식의 건물, 그리고 마리아 테레사 시대의 로코코 양식, 근대식 건물인 시세션 양식의 호텔…… 비엔나 시를 걷고 있으면 역

---

93) 비엔나에는 음악가의 동상과 기념탑들이 많다. 모차르트 기념관, 베토벤 기념관, 하이든 기념관, 슈베르트 기념관 등이 있어서 월요일을 제외한 날은 언제나 개관한다. 그리고 시립 도서관에는 유명한 음악가들의 악보가 보존되어 있다. 전 도시가 음악 박물관이라 해도 과언이 아니다.

사책의 책장을 넘기는 것 같다. 기둥 하나 지붕 하나에 역사의 넋이 머무르고 있다.

유럽의 문명은 도시 국가의 요람에서 자랐다. 그래서 어느 도시에 가든 각기 다른 개성을 찾아볼 수 있다. 그러나 그만큼 역사에 눌려 현실성이 없어 보이기도 한다. 비엔나가 특히 그런 것 같았다.

뉴욕이나 워싱턴이라고 하면 사람들이 우글거리고 살고 있다는, 분명히 인간들은 무엇을 창조해내고 아귀다툼을 하고 발랄한 생활 전선을 벌이고 있다는 생각이 들지만, 비엔나라고 하면 어쩐지 역사의 제단祭壇에 켜놓은 향불 같은 기분이 든다.

서울은 추악한 도시다. 하지만 여기저기 집을 뜯어버리고, 조잡할망정 꿈틀거리며 변화해 가는 모습이 있는데, 비엔나는 잠을 자고 있듯이 가라앉아 있다. 고대 동물의 화석 같다.

가로수가 우거진 산책로나 마리아 테레사 광장, 그리고 비엔나의 숲길은 여전히 슈베르트와 베토벤과 하이든, 브람스, 슈트라우스와 같은 악성들의 망령이 살고 있는 것 같다.

실제로 어느 길목에서도 우리는 그들의 동상을 구경할 수 있다. 그들이 주인이요, 지금 저 시민들은 모두가 손님처럼 보인다. 쇼핑센터가 늘어선 케른트너가衛에 나아가야 겨우 오늘을 호흡할 수가 있다.

카페에서 커피를 마시며 신문을 들추고 있는 사람들도 19세기 속에서 생활하고 있는 것 같다. 허풍 떨기를 좋아하는 장 콕토 씨는 "비엔나에선 공기까지도 음악적이다"라고 평했지만, 나는 그 공기까지가 구세기적이라는 느낌을 받았다. 도시 전체의 분위기가 베토벤 시대의 것이다.

그러나 한번 그 안개처럼 가라앉은 문화적 전통의 베일을 벗겨보면 현대사의 아픈 상처를 만질 수 있다. 비엔나는 꿈결 같은 음악의 선율 속에서만 살아온 도시는 아니었다.

독일의 나치즘과 이탈리아의 파쇼 지배하에서 곤욕을 치르지 않으면 안 되었고, 2차 대전 후에는 오늘의 베를린과 마찬가지로 4개국의 연합군에 분할 점령되었던 곳이다. 지금은 영세 중립 국가이지만 스위스의 중립처럼 안정감을 주고 있지 않다. 동서양 진영의 세력권 속에서 아슬아슬하게 걷고 있는 불안한 발걸음이다. 어딘가 차고 어두운 구석이 있다.

나는 호프스탈브루넨의 분수를 볼 때 기분이 유쾌하지 않았다. 나치즘으로부터의 해방을 기념한 광장이었지만 밤에 보면 그 분수의 빛은 새빨갛게 용솟음친다.

농담이기는 했어도 마침 비엔나에서 열린 만국 우표 회의에 참석했던 R공사가 그것을 보고 이렇게 평하였다.

"처음엔 분수 색깔이 백색인데 이게 점점 짙은 오렌지 빛으로 변하다가 이윽고는 저렇게 빨갛게 바뀌지 않아요! 수상하단 말예요. 겉으로는 중립을 내세워도 마침내는 붉은빛으로 변한다는 좀

불온한 저의를 가지고 있는 분수입니다."

그리고 R공사는 우표 회의 때, 의장이었던 챠하(오스트리아인)가 공산 진영에 기운 편파적 사회를 하고 있어 다투었다는 이야기를 했다. 오버센스가 아니라 서울에 그런 것이 있다면 반공법에 걸림 직한 인상을 주는 붉은 분수였다. 더구나 그 광장의 탑 위에 있는 해방군의 동상은 따발총을 들고 있었다.

그렇다고 오스트리아가 좌경左傾한 중립국이라고는 할 수 없다. 가톨릭 국가이니만큼 오히려 우경右傾이라고 보는 편이 옳을지 모른다. 그러나 중립이란 보는 사람의 마음에 따라 좌경한 것도 같고 우경한 것도 같다. 그만큼 오늘날의 정치 풍토에 있어 중립을 지키기란 어려운 일이다. 실제로 그런 미묘한 분위기와 정치의식이 떠돈다.

선입견 때문인지는 몰라도, 도처에서 기분이 언짢은 일을 겪었다. 자유 진영의 국가만 돌아다닌, 그리고 '논커뮤니스트', '유러피언컨트리스'라고 명백히 찍힌 그 패스포트를 지닌 이 한국인의 안목으로는 비엔나의 공기가 선뜩하게 느껴지는 경우가 많다.

대학생에게 영어로 길을 물었을 때였다. 그중 한 여학생이 대답을 하려고 할 때 그 입술을 틀어막고 야유를 하는 남학생들이 있었다. '영어를 쓰지 말라'는 눈치였다. 다른 나라 같았으면 소박한 민족의 프라이드로 보아 넘겼을 일이지만 비엔나에서는 그런 것까지도 정치적인 안목으로 보게 된다. 그런가 하면 성경을 끼고 줄을 늘어서서 성당엘 가는 평화로운 광경을 보고 마음을 놓게도 된다. '그렇다. 비엔나가 좌경할 리는 없다'고…….

안내원들도, 그리고 택시 운전사들도 유달리 신경질적인 정치의식을 갖고 있는 것 같다. 안내원은 말끝마다 "비엔나에는 슬럼가가 없습니다!" 등등의 피아르PR를 늘어놓고 있었으며, 택시 운전사는 주차장을 찾다가 "이것은 비엔나에서만 있는 일이 아니죠, 주차난駐車難은 세계의 공통된 정책이니까요" 하고 변명을 늘어놓기도 했다.

예술의 도시, 음악의 성지……. 그러나 정치적 중립을 지키기 위해 묘한 긴장이 떠도는 도시, 비엔나의 바람은 이중적인 것이었다.

여왕 마리아 테레사가 완성했다는 쇤브룬 궁宮의 호화로운 뜰을 산책하다가 프라다 유원지에서 메리고라운드를 타며 놀다가 아니, 요한 슈트라우스의 행적을 찾다가 나는 문득문득 비엔나가 파리나 로마나 제네바와는 좀 더 다른 도시, 낯선 바람이 불고 있는 도시라는 것을 느끼고 놀라는 일이 많았다.

물론 비엔나의 바로 옆에 동유럽의 공산 국가들이 있다는 이유도 있었지만…….

# 왈츠가 있는 숲

도나우[94] 강도 비엔나의 숲도 음악만큼은 아름답지 않았다. 비엔나 근교의 도나우 강은 진흙 바닥이었고, 그 숲은 나무만이 울창할 뿐 낭만적인 풍경은 아니었다. 호텔에서 라디오를 틀어보아도 다른 도시와 마찬가지로 재즈가 흘러나왔다. 음악의 도시도 시류時流를 거역할 수 없는 것 같았다.

비엔나의 시민들은 음악의 감상력이 높아 클래식 음악이 아니면 귀를 기울이지 않는다고 했다. 그러나 그것은 옛말인 듯이 보인다. 나이트클럽에서 연주되는 음악은 점차 재즈화되어가고 있는 모양이다.

---

94) 다뉴브 강이라고 불리는 유럽의 제2의 큰 강. 독일의 동부 슈바르츠 산림에서 발원하여 오스트리아, 헝가리, 유고슬라비아, 루마니아를 거쳐 흑해로 들어간다. 이 강은 운하로 라인, 마인, 엘베, 오데르, 그 밖의 하천과 교통적으로 결합되어 있으며 현재 국제위원회의 관리에 속한다.

슈베르트 곡을 딴 트위스트 무도곡, 쇼팽을 편곡한 트위스트 음악, 그리고 로큰롤로 바뀐 모차르트 곡, 바흐의 주제를 딴 브란덴부르크 탱고가 울려오기 시작한 것이다. 〈들장미〉의 시대는 점점 시들어가고 있는 것인지도 모른다.

고전 명곡이 재즈화되어가고 있기는 하나 그래도 비엔나가 음악의 도시라는 것은 의심할 수 없다. 거리를 돌아다녀도 제일 많이 눈에 띄는 것이 음악 연주회 프로다. 관광 코스에도 음악 감상의 품목이 끼어 있다. 보통 나이트클럽에서도 명연주가의 음악을 들을 수가 있다.

세계적으로 이름 높은 비엔나 소년 합창단은 외국 공연을 하고 있기 때문에 막상 본고장에 가서는 들을 수 없었고, 또 여름에는 오페라 시즌이 아니라 직접 감상할 겨를이 없지만 궁전 같은 데에서는 매일같이 음악 연주회가 열렸다. 청중들 가운데는 관광객이 대부분이다.

그러니까 적어도 비엔나의 관광객만은 '청광객聽光客'이라고 고쳐야 할 것 같다. 이탈리아는 고적을 팔아먹고 살며, 프랑스는 미술을, 스위스는 자연을, 모나코는 노름을, 리히텐슈타인은 우표를…… 그리고 비엔나는 음악을 팔아먹고 사는 나라다. '팔아먹는다'는 표현이 너무 직접적이고 또 상스럽기는 하나 그들의 생활을 보면 참으로 적절한 말이 아닐 수 없다.

조그만 특성이 있으면 그것을 재빨리 관광화하여 손님들의 호주머니를 터는 데에 혈안이 되어 있는 것이다(아하! 우리는 관광객을 향해 무엇을 파나? 판문점? 6·25의 상처? 그러나 그들에 비하면 그것도 제대로 팔아먹지 못하고 있는 셈이다).

비엔나의 숲에 있는 커피점에 갔을 때 나는 테이블마다 전화가 있는 것을 보고 이상하게 생각했던 일이 있다. 그러나 그것은 전화가 아닌 자동 전축에 음악을 거는 다이얼 판이었던 것이다. 식사 메뉴 옆에는 전화번호부처럼 생긴 두꺼운 책이 있었다. 그것을 열어보면 요한 슈트라우스의 경음악을 비롯하여 카페에서 들을 수 있는 음악 곡목이 사전식으로 나열되어 있다. 그리고 곡목 밑에는 전화번호와 같은 국번호局番號에 콜넘버가 적혀 있다.

손님들은 커피를 마시며 자기가 듣고 싶은 음악 곡목의 번호를 찾아내어 역시 전화를 걸듯 다이얼을 돌린다. 그 전에 잊어서는 안 될 것이 있다. 이 음악 전화(?)는 공중전화를 본뜬 것이라 동전을 집어넣어야 한다(유럽에는 공짜가 없다. 호텔에서 라디오를 듣는 데에도 동전을 집어넣어야 한다. 그것도 시간제다. 한 시간 후면 꺼져버린다. 심지어 난방 장치까지 동전을 넣어서 켜는 호텔이 있다).

호기심에서 동전을 마구 넣고 요한 슈트라우스의 왈츠를 들었다. 그 바람에 찻값보다도 음악 감상료를 더 지불한 셈이 되었다. 그러나 마음은 언짢지 않다. 전나무의 푸른 숲이 우거진 그 밑으로 도나우 강이 흘러가고 있다. 그리고 교회의 첨탑과 리드미컬한 곡선을 그리고 흐르는 비엔나 도시의 지붕들이 안개 속에 어렴풋하다. 저 지붕 밑에서 슈베르트는, 베토벤은, 인간이 가질 수 있는 가장 깊은 영혼의 흐느낌을 창조했을 것이다.

어떻게 저 아름다운 음악을 창조할 수 있었던 서양인들이 또 어떻게 저 피비린내 나는 원수폭原水爆을 만들 생각을 했는가? 이 이율배반적인 창조의 씨앗을 가꾼 서양 문명에 잠시 나는 당황한다.

비엔나 숲의 영嶺마루 카페에서 몽환적 음악을 들을 때, 나는 로쉬왈트의 '제7지하호第七地下壕' 생각이 났다.

핵전쟁으로 온 인류가 멸하고 지하 수천 척尺의 호壕에서 마지막 인간이 죽을 때 그는 녹음기의 스위치를 누른다. 베토벤의 〈영웅〉이 흘러나온다. 마지막 사자死者는 그 음악을 들으면서 이렇게 독백을 하며 의식을 잃어간다.

"아! 이 음악은 나보다 더 오래 살아남겠지. 인류보다도 더 오랜 뒷날까지 저 리액터가 고장 나지 않는 한 몇 해 동안이라도 이 테이프는 울리고 있을 것이다. 내가 죽고 영혼들이 지나도 이 방에 또 '영웅'은 울리리라. 24일째도 36일째도 40일째에도……. 그리고 지상에서는 보는 사람도 없이 해가 솟고 또 지고 하리라. 나는 죽어간다. 그리고 인류는 나와 함께 죽는다. 나는 죽어가는 인류다. 그러나 테이프는 회전케 하라. 음악을 계속케 하라."

왜 나는 엉뚱하게 그 소설의 마지막 장면을 연상했는지 모른다. 어쨌든 비엔나에서 들은 음악은 같은 레코드라 해도 감회가 다르다. 그냥 다를 뿐만 아니라 인류가 멸한 후에도 영원히 남아 있을 어떤 생명 같은 것을, 종교 같은 것을 느끼게 한다.

오스트리아의 영광은 말발굽 아래 짓밟혔고 포화와 총검에 찢겨 이제는 소국으로 영락하고 말았지만, 누구도 그 음악만은 빼앗을 수 없었던 것이다.

슈베르트와 베토벤과 모차르트의 기념비가 낡아 쓰러진다 하더라도, 그 위대한 음악만은 언제까지나 영원히 울려올 것이다. 우리 애국가식으로 표현하자면 "도나우 강과 비엔나 숲이 마르고 닳도록 음악이 보우하사 비엔나 만세"다.

신도 그들의 음악을 질투할지 모른다. 무엇이기에, 대체 그것은 무엇이기에 저 허공에 떴다 사라지는 그 음악은 우리를 그토록 못 견디게 사로잡는 것일까?

비엔나가 망해도 그 음악은 세계의 영혼을 지배할 것이다.

# VI
# 유럽—사에라*

# 혼자 잠드는 아이들

로마 박물관에는 〈잠든 어린 노예〉라는 조그마한 석조상石彫像 하나가 있다. 워낙 소품이라 눈에 잘 띄지도 않는다. 그러나 나는 아직도 그 인상을 선명하게 기억할 수가 있다. 어른들의 연회는 밤이 깊어도 끝날 줄을 모른다. 밖에서 주인을 기다리던 어린 노예는 별을 쳐다보다가 그만 지쳐버린 것일까. 아이는 오른손에 등불을 든 채 깜박 선잠이 들어버린 것이다. 쪼그리고 앉은 작은 몸집을 감싸주고 있는 것은 따스한 어머니의 품이 아니라 커다란 외투의 옷자락이었다.

왼손으로 뺨을 괴고 꿈길을 더듬는 아이의 귀여운 그 표정은 평화롭고 잔잔한 미소 속에 잠겨 있다. 그런데도 〈잠든 어린 노예〉의 주변에 떠돌고 있는 것은 텅 빈 고독과 감당해낼 수 없는 피로의 기다림이었다.

그런데 이상스럽게도 유럽의 아이들을 볼 때마다 나는 이 〈잠든 어린 노예〉의 모습이 머리에 떠오르곤 했다. 적어도 아동 복지가 가장 발달한 유럽의 아이들을 보고 어린 노예 상을 연상한다는 것은 옳지 않은 일일는지 모른다.

　사실 서양에서 아이들의 위치라고 하는 것은 우리가 상상하기보다 훨씬 대단한 것이다. 안데르센을 낳은 동화의 나라 코펜하겐에 갔었을 때 제일 먼저 눈에 띈 것은 어린이 천국인 티볼리 가든이었다. 중앙 청사 바로 앞에 자리 잡은 티볼리의 화려한 오락장은 어린이 놀이터를 중심으로 해서 만들어진 것이다.

　오색의 분수, 인공 산악, 못 위에 떠 있는 모형 잠자리……. 그것들은 안데르센의 동화를 그대로 현실에 옮겨놓은 것 같았다. 또 아이들만을 관객으로 하는 어린이 전용 극장을 도처에서 볼 수가 있다.

　연탄재가 널려 있는 골목길에서 솜사탕이나 사 먹고 손으로 돌려주는 생철 비행기를 타며 놀고 있는, 그리고 어두운 아편굴 같은 데서 조잡한 만화를 읽는 한국의 그 아이들이 너무나 비참하게 생각되었다.

　기계 문명의 첨단을 가는 뉴욕에서도 아이들은 센트럴파크의 원시림 같은 자연 속에 마련된 어린이 놀이터에서 사슴처럼 뛰놀고 있었다.

　그러므로 도시 한복판에서는 좀처럼 아이들을 볼 수 없는 것이 유럽의 가장 큰 특징의 하나다. 길을 걸을 때마다 발길에 툭툭 차이는 슈샤인보이(구두닦이 소년)나 신문팔이 아이나 껌 파는 애들, 심하면 호객꾼 노릇까지 하는 그 흔한 아이들을 유럽의 도시에서는 좀처럼 구경할 수 없다.

아이들의 취업은 법으로 금지되어 있는 모양이다. 그러므로 아이들이 눈에 많이 띄는 곳일수록 그것은 불행하고 가난한 미개지라고 해도 과언은 아닐 것 같다. 말하자면 유럽에선 삼백예순날이 모두 '어린이날'이라고 할 수 있다.

유럽 문명은 '경로敬老'가 아니라 '경유敬幼'의 사상 속에서 발전해 왔다. "아이는 어른의 아버지"라던 워즈워스의 시구나, "아이 있는 곳에 천국이 있다"라고 한 횔덜린이나 "여보 잘 들어두오. 그리스를 움직이는 것은 아테네 사람들이요, 아테네 사람들을 움직이는 것은 나요, 나를 움직이는 것은 당신, 당신을 움직이는 것은 저 아이들이오. 그러니까 권력을 남용하지 마오. 스스로 알 까닭 없지만 그 권력이 그리스에서 제일 크오" 하는 말 등에서 알 수 있다.

아내에게 아이들의 권력을 말한 카토의 말은 모두가 아이 중심으로 되어 있는 유럽 문명의 일단을 암시한 것이다.

파리에서 샹젤리제의 가두를 걷고 있을 때였다. 나는 부모와 함께 걸어가던 대여섯 살 된 아이가 무엇에 틀렸는지 갑작스레 보도에 누워서 꼼짝도 하지 않는 광경을 보았다. 놀라운 것은 아이들보다도 그 부모의 태도였다. 길에 누운 아이를 억지로 일으키려 하지 않고 그들은 서서 무엇인가 열심히 설득하고 있었던 것이다.

점잖지 못한 짓이지만 택시를 기다리는 체하고 나는 곁눈질로 그 일의 귀추를 살펴보았다. "일어나서 가면 너의 요구 조건을 들어주겠다." "아이, 지금 당장……." 부부가 서로 상의한 끝에 아버지가 다시 협상 조건을 내놓는다. "그러면……." 무슨 말이었는지 자세히 알아듣지 못하였지만 절충안을 내놓는 것 같았다. 도로에 드러누운 채 협상을 하고 있던 아이는 타협이 끝나자 저 혼자 일어나서 옷을 털었다. 그러고는 이 일가족은 다시 손을 잡고 보도를 걸어갔다.

이 유머러스한 광경을 보고 파리 생활에 젖은 R씨는 이렇게 말했다.

"여기에선 애들을 때린다거나 억지로 협박을 하는 일이 없어요. 고장 난 기계를 고치듯이 다룬단 말이오. 무리하게 다루어봐요, 더 고장이 나니까. 먼저 분해 소제를 해선 그 원인을 캔답니다. 그러나 애들의 예의나 생활 규칙은 아주 엄격하거든요. 여덟 시만 넘으면 무슨 일이 있든지 제 방에 들어가 잠을 자도록 훈련되어 있답니다. 우리하고는 정반대죠."

그런데 어째서 나는 아동 천국에서 살고 있는 유럽의 아이들에게서 어린 노예의 조상에 떠도는 그 고독을 맛보았을까?

애들을 위한다는 그 차원이 우리와는 다른 것이기 때문이었다. 파리의 뤽상부르 공원에서 나는 어린아이가 열심히 어머니의 뺨을 어루만지는 것을 본 일이 있다. 한국 아이들 같으면 으레 어머니의 젖가슴을 만졌을 터인데, 그들은 따스한 어머니의 젖가슴을 모르는 것이다. 우리도 점차 그렇게 되어가고 있지만, 그들은 분리 교육을 받으며 깡통의 우유를 먹고 자라는 것이다. 목장의 소가 그들의 어머니다.

사자는 낭떠러지에 새끼를 던져 기어오르는 놈만 기른다지만 유럽에서는 고독의 심연 속에 아이들을 던져 그 고독을 견디는 놈만 기르고 있는 것 같았다. 산부인과의 분만대에 떨어지는 그 순간부터 그들은 어머니의 육신에서 단절된다. 완벽한 보호는 받아도 육신의 따스함은 모르고 지낸다. 그 고독의 기계체조 속에서 그들은 독립심을 키워나가는 것이다. 아이를 개처럼 긴 줄로 묶어서 의자에 매어놓고 부부끼리 정담을 나누고 있는 그 장면은 유럽의 어느 공원에서도 볼 수 있는 풍경이다.

릴케의 『말테의 수기』에도 나오듯 유럽의 아이들은 어머니가 야회에 나가 노는 동안 그 옷깃에서 떨어진 장미꽃 냄새를 맡아가며 고독 속에서 잠든다. 마치 등불을 들고 홀로 잠든 어린 노예처럼.

어느 것이 과연 아동 복지인가. 나는 아직도 해답을 얻을 수 없다.

# 수염 없는 늙은이들

'백발 삼천 장白髮三千丈'이라는 말은 이태백의 허풍이다. 그러나 희고 긴 그 수염은 분명히 동양의 노인을 상징하는 엄숙한 트레이드마크다. 이 땅의 노인들은 학과 더불어 거문고를 타고 노송의 그늘 밑에서 바둑을 두면서 병풍 속의 신선도처럼 살려고 했다. 그러기 위해서는 백발의 분장이 필요했던 것이다. 더구나 그것은 젊은이들에게 경로심을 불러일으키게 하는 응원기應援旗 같은 것이기도 하다.

그러나 불쌍하게도 유럽의 늙은이들에게는 낙조의 위엄인 그런 수염이 없다. 러시아의 개화 군주 표트르 대제가 유럽을 시찰하고 돌아오자마자 귀족들의 긴 턱수염부터 잘라주었다는 일화를 보아도 알 수 있다. "멋쟁이 수염이군! 그러나 유럽에서 턱수염을 기르고 다니면 웃음거릴세." 난쟁이를 시켜 양털 깎는 가위로 귀족의 턱수염을 잘라내면서 표트르 대제는 유쾌한 듯이 웃었다는 것이다.

유럽의 노인들에겐 실상 그 '고대의 장식품(턱수염)'을 별로 볼 수 없다. 우선 현실주의자인 유럽의 젊은이들은 대체로 흰 수염이 아니라 유산 때문에 노인들을 존경해 왔다. 이따금 그 존경심이 지나쳐 노인들의 여행 트렁크에서 시한폭탄이 터지는 일이 곧잘 벌어지기도 한다.

그런 점에서 유산 없는 노인들이란 상아 없는 늙은 코끼리와 같이 관심 밖의 존재다. 그리고 또한 그들은 바둑이 아니라 일을 해야 한다. 이솝 우화의 개미보다도 더 열심히 일을 해야 하는 늙은이들에겐 흰 턱수염이란 거추장스럽기만 한 장애물이다.

유럽을 여행할 때 나는 젊은이보다도 '수염 없는 그 늙은이들'의 신세를 더 많이 졌다. 그럴 수밖에 없는 것이 호텔에서나 레스토랑에서나 그 종업원들은 거의 모두가 점잖은 노인들이었기 때문이다. 그 때문에 경로사상이 짙은 동양의 나그네는 적잖이 당황한다.

언젠가는 호텔 문을 열고 들어서려는데 박사 학위쯤 가지고 있음 직한 노신사가 문을 열고 기다리고 서 있었다. "생큐, 서" 하고 황급히 그 문을 대신 잡아주었다. 그러나 노신사는 꼼짝도 하지 않고 그 자리에 그대로 서 있다.

어느 예의 바른 노신사가 나오려다 말고 나에게 출입문을 양보한 줄로만 알았는데 알고 보니 그가 전문적으로 그 일을 맡아보는 호텔 문지기였던 것이다. 영국을 방문한 일본의 어느 사절이 호텔 수위를 마중 나온 고관인 줄 알고 코가 땅에 닿도록 절을 했다는 이야기가 조금도 거짓말이 아닐 것 같다.

그러한 실수는 동양인의 무분별이 아니라 실은 그런 풍채에 그런 나이를 먹고서도 여전히 자기 손으로 자기 푼돈을 벌지 않으면 아니 될 서양의 노신사들에게 책임이 있는 것이다. 슈샤인보이, 메신저보이, 리프트보이…… 사람들은 이렇게 부르고 있지만 정작 구두를 닦고 편지 쪽지를 전하고 승강기를 운전하는 것은 모두가 홍안의 보이(소년)가 아니라 육순의 할아버지들이다.

할머니들도 예외일 수는 없다. 손자 놈에게 군밤이나 구워주고 꼬랑지 댓 발 붙여우 이야기나 해주는 한국의 그 그리운 꼬부랑 할머니들이 아닌 것이다. 서양에 가면 메릴린 먼로와 같은 글래머 걸에게 접대를 받으려니 하고 생각한다는 것은 큰 오산이다. 파리의 오페라 좌에선 한국의 개봉 극장과 마찬가지로 플래시를 든 여자 안내원이 자리를 잡아주고 있었다. 나는 선심을 쓸 작정으로 미녀의 손에 팁을 듬뿍 집어주었다. 그러나 "메르시……"라고 답례할 때 그 목소리가 수상쩍어 자세히 뜯어보니 예순 가까운 노파였던 것이다.

"불효자식들! 이런 할머니들을 돌보지 않고 일터에 내보내다니……." 실망이 분노로 바뀌었지만, 사정을 알고 보면 너무 격분할 것도 못 된다. 이탈리아나 프랑스에서 나는 많은 택시를 탔다. 그러나 젊은 운전사를 만난 적은 별로 없었다. 그래서 늙은 운전사에게 "아들이 없으십니까?" 하고 동정 삼아 물어보았었다. 그러나 그들의 대답은 아들이 은행의 간부니 고등학교 선생이니 하는 자랑이었다. 하지만 자기는 아들에게 돈을 타 쓰는 것보다 자동차를 모는 것이 더 편하다는 것이다. 그리고 예순이 내일모레라 하면서 아직 남의 신세를 질 만큼 늙지는 않았다고 주장한다.

흰 수염을 기르지 않은 서양의 늙은이들은 유럽인들의 자립심과 정력을 상징하는 것이 아닌가 싶다.

우리가 마르세유에서 리옹의 고속도로를 달리고 있을 때 앞에서 빨간 스웨터를 입은 여인 하나가 맹렬한 속도로 스쿠터를 몰고 달리는 것을 보았다. 우리는 남성의 본능으로서 스쿠터의 미녀를 추격하기 시작했다. 그러나 막상 시속 100킬로미터의 속도로 여인을 앞질렀을 때 운전하던 S씨가 핸들을 놓칠 뻔한 일이 벌어졌다. 손자가 있어도 한둘이 아닐 할머니였던 것이다.

이런 경험은 한두 번이 아니다. 효孝란 글자가 암시하듯 늙으면 [老] 아들[子]에게 업혀 다니기로 되어 있는 우리에 비해 그들은 지나칠 정도로 정력이 왕성하다. 그러나 아무리 뽀얗게 화장을 하고 극성을 피우며 늙음을 거부해도 그들도 별수 없이 묘지에 가까워지면 은퇴할 수밖에 없다. 공원의 벤치에는 국가에서 지불하는 연금이나 보험에 의존하는 노부부들이, 혹은 외톨박이들이 온종일 우두커니 앉아 혼자 무엇인가 독백을 하고 있는 것이 바로 서구 도시의 표정이다. 유학생들은 몇 번이나 나에게 주의를 주는 것이었다.

"저들을 조심하십시오. 한번 말을 잘못 걸었다가는 하루 종일 붙잡혀서 꼼짝을 못 합니다. 그들은 그렇게 심심하답니다."

서양의 바람이 불어오면서부터 한국 사회도 '백발의 장막帳幕'이 걷히기 시작했다. 그러나 그 흰 수염만 깎이었지 그들의 독립 정신이나 정력은 수입되지 않고 있다. 자식 대신에 지팡이 노릇을 하는 일터나 사회보장제도는 없다. 공원도 없고 벤치도 없다. 그리하여 흰 수염과 지팡이를 잃은 퇴색한 신선도神仙圖의 주인공들은 한층 더 쓸쓸하기만 하다.

언젠가 내가 늙어지면 흰 수염을 바람에 날리며 유럽을 다시 찾아오리라. 수염 없는 늙은이들 앞에서 동양의 은자隱者의 기품으로 저 아스팔트 길을 활보해 보이리라.

# 개는 고독의 상표

    신은 어째서 인간을, 그리고 자연을 창조했을까? 혼자 있기에
는 너무도 심심하고 고독했던 까닭인지 모른다.

    전능한 신도 고독만은 어찌할 수 없었을 것이다. 하물며 약한
갈대라고 말해지는 인간은 두말할 필요가 없다. 수많은 도시를,
교회를, 전쟁을, 스포츠를, 그리고 나이트클럽과 누드쇼와 자동
전축을 만들어낸 유럽인, 그러나 그 속을 뒤집어보면 그지없이
고독하다. 유럽인의 그 고독을 단적으로 상징하는 것이 바로 '개'
다. 유럽 사람들, 특히 영국이나 프랑스에서는 나날이 애견족愛犬
族의 인구가 불어나고 있다. 고급 주택가로 갈수록 더럽다는 역설
이 생겨나게 된 것도 그 때문이다. 웬만큼 사는 집에서는 모두 개
를 키우고 있기 때문에 고급 주택가는 모두 개똥 천지가 되고 만
것이다. 오늘날에 있어서 견족犬族들은 바로 그들의 살아 있는 스
틱이며 숨 쉬는 핸드백이다.

    우리처럼 좀도둑이 많기 때문에 개를 키우는 것일까? 그렇지

않다. 그 증거로 유럽의 개들은 짖지 않는다. 나는 유럽을 여행하는 동안 수많은 개를 보았었지만 개 짖는 소리는 한 번도 듣지 못하였다. 이상李箱의 수필에 나오는 '짖지 않는 개'는 한국의 시골보다는 유럽의 도시에 가야 더 많이 볼 수 있다. 사람만 보면 귀를 곤두세우며 발악적으로 짖어대는 그 용맹한 개는 서울 견공의 생리다.

물론 유럽에도 도둑은 있다. 신문을 보면 자동차 강도를 막기 위해서 개를 태우고 다니라는 기사가 등장하기도 한다. 그러나 대부분의 신사 숙녀가 자동차에 개를 태우고 다니는 것은 도둑이 아니라 고독을 막기 위한 데에 목적이 있는 것 같다. 공원이나 광장에서 개를 끌고 다니는 사람들을 자세히 관찰해보면 표정이 매우 쓸쓸해 보인다는 것을 알 수 있다. 젊은 여인이 개를 끌고 다니면 그녀는 실연파失戀派에 속해 있지 않으면 외로운 올드미스라고 생각하면 된다. 좀 늙수그레한 부인일 것 같으면 남편과의 추억을 만지작거리며 살아가는 미망인일 것이고, 노신사일 것 같으면 자식도 없이 연금으로 하루하루를 소일해 가는 사양족일 것이다.

우리와는 달리 그들은 언제나 사랑하는 파트너와 함께 다닌다. 그 파트너가 인간이 아니라 '개'라는 것은 그들이 인간관계에서 패배한 것을 의미하는 것이며, 애정의 대용물을 필요로 하고 있는 고독자임을 상징한다. 개는 이렇게 '고독의 상표'다. 그래서 유럽의 창녀들도 덩달아 개를 끌고 다닌다. 가스등이 켜질 무렵

으슥한 공원 길에서 묘령의 여성들이 개와 더불어 산책을 하고 있다. 그 광경은 매우 시적으로 보이지만 실은 남성을 유혹하려는 창녀의 무리인 것이다. '나는 지금 고독해요. 나에게 애인이 있다면 이런 좋은 시각에 개와 산책을 하고 있겠어요? 나를 사랑해주셔요.' 그 무언의 시위는 이렇게 속삭이고 있는 것과 다름이 없다.

물론 모든 것이 다 그런 공식대로는 가지 않는다. 애인이 있는 사람도, 행복한 사람들도 모두 개를 데리고 다닌다. 유럽의 관광객들은 자식은 떼어놓고 다녀도 개만은 동반한다. 그래서 비행장에는 이 애견족을 위해서 '개 상자'가 준비되어 있고 베오그라드 같은 데서는 개 호텔까지 생겨났다. 2실링을 내면 개 목욕탕이 부설된 어엿한 방이 제공된다.

비록 외면은 행복해 보여도 그 무의식 가운데는 인간 소외의 감정이 깃들어 있다. 그래서 그들은 개가 필요하다.

견공犬公 붐으로 유럽에서 가장 신장된 권리가 있다면 아마 그것은 견권犬權일 것이다. 인권을 지키기에 허덕이는 우리의 안목으로서는 죄스러워 눈 뜨고 못 볼 정도다. 불과 백 년 전만 하더라도 개에게 입마개를 씌우고 다니지 않으면 순사들이 그 주인을 잡아갔지만 이제는 거꾸로 개에게 입마개를 씌웠다가는 잡혀갈 판이다. 동물 학대죄로 말이다.

개 발톱에 매니큐어 화장을 시켜주고, 털은 미장원에서 빗겨주는 그런 사치가 있는가 하면 디오르풍風으로 재단된 멋진 벨벳 옷을 입히는 사람도 있다. 개를 몰고 다니는 것이 송구스러웠던지 비엔나의 여성들은 숫제 핸드백에 생쥐만 한 개를 넣고 다니는 것이 유행되고 있다.

그런가 하면 파리 센 강 하류의 그 금싸라기 같은 땅에는 개의 공동묘지가 있다. 그냥 파묻는 것이 아니다. 사랑하는 견족의 영원한 명복을 비는 화려한 대리석 묘비명이 늘어서 있는 어엿한 무덤이다. 성묘객의 꽃도 끊이지 않는다. 뿐만 아니라 물경 수십만 달러의 유산 상속까지 받은 개가 속출하고 있다. 개 중에는 유산이 너무 많아 전용 비행기까지 소유한 재벌 견공도 있는 것이다. 이쯤 되면 우리가 흔히 쓰는 '개자식'이란 말도 유럽에 가면 욕이 될 수 없다.

유산은 그렇다 치더라도 달마시안종種 같은 개는 우리의 보통 1년 봉급에 해당하는 400달러이며 요즈음 유럽 여성 간에 유행되고 있는 장신 단각長身短脚의 열차형 발바리는 300달러를 호가한다. 패션의 서울, 파리에서는 옷이나 모자뿐만 아니라 개의 패션모드까지 생기고 있다.

휴머니즘은 막하 도그이즘dogism(?)으로 변천하고 있는 것 같은 느낌이 든다. 그러고 보면 군용견으로 보신탕을 만들어 먹었다는 월남 병사의 이야기가 얼마나 그들에게 쇼킹한 뉴스거리였는지 짐작이 간다. 보신탕을 애용하는 우리를 볼 때 유럽의 애견족들은 아마 식인종쯤 대하는 기분일 것이다. 그러나 유럽의 애견 붐을 분석해보면 보신탕을 먹는 우리보다 별로 나을 게 없다는 결론을 얻는다. 애정의 문제는 GNP의 계수와는 상관이 없었던 것이다.

유럽 사람들은 신에게 애정을 투자했다. 그러나 원금도 건지지 못했다. 그래서 인간에게 애정을 바쳤지만 인간이 인간을 사랑한다는 것이 얼마나 위험한 투자인가를 경험했다. 배신, 불안, 갈등, 잠시도 사랑하는 인간은 제자리에 머물러 있지 않는다.

그들은 메커니즘 속에서 산다. 기계만은 믿을 수 있어도 생명이 없으니 사랑할 수는 없다. '사랑의 파산', 누구에게 애정을 줄 것인가? 아무것도 믿을 수 없게 된 이 사랑의 파산자들이 안전한 애정의 투자 대상으로 발견한 것! 그것이 바로 충견忠犬이다. 절대로 배신당할 염려가 없는 그 '개'에 대한 사랑이다.

인간 소외의 사회 속에서 유럽은 초라하나마 이 '도그이즘'으로 고독을 달래고 있는 것인지도 모른다. 제단에 꿇어 엎드려 사랑의 향불을 태우던 그들은 이제 그 고독한 정열을 개에게 쏟아 붓고 있는 것이다.

아! 누군가가 말했었다. "god[神]"를 거꾸로 읽으면 "dog[犬]"가 된다고…….

# 걸인 오페라

유럽으로 떠나기 전 나는 무전 여행가인 스피치리 씨와 자주
만났던 일이 있었다. 영국 런던 태생이지만 신사란 말과는 인연
이 먼 친구였다. 대영 제국의 체면 같은 것은 일찍이 장사 지내버
리고 홀태바지에 때 묻은 셔츠 하나로 바람처럼 온 세상을 떠돌
아다니는 방랑아放浪兒다.

'본인은 영국의 김삿갓이노라' 자부하는데 민망스럽게도 이 친
구와 가끔 길을 걷고 있으면 사람들은 서양 거지가 지나간다고
야단들이다. "저것 봐라! 서양 거지가 간다. 서양에도 거지가 있
구나." 이젠 외국인을 봐도 눈 하나 까딱하지 않는 아이들인데도
스피치리 씨를 보면 반색을 하고 모인다. "서양에도 거지가 있구
나." 무심코 지껄이던 아이들의 목소리가 가슴에 맺혀 있던 탓일
까. 나는 구미 각국을 다닐 때 유난히도 거지들을 눈여겨보았다.
솔직히 고백하자면 눈여겨보았다기보다는 일부러 찾아다녔다고
해도 과언은 아니다.

유럽에서 거지가 제일 많다는 나폴리에 갔었을 때에도 나는 은근히 거지들의 출현을 기대했었다. 그러나 웬일인지 손을 벌리고 쫓아오는 거지들의 모습은 좀처럼 구경할 수가 없었다. 산타 마리아 델 파르트 사원 근처의 골목길에 들어섰을 때 비로소 대여섯 명의 아이들이 우르르 몰려들면서 손을 내밀고 제각기 한마디씩 했다. '아, 요것들이 바로 나폴리의 떼거지구나!' 그런데 얼굴은 모두가 허여멀쑥하고 더구나 벌린 그 손바닥에는 위협적인 무기인 진흙이 묻어 있지 않았다. 옷도 깔끔하다. 동행하던 나폴리 학생이 뭐라고 대갈일성大喝一聲하니까 아이들은 일제히 웃고 달아나버린다. 진짜 거지들이 아니라 거지 장난을 하는 아이들이라는 설명이었다. 쫓겨 간 아이들은 이제는 로마 군사가 되어 전쟁놀이를 하기에 바쁘다.

이렇게 거지는 애써 구경하려고 해도 눈에 잘 띄지 않는다. 더구나 맨바닥에 누워 알몸으로 시위하거나 껌처럼 붙는 한국식 구걸 방법은 어디에 가도 발견할 수가 없었다. 비록 거지일망정 무엇인가 일을 하고 그 대가로 동정을 받으려는 태도다. 자동차 여행을 할 때 신호에 막혀 기다리고 있자면 그 틈을 타서 걸레를 든 거지가 유리창을 한번 훔치고는 손바닥을 내미는 것이다. 걸레를 그냥 댔다 뗀 정도에 불과하지만 그래도 공짜로 돈을 받지 않겠다는 눈치였다. 그리고 도시의 거지들에게서는 무엇인가 구세기적 낭만과 그 나라의 풍정風情을 엿볼 수 있어 재미가 있었다.

파리의 걸인은 예술파다. 시장이나 메트로(지하철) 입구에 가면 만돌린을 켜는 2인조 거지들을 만나게 된다. 진짜인지 가짜인지는 모르나 눈먼 소경과 절름발이가 하나는 만돌린을 켜고 하나는 슬픈 가락으로 노래를 부른다. 반주 삼아 생철 그릇의 동전을 쩔렁쩔렁 울리는 것이 동정을 재촉하는 것 같아 다소 천격賤格이기는 하나 그런대로 운치가 있었다.

그런가 하면 또 몽마르트르 부근에는 포도 위에 초크로 그림을 그려놓고 행인에게 구걸하는 미술파 걸인(?)들도 있다. 역시 파리는 국제도시이기 때문에 그림 옆에는 '메르시'란 말을 위시하여 세계 각국어로 '고맙다'는 말을 써놓았다. '당케', '그라체', '생큐', '투센,' '타크', '키토스', 거기에 한국말이 빠져 있는 것이 섭섭했지만 나는 동전을 던져주었다. 반응을 살펴보기 위해서였다. 이미 문자로 써놓았기 때문인지 고개조차 끄덕이지 않는다. 눈먼 소경인 경우엔 동전이 떨어지면 셰퍼드처럼 귀를 쫑긋한다. 돈 떨어지는 소리를 들으면 그것이 니켈인지 동인지 은인지 알기 때문이다. 은전 소리가 나야 고맙다고 고개를 끄덕이는 것을 보면 걸인치고는 꽤 거만하다.

빅토르 위고의 작품 『노트르담의 꼽추』에도 기적궁奇蹟宮의 걸인들 이야기가 나오지만 파리의 걸인들은 일반적으로 익살맞은 데가 있다. 한때 파리에서는 '가즈티에 데 망디앙'이라는 거지들의 신문까지 나온 일이 있었던 것을 보아도 만만히 보아 넘길 것이 못 된다.

거지를 뜻하는 프랑스어의 '바뉘피에'는 맨발로 간다는 어의語義지만 실제로 거지들은 포도주 없이는 식사를 하지 않는 고급이다. 이따금 양지바른 메트로(지하철) 입구의 석벽에서는 노신사와 거지가 죽마고우처럼 서로 정답게 이야기를 나누고 있는 장면도 볼 수 있다. '라비(인생)' 운운하는 수상쩍은 철학쯤은 곧잘 지껄일 줄 아는 모양이다.

영국의 거지는 또 영국다운 데가 있다. 해진 검은 연미복을 입고 단독 플레이로 바이올린을 연주하는 신사 걸인들이다. 우중충한 좁은 런던의 골목길에 잘 어울리는 풍경이었다. 소경인지 그렇지 않으면 자기도취에 빠져 있는 것인지 눈을 지그시 감고 연주에 골몰한다. 파리처럼 던져주는 동전 소리에도 관심을 파는 것 같지가 않다. 양철 그릇이 아니라 바이올린 끝에 매단 헝겊 주머니가 눈에 띌 뿐이다. 교회에서 연보금을 넣듯 지나가는 사람은 일일이 그 주머니에 공손히 돈을 넣어준다. 니켈이든 동이든 소리가 없다.

독일에는 공원 벤치에 앉았다가 담배를 구걸하는 친구들이 많은데 대개는 알코올리스트라는 얘기였다. 사회보장제도가 완벽하다는 코펜하겐에도 걸인은 있다. 북구적인 침울한 사색파. 몸소 음악을 연주하지 않고 포터블을 튼다. 공원 입구의 가로수 밑에 앉아 박물관에서 나온 듯한 축음기를 안고 고개를 숙인 채 사색에 잠겨 있다. 걸인의 축음기 곡목도 시류時流를 거역할 수 없었던지 비틀스의 노래가 터져 나오는 데에는 놀라지 않을 수 없었다.

여기에 비하면 미국 걸인들은 좀 염치가 없다. 앉아 있는 거지는 없고 대개 길 한복판에 우뚝 서 침묵으로 구걸한다. 타임스 스퀘어 근처에는 멀쑥하게 차린 소경들이 멋진 개를 끌고 나와서 구걸을 하고 있는 것이다. 어느 걸인 노파는 "주는 자에게 신이 온다", "회개하라. 말세가 가까웠다"라는 슬로건을 앞가슴에 달고 거리 한복판을 누비기도 한다. 어느 쪽을 동정하고 있는 것인지 분간이 가지 않는다.

찰스 램의 말마따나 유럽에서의 걸인은 사회의 치부恥部라고 하기보다 '가두의 정경을 위해서 없어서는 아니 될 이색적인 하나의 장식물'일는지도 모른다. 어쨌든 거지 하나에도 동서의 풍속은 이렇게 다르다.

# 여성의 남성화

15세기 유럽의 풍속도를 보면 남자가 곤봉을 들고 사정없이 그의 아내를 매질하는 장면이 나온다.

그런데 그로부터 5세기가 지난 오늘날 우리는 그와 정반대의 사진을 보게 되었다. 남편은 소파에 앉아 뜨개질을 하고 있고 그 옆에서 아내는 신문을 보거나 담배를 피우고 있는 광경이다. 이것은 결코 칙영Chic Young의 만화가 아니라 신문 토픽난에 소개된 어느 독일 가정의 전송 사진이었던 것이다.

짧은 여행 기간 동안에 노라의 행방을 찾아낸다는 것은 어려운 일일는지는 모른다. 그러나 오다가다 만난 유럽 여성의 인상을 종합해볼 때 나는 카레르기 씨의 말에 동의하지 않을 수 없었다. "유럽 여성 해방의 결과는 무엇보다도 남녀 양성 간의 자연 관계를 철저하게 바꾸어놓았다. 그래서 여성은 해방되었지만 그 반면에 여성 타입은 파괴되어가고 있다"라고……

아무리 내가 동양인이기는 하나 '남성에게 열심히 곤봉으로 얻어맞아야 여성 타입이 되는 것'이라 생각하고 하는 소리는 아니다.

파리의 생미셸 광장이었다. 메트로(지하철)를 찾으려고 서성거리고 있는데 10대의 아이들이 치고받고 뒹구는 난투극이 벌어졌다. 그런데 웬일인지 지나가는 행인들은 눈 하나 팔지 않았다. 경관도 보지 않는다. 원래 구경거리면 사양하지 않는 한국인의 생리라 바삐 그곳으로 달려가 보았다.

그러나 그것은 진짜 싸움이 아니라 10대의 남녀들이 서로 어울려 장난질을 치고 있는 중이었다. 남자아이와 똑같은 바지에 똑같은 점퍼…… 헤어스타일도 쇼트커트다. 모습만 그런 것이 아니라 행동도 몸집도 거의 남녀를 분간할 수가 없었다.

이게 소위 세계적으로 폭발하고 있는 틴에이저의 정열이라는 것일까. 그 감미하고 수줍은 〈소녀의 기도〉를 작곡한 사람은 대체 누구냐. 여기 흙투성이가 되어 뛰어노는 파리 소녀들을 보라. 무엇인가 배신을 당한 듯한 서글픔이었다.

그러나 그 덕택에 S씨와 자동차 여행을 참으로 즐겁게 할 수 있었던 것만은 사실이다. 비엔나 가도를 달리고 있을 때 우리는 서로 내기를 한 것이다. 차를 몰고 가면 앞에서 남자인지 여자인지 도무지 분간할 수 없는 중성들이 이따금 자전거나 오토바이를 타고 가는 것을 목격하게 된다. "남자인지 여자인지 내기를 합시다." 우리는 각각 화투장을 떼듯 승부를 걸어놓고 자동차를 몬다. 그들을 앞질러 가면서 앞가슴을 보면 판결이 나는 것이다. "저런 여성도 어린애를 낳을 수 있을까?" 술을 마시면서 우리는 엉뚱한 회의에 잠겼다. 승부에 져서 술값을 치러야 한다는 것이 섭섭했던 것은 아니다. 중세기적 여성의 꿈이 깨진 데에 대한 환멸이 씁쓸한 칼스버그의 맥주 맛의 뒤를 따라 여운처럼 감돌았다.

물론 아름다운 여성, 멋쟁이 글래머 걸들을 만나지 못했던 것은 아니다. 하지만 베아트리체와 같이 순결하고 신비한 베일을 쓴 여성은 내 기억 속에는 없다. 유럽은 중성화되어가고 있었으며 참된 의미에 있어서 '사랑'을 상실해 가고 있는 것 같았다.

여인은 동굴에서 자식에게 젖꼭지를 물리고 남자는 밖에서 수렵을 하던 인류 최초의 그 분업은 무너져가고 있는 것이다. 여성은 가정이라는 동굴에서 사냥터(직장)로 나오고 있다. 그리고 또 사냥할 만한 용기를 갖게 된 것이다. 레이디의 나라 영국에서도 소녀들은 럭비를 하고 풋볼을 즐긴다. 불과 10년 전만 해도 이런 난폭한 운동은 남성들이 자랑으로 삼고 있는 스포츠였다.

이제는 여권 신장이 아니라 '여성의 남성화'에 대한 고민에 직면한 것 같았다. 파리의 레노 자동차 공장을 견학하였을 때 나는 근육으로 벌어먹던 남성의 특권에 서서히 종막이 내려오고 있는 것을 보았다. 공장이라고 하면 으레 적갈색 남자들의 건강한 근육을 연상했던 것은 옛날이야기였다.

기계화된 공장에서 근육을 필요로 하는 것은 기중기가 맡아서 한다. 그런데 바로 이 기중기를 조종하는 것은 누군가? 다름 아닌 여성들이다. 여인들은 전화 교환양과 같이 매니큐어를 칠한 손가락으로 버튼을 누르고 있었다. 그러면 조립된 육중한 자동차가 자유자재로 운반된다. 남자가 하는 일과 여자가 하는 일의 구별은 이렇게 소멸되어버리고 만 것이다.

퀴리 부인과 같은 위대한 여자 과학자가 나온다면 남성들에게도 아이를 낳게 하는 방법을 연구할 것이다. 그런 일만 이루어진다면 완벽한 남녀평등의 사회가 온다. 보넬리아라는 벌레처럼 암컷과 수컷이 교대로 알을 낳듯이 말이다. 그날은 남성에게만 저주받을 날이 아니라 인류가 끝나는 날일는지도 모른다.

여성과 남성의 구별이 없어진다는 것은 어느 편의 승리도 아닌 패배를 의미하는 것이기 때문이다. 그렇게 된다면 밤과 낮이 없는 황혼만이 존재하게 된다. 밤은 어둡기에 광명의 대낮을 꿈꾸고 낮은 밝기에 밤의 휴식을 그리워하는 것이다.

남성은 여성에게서, 여성은 남성에게서 무엇인가 자기가 갖고 있지 않은 것을 구한다. 그것이 사랑이요, 생활의 변화가 아닐까. 노예는 해방되어 자유 시민이 되었지만 여성은 해방되어 무엇이 되었는가? 이것이 유럽의 숙제다.

# 헤어스타일로 본 유럽

　서양은 심심하다. 안정된 사회, 전통적 사회, 그리고 모든 것이 조직화된 그 사회에는 변화가 없다. 여행자에게는 신기하게 보일는지 모르나 언제나 보는 그 교회, 그 궁전, 그 길거리에는 드라마가 없다. 상품 광고를 보아도 천편일률적인 세븐업이나, 코카콜라나 벤츠의 상품뿐이다. 그렇다고 지금은 나폴레옹처럼 함부로 대포를 끌고 아무 데나 쳐들어갈 수 있는 그런 '기분의 시대'가 아니다. 그들에게 남은 변화의 자유가 있다면 아마 헤어스타일 정도가 아닌가 싶다.

　아닌 게 아니라 유럽의 헤어스타일은 남미의 정변政變만큼 잦다. 심심하고 평범한 생활 때문인가? 잠시도 머리털을 가만히 두지 않는다. 기화 요초奇花妖草가 아니라 기발 요모奇髮妖毛…… 실로 그들의 머리털만 보고 다녀도 시간 가는 줄 모르는 것이 유럽이다.

　그중에서 가장 눈에 많이 띄는 것이 요즈음 한창 유행 중인 '비틀스 헤어스타일', 욕탕에서 나온 듯한 덥수룩한 머리칼을 눈썹

위까지 늘어뜨리고 다니는 청년을 도처에서 볼 수 있다. 그래서 도시의 골목길이 온통 목욕탕처럼 보일 때도 없지 않다. 물론 이 것은 신경질 난 고양이처럼 외치다가 일약 세계의 총아가 된 비틀스 4인조의 머리에서 유래된 것이다. 비틀스가 그런 헤어스타 일을 하게 된 것도 따지고 보면 우연한 일이라는 것을 알 수 있다.

아직 그 명성을 떨치기 전에 비틀스는 독일 함부르크에서 공연 을 했다. 그때 장난삼아 머리카락을 헝클어 내린 것이 멋지다 해 서 그 헤어스타일을 비틀스의 상표로 삼게 되었다는 것이다.

이리 빗고 저리 빗고 이렇게 자르고 저렇게 자르다가 그래도 심심하면 아무렇게나 흩어버리거나 아주 삭발을 해버리기도 한 다. 그래서 율 브리너, 비틀스 같은 또 하나의 헤어스타일이 생겨 나게 되는 것이다.

지금도 이따금 유행되고 있는 퐁탕주 헤어스타일만 해도 그랬 던 것이다. 루이 14세의 애인 퐁탕주 양이 왕과 사냥을 갔었을 때 의 일이다. 마침 바람이 불어 머리카락이 흐트러지자 퐁탕주 양 은 황급히 머리를 올려 아무렇게나 리본으로 맸다. 그것이 왕의 마음에 든 것이다. 질투심이 많은 귀부인들이 그것을 좌시坐視할 리가 만무다. 너나없이 퐁탕주형의 머리로 매어 올렸다는 것이 다. 우연은 합리의 세계가 질식할 때 갑자기 찾아오는 구제의 돌 파구인지도 모른다.

헤어스타일뿐만 아니다. 여인들은 모발 자체를 염색하고 탈색하고 그래도 시원찮으면 나일론 가발을 쓰고 다닌다.

옛날에는 여인과 모색毛色은 거의 숙명적인 관계를 맺고 있었다.

"금발은 바람둥이, 흑발은 정숙, 적발赤髮은 과격파", 이렇게 머리카락의 색깔로써 여인의 성격을 판가름했던 것이다. '신사는 금발을 좋아한다'라는 영화 제목은 결코 어느 한 개인이 만든 독창적 표현이 아니다. 심지어 중세 때는 적발의 여인은 마녀라 하여 화형에 처한 일까지 있었던 것이다. 그런데 요즈음엔 이 모색적毛色的 성격 판단법을 믿을 수 없게 되었다.

스웨덴 여인들은 모두가 금발을 자랑하고 있지만 그중 40퍼센트는 전부 가짜라는 이야기였다. "머리털도 믿을 수 없게 되었답니다. 그러나 한 가지 비밀을 푸는 길이 있지요. 팔의 잔털과 머리 빛깔을 대조해보면 진짜인지 가짜인지 알 수 있지요." 사람들은 나에게 귀띔을 해주었지만 나의 관심은 그런 데에 있지 않았다. 형형색색의 모발이 상징하고 있는 것은 잡종적인 서양 문화의 다양한 변화를 암시하고 있다는 사실이었다.

이탈리아 남구에서 스칸디나비아 북구로 올라가면 점차 흑발이 금발로 옮겨 가는 것을 볼 수 있다. 그리고 대륙에서 영국으로 건너가면 남자의 롱커트가 쇼트커트로 바뀌는 것을 알 수 있다. 그러나 이러한 구별은 평균적인 것에 지나지 않고 실은 이 모든 것이 뒤범벅이 되어 있다. 나의 여권을 펴보면 '모발', '눈빛'의 특징란이 숫제 인쇄되어 있다. 모발 '블랙', 눈빛은 '다크브라운'…… 이것 하나만 보아도 우리가 단일 민족이라는 사실을 알 수 있는 것이다. 잡종과 순종.

히틀러처럼 오스트리아인이 독일의 통치자가 되는가 하면 이탈리아 섬사람 나폴레옹이 프랑스의 황제가 되는 유럽, 그들은 서로 섞이는 데서, 다양하게 움직이는 데서 하나의 문명을 쌓아올렸다. 그것이 침체를 막았는지 모른다.

동양의 군자들은 머리털 같은 것을 가지고 장난을 치지는 않았다. 기껏해야 '상투'가 아니면 '쪽'으로 초지일관했다. 그런데 서양 바람이 제일 먼저 불어온 것이 이 헤어스타일이었다는 것은 참으로 아이로니컬한 일이다. 이른바 우리의 개화는 '상투'를 자르고 '쪽'을 푸는 데서 시작된 것이다.

헤어스타일은 시대의 스타일이며 정신의 형型인 것 같다. 우리는 더벅머리의 비틀스 헤어스타일에서, 인공적인 데서 자연적인 것을 그리워하는 유럽 청년의 경향을 볼 수 있고, 또한 흑색과 황색을 새치로 염색하고 있는 유럽 여인들의 모색형毛色型에서는 획일주의를 싫어하는 심정을 볼 수 있다. 헤어스타일의 다양성도 마찬가지다.

유럽의 머리카락을 보면서 나는 상투를 잘리고 울던 옛날 우리들의 할아버지들이 한층 더 측은하게 생각되었다.

# 의상의 자유

바티칸 박물관을 관람하고 있었을 때 나는 참으로 민망스러운 광경 하나를 본 일이 있다. 예수 상이 진열되어 있는 방이었다. 젊은 미국인 부부가 막 그 실내로 들어가려는데 안내원은 무뚝뚝한 표정으로 그들을 제지하였다. 그런 복장을 하고는 들어갈 수 없다는 것이다.

부인은 우리나라에서도 곧잘 볼 수 있는 슬리브리스 블라우스를 입고 있었다. 그러니까 거룩한 성상聖像 앞으로 가기에는 너무도 살결이 많이 노출되어 있다는 논법인 것 같다. 얼굴을 붉히고 쫓겨난 이 부부의 뒷모습을 보면서 나는 아담, 이브를 생각하였다. 참으로 묘한 일이다. '아담'과 '이브'는 선악과를 따먹고 옷을 걸치게 되었을 때 신의 낙원에서 추방되었다. 그런데 이제는 거꾸로 옷을 덜 입었다 해서 성소로부터 그들은 쫓겨나고 만 것이다.

내가 관여할 일은 아니었지만 성인 같은 꼴을 한 안내원의 얼굴을 보자니까 슬며시 놀려주고 싶은 생각이 들었다.

"여기는 함부로 못 들어가는 곳입니까?"

"아닙니다. 그러나 해수욕장에 들어가듯이 알몸으로는 출입할 수 없는 곳입니다."

"그러나 십자가의 예수님도 거의 나체가 아니십니까?"

안내원의 표정을 살펴가면서 조심스럽게 비꼬아주었다. 버릇 없는 이방인과의 교리 문답敎理問答(?)에 노했던지 안내원은 내 얼굴을 무서운 눈초리로 쏘아보았다.

동서를 물을 것 없이 옷은 필요한 하나의 형식이었다. 마음은 비록 추악해도 옷만 단정히 입으면 천사의 얼굴로 성상 앞에 나갈 수 있고 순결한 마음을 가졌어도 옷이 난잡하면 곧 탕녀로 생각되어 추방되고 마는 것이 인간 세상이다.

그러나 같은 형식이라 해도 우리와 그들의 의생활은 판이한 데가 많다고 느껴졌다. 한마디로 표현하자면 서양에서는 사람이 옷을 입고, 한국에서는 옷이 사람을 입는다고 평할 수 있다.

우선 유럽의 시가를 걷고 있으면 여간해서 성장盛裝한 여인들은 볼 수가 없다. 소위 그 '타운웨어'란 것은 어디까지나 실용 위주로 되어 있는 것이다. 모두가 평범한 스웨터가 아니면 점퍼 차림이다. 멋쟁이들로 이름난 파리만 하더라도 예외는 아닌 것 같다.

하복과 동복의 구별도 거의 없었다. 기후 탓도 있겠지만 자기 기분대로 옷을 걸치고 다닌다. 코트와 점퍼와 블라우스가 뒤범벅이 되어 있다. 손에 점퍼를 들고 다니는 사람도 있고 소매를 끼지 않고 아무렇게나 외투를 걸치고 다니는 사람도 있다. 더우면 벗고 추우면 입는다. 남에게 보이려고 옷을 입는 것이 아니라 자기 체온을 보존하기 위한 것이라는 인상이 짙다.

베를린에서 나는 정부에서 파견된 두 여성으로부터 안내를 받았다. 시가의 구경을 끝마치고 교외에 있는 호수로 가기로 했다. 그중 한 여인이 지나는 길에 집에 들어가 옷을 좀 갈아입고 왔으면 좋겠다고 했다. 그녀는 검은 상의에 하얀 스커트의 제복을 입고 있었던 것이다.[95] 나는 처음에 오해를 했다. 호수로 가니까 성장을 하고 기분을 좀 내보자는 것으로만 알았던 것이다. 그러나 그녀는 투박한 코트를 들고 나왔을 뿐이었다. 감기가 들어서 호수 바람이 좋지 않다는 것이었다.

그에 비하면 한국 여성들은 거리에서 패션쇼를 하는 것이 아닌가 의심스럽다. 말하자면 가두에서 파티가 벌어지는 거다. 길거리를 지나며 입장 무료의 그 공작새 행렬을 완상玩賞할 수 있다는 것은 한국 남성에게만 주어진 최대의 자랑거리다. 그러나 집에 돌아온 한국의 여성은 왕궁의 연회에서 계모 집으로 온 신데렐라처럼 누더기 옷차림으로 변한다. 수십 벌의 외출복은 있어도 홈 드레스란 없는 것이다.

95) 제복은 인간에게 안도와 존경을 동시에 준다. 그리고 모든 복장은 어떤 의미에서 제복이다.(알랭, 『미학입문』)

외출복이 낡아빠지면 그것이 홈드레스가 되는 법이다. 경제적이라기보다 무계획한 의생활이다. 옷은 타인에게 전시하기 위해서만 있는 것으로 알고 있기 때문이다. 그러므로 패션복에서 나온 것 같은 그 여성들의 의상은 천편일률적이다. 자기 개성을 없애고 유행이라는 제복을 걸친 셈이다.[96] 흔히 볼 수 있는 일로 우리는 미니스커트를 입은 현대의 춘향이들이 의자 앞에서 남자와 마주 앉게 되면 열심히 그 짧은 스커트를 끌어내리느라고 진땀을 빼는 광경을 보게 된다. 유행이라 긴 스커트를 입을 수는 없고, 그렇다고 살결이 너무 나온 다리를 용감하게 그냥 내 보일 자신도 없는 것이다. 그러나 적어도 서양의 경우에서는 이런 딜레마가 없는 듯이 보였다.

남성들의 경우도 마찬가지인 것 같다. 원래 가지고 간 옷도 없었지만 나는 늘 어디로 가나 신사 복장이었다. 다른 관광객들은 대개가 경장輕裝을 하고 그때그때의 여행에 알맞은 옷을 입고 다녔다. 여름이면 노타이 일색으로 변하고 가을이면 스프링코트, 겨울이면 또 오버코트라고 하는 극히 공식화된 옷차림을 나는 어느 곳에서도 보지 못했다.

우리는 추워도 아직 철이 이르면 감히 코트를 꺼내 입지 않는다. 그러나 대륙성 기후의 영향 때문이기는 하나 그들은 남이 어

---

96)   우자가 유행을 만들고 현자가 그것을 입는다.(풀러)

떻게 생각하든 자기중심으로 옷을 입고 있는 것 같다. 특별한 연회 장소가 아닌 이상 옷을 명함처럼 생각하고 입지는 않는다. 사실 독일에 가면 가죽옷이 있어서, 네 살 때부터 여남은 살 때까지 입을 수 있는 아동복이 즐비하게 진열되어 있다. 가죽으로 해진 옷을 기워 입고 아무렇지 않게 걸어 다니는 영국 신사들도 한둘이 아니다. 의생활만 보아도 서양인들의 개성과 주체성을 엿볼 수 있는 것 같다. 옷이 사람을 입는 것이 아니라 사람이 옷을 입고 있는 것이다.

# 신발의 문화사

그것은 생활의 리듬이었다. 잡음이 아니라 분명히 리듬이었다. 하오의 햇살이 비껴 흐르는 파리의 샹젤리제……. 나는 포석 위에서 울려오는 발자국 소리들을 듣고 있었다. 현기증이 날 정도로 많은 자동차가 다니고 있었지만 샹젤리제의 널찍한 보도는 고요하기만 했다.

인도와 차도 사이에 울창한 가로수가 있었기 때문만은 아니다. 자동차 클랙슨 소리의 금제禁制 때문만은 아니다. 파리지앵들의 가벼운 걸음걸이와 하이힐 소리가 유난히 리드미컬하게 들려오고 있었다.

나는 감히 고백한다. 고무신을 신고 짚신을 신고 다닌 우리가 어느덧 양화洋靴나 하이힐로 바뀌었지만, 문화는 쉽사리 동화하는 것이 아니라는 점을 나는 감히 고백한다.[97] 같은 구두, 하이힐

---

97) 가장 혁명적인 사람들도 알지 못하는 사이에, 필경 가장 낡은 전통에 사로잡힌 사람

이지만 우리는 그것을 잘 신을 줄 모르는 것이 아닌가 싶다. 특히 하이힐 소리를 들어보면 그렇다. 우리 여성들이 대여섯 모여서 아스팔트 위를 걷고 있는 소리를 들으면 꼭 기마대騎馬隊가 지나가는 것 같은 착각이 든다. 그것은 말발굽 소리처럼 뚜벅거린다. 온 체중이 굽으로 모여서 질질 끌고 있는 그 하이힐 소리는 리듬이 아니라 잡음에 속한다.

서양에서는 어려서부터 하이힐을 신고 걷는 훈련을 한다는 이야기였다. 머리에 책을 올리고 일직선으로 걸어가는 보행 훈련을 무용을 하듯이 되풀이한다는 것이었다. 그리고 대개는 여럿이 걸어도 발을 맞추어 걷는 것이 그들의 생리다.

그러나 순전히 그 죄를 우리 여성의 걸음걸이에만 돌린다는 것은 가혹한 일일 것이다. 우선 우리의 보도는 그들의 석포장 도로처럼 평탄치 않다. 요철이 심한 그 길을 걸어가자면 자연히 뒤뚱거릴 수밖에 없다. 아니 더욱더 중요한 것은 우리의 생활 템포가 일정치 않다는 점이다. 실직자는 슬로 슬로, 생활 전선에 쫓기는 사람은 퀵 퀵, 생활의 양상이 고르지 않기 때문에 걸음걸이의 호흡도 일정치 않다.

이렇게 도시에서 울려오는 구두 소리 하나에도 전통과 문화라는 그 숙명을 느끼게 되는 것이다. 양장에 양화를 신고 100퍼센트

이 되는 법이다.(로맹 롤랑)

서구화된 것으로 알고 있는 신사 숙녀들에겐 참으로 미안한 말이지만 아직도 그것들은 우리 몸에 배어 있지 않다는 이야기다.

본고장에서 보는 그들의 옷맵시, 구두를 신은 걸음걸이는 수천 년 동안 생리에 젖어 깎이고 닦이고 한 소산이다. 샹젤리제의 도로에서 울려오는 그 발자국 소리의 인상을, 가볍게 울려온 그 하이힐의 리듬을 지금도 나는 잊을 수가 없는 것이다.

나는 파리에서 양화점에 들른 일이 있다. 여행자는 (부끄럽게도) 대개 무좀에 걸리는 수가 많다. 나도 그 예의 하나였던 것이다. 무좀에는 샌들을 신는 것이 좋다는 R씨의 말대로 양화점에서 격에도 맞지 않는 샌들 하나를 사서 신었다. 샌들은 서양의 짚신 격이다. 희랍 때부터 내려오는 신발이 아직도 20세기의 파리 양화점 한복판에서 건재하고 있다는 사실은 무엇을 의미하는 것일까. 나에겐 무좀 치료법으로서만 가치 있는 물건이었지만 어쨌든 신발 하나에도 수천 년 이어 내려온 전통의 연속을 느끼게 했던 것을 부정할 수는 없었다.

우리의 짚신은 어디로 갔는가? 짚신을 추방하고 양화를 들여오는 데서부터 우리의 근대사는 시작된다. 그러나 그들은 샌들과 공존하면서 현대에 이른 것이라 할 수 있다.[98] 가죽 샌들을 끌고

---

98) 현명한 중용中庸에 안정을 얻지 못하고 늘 양성兩性 사이를 동요하는 것이 문명의 숙명이다.(푸리에)

파리 시가로 나선 무좀 걸린 이 이방인은 마치 기원전 시저나 폼페이우스처럼 걸어 다닌다. 먼지가 없는 거리이기에 샌들을 신어도 양말이 더러워지지 않아서 좋았다. 가벼운 서양 짚신은 발걸음도 가볍게 한다. 만약 내가 서울 복판에서 짚신이나 나막신을 끌고 다녔더라면 어떻게 되었을까. 혼자 미소를 지었다. 네덜란드에 갔을 때에도 '사보[木靴]'가 건재하다는 사실을 알았다. 구두와 목화木靴가 정답게 어깨동무를 하며 20세기를 살고 있었다.

신발 한 켤레에도 이렇듯 다른 문화사가 있음을 알고 나는 슬퍼했다. 나막신과 짚신은 오늘의 양화와 단절되어 있고 고대와 근대를 분리하는 척도가 되어 있다. 우리의 정신사가 그런 것이다.

물론 서양의 구두도 태고의 꿈에만 젖어 있지는 않다. 시대에 따라서 스타일이 바뀌지 않는다는 뜻만은 아니다. 로마에서 나는 일주일 만에 처음으로 지하 이발소 부근에서 구두를 닦았다.

먼지가 없는 까닭에 유럽 도시에서는 슈샤인보이를 잘 볼 수가 없다. 고정된 장소에서 닦아야 하는 것이다. 슈샤인보이는 늙은이였다. 구두를 닦으면서 이 사양의 늙은이는 브로큰잉글리시로 불평을 늘어놓았다. '구두는 손으로 만들어야 한다. 기계로 구두를 대량 생산함으로써 이제 이렇게 슈샤인이나 하고 지낸다. 그러나 손으로 만드는 것이 진짜다.' 대개 이러한 불평이었다. 얼굴에 누런 주름이 간 추방된 슈메이커의 고독한 얼굴에서 나는 서양의 오늘을 느꼈다. 이제 이 늙은이는 슈샤인도 하지 못하게 되겠지. 거리에는 자동식 구두닦이 기계가, 동전을 넣으면 저절로 구두를 닦아주는 그 기계가 나날이 보급되어가고 있는 것이다.

신발의 문화사! 신발 하나에도 그 영향은 미친다. 샹젤리제의 아름다운 보도에서 구두 소리가 들려온다. 생활의 리듬, 생활의 음악, 우리에겐 잡음은 있어도 그 리듬, 그 음악이 없다.

# 성냥의 문명론

프로메테우스의 후예인 인간은 불을 떠나선 잠시도 살 수가 없다. 그렇기에 성냥은 흔한 것이지만 공기 다음으로 귀중한 것이다. 더구나 나와 같은 헤비 스모커에 있어서 성냥은 종신의 비서와도 같은 존재다. 해외를 여행할 때 정말 성냥은 문자 그대로의 비서 역할을 해주었다. 외로운 이방의 호텔에서 여장을 풀 때, 제일 먼저 인사를 나누게 되는 것이 바로 이 성냥이다. 어떤 호텔이든 그 방 안에는 반드시 성냥이 준비되어 있는데 거기에는 호텔 이름, 주소, 약도, 그리고 전화번호가 적혀 있다. 심지어 친절한 호텔에서는 일주일만 묵으면 그 성냥갑에 손님 이름을 인쇄해주는 일까지도 있는 것이다.

호텔 성냥갑을 호주머니에 넣고 다니면 비록 낯선 도시지만 두려울 것이 없다. 절대로 미아迷兒가 될 염려가 없는 것이다. 실제로 길을 잃었다가 성냥갑을 보고 호텔까지 찾아온 일이 한두 번이 아니었다. 말이 통하지 않는 나라에서는 택시 운전사를 향해 그냥 호텔 성냥갑을 내밀기만 하면 된다. 물론 그것을 담배 한 대 태우시라는 친절로 오해한 센스 무딘 운전사도 있었지만……. 그러나 무엇보다도 내가 충격을 받은 것은 성냥갑 하나, 성냥개비 하나에도 우리와 그들 사이엔 엄청난 거리가 있다는 사실을 발견했을 때의 일이다.

한 나라의 문명이나 한 민족의 사고방식은 하찮은 성냥에도 그대로 반영되어 있었던 것이다. 무엇보다도 관심을 끄는 것은 이탈리아 성냥의 경우다. 그것은 꼭 걸리버의 소인국에서 쓰는 성냥 같다. 성냥갑은 말할 것도 없고 이쑤시개처럼 가는 그 성냥개비는 꼭 우리나라 것의 절반 길이밖에는 되지 않는다. 안데르센의 「성냥팔이 소녀」라는 동화를 기념하기 위해서 이렇게 장난감 같은 성냥을 만들어내는 것일까? 결코 이유는 그런 데에 있는 것은 아니었다. 동화가 아니라 철저한 과학이요, 합리주의의 계산 밑에서 만들어진 것이다.

우리는 나무가 귀해서 소독저까지 금지하고 있지만, 어째서 성냥개비의 길이를 줄일 생각은 하지 못했던가? 담배를 태우고 난 재떨이를 들여다보면 알 것이다. 끝만 타고 만 성냥개비가 수없이 내버려져 있다. 불필요한 낭비의 상징이다. 성냥개비의 길이가 5센티미터라는 것은 대체 무슨 필요와 근거로써 그렇게 된 것인가? 왜 이탈리아 성냥처럼 3센티미터여서는 안 되는가?

우리는 아무런 회의도 없이 약 10년 동안 내내 똑같은 길이의 성냥만 찍어내고 있는 것이다. 성냥 길이는 으레 그래야만 된다는 식의 태도다. 팔각형으로 혹은 포켓형으로 그 갑만은 변하고 있지만 막상 중요한 알맹이는 예나 지금이나 조금도 달라진 일이 없다. 성냥만 가지고 볼 때 우리는 벌써 이탈리아의 2배나 되는 국력을 소비하고 있는 셈이다. 그들이 3센티미터의 성냥 길이를 발견하였을 때 우리는 5센티미터의 성냥 길이 속에서 낮잠을 자고 있었던 것이다.

이와는 또 반대로 독일 성냥 가운데는 조금 과장해서 소독저만한 것이 있다. 길이만이 아니라 굵기도 손가락만 하다. 걸리버의 대인국용 성냥 같다. 전후의 독일 사람들은 여러 사람이 모여야 비로소 성냥을 그었다고 한다. 그런 절약가들이 그렇게 긴 성냥을 만든 것은 무슨 까닭일까? '라인 강의 기적'을 보이기 위한 허세였을까? 그러나 생김새는 정반대이지만 따지고 보면 그 본질은 이탈리아의 경우와 일치한다.

그들은 아침에 이 성냥을 켜 가스 불을 붙인다. 그리고 그 소독저만 한 성냥개비는 소중하게 다시 갑 속으로 들어간다. 성냥불을 켤 경우가 있으면 그것을 꺼내어 가스 불에다가 붙이는 것이다. 말하자면 성냥 한 개비를 가지고 하루 종일 쓸 수가 있다. 불필요하게 성냥 끝을 낭비하게 되는 경우를 없애기 위하여 그들은 결국 그런 성냥의 형태를 만들어냈다.

우리가 정전되었을 때 촛불을 켜는 경우를 생각해보면 알 것이다. 담뱃불을 붙일 때와는 달리 서너 개비의 성냥개비를 태워야 한다. 그때마다 쓸데없이 성냥 끝이 낭비되고 있다는 사실을 발견하게 된다. 용도에 따라 이렇게 다양한 성냥의 형태가 생겨나는데 어째서 우리는 대대손손으로 똑같은, 단 한 가지 성냥개비만을 물려주고 있는가.

성냥갑 레테르의 디자인도 그렇다. 프랑스 성냥갑에는 어른과 아이들이 다 함께 보고 즐길 수 있는 이솝 우화의 동물 만화를 재미있게 그려 붙인 것이다. 독일 성냥갑에도 생활 만화가 그려져 있어서 성냥을 켤 때마다 웃음을 자아내게 한다. 또 스위스의 성냥갑 위에는 알프스 지대의 아름다운 풍경이 펼쳐진다. 그것을 모아놓으면 그대로 스위스의 전 풍경을 볼 수 있는 그림엽서 같은 것이 된다.

매일같이 대하는 성냥이기에 그들은 그것을 통해서 생활의 '교훈', 생활의 '미소', 생활의 '아름다움'을 주려고 노력한다. 그것이 그대로 성냥갑의 라벨에 반영되어 있다. 미국 성냥은 또 그만큼 미국적이다. '늙은이여 안녕'이라는 머리의 염색약 광고로 시작하여 음료수 광고에 이르기까지 성냥갑은 일종의 광고판으로 치열한 상품 경쟁을 벌인다. 덕분에 미국엘 가면 돈 한 푼 없이 성냥을 얻어 쓸 수가 있다.

딱한 것은 우리나라의 성냥갑이다. 생활의 과학도, 모럴도 시정詩情도 없다. 아니 다방의 성냥통을 한번 조심해서 들여다보면

전율을 느낄 것이다. 일대 살육殺戮을 벌이고 난 전쟁터처럼 성냥
개비들은 모두 처참하게 갈가리 토막이 나 있다. 똑똑 분지르고,
비틀고, 꺾고, 부수고…… 왜들 그러는가? 얼마나 할 일이 없었으
면…… 얼마나 마음이 답답했으면…… 얼마나 신경이 병들어 있
으면 그 지경을 만들어놓았을까.

성냥은 아침저녁으로 사람을 따라다니는 생활의 증인이다. 그
렇기에 성냥은 그 나라의 문명을 말해준다. 샹젤리제를 지나다가,
혹은 맨해튼의 거리를 지나다가 문득 담배를 피워 물고 성냥불을
켤 때 나는 한국의 길은 멀고 멀다는 것을 다시 한 번 느낀다.

# '애프터 유'의 풍속

유럽에서 가장 많이 쓰이는 일상용어로는 '애프터 유after you', 프랑스어에는 '아프레 부après vous'라는 것이 있다. 출입구 같은 데서 사람과 마주쳤을 경우 서로 앞을 양보할 때 쓰는 말이다. 신사의 나라 영국에서는 이 '애프터 유'의 에티켓이 아주 엄격하게 지켜지고 있다. 그것을 풍자한 다음과 같은 유머를 보아도 짐작할 수 있는 일이다.

임신을 한 영국 귀부인 하나가 달이 넘었는데도 웬일인지 애가 분만되지 않아 병원을 찾아갔다. 그러나 의사 선생님은 진단을 마치고 나서 "부인, 너무 걱정 마십시오. 쌍둥이를 배셨는데 서로 지금 태내에서 애프터 유, 애프터 유 하고 앞을 사양하는 바람에 좀 시간이 늦어지는 것입니다"라고 말했다는 것이다.

프랑스도 '아프레 부'의 예의가 만만찮다. 고사를 뒤져보면 영국보다도 한 수 더 위다. 심지어 그들은 전쟁터에서도 이 '아프레 부'의 예의를 지키다가 혼이 난 일이 있다.

루이 15세 때 산슨 원수가 이끄는 프랑스 군대가 펀트노아에서 영국군과 대치했을 때의 일이라고 한다. 양군이 50미터의 지근至近 거리에 도달했을 때, 영국의 장군 로드 헤이가 대열 앞에 나와 점잖게 모자를 벗고 "애프터 유"라고 인사를 했다. 젠틀맨 왕국의 관록을 보인 셈이다.

프랑스 친구들도 이에 지지 않고 단테로쉬 백작이 나와 "아프레 부! 므슈 앙글레(영국분들, 먼저 하십시오)"라고 양보를 했다. 그 결과 일제 사격을 받아 프랑스군은 많은 인명을 잃었다는 것이다. 물론 한가롭던 태평성대 때의 예절이다.

만사가 스피드 경쟁을 하고 있는 오늘날엔 그 장단이 잘 맞지 않는다. 말만 '애프터 유'라고 하고, 실은 제가 먼저 나가버리는 신사들도 많고 '러시아워'의 자동차를 탈 때는 숫제 그런 말조차들은 기억이 없다.

그러나 별로 바삐 서두를 필요가 없는 카페나 호텔 입구 같은 데서는 아직도 '애프터 유'의 전통이 생생하게 살아 있다. 문을 열고 나가려고 하다가도 들어오는 사람과 마주치게 되면 거의 기계적으로 '애프터 유'(아프레 부)라고 하고 앞을 양보한다. 뿐만 아니라 먼저 문을 열고 나왔을 경우라 하더라도 뒤에서 따라 나오는 사람이 있으면, 그 사람이 나올 때까지 도어를 잡아준다.

내가 서구 여행을 할 때 가장 많이 실수를 범한 것도 바로 이 '애프터 유' 때문이었다. 아무리 조심을 해도 부지불식간에 한국에서 발휘하던 솜씨가(택시 잡을 때 사용하던 그 용감한 솜씨가) 유감없이 튀어나오게 되는 것이다.

별로 서두를 필요도 없는데 남이 문을 열고 들어오려고 하면 본능적으로 이때다 싶어 재빨리 먼저 그 틈으로 빠져나간다. 그 순간에 상대방으로부터 '애프터 유'란 말을 듣게 되면 꼭 도둑질하려던 사람이 "그 물건은 드리려고 한 건데 가져가십시오"라는 말을 들었을 때처럼 부끄럽고 맥이 풀린다.

그리고 또 뒤에서 사람이 오든 말든 언제나 나는 문을 열어젖히고는 그냥 급히 나가버린다. 그러면 으레 문을 잡아줄 것으로 알고 유유히 걸어 나오던 서양 신사 숙녀들이 문 벼락을 맞고 비명을 지를 때가 많다. 엘리베이터가 서고 문이 열리면 남들이 '애프터 유'를 하는 동안 나 혼자 쪼르르 빠져나갈 때도 많이 있었다. 사람들은 모두 놀라서 나를 쳐다보는 것이었다. 소매치기로 오인했을지도 모른다. 또 실수했구나! 번번이 후회를 하지만 워낙 습관이 그래서 늘 '어글리 코리안'으로 통한다.

한국에 돌아온 후 나는 마음속으로 결심했다. 동방예의지국의 명예를 위해서도 '애프터 유'의 미덕을 발휘해보자. 그것은 양풍이 아니라 인간 근원에 있는 친절이다. 한라산을 몽블랑으로 만들 수 없고 일조일석에 경복궁을 루브르 박물관으로 만들 수 없지만, 그 정도의 것은 조금만 주의하면 우리도 능히 할 수 있는 일이라 생각했다.

그래서 귀국한 첫날, '애프터 유'를 실험하기 위하여 지하실 다방으로 내려갔다. 마침 문을 들어가려는데 사람들이 나오고 있었다. 이때다 싶어 문을 열고 정중하게 '애프터 유', 여기까지는 런던 신사가 봐도 부끄럽지 않을 만큼 멋지게 되었는데, 다음이 문제였다. 문을 열고 잡아주니까 기다렸다는 듯이 한 사람 두 사람 끊임없이 줄을 지어 나온다. 고맙다는 표정도 없고 양보해줄 기색도 없다. 나는 호텔의 도어 보이처럼 한참 문을 잡아준 채 서 있을 수밖에 없었다.

그 후에도 몇 번 '애프터 유'의 예의를 지켜봤지만, 사람들은 그럴수록 이쪽을 깔보는 태도다. '자네는 문이나 잡고 있게. 보아하니 반편 같구나. 자, 우리는 나가네……' 꼭 이런 태도다. 이러다가는 제 밥을 제대로 찾아 먹기도 힘들 것 같다.

꼭 전쟁터에서 '아프레 부'를 외치다가 수많은 생명을 잃게 한 단테로쉬 백작의 어리석음이라고나 할까. '애프터 유'는 지옥으로 갈 때나 쓰자.

# VII
# 어글리 아메리칸

# 어글리 아메리칸 1

유명한 소설가 서머싯 몸의 출세담으로 다음과 같은 일화가 전해지고 있다. 그가 문단에 데뷔했을 무렵 그의 소설은 별로 인기가 좋지 않았다. 출판업자들도 그의 소설에 대해선 더 이상 선전을 해도 소용이 없다는 것을 알게 되었다. 그때 저자 몸은 자기 스스로 특수한 방법의 선전을 고안하여 출판업자를 놀라게 하였다. 즉 그는 런던의 각종 신문에 가명을 써서 다음과 같은 광고를 낸 것이다.

'본인은 스포츠와 음악을 좋아하고 교양이 있으며 또한 온화한 성품의 사치한 기질의 젊은 백만장자입니다. 모든 점에서 서머싯 몸의 최근작에 등장하는 여주인공과 똑같이 젊고 아름다운 여자와의 결혼을 희망합니다.'

그리하여 이 광고가 발표된 지 6일 후에는 그렇게 선전해도 팔리지 않던 그의 소설이 런던의 책방에서 완전히 매진되어 자취를 감추었다. 이러한 광고술은 과연 범용凡庸한 상인은 상상도 할 수 없는 기지의 산물이다.

그런데 우리는 서머싯 몸식의 선전술을 보통 간접 선전이라고
한다. 그러니까 그것은 정면에서 직접적으로 선전하는 것이 아니
라 후면에서 간접적으로 선전하는 방법이다. 이 간접 선전이라는
것은 특히 높은 층을 상대로 하였을 때 효험이 크다.

그리하여 최근에는 정치가들도 이런 선전 방법을 중시하고 있
다. 동서 양 진영의 선전 공세에도 그와 같은 선전 방법을 많이
쓰고 있는데 최근의 인공위성의 발사도 그 일부가 될 것이다. 정
치사상의 팸플릿을 뿌리는 것보다 확실히 우주에의 꿈을 실은 로
켓 발사가 대중의 심리를 더 많이 자극하고 또 매혹한다. 그러므
로 소련이 최초로 '스푸트니크'를 발사하여 성공을 거두었을 때
서방 측에서 그렇게 당황하게 된 것도 무리는 아니다.

그러자 이 무언의 선전술에 치열한 불꽃의 경쟁이 붙게 되고
미국도 차차 그 체면을 만회하게끔 되었다. 더구나 최근에 미국
은 외계를 비행한 침팬지 햄 군君을 무사히 생환시키는 데에 성공
하였고, 또 '미니트맨 미사일'은 4천 마일이나 떨어진 목표점을
명중시킴으로써 세계의 이목을 끌었다.

미국은 자유 진영의 최대의 보루이기 때문에 그들의 일거수일
투족은 온 자유민에게 희망도 주고 불안도 준다. 이같이 우주 로
켓과 미사일에 있어서 그들이 눈부신 성과를 거둘 때 동방의 외
로운 나라에 사는 우리들의 마음도 한결 든든하다. 그러나 햄 군

이 살아 오고 4천 마일의 목표를 명중시키고 하는 그 로켓의 선전술보다 더 중요한 것이 있다. 말하자면 우리에게 '썩은 보리'를 준다든지 환율 인상에 자기 쪽의 타산만 주장하는 것들은 결코 좋은 프로파간다propaganda라곤 할 수 없다. 한국의 지성인으로 하여금 반미 감정을 갖지 않도록 노력하는 것이 미제 '자유의 환약'의 권위를 선전하는 데에 도움이 될 것이다.

# 어글리 아메리칸 2

19세기 말 영국에 무서운 공수병恐水病이 유행하고 있었을 때의 이야기다. 그때의 농림상이었던 월터 롱은 그 예방책의 하나로 개 입에 재갈을 물리라고 명령하였다. 물론 사람을 물지 못하게 한 것이다. 그러나 일부에서는 그것이 동물학대에 속한다 하여 '개를 괴롭히는 농림상은 물러가라'는 운동이 벌어졌다. 월터 롱의 이 추방 운동에 서명한 동물 애호가들의 수는 자그마치 8만 명이 넘었다고 전한다.

이러한 동물애호 사상은 근대 휴머니즘이 낳은 부산물이다. 말하자면 인명존중 사상이 동물의 생존권에까지 확대된 현상이다. 특히 미국이 그렇다. 인권옹호 운동과 마찬가지로 동물학대 금지 운동이니 하는 조직적인 단체가 꽤 활발한 움직임을 보이고 있다. 소련 인공위성에 탑승했던 '라이카 견'이 소사燒死하였을 때 맹렬한 공격을 퍼부었던 것도 바로 미국의 동물애호가협회였다.

휴머니스트의 나라 미국—개를 때려도 말썽이 일어나는 미국—바로 그 미국의 한 시민인 병사가 한국의 나무꾼을 쏘아 죽였다고 한다. 임진강 변의 스산한 갈대밭에 연료를 구하러 나왔던 40여 명의 촌민들은 용감한 토니 하사 일행의 사격을 받고 허둥지둥 도망쳤다. 간첩단으로 오인된 것인지, 물오리로 착각된 것인지 좌우간 이들 가운데 2명이 그 총격에 쓰러졌다. 더구나 사로잡혔던 황 씨는 알몸뚱이가 된 채 엽총의 세례를 받았다.

미팔군에서는 순찰병들의 발포가 출입금지 구역 내에서 일어난 것이니 어디까지나 공무집행 범위 내의 것이라고 말한다. 그러나 인권 옹호협회에서는 그것이 흡사 인간 사냥과도 같은 난사亂射요, 분명히 살해 의도가 개재된 행위라고 주장하고 있다. 이렇게 보든 저렇게 보든 미국 병사의 엽총에 맞아 죽은 것은 간첩도 갈대밭에 앉은 물오리도 아니다. 분명히 그것은 이 땅의 선량한 백성의 하나였음을 어찌하랴!

제때에 고양이 밥을 안 주어도 비인도적이라고 떠드는 미국의 시민들, 개에게 재갈을 물리라고 한 농림상을 추방까지 하려던 서구인들, 그들의 인도주의는 과연 이 사건을 어떻게 설명할 것인가. 그리고 또 구실만 있으면 반미 선전을 일삼는 붉은 괴뢰들이 이 사건을 어떻게 이용하려 들 것인가? 『추악한 미국인』을 쓴 유진 버딕 씨여, 그대는 혹시 그 속편을 쓸 의사가 없는가.

# 미국의 고독

일제 시대에는 아메리카를 '미국米國'이라고들 썼다. 한자 그대로 뜻을 새기면 쌀 나라가 된다. 그런데 밀가루의 나라라면 또 몰라도 쌀과는 인연이 먼 나라다. 물론 미 자는 그런 뜻이 아니라 단순히 음역音譯이지만…….

해방이 되자 아메리카 사람들은 우리의 은인으로 환영을 받았다. 일제의 압박을 생각해볼 때 당연한 일이었다. 그래서 심지어는 미국米國도 '미국美國'으로 고쳐 쓰기에 이르렀다. '쌀 나라'가 이제는 아름다운 나라가 된 셈이다. 그래서 지금은 아무리 못생긴 아메리카인이라 하더라도 한국식 표기에 의하면 '미인美人'이 되는 것이다.

자유의 상징처럼 되어 있는 미국이라, 실상 그들이 아름다운 나라의 아름다운 백성으로 존경받기를 우리는 희망하고 있다. 미국米國을 미국美國이라고 고쳐 쓴 것은 단순히 사대주의나 아첨만은 아니었다.

그러나 2차 대전 직후에 비해서 미국인에 대한 존경심이 점차 식어가고 있다는 느낌이 든다.

유럽에서만 하더라도 달러를 뿌리는 금송아지와 같은 미국인들이 어쩐지 인기가 없는 것 같다. 잘사는 나라에 대한 열등의식의 작용도 있었겠지만, 그렇게 단순하게 생각할 것도 아닐 것이다.

"착한 미국인이 죽게 되면 파리에서 태어나게 되고, 악한 미국인이 죽으면 다시 미국 땅에 태어나게 된다"라는 유머를 보더라도 유럽인의 대미 감정을 엿볼 수 있다. 원래 콧대 높은 프랑스인들이기는 하지만 2차 대전 때 그 많은 덕을 입고서도 USA를 'Union Sans Amour' 즉 '사랑 없는 결합'이라고 풀이하여 비꼬는 일도 있다.

동남아에 있어서도 그런 것 같다. 인도네시아나 캄보디아는 말할 것도 없고, 미국과 가장 가깝게 지내는 필리핀과 월남에서까지 반미데모가 일어나고 있다. 월남의 후에 시市에서는 미국인들에겐 음식도 팔지 않는다는 것이며, 또 미 공보원에 불까지 질렀다는 소식이 들려온다. 필리핀의 군중은 미 대사관 앞에서 '백색 원숭이 물러가라'라는 구호와 함께 허수아비 화형식을 올렸다는 것이다.

모두가 비민주적인 난동임에 틀림없다. 그러나 이 기회에 미국은 대외 정책 일반에 대해서 반성해볼 필요가 있다. 그렇지 않고서는 자유의 수문장守門將으로서의 이니셔티브initiative를 지키기

어려워질 때가 오리라고 믿는다.

　자유 진영의 결속을 더 견고히 하기 위해서도 그와 같은 반미 데모는 참으로 유감스러운 일이 아닐 수 없다. 가진 자가 양보해야 될 때이며, 우위에 서 있는 자가 약자에 아량을 보여야 할 때인 것이다. 미국은 문자 그대로 '아름다운 나라'가 되도록 애써야겠다.

# 아킬레스의 뒤꿈치

'아킬레스의 뒤꿈치'라고 하면 한 인간의 '허점'이나 혹은 '약점'을 뜻하는 말이다. 그리고 다른 것은 모두 완벽했지만 단 한 가지 빈틈이 있는 경우를 지적할 때 쓰는 말이기도 하다.

아킬레스는 그리스 신화에 나오는 불사不死의 영웅이다. 그는 전신에 불사의 약을 발랐기 때문에 창이나 화살이 몸에 박혀도 죽지 않는다는 것이다. 그러나 그 약을 바를 때 나뭇잎이 하나 떨어져 그만 발뒤꿈치의 약이 지워지고 말았다. 그래서 그의 발뒤꿈치는 유일한 약점이 되었다는 것이다. 즉 다른 데를 맞혀서는 아무 일도 없지만 뒤꿈치를 찌르면 죽게 된다는 이야기다.

미국의 '아킬레스의 뒤꿈치'는 흑백 분규라고 말하는 사람이 있다. 흑백의 인종적 대립이 미국 사회의 가장 큰 약점이라는 말이다.

흑인의 수가 증가하면 증가할수록 그리고 그들의 사회적 위치가 높아지면 높아질수록 흑백의 대립 감정은 한층 더 짙어만 가는 것이다.

　흑인이 미국 문명을 위협하고 있다고 생각하는 사람들이 적지 않다. 이미 스포츠계는 흑인이 이니셔티브를 쥐고 있으며 예능계에 있어서도 흑인의 진출은 파죽지세破竹之勢와 같다. 목화송이나 따고 백인의 몸종 노릇이나 하던 그들이 이제는 하이웨이에서 캐딜락을 몰고 다니게끔 되었다.

　남부 작가들(이를테면 포크너나 오코너 같은 작가)의 소설을 보아도 그 저류에 흐르고 있는 것은 백인의 몰락과 흑인의 위협이라는 이중주다.

　지역적인 흑백인 분규가 점차 확대되어 드디어는 워싱턴에서 사상 최대의 민권 시위가 벌어지게 되었다. 휴전 무렵에 우리나라를 방문한 일이 있던 세계적인 흑인 가수 메리언 앤더슨의 노래로 그 횃불은 붙여졌다.

　20만 군중은 광장과 거리를 메웠고 "우리 흑인은 정치적으로나 경제적으로나 노예의 사슬에서 해방되어야 한다. 우리는 자유를 원한다. 지금 곧 자유를 찾아야 한다"라는 열띤 목소리가 지축을 울렸다. 그중에는 백인의 휴머니스트들도 한몫 끼어 있었다.

　민권 시위의 결과가 과연 어떤 것으로 나타나게 되는지는 모른다. 그러나 그것을 계기로 백 년 전 링컨의 선언이 헛되지 않았음을 재확인해야 될 줄로 안다. 링컨 석상 앞에서 흑인 영가를 부르는 저 구슬픈 가락에 귀를 기울여보라.

# 흑색의 도전

미국을 휩쓴 베스트셀러 가운데 「더 맨」이라는 가상 소설이 있다. 작가는 어빙 월리스, 당대의 인기 작가다. 그가 이 소설을 쓰게 된 동기는 뉴턴이 사과 떨어지는 것을 보고 만유인력을 생각해낸 것보다 더 우연한 일이었다.

호텔 문을 나설 때 월리스는 문득 앞으로 미국에 흑인 대통령이 나오게 될지도 모른다는 생각이 들었던 것이다. 사실 인구 팽창률로 보나 그들이 차지한 사회적 비중을 따져보나 장차 흑인이 미국 대통령이 될 가능성이 없지 않다. 스포츠계와 마찬가지로 앞으로 수십 년 후엔 정계까지도 흑인들이 설치고 다닐 날이 올 것이다.

월리스는 곧 흑인이 대통령이 되었을 때 일어날 미국 사회의 여러 가지 변동을 추리해서 몇 가지 메모를 해두었다. 그런데 그 메모만 보고 출판사는 10만 달러의 계약금을 주었다. 이 작품이 출간되기만 하면 굉장한 물의가 일어날 것을 예상했던 까닭이다.

그리고 그 예상은 틀리지 않았다.

월리스의 소설이 그렇게 날개 돋친 듯 팔렸다는 것은 오늘날의 미국인들이 그만큼 흑인에 대해 신경을 돋우고 있다는 것을 의미한다. 누구나 '검은 위협'을 예감하면서 살고 있는 것이다.

이제는 백인촌에 침입해 오는 흑인이나 캐딜락을 몰고 다니는 흑인을 경계하는 데서 그치지 않을 것이다. 근본적인 사회 계층과 법률 문제에까지도 '흑인 문제'는 심각하게 뿌리를 뻗고 있다.

앨라배마의 농장에서 목화송이나 따고 채리엇Chariot을 몰고 다니던 '흑노'가 지금은 맨해튼과 백악관 앞에서 데모를 벌이고 있다. 이 민권 시위는 날로 치열해지고 조직화되어간다. 인종 차별의 두꺼운 벽도 금이 가고 있다.

최근에 일어난 흑인의 민권 시위만 해도 인종 통합 반대론자인 앨라배마 주지사를 굴복시키고 말았다. 즉 앨라배마 주지사는 자신이 반대하고 있던 민권법을 비롯한 모든 연방법에 순종하기로 결정을 내리게 되었다는 것이다.

흑백 인종의 분규는 미국의 치부다. 그러나 우리는 미국이 언제나 새로운 도전 속에서 성장해 왔던 역사를 기억하고 있다. 오히려 도전을 받지 않을 때 미국은 낙천주의에 빠져 부패해 간다. 흑색의 도전을 어떻게 극복해 가는가, 이것은 월리스의 가상 소설이 아니라 바로 미국의 현실일 것이다.

# 흑인의 개가凱歌

"흑인, 그것은 미국 문명의 위협이다"라고 말하는 사람들이 있다. 백인 출산율은 날로 저하되고 있는데 흑인의 수는 반대로 증가 일로에 있다. 수만이 문제가 아니라 사회적 지위에 있어서도 그렇다.

토스카니니가 백 년 만에 한 번 들을까 말까 하다는 세기의 성악가 앤더슨 여사를 비롯하여 문학, 스포츠, 상업, 정치 등 각 방면에 걸친 흑인의 진출은 괄목할 만한 것이다.

백인들은 '흑인의 머리통을 돌덩어리로 때리면 도리어 그 돌덩어리가 깨진다'고 믿고 있었다. 그래서 축제일이 되면 흑인들의 머리통을 야구공으로 때리는 장난이 유행되었던 일이 있다.

또 마거릿 미첼의 소설 『바람과 함께 사라지다』에는 "흑인이나 개들은……"이라는 구절이 나온다. 이러한 것들은 결국 흑인을 인간이 아니라 동물처럼 생각하고 있다는 백인들의 사고방식을 단적으로 노출한 것이다.

흑인 작가 엘리슨은 『보이지 않는 인간』이라는 소설을 써서 문학계에 커다란 파문을 던진 일이 있다. 흑인이라는 단 한 가지 이유로 선량한 사람이 주위로부터 끝없는 핍박을 받는다. 그러한 사회적 압력이 커감에 따라 그는 점점 몸집이 줄어들고 마지막에는 아주 없어져버린다는 상징적 소설이다.

『아메리카의 딜레마』를 쓴 밀러의 말은 엘리슨의 소설을 이론적으로 뒷받침해주고 있다. 흑인들은 성품이 명랑하고 잘 웃는다. 그러나 정말 즐거워서 웃는 것이 아니라 그것은 일종의 자기 방어의 수단에서 나온 행위라는 것이다. 만약 웃지 않으면 백인들이 경계를 하고 해를 입히게 될지 모르기 때문에…….

황금의 주먹인 패터슨과 리스턴의 대결이 지금 세계의 이목을 끌고 있다. 그 결승전의 날이 가까워올수록 매스컴도 한층 열을 가하고 있다. 그들의 트레이닝 장면이나 수기, 심지어는 그 싸움에 내기를 건 도박꾼들의 이야깃거리가 뉴스의 한 면을 차지하고 있다.

그러나 우리는 이들이 모두 흑인이라는 점에서 또 다른 관심을 갖게 된다. 한 세기 전만 해도 우마처럼 팔려 다니고 야구공으로 머리통을 얻어맞던 그 흑인들이 이제는 세계의 화제를 지배하는 '황금의 주먹', '황금의 성대聲帶', '황금의 손가락'으로 눈부신, 세기의 각광을 받고 있다는 사실이다.

이러한 현상을 미국 문명의 위협이라고 생각하는 사람이 있다면 그것은 잘못이다. 도리어 원시적인 흑인의 정열은 노쇠해 가는 미국 문명을 젊게 만드는 활력소가 아닐까? 여기에서 '흑백의 대립'이 아닌 '흑백의 결합'이 촉구된다.

# 시어도어 루스벨트

심심한데 시어도어 루스벨트 대통령의 이야기나 하자. 대통령
선거전이 법정 투쟁으로까지 번진 이때 무슨 한가로운 객설이냐
고 비웃는 사람도 있겠지만, 오히려 그편이 보람 있는 일인지도
모른다. 대통령감이라면 이 정도는 되어야 한다는 생각이 자꾸
앞서기 때문이다.

물론 요새 유행하는 그 사대사상에서 외국 대통령 찬양론을 쓰
려는 것은 결코 아니다. 루스벨트의 자서전을 보면 그는 아주 병
약하고 겁 많은 소년이었던 모양이다. 그래서 그는 서부로 가서
카우보이가 되었다. 산야를 달리고 별 아래 잠들면서 그는 건강
을 완전히 회복, 드디어는 리크 다 노반을 상대로 권투 시합을 할
정도로 강해졌다.

몸만이 아니라 마음도 튼튼해져서 공포란 것을 전연 모르게 되
었다. 1912년 불무스당 사건 때에 연설 회장으로 달려가던 루스
벨트는 반광인半狂人에게 저격을 당했다. 그러나 태연히 서서 불

을 뽑는 연설을 했다. 너무 출혈이 심하여 그가 졸도하기까지 아무도 그가 저격을 당했다는 사실을 몰랐었다는 것이다. 그렇게 태연하고 대범했다는 이야기다.

그는 또 근면하였다. 대통령 재직 시에 그는 손수 장작을 팼으며 농부와 함께 건초를 베기도 했다. 정원도 손수 가꾸었다. 그래서 언젠가는 그의 정원사에게 다른 용부傭夫와 마찬가지로 자기에게도 임금을 지불해 달라고 요구했던 일이 있다. 정말 한 사람의 인부만큼은 노동을 한 것이다.

그는 또 굉장한 독서가였다. 여행 중에도 언제나 셰익스피어 작품과 로버트 번스 시집의 포켓북을 잊지 않았다. 그가 다코타 주에서 가축을 길렀을 때 그는 희미한 모닥불을 등불 삼아 카우보이 하나에게 「햄릿」을 읽어주었고, 브라질 밀림 탐험 때에는 기번의 『로마제국 쇠망사』를 통독하였다는 것이다. 독서만이 아니라 음악도 즐겼다.

그는 또 인간성이 풍부한 사람이었다. 대통령으로서 서부 제주諸州를 여행하였을 때의 일이다. 그는 차 안에서 각료들과 국사를 협의하고 있던 중, 문득 차창 너머로 농부 하나가 모자를 벗고 대통령 차를 환송하고 있는 모습을 보았다. 루스벨트는 전망차에 올라 열심히 자기 모자를 흔들며 무명 농부의 인사에 답하였다.

누구나 출세를 하면 미담만 남는 법이다. 그러나 단순한 과장이 아니라 민주적인 방법에 의해서 대통령으로 선임된 사람들은

모두가 그만한 인격의 소유자임을 부정할 수 없다. 많은 사람들
의 사랑과 지지를 받는다는 것은 결코 우연한 일은 아닐 것이다.

# 케네디의 신화

마태 대성당의 천장, 유향乳香의 그윽한 냄새, 관을 덮은 성조기, 그리고 루이지 베너가 부르는 〈아베마리아〉…… 밖에서는 이따금 가랑비가 내리고 있었다. 연喉미사가 끝나자 고 케네디 대통령의 유해는 소리 없는 오열 속에서 알링턴 국립묘지로 향했다.

이렇게 해서 모든 것은 끝났다. 그가 남긴 몇 마디 언어, 몇 가지 에피소드, 그리고 뉴프런티어New Frontier의 신화가 너무나 갑자기 그렇게 끝났다. 살아 있는 사람은 오늘을 말한다. 이제 얼마 안 있어 케네디도 재키도 모든 사람의 화제에서 멀어져 갈 것이다.

산다는 것은 그처럼 잔인한 것일까. 벌써 존슨 대통령으로 시선이 옮아가고 있다. 알링턴 묘지에서 침묵하는 케네디의 영혼은 역사의 한 페이지와 더불어 덮여지고 말았다. 허망하고 덧없다.

조기弔旗를 걸기 전에 다시 한 번 케네디의 모습을 더듬어보자. 우선 로킹체어에 앉아 언제나 미소를 짓고 있는 케네디의 얼굴이 눈앞에 떠오른다.

어느 짓궂은 친구는 그 로킹체어가 그의 뉴프런티어처럼 항상 움직이고는 있으나 전진하지는 않는다고 비꼰 일이 있었지만, 우리는 그 로킹체어에서 케네디의 구수한 인간미를 느낀다. 간편하고 검소하며 활동적인 그 인물을……

그가 앉아 있는 의자만이 아니라, 사실 케네디는 권위주의적인 형식을 배격하였다. 대통령이 입실할 때 모든 직원이 기립하는 백악관의 전통을 없애버린 것도 바로 케네디였다. 뿐만 아니라 그는 탈모주의자로도 유명하다. 허례와 위장을 싫어하는 케네디는 더벅머리로 일관했다. 소탈한 그는 비상금도 지참하지 않고 다니는 일이 곧잘 있었던 것 같다.

한번은 어느 자선 단체의 대표에게 백만 달러짜리의 수표를 기부하러 갔다가 갑자기 돈이 필요해지자 기자에게 잡비를 꾼 일도 있었다.

또 한 가지 그의 특색으로서, 무엇인가 지시할 때는 항상 안경을 자꾸 머리 위로 추켜올리는 습관이 있었다. 그리고 방문객을 문간까지 바래다주고는 으레 어깨를 툭 치는 버릇이 있었다는 것이다.

케네디에 얽힌 숱한 에피소드를 이제는 다시 되풀이해서 볼 수 없게 되었다. 그도 역시 죽어야만 하는 인간, 죽음 앞에서는 세계의 사랑도 인기도 무력한 것이었다. 고이 잠드시라! 영원히 젊은 케네디!

# 우주인 돌아오다

3월 1일 뉴욕의 맨해튼 거리는 우레와 같은 갈채와 나이아가라 폭포처럼 쏟아지는 색종이에 파묻혔다. 환성을 지르며 밀려드는 군중의 물결, 수천 개의 플래카드와 깃발, 흥분과 환희의 그 소용돌이는 사상 최대의 장관을 이루었다. 물론 미국에 무슨 3·1절 기념식전이 있었던 것은 아니다. 오픈카를 타고 나타난 우주의 영웅 존 글랜의 환영이었다.

미국 국민에겐 확실히 신비할 정도의 개척 정신이 있다. 황무지를 갈아 옥토와 도시를 만들고 가시 들판을 헤쳐 푸른 목장과 공장을 세웠다는 그 이유에서만이 아니다. 통나무집이 백여 층의 엠파이어스테이트 빌딩으로 변한 것도 개척 정신의 커다란 상징이지만 그것보다도 그들은 하늘의 공지를 개척한 선구자로서 위대한 공적을 쌓았다. 인류의 영원한 꿈처럼 생각되었던 천공에의 비상을 제일 먼저 실현한 것이 바로 미국이었던 것이다.

1903년 12월 17일 10시 36분 노스캐롤라이나 주 키티호크 해

안의 언덕에서였다. 미국의 한 용감한 시민 라이트 형제의 수제手
製 비행기는 불과 연기를 토하며 폭음 소리를 내고 하늘로 날았
다. 비행시간은 12초, 비행 거리는 100피트에 지나지 않는 것이
었지만 이것이야말로 하늘을 개척한 인류 최초의 엄숙한 개막이
었다.

하늘의 개척은 시작되었고 다시 미국의 용감한 시민 린드버그
대령은 대서양 무착륙 단독 비행의 경이로운 신기록을 세웠다.
1927년 5월 12일, 12초의 그 비행 기록은 33시간 반, 그리고 비
행 거리는 3,610마일, 뉴욕에서 파리까지를 단숨에 난 것이다. 하
늘의 개척자 린드버그의 눈물겨운 그 감격은 〈날개여, 저것이 파
리의 등불이다〉라는 영화에서 우리도 맛볼 수가 있다.

꾸준하고도 용감한 그 개척의 혼은 또다시 존 글랜의 우주 비
행으로 고조되었다. 더구나 우주 개척에 있어 소련의 다크호스에
게 일시 선수를 빼앗겼던 미국이 이번 글랜의 거보로 하여 완전
히 면목을 일신케 된 것이다. 미국을 좋아하지 않는 화가 피카소
까지 글랜을 칭찬하고 있는데 하물며 미국 국민이야 말할 것이
없다. 지난날의 개척자들, 린드버그와 바이알 제독과 수영 선수
게르트루드 에델이 통과했던 글로어 브로드웨이의 캐년스에 지
금 우주의 개척자 존 글랜이 지나간다. 먼 이역에서나마 우리도
박수를 보내자.

# VIII
# 세계지도를 펴놓고

# 인도의 노래

인도를 '하프 스토머크 네이션'이라고도 한다. 직역을 하면 '반
위 국민反胃國民, 즉 배가 반밖에 차지 않는 나라'라는 뜻이다. 그
만큼 굶주리는 사람들이 많다. 버젓한 국가 통계 문서에도 아사
자餓死者라는 특수한 항목이 설치되어 있다. 굶어 죽지 않는 사람
이라 해도 대부분의 인도인들은 간디형이다. 먹지 못한 탓으로
해골처럼 말라 있다.

그러나 사람들은 굶어 죽어가는데 소들은 살이 토실토실 쪄서
길거리를 산책하고 있다. 소를 숭배하는 인도에서는 인권보다 우
권牛權이 더 발달되어 있는 까닭이다. 이 '유한 우족有閑牛族'들의
거룩한 산책을 보고 있으면 대체 이놈의 나라에서 어떻게 간디나
타고르나 네루 같은 세계적인 거물이 나왔는지 회의가 든다.

가난하고 문맹하고 불결한 인도……. 산아 제한을 하자고 아무
리 핏대를 올려도 자식을 많이 낳게 해달라고 기도를 드리는 가
난한 촌부들의 행렬이 사원에서 그칠 날이 없는 그 인도…….

그런데도 인도의 지식인들은 언제나 자기 조국을 '아우어 그레이트 인디아'라고 부른다. 공연한 자존심만은 아니다. 인도는 가난하지만 그 국제적 비중은 누구도 무시 못 한다. 그 이유는 무엇일까? 단 하나 인도에는 훌륭한 철학과 지도자들이 있었기 때문이다. 5억의 인구를 이끌고 나가는 몇몇 인재들, 소위 그 엘리트란 것이 형성되어 있다. 역사적으로 지배 계급이었던 브라만은 영국을 통해 근대 교육을 받았고 오늘날엔 인도의 특이한 민주주의 사회를 만들어가고 있는 척추의 역할을 해왔다.

간디가 죽었을 때 사람들은 인도의 앞날을 걱정했다. 그러나 간디를 이어 네루가 위대한 그 영도력을 보였다. 네루가 죽자 또 사람들은 그 앞날을 걱정했다. 하지만 샤스트리가 나와 어려운 고비를 훌륭히 넘겼다. 그런데 이번에 또 불우하게도 샤스트리는 인파 분쟁을 매듭짓고 그 순간에 세상을 떠났다. 그리고 이젠 여성이 등장했다. 간디 여사…… 가난하고 무지하고 잡다한 5억의 인구를 이끌고 가는 그런 인재들이 있었기에 인도는 슬프지만은 않다. 이번의 간디 여사는 또 어떤 솜씨를 보일 것인가? 우리에게도 그런 튼튼한 엘리트들이 있으면 좋겠다.

# 독재자의 병

인도네시아의 쿠데타는 수카르노의 건강과 밀접한 관련이 있다고 말하는 사람들이 있다. 그는 오래전부터 신장을 앓고 있었다. 한쪽 신장은 완전히 그 기능을 상실하였는데도 웬일인지 수카르노는 수술을 계속 거부해 왔다. 그 이유는 자카르타의 한 점쟁이가 "수카르노는 칼 때문에 죽는다"라고 예언했기 때문이다. 그리하여 그는 수술대 위에서 칼을 받기를 꺼려했다. 오직 내복약이나 침만으로 치료하려고 들었다.

그러나 수카르노가 수술을 거부한 데에는 좀 더 심각한 이유가 있을 것 같다. 그는 자신이 독재자임을 잘 알고 있었을 것이다. 그리고 독재자가 병들면 그 지배 세력에 금이 생길 염려가 있다는 것도 짐작했을 것이다. 수카르노에겐 그것이 신장병보다도 더 두려운 병이었을는지도 모른다. 그래서 신병을 숨기기 위해서 겉으로 직접 드러나는 수술을 꺼려했을 것이 분명하다. 사실상 그는 쿠데타가 일어나기 직전까지도 자기 병을 숨기기 위해 군중

앞에 나와 연설을 하곤 했었다.

이와는 정반대로 미국의 존슨 대통령은 바로 그 무렵 전 세계에 공개리에 복부 수술을 받았다. 병원에 입원하는 사진으로부터 그 수술 시간과 그 경과에 이르기까지 유리창으로 들여다보듯 환히 보도되었다.

홀덴베크 박사 집도로 담낭의 담석과 수뇨관의 결석이 제거되었다. 2주일 후에는 회복될 것이고 6주일 후에는 정상적인 집무를 할 수 있을 것이라고 했다. 존슨 대통령의 신병은 증권시장에 약간의 변동을 일으켰을 뿐, 그 밖의 모든 것은 그렇게 평온 속에서 끝났다. 로마의 황제보다 더 큰 권한을 가진 미국의 대통령이지만, 신병 때문에 정변이 일어날 기우는 없었던 것이다. 그것이 바로 민주주의의 강점이다.

'선의의 독재'란 말을 우리는 흔히 쓴다. 그러나 독재는 선의든 악의든 간에 그 자체 속에 하나의 병을 지니고 있는 것이다. 언제나 원맨쇼는 줄타기 곡예사 같은 불안과 위기를 내포하고 있다. 그렇기에 독재자가 감기에만 걸려도 전 정국이 기침을 한다. 수카르노처럼 아파도 아프단 말을 할 수 없는 비극을 겪어야 한다. 그리고 보면 세상에서 제일 무서운 병이 있다면 수술조차 받을 수 없는 독재라는 병일 것이다.

# 독재라는 자살법

1963년의 유행 품목 가운데는 분신자살이 한몫 끼어 있다.

인간 문명이란 원래 고르지 못하고 조리가 없는 법이다. 인공위성의 뉴스와 분신자살의 화제가 공존할 수도 있는 것이다. 월남뿐만이 아니라 우리나라에서도 그 자살 방법을 수입하여 한강 백사장에서 분신한 사람이 있었다. 물론 불교 탄압에 대한 항거가 아니라 실직한 중년 가장이 생활고 때문에 저지른 일이다.

자살 방법에는 여러 가지가 있다. 보바리 부인은 비소를 먹고 죽었으며, 오필리아는 수중 자살, 그리고 베르테르는 권총 자살이다. 이 밖에도 목매어 죽는 원시적이고 자학적인 자살이 있는가 하면 현대 시설을 이용한 가스 자살을 하는 것도 있다.

클레오파트라는 독사에 깨물려 죽는 자살법을 창안하여 죽는 순간에까지 개성미를 발휘하였으며, 헬레니즘의 최후를 장식한 옥타비아누스는 역시 동맥 절단이라는 그리스적인 자살 방법으로 비장미의 극치를 장식했다.

자살을 하는 데에도 개성이 있고 역사성이 있는 것을 보면 과연 인간은 문명의 동물이라 하지 않을 수 없다.

'분신자살'은 역시 불교적인 것으로서 월남에만 아니라 동양에서는 흔히 있어왔던 단명법이다. 스스로 불꽃에 뛰어 들어가 잿더미로 화하는 그 분신자살은 비록 잔인하고 야만적인 것이긴 하나 뒤가 깨끗하여 다른 사람에겐 폐가 가지 않는다.

월남의 분신자살 소동은 드디어 군부 쿠데타로 화하여 고딘디엠의 독재 정치에 화염이 일어나게 했다. 미명을 기해 봉기한 반정부군은 경찰 본부 방송국을 점거하여 사이공 시를 장악, 민 장군이 이끄는 군사혁명위원회까지 구성되었다고 전한다. 고딘누는 피살된 것 같으며 고딘디엠은 잠적한 채 소식이 없다는 이야기도 있다.

서슬이 푸르던 권력도 시들 때는 볼품이 없다. 그동안 고딘디엠이나 고딘누는 거의 자살 행위와 다름없는 짓을 해왔다고 말할 수 있다. 수많은 학생과 교수를 투옥하고 폭력으로 민중을 억압한 그의 독재 정치는 폭풍을 향해 등불을 내어 흔드는 일과 거의 다름이 없었던 것이다.

누가 옳고 그르냐를 판가름하기보다는 폭력으로 국민을 납득시킬 수 있느냐 하는 문제를 생각할 때 고 정권은 사실상 순리보다 역리로 나가 스스로 제 명을 제 손으로 끊는 일을 자행했던 것이 분명하다.

그러니까 독재는 새로운 자살법의 하나라고 말할 수 있다. '고' 정권은 분신자살이 아니라 독재 자살의 방식으로 자기 몸을 망친 것이 아닌가 싶다. 자살 방법도 가지가지다.

# 마담 누의 눈물

로스앤젤레스 AP 전송 사진을 보던 마담 누가 손수건으로 얼굴을 가리고 기자회견을 하는 장면이 나온다. 오만하고 표독스러운 그녀이지만 이제는 서리 맞은 꽃처럼 생기가 없다. 권력의 자리도, 돌아갈 고향도 잃은 이 사양의 암탉에게 일말의 동정심이 아주 없을 수도 없다.

그러나 마담 누보다도 그 옆에서 고독과 수심에 싸인 채 고개를 숙이고 있는 딸 레루이 양을 볼 때 정말 가슴이 뭉클해진다. 하루아침에 아버지와 고국을 빼앗긴 그 소녀에게는 실상 아무런 죄도 없었던 것이다.

그러나 당사자들보다도 더 많은 고통과 업보를 짊어지고 한평생을 지내야 할 그녀인 것이다. 독재자보다도 독재자의 그 후예들이 더욱 비참하다는 것은 아마도 불교에서 말하는 인과응보의 법칙인지도 모르겠다.

마담 누는 불교도들이 분신자살하는 것을 평하여 바비큐(불고기 파티)라고 부른 일이 있었다. 아무리 종교가 다르고 정치적 대립이 짙다 할지라도 인간이 화염에 싸여 지글거리며 타오르는 광경을 불고기 지지는 것쯤으로 냉소한다는 것은 참으로 비정의 극치다. 자기의 어린 자녀의 앞날을 위해서도 입에 담을 수 없는 폭언이다.

자기 자신의 죄의 씨를 거두지 않는다 하더라도 언젠가는 그 화가 자식에게라도 미치고야 마는 것이 인간사의 현실이다. 자손의 앞날을 생각할 때 폭정이나 독재는 아예 할 일이 못 된다. 이 기붕 일가의 비극만 해도 그 예의 하나에 불과한 것이다.

특히 동양에서는 자신보다도 후대의 행복을 위해 적선하는 것이 최대의 행복으로 되어 있다. 비록 자기는 고생을 한다 하더라도 자손들은 부모의 은덕을 입고 평화롭게 살게 하자는 마음씨가 동양인의 일반적인 감정이라 할 수 있다.

열흘 붉은 꽃이 없고, 10년을 넘는 권력이 없다. 눈앞에 얽힌 이해보다는 긴 안목으로 세상을 살아가는 것이 슬기로운 일이다.

마담 누도 이제는 착한 어머니로서 여식의 앞날이나마 축복을 받도록 속죄를 해야 될 것이다. 불고기 파티 운운하던 비정의 마음에도 딸을 생각하는 눈물은 있을 것이다.

# 뉴기니와 식인종

아무리 미천한 짐승이라도 동족끼리 서로 잡아먹는 일은 거의 없다. 만나기만 하면 서로 으르렁대는 견족들도 동족의 고기는 먹지 않는다. 그래서 도회의 음식점에서 개고기를 야키토리[燒鳥]라고 속여 파는 일이 있는데 그것을 간단히 알아내려면 개에게 먹여보면 된다는 것이다. 개가 먹지 않는 야키토리는 틀림없는 개고기라는 이야기다.

그러나 '당랑螳螂(버마재비)'이란 놈은 동족 상식同族相食의 못된 생리를 가지고 있다. 여러 마리가 작당하여 약한 놈을 차례차례 잡아먹는다고 한다. 그래서 골육상쟁骨肉相爭과 같은 뜻으로 당랑지쟁螳螂之爭이란 말을 쓰기도 한다.

인간에게도 식인종이 있다고 전해진다. 아프리카 탐험 영화에는 곧잘 사람을 잡아먹는 토족들이 나타나 간담을 서늘케 하는 장면이 있다. 하지만 과학자의 말에 의하면 식인종은 가상적인 종족이지 아무리 야만인일지라도 인간의 고기를 먹는 풍습은 없다고 한다.

 인도가 무력으로 고아를 점령하자 이번엔 인도네시아가 화령
和領 뉴기니를 치겠다고 나섰다. 수카르노는 네덜란드에 최후통
첩을 보냈고 뉴기니 침공을 위한 동원령을 내렸다고 전해진다.
화령 뉴기니에는 세계에서 가장 미개한 파푸아족이 살고 있는데
흔히들 그 종족을 식인종이라고 부르고 있다. 그들이 미개한 것
은 사실이지만 식인종은 아니다. 야만적인 종교 의식으로서 사람
의 목을 베어 이를 제단에 바치는 풍습이 와전되었을 따름이다.

 어쨌든 파푸아족은 인종으로나 언어로나 인도네시아와는 아
무런 관계가 없다. 다만 서 뉴기니가 네덜란드의 식민지 구역으
로 인도네시아에 달려 있었던 것뿐이다. 2차 대전 이후 인도네시
아는 독립을 하였고 뉴기니 영토 문제는 네덜란드와 다시 협의하
여 결정짓기로 약속하였다. 그 후 협상이 잘 안 되어 소위 '이리
온 문제'라 불리는 영토 분쟁이 유엔에서까지 말썽이 되었었다.

 이러한 문제이고 보니 어디까지나 유엔을 통한 평화적 해결이
정도인 것 같다. 걸핏하면 '무력으로 침공하겠다'는 후진국의 불
장난은 그야말로 당랑지쟁의 식인종적 사고다. 더구나 반식민지
운동에 엉뚱한 군침을 흘리는 흐루시초프가 뒤에 있다는 것을 알
아야 한다. "고래 싸움에 새우 등 터진다"가 아니라 '새우 싸움에
고래 등 터질까' 무서운 것이다.

# 미얀마의 고뇌

　미얀마는 불탑佛塔의 나라다. 황금색 불탑과 사원은 어느 곳엘 가도 위엄을 피우고 있다. 히말라야 산에서 내려온 불사의 후예라고 자처하는 그들은 누구나 한 번은 중이 되어야 하는 것이다. 남자가 13, 14세가 되면 마치 징집을 당하여 군에 입대하는 것처럼 승원에 들어간다. 황갈 포의黃褐袍衣에 삭발하고 일정 기간 승려 생활을 하지 않고서는 장가를 갈 수도 없다. 또 불탑을 건립한 자는 성자 대접을 받고 죽어서는 극락왕생을 누릴 수 있다 하여 불탑의 수는 날이 갈수록 불어만 간다.

　미얀마는 까마귀와 들개의 나라다. 사람을 두려워하지 않는 까마귀는 방 안에까지 들어와, 먹고 있는 음식을 채 가기도 한다. 극단적인 살생 금지의 불교 신앙 때문에 까마귀와 들개가 작물을 해쳐도 그들은 그것을 결코 포살捕殺하려 들지 않기 때문이다. 한때 랑군 시에서는 너무나 해를 많이 끼치는 까마귀의 퇴치가 건의되었지만 불교도의 반대로 뜻을 이루지 못하였다고 한다. 광견

병을 옮기는 들개 퇴치안도 마찬가지다.

미얀마는 여인의 나라다. 여존남비 사상이 있어서 동양의 여성들 가운데선 가장 자유롭다. 화려한 롱기(炎) 차림으로 절 구경도 다니고 미얀마 특유의 '푸에춤'을 추기도 한다. '타나카'라 불리는 향목香木의 분말을 칠하고 다니는 여인의 몸에서는 고급 향수 못지않은 향훈도 풍긴다.

그리고 또 미얀마는 쌀과 나무의 나라다. 쌀을 상식하는 조석 이식주의자朝夕二食主義者인 그들은 오른손 세 손가락으로 음식을 먹는다. 그러나 좌수左手는 불결의 상징으로, 식사 때는 말할 것도 없고 남을 때릴 때도 사용할 수 없는 손이다. 수목의 종류가 2천 종이나 되는 이름 높은 치크재의 생산지로서, 훈련된 코끼리들이 그 운반을 거들고 있는 진풍경도 벌어진다.

그러나 미얀마는 창조력이 없는 빈곤과 해태懈怠의 나라다. 인도, 중국, 그리고 영국, 수없는 지배 세력이 그들을 스치고 갔다. 거기에 또 미얀마족을 비롯하여 샨족, 카렌족, 다라아족, 친족, 카친족의 수많은 부족들이 서로 분열되어 있기도 하다. 양곤은 쓰레기와 공산당으로 우글거린다. 말로는 중립국이지만 나날이 좌향으로 피사 탑처럼 기울어가고 있다.

네윈 장군이 다시 쿠데타를 일으키게 된 것도 무리가 아니다. 네윈은 미얀마 말로 '빛나는 태양'. 불교의 전통이 깊은 이 나라를 공산 암흑으로 몰아넣으려는 좌파 음모는 안 될 말이다. 목전에서 중국이 침을 흘리고 있는데 앞으로 네윈이 걸어갈 길이 궁금하다.

# 프랑스 살랑의 조국

　"친애하는 장군이시여, 나의 말은 피에 젖은 콘스탄틴 시민의 소리이며 오랑 소시민의 소리이며 알제리의 어린아이들의 목소리입니다. 당신을 죽인다는 것은 옳지 못한 일입니다. 당신은 알제리에 대한 서약을 지켰으며 그것이 당신의 유일한 죄올시다. 만일 당신이 죽는다면 우리는 모조리 십자가에 달려야겠소. 친애하는 장군이시여, 안녕하소서."

　변호인 조르지 쿠테르파노프의 마지막 호소가 침통한 여운을 그리며 흐느끼듯 끝났다. 어느덧 라울 살랑 장군의 두 눈에서는 이슬졌던 뜨거운 눈물이 흐르기 시작하였다. 검찰이 사형을 구형할 때도 눈 하나 까딱하지 않던 그였지만 우의에 찬 쿠테르파노프의 변호에는 목이 메어 고맙다는 말조차도 하지 못하였다.

　살랑 장군은 그의 조국 프랑스를 사랑하였다. 조국을 생명처럼 섬겼기에 역전의 풍운 속에서 그는 초인적인 전공을 올릴 수가 있었다. 조국은 그때마다 그의 가슴에 빛나는 훈장을 달아주었고 그리하여 그는 프랑스에서 가장 많은 훈장을 탄 장군이 되었다. 그러나 이제 그의 프랑스는 훈장이 아니라 종신 징역형을 준 것이다.

조국에 대한 그의 충성은 아무도 의심하지는 않을 것이다. 다만 애국의 개념과 방법이 그릇된 것뿐이다. 그것이 바로 살랑의 비극이었다. 외로운 감방에 유폐된 살랑 장군은 아직도 그 행동이 조국을 위하는 유일한 수단이었다고 믿고 있을 것이다. 조국의 운명을 근심하고 사랑하였던 자신에게 반역자라는 죄명을 씌운 것은 너무나도 억울한 일이라고 생각할 것이다.

테러리스트이며 또한 로맨티스트인 살랑 장군의 말로는 "애국심에도 기술이 필요하다"라는 경구를 다시 새롭게 해준다. 나라를 잘되게 하고 조국을 복되게 하려던 그 열정이 도리어 조국을 한층 더 욕되게 만드는 모순을 낳는다.

히틀러는 독일을 사랑하지 않았던가? 그렇지 않다. 너무나도 그는 독일을 사랑한 것이다. 그러나 그 맹목적인 사랑이 그의 조국을 망치게 한 것이다. 중요한 것은 애국의 열정이 얼마나 뜨거운 것인가가 아니고 애국하는 방법이 얼마나 정당한 것인가 하는 데에 있다.

살랑의 비극은 우리에게도 있다. 지난날을 돌이켜보라. 대원군도 명성황후도 이승만 씨도 애국심은 있었을 것이다. 그러나 그들의 애국심이 과연 조국의 앞길을 복되게 하였던가? 조국을 사랑하는 데도 기술이 필요하다.

깊숙한 산골에서 비다리타
산비둘기가 우는군요 비다리타
왜 우느뇨. 쓸쓸해서 그러지 비다리타
쓸쓸해서 그러지
별을 보면 비다리타
사나이라 할지라도 눈물이 흘러 비다리타
웬일인지 몰라. 쓸쓸해서 그러지 비다리타
쓸쓸해서 그러지…….

# 아르헨티나 우수憂愁의 노래

아르헨티나의 유명한 탱고 〈라 비다리타〉라는 노래다. 남미의 카우보이라 할 수 있는 가우초들은 팜파스의 지평을 달리면서 이러한 서정적인 민요를 부르고 있다. 비다리타란 말은 가우초들의 감탄어. 팜파스에서 가축을 몰다가 혹은 보레아드라스를 던져 타조를 잡다가 무엇인가 감동을 하게 되면 으레 소리치는 말이다.

아르헨티나의 수도 부에노스아이레스는 남미의 파리라 불리고 있다. 부에노스아이레스는 그들의 말로 '맑은 공기'란 뜻, 이름처럼 아름다운 도시다. 그래서 그 시민들도 스스로 포르테뉴스 (세계적인 신사)라 자부한다. 결코 허황한 말이 아니다. 생활에 여유가 있는 그들은 여름밤의 맑은 바람 속에서 음악을 즐기며 인생을 보낸다.

이렇게 아름다운 자연, 여유 있는 생활, 서정적인 음악, 다감한 사람들로 이루어진 아르헨티나이지만 정치적인 불안 때문에 그들은 괴로워해야 하는 것이다. 아름다운 탱고의 평화도 가우초의 뜨거운 감동도 부에노스아이레스의 맑은 공기도 정치가 올바로 잡히지 않으면 불안 속에 휩쓸리지 않을 수 없다. 생각할수록 현대는 정치의 계절이란 말이 실감 있다.

드디어 아르헨티나 군부에선 무력행사를 하였다. 프론디지 대통령이 그의 사임을 거절하자 군부에선 즉각적인 행동을 개시하고 수도의 시청과 주요 방송국을 점거하였다는 소식이다. 그러나 정부 측이 반란을 분쇄하였다고 주장하는 것을 보면 아무래도 공기가 심상치 않다. 부에노스아이레스라는 수도의 이름이 민망스럽다.

자연의 풍부한 자원을 가지고 있으면서도 정치적 불안 때문에 괴로워해야 하는 남미인의 생활을 생각하면 애석하다. "부뚜막의 소금도 집어넣어야 짜다"라고 자연의 혜택만으로 평화로운 생활이 지속될 수는 없다.

지금 아르헨티나는 여름이다. 밤하늘에 오리온성좌와 남십자성이 빛나고 있을 것이다. 그러나 비다리타의 애틋한 노래, 별을 보면 사나이도 운다고 했다. 고민하는 이 세계의 신사들에게 정쟁의 암운이 걷힐 날을 빈다. 비다리타…… 평화롭게 살자.

# 유럽의 일본관

　아직도 유럽에서는 독일에 대한 경계심이 대단하다. 수년 전 이야기지만 서독 퀼른의 어느 사원 벽에 나치 문장(하켄크로이츠)이 나타나 전 유럽을 발칵 뒤엎은 일이 있었다. 나치즘이 재흥하려 한다고 신문은 대서특필했고 정계에서는 즉각적으로 그 진상 조사에 나섰다. 그러나 결과는 희극이었다. 그 하켄크로이츠는 초등학교 학생이 심심풀이로 낙서해놓은 것이었기 때문이다.

　유럽 사람들이 얼마나 나치즘에 대해서 신경을 쓰고 있는지 짐작할 만하다. 심지어는 군대의 제복까지도 다 말썽의 대상이 되는 것이다. 오늘날의 그들 경찰 제복이 옛날 나치스의 군복을 그대로 본뜬 것이라 해서 일대 논쟁이 벌어지기도 했다. 나치의 침략은 사람들에게 그만큼 깊은 화상을 남겨놓았기 때문이다.

　그러나 그들은 같은 동맹국이요, 같은 군국주의였던 일본에 대해서는 아주 관대하다. 게이샤와 트랜지스터로 통하고 있는 일본은 대단히 부드럽고 유순한 존재라고 생각하고 있다. 그래서 구미를 여행해보면 한일 회담에 있어 대개 한국 측을 비난하고 일본 편을 두둔하는 사람들이 많다. 과거의 감정을 버리고 이웃인 일본과 친해야 된다는 이야기다. 마치 한국이 구원舊怨을 풀지 않고 있기 때문에 한일 회담이 안 된다는 식의 견해다.

실로 가소로운 편견이 아닐 수 없다. 우리보고 일본 사람에게 아량을 보이라고 하는 구미인 자신은 과연 독일에 대해서 어떤 태도를 취해 왔는가? 독일을 점령하고 나치의 뿌리를 뽑아놓고서도 아직 마음을 놓지 못해 항상 경계의 눈을 번득이고 있지 않은가.

요는 이해관계의 문제다. 이웃에 있는 폭력자는 경계를 한다. 그러나 멀리 떨어져 있는 폭력자에게는 아량을 보일 수 있는 것이다.

그리고 보면 구미인들이 독일에 신경을 쓰고 있는 것과 마찬가지로 한국인이 바로 이웃의 폭력자인 일본을 경계하는 것은 당연한 일이다. 어린이의 낙서 하나에도 물의가 일어나는 판인데 '영광스러운 제국주의론'을 말하는 사람이 당당한 외상의 자리를 차지하고 있는 일본에 대해 어떻게 우리가 관대할 수만 있겠는가?

# 추악한 일본인

겉으로 보기에 일본인은 매우 상냥하고 친절해 보인다. 인사하는 모습만 보아도 그렇다. 그들은 남자나 여자나 서로 만나기만 하면 으레 코를 맞대고 수없이 허리 구부리기 운동을 한다. 그것이 소위 친절한 일본식 절이긴 하지만 우리 보기에는 꼭 떡방아를 찧고 있는 것 같아서 우습다.

뿐만 아니라 남이 뭐라고만 하면 알든 모르든 그저 "하이"를 연발한다. 이쪽에서는 한마디를 물어도 대답을 열 번쯤 듣게 되는 셈이다. 그래서 서양 사람들은 일본인을 평하여 '트랜지스터 세일즈맨'이라고 한다. 아닌 게 아니라 일본인들을 보면 먼저 머리에 떠오르는 것이 '점원'이다.

수상이다 뭐다 해서 제법 큰소리를 치는 정치가들도 회의 장소보다는 대체로 백화점에 나가 앉아 있는 편이 어울릴 법한 사람들이 많다.

이와 같이 일본인들은 싹싹한 점원처럼 친절한 것으로 알려져 있지만 또 다른 일면을 보면 결코 그렇지도 않다.

남녀 가릴 것 없이 온몸에 문신을 그리고 다닌다든지 혹은 걸핏하면 '아이쿠치[匕首]'로 사람을 찌르는 그들의 잔학 취미는 이미 세상에 널리 알려져 있다. 2차 대전 때의 가미카제 특공대 같은 것도 결국 따지고 보면 잔학한 셋부쿠(할복자살)의 유산이었음을 알 수 있다.

그래서 어느 문명 비평가는 일본을 평하여 '국화와 칼'이라고 불렀다. 국화처럼 조용하고 단정한 그 기질 뒤에는 칼처럼 살벌하고 피비린내 나는 폭력이 숨어 있다는 것이다. 그러고 보면 '국화 뒤에 가려진 칼'처럼 무서운 것은 없을 것 같다. 미소 앞에서는 아무도 경계하지 않기 때문이다.

'트랜지스터 세일즈맨'의 인상을 파헤쳐보면 피도 눈물도 없는 비인도적인 무사의 칼자루가 그 어느 구석에 반드시 숨겨져 있다는 것을 우리는 명심해두어야 한다.

일본 동경에서 스포츠카로 한국인을 치어놓고, 그 중상자를 실어 시골 뽕나무 밭에 버려서 죽게 한 사건 역시 일본인의 잔학성을 단적으로 암시한 것이다. 그 범인이 아무리 전과 5범이라 하더라도, 그리고 그와 동승한 여인이 둘이나 있었는데도 불구하고 그와 같은 천인공노할 일을 저질렀던가.

오늘날 그들은 스포츠카나 몰고 다니면서 현대 문명을 구가하고 있지만 아직도 그 혈맥 속엔 야만적인 사무라이의 살기가 흐르고 있는 것이다. 다시 한 번 일본인의 잔학성에 몸서리가 쳐진다.

# 이것이 태양족

독일에는 집시족들이 많다. 그 원인은 히틀러 정권 때 집시족들이 유태인처럼 학살을 당했기 때문이다. 언뜻 이해가 가지 않을 것이다. 학살을 당했으면 수가 줄어들어야 했을 텐데 어째서 더 증가했는가?

그러나 그 수수께끼는 간단히 풀릴 수 있다. 전후의 독일 정부가 파쇼 정권이 저지른 역사적 과오를 씻기 위해서 그들이 학살한 집시족의 연고자들에게 보상금을 치러주었기 때문이다. 그래서 집시족은 생계가 보장된 독일로 몰려들었던 것이다. 지난날의 역사를 반성하는 데에서 인간은 새 역사의 하이웨이를 달릴 수 있다.

그런데 최근 일본의 《요미우리 신문[讀賣新聞]》에 태양족의 교주 격인 이시하라 신타로[石原愼太郎] 군은 「한국인에 바란다」라는 단평에서 이렇게 썼다. 과거 수십 년의 조선 통치 시대를 반성하고 책임을 지라는 한국 측의 주장은 납득이 가지 않는다는 것이다. 그리고 이제 제발 일본을 향해서 그 우는소리를 작작 하라는 것이다.

제국주의 체제에 있어서 국제 경쟁은 역사적 필연이고 좋은 지도자와 좋은 지식을 가진 민족이 그렇지 못한 민족을 지배하게 된 것은 당연한 일이었다는 것이다. 일본이 패전을 당했지만 지금 부흥하고 있는 것도 일본이 미국을 향해 우는소리를 해서 그렇게 된 것이 아니고 일본이 우수한 지도자와 우수한 지식인을 가졌기 때문이라는 것이다.

참으로 흥미 있는 글이었다. 일본의 지식인이 어느 정도인가를 그리고 전후에 일본을 휩쓴 태양족이 어떤 것이었는가를 측정할 수 있는 저울대 같은 글이다.

그러나 한 가지 오해를 풀어주고 싶다. 일본이 패전을 하고도 오늘날과 같은 자유와 부흥을 이루게 된 이유는 바로 미국 안에 이시하라와 같은 지식인이 없었기 때문이다. 이시하라의 사고방식대로 한다면 우수한 미국이 그보다 못한 일본을 식민지로 삼고 폭력으로 지배하자고 했을 것이다.

이시하라 군은 한번 생각해보라. 어째서 전쟁에 지고서도 우리처럼 이시하라 군은 브라운이나 조지와 같은 미국 성으로 창씨개명을 하지 않아도 되었는가? 그리고 미국의 총독 밑에서 살지 않았는가? 그 이유를 알면 아무리 아이큐가 낮은 이시하라 군이지만 일본의 통치에 죄책감을 느끼라는 우리의 발언이 우는소리가 아니라 일본 자신을 위해서 하는 충고임을 알게 될 것이다.

# 날치기 족보

대개 나쁜 풍속은 남의 나라에서 온 것이라고 생각하는 버릇이 있다. 그 단적인 예로서 영국 사람들은 성병은 '프랑스병'이라고 부르고 프랑스 사람들은 또 그것을 '나폴리병'이라고 한다. 그리고 콘돔을 '영국풍 모자'라고 표현한다. 독일 사람도 결코 지지 않는다. 그들은 '꼽추 병'을 무슨 근거에서인지 '영국병'이라고 부르고 있는 것이다.

악풍의 책임 전가는 결코 병명에만 그치지는 않는다. 인사도 하지 않고 몰래 도망치는 것을 영국인들은 '프랑스식 작별'이라고 하는데 프랑스인들은 거꾸로 '영국식으로 떠난다Filer à l'anglaise'고 한다. 이렇게 서로 장군 멍군을 하고 있을 때 독일 사람들은 양수겸장으로 "프랑스식 또는 영국식으로 자리를 뜬다"라고 두 나라를 함께 끌고 들어간다.

일본 의회가 특위特委에서 한일 회담 비준안을 날치기로 통과시킨 것을 한국 방식을 본받은 것이라고 생각하는 일본인들도 역시 그 일례다. 일본의 대신문의 하나인 《아사히[朝日]》는 그 사설에서 이렇게 말했던 일이 있다.

"한국의 국회가 단독 심의와 혼란 속에서 시종한 것에 비해 우리나라(일본)는 의회제 민주주의가 정착되었으니만큼 그런 일이 없으리라고 자신한다."

그러나 우리는 그들 '자신'이 별게 아니라는 것을 목격했다. 아니, 그보다도 한국 의회를 마치 '날치기 통과'의 원조 격으로 생각하고 있는 그들의 태도가 더욱 가소롭다. 점잖게 헛기침을 하고 있는 그들이 실은 날치기 통과의 악습을 한국 의회에 가르쳐준 선배들인 것을 잊고 있는 모양이다.

안보 파동安保波動을 위시하여 의장을 둘러싸고 일방적인 날치기 투표를 감행한 전력前歷은 자유당 국회의 스승 구실을 했던 것을 역사가 증명한다. 비록 그것을 본받아 이제는 우리도 스승의 나라 일본 국회에 못지않은 날치기 투표의 선수권자가 되기는 했지만 엄연히 그 족보는 일본에 있다.

한일 회담 비준안의 통과 방식만 가지고 날치기 통과를 '한국병'이라고 한다면 작지 않은 망발이다. 다만 슬픈 것은 성병을 프랑스병이라고 부르든 나폴리병으로 부르든 그 병 자체가 치료되는 것은 아니라는 사실이다. 차라리 '동병상련同病相憐'이라고나 할까? 극동의 의회 민주주의가 지금 독감을 앓고 있는 것만은 분명하다.

# 마이 게이샤

외국 영화의 수입이 어려워졌다고들 말한다. 동정이 가면서도 최근 수입 작품을 보면 얄미운 생각이 앞선다.

〈마이 게이샤〉, 〈사루도비사스케〉 등 왜색이 짙은 외화들이 영화가에 군림하고 있는 것을 보면 속이 빤히 들여다보여 민망스럽다.

일본물을 소재로 한 영화라 해서 무턱대고 배척한다는 것은 온당치 않은 일이다. 그러나 외화 수입이 제한된 요즈음에 굳이 왜색 냄새가 나는 영화만 골라 들여오는 업자들의 그 저의가 괘씸하다. 소위 일본 붐을 노리자는 것이 틀림없다.

게이샤들이 춤과 노래를 부르고 후지 산[富士山]에 사쿠라가 만발해 있는 일본 풍토가 스크린에 잠시 스쳐 가기만 해도 관중들은 예민한 반응을 보인다. 그것을 업자들이 놓칠 리 없다.

영화계뿐만 아니라 종이 값이 배로 뛰어올랐다고 비명을 지르는 서적가에서도 여전히 쏟아져 나오는 것은 일본 소설의 해적판들이다. 베스트셀러를 장식하는 서명을 보면 대개가 일본 삼류

작가들의 대중소설로 되어 있다.

그런데 거꾸로 한국에 대한 일본인의 태도는 어떠한가? 와세다 대학이 집계한 '한반도에 관한 일본인 일반의 인식 조사'를 보면 해괴망측한 것들이 한둘이 아니다.

"한국인이라고 할 때 어떻게 느끼십니까?"라는 설문에 대해서 '친근감'이라고 말한 사람은 겨우 6퍼센트에 지나지 않는다. 그 대신 "불결하게 느낀다"는 25퍼센트로 수위를 차지한다. 그리고 한국을 좋아한다는 사람은 4퍼센트인데, 별로 좋아하지 않는다는 사람은 35퍼센트의 수를 나타내고 있는 것이다.

한일 회담의 내용에 대해서 별로 모른다고 말하는 사람이 31퍼센트나 되면서도 이李 라인을 어떻게 생각하느냐는 물음에 83퍼센트가 반대하는 의견을 말하고 있다.

일본인이 느끼는 한국과 한국인은 거의 모두가 부정적인 것이며 편견과 아전인수 격인 해석이 지배적인 것 같다. 한마디로 말하면 그들은 가장 가까운 이웃이지만 한국에 대한 관심이 없고 또 이해하려는 성의조차 없는 듯이 보인다.

슬픈 대조다. 한국에 일본을 이해시키기보다는 일본이 한국을 알아야 할 형편인데 현실은 거꾸로다. 일본어를 배우기 위해서 젊은 학생들이 서투른 음성으로 아이우에오를 외고 있을 때 우리들의 마음은 그냥 삭막하기만 하다.

# 이토 히로부미의 죽음

역사추리 소설이 일본 독서계를 석권하고 있다. 이 붐을 타고 벼락부자가 된 사람이 바로 마쓰모토 세이초[松本淸張]란 작가다. 소설이라기보다는 공장 상품 같은 마쓰모토 회사 제품의 그 소설을 보면 그 플롯이 기계의 틀처럼 공식화되어 있다.

즉 역사적 사건을 모두 뒤집어 번복해놓는 수법 '해는 서쪽에서 떠서 동쪽으로 진다'는 식의 역설법이다. 한국에 관계된 소재만을 보아도 '6·25 동란은 한국 측이 먼저 도발한 것이다', '임화林和는 공산당원이 아니라 실은 미국의 스파이였다'는 식이다.

딱한 것은 센세이셔널리즘을 좋아하는 일본의 그 얄팍한 지성이다. 신기하고 비뚤어진 것을 좋아하는 그들의 설익은 지성은 마쓰모토식 추리, 더 정확히 말하자면 '사기'에 넘어간 것이다. 마쓰모토가 프랑스나 독일에서 태어났더라면 인기 작가로 돈을 버는 것이 아니라, 정신병원 정도에서 신세를 지고 있었을 것이다.

그런데 요즘 일본에서는 마쓰모토의 아류가 우후죽순처럼 등장하고 있는데 그중에서도 후지다 사치오란 자의 출현이 걸작이다. 그는 일본의 《문예춘추文藝春秋》 4월호에 「이토 히로부미[伊藤博文]의 암살범은 안중근 의사가 아니라 진범이 따로 있다」라는 수기를 발표해서 세상을 놀라게 한 것이다.

그의 주장을 보면 이토가 맞은 총탄 3발은 위에서 아래로 뚫려 있었고 총탄도 권총 탄환이 아니라 기병 총탄이라는 것이다. 그리고 이토와 동행했던 무로다가, 안중근 의사가 진범이 아니라는 점을 지적했지만 일본 정부는 사전 처리를 간단히 하기 위해 그의 주장을 받아들이지 않았다는 것이다.

우리는 이 수기를 믿기보다는 고래가 물에서 익사했다거나, 알래스카에서 사자와 밀림을 보았다거나, 쥐가 고양이를 잡아먹었다는 말을 믿는 편이 좋을 것 같다.

첫째, 안중근 의사는 15세부터 총을 다룬 총의 명수였다는 점, 그리고 당시 6연발 권총을 모두 쏘아 이토에게 세 발, 그리고 키 작은 왜놈만을 골라 모리[森秘] 비서관을 비롯한 두 사람을 쏘았다는 점, 여유 만만한 저격으로 여섯 발에서 한 발도 허탄虛彈이 없었다는 점이다. 만약 후지다의 수기를 믿는다면 안 의사는 공포空砲만 쏘러 하얼빈 역에 갔단 말인가?

더구나 권총 사정거리 내에서 안 의사는 저격을 했기 때문에 일본 헌병에게 곧 체포된 것이 아닌가.

이토 히로부미의 죽음은 옛날 일이다. 딱한 것은 후지다의 수기를 믿는 오늘의 일본 지성의 그 죽음이다.

후기

# 이국異國을 여행한다는 것

I.

　해외를 여행한다는 것은 곧 자기 자신의 내면을 여행하는 것이라는 역설을 이해해주기 바란다. 밖으로 나간다는 것은 실은 끝없이 자기 안으로 들어간다는 것이라는 사실을 나는 실제로 체험하였다. 서양에 가면 비로소 한국이 어떻다는 것을 뼈저리게 느낄 수 있다.

　샹젤리제나 브로드웨이를 걸으면서, 내가 새롭게 발견한 것은 서울의 종로이며 시골길이었다. 이민족의 언어를 듣고 이해한 것은 다름 아닌 나 자신의 모국어였다. 100층이 넘는 엠파이어스테이트 빌딩을 바라보던 내 망막이 가르쳐준 것은 한국의 그 초가삼간의 의미였다.

　해외를 여행한다는 것은 뜻밖에도 한국, 그것을 여행하는 것임을 나는 알았다. 그러므로 이 글은 서양의 기행문이 아니라 한국의 한 고백이라고 하는 것이 정확할 것이다.

## II.

구한말 때 일본을 시찰한 우리의 수교사修交士들은 이렇게 적었다. "倭, 尤奢尤侈, 將必頹亡(왜국은 날로 사치하매 끝내는 망하고 말 것이다)"라고…….

일본은 개혁하고 있었다. 모든 문물은 변하고 생활은 유복해져가고 있다. 그들은 근대화를 하면서 부흥의 길로 발전해 가고 있었던 것이다. 그런데 그것을 본 우리 수교사들은 그것을 부흥이라 생각지 않고 한낱 사치에 불과한 것이라고 믿었다. 그들이 부흥할 것이라고 생각지 않고 그 사치 때문에 퇴망頹亡하고 말 것이라고 해석했다. 그러한 견해는 순간적인 자위는 될 수 있다. 그러나 그 자위가 우리에게 과연 무엇을 줄 수 있었던가?

왜 그 수교사들은 우리도 그들에게 뒤지지 않도록 잘 살아보자고 생각지 않았던가? 변화해 가는 이웃의 문물을 보고 그에 대비할 생각은 하지 않고 망하고 말 것이라는 아전인수 격인 안이한 결론을 내렸던가?

남의 장점을 과소평가하여 제 스스로의 약점과 불행을 감추려는 그 사고방식 때문에 우리는 발전하지 못했다. 이것이 사대주의보다도 더 나쁜 결과를 가져온 우리의 폐습이었다.

남의 문물을 편견을 가지고 바라볼 때 민족은 그야말로 '장필퇴망將必頹亡'의 비극을 갖는다. 그 증거로, 망하리라고 생각했던 일본이 실은 흥하고 그렇게 예언했던 우리들 자신이 그들의 손에

먹히고 말지 않았는가?

나는 구한말의 수교사처럼 서양을 보아서는 안 된다고 속으로
다짐했다. 서양 문명의 약점을 끄집어내어 그것을 통렬히 비판한
다는 것은 우리의 불행을 감싸주는 자위책이기는 하다. 그러나
그것보다는 그들을 통해 우리 자신을 반성하고 정리하고 분발케
하는 자극을 주는 것이 더 급한 일이라고 나는 생각했다.

사물은 볼 탓이다. 불행했던 민족의 이지러진 편견이 아니라
허심탄회하게 서양을 보려고 나는 노력했다.

# 동서의 복안複眼의 시점

이병주 | 소설가, 언론인

## 1.

이런 문장이 있다.

오히려 길은 인간을 앞으로 몰아세우기 위해 존재한다. 그것은 목표를 향해 빨리 가라고 명령한다. 곁눈질을 팔지도 말고 뒷걸음질도 치지 말고 오직 한 목표만을 위해 움직이라고 외친다. 그래서 누구든 길이 있으면 빨리 가려고 든다. …… 12월에는 팽이가 돌아가듯이 시간도 전진하지 않고 제자리에서 맴돈다. 길 위에 고향을 만들어주듯 시인들은 또 시간 위에다가도 어렸을 때의 눈 발자국 같은 것들을 찍어놓는다. 길의 지배자들이 저만큼 물러나서 다시 썰매의 날을 만지고 있을 때, 시인이여 어서 길 위에 눈사람을 만들어다오.

이어령을 얘기하는 데 있어서 특히 이 문장을 내세울 이유라곤 없다. 이것은 1985년 12월호 《문학사상》의 권두에 실린 글이다.

가장 최근에 접한 그의 글이기 때문에 인용해본 것뿐인데 말하자면 그의 글이라고 하면 무엇이건 만만찮은 감동의 원천이 된다는 것을 말하고 싶은 것이다.

당연히 1985년 1월호《문학사상》엔 무어라고 썼는가 궁금해진다. 거기에도 기막힌 감동이 있었다.

문지방을 밟으면 안 된다고 늘 할머니는 말씀하셨다. ……설날은 이 금지된 문지방을 밟는 축제인 것이다. 마치 밤사이에 내린 마당 위의 흰 눈을 밟듯이 오늘은 문지방을 밟아라. 할머니의 기침 소리를 엿듣지 말고 오랫동안 참으로 오랫동안 금기된 그 자리 위에 올라가거라. 사랑과 미움 사이의 문지방, 아름다운 것과 추악한 것의 문지방, 고귀한 것과 천한 것의 문지방…… 어둠과 빛 사이를 밟고 가는 1985년의 아이들은 모두가 시인의 아들들이다.

이제《문학사상》은 통권 158호, 그러니 이어령은 그 잡지가 창간된 이래 이때까지만으로 이러한 명편 158개를 남긴 셈이다.

솔직하게 말해 나에겐 권두의 그 글을 매월 읽을 수 있는 것만으로도 커다란 기쁨이었다. 《문학사상》은 이어령의 그 문장을 라이트모티프로 한 교향악交響樂에 비유할 수 있다는 생각마저 가졌다. 샘솟는 듯한 시정詩情, 그 시정詩情을 장식한 구슬 같은 레토릭 rhetoric. 시정과 레토릭에 감싸인 영롱한 지성의 광휘光輝는 내 정신생활에 있어서 다시없는 자양滋養이었다.

그런데 그것은 이어령에 있어선 그가 창출하고 있는 업적의 편린에 불과한 것이다. 나는 나의 동족으로서 동시대인으로서 이어령과 같은 사재士才를 가질 수 있었다는 것을 영광으로 생각한다. 행복이라고도 생각한다. 이러한 내 감상의 연유를 새삼스럽게 설명할 필요가 있을까. 그의 작품이 그 사실을 바로 증명하고 있는데.


## 2.

그러나 나름대로 나의 이어령에 대한 결론적인 의견만 적어본다. 이어령을 통해서 비로소 문예평론文藝評論이 한국에 있어서 문학文學이 되었다. 그 이전에 있어서도 이 나라에 문학비평이 없었던 것은 아니지만, 그것은 세계적 수준으로 보아 문학이라고 일컬을 수도 없었다. 그가 「우상偶像의 파괴破壞」를 들고 문학계에 등장했을 때 모두들 그 삽상한 스타일에 매혹되기에 앞서 당황함을 감추지 못했다.

거의 반은 신神쯤으로 되어 있는 김동리金東里 선생을 '미몽迷夢의 우상偶像'이라고 하고 '모더니즘'의 기수를 자처하고 있는 조향趙鄕을 '사기사의 우상'이라고 몰아세웠는가 하면, 이무영李無影을 '우매愚昧의 우상', 최일수崔一秀를 '영아嬰兒의 우상'이라고 깎아내렸을 뿐만 아니라 황순원黃順元 씨, 조연현趙演鉉 씨, 이미 기숙

耆宿으로 정립된 염상보廉想涉 씨, 서정주徐廷柱 씨 등을 '현대의 신라인新羅人들'로 묶어 신랄한 비평을 가했다. 실로 맹랑한 문제아의 출현이었다. 나는 그 광경을 시골에서 지켜보고 있었다. 그리고 곧 알 수가 있었다. 이 문제아야말로 한국에 현대문학을 가능케 할 길잡이가 될 수 있을 것이란 사실을.

당시 우리의 문학 풍토는 황무지나 별반 다를 게 없었다. 일제 침략의 거센 광풍狂風 속에서 문학이 제대로 자랄 수 없었다는 것은 "그 당시의 한국 작가는 세계의 고아였다. 현대 문명의 외곽 지대에서 서식하는 토착민으로서 세계인과의 유대를 가지고 있지 않았다. 뿌리 없는 버섯—어느 나무토막에서 돋아나온 기생적寄生的 사상이 그들의 문학적 영향이었다"라고 지적한 그대로였다.

그런 상황에 대한 진지하고 성실한 반성, 버섯의 기생성에 대한 청산의 의지도 없이 안이하게 시작된 해방 직후의 문학은 이데올로기의 갈등을 감성적 차원에서 이전투구화泥田鬪狗化하는 바람에 거의 불모不毛의 상태에 있었다. 불모의 상태에서도 왕국이 성립할 수 있다는 것은 사막에도 나라가 있다는 사실을 통해 알 수가 있다. 왕국이고 보면 갖가지 권위가 군림하기 마련이다. 이를테면 불모의 상황을 영구화하기 위한 권위 같은 것이 세위를 떨치게 된다.

무릇 왕재王才는 패기覇氣와 더불어 등장한다. 분노를 통해 왕재는 자기 증명을 감행해야 하는 것이다. 그의 왕재는 예절과 겸허를 요구하는 한국적인 군자일 순 없었다. 비록 그에게 지나친 무례가 없지 않았다고 해도 하나의 왕재의 출현을 위해 그만한 희생은 감수해야만 했다. 그러나 그의 다음과 같은 술회는 들어둘 만하다.

나는 문단 생활을 해오면서 많은 논평을 했다. 선배와 동료, 그리고 후배들과도…… 논쟁할 때마다 옷이 찢어지고 얼굴에 흙이 묻고 코피가 흐르던 어린 날의 그 주먹다짐을 생각하곤 했다. 그러나 그 아픈 상처 자국을 통해서 나는 그 논쟁이 실은 하나의 대화이며 문학에 대한 애정이라는 의미를 확인했다.

이렇게 말하면서도 이제 그는 논쟁을 하지 않는다. 그것이 원숙의 증거일까. 여담이 되겠지만 한국의 생트 뵈브가 논쟁을 포기했다는 건 유감스러운 일이다.

아무튼 그가 이룩해놓은 문예평론의 업적은 찬란하다. 초년의 작품인 「한국 소설의 어제와 오늘」은 이웃 일본에서 거장으로 알려져 있는 소림수웅小林秀雄의 출세작 「갖가지의 의장意匠」을 방불케 하는 것이며 『현대의 천일야화千一夜話』에 수록된 평론들은 프랑스의 탁월한 평론가 알베레스에 비견할 만한 내용을 가지고 있다. 만일 그 실질實質에 있어서 다소의 열세가 보인다면 그것은 이어령 본인의 재질 문제에 원인이 있는 것이 아니고 그가 동족으로서 동시대인으로 하고 있는 작가 시인들의 빈곤에 문제가 있을 뿐이다.

그 증거가 바로 「한국 소설의 맹점盲點」이다. 이 수발秀拔한 재능이 동족, 동시대인으로서의 작가가 너무나 빈곤하기 때문에 일종 계몽적인 설교를 하지 않을 수 없었다는 결과를 빚어내고 있는 것이다. 그러면서도 그 빈곤한 재료를 바탕으로 동서의 예술론을 천의무봉하게 전개하고 있다는 사실엔 놀라지 않을 수 없다.

그의 문학 비평가적인 자질이 문명 비평가로서 발전한 것은 당연한 일일 것이다. 나는 그의 『흙 속에 저 바람 속에』에서 너무나 많은 한국과 한국인을 발견했다. 나는 그를 통해서 한국을 재인식했다고 해도 과언은 아니다. 우리의 한국 인식은 종래 최남선, 이은상 씨 등을 통한 것이 고작이었다. 그들의 한국 인식이 평면적인 원근성을 무시한 그림, 아니 흑백사진이었다면 이어령의 한국 인식은 입체적인 양상이란 표현으로도 모자란, 지성적이며 정서적인, 예술을 통한 예술 그 자체의 인식인 것이다. 모든 인간 영위人間營爲의 궁극은 예술로서 끝난다는 그 인식의 뜻으로 하는 말이다. 바꿔 말하면 이어령의 한국 인식은 논리에 의한 인식인 동시에 정의에 의한 인식이다. 최남선의 한국 인식이 백과전서적인 인식이었다면 이어령의 한국 인식은 감동적인 인식만이 가장 절실한 인식이라고 할 경우에 있어서의 예술적인 인식이다.

울음과 눈물을 빼놓고서는 한국을 말할 수 없다. 자기 자신만이 아니라 주위의 모든 것까지를 '울음'으로 들었다. '운다'는 말부터가 그렇다. 우리는 절로 소리 나는 것이면 무엇이나 다 '운다'로 했다. 'birds sing'이라는 영어도 우리말로 번역하면 '새들이 운다'로 된다. 'sing'은 노래 부른다는 뜻이지만 우리는 그것을 반대로 '운다'로 표현했던 것이다. 똑같은 새소리였지만 서구인들은 그것을 즐거운 노랫소리로 들었고 우리는 슬픈 울음으로 들었던 까닭이다. 같은 동양인이라 해도 중국에는 '명鳴'과 '제啼'가 있어 '읍泣'이란 말과는 엄연히 구별되어 있다. 그런데 우리는 종소리를 들어도 '운다'고 하고 문풍지 소리가 나도 역시 그것을 '운다'고 한다.

아무렇게나 뽑아낸 대목이 이렇다. 장마다 발견의 놀라움이 연속되는데 내가 가장 감탄한 것은 「해와 달의 설화」다.

"식민지의 외로운 아이들은 두 개의 다른 설화를 듣고 자라났다"라고 하고 "학교에서는 '모모타로[桃太郎]'나 '잇슨보시[一寸法師]'의 이야기를 배웠고, 집에 돌아와서는 희미한 등잔불 밑에서 호랑이에 쫓기는 두 남매의 옛이야기를 들었다. 일본어로 들은 이야기들은 한결같이 침략적이고 야심적인 것이었으며, 우리말로 들은 그것은 너무나도 슬프고 너무나도 수난에 찬 이야기였다"라며 그 이야기의 대비를 우리 민족의 슬픈 삶의 바탕에까지 이끌어가고 있는 것이다. 시詩로서도 소설小說로서도 감당할 수 없는 설득력을 토막토막의 예화例話로서 꾸며내고 있는 것을 읽으며 나는 아르투르 랭보와 '말의 연금술사'를 상기했다.

이와 대칭을 이룬 것이 『바람이 불어오는 곳―이것이 서양西洋이다』라는 작품이다. "서양에서 불어오는 바람 속에서 고아처럼 자라온 우리들이다"란 노트가 붙어 있는 이 작품에 우리 민족이 아직껏 가져보지 못한 기행문학紀行文學이란 찬사를 서슴없이 바친다. 서양西洋을 구경한 사람은 구한말 민영환閔泳煥을 비롯해 수만 명에 달할 것이고 기행문 또한 적지 않겠지만 이만한 기행문학은 전무한 일이다. 그런 뜻에서도 이 작품은 길이 남아야 할 것이 아닌가 한다.

서양에 가면 비로소 한국이 어떻다는 것을 뼈저리게 느낄 수 있다. 샹젤리제나 브로드웨이를 걸으면서 내가 새롭게 발견한 것은 서울의 종로이며 시골길이었다. 이민족異民族의 언어를 듣고 이해한 것은 다름 아닌 나 자신의 모국어였다. 100층이 넘는 엠파이어스테이트 빌딩을 바라보던 내 망막이 가르쳐준 것은 한국의 그 초가삼간의 의미였다. 해외를 여행한다는 것은 뜻밖에도 한국 그것을 여행하는 것임을 나는 알았다. 그러므로 이 글은 서양의 기행문이 아니라 한국의 한 고백이라고 하는 것이 정확할 것이다.

말하자면 서양을 보는 그의 눈은 항상 복안複眼의 구조로 되어 있었다. 뿐만 아니라 선도鮮度와 인도引度가 아울러 정밀한 프리즘을 장치하고 있었다. 그런 까닭에 다음과 같은 관조觀照가 있게 되는 것이다.

집에서는 장판방에 앉아 있고 학교나 직장에 가면 서양식으로 의자 생활을 한다. (……) 두 필의 말, 재래종 노새와 서양종 호마胡馬의 템포가 맞지 않기에 생활의 마차는 흔들린다.

누구도 느끼고 있었을 사실이겠지만 이렇게 적절한 표현을 얻어낼 수 없다.

### 3.

『지성知性의 오솔길』이란 수상집隨想集 첫머리에 「수인囚人의 영가靈歌」라는 게 있다.

허공을 향하여 독침毒針을 찌르고 땅 위에 떨어진 웅봉雄峰의 시체를 본다. 어느 왕자의 장렬葬列과 같이 숱한 개미 떼가 열을 짓고 간다.
이 조그마한 비극의 모형模型 앞에서 나는 차마 울 수도 없다.
묘지에 피는 하나의 꽃송이처럼 인간은 인간의 피를 마시고 아름답게 핀다.

어째서 그 사람은 나를 보고 웃었을까

어째서 그 사람은 나를 보고 울었을까

어째서 나는 그 사람을 보고 울었을까

어째서 나는 그 사람을 보고 웃었을까

제각기 혼자서 자라나는 꽃나무처럼 자기가 서 있는 위치를 떠날 수 없다. 서로의 그림자만이 얼핏 얽히어 보이는 적요한 화원이다.

MEMENTO MORI─죽음을 기억하라는 뜻이다. 비둘기와 별과 별이 자기들의 고운 속을 들여다보듯 우리도 서로의 시선을 바라다본다. 그러나 비밀은 종소리, 자기 몫만 조금씩 살다가 모두 헤어져야 될 오늘의 광장이다.

MEMENTO MORI─서로의 이름을 기억하라는 말이다.


그리스도의 십자가와 유다의 십자가와 어느 쪽이 무거웠을까 생각해본다. 그리스도─그의 박애보다 유다의 배반이 더 인간적인 것이었다면 누가 뿌리고 간 피눈물이 짙을 것인가?

유다의 회한이여, 우리만이 아는 비밀이다. 신도 인간도 될 수 없는 유다의 비극은 우는 것이다. 천국과 은 30냥을 맞바꾼 그 슬픈 사타이어satire를 이해하고 싶다. 동정하고 싶다.

망주석望柱石의 자세로 무엇인가 기다리던 갈대와 바람의 조수의 소리뿐이다.

태초의 하늘빛이 허허한데 갈가리 찢겨 그냥 밀려만 가는 구름조각들—훨훨 별들이 떨어져 강물로 묻힐 적에 나는 무엇인가 잉태한 채로 시체가 된다.

웅봉雄蜂처럼 꽃나무처럼 혹은 저주받은 유다처럼 나는 새가 되어야 하는 것이다.


특히 이것이 수일秀逸하다고 해서 골라낸 것은 아니다. 그가 왕성王城의 시인, 그것도 실러가 '소박 문예素朴文藝'와 '교양 문예敎養文藝'로 구별해서 얘기했을 경우의 소박한 시인을 뜻하는 것이 아니라 서구적인 문학 전통으로 쳐서도 이어령이 시인詩人이란 사실을 말해보고 싶어 들먹여본 것이다.

"자기 몫만 조금씩 살다가 모두 헤어져야 될 오늘의 광장"에서 우리는 그리스도의 박애와 유다의 배반을 생각하게 되고, 유다의 배반이 더 인간적이었지 않을까 하는 의혹과 더불어 "나는 무엇인가 잉태한 채로 시체가 된다"라는 것인데, 나는 본인이 의식했건 안 했건 『지성의 오솔길』의 들머리에서 또는 그 오솔길의 중간에서, 또는 끝장이 된 지점에서 당면해야 할 의혹이며 체관諦觀이란 점에서 한국의 시인이 세계인과 유대를 맺는 시로 되었다는 뜻으로, 이 작품을 중요시하는 것이다. 그러나 이 시詩엔 너무 날카로운 비평가의 눈빛이 보인다. 그런 때문이다. 이어령은 에세이[隨想]를 문학이면서 예술로 승화시킨 최초의 한국인이 되는 것이다.

『오늘을 사는 세대』는 문명론을 곁들인 인생론이다. 그 말미에 있는 '결론을 위한 몇 개의 아포리즘'은 니체를 방불케 하면서도 보다 우리와 가까이에 있다. 그것은 그의 세계관·인생관을 압축한 것으로서도 중요하다.

그는 "감상적이고 유연하고 연약한 모든 패배주의를 오늘의 세대는 거부한다"라고 하고 다음을 이렇게 잇는다.

> 오늘의 세대는 경멸한다. 사과를 따 먹은 이브에게 모든 잘못을 돌리려는 성직자의 한숨과 넝마처럼 애국을 팔고 다니는 정치가의 연설집과 사람에게서 받은 모욕의 분풀이로 지나가는 강아지를 발길로 걷어차는 하급 사무원의 반항과 불규칙동사 변화를 외다가 데이트를 잊어버린 장학생과, 눈물을 현미경으로 분석하고 앉아 있는 위생학자와…… 모든 위선자와 비겁자를 경멸한다.

그리고 그가 "모든 것을 하나로 만들려는 유니폼을, 꿀벌들의 사회를, 기계의 나사못처럼 움직이는 조직을, 트럼프장이나 주사위처럼 그렇게 던져진 결정론을 부정한다"라고 할 때 우리는 갈채한다.

그런데 이 모든 것이, 즉 『거부拒否하는 몸짓으로 이 젊음을』, 『장미 그 순수한 모순』, 『인간이 외출한 도시』, 『누가 그 조종弔鐘을 울리는가』, 『당신은 아는가 나의 기도를』, 『저항의 문학』, 『현대의 천일야화』 등은 앞서 언급한 작품들과 더불어 거의 20년 이전에 발표된 것들이다. 이 시기의 소설로선 『환각의 다리』, 『장군의 수염』이 있고 희곡으로선 『기적을 파는 백화점』 등이 있다. 하나같이 그의 사재士才를 실증하는 작품들이다.


**4.**

그러고도 이어령은 열 권이 넘는 신작 전집을 가지고 있다. 좁은 지면에 일일이 언급할 수가 없어 생략할밖에 없는데 빠뜨릴 수 없는 사건이 있다. 그가 일본어로써 일본 문화를 비판한 저서를 냈다는 사실이다. 『축소지향의 일본인』이란 책명으로 된 이 책의 출판은 정말 사건이었다. 동서양을 막론하고 수많은 사람이 일본에 관한 책을 썼는데 이 책처럼 일본인에게 충격을 준 사건은 아마 없었을 것이 아닌가 한다.

박지원朴趾源이 지은 소설의 작중인물 우상虞裳이 임진왜란 후 일본에 가서 문명을 크게 떨쳤다고 되어 있는데, 작자 박지원의 꿈이 이어령을 통해 실현된 것이 아닌가 하는 느낌마저 든다. 내가 직접 일본인 사이에서 견문한 바이지만 일본인들은 이어령이란 존재를 알게 됨으로써 한국을 재인식하게 되었다고 해도 과언이 아니다.

아직도 연부역강年富力强한 그를 두고, 이미 이룩한 것보다 앞으로 이룰 무한한 가능성을 감안할 때 그를 오늘의 안목으로서 평가하는 것은 경솔한 것이다. 그의 멘탈리티mentality와 그가 한국 문학사에 차지할 위치에 관해선 그와 맞먹는 역량을 가진 평론가의 출현을 기다릴 수밖에 없다. 지금 우리가 해야 할 것은 그의 저작을 주의 깊게 읽는 일이다.

지금 내가 단정적으로 말할 수 있는 것은 "이런 인물이 태어났기 때문에 우리나라엔 운運이 있다"라고 말할 수 있는 극소수의 인물 가운데 이어령이 있다는 사실이다.

13년 전 프랑스에 갔을 때의 일이다. 당시 프랑스 팬클럽의 회장이기도 한, 작가이며 시인인 에마뉘엘 씨로부터 "당신 나라에서 가장 자랑으로 하고 있는 작가가 누구냐?" 하는 질문을 받고 나는 서슴없이 이어령을 들먹였다. 그러자 그는 그 이유를 물었다. 나는 다음과 같이 대답했다.

그는 한국의 고전문학에 통효해 있는 지식에 서양 문학의 진수를 섭취해서 한국에 비평문학의 문법을 일본을 거치지 않고 도입한 유일한 비평가이며 학자다. 동시에 동서의 시점을 복안적複眼的으로 갖추고 있는 문명 비평의 참신한 기수일 뿐 아니라 시인으로서도 소설가로서도 탁월한 능력과 기능을 가지고 있는 아직 40대의 인물인데 그의 지성과 감성을 통하면 일상적인 시론마저 예술로서의 향기를 갖게 된다.

그러고는 내가 기억하고 있는 대로 아포리즘 몇 개를 번역해 보이면서 작품의 대강을 설명해주었더니 에마뉘엘 씨는 "그런 인물을 가진 한국은 영광일 것이다"라고 진지한 표정으로 말했다. 나는 그때의 내 설명이 오히려 부족했다고 느끼고 있다.

내가 이어령을 더욱 소중히 하는 까닭은 우리의 주변엔 가까이에 있는 인물을 아낄 줄 모르는 폐단이 있기 때문이다. 거재巨材를 곁에 두고 인식하지 못하는 것, 나라의 자랑을 인물을 통한 자랑으로 할 줄 모른다는 것, 칭찬해야 할 인물을 칭찬하는 데 인색하다는 것, 이런 사정으로 해서 우리는 스스로를 왜소화矮小化하고 자기 비하의 비굴함을 범하고 있는 것이다.

언제나 접촉하고 있는 동시대인으로서, 난들 그에게 다소의 결점이 있다는 것을 모르는 바는 아니다. 그러나 자세히 살펴보면 그의 결점은 그의 대재를 스스로 가꾸고 방어하기 때문의 불가피한 악惡이란 것을 곧 알 수가 있다. 장미꽃에 붙은 벌레에 눈을 팔아 장미의 아름다움을 외면한다면 이 세상에 볼 만한 사물은 없는 것으로 된다.

나는 장차 틈을 보아 본격적인 「이어령론論」을 쓸 참으로 이 글은 그 약속의 표시일 뿐이다. 마지막으로 이어령 본인의 얘기를 들어보기로 한다.

아들로부터 '노망했다'는 고소를 당해 법정에 선 소포클레스가 자신이 노망들지 않았다는 것을 증명하지 않을 수 없었다는 예화

例話를 설명한 다음에 이어령은 이렇게 쓰고 있다.


　　오늘날 우리의 시인들은 그리고 지식인들은 법정에 서 있는 저 소포
클레스의 마음으로 글을 써야 할 입장에 있다. 결코 자기가 무력자가
아니라는 증거를 보이기 위해서는 자기 생명의 무인拇印이 찍힌 신분증
명서 같은 언어를 만들어내야 하는 것이다.

　　11월! 무서리가 내리는 추운 밤이다. 그러나 이렇게 삭막한 밤에는
자신의 푸른 생명을 증명할 줄 아는 언어와 그 슬기를 가진 자들은 외
롭지 않은 법이다.


이것도 《문학사상》의 권두에 실린 글이다.


—『지성채집』(나남출판사, 1986)



### 이병주

일본 메이지대학 문예과를 졸업하고 와세다대학 불문과에서 수학하였다. 전주농
대, 해인대 교수를 역임하였다. 1965년 중편 『소설 알렉산드리아』를 《세대》지에
발표하여 등단하였으며, 《국제신보》 주필과 논설위원을 지냈다. 시간과 공간의
폭을 광범위하게 사용하는 지성적인 작가로 알려져 있으며, 대중성과 보편성을
추구하는 작품이라는 평을 받는다. 주요 작품으로는 『마술사』 『패자의 관』 『산
하』 『관부 연락선』 등이 있다.

# 이어령 작품 연보

## 문단 : 등단 이전 활동

| | | |
|---|---|---|
| 「이상론-순수의식의 뇌성(牢城)과 그 파벽(破壁)」 | 서울대 《문리대 학보》 3권, 2호 | 1955.9. |
| 「우상의 파괴」 | 《한국일보》 | 1956.5.6. |

## 데뷔작

| | | |
|---|---|---|
| 「현대시의 UMGEBUNG(環圍)와 UMWELT(環界)<br>-시비평방법론서설」 | 《문학예술》 10월호 | 1956.10. |
| 「비유법논고」 | 《문학예술》 11,12월호 | 1956.11. |

\* 백철 추천을 받아 평론가로 등단

## 논문

### 평론·논문

| | | | |
|---|---|---|---|
| 1. | 「이상론-순수의식의 뇌성(牢城)과 그 파벽(破壁)」 | 서울대 《문리대 학보》 3권, 2호 | 1955.9. |
| 2. | 「현대시의 UMGEBUNG와 UMWELT-시비평방<br>법론서설」 | 《문학예술》 10월호 | 1956 |
| 3. | 「비유법논고」 | 《문학예술》 11,12월호 | 1956 |
| 4. | 「카타르시스문학론」 | 《문학예술》 8~12월호 | 1957 |
| 5. | 「소설의 아펠레이션 연구」 | 《문학예술》 8~12월호 | 1957 |

<table>
<tr><td>6. 「해학(諧謔)의 미적 범주」</td><td>《사상계》 11월호</td><td>1958</td></tr>
<tr><td>7. 「작가와 저항-Hop Frog의 암시」</td><td>《知性》 3호</td><td>1958.12.</td></tr>
<tr><td>8. 「이상의 시의와 기교」</td><td>《문예》 10월호</td><td>1959</td></tr>
<tr><td>9. 「프랑스의 앙티-로망과 소설양식」</td><td>《새벽》 10월호</td><td>1960</td></tr>
<tr><td>10. 「원형의 전설과 후송(後送)의 소설방법론」</td><td>《사상계》 2월호</td><td>1963</td></tr>
<tr><td>11. 「소설론(구조와 분석)-현대소설에 있어서의 이미지의 문제」</td><td>《세대》 6~12월호</td><td>1963</td></tr>
<tr><td>12. 「20세기 문학에 있어서의 지적 모험」</td><td>서울법대 《FIDES》 10권, 2호</td><td>1963.8.</td></tr>
<tr><td>13. 「플로베르-걸인(乞人)의 소리」</td><td>《문학춘추》 4월호</td><td>1964</td></tr>
<tr><td>14. 「한국비평 50년사」</td><td>《사상계》 11월호</td><td>1965</td></tr>
<tr><td>15. 「Randomness와 문학이론」</td><td>《문학》 11월호</td><td>1968</td></tr>
<tr><td>16. 「최남선의 「해에게서 소년에게」 분석」</td><td>《문학사상》 2월호</td><td>1974</td></tr>
<tr><td>17. 「춘원 초기단편소설의 분석」</td><td>《문학사상》 3월호</td><td>1974</td></tr>
<tr><td>18. 「문학텍스트의 공간 읽기-「早春」을 모델로」</td><td>《한국학보》 10월호</td><td>1986</td></tr>
<tr><td>19. 「鄭夢周의 '丹心歌'와 李芳遠의 '何如歌'의 비교론」</td><td>《문학사상》 6월호</td><td>1987</td></tr>
<tr><td>20. 「'處容歌'의 공간분석」</td><td>《문학사상》 8월호</td><td>1987</td></tr>
<tr><td>21. 「서정주론-피의 의미론적 고찰」</td><td>《문학사상》 10월호</td><td>1987</td></tr>
<tr><td>22. 「정지용-창(窓)의 공간기호론」</td><td>《문학사상》 3~4월호</td><td>1988</td></tr>
</table>

### 학위논문

1. 「문학공간의 기호론적 연구-청마의 시를 중심으로」 단국대학교     1986

# 단평

### 국내신문

1. 「동양의 하늘-현대문학의 위기와 그 출구」 《한국일보》    1956.1.19.~20.
2. 「아이커러스의 귀화-휴머니즘의 의미」 《서울신문》    1956.11.10.

<table>
<tr><td>30. 「문학은 권력이나 정치이념의 시녀가 아니다 - '오늘의 한국문화를 위협하는 것'의 조명」</td><td>《조선일보》</td><td>1968.3.</td></tr>
<tr><td>31. 「논리의 이론검증 똑똑히 하자 - 불평성 여부로 문학평가는 부당」</td><td>《조선일보》</td><td>1968.3.26.</td></tr>
<tr><td>32. 「문화근대화의 성년식 - '청춘문화'의 자리를 마련해줄 때도 되었다」</td><td>《대한일보》</td><td>1968.8.15.</td></tr>
<tr><td>33. 「측면으로 본 신문학 60년 - 전후문단」</td><td>《동아일보》</td><td>1968.10.26.,11.2.</td></tr>
<tr><td>34. 「일본을 해부한다」</td><td>《동아일보》</td><td>1982.8.14.</td></tr>
<tr><td>35. 「푸는 문화 신바람의 문화」</td><td>《중앙일보》</td><td>1982.9.22.</td></tr>
<tr><td>36. 「떠도는 자의 우편번호」</td><td>《중앙일보》 연재</td><td>1982.10.12.~1983.3.18.</td></tr>
<tr><td>37. 「희극 '피가로의 결혼'을 보고」</td><td>《한국일보》</td><td>1983.4.6.</td></tr>
<tr><td>38. 「북풍식과 태양식」</td><td>《조선일보》</td><td>1983.7.28.</td></tr>
<tr><td>39. 「창조적 사회와 관용」</td><td>《조선일보》</td><td>1983.8.18.</td></tr>
<tr><td>40. 「폭력에 대응하는 지성」</td><td>《조선일보》</td><td>1983.10.13.</td></tr>
<tr><td>41. 「레이건 수사학」</td><td>《조선일보》</td><td>1983.11.17.</td></tr>
<tr><td>42. 「채색문화 전성시대 - 1983년의 '의미조명'」</td><td>《동아일보》</td><td>1983.12.28.</td></tr>
<tr><td>43. 「귤이 탱자가 되는 사회」</td><td>《조선일보》</td><td>1984.1.21.</td></tr>
<tr><td>44. 「한국인과 '마늘문화'」</td><td>《조선일보》</td><td>1984.2.18.</td></tr>
<tr><td>45. 「저작권과 오린지」</td><td>《조선일보》</td><td>1984.3.13.</td></tr>
<tr><td>46. 「결정적인 상실」</td><td>《조선일보》</td><td>1984.5.2.</td></tr>
<tr><td>47. 「두 얼굴의 군중」</td><td>《조선일보》</td><td>1984.5.12.</td></tr>
<tr><td>48. 「기저귀 문화」</td><td>《조선일보》</td><td>1984.6.27.</td></tr>
<tr><td>49. 「선밥 먹이기」</td><td>《조선일보》</td><td>1985.4.9.</td></tr>
<tr><td>50. 「일본은 대국인가」</td><td>《조선일보》</td><td>1985.5.14.</td></tr>
<tr><td>51. 「신한국인」</td><td>《조선일보》 연재</td><td>1985.6.18.~8.31.</td></tr>
<tr><td>52. 「21세기의 한국인」</td><td>《서울신문》 연재</td><td>1993</td></tr>
<tr><td>53. 「한국문화의 뉴패러다임」</td><td>《경향신문》 연재</td><td>1993</td></tr>
<tr><td>54. 「한국어의 어원과 문화」</td><td>《동아일보》 연재</td><td>1993.5.~10.</td></tr>
<tr><td>55. 「한국문화 50년」</td><td>《조선일보》 신년특집</td><td>1995.1.1.</td></tr>
</table>

| | | |
|---|---|---|
| 56. 「半島性의 상실과 회복의 역사」 | 《한국일보》 광복50년 신년특집 특별기고 | 1995.1.4. |
| 57. 「한국언론의 새로운 도전」 | 《조선일보》 75주년 기념특집 | 1995.3.5. |
| 58. 「대고려전시회의 의미」 | 《중앙일보》 | 1995.7. |
| 59. 「이인화의 역사소설」 | 《동아일보》 | 1995.7. |
| 60. 「한국문화 50년」 | 《조선일보》 광복50년 특집 | 1995.8.1. |
| 외 다수 | | |

## 외국신문

| | | |
|---|---|---|
| 1. 「通商から通信へ」 | 《朝日新聞》 교토포럼 主題論文抄 | 1992.9. |
| 2. 「亞細亞の歌をうたう時代」 | 《朝日新聞》 | 1994.2.13. |
| 외 다수 | | |

## 국내잡지

| | | |
|---|---|---|
| 1. 「마호가니의 계절」 | 《예술집단》 2호 | 1955.2. |
| 2. 「사반나의 풍경」 | 《문학》 1호 | 1956.7. |
| 3. 「나르시스의 학살-이상의 시와 그 난해성」 | 《신세계》 | 1956.10. |
| 4. 「비평과 푸로파간다」 | 영남대 《嶺文》 14호 | 1956.10. |
| 5. 「기초문학함수론-비평문학의 방법과 그 기준」 | 《사상계》 | 1957.9.~10. |
| 6. 「무엇에 대하여 저항하는가-오늘의 문학과 그 근거」 | 《신군상》 | 1958.1. |
| 7. 「실존주의 문학의 길」 | 《자유공론》 | 1958.4. |
| 8. 「현대작가의 책임」 | 《자유문학》 | 1958.4. |
| 9. 「한국소설의 현재의 장래-주로 해방후의 세 작가를 중심으로」 | 《지성》 1호 | 1958.6. |
| 10. 「시와 속박」 | 《현대시》 2집 | 1958.9. |
| 11. 「작가의 현실참여」 | 《문학평론》 1호 | 1959.1. |
| 12. 「방황하는 오늘의 작가들에게-작가적 사명」 | 《문학논평》 2호 | 1959.2. |
| 13. 「자유문학상을 향하여」 | 《문학논평》 | 1959.3. |
| 14. 「고독한 오솔길-소월시를 말한다」 | 《신문예》 | 1959.8.~9. |

43. 「이상문학의 출발점」       《문학사상》       1975.9.

44. 「분단기의 문학」       《정경문화》       1979.6.

45. 「미와 자유와 희망의 시인 – 일리리스의 문학세계」 《충청문장》 32호       1979.10.

46. 「말 속의 한국문화」       《삶과꿈》 연재       1994.9~1995.6.

     외 다수

## 외국잡지

1. 「亞細亞人の共生」       《Forsight》新潮社       1992.10.

     외 다수

## 대담

1. 「일본인론 – 대담:金容雲」       《경향신문》       1982.8.19.~26.

2. 「가부도 논쟁도 없는 무관심 속의 '방황' – 대담:金 《조선일보》       1983.10.1.
    環東」

3. 「해방 40년, 한국여성의 삶 – "지금이 한국여성사의 《여성동아》       1985.8.
    터닝포인트" – 특집대담:정용석」

4. 「21세기 아시아의 문화 – 신년석학대담:梅原猛」 《문학사상》 1월호, MBC TV     1996.1.
                                                 1일 방영

     외 다수

## 세미나 주제발표

1. 「神奈川 사이언스파크 국제심포지움」       KSP 주최(일본)       1994.2.13.

2. 「新潟 아시아 문화제」       新潟縣 주최(일본)       1994.7.10.

3. 「순수문학과 참여문학」(한국문학인대회)       한국일보사 주최       1994.5.24.

4. 「카오스 이론과 한국 정보문화」(한·중·일 아시아 포럼) 한백연구소 주최       1995.1.29.

5. 「멀티미디어 시대의 출판」       출판협회       1995.6.28.

6. 「21세기의 메디아론」       중앙일보사 주최       1995.7.7.

7. 「도자기와 총의 문화」(한일문학공동심포지움)       한국관광공사 주최(후쿠오카)       1995.7.9.

| 8. 「역사의 대전환」(한일국제심포지움) | 중앙일보 역사연구소 | 1995.8.10. |
| 9. 「한일의 미래」 | 동아일보, 아사히신문 공동주최 | 1995.9.10. |
| 10. 「춘향전」과 '忠臣藏'의 비교연구」(한일국제심포지엄) | 한림대·일본문화연구소 주최 | 1995.10. |

외 다수

## 기조강연

| 1. 「로스엔젤러스 한미박물관 건립」 | (L.A.) | 1995.1.28. |
| 2. 「하와이 50년 한국문화」 | 우먼스클럽 주최(하와이) | 1995.7.5. |

외 다수

# 저서(단행본)

## 평론·논문

| 1. 『저항의 문학』 | 경지사 | 1959 |
| 2. 『지성의 오솔길』 | 동양출판사 | 1960 |
| 3. 『전후문학의 새 물결』 | 신구문화사 | 1962 |
| 4. 『통금시대의 문학』 | 삼중당 | 1966 |
| * 『축소지향의 일본인』 | 갑인출판사 | 1982 |
| * '縮み志向の日本人'의 한국어판 | | |
| 5. 『縮み志向の日本人』(원문: 일어판) | 学生社 | 1982 |
| 6. 『俳句で日本を讀む』(원문: 일어판) | PHP | 1983 |
| 7. 『고전을 읽는 법』 | 갑인출판사 | 1985 |
| 8. 『세계문학에의 길』 | 갑인출판사 | 1985 |
| 9. 『신화속의 한국인』 | 갑인출판사 | 1985 |
| 10. 『지성채집』 | 나남 | 1986 |
| 11. 『장미밭의 전쟁』 | 기린원 | 1986 |

## 에세이

| 『다시 한번 날게 하소서』 | 성안당 | 2022 |
| 『눈물 한 방울』 | 김영사 | 2022 |

## 칼럼집

| 1. 『차 한 잔의 사상』 | 삼중당 | 1967 |
| 2. 『오늘보다 긴 이야기』 | 기린원 | 1986 |

## 편저

| 1. 『한국작가전기연구』 | 동화출판공사 | 1975 |
| 2. 『이상 소설 전작집 1,2』 | 갑인출판사 | 1977 |
| 3. 『이상 수필 전작집』 | 갑인출판사 | 1977 |
| 4. 『이상 시 전작집』 | 갑인출판사 | 1978 |
| 5. 『현대세계수필문학 63선』 | 문학사상사 | 1978 |
| 6. 『이어령 대표 에세이집 상,하』 | 고려원 | 1980 |
| 7. 『문장백과대사전』 | 금성출판사 | 1988 |
| 8. 『뉴에이스 문장사전』 | 금성출판사 | 1988 |
| 9. 『한국문학연구사전』 | 우석 | 1990 |
| 10. 『에센스 한국단편문학』 | 한양출판 | 1993 |
| 11. 『한국 단편 문학 1-9』 | 모음사 | 1993 |
| 12. 『한국의 명문』 | 월간조선 | 2001 |
| 13. 『뜻으로 읽는 한국어 사전』 | 문학사상사 | 2002 |
| 14. 『매화』 | 생각의나무 | 2003 |
| 15. 『사군자와 세한삼우』 | 종이나라(전5권) | 2006 |

    1. 매화

    2. 난초

    3. 국화

    4. 대나무

    5. 소나무

| 16. 『십이지신 호랑이』 | 생각의나무 | 2009 |

| | | | |
|---|---|---|---|
| 8. | 『느껴야 움직인다』 | 시공미디어 | 2013 |
| 9. | 『지우개 달린 연필』 | 시공미디어 | 2013 |
| 10. | 『길을 묻다』 | 시공미디어 | 2013 |

## 일본어 저서

| | | | |
|---|---|---|---|
| * | 『縮み志向の日本人』(원문: 일어판) | 学生社 | 1982 |
| * | 『俳句で日本を讀む』(원문: 일어판) | PHP | 1983 |
| * | 『ふろしき文化のポスト・モダン』(원문: 일어판) | 中央公論社 | 1989 |
| * | 『蛙はなぜ古池に飛びこんだのか』(원문: 일어판) | 学生社 | 1993 |
| * | 『ジャンケン文明論』(원문: 일어판) | 新潮社 | 2005 |
| * | 『東と西』(대담집, 공저:司馬遼太郎 編, 원문: 일어판) | 朝日新聞社 | 1994. 9 |

## 번역서

『흙 속에 저 바람 속에』의 외국어판

1. *『In This Earth and In That Wind』     RAS–KB     1967
   (David I. Steinberg 역) 영어판
2. *『斯土斯風』(陳寧寧 역) 대만판     源成文化圖書供應社     1976
3. *『恨の文化論』(裵康煥 역) 일본어판     学生社     1978
4. *『韓國人的心』 중국어판     山倧人民出版社     2007
5. *『В ТЕХ КРАЯХ НА ТЕХ ВЕТРАХ』     나탈리스출판사     2011
   (이리나 카사트키나, 정인순 역) 러시아어판

『縮み志向の日本人』의 외국어판

6. *『Smaller is Better』(Robert N. Huey 역) 영어판     Kodansha     1984
7. *『Miniaturisation et Productivité Japonaise』     Masson     1984
   불어판
8. *『日本人的縮小意识』 중국어판     山倧人民出版社     2003
9. *『환각의 다리』『Blessures D'Avril』 불어판     ACTES SUD     1994
10. *『장군의 수염』『The General's Beard』(Brother     Homa & Sekey Books     2002
    Anthony of Taizé 역) 영어판
11. *『디지로그』『デヅログ』(宮本尙寬 역) 일본어판     サンマーク出版     2007
12. *『우리문화 박물지』『KOREA STYLE』 영어판     디자인하우스     2009

## 공저

1. 『종합국문연구』     선진문화사     1955
2. 『고전의 바다』(정병욱과 공저)     현암사     1977
3. 『멋과 미』     삼성출판사     1992
4. 『김치 천년의 맛』     디자인하우스     1996
5. 『나를 매혹시킨 한 편의 시1』     문학사상사     1999
6. 『당신의 아이는 행복한가요』     디자인하우스     2001
7. 『휴일의 에세이』     문학사상사     2003
8. 『논술만점 GUIDE』     월간조선사     2005
9. 『글로벌 시대의 한국과 한국인』     아카넷     2007

## 전집

5. 『한국과 한국인』                    삼성출판사(전6권)              1968
   1. 한국인의 정신적 고향(상)
   2. 한국인의 정신적 고향(하)
   3. 노래여 천년의 노래여
   4. 생활을 창조하는 지혜
   5. 웃음과 눈물의 인간상
   6. 사랑과 여인의 풍속도

# 지성의 숲을 걷기 위한 길 안내

34종 24권 5개 컬렉션으로 분류, 10년 만에 완간

이어령이라는 지성의 숲은 넓고 깊어서 그 시작과 끝을 가늠하기 어렵다. 자칫 길을 잃을 수도 있어서 길 안내가 필요한 이유다. '이어령 전집'의 기획과 구성의 과정, 그리고 작품들의 의미 등을 독자들께 간략하게나마 소개하고자 한다. (편집자 주)

북이십일이 이어령 선생님과 전집을 출간하기로 하고 정식으로 계약을 맺은 것은 2014년 3월 17일이었다. 2023년 2월에 '이어령 전집'이 34종 24권으로 완간된 것은 10년 만의 성과였다. 자료조사를 거쳐 1차로 선정한 작품은 50권이었다. 2000년 이전에 출간한 단행본들을 전집으로 묶으며 가려 뽑은 작품들을 5개의 컬렉션으로 분류했고, 내용의 성격이 비슷한 경우에는 한데 묶어서 합본 호를 만든다는 원칙을 세웠다. 이어령 선생님께서 독자들의 부담을 고려하여 직접 최종적으로 압축한 리스트는 34권이었다.

평론집 『저항의 문학』이 베스트셀러 컬렉션(16종 10권)의 출발이다. 이어령 선생님의 첫 책이자 혁명적 언어 혁신과 문학관을 담은 책으로

1950년대 한국 문단에 일대 파란을 일으킨 명저였다. 두 번째 책은 국내 최초로 한국 문화론의 기치를 들었다고 평가받은 『말로 찾는 열두 달』과 『오늘을 사는 세대』를 뼈대로 편집한 세대론 『거부하는 몸짓으로 이 젊음을』으로, 이 두 권을 합본 호로 묶었다. 베스트셀러 컬렉션의 세 번째 책은 박정희 독재를 비판하는 우화를 담은 액자소설 「장군의 수염」, 보카치오의 『데카메론』 형식을 빌려온 「전쟁 데카메론」, 스탕달의 단편 「바니나 바니니」를 해석하여 다시 쓴 한국 최초의 포스트모던 소설 「환각의 다리」 등 중·단편소설들을 한데 묶었다. 한국 출판 최초의 대형 베스트셀러 에세이 『흙 속에 저 바람 속에』와 긍정과 희망의 한국인상에 대해서 설파한 『오늘보다 긴 이야기』는 합본하여 네 번째로 묶었으며, 일본 문화비평사에 큰 획을 그은 기념비적 작품으로 일본문화론 100년의 10대 고전으로 선정된 『축소지향의 일본인』은 베스트셀러 컬렉션의 다섯 번째 책이다.

여섯 번째는 한국어로 쓰인 가장 아름다운 자전 에세이에 속하는 『하나의 나뭇잎이 흔들릴 때』와 1970년대에 신문 연재 에세이로 쓴 글들을 모아 엮은 문화·문명 비평 에세이 『현대인이 잃어버린 것들』을 함께 묶었다. 일곱 번째는 문학 저널리즘의 월평 및 신문·잡지에 실렸던 평문들로 구성된 『지성의 오솔길』인데 1956년 5월 6일 《한국일보》에 실려 문단에 충격을 준 「우상의 파괴」가 수록되어 있다.

한국어 뜻풀이와 단군신화를 분석한 『뜻으로 읽는 한국어사전』과 『신화 속의 한국정신』은 베스트셀러 컬렉션의 여덟 번째로, 20대의 젊은이에게 들려주고 싶은 말을 엮은 책 『젊은이여 한국을 이야기하자』는 아홉 번째로, 외국 풍물에 대한 비판적 안목이 돋보이는 이어령 선생님의 첫 번째 기행문집 『바람이 불어오는 곳』은 열 번째 베스트셀러 컬렉션으로 묶었다.

이어령 선생님은 뛰어난 비평가이자, 소설가이자, 시인이자, 희곡작가였다. 그는 남들이 가지 않은 길을 가고자 했다. 그 결과물인 크리에이티브 컬렉션(2권)은 이어령 선생님의 장편소설과 희곡집으로 구성되어 있다. 『둥지 속의 날개』는 1983년 《한국경제신문》에 연재했던 문명비평적인 장편소설로 10만 부 이상 팔린 베스트셀러이고, 원래 상하권으로 나뉘어 나왔던 것을 한 권으로 합본했다. 『기적을 파는 백화점』은 한국 현대문학의 고전이 된 희곡들로 채워졌다. 수록작 중 「세 번은 짧게 세 번은 길게」는 1981년에 김호선 감독이 영화로 만들어 제18회 백상예술대상 감독상, 제2회 영화평론가협회 작품상을 수상했고, TV 단막극으로도 만들어졌다.

아카데믹 컬렉션(5종 4권)에는 이어령 선생님의 비평문을 한데 모았다. 1950년대에 데뷔해 1970년대까지 문단의 논객으로 활동한 이어령 선생님이 당대의 문학가들과 벌인 문학 논쟁을 담은 『장미밭의 전쟁』은 지금도 여전히 관심을 끈다. 호메로스에서 헤밍웨이까지 이어령 선생님과 함께 고전 읽기 여행을 떠나는 『진리는 나그네』와 한국의 시가문학을 통해서 본 한국문화론 『노래여 천년의 노래여』는 합본 호로 묶었다. 한국인이 사랑하는 김소월, 윤동주, 한용운, 서정주 등의 시를 기호론적 접근법으로 다시 읽는 『시 다시 읽기』는 이어령 선생님의 학문적 통찰이 빛나는 책이다. 아울러 박사학위 논문이기도 했던 『공간의 기호학』은 한국 문학이론사에서 빼놓을 수 없는 명저다.

사회문화론 컬렉션(5종 4권)은 이어령 선생님의 우리 사회와 문화에 대한 관심을 담았다. 칼럼니스트 이어령 선생님의 진면목이 드러난 책 『차한 잔의 사상』은 20대에 《서울신문》의 '삼각주'로 출발하여 《경향신문》의 '여적', 《중앙일보》의 '분수대', 《조선일보》의 '만물상' 등을 통해 발표한 명칼럼들이 수록되어 있다. 『어머니와 아이가 만드는 세상』은 「천년을 달리는 아이」, 「천년을 만드는 엄마」를 한데 묶은 책으로, 새천년의 새 시대를 살아갈 아이와 엄마에게 띄우는 지침서다. 아울러 이어령 선생님의 산문시들을 엮어 만든 『시와 함께 살다』를 이와 함께 합본 호로 묶었다. 『저 물레에서 운명의 실이』는 1970년대에 신문에 연재한 여성론을 펴낸 책으로 『사씨남정기』, 『춘향전』, 『이춘풍전』을 통해 전통 사상에 입각한 한국 여인, 한국인 전체에 대한 본성을 분석했다. 『일본문화와 상인정신』은 일본의 상인정신을 통해 본 일본문화 비평론이다.

한국문화론 컬렉션(5종 4권)은 한국문화에 대한 본격 비평을 모았다. 『기업과 문화의 충격』은 기업문화의 혁신을 강조한 기업문화 개론서다. 『푸는 문화 신바람의 문화』는 '신바람', '풀이'라는 키워드를 통해 고금의 예화와 일화, 우리말의 어휘와 생활 문화 등 다양한 범위 속에서 우리 문화를 분석했고, '붉은 악마', '문명전쟁', '정치문화', '한류문화' 등의 4가지 코드로 문화를 진단한 『문화 코드』와 합본 호로 묶었다. 한국과 일본 지식인들의 대담 모음집 『세계 지성과의 대화』와 이화여대 교수직을 내려놓으면서 각계각층 인사들과 나눈 대담집 『나, 너 그리고 나눔』이 이 컬렉션의 대미를 장식한다.

2022년 2월 26일, 편집과 고증의 과정을 거치는 중에 이어령 선생님이 돌아가신 것은 출간 작업의 커다란 난관이었다. 최신판 '저자의 말'을 수록할 수 없게 된 데다가 적잖은 원고 내용의 저자 확인이 필요한 부분이 있었으니 난관이 아닐 수 없었다. 다행히 유족 측에서는 이어령 선생님의 부인이신 영인문학관 강인숙 관장님이 마지막 교정과 확인을 맡아주셨다. 밤샘도 마다하지 않으면서 꼼꼼하게 오류를 점검해주신 강인숙 관장님에게 이 지면을 빌려 감사의 말씀을 드린다.

KI신서 10647
**이어령 전집 10**

## 바람이 불어오는 곳

**1판 1쇄 인쇄** 2023년 2월 17일
**1판 1쇄 발행** 2023년 2월 26일

**지은이** 이어령
**펴낸이** 김영곤
**펴낸곳** (주)북이십일 21세기북스

**TF팀 이사** 신승철
**TF팀** 이종배
**출판마케팅영업본부장** 민안기
**마케팅1팀** 배상현 한경화 김신우 강효원
**출판영업팀** 최명열 김다운
**제작팀** 이영민 권경민
**진행·디자인** 다함미디어 | 함성주 유예지 권성희
**교정교열** 구경미 김도언 김문숙 박은경 송복란 이진규 이충미 임수현 정미용 최아림

**출판등록** 2000년 5월 6일 제406-2003-061호
**주소** (10881) 경기도 파주시 회동길 201(문발동)
**대표전화** 031-955-2100 **팩스** 031-955-2151 **이메일** book21@book21.co.kr

© 이어령, 2023

ISBN 978-89-509-3863-5 04810

**(주)북이십일** 경계를 허무는 콘텐츠 리더

21세기북스 채널에서 도서 정보와 다양한 영상자료, 이벤트를 만나세요!
페이스북 facebook.com/jiinpill21 포스트 post.naver.com/21c_editors
인스타그램 instagram.com/jiinpill21 홈페이지 www.book21.com
유튜브 youtube.com/book21pub